妖異金瓶梅

山田風太郎ベストコレクション

山田風太郎

角川文庫
17457

目次

妖異金瓶梅

赤い靴

閨怨《けいえん》之章

「冎《か》の刑《けい》」またの名を「陵遅《りようち》の刑《けい》」という。囚人の指、腕、足の関節、さいごに頸《くび》をだんだん斧《おの》できってゆく古い支那の刑罰である。

城外の刑場で、姉を姦《かん》して殺した罪人がこの刑にあうというので、その朝はやくから、県下随一の豪商西門家《せいもんけ》では見物にゆく主人夫妻や娘をはじめ、七人の妾《めかけ》やそれぞれの小間使いのお化粧や支度に大さわぎであった。

おまけに、主人の西門慶《せいもんけい》の悪友で、応伯爵《おうはくしやく》という、常人の七倍はにぎやかな男までできていて、のこのことといたるところの房にひょうきんな顔をのぞかせて、化粧中の妾たちをきゃっきゃっと笑わせている。ひょうきんな、といったが、それは技巧で、よくみれば、すこし痩《や》せがただが、いささかの気品もないことはない。典型的な美丈夫である西門慶とはちょいと型がちがうけれど、なかなかいい男だ。もともと相当な絹問屋の息子《むすこ》だったのだけれど、おきまりの放蕩《ほうとう》のあげくすっからかんになって、いまでは色町でたいこもちをしてくらしている。ことあればこうして西門家に出入して、西門慶にたかろうとしているのだが、面白い男で、用をいいつけていやといったことはなく、色道遊芸通ぜざるはない才人なので、気はあらいが、一面人はよくて、底ぬけに快楽主義者の西門慶は、彼と義兄弟のちぎりまでむすんでいる。

「伯爵、その簪《かんざし》はどうした？」

と、たっぷりした耳に貂《てん》の耳あてをつけながら、大房を出てゆこうとする応伯爵の頭にふと眼《め》をとめて、西門慶がへんな顔をしてきいた。

「あ、これか。——」

と、応伯爵は、ちょいと洒落《しゃれ》っ気に髪にさした白銀の簪に手をやって、にやにや相好をくずした。

「うふふふ。これは李《り》桂姐《けいそ》からもらったんだ」

「李桂姐から？」

西門慶はいよいよ妙な顔をした。李桂姐とは、町の花街随一の名妓《めいぎ》で、いつか彼女の所望によって、彼が最も惑溺《わくでき》している第五夫人潘金蓮《はんきんれん》の黒髪のひとふさをひそかにもっていって、この美妓の靴底《くつそこ》にいれてふませるのをゆるしたくらいの仲だったからだ。

「そんなはずはない。李桂姐が、その簪をお前なんかにやるはずはない」

西門慶のむきになった表情をみて、応伯爵の笑った眼に、しまった、というような狼狽《ろうばい》のひかりがゆれた。

「あっ、こりゃ、あんたのやった簪なのか。こいつはしくじった。ふふふ、いや、いまのは失言失言。実はこないだ酔っぱらった李姐《りねえ》さんがおとしたやつを、ちょいと失敬したんだよ。とんだところで旧悪露見《きゆうあくろけん》か。あはははは」

笑いとばして、しかしべつにその簪をかえそうともせず、洒蛙洒蛙《しやあしやあ》として編髪《へんぱつ》にさしたまま、応伯爵は房を出ていってしまった。

西門慶は苦笑して、

「相変らず、ひどい奴《やつ》だ」

「ほんとうに、あのひとは、片手で女を抱きながら、片手じゃその女の髪から簪をぬきかねないわ」

と、傍の第一夫人の呉月娘《ごげつじよう》が、手を口にあてて笑った。もと第二夫人だったのが、前夫人がなくなってから昇格して正妻になった女だが、継《まま》の娘を結構心服させているのでもわかるように、挙止しとやかで重々しく、すこし陰険なところもあるが、聡明《そうめい》である。そういうかたの女の通性として、存外応伯爵のような風来坊に好感をもっているらしい。西門慶が歌妓《かぎ》にやった簪を猫ばばされたのを痛快がっているのかもしれない。

「まさか、いくらなんでも、あいつがおれの女を抱くまい」

と、他人の妻や想《おも》いものなら手段をえらばずとりかねないくせに、反面糞《くそ》まじめなところもある西門慶は、呉月娘の諧謔《かいぎやく》を正面からうけとって、白緞子《しろどんす》の忠靖冠《ちゆうせいかん》をつけながら、いささか不安な眼で、その油断もすきもならない悪友のきえた裏庭を見おくった。……

応伯爵は、第二夫人の歌妓あがりの豊満な李嬌児《りきょうじ》と、第三夫人の小またのきれあがった孟玉楼《もうぎょくろう》の房をにぎやかにのぞいた。それから、西門慶がもと親友だった花子虚《かしきょ》を悶死《もんし》させてまでその妻を強奪して、いまは第六夫人となっている、小さい細工物のように美しい李《り》瓶児《へいじ》の、たえず歯痛をおさえているような愁《うれ》い顔を笑みひらかせてから、垂花門《すいかもん》をくぐって、最近あたらしくひらいたばかりの後園にぶらぶら入っていった。

ここにはまず手前の南側に、第七夫人の宋恵蓮《そうけいれん》、むかって左に第四夫人の孫雪娥《そんせつが》、右に第八夫人の鳳素秋《ほうそしゅう》の房があり、いちばん奥の北側に第五夫人の潘金蓮の房があって、それをつらねる廻廊《かいろう》が、なかに、ひろい、美しい正方形の冬の庭園をとりかこんでいた。東南の隅《すみ》にある小さな書房は桃花洞《とうかどう》と名づけて、常時出入りの応伯爵がいつも主人の西門慶としけこんでひそひそとよからぬ色ばなしにふける部屋であった。

が、じぶんがまっさきにたってそそのかすくせに、さすがの粋人応伯爵が舌をまくばかりの西門慶の色ごのみである。ぜんぶあわせて八人の妻と妾のほかに、潘金蓮の小間使いの龐春梅《ほうしゅんばい》にも手をつけているし、数人の手代の女房とも姦通《かんつう》しているし、外に出れば花街には寵妓《ちょうぎ》がいる。ちかごろ、きいたところによると、西門慶は、西域《せいいき》からきた梵僧《ぼんそう》に不思議な秘薬をもらって、それをつかっているということである。応伯爵からみれば、そうまでしての色慾が、少々おかしくもあり、またときには凄惨《せいさん》な、そら恐ろしいものに感じられてならない。

よく酔いつぶれて、その桃花洞で一夜をすごすとき、この家のどこからかもれる媚笑《びしょう》の声、すすり泣き、やるせない吐息などを耳にして、この小阿房宮《あぼうきゅう》に主人をめぐる十数人の女たちの肉と魂がそくそくとかもしだす妖気《ようき》に、応伯爵はうなされるような思いのすることがあった。……

桃花洞の前の遊廊にやってくると、もうおめかしのすんだ三人の女が、金きり声でいいあらそっている。第七夫人の宋恵蓮と、第八夫人の鳳素秋が、第四夫人の孫雪娥をこづきまわして、なにやらののしっているのである。

「あんたはこの家の犬とおなじだよ。旦那《だんな》さまのところへいっちゃあ尻《し》ッ尾《ぽ》をふり、大奥さまのところへいっちゃあ鼻づらをこすりつけ、ありもしないあたしたちの讒訴《ざんそ》をきゃんきゃんなきたてて」

「あんたなんか、ただ厨房《だいどころ》をはいまわってりゃいいのよ。なにさ、けさの銀水母《ぎんくらげ》の湯《タン》の味は。あんなもの犬もくわないわよ」

両側からまくしたてられて、小柄な、細い孫雪娥のからだは、激怒にぶるぶるふるえ、眼も異様につりあがっているが、ちょっと口もきけない様子だ。

雪娥はもと前夫人の小間使いで、西門慶の好色な気まぐれから第四夫人になったが、いまではいちばん寵《ちょう》がうすい。それには、彼女が深夜に寝ぼけて、夢中遊行するというきみのわるい癖のあるせいもある。ただ料理が上手で、しぜんに厨房につきっきり、召使いをつかってそれぞれの房へ食物をおくる役まわりになったが、それでも、かなしいやきもちから、他の妾たちのあらさがしに夢中になっている女であった。

「ち、ちくしょう、だまってりゃ、ふたりとも増長して、なにさ。……いまこそふたりとも旦那さまにめずらしがられてるけど、もうちょっとさきになってみてごらん。……」

と、雪娥は息をきっていった。白い唇《くちびる》のはしから泡《あわ》がかすかにあふれている。

「ふん、くやしけりゃ、あんたも旦那さまに可愛がられてごらんな、骨皮のくせに」

「それとも、あたしたちの料理に鴆毒《ちんどく》でもいれようとでもいうの」

恵蓮も素秋も、にくしみに逆上している。ふたりとも新しく妾になったのだから、いろいろ気苦労もあって、古参の夫人たちに対するもやもやが、いちばん影のうすい孫雪娥に爆発したのだろうが、どちらも勝気なうえに、主人の寵をたのんで、ちかごろむやみに傲《ごう》慢《まん》になった傾向がある。

うしろであっけにとられていた応伯爵のとんきょうな頬《ほお》に、軍鶏《しやも》の蹴合《けあい》をみるような片えくぼがほられた。

「さあさあ、もうおでかけの時刻だ。喧嘩《けんか》はおやめおやめ」

それから、またにやりとして、

「鴆毒は金蓮さんの専売だ」

うっかり口ばしったのだが、そのとき背後の廻廊にふと人の気配をかんじて、さすがの応伯爵もひやりとした。

ふりかえると、遊廊のふとい朱塗りの柱に背をもたせかけるようにして、しずかに第五夫人の潘金蓮が瓜《うり》のたねをかみながらあらわれた。いつごろからそこにいたのかわからない。ずっとまえから、じっと三人の妾たちの喧嘩をきいて立っていたのかもしれない。

新月のようにかすんだ眉であった。灼けつくように真っ赤にぬれた唇であった。容貌《ようぼう》も無双だろうが、この女には、ちかづくと麝香《じゃこう》のような匂《にお》いが鼻孔をうつ。いつも鳳《おおとり》をかたどった簪が、欲情にふるえているようにみえた。夜のすさまじい魅惑《みわく》は西門慶もしばしば手ばなしでのろけてきかせたところだが、応伯爵も、放蕩無頼《ほうとうぶらい》の十幾年の経験からおして、この女こそは稀世《きせい》の大淫婦《だいいんぷ》にちがいないと見ぬいている。色に対して守銭奴《しゅせんど》のように慾ばりな西門慶は不安がっているけれど、応伯爵はまさかこの家の愛妾たちにむかって手を出す気はさらにない。が、この潘金蓮に対してばかりは、西門慶への義理も損得勘定も底ぶかいところでどよめくような気がしないこともない。

金蓮は、西門家に第五夫人として輿入《こしい》れするまえ、しがない巷《ちまた》の餅売《もちうり》の女房にすぎなかった。応伯爵が鴆毒云々《うんぬん》といったのは、その餅売の亭主が、或《あ》る日、顔いろが黄色にかわって、唇が紫になって、九穴から血をはいて死んでしまったのを、町のひとびとが、あれは金蓮に一服もられたのだといっている噂《うわさ》をなぞった悪冗談にすぎないが、その噂がひょっとしたらほんとうではないかと思わせるような美しい深淵《しんえん》のような物凄《ものすご》さが彼女にあり、また、そんなことはとんでもないと破顔一笑させるような、いたずらっ子めいたほがらかさがこの女にある。

「ほ、ほ、ほ、ほ」

と、青い耳飾りをゆすって、他意のない無邪気な声で潘金蓮は笑った。

「なんてまあ、恐ろしい喧嘩。……素秋さん、雪娥さん、恵蓮さん、そんな家内喧嘩より、人を殺した罪人がどんなお裁きをうけるか、さあはやく見物にゆきましょうよ」

――五人が、わいわいと中庭をとおり、廻廊をめぐって、大門まで出てくると、西門慶をはじめ、ほかの連中も、もうみんなあつまって待っていた。門の外には、十幾つかの轎《か》子《ご》がならんでいる。

そこへぞろぞろとあるいてゆく途中、突然宋恵蓮が、きゃっと悲鳴をあげた。みると、右の赤い小さな靴が、ぬげて、彼女のうしろの路上にちょこなんとのっている。

「こりゃなんだ。黐《とりもち》じゃあないか」

と、応伯爵が、よろめいた恵蓮のからだを抱きとめながら、のぞきこんでいった。

なるほど、靴の周囲の地面にわだかまっている青味をおびた灰色のものは、どうやら黐らしかった。子供のいたずらかもしれない。

「来旺《らいおう》!」

と、西門慶のどなる声にとんできたのは、門番の来旺児である。痩せた、小さな、猿《さる》のような顔をした男であった。西門慶にしかられながら、地面から靴をとろうとしたが、なかなかはなれない。孫雪娥が面白そうに、けらけらと笑った。

鳳素秋はその方をじろりとふりかえって、

「なにがおかしいの?……恵蓮さま、あたしの靴をおはきになったら?」

応伯爵の肩によりかかったまま、宋恵蓮はにっこりして、

「ありがとう。ほ、ほ、でも、あたしの足はどうかすると金蓮さまのお靴でもゆるいくらいですのに。……」

鳳素秋はいやあな顔をした。せっかくの申出をうけながされたせいばかりではない。さもあなたのような大足はといわんばかりの恵蓮の口ぶりに、はらがたったのである。

そこへ、代りの靴をとりに家へかけこんでいった小間使いがもどってきた。

——こうして、西門家の人たちは、毎日くりかえされる、小さな、意地わるい喧嘩やしっぺがえしの一騒動をまずやりおえたのち、やがて、嬉々《きき》として「冎《か》の刑《けい》」を見物するために、美々しい轎子をつらねていった。

月妖《げつよう》之章

三日ばかりすると元宵節《げんしょうせつ》である。その前の晩は、第六夫人の李《り》瓶児《へいじ》の誕生日で、西門慶をはじめ、六人の妻妾たちは、李瓶児の部屋にまねかれて酒をのんだ。孫雪娥《そんせつが》だけは、あの「冎の刑」をみてかえった日以来、風邪ぎみで、頭がいたいといって寝こんでいて、やってこない。

妾たちは、しきりに雪娥の噂をする。おとといの深夜、人形を抱いて、その手をねじきって、ところどころにおとしながら、ふらふらと遊廊や庭を徘徊《はいかい》している彼女の姿をみたものがあるというのである。

「円の刑か」

と、こういう席になくてはならない応伯爵《おうはくしゃく》が、七絃琴《しちげんきん》を大きな革袋からとりだしながら、げらげらと笑った。

「相手が人形だからいいようなものだけど、さ」

と、さっきまで潘金蓮《はんきんれん》と象棋《しょうぎ》をさしていた鳳素秋《ほうそしゅう》が、顔をしかめた。金蓮はひどくまけて、五銭も銀子をとられて、面白くなさそうに、ぐいぐいと金華酒《きんかしゅ》をのんでいる。

応伯爵は七絃琴をつまびきながら、南曲をうたって、主人の西門慶があまりしずかなものだから、ひょいと銀燈のほのぐらい蔭《かげ》をみると、西門慶は第六夫人の李瓶児の頸《くび》に片腕をまきつけて、彼女のなにやら喃々《なんなん》たるうったえに、よだれのたれそうな真っ赤な顔でうなずいている。

「ようよう、御両人。……といいたいが、いくら李夫人の誕生日だといって、ほかに六人も絶世の美女を侍《はべ》らせて、ちっとは遠慮しないか」

「なに、こいつのおめでたは、それどころじゃあない」

「へえ」

「どうやら、赤ん坊ができたらしい」

耳たぶまでそめてさしうつむいた李瓶児に、ほかの妾たちはわっと羨望《せんぼう》と嫉妬《しっと》のどよめきをあびせかけた。

気がつくと、いつのまにか潘金蓮の姿がみえない。応伯爵は、もう一曲うたって、笑話をやって、酒をばかのみして、おとなしい李瓶児にあくどいからかいをして、傍の宋恵蓮《そうけいれん》にひどく横っ面をたたかれてから庭へにげ出した。

ほてった頬に、青い寒月がこころよい。

が、さきにその房をぬけ出した潘金蓮は、くらい眼で、むしゃくしゃして花園のなかをあるいていた。象棋にまけたのも面白くないが、西門慶と李瓶児のいちゃつきも面白くない。どうやら、このあいだからしきりに吐いていた李瓶児が、そのわけを西門慶にうちあけたらしい。こんやはきっと李瓶児のところへ寝にゆくにちがいない。……それから金蓮には、もっと屈託することがほかにある。

ふと、潘金蓮は、草むらのなかに白くひかる小さなものを見つけた。ひろいあげてみると、驢馬《ろば》の皮でつくった人形の片腕である。十歩もゆかないうちに、またもぎとられた片足がおちていた。孫雪娥の夢中遊行中の所業《しわざ》にちがいない。金蓮は笑わなかった。彼女の胸に、三日前の、あの「冎の刑」にかけられた男が、手の指を一本ずつ、それから肘《ひじ》を、肩を、つぎにおなじ順序で足を、最後に首を斧できられたときの、酸鼻《さんび》な悲鳴と血潮の霧がうかんだ。

急にみぶるいして、ひきかえそうとすると、竹林ごしの太湖石《たいこせき》のかげに、ひとりの男がうずくまっているのがみえた。ぎょっとしてうかがってみると、どうやら門番の来旺児《らいおうじ》らしい。

「まあ、この寒いのに、なにをしているのかしら?」

しのび足に背後にちかよっていった金蓮は、首をかしげた。

来旺は何やら手にとって頬ずりしている。舌なめずりして吸っている。月光にすかしてみると、それは鴛鴦《えんおう》の嘴《くちばし》のようにさきのとがった小さな靴であった。

「来旺児!」

ふいによびかけられて、来旺はぴょこんとはねあがった。

「それは、恵蓮さんのお靴じゃないの?」

おどおどと猿のように顔をゆがめてうなずく門番を、ひかる眼でみすえていた金蓮は、やがて、

「こないだ、門のまえの路《みち》に黐《とりもち》をしかけたのは、それじゃおまえだね?」

といった。

この女のおそろしく頭のよくまわることは、家じゅうの誰《だれ》でもしっている。

来旺はからだをがくがくふるわせながら、またうなずいた。

「靴がほしかったの?」

「はい、金蓮奥さま」

「恵蓮さんの靴が?」

「いいえ、ただ、靴が」

潘金蓮はにやりと笑った。

「そこにお坐《すわ》り」

来旺児は、赤い靴を抱いて、ふるえながら坐った。

「お寝」

ぼろきれのように横たわった来旺の、不安にひきつる顔の上に、潘金蓮はじぶんの靴をのせた。のせたというより、ふんづけたのである。

「それじゃ、あたしの靴もあげよう。そうら」

すると、潘金蓮にさえも意外な反応が足の下で起った。

残忍にふんづけられながら、門番はうめいた。苦痛のうめきではなくて、喜悦のためいきであった。

それが夜の西門慶のうめき声にあまりよく似ていたので、靴底をとおすぶきみな鼻や口の触感に思わず悪寒がはしって、反射的に力いっぱいふみつけると、また歓喜にみちた妙な音をたてて、鼻血が両頰にながれはじめた。潘金蓮は大きくとびのいた。

来旺は、夜目にも妖夢《ようむ》のような白い呼気を口からうずまかせながら、ぽかんと大空の青い月をみていた。

「ああ……靴……小さな靴……足……女の足。……」

たえだえの声で、彼は恍惚《こうこつ》のうわごとをもらした。

潘金蓮は、じっとこの門番の奇怪な姿を見おろしていた。彼女はじぶんの靴や足が、どんなにはげしい蠱惑《こわく》の靄《もや》で男をつつむか知っている。西門慶はしょっちゅう彼女の靴に酒をいれてのむ。じぶんでも、浴室でうっとりと白いあぶらぎった足をみていて、それが手の何層倍も動物的で神秘的な生物のような気がして、急にもえたつような不思議な慾情《よくじょう》をかんじて、きちがいのようにじぶんの足をたたいたりこすったりすることがある。しかし、この男ほど女の足に対して殉教的《じゅんきょうてき》法悦の相をあらわすものを、いままでにみたことはない。この、いままで、ありとも気づかなかった、猿のようにみにくい小男が。……

突如として、情慾のうす雲が金蓮の双眸《そうぼう》を覆った。

「そう……おまえは、足がほしいのね。靴が……あたしの、この足が」

彼女はみぶるいしながらすすみよった。酒のみがあらゆる盃にすいつくように、金蓮はあらゆる色慾の形態に敏感に反応し、われをわすれて陶酔する女であった。

麝香《じゃこう》の香をまいて、その裙子《クンツ》がまくりあげられた。

「おお……おお……おお……」

来旺児は無我夢中のうめきをあげた。この第五夫人が、そういうきちがいじみた、気まぐれな慾情をあらわにしたあとの反動が、どんなに残忍な、陰惨な相をおびてじぶんにかえってくるか、彼はそのつつしみもためらいもわすれた風である。

猿のような門番は、芋虫そっくりの十本の指で、女の靴をなでさすった。くんくんと犬みたいにかいだ。血と汗とよだれにぬれた頬をこすりつけた。それから、ぺろぺろと舌を出して、牛酪《ぎゅうらく》のような女の足をしゃぶりはじめるのであった。

すると、潘金蓮はまた身をふるわせた。もう嫌悪《けんお》の身ぶるいではなかった。足を、ふくらはぎを、まるっこい膝《ひざ》をしゃぶられながら、彼女はたえだえの息を小きざみに肩で吐いて、こころよさをたえかねるような上気した頬のいろで身をゆすっていた。

青い青い月のひかりの水底の、この妖《あや》しい一幅の秘戯図を、だれ知るまいと思いきや、そのとき少しはなれた竹林のかげから、そっとはなれたものがある。応伯爵である。

さすがの伯爵も、かすかに苦笑いはしているものの、うなされるようなぼっとした眼つきをして、しきりに首をひねりながら、ぶらぶらとかえっていった。

月に魚紋のような雲がかかって、西門家がしだいに昏《くら》くなった。

冎刑之章

月をかくした雲は、元宵節《げんしょうせつ》の日があけても、はれるどころか、ひるごろからちらちら雪がふりだした。

それでも、町には燈籠《とうろう》をつらね、仮装した童子たちは、朝から爆竹をならし、歌をうたいながら、燈籠屋台をかついでおどりまわっていた。夕になると、子供ばかりではない。霏々《ひひ》としてふる牡丹雪《ぼたんゆき》のなかに、あらゆる舗々《みせみせ》が、蓮花燈《れんかとう》、芙蓉燈《ふようとう》、雪花燈《せっかとう》、駱駝燈《らくだとう》、青獅子燈《あおじしとう》、白象燈《はくぞうとう》と、趣向をこらした燈籠に灯《ひ》をいれて、街衢《がいく》にひしめく群衆のなかを、蓬莱山《ほうらいさん》を負う大海亀《うみがめ》を模した山車《だし》や、何町もつながる鳳輦《ほうれん》をひいてねりあるいた。

夕から、西門家では大広間にあつまって祝宴をひらいたが、れいの孫雪娥《そんせつが》は、まだ冎刑《かけい》の光景をみた衝撃からさめないとみえて、相かわらず頭痛をうったえて出てこないし、こん夜は潘金蓮《はんきんれん》までが、途中から下腹がしぶるといって、じぶんの部屋にひきあげてしまった。おりあしく月のものらしい。

今宵《こよい》は一同獅子街《ししがい》の方へくり出して、不夜城のような町の壮観を見物しようということになって、れいによってたいこもちの応伯爵もきていたが、酒宴のなかごろで、まるでいいあわせたように、第七夫人の宋恵蓮《そうけいれん》と第八夫人の鳳素秋《ほうそしゅう》が、なんとなく頭がいたいといい出した。昨夜につづいての酒宴だから、すこしのみすぎたのかもしれない。酒の意地のきたない応伯爵は、両側で蒼《あお》い顔をしているそのふたりの美人の酒を、横から手を出してぴちゃぴちゃのんでいたが、いざみんなが出かけるというころになって、彼も頭がしびれるようにぼうっとして、へんにねむくなったので、あの桃花洞《とうかどう》をかりてひとねむりさせてもらってから、あとで獅子街へおっかけてゆこうということになった。

これで、ほとんどその夜からになるはずだった西門家のなかで、後園の房にすむ連中ばかり、つまり、東廂房《とうしょうぼう》の鳳素秋、西廂房《さいしょうぼう》の孫雪娥、南廂房《なんしょうぼう》の宋恵蓮、北廂房《ほくしょうぼう》の潘金蓮、おまけに、東南の桃花洞にとびいりの応伯爵までが、偶然のこることになったのである。

西門慶たちが出ていったあと、応伯爵は桃花洞の寝台で、妙な眠りをねむった。

大酒に酔いつぶれたあと、意識がもどったときのように、からだがぐったりとけだるく、頭の深部がしびれ、そのしびれが、不快なような、へんに恍惚とするような感じで、瞳《ひとみ》はぼっとひらいているのに、なかば夢み、なかば醒《さ》めているような、うつらうつらした気持である。

しんかんとした邸宅は海底に似て、遠い町の爆竹と器楽の交響が、まるで水をとおしてくるようにきこえる。

何時間たったかわからない。彼は急にのどがかわいた。たちあがろうとしたが、手足がけだるくてうごかない。……じ、じ、じっとかすかにもののやける匂いに眼をあげると、蜜蠟《みつろう》の燭台に、ぼんやりと二重の虹《にじ》の輪がかかっているのがみえた。

「凶だ。……だれか、死ぬ。……」

妓楼《ぎろう》でよくやる遊女の燈花《とうか》占《せん》を、応伯爵はよく笑ったものだが、このとき彼は、なんともいえない、ひいんやりとした恐怖におそわれた。

跫音《あしおと》がきこえる。北のほうから——鳳素秋の部屋の方から、誰かひとり遊廊をあるいてくるものがある。

「誰か……水をくれ……」

と、彼はよびかけたが、声がかすれてよく出ない。

「だれか……」

跫音は、桃花洞の扉《とびら》の前をまわって、西の方へ——宋恵蓮の部屋の方へきえていった。

素秋が恵蓮のところへあそびにいったのかもしれない。

それから、どれほどの時がたったか——彼の感覚ではぜんぶで一更《こう》にもみたないほどのあいだであったが、西門慶一行の帰館してきたのが三更もよほどすぎてからということであったから、彼が半睡半醒でねていたのは二更以上にもなっていたといえる。遠い表の大

〔西門家後園図〕

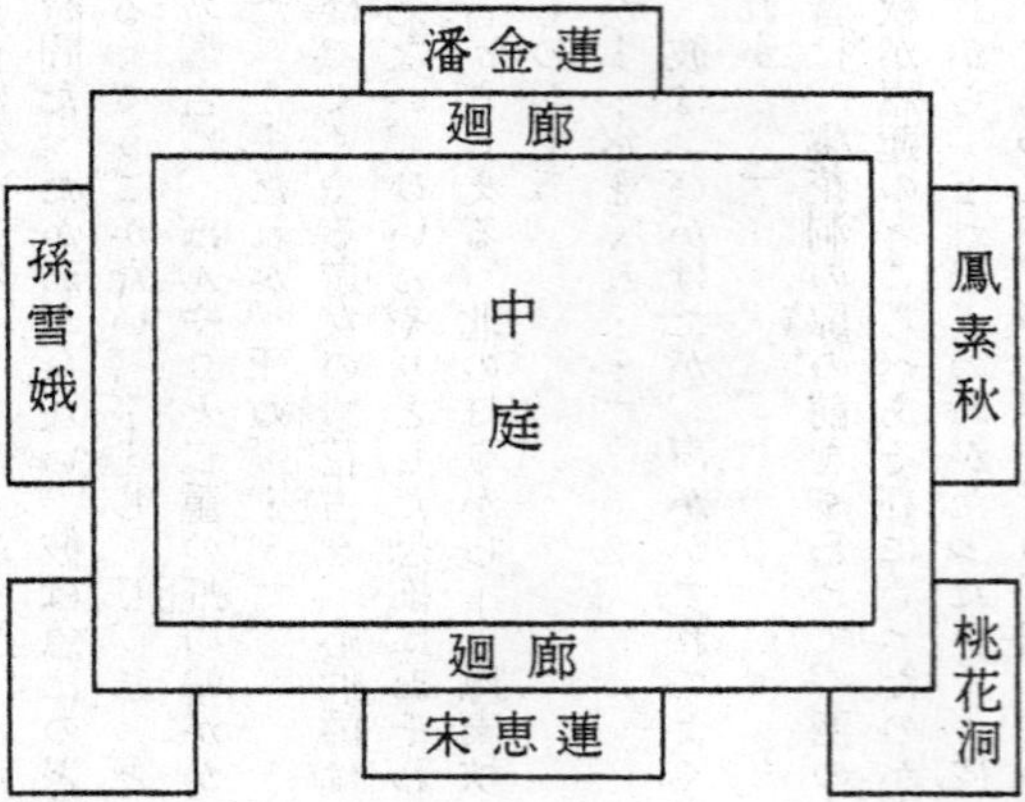

門の方にがやがやとにぎやかな笑い声がもどってきたのをきいて、応伯爵はやっと、生暖かな恍惚と、しみいるような恐怖の呪縛《じゅばく》から解放された。

ふらふらと頭をふっておきなおり、よろめきながら燭台をとって、桃花洞から遊廊へでる。十歩ばかり、宋恵蓮の房の方へあゆんで、

「ふ！……」

と、彼は声なきさけびをもらした。

真紅の花とみえて、遊廊のうえにおちる灯の輪のなかに散っているのは一滴の血であった。

凝然《ぎょうぜん》とたちすくんで、次の瞬間、応伯爵はつんのめるようにかけ出した。宋恵蓮の部屋の扉にとびついた。

「恵蓮さん！　恵蓮さん！」

うわずった声でよんだが、返事がない。

扉をひらくと、素秋の姿はみえないで、ただ第七夫人の宋恵蓮ひとり、寂然と寝台に横たわっている姿がみえた。

蠟涙《ろうるい》はうずたかく、滅せんとして陰々とまたたいている灯のなかに、彼女の顔はその蠟よりも白くうかんでいた。

「起きてくれ……恵蓮さん！」

もういちどよんで、その上半身をゆさぶりながら抱きあげた応伯爵は、その肉の冷たい重さと、それからさらに恐ろしい、へんてこな物体が、寝台から床におちたのに、わっと悲鳴をあげて相手をなげ出した。床におちたのは、ももでたちきられた、靴もはいていない、はだかの右足であった。

寝台になげ出された上半身とのへんてこな角度からみると、もう一本の左足も、おなじように離断されていることはあきらかである。応伯爵は夢魔におそわれたような眼で房のなかを見まわした。……気がつけば、床一面になんという碧血《へきけつ》であろう。

蛟竜《こうりょう》をつつむ雲を彩って、血しぶきのちりかかった衝立《ついたて》に、ぐさりとつきたてられているのは、煌々《こうこう》たるひとふりの庖丁《ほうちょう》であった。

またたいていた灯が、ふっときえた。さそわれたように、彼の燭台までがかききえて、まわりがうるしの闇《やみ》となったとたん、応伯爵はころがるように部屋の外ににげ出した。

笑い声がちかづいてくる表の方へにげ出そうとして、辛うじて彼はたちどまった。水をあびたような顔いろで、奥の方をふりかえり、がくがくする両膝をつっぱって、

「まった、まった。……ここが、たいこもちの度胸のみせどころ、と」

かすかにつぶやいたのはさすがだが、声はわなわなとふるえている。

彼はおよぐように桃花洞の方へもどって、遊廊を北へまがって、鳳素秋の部屋の前へあるいていった。

「素秋さん。……」

扉をたたいた。返事がない。悪寒が全身をはいのぼった。

ねばりつく手で、朱塗りの扉をあける。……ここにも、銀燈は蠟涙を盛って、陰々滅々とまたたいている。鳳素秋はいた。

第八夫人鳳素秋は、寝台の上に、凄惨な血の池をよどませて殺されていた。足は……足は……足は、なかった。彼女のまるまるとしたからだは、ただ首と胴と両腕ばかりであった。

卓の香炉からは、縷々《るる》として、竜涎香《りゅうぜんこう》の煙がたちのぼっている。

こんどは、応伯爵はちかづこうともしなかった。ただ、うなされたような眼でその怪奇な屍体《したい》を遠望して、そろそろとあとずさりにかかった。が、こういうときには、ひとすじの塵《ちり》にも人間はつまずくものらしい。なにかに足をとられて、応伯爵はどたんと傀儡《かいらい》のようにひっくりかえった。

応伯爵はまた傀儡のようにぴょこんとはねおきると、廻廊をふらふらと奥へあるいていって、第五夫人の潘金蓮の部屋の前へやってきた。

「金蓮さん。……」

ここにもまたいらえがなかった。応伯爵の瞳は散大して、息もつけない思いである。

「金蓮……金蓮……金蓮さん！」

「どなた？」

　だいぶたってから、ねむそうな声がきこえた。

「応伯爵です。あけて下さい」

「あら？……いやよ、応さん、旦那さまはお留守中だから」

「冗談じゃない。……け、恵蓮さんと素秋さんが殺されていますよ」

　しばらくして、扉がひらいた。

　この女の寝起きの顔によくみる、おぼろ月のようにかすんだ面輪が片手にかかげた燭台に、いぶかしみのためかいっそうぼうっとうかんで、

「なんとおっしゃって？」

「冎の刑です」

「冎の刑」

「素秋夫人と恵蓮夫人の両足が、胴からはなれています」

　潘金蓮はちょっと笑いかけたが、応伯爵の凍りついたような顔をみて息をのんだ。

「殺されてる、とおっしゃるの？」

「左様」

「だ、誰が？」

もういちど、鳳素秋の部屋の方へとってかえそうとしていた応伯爵は、このときはじめて下手人ということに気がついた。と、同時に、伯爵ばかりではなく金蓮も、いいあわせたように西廂房の方をふりかえったのは、ふたりともおなじ恐ろしいことを思い出したからであろうか。

「雪娥さんの安否をたしかめにいってみよう」

ふたりは遊廊を西へゆき、南へまがって、孫雪娥の房の前へかけていった。

「雪娥さん！」

まだ返答はなかったが、それに耳をすますよりはやく、灯のゆらめくなかに、応伯爵は床の上に、思いがけない——というより、或《あるい》はと予期していただけに、いっそう吐気のするほど恐怖にみちた物体を発見して、あっとさけんだ。雪娥の房の扉のまえにおちていたのは、紫繻子《むらさきじゆす》の靴をはいて、血の曼陀羅《まんだら》に織られたような、白い、むっちりとあぶらぎった一本の足であった。

扉はひらかれた。第四夫人の孫雪娥は、寝台の上に横たわっていた。

しかし、平和な銀燭の灯の下に、彼女は、醒めているときはみせたことのない、あどけない、美しい横顔をみせて、こんこんとねむっていたのである。

夢魔の章

——沈黙しているのは、眠れる人ばかりではなかった。

ふたりは船酔いにでもかかったように、その傍に茫然《ぼうぜん》とたっていた。夜を通して町々をねる潮鳴りに似た歌声が、このときどういうものか、地にしみいるように絶えていた。

まず静寂を破ったのは、ふたりではなく、表の方からちかづいてくる西門慶の、酩酊《めいてい》して「看燈賦《かんとうふ》」をうたう声と、からからと陽気な笑い声であった。

「やあやあ、この佳日にふて寝をしている女ども、片っぱしからその罰に、燈籠がわりにいいところへお灸《きゅう》をすえてくれる。あはははは、さあ、でてこい」

と、応伯爵がやっとよんだ。

「あにき、西大人《たいじん》、おうい、ここだ、ここだよ」

思いがけない方向からの声なので、西門慶はおどろいた様子だが、すぐ、何かわめきながら、どたどたとやってきた。うしろに、書童《しょどう》、画童《がどう》、琴童《きんどう》とよぶ美少年たちをつれている。

「なんだ、どうしたのだ？」

と、そこに立っている応伯爵と潘金蓮の姿をみてどなりつけたが、ふと床に眼をおとして、しげしげとのぞきこみ、たちまち、意味不明瞭《ふめいりよう》な悲鳴をあげてしりもちをついた。わっとさけんで画童の方が、燭をなげすててにげていった。

「こりゃなんだ。……女の足じゃないか！」

「左様、鳳夫人の右足だ」

「なに？　そ、それじゃ、素秋は？」

「部屋で、両足紛失して死んでいる。……宋夫人も、御同様、ただし、これも両足きられてはいるが、のこっていることは、のこっている」

「だれがやったのだ。そんな、きちがいは？」

だまって、寝台の方をみている応伯爵と潘金蓮の視線をおって、西門慶はぎょっとなった。

「あれだというのか？」

「わからない。おれたちも、いまここへきたところだ。孫夫人はあの通りおねむりだが……」

西門慶は酒も色慾もさめて、水をあびたような顔でおきあがり、よろよろと寝台の方へあるいていったが、ふとその下にぬいである黒い靴をみて、

「ひどく、ぬれている。どこを歩いたのだ？　こいつ——」

といいかけて、はっとなった。むろん、彼女の夢中遊行という病気を思いだしたのである。

「素秋と、恵蓮の足がきりとられたと？——」

「ああ、恐ろしいこと！　円の刑《かけい》が、人形ですまなくなったのだわ。……そういえば、あたしの部屋の前を、西から東へ、ふらふらと通りすぎていった跫音《あしおと》があったけど、あれが雪娥さんだったのかしら？」

椅子《いす》に両手をかけてよりかかっていた潘金蓮が、身の毛のよだつような声でいった。すると、応伯爵がきいたのも、素秋を殺し、つぎの犠牲者めざして恵蓮の房へよろめいてゆくこの夢幻の殺人者の跫音だったのであろうか。

「金蓮さん、あんたはいのちびろいしましたね」

「あ、あたし？　あたしは、雪娥さんのうらみをかうようなこと、ちっともしたおぼえありませんもの。いちばんにくまれていたのは、恵蓮さんと素秋さんだわ」

「……そうかもしれない。しかし、靴がぬれているって、このひとはいったいどこをあるきまわっていたのだろう？」

顔をあげた応伯爵は、このときはじめて中庭とは反対の西の小窓がかすかにひらいているのを発見し、つかつかとあるいていって、窓をひらいた。雪はいつしかふりやんで、雲間から満月がのぞいて、白皚々《はくがいがい》の地上をてらしていた。

「ああ、足跡がある。――」

「なに？　孫雪娥の足跡か」

「……いや、それにしては大きい。ちがうようだ。西の塀《へい》の方へ十歩ほどあるいて、それから南の垂花門の方へまわっている」

表の方が、騒然としてきた。画童がこの兇変《きょうへん》をさけんでまわったのであろう。無数の跫音が、ころがるようにはしってくる。

西門慶はあらく孫雪娥をゆさぶったが、彼女は容易にめざめない。そこへもう他の妻妾や手代や下男が、恐怖と好奇に動顚《どうてん》した顔をのぞかせた。応伯爵は、彼らに、鳳素秋のもう一本の足をさがすようにいいつけた。

検屍《けんし》役人の何九《かきゅう》がかけつけてきたころには、もうつぎのようなことがわかっていた。南廂房の宋恵蓮の傍の衝立につきたてられていたのは、料理上手な孫雪娥の庖丁にまぎれもない。その雪娥は、はたせるかな、また夢中に遊行したものとみえて、彼女の部屋のまえの遊廊から中庭へ、靴の跡がさまよい出て、そのまんなかあたりをめちゃめちゃにあるきまわってもどった跡が、雪に、歴然《れきぜん》とのこっている。それにもかかわらず行方不明の鳳素秋の左足は、どこをさがしても見あたらなかった。ただ、池のほとりに、血まみれになった紫の片足の靴のみがおちているのが発見された。

「一本の足に、二つの靴か。平仄《ひょうそく》が合わん。……」

さわぎの途中から、桃花洞ににげこんで、つぶれはてた胆を酒でふくらませようとでもいうのか、ぐいぐいと金華酒《きんかしゅ》をのんでいた応伯爵は、ぶつぶつひとりごとをつぶやいていたが、急にぶらりと部屋をでると、傍をとおりかかった下男の張安《ちょうあん》に、

「おい、来旺児はいるかい？」

「さあ、なにぶん、この騒動で――」

「いたら、おれのところへくるようにいってくれ。さあて、どうも面妖《めんよう》だなあ」

と、首をかしげながら、遊廊をまわって、孫雪娥の部屋へまたもどっていった。

いってみると、西門慶は、検屍役人の何九に、しきりに数枚の銀子をおしつけているところであった。あまりことを大きくしないように、役所の方へよろしくたのむ、というつもりなのであろうが、ことを大きくするなといったって、これほど絢爛《けんらん》たる大惨劇は、何九はいままでに逢《あ》った経験はないし、それにしては貰《もら》い分がすくないと思って、頑強《がんきょう》におしかえしていたが、応伯爵がうしろにきてにやにや笑っているので、あわてて銀子をふところにいれてしまった。

「さて、それでは、いいかげんに孫雪娥夫人に眼をさましてもらわなくてはなりますまいな」

急に厳然と威儀をただしてたちあがった何九を、片手をあげて応伯爵はとめた。

「ちょっと。……いったいぜんたい、どういうことになりましたので？」

「むろん、犯人は、雪娥だろう」

「雪娥さんが、どういう次第であのふたりの足をきったのです？」

「つまりだ。きくところによると、雪娥は、素秋と恵蓮をにくむこと甚《はなは》だしいものがあった。たまたま三、四日まえにあの刖刑を見物にいったものだから、その憎悪の心と刖刑の手段が、夢中にくみあわさって、それでふたりを殺したのだろう」

「いや、私の承りたいのは、雪娥さんがどういう足どりで、ふたりの足をきってまわったかということで」

「足どり？　うるさい男だな。——そんなことは、雪娥をおこしてきけばわかる」

「それは、わかりますまい。本人は眠っているのですからな」

西門慶がかえっていらいらして伯爵をにらんだ。

「金蓮も、おまえも、跫音をきいたというじゃないか。雪娥はこの部屋から庖丁をもちだし、金蓮の房の前をまわって、東廂房の方へゆき、素秋をきり殺して、それから桃花洞の前をとおって、恵蓮を殺しにいったのさ」

「へ、へ、しかし、この部屋の前におちていたのは、素秋さんの足ですぜ。雪娥さんは二本の足を両わきにかかえて、恵蓮さんのところへおしかけたってわけですかね。それから、また素秋さんの足をかいこんで、えっちらおっちらこの部屋の前へもどってきたってわけですかね？」

「それじゃ、さきに恵蓮の方をやったんだろう」

「どうも、頭が粗雑でこまるな、私も金蓮さんも、その反対の方向へまわる跫音をきいたんですぜ。だいいち、素秋さんの方があとなら、恵蓮さんの部屋にのこっていた庖丁は、ありゃいったいどういうわけです？」

寝台の方へ足をふみ出したまま、口をぽかんとあけていた何九は、賄賂《わいろ》銀何両に値する役人の威容をしめさなくてはならぬとかんがえたらしく、おごそかな眼を宙にあげて、

「それは、こうだろう。雪娥は、素秋を殺し、つぎに恵蓮を殺したあとで、もういちど素

秋の房へ足をとりにいったのだろう。なぜ素秋の足をとりにいったのか、そもそも人の足をきるような狂人だから、その気持はわしにはわからん」

「どこを通って、素秋の房にもどり、どこを通って、この部屋にかえってきたのです。私は、東厢房から南厢房の方へゆく跫音を、いっぺんきいただけですぜ」

「それなら、金蓮夫人の方の遊廊を往復したのさ」

「すると、金蓮さんは、部屋の前を通る跫音を、すくなくとも三回はきいたわけですね。はてな、さっきの金蓮さんの口ぶりでは、そういう様子でもなかったが……まあ、これはあとで金蓮さんに、もういちどきいてみる必要がありますな。しかし、何大人、そうすると、素秋さんを殺して、つぎに恵蓮さんを殺しにゆく途中、桃花洞の前あたりに一滴の血をのこしたほどの犯人が、そのあと二本の足をもって、西や北の廻廊をあるきまわるのに、そこにはちっとも血潮のしたたりがみえないとは、どういうことです？」

「それじゃ、中庭をつっきったのだろう」

「いや、雪娥さんの雪の足跡は、中庭のまんなかあたりばかりで、この部屋の前の遊廊から往復しているだけで、ほかの廻廊にゃぜんぜんつづいていないようですよ」

はじめて、事態の意外性が、何九と西門慶にわかったらしい。愕然《がくぜん》としてふたりは伯爵の顔をみつめていたが、やがて、同時に、かっとしてさけんだ。

「いったい、きさまは、なんだといいたいのだ？」

「それが、なんとも申しかねます」

応伯爵は、金華酒の匂いを口からふうっとふいて、くびすじをかいた。

「ただ、一本の足と二つの靴がまだ見つからないんで、それのあるところがわかりさえすれば……」

「なに？　一本の足と二つの靴？」

「左様。素秋さんの左足と、恵蓮さんの赤い靴」

すっかり当惑して顔を見合わせている西門慶と何九をよそに、応伯爵は、西の小窓にかたむく青い満月のひかりをながめながらつぶやいた。

「ここに、おそろしく女の足と靴に熱心な奴が一匹おりましてな。そいつが、雪娥さんがれいの夢中遊行で中庭をぶらぶらしているあいだに、あの窓からこの部屋にしのびこみ、あの廻廊にでて、素秋さんと恵蓮さんの足をきってまわる。もっとも、それにしても、あの跫音と血の点のわからぬことは御同様だが、とにかくこいつは寝ぼけてやったわけではないから、つかまえてみればわかるでしょう。……」

そこへ下男の張安が、いそぎ足でやってきた。

「旦那、来旺児はどこかへ逐電《ちくでん》した様子ですぜ！」

「しまったっ」

と、応伯爵はとびあがった。

「そいつだ！　やっぱり、そうか。何大人、来旺児をつかまえて下さい！」

何九がとび出していったあと、茫然たる西門慶をふりかえって、応伯爵は笑った。

「あにき、せっかくの色男が、なんという顔だ。そうしょげなさんな、あすにでもおれが、すぐ第七夫人、第八夫人の代りを見つけてきてやるよ。ついては、その周旋料《しゅうせんりょう》を前金でもらいたいね」

「ばかめ」

――その翌日わかったことであるが、真夜中の元宵節の雑沓《ざっとう》のなかを、七絃琴の革袋にいれた何やらほそながいものを、肩にかついだ来旺児が、歓喜に両眼を血いろにもやして、猿のごとく宙をとんで城外へにげていった姿をみたものがあるということである。

一夜のうちに、その頭上で、二度恐ろしい運命がいれかわったのもしらず、第四夫人孫雪娥は、あどけない、美しい横顔をみせてまだこんこんとねむっていた。

紅蓮《ぐれん》之章

中一日おいて、西門家の大広間で、ふたつの亡骸に「斂《れん》の礼《れい》」が行われた。

「斂の礼」とは、死人を檜葉湯《ひばゆ》で洗い、髪をといて麻糸でくくり、白い新衣でつつむ、入棺まえの儀式で、死人が女なら、婦人がやることになっている。

応伯爵《おうはくしゃく》は、さしずめ葬儀執行委員長といった役まわりで、陰陽師《おんようじ》、僧侶《そうりょ》、役人、葬儀屋との交渉や、弔問客たちとの応接に、すっかりへとへとになってしまった。死因が死因だけに、なんでも華美に、大袈裟《おおげさ》にやりたがる西門慶《せいもんけい》も、このむごたらしいふたつの屍骸だけは、一刻もはやく土に葬ってしまいたいとみえて、出棺もその日のうちということになったので、眼のまわるようないそがしさである。

いよいよ大広間に紅布をかけたふたつの棺をはこびこむのを、伯爵がさしずしていると、入口のところで、何九《かきゅう》が、西門慶をつかまえて報告していた。どうやら来旺児は、素秋の片足と恵蓮の靴をもったまま、他県へ逃亡してしまったらしいというのである。

棺を安置すると、応伯爵は簾《すだれ》をかかげて隣室に入り、やれやれといった顔つきで、ちょっと息ぬきに酒をのんだ。

大広間のふたりの仏は、帷《とばり》にかこわれ、そのなかで女たちの哀哭《あいこく》する声がきこえた。喪《も》装《そう》したのこりの六人の妻妾や小間使いたちが、泣きながら相談しているのである。

「恵蓮さんの棺には、どの服とどの服を入れてやりましょうか？」

「あの、新しい黄紬《きつむぎ》の裙子《クンツ》と、白綾《しろあや》の上衣と――」

「靴は？」

泣き声がとぎれた。ふたりの仏が、どうして冥土《めいど》をあるくのだろうと、みんなかんがえこんだのにちがいない。素秋のごときは、一本足のままである。

「恵蓮さんの、あの赤い靴はなくなったままなんだけど、それじゃあの金の蝶々《ちょうちょう》を刺繍《ししゅう》した黒い靴をはかせてやったらどうかしら？」

こう呉月娘《ごげつじょう》がいいかけたのに、すすり泣きながら潘金蓮《はんきんれん》のこたえる声がきこえた。

「いいえ、恵蓮さんは、とても赤い靴が好きでしたわ。……春梅《しゅんばい》、春梅、あたしのお部屋にいって、あたしのあの赤い靴をとってきておくれ。あれをはかせてやりましょう」

すぐ、小間使いの龐《ほう》春梅が帷から出てきて、奥へかけてゆく姿がみえた。

表の方では、会葬者がくるたびに簫《しょう》をふき、銅鑼《どら》をうつ音がきこえる。応伯爵も、かなしくなった。死人となってみれば、素秋や恵蓮との面白おかしい遊楽の思い出ばかりがよみがえる。伯爵は涙をおとしながら、一方では、西門慶がどうしても棺のなかにいれるといってきかない銀の塊を、なんとかして入棺のときにちょろまかしたいものだと思案していた。

春梅が赤い靴をもって、また帷のなかに入っていった。しばらくすると、かなしげな金蓮のためいきがきこえた。

「まあ……恵蓮さんの足は、あたしの靴には入らないわ。……あたしの靴が、小さすぎるのかしら？」

「しかたがない。やっぱり御本人の黒い靴をはかせましょう」

これは第三夫人孟玉楼《もうぎょくろう》の声である。

応伯爵は泣きつつ酒をのみ、銀塊のことを考えつつ涙をながしていたが、ふと盃《さかずき》が宙にとまり、凝然と瞳がうごかなくなった。しばらくして、突然彼のからだがふるえあがった。

応伯爵は蒼ざめて、ぼんやりしていた。それからまたながいあいだたって、ふたたび彼はにやにやと笑い出した。

しかし、彼はそれ以後、なにかいっしんに思案している顔で、底に炭と葦《あし》をしいた柩《ひつぎ》に死者を納棺するさいも、ついぞ銀塊のことなど頭にもうかばない様子であった。

出棺は午後おそくになった。雪はあがって、きのうからいいお天気になっているが、何百人という人々のあわただしいゆきかいのために、門のあたりから庭にかけて、池のようなぬかるみであった。ところどころ紙や線香がおちて、泥《どろ》にまみれていた。外には、絹の傘《かさ》や、赤い名旗のなびく下に、町の会葬者や、埋葬役人や、百数十台の轎子《かご》が待っている。ふたつの柩につづいて、麻の冠に喪服姿の西門慶が、首をたれてあるく。そのあとを、ぞろぞろと女たちがぬかるみにあやうげな蓮歩《れんぽ》をすすめる。

庭をよこぎるとき、潘金蓮のうしろを、神妙な顔をしてあるいていた応伯爵がふときいた。

「それはそうと、金蓮さん、恵蓮さんの棺に、やっぱりあなたの靴をいれてやりましたかね」

「いいえ。……恵蓮さんの足にははけませんでしたもの」

「そうですか。では、せっかくだから、素秋さんの棺に入れておやりになりゃよかった」

「あら？　素秋さんの足は、恵蓮さんより大きいんですのに、なおさらあたしの靴がはけるわけがないじゃありませんか」

金蓮は涙にはれぼったい瞼《まぶた》から、いぶかしげなまなざしをなげた。応伯爵はうつむいたまま、ためいきをついて、

「それがね、金蓮さん、素秋さんの棺に入っているのは、恵蓮さんの右足なんですよ」

「えっ？　なんですって？」

「つまり、あの夜、雪娥さんの部屋の外におちていたのは、素秋さんの靴をはかせた恵蓮さんの足だったというわけです。したがって、来旺児《らいおうじ》がもって雲を霞《かすみ》とにげたのも、恵蓮さんの左足。……どうも、あの足きちがいの男が、せっかく女の足を四本もきっておきながら、大きな方の素秋さんの足を盗んでにげたのが解せんと考えておった」

「応さん。……では、恵蓮さんの胴にくっついていた足は――」

「むろん、素秋さんの両足でさあ。あなたの靴がはけるわけはありませんよ」

潘金蓮はたちどまった。かなしみの行列は、門の方へながれてゆく。金蓮はあゆむのもわすれた風で、じっと伯爵の仔細《しさい》らしい顔をながめていたが、

「あなた……そんなこと、どうしていままでだまっていらしたの？」

「へ、へ。それが……ついさっき、わかったのでしてね。そうわかってみれば、あの夜のことがみんな腑《ふ》におちましたよ」

「あの夜のこと？」

「左様。殺戮者《さつりくしゃ》の這《は》っていった跡が」

「来旺児のことですか」

「足きちがいの来旺は、いかにもあの夜、雪娥夫人の部屋の西側の窓の外にやってきました。あの男は、骨をもらう犬のように、女のきれいなまるっこい足を待っていたのでしょうな。……ところで、私はもっとさかのぼって、李瓶児《りへいじ》夫人の誕生日の祝宴に、だれか、

恵蓮さんと素秋さんの酒に奇妙な薬をいれたことまでわかりましたよ。そいつを私が盗みやらかした罰はてきめん。……鴉片《あへん》——あれは、西大人が、西域のへんな坊主からもらったやつですね。で、そのおかげで、その夜、素秋さんも恵蓮さんも、それぞれの房で、死んだようにねむっている……」

葬列は、哀哭の声にむせぶまぼろしの群のようにただよってゆく。ふたりはぼんやりとした顔で、むかいあってたたずんだままである。

「さて、深夜になって雪娥夫人が、れいの夢中遊行で中庭へさまよい出たのをみすました殺戮者は、東の遊廊を北から下って素秋の部屋に入り、彼女を殺して両足をきりとり、七絃琴の革袋にいれて、桃花洞のまえをとおりすぎたが、血はそのときその革袋からおとしたのです。それから、恵蓮さんを殺してまた両足をきり、胴体には素秋さんの両足をくっつけて、かわりに恵蓮さんの両足を革袋にいれてはこび出したのです。そして、その一方の足には素秋さんの紫の靴をはかせて、雪娥さんの房のまえになげすて、もう一方の紫の靴は、遊廊から、雪娥さんが徘徊《はいかい》ちゅうの中庭めがけて、力いっぱい放り出したのでしょう。さて、のこったもう一本の恵蓮さんの足と、二つの赤い靴をもった犯人は、雪娥さんはぬけがらの部屋に入って、西の小窓にすすみよる。外には、さっきいった来旺児が、よだれをながし、舌なめずりして待っている。……」

金蓮は、すきとおるような顔いろで、応伯爵を見つめている。白い喪靴のつまさきを、かすかに門前の鉦鼓《しょうこ》の音にあわせていた。深淵のような眼であった。

「来旺児は、罪は孫雪娥夫人にかかるから、といいふくめられていたのかもしれませんね。なんぞしらん、雪娥はたとえ冤罪《えんざい》をすがれても、罪は逐電《ちくでん》した来旺にかぶせられるようにたくらまれた奸謀《かんぼう》であろうとは。……尤《もっと》もあいつは、罪も罰もさらに念頭になく、いまごろ、白雲と枯野の果で、顔のひもをといて可愛《かわい》い女の足と靴に頬ずりしていることでしょうて」

「……だれが……それじゃ……なんのために……素秋さんたちの足をきったとおっしゃるの？」

金蓮は、ひくい声でいった。背を、そばの楊柳《ようりゅう》にもたせかけている。あたりにはもうひとかげもない。ただ、町をものうく葬楽の音が遠ざかってゆく。

応伯爵は、もちまえの片えくぼを彫った。

「なんのために、ということが恐ろしい」

彼は金蓮の底しれぬ眼にみいった。

「円《か》の刑の朝、恵蓮さんに、あたしの足は、金蓮さんのお靴でもゆるいくらいですのに……と、唯《ただ》一語《けい》いわれたために」

「………」

「それから、納棺のとき、まあ、恵蓮さんの足は、あたしの靴に入らないわ……と、唯一語やりかえすために」

「………」

「そのために、あなたは、恵蓮さんの胴に素秋さんの大きな足をくっつけたのです」

応伯爵は、息がきれてきた。潘金蓮はだまって、深い冬の蒼穹《そうきゅう》を仰いでいる。ほとんど神聖美の極致ともいいたい横顔であった。われしらず、伯爵の口からは、うわごとのような言葉がころがり出した。

「しかし、あなたの美しさは、そういうことをなさる値うちがある」

潘金蓮は、応伯爵にまなざしをもどした。深淵のような黒いひとみの底に、妖しい媚笑《びしょう》の炎がちろちろとゆらめきだした。

「わ、私は、だまっていますよ、私はね」

伯爵の身体《からだ》の方が、水母《くらげ》のようにふるえはじめた。

「銀、銀の塊などでは、だまらないが」

潘金蓮のなよやかな腕が、うっとりと彼のくびにまきついた。

「ただ、あなたの唇を。……」

潘金蓮の息が、むせかえるように、彼の鼻孔をつつんだ。歯と歯のあいだに入ってくる沈香《じんこう》の花びらのように、ぬれてやわらかな舌を吸いながら、この論外にだらしのない幇間《ほうかん》探偵は、ひょっとすると、いつこっちも一服もられるかもしれないな、と心の遠い底で思いつつ、その一瞬の無何有郷《むかうきょう》にしずみこんでいた。

葬楽の音は、もうきこえない。

美女と美童

白虎之章

西門慶《せいもんけい》は、或《あ》る雪の夜、悪友の応伯爵《おうはくしゃく》といっしょに、ひどく悪酔いしてかえってきた。というのは、その夜なじみの花街へいって、ふだんから彼が世話をしている歌妓の李桂《りけい》姐《そ》をよんでみると、おりあしく叔母《おば》の誕生日で出かけているという。やむなく応伯爵を相手に酒をのんでいるうちに、偶然、李桂姐が別室で、或る若い役人と寝ているということがわかったので、怒り心頭に発し、卓をひっくりかえす、皿や盃《さかずき》をなげつける。おまけに自分が買ってやった敷物や垂帳《すいちょう》までひきちぎって、

「二度とこの家の門をくぐるものか」と痰《たん》をはいてかえってきたのである。

「西大人《たいじん》、まあそう怒りなさんな。色町に鞘当《さやあて》はつきものだ。怒るだけ野暮というものだよ」

と、応伯爵はなぐさめながら、にやにやしている。この男は、もと大きな絹問屋だったのだが、遊びすぎてすっかり尾羽うちからし、いまは西門慶のたいこもちのようになって暮しているが、それを恥ずかしいとも情けないとも思っていないらしい。天性のひょうき

ん者だか、脱俗の粋人だかわからない男だった。

「ええっ、まだむしゃくしゃがおさまらん。どうしてくれよう、売女《ばいた》め」

「左様。売女だ。売女だ。——野のあだ花にそってはみたが、女房にまされる花はなし、枕の味はうすけれど、朝までそって銭いらず——かね。ははは。まして兄貴、——いったい兄貴はぜいたくだよ。あれだけよくつくしてくれる、別嬪《べっぴん》ぞろいの奥さんをたくさんもって、そのうえ外にまだ手を出すから、罰があたるのさ」

「なに、女なんて、どいつもこいつもあてになるものか！」

「ま、そういったものでもない。さあ、機嫌《きげん》をなおして、家で飲みなおそう。おお、いい雪だ。まるで、鵞毛《がもう》のようだ。そこでひとつ、奥さん方をみんな起して、にぎやかに雪見酒とゆこうじゃないか」

——と、いったようなわけで、それから西門家の奥の広間で時ならぬ雪見の宴がはじまった。

西門慶はふたりの寵童《ちょうどう》をよんで、ひとりには寒さよけの梅花模様の簾《れん》をたれさせ、ひとりには炉に獣炭《じゅうたん》をたかせた。ぞろぞろと、眠そうな顔であつまってきた六人の夫人たちも、酔眼のすわった西門慶のただならぬ様子をみてとると、急にしゃっきりとなって、料理や酒壺《さけつぼ》や盃をはこんでくる。

雪見の宴とはいったが、夜のことだから、雪もよくみえるわけがなく、またふたりの放蕩《ほうとう》漢《かん》にそんな風流気のあるわけもない。西門慶は、左右に、画童《がどう》、琴童《きんどう》と呼ぶ美少年をひきつけて、しきりに大盃《たいはい》をほし、応伯爵は、ちびりちびり茉莉花酒《まつりかしゅ》をなめながら、花のようにならんだ六人の夫人たちにふざけかかって、さわいでいる。

第三夫人の孟玉楼《もうぎょくろう》は、酒をついで第二夫人の李嬌児《りきょうじ》にわたしながら、正夫人の呉月娘《ごげつじょう》におじぎして、

「大奥さま、どうぞあたしの、御挨拶《ごあいさつ》を受けて下さいな」

「どうぞ、どうぞ、こんな席ですもの、そんな、わけへだてはなさらずと」

と、呉月娘はしとやかだ。第六夫人の李瓶児《りへいじ》が、

「でも、それじゃあ、あたしたちもいただけませんもの」

みんな、西門慶にはばかりながら、そのくせ無視して、おすましでやりあっている。画童と琴童にやきもちをやいているのだ。と応伯爵は可笑《おか》しくなった。しかし、少年とはいいながら、なんというふたりの美しさだろう。画童は十七歳、ふっくらと靄《もや》のかかったようなやわらかな顔の線は、女にだってめったにありそうもない。甘えるように、なにやら西門慶にささやいている唇から、米粒のように歯がこぼれている。それにくらべると、一つ年上の琴童は、それだけ背もたかく、少年特有の珠を彫ったようなりりしさがある。

「さすがに、西大人、お眼がたかい。……」

と、思わずうっとりとしてその方を見ていると、傍の第五夫人の潘金蓮《はんきんれん》が肘《ひじ》で伯爵の横っ腹をこづいた。

「なにさ、あなたまで……いけすかない」

潘金蓮だけには、さすがすれっからしの応伯爵も一目も二目もおいている。この女には、その繊細精巧《せんさいせいこう》な美術品のような完璧《かんぺき》な美貌《びぼう》のなかに、あらゆる男という男を無限の深淵にひきずりこんでしまうような恐ろしい原始的な力がある。

「応さん。あなたも男の子を相手にあそんだことがある？　あるでしょうね、いったい、男が、男にとって、どんなに面白いの？」

「へ、へ、面白いどころか、いつだったかたいへんな眼にあいましたよ。いや、男の子なんかを相手にするもんじゃない」

狼狽《ろうばい》しながら応伯爵は、さっそく、ほんとだか冗談だかわからないことを、例のごとくぺらぺらやり出した。

「ま、さるところでな。さる美少年をうつぶせにして、一儀の最中であったと思いなさい。突然、相手が、もし、ちょっと……待って下され、といいます。もうそうはゆかないと、こっちは一生懸命。向うが顔をしかめて、いや、どうも、急に、おならが出そうで……せつなくてなりません。これには弱ったが、声はげまして、それでも、もうちょいとだ、がまんしてくりゃれ、といっているうちに、こっちの口から、うい。……」

「なあに、それ？」

「口から、おなら」

「まあ、おっほほほほ、おっほほほほほ！」

なにか白じらと殺気だった酒席を、傍若無人にかきみだすような潘金蓮の笑い声に、西門慶が顔をむけて、かみつくように叫んだ。

「げらげらと、うるさいぞ。何がそんなに可笑しいことがある？」

「はは、西大人、まだ癇癪《かんしゃく》がおさまらんな。遊女にふられて八ツあたりをくわされる奥さんたちこそいい面の皮さね。奥方一同、みんな、おかんむりだぞ」

「なにが？」

「何がって、兄貴、画童や琴童も可愛いにちがいなかろうが、奥さんの方をほうっておいて、そうでれでれしてみせなくともよかろう。これだけ絶品ぞろいの奥さんて、そうあるものじゃない」

「女は、下司《げす》だ！」

「ほほっ、いや、たいへんな見幕《けんまく》だね。こりゃ面白い。よろし、そんなら美女と美童の味くらべ論議とゆこう」

「何をぬかす。美少年の味は知っているくせに、つべこべと……」

「その大人のつべこべをきかせて戴《いただ》こうじゃないか。まず美童の美女にまされる点は？」

「男は、ぬしを裏切らん」

「そんなことあてにならん。私など、金のためなら、親でも殺す」

と、応伯爵は平気でやりかえす。こう西門慶にさからうのはめずらしいが、それでもなんとなく人の腹をたたせないのは、この男の徳である。女たちも美少年たちもかたずをのんでふたりを見まもっている。妖しくも美しい対峙《たいじ》の光景であった。

西門慶は、むきになって、

「美少年は、梅花の匂いがする」

「そんなことをいえば、李嬌児夫人には芙蓉《ふよう》の匂いがし、李瓶児夫人には百合《ゆり》の香がする」

「いやな奴《やつ》だ。そもそも、男の子はだ、女のように色だけの味ではない。頭がよくまわって、うてばひびくようなところがあって、単に色をしているような気がしない。もっと、深い深いものがあるんだ」

「あにき、それじゃ話にならん。私は、色の上での味くらべをいってるんだ」

「ようし！」

突然、西門慶は血相《けっそう》をかえてたちあがり、われ鐘のようにどなった。

「そんなら、その証拠をおまえにみせてやる。——みんな、ならべ！」

いったい、何を思いついたのかわからないが、この暴君がこういう顔つきでいるときに、それに従わないことは虎にさからうよりも恐ろしい。みんなびっくりした表情で、たちあがり、おずおずと一列にならんだ。

「はだかになるんだ」

女や少年たちはどよめいた。正夫人の呉月娘は、きっと顔をふりあげて、

「あたしは、いや」

「……うむ、ま、お前さんだけはよろしい」

と、さすがの西門慶もちょっとひるんだが、すぐに酔眼をほかにすえて、いきなり卓上の皿をたたきつけて怒号した。

「はやく、いうとおりにしないか！」

めんくらった応伯爵が、なにかいおうと、西門慶の方をふりむいたとき、潘金蓮が、うす笑いして、

「ふん、酔っぱらい。脱げばいいんでしょ？」

と、いって、するすると沈香色の上衣と、薄桃色の裙子《クンツ》をぬぎはじめた。応伯爵は、口をもがもがさせただけで、急にだまることにしたらしく、にやにやしてながめている。

髪に鳳《おおとり》をかたどった銀のかんざし、耳に翡翠《ひすい》の耳飾り、足に真紅の靴をはいただけの姿で、潘金蓮はすっくと立った。雪白の肌に炉の火がうつって、ちろちろと、這《は》いもつれる陰翳《いんえい》のなまめかしさは、この世のものとは思えない。さすがの応伯爵もごっくり生唾《なまつば》をのみこんだ。

これをきっかけに、西門慶の眼に追われて、他の妾《めかけ》も少年も、ぞろぞろと衣服をぬぎはじめる。重そうなほど豊満な李嬌児、きりっとひきしまった小麦色の孟玉楼、ほそぼそとかよわげな第四夫人の孫雪娥《そんせつが》、小さな細工物のように可憐な李瓶児、そして……彼女たちよりももっと恥ずかしげな画童と琴童。はだかの画童は乳房と下半身さえ覆えば、まったく女にも見まがうばかりの妖艶《ようえん》さだった。それにくらべて琴童は、かたく肉がしまって羚羊《かもしか》のように清爽《せいそう》である。

「みんな、向うをむけ。四つん這いになって、そうだ、肘《ひじ》と膝をついて。臀《しり》をたかくあげろ」

と、西門慶は厳然といった。……やがて、眼のまえに、七つならんだまるいお臀をながめて、応伯爵は笑いもしなかった。可笑しくもない。なんという息づまるような景観だろう。この姿は、なにかに似ている。……と応伯爵はへんにかきみだされた頭で思った。たしかに、動物の姿だ。そしてそれは、見るものにも遠い遠い原始のむかしの動物だったころの本能をよびもどさせる姿態であった。

「白虎《びやっこ》。……」

と、やっと応伯爵はうなった。

古い淫書《いんしょ》「洞玄子《とうげんし》」に、白虎とあるのは、たしかにこのすがたである。西門慶はからからと笑った。

「どうだ？　伯爵。……臀をくらべてみろ。どれがいちばん美しいか。なに、そう女どものやつをじろじろみるな。あの琴童のなめらかで弾力のある肉のしまり具合をみろ。あの画童のぴかぴかひかるようなまるみと、白桃のような腰えくぼをみろ。……」

すると、すぐ傍に、なよなよとうずくまったものがある。ふりかえると、いつのまについてきたのか、いちばん端にいたはずの第五夫人の潘金蓮であった。

「ほんとうねえ。ああ、この琴童のお臀のきれいなこと。あたしにもあやからせて」

そういったかと思うと、いきなり、はだかの腕を琴童の腰にまきつけて、真紅の唇をひたとその臀につけた。

「これ」

西門慶があわててひきはなした腕のなかで、金蓮は急にのけぞりかえって笑い出した。妖しくかがやく眼に、涙がうかんでいる。異常な昂奮《こうふん》がこの女をとらえたことはあきらかだった。

この潘金蓮こそ、稀世の大淫婦だと、ひそかに見ぬいている応伯爵は、なにやら、あつい泥《どろ》のなかから、うすら冷たくぷつぷつとわきあがってくる泡のような底気味わるい予感をおぼえた。

（こりゃいかん。……なぜかわからんが、こりゃいかん。……きっと、これで、ろくでもない騒動がおこるぞ。西大人。……）

卓蠟《たくろう》之章

豪商西門慶をめぐって、寵《ちょう》をあらそう六人の美女と二人の美童。そのあいだのそれぞれの嫉視《しっし》反目は、想像にあまりあるが、剛腹《ごうふく》で色好みの西門慶は、ときに一喝《いっかつ》のもとにしかりとばしたり、ときにわざわざやきもちのたねをまいて、そこからひろがる波紋をかえって面白がったりしている。それでもさすがにねばりつく蜘蛛《くも》の糸のような女同士の閨怨《けいえん》の交錯に閉口することがあり、そんなときには画童か琴童を相手にする。他の六人の妻妾《さいしょう》のあいだには、うわべはとにかく、例外なく深怨の糸のからまりがあるが、このふたりの美童のあいだには、春風のような和気があるからだ。

西門慶は知らない。このふたりの美少年が、ふたりだけが知る恋人であったことを。

しかし、それもむりはない。先日、西門慶は女への腹立ちまぎれにむきになって男色を礼讃《らいさん》したものの、ふだんはやっぱりなんといっても愛妾たちとたのしみをともにすることが多いのである。しかも寵童たちは他に欲望のはけ口を求めることをゆるされない。ときたま、気まぐれに主人からはげしい愛撫《あいぶ》をうけ、しょっちゅう眼に痴態をみ、耳に媚笑《びしょう》をきいているのでは、このふたりの美童が、たまらなくなってお互いを肉慾の対象にしはじめたのも当然である。

さて、この仲のよい、奇妙な恋人のあいだに、最初の悲劇的な石がなげこまれたのは、あの妖しい臀《しり》くらべのあった夜から三日のちのことだった。

その夜、年上の琴童の房にしのんでいった画童は、そこに琴童の姿がみえないので、不安にみちた眼で部屋じゅうを見まわした。

「はてな、昨晩もいなかったが。……」

画童の視線はふと寝台のかげにおちた。彼はかけよって、ひとつの錦の香嚢《こうぶくろ》をひろいあげた。

「これは、女持ちだが、だれのであったかしらん？」

宙にすえられた画童の美しい眼が、突然、驚愕《きょうがく》にみひらかれて、彼はもういちどその香囊をじっと見入った。

「まさか、琴童が、私をうらぎって……？」

しかし、画童は足ばやに部屋を出て、まもなく疑惑に眼をくらくひからせながら、後園にむかって、いそいでいた。後園には愛妾たちのすむ房と、それをつらねる廻廊《かいろう》がある。

画童は、廻廊を北へむかってすすんでいった。いちばん奥の潘金蓮《はんきんれん》の房にちかづくと、彼は白い猫のように跫音《あしおと》をしのばせた。

灯がもれている。なかから、やわらかいふるえ声がきこえてくる。

「琴童、琴童。ほんとうにおまえのからだの美しいこと。旦那《だんな》さまも御立派だけど、やっぱり若い人はいいわねえ。……」

「ああ、金蓮奥さま、わたしもはじめてです。女の乳房にさわるなんて、……わたしは旦那さまがねたましい。……」

扉の外で、画童の眼がつりあがってきた。全身ふるえ出し、われをわすれて扉をたたきかけたが、急にその手をおろして、じっと考えこんだ。それから狂ったようなうすら笑いを浮べて、またそっとひきかえしていった。

画童が大房《たいぼう》へ入ってゆくと、主人の西門慶は、今夜も遊びにきている応伯爵を相手に、酒をのみのみ、ちかごろ大流行の牙牌《カルタ》をうっているところだった。一種の賭博《とばく》で、こういうことには天才的な応伯爵のいい鴨《かも》になっているらしい。傍で呉月娘が可笑しそうに笑っていたが、入ってきた画童をみてしかった。

「なんです、画童、挨拶もしないで」

「旦那さま、……金蓮奥さまが……」

西門慶は、夢中になっていて、顔もあげない。画童は息を大きくすいこんで、

「いま、琴童をお部屋にひきずりこんで……いいことなすっていられますよ」

「なにっ」

西門慶は、ぱたりと牙牌を手からとりおとしてたちあがった。応伯爵がみあげて、

「あにき、勝負は途中でなげた方が負けだぜ」

「画童、それはほんとか?」

「どうしてそんな嘘《うそ》を。さっき琴童の部屋にいってみますと、琴童はいないで、この金蓮奥さまの香嚢がありましたので、何となく気にかかって後園にいってみますと……」

「金蓮め、やりかねないやつだ。うぬ、どうしてくれよう」

「金蓮さんはともかく、あにき、そうれごらん、男の子だってあてになるものじゃなかろう」

と、応伯爵はにやにや笑いかけたが、急に眉をひそめた。西門慶の血相があまりに凄《すさま》じかったからである。激怒するのもむりはないが、こういうことにかけては、ほんとに常人ばなれのするほど残忍になる西門慶であった。

韋駄天《いだてん》のように大房をとび出し、垂花門《すいかもん》をくぐって後園の廂房《しょうぼう》にかけてゆく西門慶のあとを、応伯爵も画童も呉月娘もあわてて追っかけていった。

ただならぬ物音をきいて潘金蓮の房の扉がひらいたのは、すでに西門慶が数間の距離にせまったときである。

「逃げるな！　琴童！」

あわてて閉じられた扉を、恐ろしいわめき声をあげながら西門慶はひきあけた。

炕《オンドル》をむっと汗ばむほどたいた房のなかの、黒漆《こくしつ》に金粉をちりばめた寝台は、真紅の垂《すい》帳《ちょう》にかこまれている。そのなかにひしと抱きあってふるえている金蓮と琴童は、どちらも一糸まとわぬまるはだかであった。これには、つづいてのぞいた呉月娘も応伯爵も、なんともいうべき言葉がない。

「そのままでおれ、淫婦め」

と、あわてて衣服をかけよせかける金蓮に、西門慶は叱咤《しった》した。

金蓮はおびえた眼で、みんなを見まわしたが、急に腰を白蛇のようにくねらせて寝台をすべりおりると、環視のなかをもかえりみず、名状しがたいほどの甘ったれ声を鼻から鳴らして、

「旦那さま。……かんにんして……旦那さまがいけないのよ。……ちっともあたしのところへきて下さらないんだもの。……」

「うそをつけ。おれは四日ほど前にきた」

と、西門慶はどなって、いきなり息の根もとまるほど金蓮の横っ面をはりとばした。

ひっくりかえった金蓮は、うらめしそうな眼をあげて、うすら笑いをしている画童とそ

の手にぶらさげた香嚢を見とめると、

「画童。……よけいな告げ口をしたのはおまえだね？」

といった。画童はさすがにどぎまぎして、

「いえ、ただ、さっき琴童の部屋にいってみたら、奥さまの香嚢がおちていたので、こりゃおかしいと、とりあえず、旦那さまにおとどけしただけで……」

「香嚢？」

と、寝台の上でふるえていた琴童がけげんそうに、

「そんな香嚢、わたしはみたこともないぞ」

「このおせっかい！」

と、さけぶと、いきなり金蓮ははねあがって、傍の燭台をひっつかみ、槍《やり》のように画童の胸をついた。燃えていた蠟燭《ろうそく》がとんで鉄の針にさされたとみえて、画童は悲鳴をあげながら右胸をおさえてうずくまった。

「ばかめ」

と、西門慶は足をあげて潘金蓮を蹴《け》たおした。

「誰が香嚢のことなどきいておるものか。盗《ぬす》っ人《と》たけだけしいとはきさまたちのことだ」

彼は象牙《ぞうげ》のような金蓮の腹のうえに足をふみかけて、画童をふりむいた。

「画童。この女をどうしてくれよう」

「二度と……こんなことをなさらないように――」

画童は胸をおさえたまま、痛みと憎しみにかがやく眼で金蓮をにらんだ。彼が嫉妬《しっと》しているのは琴童に対してではなく、琴童をうばったこの淫婦であった。

「おお、この蠟燭で、けがらわしいかくしどころに封でもしてあげたらよろしゅうございましょう。……」

「なに？……ふ、ふ、いや」

と、さすがの西門慶が狼狽したのをみて、応伯爵は可笑しくなった。この稀代の好色漢が、大金を投じてあがなった愛妾の愉楽《ゆらく》の門に封ができるものではない。

「うむ、そうだ。応伯爵、卓蠟《たくろう》ということを知っているか？」

「卓蠟？　知らないねえ」

「そら、宦官《かんがん》を征伐して政権をにぎり、いちじ専横をふるまったものの、のちに殺された、後漢の将軍董卓《とうたく》さ。町に晒《さら》されて、臍《へそ》のうえに灯をともされたので、これを卓蠟の刑という。画童の言葉で思いついた。よし、この淫婦の腹の上にこの蠟燭をたてて、以後の見せしめにしてくれる」

「西大人、それはすこしひどすぎよう、そりゃ金蓮さんもわるいにちがいないが、おそらくもとはあんただぜ。こないだ臀くらべなどやるものだから、それでどっちかに魔が魅入ったにちがいない」

「うるさいっ。主人が妾と侍童の不義をこらしめるのに、なんの文句がある？」

こうなったら、てこでもひく西門慶ではない。しんとだまりこんだ一同の耳に、裏山の竹林からおちる雪の音がぶきみにひびいてきた。

まもなくはだかの潘金蓮は、あおむけになった臍のうえの蠟燭に火をともされていた。あつい蠟涙《ろうるい》がとろりとおちるたびに左右にくねくねとくねらす曲線が、応伯爵ののどをつまらせた。

「これ、うごくな」

と、命令した西門慶の声も嗄《しわが》れている。激怒しながら、だんだん妙な気持になってきたらしい。と同時に、憤怒がいっそう寝台の上にちぢこまっている琴童にもえあがってきたとみえて、

「さて、あの獣をどうしてやろうか」

と歯ぎしりした。

すると潘金蓮が、苦痛のために眼じりからこめかみへ涙をひきながら泣きむせんだ。

「ああ！ 旦那さま、あたしが悪うございましたわ。どんな罰をうけようとしかたがありませんわ。……ふたりがこらしめをうけるのはあたりまえです。……だから、旦那さま、どうぞ二度とあたしに今夜のような迷いをおこさせないために、……琴童を男でなくしてやって。……」

「な、なんだと？ 琴童を、あの宦者《かんじゃ》にしろというのか？」

と、西門慶はぐるりと眼をむき出した。

宦者とは去勢の術をほどこされたもののことである。それは東洋独特の悪夢のような奇

怪な刑罰――というより習慣であった。というのは、腐刑《ふけい》と称せられるほどいとわしがられる一方、ひとたび宮廷に入れば、後宮から天子にちかづく機会を最も多くもつので、そこから権勢と豪富をつかんで、しばしば天下をうごかし、ある時代には宮中で三千人の宦官をつのったところ、二万余の応募者があったほどのふしぎな人種であった。しかし、ふつうの男にとっては、やはり他のどんな刑罰よりもいまわしいものにちがいなかった。

その方法は、陰茎と陰嚢のねもとをかたい紐《ひも》でまきしめて、血液の循環をとめ、さて鋭利な刃物でひといきに切断したうえ、尿道に管をさしこんで排尿の便をはかり、傷口をにえくりかえる油で焼いて消毒しておくのである。

「……よし、画童、紐と剃刀《かみそり》をもってこい」

と、西門慶がしゃがれた声でいった。

「ああ。……」

と、失神したような声をたてたのは、琴童ばかりではない。ことの意外ななりゆきに口もきけない画童のうめきであった。

「おい西大人。いいかげんにしないか」

と、応伯爵はおろおろした。助けをもとめるように呉月娘の方をふりむいた。が、しとやかで上品なこの正夫人は、なぜか仮面のような無表情でだまっている。そのぽっと紅のみなぎった頰のうちがわに、女の悪魔的本能といったような炎がしんともえているようにもみえたが、それは或《ある》いは錯覚であって、驚愕と恐怖のために金しばりになっていたのかもしれない。

西門慶は怒号した。

「えい、金蓮でさえあの罰をうけている。琴童め、殺されないだけめっけものと思え」

これで西門慶は、案外くそまじめな、悪気のない男なのである。それだけに応伯爵はいっそうやりきれなくなって、頭をかかえたまま、隅っこの椅子に坐《すわ》りこんでしまった。また裏山で、ばさと雪が鳴る。

やがて、しだいにたかまる琴童のうめきに、とうとう画童が脳貧血をおこしてたおれてしまった。腹のうえの蠟燭が大きくゆらいだのは、金蓮がその方に首をねじむけたからである。じ、じ、……と、蠟涙が白い皮膚に鳴った。応伯爵は、そのとき潘金蓮の苦痛にみちた涙のなかに、なにやら幻のような笑いをみたような気がして、はっと眼を見ひらいていた。

妖炎之章

応伯爵《おうはくしやく》は、これで自分のいやな予感はあたってすんだと思っていたが、その予感をさらにこえて、世にも恐ろしい、ぶきみな事件が西門家におこったのは、それから五日めの夜のことである。

その日も、朝から、ちらちら雪で、午後からやんだものの、いつまたふり出すかわからないような、どんよりした空模様だった。

天候のせいばかりでなく、西門慶《せいもんけい》はくさくさとする。公に宮刑《きゅうけい》——去勢の術をほどこされたものは、蚕室《さんしつ》と称する暗室のなかにいれて治癒《ちゆ》をまつのであるが、そういう適当な部屋がないので、琴童は、あれ以来「蔵春塢《ぞうしゅんう》」と呼んでいる裏山の洞《ほら》にほうりこんであるのだが、夜も昼も、彼の苦痛にみちた哀れなさけびが、風にのってきこえてくるからである。

「……画童……画童……みんなおまえのおせっかいのせいだぞう。……この恨みはきっとはらすぞう。……」

朝夕の食物は、画童にはこんでやるように命じてあるので、それだけは彼もはたすのだが、蔵春塢の月形窓からなげいれると、あとは一目散ににげもどってくるらしく、画童は西門慶をみるたびにうらめしそうな眼つきをする。いったん激怒がややしずまってみれば、西門慶だって、存外情がふかいだけに、だいぶ寝ざめがわるい。

裏山からのさけびに耳を覆って、彼はしきりに酒をのんでいたが、呉月娘《ごげつじょう》は実家の祝い事にかえって留守だし、李嬌児《りきょうじ》は月のものでひきこもっているし、孟玉楼《もうぎょくろう》は、もともと琴童は彼女が輿入《こしい》れのさいつれてきた小者なので、ぷんぷん怒っているし、李瓶児《りへいじ》は病気だし、孫雪娥《そんせつが》はとてもこういう場合に酒の相手のできるようなたちの女ではない。親友の応伯爵さえも、あれっきりやってこないのだ。こうなると、やっぱりいちばん恋しいのは潘《はん》金蓮《きんれん》だが、さてそこに足をむけるのは、男の沽券《こけん》にかかわる。

夕方、大房の外の廊下を、ふと、春梅《しゅんばい》という召使いにつれられてひとりの老婆がとおるのをみて、西門慶はよびとめた。

「おい、劉婆《りゆうば》。おまえ、きていたのか？」

入口にたちどまったのは、からだが二つに折れまがって、白髪の頭が地にくっつきそうな盲目の老婆であった。盲目ながら、鍼医《はりい》で卜師《うらないし》でそして呪術師《じゆじゆつし》でもある。

「これは、旦那さま。ごきげんよろしゅう。……はいはい、金蓮奥さまにお呼ばれしましてな」

それは、劉婆をつれている春梅が、金蓮つきの小間使いであることからわかっている。金蓮が、なんの用でと、問いたいのをがまんして、西門慶がまた大盃を唇にはこんでいると、劉婆は、巾着《きんちやく》のような口をすぼめて、きゅっと笑った。

「旦那さま。金蓮奥さまをゆるしておあげなされ。……お可哀《かわい》そうに」

「糞婆《くそばばあ》め、いらぬことをいうな」

「ふおっ、ふおっ、とかなんとかおっしゃっても、旦那さまはきっとおゆるししてあげなさる。なぜかというに、この婆が男女和合のまじないをしてきましたでな」

「なに？」

「旦那さまはきっと今夜は金蓮奥さまのところへおゆきなさる。いえ、いえ、まだおはやい。旦那さま。……今夜二更の時刻になったら、どうか金蓮さまのお部屋にいってあげて下されや」

「何をぬかす。誰があんな淫婦のところへいってやるものか」

「旦那さま、お忘れ下さるな。二更の時刻ですよ。ふおっ、ふおっ」

梟《ふくろう》のような笑い声をたてて、劉婆はいってしまった。

うそか、ほんとか、夜の星さえもうごかすと噂《うわさ》されている劉婆である。どんなまじないをしたのかしらないが、酒をのんでいるうちに、西門慶はだんだんへんな気持になってきた。あの卓蠟《たくろう》の刑を加えられたときの、金蓮の身もだえる白蛇のような妖しい姿態が脳のひだひだをはいまわる。ふん、劉婆をよんで、おれと和合のまじないをたのんだって？虫がいいといえば虫がいいが、しかし可愛い奴じゃないか。……

二更すこしまえに、西門慶はたまらなくなって、大房をよろりと出て、後園に出かけていった。

ながい遊廊をあるいていって、北廂房《ほくしょうぼう》の扉をたたいた。

「金蓮」

呼んでみたが、返事がない。

「わしだ。これ、あけろ」

灯はともっているのに、なかでは、こそとの音もしない。まだ怒っているのか、それとも二更の時刻にならないと扉をあけてはならないというまじないなのか。何はともあれ、せっかく自分から出むいているのに、返事をしないとはけしからぬと、西門慶は酔った心で、だんだんむかっ腹をたててきた。

「ようし、あけないなら、こっちにもその覚悟がある。二更になろうが、三更になろうが、もう来てはやらないからそのつもりでいろ。劉婆のまじないなど、おれにはきかんぞ!」

どんと扉を蹴りつけて、かんかんになって廻廊をもどってくると、途中の東廂房の扉が半分ひらいて、なかからかすかな灯がもれているのに気がついた。これは、まえに鳳素秋《ほうそしゅう》という妾をすまわせていた部屋だが、いまは無人のはずだし、それにくるときは、そんな灯影はみえなかったのである。

「………?」

のぞきこんで、西門慶は苦笑した。

画童なのである。画童が向うむきになって、用をたしているのである。きっと、裏山の蔵春塢に食物をはこんでやってかえる途中、急にさしせまったのだろう。片手に燭をもったまま、下半身をまくりあげて、朱塗りの馬桶《マトオン》の上にかがみこんでいるのだった。支那では、どの部屋にも、常時便器がそなえつけてあるのである。

が、いったん慾情を発して、ぶすぶす燻《くすぶ》っている西門慶には、その小さな灯に、微妙にやわらかい陰翳《いんえい》をつくっている、まるいふたつの小丘のような美童の臀は、まるで、かがやく宝石のように眼にうつった。

「画童」

突然よびかけられて、あわててたちあがってふりむいた美童の股間《こかん》は、まる出しである。あわてて手で覆うはずみに、燭が床におちて、廂房は暗黒となった。

寝台もあるし、蒲団《ふとん》もそのままになっているはずだ。稀代の大好色漢西門慶はむらむら

と気ざして、大股《おおまた》にとびこんでいった。闇のなかに、

「ああ……旦那さま……」

と、かすれた声であえぐ美童の声と、背後からしっかりとつかまえた西門慶の嵐《あらし》のような息がもつれあった。

突然、西門慶はぎょっとしてたちあがっていた。そのとき、裏山の方からまた悲痛な呪《じゅ》詛《そ》にみちたさけびがながれてきたのである。

「画童……画童……よくもわしを男でなくしたな。みんなおまえのせいだぞう……おまえだけ、いいことしようと思っても、わしはゆるさん。このしかえしはきっとするぞう。……

……」

応伯爵が例のごとく、ぶらりとやってきたのは、二更すぎのことだった。

二更すぎだろうが、真夜中だろうが、風のごとく気まぐれにやってくる応伯爵であるが、この数日は、せんだっての西門慶の乱暴にすっかりいや気がさして来なかったのだけれど、今夜は夕方から債鬼においまくられて、金もないので避難するところもなく、やむを得ず、やっぱりこの兄貴分の西門家ににげてきたのである。

借金取におわれながらも、飄々《ひょうひょう》たる足どりである。表の方できくと、西大人は後園に入ってゆかれたようだというので、ははん、それは、てっきり潘金蓮とよりがもどったのだろうと、応伯爵はにやにや笑いながら廻廊をあるいている。

東廂房ぞいの遊廊から北廂房へまわる角のところで、応伯爵はふとたちどまった。

一片、二片、ちらと——白いものが舞いこんできた。また雪がふりはじめたらしい。が、応伯爵がふしぎそうにみつめているのは、むろん雪ではない。その夜の向うの——おそらく裏山の蔵春塢のあたりに浮かんだ一点の火である。

（はてな、洞からもれているようでもない、その外に、はだかの蠟燭の火が地面に一本立っているぞ。……）

小首をかしげながら応伯爵が、そのまま北廂房にいってみると、案の定、西門慶は、潘金蓮といっしょにけろりとして酒をのんでいるところだった。

「おお、伯爵。しばらく顔をみせなかったね。いいところへよくきた。あはははは、御覧のように今夜二更を期して、和睦だ、和睦だ。さあ飲め」

西門慶は、むしょうに陽気である。

「いや、ありがとう。ところで西大人、裏山のあたりにへんな火がみえるが」

「火？　はてな、蔵春塢にあかりはやってないはずだが」

「そうではない。はだかの蠟燭らしい」

「それなら画童のやつじゃないか。さっき、これから琴童のところへ夜食をはこんでやるのだといっておったが」

「そうかな。しかし……どうも妙な気がするぞ。しばらくわしはみていたが、蠟燭の火はちっともうごかん」

「めんどうくさいな。それでは一応みてやろう。どれどれ」

二人はまた廻廊に出て、曲り角まで見にいった。しだいに数をます雪片のなかに、遠い灯は、じっと地上にもえていた。

「とにかくいってみよう」

ということで二人はそこから雪をふんで裏山のふもとまで歩いていった。

火はまさに蠟燭の火であった。が、それが妙なことに、雪の中につっ立ててあるのである。雪のなかに？……いやいや、その雪からむっくりもちあがっているのは何であろう？

「や、や、や、や。――」

と、応伯爵がたまぎるような叫びをあげた。

雪に上半身をつっこんで誰かたおれている。しかもその臀はむき出しになって半円球のようにとび出し、はだかの蠟燭は、その肛門《こうもん》にしっかりとさしこんであるのだ。

「画童！」

と、その衣服から悟って、西門慶が絶叫したあとは、しんとした凍るような沈黙が大きな闇をしめた。

蠟燭はひとりでもえつづけている。霏々《ひひ》として、ふりはじめた雪のなかに、妖《あや》かしの円光をえがいて、じじと蠟涙《ろうるい》をながしている。しばらく二人は、息をのんだまま、この美しくも凄惨《せいさん》な「燭台」の炎に、阿呆《あほう》のように見とれているきりであった。

「画童！」

やっとわれにかえった西門慶が、ころがるように地に這って、まわりの雪をかきのけはじめた。雪のなかからあらわれた顔は、案の定、苦悶《くもん》に黒瞳をかっとみひらき、紫色に変じた唇をひきゆがめた画童である。

屍体《したい》がゆれて、蠟燭のひかりが大きく浮動した。しかも、紛々たる雪片のなかに血脂を吸った蠟燭の火は、きえもせず、じっとまた鳴って、もえしきっている。

「……ふう。……」

と、異様なため息をついて、応伯爵がそれをぬきとった。真っ白な蠟の下から血が鮮麗なしずくをおとした。

血と炎にはさまれた細い部分を、こわごわとつまんだまま、応伯爵は、西門慶のとび出しそうな眼を追って、蔵春塢《ぞうしゅんう》の方をみる——扉はひらいていた。

「琴童か？」

と、応伯爵がささやいた。

「外から鍵《かぎ》をかけて、鍵は画童にあずけておいたが……」

と、西門慶はこたえて、意を決した様子であるき出し、蔵春塢のなかをのぞきこんだ。

「琴童、琴童、どこにいる？……いないのかな？　伯爵、灯《ひ》をみせてくれ」

「西大人。……琴童は逃げたらしいよ」

と応伯爵はいった。そして灯をひくくさげて、じっと地上をながめまわしていた。

夜来の雪は、ひるごろあがったが、その雪に深ぶかといくつかの足跡が印されているのである。いまやってきた西門慶と応伯爵をのぞいては、家の方からやってきているのは、屍体となった画童のものだけで、してみると、彼は午後になってはじめて食事をはこんできたらしい。それ以外にあるのは、反対に、蔵春塢から家の方へあゆみ去っているものだけであった。

「……しかし、琴童が家にもどったら、誰か知らせてくれるはずだが」

と、西門慶は不審げにつぶやいて、応伯爵とともに、その足跡を追ってあるき出した。

足跡は、まだ傷口のなおらぬ病人らしく、重々しくよろめいている。

「あっ」

遊廊の東南の角までやってきたとき、西門慶は思わず叫んだ。そこには、桃花洞《とうかどう》とよぶ小房があるのだが、その手前の入口の軒下に、うつ伏せに倒れているものがあった。

「琴童だ！」

と、応伯爵もさけんだ。

琴童は死んでいた。これは、屍体にべつに奇抜なところはおろか、血の色もみえないようであるが、さしも清麗《せいれい》をきわめた頬《ほお》もそいだようにおとろえて、そして「腐刑」にかけられた男特有の、手術のあとの傷口から発する悪臭が、むんと冷たい鼻孔にからんでくる。

「これでわかった」

と、西門慶は憮然《ぶぜん》としてつぶやいた。

「琴童め、この四、五日、ひどく画童をののしりつづけておったがな。宮刑にしろといった金蓮も、宮刑にしたわしも、さすがにののしるわけにはゆかんから、密通を告げ口した朋輩の画童を逆恨みしたらしい。……いつか、このしかえしはきっとしてやると吼《ほ》えておったが、画童はびくびくしながら今夜、なにかのはずみで蔵春塢の扉をあけてやったとみえる。そして、画童を殺してしまって……」

「なんのために、お臀《しり》に蠟燭をつきたてたのだろう？」

「さあ、わからない」

「琴童と画童はふだんから仲がわるかったかい？　わたしにはそうもみえなんだが、西大人なら御存知だろう。内証のことが」

「内証のこと？」

「まあ、こんな場合だからはっきりいえば、おたがいのお臀にやきもちをやくとか」

「何をくだらん。……いや、その点は、女どもとちがって、ふしぎなくらいこの二人は仲よくやっておったようだ。もっとも、それだけに恨むとなったらとことんまでゆくかもしれんが」

「しかえしならば、画童を宮刑にしたらよさそうなものだがね」

「伯爵、蔵春塢にはそんな刃物はないよ」

「ああそうか。まだわたしにはよくわからん点もあるが、画童は画童としてこの琴童はどうして死んだのかな？」

「可哀そうに、わしはあれ以来のぞいてもやらなかったが、見るとおりの衰弱ぶりだ。画童を殺したものの、気力つきはて、ここまでやってきて息絶えたものだろう。……まあ、くわしいことは検屍役人の何九《かきゅう》さんにでも調べてもらうよりしかたがないが、さて、弱ったな、なんとか表沙汰《おもてざた》にしたくないのだがね」

頭をかかえて遊廓に入ってゆこうとする西門慶を、応伯爵はまた呼びとめた。

「あにき、お前はさっき画童にあったようなことをいっていたね」

「うむ。東の遊廓でな。……これから琴童のところへ食事をもってゆくといっていたが……一更ばかりまえのことかな」

と、西門慶は急にあいまいな表情になった。

「それ以後に、後園に入ってきたものはないか？」

「それはわからんが、まあなかろう。しかし、応伯爵、なんのためにそんなことをたずねる？」

と、西門慶はいらいらしてきたらしく、

「それを知りたければ、垂花門《すいかもん》の番人をしている平安《へいあん》にでもたずねるさ。ともかく、画童が琴童に殺されたことは、蔵春塢にいったのが画童だけだからはっきりしている。そして琴童がここまでにげてきて死んだことは、足跡からわかる。他の誰も関係なかろう？」

「いや、あるよ、西大人」

と、応伯爵は首をひねりまわしながらいった。

「もし、ほかのものが誰もこの後園に入っていないということがわかると、たいへんなことになるんだよ」

「なぜ？　後園には、金蓮と孫雪娥《そんせつが》がすんでいる。それから、ああ、夕方になって劉婆《りゅうば》と春梅《しゅんばい》が入ってきたようだ。そのほかには、わしとお前と、画童くらいなもの。……いったい、何がたいへんなことになる？」

「なぜかというとね、あにき」

と、応伯爵は、じっと屍体を見おろして、

「琴童は、蔵春塢からここまで、ひとりであるいてきたのじゃない……誰かに負ぶわれてやってきたらしいからさ」

「な、な、なんだって？」

西門慶は笛のような叫びをあげてとびあがった。

「なぜ、そんなことがわかる？」

「あの洞から出て、ここまで雪の上をあるいてきたのなら、靴の裏の土はもう途中でなくなっているはずだよ。ところが御覧、琴童の靴の裏には、まだべったりと洞のなかの土がついている。……」

「……」

「誰かが負ぶってきた証拠さ、画童ではない。画童は、蔵春塢のまえで殺されたままだ。そうすると……あにき、いっそう恐ろしいことになる。この家から、蔵春塢まで歩いていったものの、ただひとりの足跡しかのこっていないとすれば、それは画童の足跡ではなくって、画童もまた負ぶわれていったということになる。……すなわち、おそらく画童もまた殺されてはこばれたものと考えるのが理屈《りくつ》にあっている。……」

「金蓮か？……劉婆か？……それとも……」

と、西門慶はかすれた声を出した。

「ちがう。少年ながら、この連中を背負って雪のなかをあれだけあるくことは、纏足《てんそく》の御婦人方にはむずかしい」

「すると……」

蠟燭の火が大きくゆらいだのは、応伯爵が逃げ腰になったからである。奇妙なうす笑いをたたえながら、しかし、さすがの伯爵も一種の昂奮のために、いつか血潮にそまった蠟燭の下部をしっかりとにぎりしめて、

「あにき、そうすると……お気の毒だが、下手人は……西大人ということになるのだがね。……」

「ばかっ」

西門慶は大音声《だいおんじょう》をはりあげたが、次の瞬間、急にしんとなってしまった。へっぴり腰の

応伯爵がうかがってみると、西門慶はがっくりと首を折ったまま、肩で大きな息をついている。

「西大人。……」

「おれだよ。応伯爵」

と、西門慶は、大きな身体のどこから出るかと思われるような細い声を出した。

「おれの仕事だよ。お前のいったとおりだ。これ、大きな声をたてるな、きいてくれ、伯爵。……しかし、はじめからたくらんだことではない。まったく偶然の災難から、苦しまぎれにしぼり出した智慧《ちえ》だ。……」

「うむ。ま、そうだろう。いまさらあんたが画童はむろん、琴童を殺すいわれがない。いったい、どうしたことなんだ?」

「きょうの夕方のことだ。あの卜師の劉婆めが来おって、金蓮のために、おれと和合のまじないをしたから、今夜の二更になったら金蓮のところにいってみろというのだ。はじめは何をいうかと思っていたが、酒をのんでいるうちに、ふいと劉婆の言葉が気にかかって、二更ごろ、金蓮の房へいってみた。扉をたたいてみたが、返事もしおらぬ。腹をたてても どってくる途中、空《から》の東廂房で、画童めが尻《しり》をまくって、馬桶《マトオン》にかがみこんでいるのをみたわけだ。……そこで、つい、悪戯《いたずら》っ気がおこってな。……」

「どうも、西大人は悪趣味だからな」

と、応伯爵は苦笑いした。

「いや、実に、汗顔のいたりだ。……そこでその、なんだ、途中で画童がいきなり妙な声をあげたかと思うと、突然ぐったりとのびてしまったのだ。呼んでも、ゆすっても、うごかなくなっている。暗闇《くらやみ》のことではあるし。おれもあわてて部屋をとび出した。……」

「なに、暗闇？　そのなかで、よく画童ということがわかったね」

「いや、はじめは燭を画童がもっていたのだが、おれがとびかかったとき消えてしまったのだ。さて、部屋をとび出して、金蓮のところに灯をもらいにいったが、まだ返事がない。また東廂房にかけもどって、手さぐりで画童にさわってみると、これはしたり、なんとももう冷たくなっているではないか。いよいよあわてふためいて表の方へとび出そうとしたが、考えてみれば、こいつ騒ぎになると甚《はなは》だまずい。こうなると、やはりいちばん頼りになるのは潘金蓮だ。そこでまた北廂房にいって、扉のまえで思案にくれていると、うしろからぽんと肩をたたくものがある。金蓮め、いままでそこらを、そぞろ歩きしていたというのだ」

「…………」

「それから灯をもって、金蓮といっしょに東廂房にいってみると、画童は案の定息絶えている。……それからあとは、金蓮のかしてくれた智慧だ。おれが人殺しにならないためには、誰かを下手人にしなければならん。そこで先日から画童に呪詛《じゅそ》のわめきをわめきつづけていた琴童に、可哀そうだが一服盛るよりしかたがなかろうと、おれが画童を背負っていって、蔵春塢にゆき、酒に金蓮のくれた鴆毒《ちんどく》をまぜた奴を琴童にのませて、その死骸《しがい》をまた背負ってきたわけだ。……」

「……あの画童の臀の蠟燭も、金蓮さんの智慧か？」

「そうだ。なんのまじないだと、おれがきいたら、いまにまた雪でもふり出したら、せっかくの足跡のからくりが、なんの役にもたたないことになる。変な灯をともして、ほかの誰かを呼びよせた方がよかろうと……」

「それだけかな……？」

と、応伯爵が妙な表情で小首をかしげた瞬間、手の蠟燭に白蛾《はくが》のように雪がちりかかってふっと消えた。

闇のなかで、がばと西門慶のひざまずく音と、涙声がきこえた。

「伯爵、どうか見のがしてくれ、義兄弟のよしみでだまっていてくれ、この礼はきっとする。たのむ！」

「いや、それはあんたをどうかしてみたところで、わたしの飯のくいあげになるばかりだ。礼などとはとんでもない」

と、これまた闇のなかで、応伯爵は手をふった様子だが、すぐにその手をさし出す気配がした。

「しかし、西大人、まあ、いまの債鬼どもに追いまくられている窮場《きゅうば》だけはたすけてもらおうか。たのむ。……」

臙脂《えんじ》之章

桃花洞に入って、しょんぼりと寝台に腰をおろしたままの西門慶を、棚《たな》からかってにとりおろした酒を、ちびりちびりなめながめていた応伯爵は、ふと、

「しかし……どうも……話があんまり都合よくゆきすぎているな。……」

と、つぶやいた。じっとなにかを追うような半眼のまなざしになって、

「西大人。……それは、ほんとうに、あの画童だったろうか？」

と、ぼんやりといった。

「えっ、なにをいう。それは、むろん画童だったよ。琴童は蔵春塢《ぞうしゅんう》にとじこめられていたし、第一、うしろから抱いた手に、胸にかたくまいた布がふれたからな。そら、画童は、あの晩に金蓮のやつに、燭台の針でつかれてから、胸に傷をして布をまいていたんだ。それから……」

「それから？」

「はじめ、まだ灯がついていたころ、おれに声をかけられて、びっくりしてたちあがった画童に、……ちらと男のものがみえたからな。琴童にはそれがない……」

「そうか……」

応伯爵はほっと身体の緊張をといて、ぐいと盃をほしたがその瞬間に、またぱちっと眼

をひらき、突然、微妙なそよぎの波が全身をはしった。

西門慶が、びくんとふりむいて、

「おい、伯爵、どうした？」

「いや、ちょいと、金蓮さんに報告してくる。心配しているだろうから、安心しろといいにな」

頭をかかえている西門慶をあとに、応伯爵はぶらりと桃花洞を出て、廻廊をあるいて、北廂房の扉をたたいた。中庭に雪は卍巴《まんじともえ》とふりしきっている。

「お入り」

入ると、潘金蓮は椅子《いす》に腰かけたまま、ながいまつげの翳《かげ》から、みずみずしい上眼《うわめ》づかいに、応伯爵をみて、

「おや、旦那さまは？」

「いま、きます」

「そう、さっきの妙な火ってなんでしたの？」

そういいながら、金蓮は春の葱《ねぎ》のような白い指で、変なものをいじっている。みると、男と女の稚拙《ちせつ》な人形をむかいあわせに、せっせと紅の糸でしばりあわせているのである。

「いや、あの火は……金蓮さん、画童も琴童も死んでしまいましたよ。その人形はなんですか？」

「えっ？……ああこれ、きょう劉婆《りゅうば》がくれましたの。男女和合のまじないなんですって。

ほ、ほ。……応さん、いまなんとおっしゃって？」

「琴童のやつ、とうとう蔵春塢で気がくるったらしい。夜食をはこんでいった画童を殺して、じぶんも死んでいるのです。……ははあ、そうすると、あなたと西大人とは、これから絶対にはなれっこないということになるのですかな」

金蓮はすっくと椅子からたちあがったが、応伯爵の眼が手の人形にそそがれているのをみて、また坐った。

「まあ、こわい。……可哀そうに」

と、つぶやく。

「しかし、それほどまでに西大人を大事に思っていなさるとは、いじらしくも、またお羨《うらや》ましいことで。――その点からみると、妙ないいぶんだが、画童や琴童などいう恐ろしい恋敵が死んだことは、……おや、男の人形の眼を赤い紗《しゃ》でふさぐのは、どういう意味で？」

「これは、主人の眼を、ほかのきれいにみえるものからふせぐため」

金蓮は、卓の上の小筐《こばこ》から、ひとつまみの艾《もぐさ》をつまみ出していた。

「ほほう、なるほど。……しかし、金蓮さん、わたしなら、こうします。つまり、主人が、たとえば二人の美少年に惚《ほ》れたとしますな。すると、わたしが女なら、死物ぐるいにそのうちの一人を誘惑してやります。艾で人形の心《しん》をやくのは？」

「劉婆は、それで主人の心を、あたしのことで燃やすためといいました」

「それからですな。わたしは、その少年の部屋にじぶんの香囊《こうぶくろ》でもなげこんで、もう一方の少年にそれを発見させ、主人に注進させて、わざと密通しているところへふみこんでもらうようにします。そして、罰として、相手の美少年を男でなくしてしまうのです。……ほ、人形の手にまで釘《くぎ》をうつのですな」

人形の手に、小さな釘をうちこむたびに、金蓮の白い額にもつれる黒髪が、なやましげな翳をつくった。

「これは、あたしが何をしても、これから主人に決して手を出させないため」

「いや、それならもう西大人は、決して卓蠟《たくろう》の刑など思いつきますまい。いったい西大人は、いちばんあなたに惚れているのですからな。さあ、それから、わたしなら、その惚れている御主人を、二更のころにこちらに呼びよせる。ただし、わたしはそのまえにもうひとりの美少年を鴆毒《ちんどく》で盛り殺して、その美少年の姿に化けて待っている。……」

潘金蓮は、はたと人形を床にとりおとして、応伯爵をふりあおいだ。桜んぼうのような唇から、恐怖の吐息が匂い出した。

「応さん、あなたは男の方だから、もっと若くて美しければ、少年にも化けられるでしょうけれど。……」

「いや、女だって、乳房を布でかたくまき、そして、男のものをくっつければ……そいつはまえに、一方の美少年からきりおとされたものですが、……ちらりとみせるくらいなら、化けられないこともありますまいて、いや、どうも、実に奇想天外、古今未曾有《みぞう》の変形ながら……金蓮さん、おまじないをつづけて下さいよ」

潘金蓮は紙をとり出して、ふるえる指で、その紙に朱砂でなにやら呪文《じゅもん》をかきはじめた。

「そして、主人にいどんで、途中でばったり気をうしなったふりをする。主人はあわててとび出す。そのあいだに、寝台のかげから、そのまえに殺しておいた少年の屍骸をひきずり出して、わたしは部屋をにげ出す。そして、もとの女の姿にもどって、おろおろしている主人の肩をぽんとたたく。——あとは、人を殺したと思ってふるえあがっている主人を追いまくって、何をさせようが意のままです。屍骸をどこへはこばせようが、たとえ、その臀に蠟燭をともして、ちょっぴりと卓蠟の刑のしかえしをしようが。……おや、せっかく呪文をかいた紙をもやしてしまって、どうするのです？」

「この灰を茶にまぜてのませると、そのひとはあたしが好きでたまらなくなるのですの。……」

「ほほう。そいつをわたしに一杯のませてくれませんかね、金蓮さん」

と、応伯爵はにやにやと笑った。金蓮はまたたちあがった。妖艶きわまりない顔が、笑いかえそうとして、異様にひきつってきた。

「いけません。あたしは主人に貞節をまもらなくちゃなりませんもの」

「………？」

「応さん。いまのお話、あなたが主人ならともかく、なにもかも、もう終りました。誰が誰に化けようと、その化けた姿はもう消えて、もとのままにもどりました。どんなことをおねだりになっても、もうおそいですわ。……」

芙蓉《ふよう》の顔に、やけつくようにかがやいた眼をみつめて、応伯爵は笑った。ほとんど讃嘆《さんたん》にちかい微笑だった。

「いや、まだおそくはありますまいて」

「どうして？」

「美少年に化けた美女が、たとえ衣装《いしょう》はもとにもどっても、まだ胸にかたくまいた布までとくひまはないでしょう。ちょっと美女のお胸を拝見したいもので」

金蓮のからだが大きくゆらりとゆれて、なよなよと応伯爵の腕のなかにたおれこんできた。伯爵の指がその紅のかけ着をとる。その白い上衣をとる。そして……胸にかたくまかれた布をといてゆく。

「ああ。……」

どちらが出した喘《あえ》ぎ声かわからない、応伯爵の指さきに、むっちりともりあがった乳房の肌がふれ、ぐみのように柔かくあからんだ乳首がふれた。一瞬、応伯爵は忘我の境に入って、耳に鳴りさやぐ潘金蓮の翡翠《ひすい》の耳飾りの音がきえていった。

「こら」

突然、その耳もとでわれ鐘のような大音声がとどろいたので、あわててふりむくと、西門慶が仁王のように朱にそまってつっ立っている。

「ながいあいだ帰ってこないと思っていたら、こんなことをしておる。けしからんやつだ」

いきなり、応伯爵はぶんなぐられて、部屋の隅《すみ》の寝台にとんでいって尻もちをついた。さっきまでの哀願も何もかも忘れてしまったような西門慶の激怒ぶりであった。

「いやあよ、旦那さま。……」

と、金蓮はたちまちはだかの乳房を西門慶の胸にこすりつけて、しなだれかかった。

「劉婆のおまじないよ。呪文をかいた紙きれをやいた灰を、他の男の方に乳房のあいだにすりこんでもらうと、それで想《おも》う方の心があたしの胸にとびこんでくるのですって。……」

応伯爵はあきれて、頬っぺたをおさえながら、ふたりをながめている。人形の腕に釘はうちこんだものの、ききめは、間男の方にはおよばないらしい。悪くすると、こっちも宮刑にされかねない西門慶の見幕である。が、なるほど、効験は女の方にはあらたかで、西門慶はよだれをながさんばかりの顔である。

「それから、旦那さま、このまじないの茶をのんで下さいな。……」

稀代《きたい》の大淫婦潘金蓮は、甘美の極致ともいうべき声でささやきながら、うやうやしく西門慶に茶をささげた。やや胴をくねらせたその白蛇のごとき立ち姿をふりあおいだまま、

（この女にかなうものは悪魔のなかにもあるまい。……）

と、応伯爵は、いつしかだらしなく、ゆるんできた顔の遠い遠い奥でかんがえていた。

霏々《ひひ》たる雪は、みるみる方なるものを圭《けい》とし、円いものを璧《へき》とし、芥《あくた》も罪も、なにもかも白々とうずめつくしてゆく気配である。……

閻魔天女

頻伽《びんが》之章

山東清河県《せいかけん》で生薬舗《せいやくほ》をいとなんで、県下随一の財産家といわれる西門慶《せいもんけい》は、年はまだ三十なかばだし、みごとな身体《からだ》の持主だし、そのうえ稀代の漁色漢《りょうしょくかん》で、正夫人の呉月娘《ごげつじょう》のほかに、六人の妾《めかけ》を邸内にかこっているほど精力絶倫《ぜつりん》で、性豪放、酒をのんでも大いににぎやかな方だが、或《あ》る晩春の夕、盃《さかずき》を手にしたまま、へんにしずんでいた。

「西大人、どうしたんだ?」

と、遊びにきていた悪友の応伯爵《おうはくしゃく》が、それに気がついて、

「お嬢さんの病気が心配かね?」

お嬢さんというのは、西門慶が十六歳の年に、いまはこの世にないが呉月娘のまえの正夫人陳恵秀《ちんけいしゅう》に生ませたひとり娘で、ことし十七になる。おととしの六月、都のさる名家に輿入《こしい》れさせたのだが、その嫁ぎ先に一大事がおこって、婿《むこ》の陳敬済《ちんけいさい》ともどもこちらに逃げこんでから、ずっと病気でひきこもっている。

西門慶は首をふった。

「それもあるが……」

「旦那《だんな》さまは、都の陳家のことを案じていらっしゃるのよ、ほんとうに、あたしも心配でならないわ。……」

と、傍の呉月娘が眉《まゆ》をひそめて溜息《ためいき》をつく。

陳家とは、娘の婚家である。八十万禁軍提督楊戩《ようせん》の親戚《しんせき》にあたるのだが、その楊提督が、この数年、梁山泊《りょうざんぱく》をねじろにあばれている大群盗団の鎮圧に失敗した責任で、去年の夏下獄され、罪が一族縁辺にもおよびそうなので、あわてて娘と婿をこちらにかくまっているのだけれど、うかうかしていると西門慶にも災がおよんできそうな形勢なのである。

西門慶は首をふった。

「それもあるが……」

「じゃあ、なんだね？」

「実はな、伯爵。……あの方の精力が、ちかごろとみに衰えたようだ。……」

呉月娘と反対側に、西門慶の傍に坐《すわ》っていた第五夫人の潘金蓮《はんきんれん》が、ぴしゃりとその膝《ひざ》をたたいた。応伯爵は笑い出した。あんまりまともなことを心配していたので可笑《おか》しくなったのである。

「あにきが？　冗談だろう」

「いや、笑いごとではない。まだこの年で、そんな情けないことになるとは、わしもあんまりながくはないかもしれん。……」

いと、西門慶は甚《はなは》だ深刻である。それくらいなら、七人もある妻妾《さいしょう》をすこし整理するがいい、おれに潘金蓮をくれないかな、と、金蓮には少なからず参っている応伯爵は心中にかんがえる。それはともかく、西門慶のいうことがほんとうだとすると、応伯爵もいささか気がかりにならざるを得ない。道楽がすぎて落魄《らくはく》したいまでは、西門家に入りびたって、そのたいこもちみたいなことをして、その日その日をすごしている応伯爵だからである。

「いつかあにきがつかっているといった、梵僧《ぼんそう》の秘薬。――あれがいかんのじゃないか。わたしも合歓散《ごうかんさん》とか、顫声嬌《せんせいきょう》とか、いろんな奇薬をつかってみたことがあるが、そのときはともかくとして、あとがどうもいけない。いかに西域天竺《せいいきてんじく》からきた梵僧の媚薬《びやく》とはいえ、むりはどうしても命をちぢめる毒となるのではないかな」

「そりゃそうにきまってますわ。あなたもいいかげんになされればいいのに、ほんとにあなたのおためを考えないひとが、むりむたいにそんなものをすすめるものだから」

と、正夫人の呉月娘は、ちらっと潘金蓮をながめていう。潘金蓮はそしらぬ顔で、大房の窓ごしに美しくくれてきた黄昏《たそがれ》の軒下の鸚鵡《おうむ》の籠《かご》を仰いでいる。すんなりとした鼻すじから唇《くちびる》、顎《あご》にかけての曲線がいぶし銀のような微笑を発し、こちらの半面は宵闇《よいやみ》のように翳《かげ》っていた。清浄さとなまめかしさが神秘に溶けあった横顔であった。

「そうかな」

と、西門慶は心もとなげにつぶやいて、盃をほすと、

「媚薬をつかわないとすると、伯爵、春心をかきたてる法には、どんなものがあるだろ

う？」

「枕絵《まくらえ》はどうだ」

「ふるい、ふるい。にきび面の年ごろじゃあるまいし」

「春本はどうだ」

「だめだ。この世のありとあらゆるそういうたぐいの本は読みあきた」

「どうもこまったな。これだけ涎《よだれ》のたれそうな美人をたくさん奥さんにして、なお何か香味料が要るとは。罰あたりめ、腹がふくれていれば、何をどう料理してもうまいものか」

と、応伯爵は舌打ちしたが、面白そうな顔である。こんな話になると、急に元気づいて、朝までしゃべっていてもあきない二人であった。呉月娘は、またはじまった、といわんばかりの表情で横をむいている。

「あにき、こないだある人からきいたのだが、もう一ついい方法がある」

「ほう、それは？」

「騒声《そうせい》をきく法。……」

「騒声をきく法……とは、どういうことだい。そんな法は本で読んだこともなけりゃ、人にきいたこともないが」

「つまり、女と寝てるだろう。そして、隣のひとのをきいてるのさ。喋々喃々《ちょうちょうなんなん》から、いまやまさに法悦境に達しようといううめき声までね。……こいつは、たしかにききめがあるよ。その女を知らなければ知らないほど、こっちの想像をかりたてるから、なおききめがある」

「それは面白いな」

と、西門慶は眼をひからせてのり出したが、急に小首をかしげて、

「しかし、伯爵、その女は誰《だれ》で、その男は誰だい？　まさか見もしらぬ男と女を、その騒声とやらをきかせる役のためにやとうこともできまい？」

「なるほど。……この家の奉公人のなかに、誰かいないかい？」

「ばかな。いや、奉公人はともかく、わしがいやだよ。いくら騒々しいわめき声をあげても、あの女か、と思うと可笑しくなる奴《やつ》ばかりだし、かといって、ちょいと小ぎれいな小間使いや、下女だと、……」

といいかけて、西門慶は眼を白黒させた。ちょいと小ぎれいな小間使いや使用人の女房は、みんな毒味がしてある、と口をすべらせかけて、あやうく呉月娘のいることに気がついたのである。潘金蓮がくすっと笑った。

応伯爵もにんまりとして、

「方法はいいが、その人がいないとはこまったね。……」

といったとき、大房にどたどたとひとりの男が入ってきた。青緞子《あおどんす》の衣服に金の簪《かんざし》を横っちょにさした折上巾《せつじょうきん》をかぶった、まだ二十歳すぎの若い男で、駿馬《しゅんめ》のように立派な身体をしているが、小生意気で軽躁《けいそう》で、道楽者たる性質は、れきれきとして鼻の上にあらわれている。これが娘婿の陳敬済であった。

「お父さん、お父さん、これから玉皇廟《ぎょくこうびょう》の廟市《びょうし》に出かけちゃいけませんかね？」

西門慶はじろっとふりむいた。すこし酒が入っているらしく、陳敬済は赤い顔をしている。この男の一族のために、娘は心労から病気になり、こっちにもいかなる大難がふりかかってくるかと、日夜びくびくしているのに、当の本人はけろりとして、気楽な顔で遊びまわっているのが、西門慶は甚だ気にくわない。

「お前、ひとりでゆくのかい？」

「いいえ、第七奥さんがゆきたいというものですから」

城外玉皇廟の廟市は月に五回ひらく。今夜もその夜のひとつだが、廟のまわりは様々な貨物の店はもとより、珍鳥奇獣の売買から占い、手品、その他いろいろな見世物の商人でうずまるのである。

それはいいとして、西門慶のこめかみの血管がぴくりと脈を打ったのは、陳敬済が第七夫人の朱香蘭《しゅこうらん》といっしょにゆくといったからだった。朱香蘭という女は、ちかごろ妾のひとりに加えたが、もともと陳敬済が都からつれてきた召使いで、しかも前々から敬済と、単なる若主人と侍女という関係ではなかったらしいことに、他人の色事には存外鈍感な西門慶はやっと最近になってうすうす感づいている。

「朱香蘭が？……そりゃかまわんが……娘はどうしている？」

と、きかれて、陳敬済は狼狽《ろうばい》した。きょうは朝から——どころか、この二、三日、見舞いにもいったことがないからである。へどもどしながら、

「いや、だいぶ気分もいいようで――」

「さっき、あたしがいってみたときは、また熱が出たといって、夕食もとらないんですよ」

と、呉月娘がいった。

陳敬済は頭をかき、頬《ほお》をかき、頸《くび》すじをかいた。西門慶は激怒した。

「この薄情者め！　お前は娘が死にかけておっても、ほかの女と遊び歩きたいのか！　外出はならん。すぐに娘のところへとんでゆけ！」

陳敬済はきりきり舞いをして退散してしまった。

西門慶は、しばらく、ぽろぽろと涙をこぼしていたが、やがてふと涙の眼を宙にあげて、

「さっきの話だが」

と、いい出した。応伯爵は、なんの話かわからない。

「へえ？」

「女の騒声という奴。伯爵、いやこの年になると、女の味は、顔とか肌とか足とかよりも、あの声こそ、いちばん重きをおくべきかもしれんぞ。まったくの話が」

涙ぐんで、また色話をやりはじめている。呉月娘はあきれかえったとみえて、ぷいと大房を出ていってしまった。あとにのこったのは応伯爵と潘金蓮である。

「左様、夜になって、さてどの房にゆこうかと考えるとき、まず浮かんでくるのは、女の顔じゃなくて、たしかに声だ。……あの声の美しくって、色っぽい奴ほど、頭の中につよ

く浮かびあがってくるようだな」

「ははあ。で、西大人、奥さん方のなかじゃあ、いちばん色っぽいのは、どなたのお声だね？」

応伯爵は冗談にきいたのだが、西門慶は存外まじめな顔で、

「そりゃ、なんといっても朱香蘭だ」

と、大きくうなずいた。

「なるほど、歌なんか、朱夫人の声がいちばんきれいで、お上手なようだね。まず西門家の迦陵頻伽《かりょうびんが》というところか」

と、応伯爵はお愛想でなくいった。潘金蓮はにこりとして、

「それじゃ、今夜は、香蘭さんのところへいらっしゃるがいいわ」

「いや、あいつは、いま月のものなんだ。おまえのところにゆく」

と、西門慶はいう。声だけならともかく、あらゆる魅力をひっくるめれば、七人の妻妾のうちで潘金蓮が抜群だろう。……色好みの点に於《お》ても、と応伯爵はみている。潘金蓮はけらけらとたかく笑った。

「いやですよ。あたしは。……そんな元気のなくなった旦那さまではね。――ねえ応さん」

「それじゃわしは李桂姐《りけいそ》のところにゆくぞ。そうだ、伯爵、春宵一刻値千金《しゅんしょういっこくあたいせんきん》だ。うちにくすぼっている手はない。これから威勢よく獅子街《ししがい》にくりこもうじゃないか」

と、西門慶はいきなりたちあがった。潘金蓮の顔にさっと失望の翳《かげ》がのぼった。

獅子街というのは町の花街で、李桂姐は西門慶がひいきにしているそこ一番の美妓《びぎ》の名だが、このありさまでは西門慶の精力がおとろえたというのはどの程度のことなのかわからないと、応伯爵はにやにや笑い出した。

櫺子《れんじ》之章

妻の西門大姐《せいもんたいそ》の部屋から、もうとっぷりと闇《やみ》にとけ入ろうとしている庭へ出て、陳敬済はぺっと唾《つば》をはいた。

持参金めあての親のはからいで嫁にはもらったが西門大姐はもともとあまり美しくない上に、ながい病気でまるで影もない。

妻はもとより、女とねないことがこれで何か月になるだろう。……舅《しゅうと》は何かといえばおれに不服顔をみせるけれど、春だというのに、おれのような若い男が、都の事件と女房の病気で、鬱々《うつうつ》とくらしているつらさを、すこしくらい察してくれてもよさそうなものだ。舅の方は七人も八人も妾をもって日毎《ひごと》夜毎にたのしみ放題にたのしんでいるではないか。それに何ぞや。……。

陳敬済は、ふくれっ面をして、高だかと反った池の石橋《せっきょう》をわたった。そのむこうに芙蓉《ふよう》亭《てい》と名づけられた建物があって、第七夫人の朱香蘭はその一室にすんでいる。

朱香蘭は、都にいたころ陳家の小間使いで、彼の情人のひとりだった。しかも、数多い情人の中で彼の方で惚《ほ》れて惚れて、惚れぬいている女だった。命からがら都をにげ出すときでも、彼女をいっしょにつれてくることを忘れなかったのはそのためだ。まだ性的には未成熟な西門大姐は感づいていないが、かえってそのために、この家にきてから思いもよらぬひどい手ちがいが起ってしまったのである。

女とみれば全然眼のない西門慶が、朱香蘭を七番目の妾にしてしまったのだ。いや、あれは私の恋人で——とは、舅にいえるものではない。第一、そんなことをいえば、都においかえされて、たちまち身の破滅である。陳敬済は歯をくいしばってだまっているよりほかはなかったが、恨めしさとくやしさは、満身にのたうちまわっている。……

しかも、香蘭が西門慶の愛妾《あいしょう》のひとりになって、存外不満でもなさそうなのがいっそう面白くない。ふたりだけで会ったときは、やるせないような、ものいいたげな哀艶《あいえん》なまなざしをなげるが、色話には傍若無人な舅が、他の妾の噂《うわさ》同様、香蘭の喃語《なんご》や痴態《ちたい》をみんなのまえでほのめかしても、当の香蘭はそんなとき、からかうような眼を敬済にはしらせて高笑いする。

女ごころは、わからない。……などと詩人的感傷にふけるよりも、香蘭恋しやの情炎で、陳敬済は胸のうちがやけただれそうだ。今宵《こよい》こそ、城外につれ出して旧交をあたため、あいつも廟市へゆくことを承知してくれたのだが。……

「さて、と」

陳敬済はたちどまった。

待っている香蘭に、西門慶に外出を禁じられたとつたえにゆくつもりだったのだが、このままいっては途中に第二夫人の李嬌児《りきょうじ》の房がある。うるさい。——彼は足を横にむけた。垂花門《すいかもん》へむかう、毒だみの花の匂《にお》いのする石だたみからそれて、すこしあるくと芙蓉亭の裏手にまわる。

緑青塗《ろくしょう》りの櫺子窓《れんじまど》に、ぽっと灯《ひ》がともっていた。胡弓《こきゅう》にあわせて歌う声がきこえる。まるみのある、美しい泉のような声であった。

「香蘭、香蘭」

窓の下につみあげてある工事用の石材の上にあがって、そっと呼ぶと、胡弓の音がはたとやんで、櫺子の向こうに朱香蘭の顔がのぞいた。

豊かな、美しい顔である。大きな、濡《ぬ》れた眼《め》が若々しく上品で、受け口の厚めの唇が恐ろしく肉感的だった。真正面からみると端麗にちかい美貌《びぼう》だが、横からみると、すこし鼻がひくいので少々下司ばってみえる。みる角度によって娘にもみえ、年増にもみえるふしぎな顔であった。

「おい、だめだ。廟市にいっちゃいかんそうだ」

「誰のいいつけ?」

「お前の旦那さま」

皮肉にいったが、朱香蘭は顔をあかくするより、不安な表情になった。

「あら、どうしてでしょう？……何か気づいたのかしら？」

「気づかれたら、こわいのか？」

気づかれたら、本人がいちばんこわいくせに、女がそういうと、敬済はそう意地わるくいってみたくなる。そういってみると、無思慮でわがままな若者の常として、じぶんの言葉にじぶんで昂奮《こうふん》してくる。

「おい、おれはもう辛抱できない。舅《ちち》に何もかもうちあけて、あらためてお前をかえしてもらおうと思う。ほかに六人も七人も妾をもっている舅だ。大きな顔をして、病気の女房ひとりに義理をつくしておれとはいわんだろう。……」

「だめだめ、そんなむちゃをおっしゃっては。……そんなことのわかって下さる旦那さまじゃないわ。いっぺんにふたりの身の破滅だわ。……」

「ふたりの破滅？　ふん、お前は舅の妾をおはらいばこになるのが恐ろしいんだろう？」

「いいえ、あたしばかりじゃなく、もし都のお宅の方に不幸がひろがって、あなたにまでお上《かみ》の手がのびてきたら、かばって下さるのは、ここの旦那さまだけじゃありませんか。旦那さま、いま必死にお上の筋々へ、お金ですむことならと、手を打っていなさるそうよ」

「そんなことは知っているさ。……で、もしおれが無事にすんだら、おまえはこのまま知らん顔で舅の妾でやってゆくつもりかい？」

「……………」

「また、もし、おれが無事ですまなくなったら、お前はどうする？」

「…………」

「そのときは、おれはみんなばらして、どんな辺境へ追放されようと、地獄のはてまでおまえを道づれにしてゆくから、そう思え」

そういってから、陳敬済は、急にぽろぽろ涙をこぼして櫺子《れんじ》にしがみついた。

「うそだ。香蘭。おれはおまえをそんなひどい目にはあわせない。だから、どうかおれをすてないでくれ！」

「泣かないで……若旦那さま……ひとにきこえます。泣かないで！」

ほんとに情をうごかされたのか、もてあましたのか、香蘭は、敬済の顔すれすれに顔をちかよらせて、白い指さきでその涙をぬぐってやった。……熟れた果実のように芳醇《ほうじゅん》な息が霧みたいに鼻孔をぬらすと、ふたりはぴったりと唇を吸いあった。

……ながいあいだ飢《う》えていた感覚だった。とくに、この女の唇、歯ぐき、舌の蠱惑《こわく》ほど魔酔のひとときにひきずりこむものはない。ぬるりとすべりこんだ舌が、軟体動物のようにこちらの舌を這《は》うと、それだけで男は法悦境《エクスタシー》におちてしまいそうである。陳敬済のからだから、生ぐさい男の香りがたちのぼった。……息をひとつ吸うために唇をはなすと、香蘭のあえぎが「ああ……あ」という泣き声のような陶酔のうめきとなってもれた。男を野獣に変える女の声であった。

夢中になって、もういちど櫺子に鼻をこすりつけた陳敬済から、どうしたのか、朱香蘭の顔がついとはなれた。

「あ……」

眼が大きく見ひらかれている。陳敬済はどきっとしてふりむいた。

いつしか、木蓮《もくれん》の花の上に、おぼろ月がのぼっている。その下に潘金蓮《はんきんれん》がたっていた。

もっとも、その向うは金蓮のすむ北廂房《ほくしょうぼう》の方へかよう路である。

ちょっとのあいだ、陳敬済はなんといって挨拶《あいさつ》していいかわからない。

「……眼のごみ、とれましてよ、敬済さん」

と、朱香蘭がいった。金蓮はくすっと笑った。しずかにあるいてきて、

「あたしに気をつかわれることはありませんよ。可哀そうに、……あたしはまえからおふたりのお仲、知っていましたわ。旦那さまの勘がにぶいものだから、それで誰もが涙をみるようになるのですわねえ。……あたしは告げ口なんかしないから御安心あそばして」

ちかぢかとよりそって、白い拳《こぶし》でぽんと敬済の肩をたたくと、ぷうんと焚《た》きしめた麝香《じゃこう》の匂いがして、敬済はほっとするとともに、心中に、なんとかしてこの女も手にいれたいものだな、とむらむらとけしからぬことを考えた。

「それはともかく、敬済さん、どうやら旦那さまがいまあなたを探していらしたようよ」

「えっ、舅《ちち》が」

「ええ、いましがた応さんといっしょに大門まで出たら、ちょうどそこへ、都へその後の様子をさぐりに上らせてあった平安《へいあん》と王経《おうきょう》がもどってきたのとばったりあったのです」

「そ、それでどうですと？」

「それが、あまりよい知らせじゃないらしいのですけれど……まあ、今あなたが牢屋にゆくというわけでもないようですから、おちついて……とにかく、はやく旦那さまのところへいらっしゃい」

恋獄之章

都の開封《かいほう》へ、馬をとばせてひそかにさぐりにやってあった小者の王経と平安の報告をきいて、西門慶は胆をつぶした。

梁山泊の水賊にやぶれた楊提督は、すでに投獄されているが、その一族の縁につながるものも、それ以来法院で審理中であって、ちかく、「枷《か》を課すこと一月、期満ちなば辺境に送って兵役に当つべし」という断罪を下されるらしい。しかも、その名簿のなかに、はたして陳敬済はもとより、西門慶の名もあるとのことである。

翌日、西門慶は、宰相の蔡京《さいきょう》の報事《ほうじ》翟謙《てきけん》や右大臣礼部尚書《れいぶしょうしょ》の李邦彦《りほうげん》のところへ、莫大《ばくだい》な贈物をもった使いの者を送り出すとともに、門をとじ、拡張中だった花園の工事もやめ、陳敬済のごときは、その部屋から一歩も出ないで謹慎していることを命じつけた。

三日……五日……七日。遊び好きで、軽躁な敬済ががまんのしきれるわけはない。だんだんヒステリーのようになって、部屋のなかでやけ酒をのんだり、器物をなげつけたりしていたが、或る夕、たまりかねて部屋のすぐ外の遊廊を、さかりのついた熊《くま》のようにいらいらと、ゆきつもどりつしていると、ばったり朱香蘭にぶつかった。

「こ……香蘭」

思いがけないことだったらしく、朱香蘭ははっとしたようである。ふりかえった顔に、さっと当惑のいろが浮かんだ。

「香蘭、どこへゆく？」

「………」

「ふん、舅《ちち》のところだろう？」

皮肉をいったつもりなのだが、唇がひきつって、だだっ子のような泣き顔になった。無意識的に袖《そで》をつかむと、意外な抵抗があった。

「若旦那さま。……旦那さまに叱《しか》られます」

実は、香蘭は、血ばしったような敬済の眼におびえて思わずそう口ばしったのだが、この言葉はすっかり敬済を逆上させてしまった。

「なにっ、旦那さま？　ああまた旦那さまか？　二口めには旦那さま、やっぱりお前はおれを迷惑がり、捨てようとしているのだな。この薄情者。……」

「い、いいえ。敬済さま。そうじゃありませんわ。旦那さまに見つかったら、なにもかも、もう終りです。……こうしているまにも、旦那さまがそこへいらっしゃるかもしれませんわ。あたし、ゆかなくっちゃなりません。……」

「くそ。もう身の終りだろうが何だろうがかまやしない。おれは男に何もかもいう。それより、とにかく部屋へ入ってくれ。そして……、香蘭、おれの味がなつかしくはないか？おれは、おまえのあのむせび泣きがききたくって、ききたくって気がちがいそうなんだ！」

「はなして！　敬済さま！」

びりっと袖が裂けて、雪のような香蘭の腕がむき出しになった。敬済はもう眼がくらんでいる。必死にもみあう二人の顔には、もはや曾《かつ》ての仲のやさしさは微塵《みじん》もない。――

「もし、若旦那さま。香蘭さま。向うから応さんがこちらへやってきますよ」

突然声をかけられて、ふたりははっと争いをやめた。ふりかえると潘金蓮が微笑してたっている。ゆっくりと、交互にふたりをながめやるその眼に、いたずらっ子のような明るい同情の色がゆれていた。

「お気の毒に……」

と、つぶやいて。

「若旦那さま。女というものはねえ、はじめて知った男は忘れろといったって忘れやしませんよ。かなしいのはあなたか、香蘭さんか。……香蘭さんが、あなたからいちじ身をひこうとなさるのも、みんなあなたのためを思えばこそ、そのせいいっぱいの思いの丈《たけ》が若旦那さまにはわかりませんか？」

真っ赤になったのは、敬済よりも、朱香蘭の方である。香蘭はもとより敬済がきらいではない。が、きらいではないのは敬済にかぎらず男一般である。彼女は男と唇を吸いあっただけで、舌さきまであまくなって、じぶんでも思いがけない快美なうめきがあふれそうになる。そして、香蘭をそうさせたのは、——男の魅力を思い知らせたのは、西門慶にほかならない。したがって、彼女が極力敬済をさけようとするのも、金蓮がいってくれるような殊勝なこころがけからではなく、不義をみつかって、西門慶にすてられるのが恐ろしいからで、思わず赤面したのはそのせいであった。

しかし、彼女は、そういわれれば、まんざら悪い気もしない。

「ほんとうに、前と後のしがらみにせかれて、つらいのはあたしばかり。……」

つぶやくと、涙の珠《たま》が眼にあふれた。自分自身をだます才能は、女が天からさずかったものである。ましてやお坊っちゃんの陳敬済が、ついひっかかってほろりとなるのを、

「若旦那さま。……それに、香蘭さんは、見ようによっては、いまはあなたのお義母《かあ》さんにもなるのですよ」

と、うってかわって冷然と潘金蓮がいった。これは、いちばん痛烈な警告である。さすがの敬済も、「あ……」と額をおさえて赤面したすきに、ちぎれた袖をひるがえして、ばたばたと朱香蘭はにげてゆく。

茫然《ぼうぜん》として見送る敬済の両肩に、やんわりと金蓮の双手がかかった。むせかえるような麝香《じゃこう》と女の香が彼の顔をもやもやと霞のようにつつんだ。

「敬済さま。……」

「な、なんだ。……」

「お可哀《かわい》そうに。おなかをすかせて……あたしがいっぱいにしてあげましょうか？」

「…………」

「見ちゃいられないわ。あたしも女、とても見殺しにゃできない。……」

あきれたものである。朱香蘭が義理の母なら、金蓮だっておなじことではないか。……めんくらっていた敬済の眼に、ぱっと炎がもえあがった。腹のへったときにまずいものなし、どころではない。都からこの清河県にきて、世にはかかる美女もいるものかと、都落ちの悲運がうれしくなったくらいの女である。

「ありがとう！　金蓮さん、ありがとう！」

うわごとのようにそういうと、陳敬済はいきなり金蓮のほそいまるい胴に腕をまきつけて、ずるずると部屋にひきずりこんだ。

「あ……」

あえぐ金蓮の肩から、五色の肩かけがはらりとおちた。はたととじた朱塗りの扉《とびら》の下から、遊廊にながながと這った肩かけを、眼のくらんだ敬済は気がつかない。……

――と、そこへやってきたのは応伯爵である。伯爵だけならいいが、まずいことに西門大姐をつれている。いや、実をいうと、謹慎蟄居《きんしんちっきょ》をいいことに、いっそう見舞いにも顔を出さない夫にいらだった西門大姐が、敬済のところへいってみるといい出したのに、いあわせた伯爵が、やむなく腕をかしてつれてきたのである。

「おや？」

扉の下から這いだした肩かけに視線をおとしてたちどまった西門大姐に、応伯爵は、しまった、と心中に舌打ちした。

「だれか、女がいるのかしら？」

応伯爵は、ほんのさっき、よたよたと歩いている自分達の傍を、あでやかに会釈してさきへ通りぬけていった金蓮の肩かけをおぼえている。

「さあ」

とっさに返答しかねてつったっている伯爵の耳にきこえてくる、なまめかしい女のくつくつ笑い。ばかな、潘金蓮ともある利口者が、なんというばかな！

「こんなことだろうと思っていたら……やっぱり、そうね！」

病みほうけた西門大姐の蒼白《あおじろ》い頰に、さっとひとはけの血の色がうごき、まなじりがきりきりっとつりあがった。

「応さん！　父を呼んできて！」

西門大姐はそう叫ぶと、きちがいのように扉をたたきはじめた。

「あなた、あなた。あけてちょうだい。ねえ！　あけてちょうだいったら！」

なかのくつくつ笑いは、しいんとやんだ。沈黙のなかの、ふたりの狼狽が眼にみえるようである。西門大姐は必死に扉をうちつづける。

「応さん、はやく父を呼んできてよ、はやく、はやく！」

へどもどしていた応伯爵は、万事休す、とその命にしたがった。せめて、敬済はともかく、惚れている金蓮の醜態だけは眼にしたくない、というこころもある。

まもなく、知らせをうけた西門慶が鞭《むち》を片手に、嵐《あらし》のごとくとんできた。みると——ひらかれた扉の入口のところに、西門大姐がうつ伏せにたおれて、よよと泣き入っているし、寝台の傍の壁には、しどけない衣服で、敬済と金蓮がへばりついて、立ちすくんでいる。

「ああ、娘」

と、西門慶はまず娘を抱きあげたが、娘がいっそうかん高く声はりあげるのをきくと、彼女をどさりと床におろして、ぎらっと向うのふたりを見つめた。

「わかった。泣くな。わしがきっと仕置をしてやるからな」

よろこべば和気春風のごとく、怒れば迅雷烈火《じんらいれっか》のごとき西門慶である。陳敬済は真っ青になった。

「ううぬ、このあいだよく意見しておいたのに、まだ道理がよくわからんとみえる。こうなれば、もう娘とはわかれてもらおう。そして開封にかえるがいい。法院の役人が手ぐすねひいて待っている都へな。そして、滄州道《そうしゅうどう》あたりの牢城《ろうじょう》に流刑になるか、征遼《せいりょう》の兵卒にでも狩りだされりゃ、すこしは眼がさめるだろう」

「旦那さま。……ゆるして……みんなあたしがわるいんですから！」

突然、潘金蓮がかけ出して西門慶にすがりついた。西門慶はその肩をつかんで、いきなりびりっと上衣をさきちぎると、

「きさまの悪いことを、きさまから教えられいでか！」

つきとばして、凄《すさま》じい鞭の一撃をくれた。むき出しになった真っ白な、ふくよかな背に、ななめの赤いすじがつっとはしると、みるみるみみずのようにふくれあがってゆく。

「あっ」

金蓮は息もとまった様子である。ひしと両腕で胸をだき、泳ぎ出すような姿勢のまま、必死にくねり、のびちぢみする。やっと、はあっと息をつこうとするところへ、またもや、ぴしっ。つづいて雨のような鞭の乱打であった。床にのめった金蓮は黒髪を渦《うず》とまいて、白い獣のようにのたうちまわった。

「ぶって！　ぶって！　もっとぶって！」

と、西門大姐はさけんだ。すると潘金蓮も、悲鳴のなかにさけんだ。

「ぶって！　ぶって！　もっとぶって！　ああいい気持！　おほほ、このまま死んでしまいたいくらい。おほほほほ！　旦那さまがあたしを可愛《かわい》がってくれないから、こんなことになるのよう。……御病気のお嬢さんをお嫁さんにした若旦那の御辛抱が、お気の毒でたまらなくなったのよう。……若旦那に罪はない。わるいのはあたし、さあ、ぶって！　ぶって！　おほほほほほほ！」

ころがる火の玉みたいな笑い声に思わず鼻じろんだ西門慶に、西門大姐はむしゃぶりついた。

「お父さま！　あのひとはぶたないで！　夫はゆるしてやって！」

西門慶はあきれたように娘の顔をみて、それから鞭を床にたたきつけた。

「おい、敬済。手癖のわるいのにもほどがあるぞ。お前がちょっかいをかけるのは、この金蓮ばかりじゃなかろう。あの朱香蘭にも、さかりのついた犬みたいにつきまとっているのを、おれが知らんと思っているか。……香蘭はもてあまして、先日からわしに何とかしてくれと訴えているんだ」

「えっ……香蘭が？」

「何を顔色をかえる。この分際をわきまえぬうぬぼれ男め、香蘭はな、こういうんだ。謹《きん》慎蟄居《しんちっきょ》ぐらいじゃとうていお前の所業はおさまらん。座敷牢でもつくって、とじこめておいてくれとな。やむを得ん。明日からそうしてやるぞ。いいか？　あははははは」

夜叉之章

陳敬済は座敷牢に入れられた。まさか格子をくんでうちつけたわけではないが、敬済の房の扉に外から鍵《かぎ》をかけてしまったのである。鍵は西門慶の部屋においてあって、三度三度、食事をはこぶたびに西門大姐の小間使いの夏花《かか》がとりにくる。

（ひどいことになったもんだ）

しょんぼりと寝台に腰をおろしている敬済の眼に、裏庭にむいた櫺子《れんじ》の窓ごしに、春愁をのせてながれる白い雲がうつる。その窓から百歩もあるかない方角に朱香蘭の部屋があるはずだが、その後彼女は、いつか彼が彼女を訪れたようには、訪れてきてくれない。……

（ひどい女だ、あいつは！）

考えれば考えるほど、くやしさに身体じゅうがにえくりかえるようで、じぶんがどうなろうと、断じてこのまま泣きねいりはできないと思う。それにくらべてあの潘金蓮は。……

……

（金蓮が、あれほど俠気《きょうき》のある女だとは思わなかった。おれの不遇をあわれんでくれ……あれほどの折檻《せっかん》をうけながら、みんな罪をじぶんにひきうけようとし、一語として香蘭とのことは口にしなかったじゃないか。姐御肌《あねごはだ》だけに……できた女だ！）

と、いやに感じいっている。

ところでその潘金蓮は、それから十日ばかりたった或る夜、洒唖洒唖《しゃあしゃあ》と、もう西門慶といっしょに寝ていた。女のありがたさ、というか、怒りもはげしいが忘れるのもはやい、という西門慶の気性のせいか、なんにしても、金蓮がちょっと手に負えない淫婦《いんぷ》だということは西門慶も先刻承知だし、そこがまた恐ろしい魅力なのだから、大好色漢の彼がいつまでも金蓮に怒っていられる道理がない。

――夜明にちかいころだが、ふたりはまだ眠らない。いや、纖々《せんせん》とうごく金蓮の淫《みだ》らな十本の指が、西門慶をねむらせない。

「旦那さま。……寝ちゃあ、いや」

「うふふ、しょうがないやつだ。それではそこの銀托子《ぎんたくし》をとってくれ」

色道具をはめて二羽の鳳《おおとり》のようにふたりが狂っていると、扉の外であわただしい跫音《あしおと》がきこえた。

「旦那さま、もし旦那さま。……」

「誰だい？」

「来保《らいほ》でございます。都から夜を日についで、ただいまたち帰りましたので、早速お知らせにあがりました」

「おお、もどったか！　それで、向うはどうだった？」

西門慶はがばと起きなおった。来保は都へ賄賂《わいろ》をもってゆかせた使者である。

「吉報でございます。李邦彦《りほうげん》さまのお邸にうかがって、うまくお話をつけました。法院の文書にかき出されていた旦那さまのお名前を賈廉《これん》とかきかえていただいたのをはじめとし、陳敬済さまの方も、ぶじおたすかりになって、都へ帰られてもよろしい手つづきをとって戴《いただ》きましてございます」

「そうか、そうか！　かたじけない！　お前をやらなければ、この首もあぶないところだったな。よし、夜があければ、あらためてお前にも褒美《ほうび》をやろう、いや、御苦労！」

狂喜してから、あらためて水桶《みずおけ》につけられたような思いである。しとしとと来保が去ってゆくと、下から、ひしと金蓮がしがみついた。

「旦那さま、……うれしい！」

あくなき金蓮の淫慾にいささかくたびれかげんだった西門慶も、これであらためて元気がわき出して、物凄《ものすご》い力で金蓮を抱きしめた。……雲がちり、雨がやむと、うっとりと夢みごこちの眼をしていた金蓮が、ふっといった。

「敬済さまもお助かりになったとか……どうなさるの？」

西門慶は金蓮をみて、いやあな顔をした。

「ふん、気にかかるか？」

「気にかかる」

と、くすりと笑いながら、金蓮は唇で西門慶の髯《ひげ》をもてあそんでいる。

「もう、いいかげんに牢から出してあげなさいよ」

「出すと、あいつ、何をするかわからん」

「まさか……あたしは、このあいだのことで懲《こ》り懲《ご》り」

「どうだかわからんぞ。お前という奴は」

「それに、あたしはもう御勘気がとけているのに、敬済さまだけかんにんしてあげないのは片手落ちで、あたしも気がとがめますわ」

「お前ばかりじゃない。香蘭もあぶない」

「だったら、都の方はもう大丈夫だというんですもの、明日——じゃない、夜があけしだい、都へ送りかえしたらいいでしょ？」

「そうだな。おい、くすぐったい。……どうせ都にはかえさなくちゃなるまいが、あんまりいためつけて、陳家の方に讒訴《ざんそ》でもされると、こっちもあと味のわるいことになるな。

「それじゃあ、あたし、これから敬済さまのところに行って、扉をあけてきてあげましょう。……」

「……」

「おいおい、なにもいまゆかなくってもよかろう。まだ暗いじゃないか」

「もうすぐ明けるでしょう。ほら、遠く朝市の音がきこえはじめたじゃありませんか」

「それにしても、お前がゆかなくってもいいよ。お前、敬済のこととなると、妙にいろいろ仏ごころを出すな」

「だって、あたしのいたずらで、あの方があんな罰をお受けになったんですもの、ほほ、いくらなんでも、もう大丈夫。すぐ敬済さまを、こちらにお礼によこしますから」

そういいながら、もう衣服をつけた潘金蓮は、鍵をとって大房を出ていった。

中庭はまだくらい。暗いなかに、糠《ぬか》のようにこまかい春の雨がふっている。

陳敬済の部屋から出てきた潘金蓮は、ちょいと右手に拳をつくってながめていたが、すぐににっこりして、遊廊から遊廊へ、白い胡蝶《こちょう》のようにはしっていった。

芙蓉亭の朱香蘭の房のまえにくると、ほとほとと扉をたたく。

「香蘭さん、香蘭さん」

しばらくたって、ねぼけた声で、

「だあれ？」

「金蓮。……金蓮よ、香蘭さん、いいお知らせだから、やってきましたの。敬済さまが、やっと自由になりました。都の方の首尾もよいらしく、ひょっとすると、きょうにも都へお旅立ちになるかもしれません」

「………」

「夜があければ、旦那さまの眼がこわいから、もうろくに敬済さまとお話できないかもしれませんよ。いまのうちしっぽりとお別れをいいにいらした方がいいんじゃないかとお知らせにきましたの。ああ、そうそう、それも遊廓の方は、さっきお嬢さまの看病をしてる夏花がうろうろしていたようです。裏庭づたいにいらっしゃい。せめて、窓ごしにね」

「………」

「香蘭さん、あたし、あなたのおこころ、よくわかるわ。恋するこころ、女のきもち、ね、あたしのおせっかい、よろこんで下さるでしょう？　さあ、はやく！」

そして、金蓮はひそかにはしり去っていった。

朱香蘭は寝台の上におきなおって、じっとうなだれている。いよいよ敬済さまともおわかれか。彼女の胸になんともいえない哀切感がこみあげる。が、……正直なところ、実はほっとした気味もある。金蓮の、さものみこみ顔のおせっかいは、たしかに有難迷惑だった。……

が、彼女はたちあがって、そそくさと身支度をした。金蓮に情なしと軽蔑《けいべつ》されるのがこわかったからだ。女の夢は、じぶんは安全で、幸福でありながら、しかもひとから悲劇の女主人公《ヒロイン》とみとめられることである。櫺子の窓ごしなら、その安全と幸福はまもることができるだろう。……

生温かい小糠雨にぬれて、小走りに、香蘭は裏庭をはしっていった。夜はまだ明けないが、寺々でうつ鉄牌子《てっぱいし》や木魚の音がきこえはじめた。――ちょうど五更である。

「敬済さま……敬済さま」

暗い櫺子のおくに、人のうごく気配がした。三、四歩はなれて、香蘭はつぎにいうべき言葉にくるしんでたっている。ふたりのあいだに糸のような雨がふる。

「都へお帰りになるんですってね……かなしいわ。……」

敬済はだまっている。香蘭にとって、恐ろしい沈黙である。恐ろしさのあまり、かえって彼女は一歩あゆみよった。

「敬済さま。どうぞ……いつまでも、香蘭をわすれないで。……」

雨はけぶっていた。靄《もや》のようなものが、香蘭の頬をぬらす。霧雨？……いや、そうではない、彼女はふしぎな顥気《エーテル》と、栗《くり》の花のような匂いにつつまれるのを感じた。鼻孔にからまり、のどにねばりつくじぶんの息と唾液《だえき》が、からだじゅうの血管に蜜《みつ》のようにとけこんで、彼女はほとんど忘我の境にさそいこまれた。香蘭は「男」を感じた。別れにのぞんで、彼女はじぶんがこれほど敬済恋しやの情にかられようとは思いがけないことだった。

「け……敬済さま！」

のどにつまったような声をあげて、櫺子にとびつく。四枚の唇がぴったり合う。苦しげ

に敬済の唇がひらき、香蘭は吸いこまれるように舌をいれる。頭のなかが、全身が、ぼっとあつい酒の蒸気にみたされたようで、

「ああ……あ」

と、香蘭はれいの、男の精をしぼり出すような甘美なうめきをあふれさせた。

男が、くいしばるように香蘭の舌をかむ。いたみは無我の陶酔に麻痺《まひ》していた。それを感じたのは、一瞬ののち、反射的に窓からとびのいて、あおむけに地上にたおれたあとである。……かっと香蘭は血を吐いた。

「………」

声とはならぬ声である。すくなくとも人間のものではない絶叫をあげて舌をかみとられた香蘭は、散大した瞳《ひとみ》で窓をふりあおいだ。

櫺子のおくに人の顔の気配はなかった。ただ、そこから、これも、声なき笑いがふってきたようだった。闇夜の底に、黒髪をみだし、凄惨な碧血《へきけつ》をはいてのたうちまわる女のうえに、雨はようやく糸を紐《ひも》とし、蒼白いしぶきをたてはじめている。

菩薩之章

二日ふりつづいた雨と、西門大姐がだだをこねたせいもあって、陳敬済がひとまず都へかえる旅へ立ったのは、三日めのことである。

見送りの為《ため》に西門慶をおとずれた応伯爵はここで、はからずも一騒動を見物する機会に恵まれた。

大門のなかで、泣きしきる西門大姐の手をお義理にとってにぎりしめながら、旅装束の陳敬済は、何やらしきりにきょろきょろしている。自由をもとめる心が、もう旅の白雲にとんで、こころ、ここにないのかもしれない。

苦虫をかみつぶしたような西門慶の傍で、急に潘金蓮がふりかえって、大きな声でいった。

「あら、……朱香蘭さんの姿がまだみえませんわね」

なるほど、見送りにならんだ西門家の人々のなかに、あの香蘭の姿だけがみえないようである。応伯爵も、敬済と香蘭がただの関係ではないことを見ぬいていたから、すこし妙に思った。

「あにき、朱夫人はどうしたんだ?」

「どうしたかしらん。この二、三日、口に腫物《はれもの》ができたとかで、部屋にひっこんだきりだ。病人まで見送る必要もなかろう」

そのとき、みながどっとどよめいた。家の方から噂の主の朱香蘭が出てきたのである。しずしずと——いや、よろよろと、まるでよろめくような歩みだ。ほんの二、三日のあいだに、眼もくぼみ、鼻がとがって、別人のようにやつれ、鬼気をすらたたえた姿であった。一目みて、眼をひからせ、ついでおびえたように西門慶の方をながめる陳敬済の前に、朱香蘭はしずかに立った。ここまでは、まるで白日の下の影絵芝居のように異様な静寂が保たれていたのだが、次の瞬間、実に思いがけない活劇が生じた。

「この、ひとでなし！」

その香蘭のさけびは、あとになって、そうだったのかと判別できたので、そのときはえたいの知れない獣のさけびときこえた。彼女の袖がひるがえると、銀簪《ぎんかんざし》が空をながれ、あやうく身をそらしてよけた陳敬済が、悲鳴をあげて尻餅《しりもち》をついたのである。

仰天しながら、応伯爵が地を蹴《け》って、朱香蘭を抱きとめた。伯爵の腕のなかで、気のちがったようにもがきながら朱香蘭はさけんでいた。

「ほの、にんひにん！　ほろしてやる！」

「殺してやる？　ああ、口の中に腫物ができてるってことだったね。香蘭さん、香蘭さん、いったいどうしたんだ？」

「ふいに、ほのひと、あはいのひた、はみひって！」

「ふいに、この人、あたしの舌かみきって？……なにっ？　いつ？」

西門慶がぬくっと背をのばして歩いてきた。凄まじい形相である。

「伯爵、わかった。ああ、あれがそうだったのか？　それはおとといの夜明前のことだ」

「おとといの夜明前、何が起ったんだ」

「敬済をゆるして、部屋から出してやることにしたんだ。それで、金蓮が敬済のところへそのことを告げにいったんだ。だいぶたってから、敬済が礼にやってきた。手巾《しゅきん》で口をおさえている。手巾は真っ赤だった。どうしたんだときくと、罪をゆるされたうれしさに、暗がりで柱にぶつかって、鼻血を出したという。……」

「お舅《とう》さん、私には香蘭のいっていることがよくわからない。あれは、ほんとに鼻血ですよ。おそくなったのは、井戸のところへいって血を水で洗ったり、鼻を冷やしたりしていたからですよ。……」

と、敬済は、へどもどしながら弁解した。

「うそをつけ。さては、部屋から出されるやいなや、もう香蘭のところへ乳繰《ちちく》り合いに出かけたな。ううぬ、金蓮め、こいつをゆるしてやれやれと、だからわしのいわないことじゃない。……」

「お舅さん！　とんでもない。……わたしは、ほんとうに柱に……」

「その柱はどこだ？　その下に血がおちてるだろう」

「…………」

陳敬済は頭をかかえて、だまりこんだ。西門大姐は、くるっと背をむけて、またここを先途とげくげく泣きわめき出す。その足もとに二匹の犬がもつれあって、一匹がしきりに他の一匹のお尻をかぎまわっている。

応伯爵は朱香蘭の肩に手をかけて、

「いったい、ぜんたい、どこで舌をかみきられたんです？」

これに対する香蘭の返事は、きわめて不明瞭不透明《ふめいりようふとうめい》なものであったが、要するに敬済の部屋の裏庭むきの櫺子《れんじ》の窓越しであったという。

「では、あなたの方がおしかけていったわけですね？　どうして敬済さんが自由の身になったことがわかったんです？」

「はんひんれんはまが、おひらへふははって、わはへをほひめほ——」

「潘金蓮さまが、お知らせ下さって……どうも、わからんなあ。……なになに、なるほど、別れをおしめとね。……」

西門慶がぎろっと眼をむいてふりかえり、金蓮が首をすくめてちぢみあがった。

「じょ、冗談じゃない。私が香蘭と別れを惜しんだなんて！　私は部屋を出てから、香蘭をみたのはいまがはじめてのことですよ。……こうなればしかたがない。白状しましょう」

陳敬済はあかくなり、あおくなり、口から白い泡《あわ》をふいて、

「実は、あの鼻血は、柱にぶつかったものじゃない。……金蓮さんに鼻をぶたれたもので。……」

「どうして？」

「それが、そのなんともはや、あの朝、金蓮さんが、私の部屋にきてくれて、もう謹慎蟄居はしなくてもいいからといって、それはそれは……ちょっとここでは申しかねるような色っぽい身ぶりをなさるものですから……つい、私は、ふらふらと……」

「敬済さま。あんまり、しれしれと嘘《うそ》をおっしゃると、あなたも閻魔《えんま》さまに舌をぬかれま

してよ」

と、金蓮があきれたようにいう。

「いや、嘘をついてまで自分の恥を吹聴《ふいちょう》するものか。そこで私が抱きついたとたん、いきなり拳でぴしりと鼻をぶたれたので……」

金蓮は笑い出した。恐ろしい眼でにらみつけていた西門慶も思わず苦笑いする。応伯爵もにやにやして、

「なんにしても、金蓮さんはすぐそこをとび出して、それから香蘭さんのところへまわられたのでしょうな。そして香蘭さんがやってくる。……」

「それは知らん。私も金蓮さんのあとからすぐ部屋を出たのだから。……」

「その証人がいないのだから、水掛論だ。どうも、時刻がはっきりしないのが残念ですなあ」

「時刻？……そうだ、私が井戸で鼻を洗っているとき、寺でうつ鉄牌子《てつぱいし》がきこえはじめたから、あれが、五更」

と、後頭をかきながら、陳敬済。伯爵はまたのぞきこんで、

「香蘭さん、あなたが、櫺子の窓ごしに敬済さんにあわれたのは、それよりまえでしたか？」

朱香蘭は横にかぶりをふる。

「じゃ、鉄牌子が鳴りはじめたあとですね。それならおかしい。いや、話があう。相手は

敬済さんじゃないじゃありませんか？」

「敬済のいうことなんか、あてになるものか！」

西門慶は吐き出すようだ。どこからかまた犬が二、三匹かけこんできて、きゃんきゃんさわぎ出した。

「だいいち、五更の前後なら、まだ真っ暗だ。まして暗い橘子のおく、相手が敬済さんとどうしてわかりました？」

「ばかめ、ほかにそんな大それたいたずらをする男があるか！」

「いや、男か、女か、それさえもまだわかるまい？」

朱香蘭は呪詛《じゅそ》にみちた白い眼できっと敬済をにらみつけた。狂信者のように指をあげてさけんだ。

「いいえ。おほこ、おほこ、おほこ。……ほのおほこ！」

男！　男！　この男！　陳敬済は頭をかかえてしまっている。が、西門慶はむしろ香蘭の方を不快そうに見つめていた。いきなり、足もとの犬を蹴とばして、

「ええい、このさかりのついた犬めら、うるさいぞ、もう、なんでもかまわん。その中風婆みたいに呂律《ろれつ》のまわらん女をどこかにひっこめろ、敬済ははやく都へいってしまえ！」

そして、すたすたと家の方へひきかえしていった。

陳敬済はほうほうのていで去った。女たちも傭人《ようにん》たちも家に入った。あとにのこったのは、うららかな春の雲が地上におとす影ばかり。

いや、犬がいる。潘金蓮がいる。そして考えにしずんだ応伯爵がいる。犬のうち、一匹の牝《めす》はちょうど発情しているらしく、いつのまにやら七、八匹もあつまってきた牡犬《おすいぬ》は、しきりに濡れた鼻をぴくつかせ、その牝にじゃれかかる。眼をかがやかして、面白そうにみている潘金蓮のうしろに応伯爵が立った。

「金蓮さん。……」

「あら、応さん、面白いわね。この犬たち。まるで夢中だわ」

「金蓮さん、やりましたねえ」

「何を？」

「……いまから思うと、敬済さんを座敷牢に入れさせる騒動のときから考えてあったことですね。抱かず、触れず、あとで檽子の窓ごしに香蘭さんの舌をかみきるために」

「おや、応さん、なんのことをおっしゃってるの？　まるで、香蘭さんの舌をかみきったのが、あたしだとおっしゃってるみたい」

「左様。そういうのです。……香蘭さんに、別れをつげるようにいったあとで、あなたはまた敬済さんの部屋にとってかえしたのですね」

「まっ、香蘭さんは、あれはたしかに敬済さんだといったじゃありませんか？　本人がいってるんですもの、それほどたしかなことはありゃしないわ」

「なぜ香蘭さんは、抱かず、触れず、しかも真っ暗な闇のなかで、相手が敬済さんだとわかったのでしょう？　それは、相手が敬済さんだと思いこんでいたからこそ、疑いもしなかったのですが、また男だと感じていたからこそ、てっきり敬済さんだと考えこんだのです」

「だから、男だと……」

「金蓮さん、ごらんなさい、あの犬たちを。あのたくさんの牡犬はどうしてあつまってきたのか。それは風にのった牝犬の匂いをかぎつけたからですよ。そいつは、犬ほど鋭くはないにしても、人間の男と女のあいだにもあるかもしれない。……私なんぞ、それほどの色きちがい、いやさ、色の通人じゃないから、そんな神通力をもたないが、もし本人が、相手の男の匂い、女の匂いにすぐむらむらとのぼせるような好色の鬼ならば、それをひとにも移して考えて、あんなからくりを思いつくかもしれない。……」

「あんなからくり？　どんなからくり？」

「金蓮さん、敬済さんの釈放の知らせは、あなたがもっていったそうですね。あんな時刻に、使者があなただとすれば、それは西大人があなたと寝ていたからにちがいない。あなたは、敬済さんに肘鉄砲《ひじでっぽう》をくわせてから……西門慶の兄貴の男の精を洗い出して、……それを顔から顎へぬりつけたのですね。……」

潘金蓮のからだが、ゆらりとゆれた。あやうく応伯爵はそのたおやかな胴を抱きとめて、

「ふふ、あの西大人の精なら、わたしなどには鼻がまがるかもしれないが、女には……」

そこまでいって、伯爵は、金蓮の女の精の薫《かお》りにくらくらとする。金蓮はなまめかしくあえぐ。

「応さん……応さん……あたしが、なんの恨みがあって、香蘭さんの舌を?」

「恨みは香蘭さんじゃなくって、香蘭さんの声にあったのでしょう。顔はあなたの方が、香蘭さんより千倍も美しい。……そして、いまや、香蘭さんの声は呂律もあやしいものになりはてた。……あなたの勝ちだ。……」

春の日光と陽炎《かげろう》のなかに、なかばひらいた淫婦潘金蓮の唇から、白い細かい歯がひかった。露にぬれた真珠よりも美しい、そして死神の爪《つめ》よりも恐ろしい歯であった。が、……じいんとしびれるような戦慄《せんりつ》を背すじにおぼえながら、応伯爵の顔は、あの牝犬に吸いついてゆく牡犬のように、名状しがたい不可抗力でそこへおちてゆく。

「あなたの勝ちだ!」

そう、かすかにつぶやきながら。……

西門家の謝肉祭

好餌《こうじ》之章

西門慶《せいもんけい》が知県閣下夫人林黛玉《りんたいぎょく》といつ、どうして意気投合したのか、誰も知らない。おそらく生薬舗《せいやくほ》と質屋を手びろくいとなむ一方、役所の方にもぬけめなく鼻薬をまわして、清《せい》河県《かけん》きっての顔役といわれている彼のことだから、いつかその邸《やしき》へ賄賂《わいろ》でもとどけたとき、何かのはずみでひどくうまがあったのかもしれない。

とにかく、或《あ》る春の夕、その林夫人がひそかに西門家を訪問したので、五人の妻妾《さいしょう》たちは色めきたった。それで気がついてみると、知県閣下はなるほど、この二十日ばかりまえから、都の開封《かいほう》へ招召《しょうしょう》されていて留守ではある。が、それだけに林夫人が、西門家を訪れてくるなど、世間のきこえもどうであろうと思われるのだが、やがて轎子《かご》から降りたった夫人の姿をみて、出迎えた妾《めかけ》たちは心中いよいよ色めきたった。

金糸の緑葉の冠をかぶり、白綾《しろあや》の下着に、金地に宝くずしの模様を織った衣装《いしょう》をまとい、真紅の裙子《クンツ》、白綾の靴という艶姿《あですがた》はとうてい噂《うわさ》にきいている四十ちかい年柄とは思えない。尤《もっと》も、噂でも、六十歳をこえる知県閣下が恐ろしいやきもちをやくほどの色菩薩《いろぼさつ》だとはきいていたが、こうまぢかにみても、鼻こそすこしひくいけれど、眼はきらきらとかがやき、ぽってりした唇《くちびる》は真っ赤で、つやつやした顎《あご》のまるみなど、若い西門家の妾たちより、どうかするともっとあどけない感じさえある。大柄な、やや脂肪過多の、たっぷりした身体《からだ》は、重々しさと同時に奇妙に華奢《きゃしゃ》で、みるからにふるいつきたいような美しさであった。

「お出迎え、大儀です」

こうかるく会釈して、西門慶のみちびくままに、しずしずと林夫人は奥へとおる。

ほとんど茫然《ぼうぜん》として見おくる妾たちのなかから、だいぶたって、

「……お出迎え、大儀です」

と、口真似《くちまね》をして、舌を出したのは、第五夫人の潘金蓮《はんきんれん》である。それから、もちろんがやがやはじまった。

「旦那《だんな》さま、大丈夫かしら？　あとで知県さまにわかって、たいへんなことにならないかしら？」

と、眼を不安そうにうごかして、第四夫人の孫雪娥《そんせつが》がいう。第三夫人の孟玉楼《もうぎょくろう》がいらいらしたように、

「まさか、ただやっていらしたというだけで、何でもないじゃありませんか？　いくら旦那さまが色好みだって、首をかけてまでばかな真似をなさるはずがないと思うわ」

「と、思いたいのはやまやまだけれど、なにしろうちの旦那さまばかりは、その道にかけちゃあ、人間ばなれしていらっしゃるからねえ」

と、第二夫人の李嬌児《りきょうじ》が、ほっとため息をつく。

「そして、あの奥方も、どうやらその道にかけちゃあ、旦那さまにひけをとりそうもないお顔にはみえなくって？」

と、潘金蓮がくつくつ笑い出した。この女は、大胆なのか無邪気なのか、やさしい顔をしているくせに、ときどき、ひやりとするようなことをいってのける。そして、急に小鼻をぴくぴくさせて、

「まあ、おいしそうな匂《にお》いだこと」

と、ごくりと生唾《なまつば》をのみこんだ。

世間はひそかだが、むろん西門家の邸内は、なんとなく騒然としている。といって、よく耳をすませてみれば、べつに変った叫びや跫音《あしおと》がきこえるわけではなく、むしろふだんよりしずかなくらいなのだから、それはおそらく、家人一同の心のどよめきのせいであったのだろう。ただ、ひどくふだんとちがっているのは、たしかにうまそうな匂いだ。いつであったか、新しい巡按使《じゅんあんし》の蔡御史《さいぎょし》と宋御史《そうぎょし》のふたりを招待したときだって、これほどうまそうな匂いは、広大な西門家にみちみちてはいなかった。いうまでもなく、今宵《こよい》の客をもてなす料理の匂いで、いかに西門家が、この大官夫人を迎えるのに心をこめているかがわかる。

宴《うたげ》の場所は、近年花園《かえん》のなかにたてた玩花楼《がんかろう》と称する建物の二階で、ここから、夕月に照らされた牡丹《ぼたん》や芍薬《しゃくやく》や海棠《かいどう》や薔薇《ばら》の大花園が見下ろせる。

「今宵ははからずも、奥さまの御光臨をたまわり、なんとも身にあまる倖《しあわ》せでございます」

と、西門慶は地に頭がつくまで再拝する。南面《なんめん》して坐《すわ》った林夫人はにっこりして、

「ほんとうに結構な御邸で。……あのわたくし、忍びで参ったのですから、あまりゆっくりとはできませんの、まるで狼《おおかみ》みたいでお恥ずかしいのですけど、西門慶さん、どうぞ例のものを」

「いや、それはもとより心得ております。で、目食耳餐《もくしょくじさん》はかえって失礼と存じまして、皿数こそ多くはございませんが、材料はよく吟味《ぎんみ》いたしたつもりですから、どうぞ心ゆくまで御賞味下さいますよう。……」

「みなさま、わたくし、ほほ、御馳走になりにきましたの、ほほほほ、ですから、どうぞみなさま、あまりおかたくならないで。――さもないと、わたくし、もりもりと食べられないじゃございませんの」

と、林黛玉は八仙卓《はっせんたく》にいならんだ一座をみまわして愛嬌《あいきょう》よく笑った。愛嬌というより、コケットリイにさえみえる笑顔である。これでは枯木のようにやせた知県閣下が気をもむのもむりはない。

やがて料理がはこび出されてきた。林夫人は唇をぺろりとなめながら、

「みなさま、御信じ下さいますまいねえ。わたくし、この四、五年、ほんとに御馳走らしい御馳走をいただいたことなんかないんですのよ。いつかそうつくづくこぼしたら、西門

慶さんが、可哀《かわい》そうに、それじゃそのうちたっぷり御馳走してあげましょうとおっしゃって下すって、——やっと、その機会が参りましたの。わたくし、これから十日ばかりの法楽をかんがえると、もう子供みたいに胸がわくわくしますわ」

「——御馳走？　どうだか」と小さな声でつぶやいたのは潘金蓮で、「あら、十日もここへいらっしゃるのかしら？」とささやいたのは李嬌児である。

「まさか、知県閣下の奥様が、そんなことはございますまい」

と、たまたま遊びにきていた西門慶の親友の応伯爵《おうはくしやく》が、大袈裟《おおげさ》に両手をひろげた。

「いえ、それがほんとうなんでございますよ。主人がここずっと胃がわるいんですの。じぶんが食べられないものだから、ひとがおいしいもの食べるのにやきもちがやけるらしいのでございますわ。こういうのを、ほんとのけちんぼと申すのでございましょうね。そこへもってきて、わたくしがまた生来の食道楽ときているのですもの、そのつらいこと情けないことと申しましたら——」

そういいながら林夫人は、つぎつぎにはこび出されてくる皿から鼻をうつ芬々《ふんぷん》たる香気に、もう眼はきらきらとかがやき、唇がぬれて、頬《ほお》がぽおっと染まり、のぼせあがったような表情になっていた。

「ほほう、それはそれは、まるで大海で渇《かわ》ききっていらっしゃるようなことで、われわれ下々のものには想像もつかないことでございましたな。さあ、どうぞ、どうぞ」

「まあおいしい！　これは魚翅《ユイケイ》でございますわね。ほんとに何年ぶりかしら？」

まったく、その夜の料理は、西門家の愛妾《あいしょう》たちでもめったにおめにかかれないような御馳走だった。元来が稀代《きたい》の好色漢たる西門慶は、「うちの旦那さまは、女と御馳走とほんとにどっちが好きかしら？」と妾たちに思わせるほどの美食家である。その彼が、金にあかし、心をこめてもてなす料理だから、ひととおりのものではない。

四川《しせん》産の白木耳《しらきくらげ》が出る。遼東《りようとう》産の海鼠《なまこ》をほした珍味、黒い海参《ハイシエンヌ》が出る。遠い南の海からとれた金糸燕《きんしえん》の、美しい、光沢のある、純白な繊維のような燕窩《エンウオ》が出る。林夫人でなくっても、舌鼓うたざるを得ない。

「まあ、これはいったい何でしょう？　こんなおいしいもの、たべたことがございませんわ」

と、林黛玉は美しい黄色と褐色《かつしよく》の混じった肉のようなものをつまみあげながら、嘆賞のさけびをもらした。

「ははははは、それは燻猪肚《シユヌツウトウ》といって、豚の胃袋でございますよ。豚の胃袋を塩と米糠《こめぬか》であらい、揉山椒《もみさんしよう》を加えた湯でたっぷりゆでて、やわらかくなったところを酒と醬油で味つけします。そいつをさらに、砂糖と茴香《ういきよう》をまぶして燻《くす》べたものなんで――」

皿数は少いと西門慶はいったが、とても十皿や十五皿ではすまない。さすがに妾たちはたんのうして、食後の紅酒《こうしゆ》をのみながら、まじまじと林夫人をながめている。林夫人はわきめもふらずに食べに食べる。

「……あの奥さま、みんな平げてしまうのかしら？　御馳走たべにきたとおっしゃったのは、まったくほんとうね」

と、孟玉楼はあきれたようにささやいた。潘金蓮は微笑して、

「奥さまはそうでも、旦那さまがどうかしら」

西門慶もよくたべる。彼は満足感に色つやよく、ひどく柔和になった顔に、うっとりと眼をかがやかせて、林夫人に話しかけていた。

「奥さま、明晩もまた御光来下さいますまいか。明晩は、いまから、二千年もまえの周時代の八珍料理でお舌をけがしたいと存じますが。――」

肉林之章

二千年もまえの料理はどんなものであろうという好奇心があったが、周礼《しゅうらい》の八珍は意外にもうまかった。

それは数日まえから準備してあったもので、たとえば「炮豚《ホウトン》」という料理は、豚を剖《さ》いて臓腑《ぞうふ》をとり、棗《なつめ》をいっぱい腹につめて葦《あし》を編んでつつみ、そのうえに粘土を塗って火にあぶる。土がかわいたら剝《は》がし、手をあらってうすい表皮をこすりとる。これに粥《かゆ》をまぶして、三日三晩油で煮つめ醬《ひしお》で調味して食べるのである。

その他、五種の動物の肉をやわらかくつきたたいてまぜた「擣珍《トウチン》」とか、美酒に牛の肉を一昼夜ひたした「漬《シ》」とか、「糝《サン》」と称する肉団子とか、いずれも実にこってりした結

構なものだった。

西門慶は秘術をこらす。三日めは熊の掌《てのひら》が出た。四日めは豚の胎児をたべた。五日めは猿《さる》の脳味噌《のうみそ》を賞味した。これは生きたままの小猿の頭を手斧《ちょうな》でくだいて、匙《さじ》ですくい出したその脳味噌を、皿の調味料につけて食べるので、王侯といえどもめったに味わえない珍味である。

愛妾たちはもちろん、いまこそ貧乏はしているけれど元来道楽者の応伯爵も、人にゆずらぬ美食家だと思っているが、さすがにいささかもたれてきた。が、こうなると明日はどんな料理が出てくるのだろうという好奇心と、それから知県閣下夫人の驚嘆すべき食慾に対する好奇心から毎日のこのことやってくる。

「まあ、食卓が御馳走にあふれているということは、なんと生き甲斐《がい》のあることでしょうね。お宅からみれば、わたくしの家の食卓など、ほんとに沙漠《さばく》のようなものですわ。……」

と、林夫人は飽満して、うっとりした頬に、ほろほろと感傷の涙をながす。その顔は、これがあの恐るべき消化力の持主だとは想像もできないほどに愛くるしい。

「左様左様、食い物の話と女の話だけは、どなたにも傷がつかなくってよろしいもので」

と、応伯爵はげっぷを吐きながら、愛想よく相槌《あいづち》をうつ。

「まったくですな。たとえば美しい御婦人と御同席ねがっていましても、まさか色話もできない場合が多いし、また色話ができるような仲だと、かえっていまさら色話などおくびが出そうなものでございましてな。そこへゆくと、食い物の話は、いま食べているものについて、むかし食べたものについて、いつか食べたいものについて、また新しく工夫した料理について、くめどもつきぬ話のたねがあると申すものでございます。話が面白ければ、気心も合う。そこから追い追い色話に移ってもおそくはないというもので——ははははは」

西門慶は眼じりをさげて、ちらっと林夫人の方を偵察《ていさつ》する。——いや、偵察したように思って、愛妾たちの眼がいっせいにきらっとひかった。

西門慶のけたはずれの色好みは、彼女たちの身を以て知るところである。とはいうものの、よもや知県の出張中にその夫人を誘惑するなどいう、わかれば首のとぶことはたしかな愚行をゆめ演じまいとは思うけれど、また西門慶が、この濃艶《のうえん》きわまる肉感的な夫人を、たんに食道楽の友として歓待しているだけだろうか。そこが、はっきりわからないので、妾たちはいささかヒステリー気味であった。

「まさか。……それに知県さまがおかえりになるまで、もう四、五日じゃありませんか。やっぱり食べるだけのおまねきにちがいなくってよ」

というのが、孟玉楼《もうぎよくろう》と孫雪娥《そんせつが》で、

「いまに、あっというまに変なことになるんじゃないかしら？　このごろの旦那さまのあの奥さまへの打込みかたは、なみたいていじゃないわ。その証拠に、どなたかちかごろ旦那さまがお泊りになった方があって？」

と、心配げなのは李嬌児《りきょうじ》だ。

「金蓮さんは、どうお賭《か》け？」

潘金蓮《はんきんれん》は薄笑いした。

「あたしはどっちだってしゃくにさわってならないの。たとえ、奥さまと色事しようがしまいが、あれほどふたりで、夢中になって食べ物、食べ物としゃべっていらっしゃるとねえ、あたし、やきもちが、やけてならないのよ。雛鶏《ひなどり》に、鯉《こい》に、海老《えび》に、蟹《かに》に、鴨《かも》に、牡蠣《かき》にまで。──」

そして、声をたてて笑った。

「あら、なんだか、だんだん知県閣下に似てきたようね！」

さて、その林夫人はうまそうに黄色な鶏蛋糕《チータンカオ》をほおばりながら、

「あの昨日いただきました丸鶏《まるどり》の蒸し煮でございますがね。臓物をぬいて酒をそそぐとおっしゃいましたが、それだけでよくあんなにおいしく沁《し》みますこと」

と、話しかけていた。西門慶は得たりとばかり、これに説明している。まるで詩か歌に陶酔しているような会話である。

「ほんとうに、よくまああきないこと」

金蓮は舌打ちして、

「旦那さま、食べ物の話は話として、色町から鄭姐《ていねえ》さんでもよんで歌を奥さまにおきかせしてあげたら、いかが？」

「うるさい、ばかめ、奥さまが御微行《おしのび》でうちへおいでになることは、おまえも知っているじゃないか。町から歌妓《かぎ》をよぶなど、とんでもないことをいうやつだ」

と西門慶は一喝《いっかつ》して、また林夫人の方へむきなおり、

「そのうち、奥さま、是非、うちの焼猪《ショウツウ》をめしあがっていただきとうございますな。いや、豚の丸焼きと申しても、その豚の毛のとりかたに、秘訣《ひけつ》があるのです。どちらさまも毛を火で焼いて熱湯で肌《はだ》を洗っていらっしゃるようですが、うちでは、豚の腿《もも》をさいて鉄の棒をつっこみ、腹のなかをていねいにかきまわして、口から、空気をふきこんでふくらませ、次にお湯であらって曲刀で毛をそります。そうすると、豚はまるで雪のように真っ白になりまして——」

そのとき、階下から、あわただしく小者の平安がやってきた。

「林奥さま、たいへんでございます」

「えっ、なあに？」

「ただいま、お邸から曾升《そうしょう》とおっしゃるお方が、都頭《ととう》の魚炎武《ぎょえんぶ》さんとつれだっておいでになり、このごろ、毎日奥さまがどこかへお出かけになるゆくさきが、やっとここだとわかったので参りましたと——」

「まあ、曾升の爺《じい》やのうるさいこと。……ほほ西門慶さん、そんなにお顔色おかえにならなくたって、よろしいわ。主人にわかったところで、天地に恥じることはなんにもしていないんですから」

「そして、奥さま、曾升さんのおっしゃるには、知県閣下にはおかえりが二日はやくなって、あさって御帰県になるとの先触れがきたそうでございます」

林黛玉《りんたいぎょく》は舌打ちして、かなしそうな顔をした。が、すぐに、例のはなやかな、あどけないような笑顔をにっこりむけて、

「じゃあ、まだ明日があるわね。西門慶さん、おねがい、あしたわたくし、なんとかしてもういちど、忍び出てきますからねえ。わたくしのために最後の御馳走をして頂戴《ちょうだい》な。いまおっしゃった真っ白な豚の丸焼きを――ああ、かんがえただけでもたまらない!」

それでもやっと腰をあげて、残りの御馳走に無限の哀惜《あいせき》のこもったまなざしをなげながら、このなみなみならぬ美食家の貴婦人は帰っていった。

大門まで見送って、ぼんやり考え込んでいる西門慶の肩を、白い拳《こぶし》がそっとたたいた。

「旦那さま」

「なんだ、金蓮か」

「もう明日一日ですよ、だいじょうぶ?」

「なんのことだ、それは」

「ほほ、あれほどうまそうな奥方を、ここまで釣《つ》りよせてはなすなんて、旦那さまらしくない」

「いや、べつにそういう悪企《だく》みはかんがえなかったが、……しかし、だんだん妙な気持になってきたぞ、ふふ、さすがは金蓮、よく見ぬいたな。しかしな、奥方の方は、ありゃま

ったく色気ぬきでくるらしい。ちょいちょい、眼で合図してみたが、さっぱり手応《てごた》えがないよ。下手をすると、こっちの首がとぶ。惜しいが、まあまああきらめるとしよう」

「ほほほほ、まあ旦那さまとしたことが、なんてお気の弱い。あの奥さまが、ほんとに食い気だけでいらっしゃるのかどうか。案外、思いはおなじでやきもきしていらっしゃるかもしれませんよ。たとえ、強引に手籠《てごめ》にされたところで、奥さまがそれを知県さまに、御自分の破滅と知りながら、お訴えになるとお思い？」

「金蓮！　それじゃおまえは」

「とはいうものの、小娘じゃあるまいし、まさか手籠にするわけにもゆきますまいね。それにはそれと、何かいい手法《てだて》をかんがえましょうよ。ほほほほ旦那さま、金蓮はその道じゃ、そんな野暮なつもりじゃないんですのよう」

酒池之章

玩花楼《がんかろう》の二階から見おろすと、宵闇《よいやみ》の庭のまんなかであかあかと火がもえていた。豚一匹がまるまる入るほどの土坑《つちあな》をきずき、そのなかに、ふくらませた豚を逆さにつるし、ふたをし、目塗りをし、そして下から燃している竈《かまど》の火がみえるのである。……ようやく涎《よだれ》のたれるような匂いが花園にみち、遠い煉瓦塀《れんがべい》をこえて四辺に拡散《かくさん》してゆくのか、あっちこっちでしきりに吼《ほ》え声がこだましている。

ところで、玩花楼の二階では、いまや宴はたけなわだ。

庭の用意がととのうまで、ここで一酌というつもりが、意外に破目をはずした酒盛りになってしまった。ひさしぶりに美食の享楽を満喫し、また当分は、かた苦しい、けちんぼの夫に縛られなければならないという思いからか、食い気一方だった林黛玉夫人も、めずらしく盃《さかずき》をかたむけすぎて、酔っている。

窓ぎわに坐った夫人と西門慶と潘金蓮が、しきりに打拳《だけん》に興じていた。「一《イー》」「二《リャン》」「三《サン》!」けたたましいかけ声と同時に拳をつき出し、そしてどっと笑い声がわく。また夫人が罰盃《ばっぱい》をのまなくてはならないことになったからである。仄暗《ほのぐら》い銀燭のかげに笑いくずれる林黛玉は、笑いすぎて、そのぽってりした唇から、なめくじの這《は》ったあとみたいに涎《よだれ》をながしているのまでが妖《あや》しい美しさで、まるで潮《うしお》にもまれる大輪の牡丹《ぼたん》のようにみえた。

こちらでは、応伯爵が愛妾たちを相手に、馬鹿っ話をやっている。貧乏して、いまは西門慶のたいこもちみたいなことをして暮している男だけに、こういう席になると、魚が水を得たようにはしゃぎ出す。

「いや、こうして親しくおつき合いしてみれば、いよいよあの奥方は、知県閣下にはもったいないね、駿馬《しゅんめ》、痴漢をのせてはしるとはまったくのこと。あたしゃ、いちど知県さまのお調べをうけたことがあるが、あんなくそッ面白くない爺いはないて。……」

「あら、応さん、いつなんのお調べをうけたの?」

「おや、忘れたのか。ほら行者武松《ぎょうじゃぶしょう》が獅子街《ししがい》の酒楼で李外伝《りがいでん》を殺した騒動のときさ。あいにく酒席に同席していたとばっちりで、ほかの証人一同とお白洲《しらす》へひっぱりだされたが、あんまりお辞儀ばかりさせられるものだから、わたしゃ、つい、うっかりとおならをしたのさ。さあ、大変」

「まあ、いやだわ、おほほほほ」

「いや、笑いごとじゃないよ。いまの音はなんだ、捕えてまいれとの御立腹でね。下役人が血相かえてさがしにきたが、こっちはもう息もすることじゃない。下役人は途方にくれて、どうにも捕えられませぬと報告する。知県閣下はいよいよ怒って、いかなればお上に無礼をはたらいたものを捕えられぬことがあるか、と叱《しか》りつける。どうもその頑固《がんこ》なのには、つくづくにくらしくなってね」

「なにを気楽なことをいっているの、それからどうして？」

「ひょいと、前をみると、犬の糞《くそ》がおちている。そいつをつかんで、しゃしゃり出て、恐れながら申しあげます」

「え？」

「正犯は相わかりませんゆえ、一味徒党をこのとおり捕えましてございます」

「知県さま、どうなすって？」

「にこりともせず、苦虫かみつぶしたような顔で、いつまでもいつまでも、じいっとわたしの顔をにらみつけていたっけ……」

わっと笑いころげる妾たちに、応伯爵は恐悦《きょうえつ》して額をたたいているが、いったいどこまでがほんとうの話やら。

「応さん、応さん」

金蓮が呼んだ。

「ちょっと、あたしと代って。……もうあたし、べろべろに酔わされちまって」

「おっと、合点」

と、たちあがったが、応伯爵も、蹣跚《まんさん》たる足どりだ。金蓮はしどけない姿で、這うようにこちらにやってきて、べたりと坐り、ふーっと熱い息をつく。

「ああ、豚はまだやけないのかしら。これじゃ食べられなくなってしまうわ」

そのとき、金蓮に交替して拳を打ちはじめた応伯爵が、ひょいと窓から庭の方を見下ろして、

「お、春梅《しゅんばい》がはしってくるが、どうかしたのかな」

「なに、春梅が？」

と、西門慶もたちあがる。春梅は金蓮の小間使いだ。窓から呼ぶと、春梅は息をきりながら、

「旦那さま、料理人の唐牛児《とうぎゅうじ》が、急に腹がいたいと倒れてしまいました。どうしましょう」

これは、まことにこまったことではあったが、しかしその内容よりも、昂奮《こうふん》した春梅の声はいっそうみなにただならぬものを感じさせた。林夫人も窓の傍によったし、こちら側

にいた愛妾たちもかけ寄ろうとした。

——その一瞬、突然林夫人がつんのめるようによろめき、あっというまに窓からきえたのである。彼女も酔っていたが、愕然《がくぜん》として傍から手を出してささえようとした西門慶も酔っぱらっていた。

妾たちには、あたかもぱっと黒牡丹がひらいたかのようにみえた。異様な叫びをあげて窓際にとびついた一同の眼に玩花楼の下の暗々たる石畳にまるで二匹の蛍《ほたる》がとまっているような仄《ほの》青い光がみえたが、それが林夫人の耳飾りの宝玉だったとわかったのは、あとになってからである。

ほとんど夢でもみているように茫然と金しばりになった一同が、けたたましい春梅の悲鳴を皮きりにどっとうごきはじめてから、玩花楼は名状しがたい混乱におちいった。

林夫人は死んでいた。うちどころがわるかったのか、灯《ひ》をもってこさせると、頭から血をながし、あの豊麗な顔がむらさき色にふくれあがっている。西門慶は恐怖のために麻痺《まひ》したようになった。

「お、お、応——伯爵、どうしよう？」

「どうしようたって、奥方がじぶんで酔っぱらって落ちたんだから……」

西門慶は頭をかかえてしまった。夫人を酔わせたこちらの或る下心は金蓮だけしか知らないにしても、知県の留守中に夫人をこの家で死なせたとあっては笞刑《ちけい》や流罪《るざい》ですむことではない。

不幸は呼び水をする。白痴のように棒立ちになっているところへ、またあわただしくかけてきた小者の平安の声が、いよいよ西門慶を悩乱《のうらん》させた。

「旦那さま。また林家の曾升《そうしょう》さまが参られました。ちょっと眼をはなしているあいだに、奥方がまた外出《そとで》をなされているが、行先はきっとここにちがいないと。……」

「な、なに、きさま、まさか奥さまがいらっしゃるとはいわんだろう？」

「むろん、お申しつけのとおり左様申したのですが、曾升さまはまた都頭御同伴で、その都頭が十何人かの保甲《ほこう》をつれてきております。今夜は奥さまがいやとおっしゃっても、籠にしてもおつれかえさなくては、明日御帰りの御主人に相すまぬと。——」

西門慶はよろめいた。酒はもとよりさめはてて、水を浴びたような思いだが、唇はぱくぱくうごくだけで声も出ない。

——と、金蓮がゆらゆらとあゆみ出た。これはまだ酒の香がよくさめないらしい。どこかだらしのない声で、

「いらっしゃらないといったらいらっしゃらないとお言い。もし御信じなさらないなら、どうぞ家さがしでも遊ばせと」

「き、き、金蓮！　おまえは、いったいなにをいう？」

「旦那さま、お家浮沈の大事です。どうぞ金蓮におまかせ下さいましな。みなさまは、どうぞ知らないお顔をして——」

「そんな顔ができるものか。金蓮、林夫人の始末はどうしようというんだ？」

「ああ、だめだめ、旦那さまみたいにあわてちゃあ、とても魚炎武《ぎょえんぶ》の眼は、ごまかせないわ。あの都頭の眼は、そりゃすごいから。……そうだ、旦那さまはちかく正千戸の役に御任官になるでしょう。その内祝いだといって、今夜の予定どおり、庭で酒盛りをつづけていて下さいましな。ベロベロにお酒をのんで、度胸をつけて。——応さん、応さん、こうなっちゃしようがないから唐牛児にかわって、あなた焼豚をきって下さらない？　保甲たちにうんと御馳走して、ごまかすよりほかに手はないわ」

「心得たり、とまあわたしゃいうが、金蓮さん、そっちはほんとに大丈夫か？」

応伯爵の元気は甚《はなは》だあやしい。妾たちはもとよりがたがた音をたててふるえている。じろっと見まわして、潘金蓮はにんまりと笑った。

「細工は流々《りゅうりゅう》、仕あげを御覧あそばせ」

成仏之章

のっぴきならず家さがしをすることになった曾升と魚炎武以下一隊の保甲を、のっぴきならず案内する数人の手代をのぞいて、西門家の数十人の家人や僕婢《ぼくひ》たちは花園《かえん》にあつまった。

「さあ、今夜は、旦那さまのお祝いだ、みんな、のめ、のめ」

応伯爵はみずから庖丁《ほうちょう》をとって、熱い土坑からとり出したまる焼きの豚をきりはなしながら、半狂乱のように酒をのんでいる。さすが、道化者の伯爵も、背なかから汗のしたたるほどこわいのだ。金蓮と春梅はどこへいったろう？　林黛玉《りんたいぎょく》の屍体《したい》をどこへかくしてくれたろう？

やがて、母屋の方から、ぞろぞろと捜索者の一隊があらわれた。西門慶《せいもんけい》のかわききった喉《のど》が、ごくりと空鳴《からな》りするのがきこえる。

「しっかりして、旦那さま」

うしろで声がきこえたので、ふりかえると、いつのまにか潘金蓮が、春梅とならんで立っていた。ふたりともまげた片肘《かたひじ》に、焼肉を山のように盛った大盤をのせている。

「林奥さまがきょうここへいらしたという証拠は、何もないんですから大丈夫よ、保甲たちにうんとふるまってやれば、誰がもうあてもない人探しなどするものですか。さあ、……恵祥《けいしょう》、鄭紀《ていき》、一丈青《いちじょうせい》、はやく厨房《だいどころ》へいって、もっとどんどん御馳走をとってきておくれ！」

曾升老人は小首をかしげつつ、魚炎武たちは夜の庭に充満する肉の香気に眼をひからせながら、ちかづいてきた。

西門慶はねじれたような笑顔をつくって迎えた。

「どうです。奥さまはいらっしゃらないでしょうが」

「おられぬ。……まさか、どこか人知れぬところへかくしたのではあるまいな？」

「まさか、知県閣下の奥方を……左様なことを致して、どうなるものでもありますまい。

実際奥さまは、昨日お帰りになってから、きょうはおみえにならんですよ」

「ああ、もともと少し軽はずみなところのある奥さまじゃが、あす閣下がお帰り遊ばすというのに、ほとほとこまったことじゃて」

「それより曾升さま、わたくし、ちかく正千戸の役を仰せつかることになり、今宵はその内祝いをやっております。よろしかったら、どうぞ一献。……」

「な、なに、そんなことはしておられぬわい。わしはすぐさまもういちどお邸にかえってみねばならぬ。……それでもまだみえぬなら、もういちど、とことんまでこちらを探させてもらう。どうも、くさい。……ほかに心あたりはないのじゃが。……」

「それなら、それまで、——」

と金蓮が艶然《えんぜん》として口を出した。

「魚炎武さんたちには、ここでおなかをつくりながらお待ちねがっていた方がよろしゅうございますわ。ほら、もうそのつもりで用意してございますし。……ねえ。みなさま、ほんとに御役目御苦労さま、御承知下さいますわね？」

この女の笑顔に悩殺されない男はこの世にいまい。まして餓狼《がろう》みたいな保甲の胃袋を、かきむしるような焼猪《ショウツウ》の豪奢《ごうしゃ》な匂いである。そのふたつを眼前にみ、鼻孔にかいでは、もはや禿頭《はげあたま》の曾升の哀れっぽい眼など受けつけるいとまのあらばこそ。

「わっ、ありがてえ」

「こんな大盤《おおばん》ぶるまいには出会ったことがねえ、口が不承知をいっても胃袋がとび出しそうだ」

「都頭《おかしら》、よせとおっしゃるなら、孫子《まごこ》の代までお恨みに思いますぜ」

わいわいと豚のようにひしめきさわぐところへ、金蓮にいいつけられた厨房《ちゅうぼう》つきの下男や婢《はしため》たちがどんどん新しい肉や臓物をはこんでくる。

林家の曾升老人は、あたふたとかえっていった。

まるい春の月は浮かんでいたが、その空を蒙古《もうこ》からの黄塵《こうじん》がわたって、どんよりと明るく曇り、その下で飲み、食い、はては踊り出した保甲の群は、なにやら悪魔の国のおぼろな妖精《ようせい》めいてみえた。篝火《かがりび》のはぜる音にまじって、ながれる涎、すすりあげる肉汁《にくじゅう》、かみくだく骨、のみこむ臓物の音が、あふれかえる慾望の潮騒《しおさい》のように伴奏する。

その快活な、歓喜にみちた食慾の音楽をきいていると、酔っぱらった応伯爵の頭に、林黛玉の顔が、条件反射的に浮かんだ。あのきらきらと濡《ぬ》れひかった眼が、みずみずしい真っ赤な唇が、つやつやとあぶらぎった白い顎が、嚥下《えんか》するたびに、生きものみたいにうごく円い、ふとい喉《のど》が。……

「金蓮。……」

傍で、西門慶が、すがりつくようにきいていた。

「いったい、奥方をどう始末してくれたのだ？」

「――しっ。魚炎武があそこにいます」

潘金蓮は指をたてて、まるで子供の鬼ごっこみたいな顔つきをした。

「それから、あの曾升爺いが、きっとまたやってくるにちがいありませんわ。いよいよ林奥さまがみえないとなったら、血まなこになって、こんどはこの邸の樹の根、草の根までわけても探しぬくにきまっています。……」

「そ、そ、それで大丈夫か。え、金蓮」

金蓮は、甘えるように西門慶の胸に身をもたせて、じぶんの箸《はし》で大きな炒肉片《チヨウロウピエン》を男の唇におしこみながら、

「だからはやく片づけてしまわないと。……」

応伯爵は、いくきれめかの肉を口にくわえたまま、ふっと顎をうごかすのをやめてしまった。

はてな、金蓮はいまどういったろう？　片づける……片づける……何を片づけるといったっけ。そうだ、林夫人を片づける話だった。突然、応伯爵の瞳《ひとみ》を錦蛇《にしきへび》のようなものがのたくった。はっきり意識した記憶ではない。眼の底に、古沼のような薄暗がりをまぼろしのごとくうごいた或る物の残像である。――応伯爵は、さっき林黛玉が窓からおちる寸前、銀燈におぼろな玩花楼の二階の床に一瞬ちらっとうごいた黒い布を思い出したのである。

窓の傍に立っていた、林夫人の足の下から、その椅子や卓をくぐって向うで笑いころげていた潘金蓮の傍へすべった黒い裱《ひれ》、ああ、あれは金蓮の肩かけではなかったろうか。

それをひけば、林夫人はもちろん窓からおちる。おちた林夫人の顔は紫色にふくれあがっていた。まるで鼻孔をおさえられて息のつまった人のように。わたしたちが二階からか

けおりるあいだに、誰かがやろうとすればできる。誰が？……そこにいたのは金蓮の小間使いの春梅だけだ。そうすると、春梅が呼びにきたのも、料理人の唐牛児《とうぎゅうじ》が急に腹痛で倒れたというのも、あれが偶然だったろうか。

応伯爵は、箸を宙にとめたまま、酒にかき曇った頭で思考をもがきぬく。なんのために？……なんのために？……なんのために？……

「――げっ」

突然、彼は異様な嘔吐《おうと》の声をあげて、口から肉片をはき出した。それが、金蓮と春梅が厨房の方からはこんできた大盤の肉だということに気がついたからである。

「伯爵。……どうしたんだ？」

と、西門慶がけげんな表情でふりかえる。水をあびたように、蒼ざめて、棒立ちになっている応伯爵の方を、ちらっと見て、潘金蓮はあどけない、甘美な笑顔をみせた。つぶやくように、

「片づけなくちゃいけない。曾升爺やがくるまでに、みんな片づけなくちゃいけないの。……」

と、いって、それからまだきょとんとしている西門慶の口に、うまそうな肉をおしこんだ。

「旦那さま、どうぞ金蓮を信じて……安心して、うんと食べ、うんと飲んで下さいな。そうでないと、魚炎武にうたがわれますわ。わたしだって、林奥さまにまけないくらい御料

理のおはなしはできましてよ。ほんとうに、おいしいおいしい御馳走のおはなしくらい、世にたのしいものはありませんわね。……」

詩のようなそのささやきをかき消して、またどっと歓声がわく。

応伯爵はうなされたような眼で、ぼんやりした春の夜の月に浮かれて乱舞する妖しい鴉《からす》の饗宴に似た影絵《シルエット》を見て立ちすくんでいる。……

変化牡丹

牡丹《ぼたん》之章

西門家《せいもんけ》の花園《かえん》には、いま牡丹の花が真っ盛りであった。豪奢《ごうしゃ》好みの主人が、特に好んで植えさせた花だけあって、燃えたつような濃紅色のもの、妖姫《ようき》にも似た黒紫色のもの、雪のように純白のもの、緋《ひ》に淡紅に黄金色、色とりどり品とりどりに、白金のような夏の日のひかりのなかに、或《あるい》は荘重にしずもり、或は撩乱《りょうらん》と微風にそよいでいる。

その花園のなかにある翡翠軒《ひすいけん》にすぐくるようにという命令に、六人の愛妾があつまってみると、主人の西門慶《せいもんけい》と正夫人の呉月娘《ごげつじょう》と友人の応伯爵《おうはくしゃく》が、十日ばかりまえから逗留《とうりゅう》している客人の画家蘇竜眠《そりゅうみん》先生をかこんで談笑していた。

「おお、みんなきたか。……いやあつまってもらったのは、ほかでもない。わしと月娘の肖像はかいてもらったのだが、せっかくだから、お前たちも、この先生にかいていただこうと思うんだ」

「まあ、うれしい！　でも、美人にかいて下さらなくちゃ、いやですよ」

と、白狐《しろぎつね》みたいに痩《や》せた第四夫人の孫雪娥《そんせつが》がしなをつくると、傍の第七夫人の楊艶芳《ようえんほう》が横をむいて笑った。

「ほほ、肖像なら、似ていなくっちゃこまるでしょ？　いくら美人にかいていただいても、似ても似つかぬものなら、誰をかいたのかわかりゃしないわ」

「なんですって？　まるで、あたしを美人にかいたら、うそだっておっしゃってるみたいね？　ええ、そりゃあたし、どうせあなたのような絶世の美人じゃないってことはよく知っていますよ」

「あら、誰がそんなことをいいました？」

「これこれ、三人あつまると、お前たちはすぐ喧嘩《けんか》だ。はは、誰がいちばん美人か、画家の先生にこれからえらんでいただこうというのだ。とにかくそこへならぶがいい」

と、西門慶は手をふりながら、八仙卓《はっせんたく》の向うに坐《すわ》っている蘇竜眠をかえりみた。

「先生どうぞ。……先生のお眼に、いちばんきれいにみえた奴からかいてやって下さい」

「西大人、御婦人方をまえに、そんないい方はおだやかじゃないね」

と、応伯爵が口をさしはさんだ。いまでは、おちぶれて、西門慶のたいこもちみたいな存在になっている伯爵だが、もともと絹問屋の息子《むすこ》で、竹馬の友だっただけに繊細《せんさい》な女ごころに思いやりのない、わがままな西門慶からよく妾たちをかばってやるので、女たちには存外好感をもたれている。

「いや、まったくおっしゃるとおりで、いちばん美人から、といわれると、わたくしもこまりますな。御愛想ではなく、正直なところ、こうならんで拝見すると、いずれをあやめ、かきつばたで、眼《め》がくらくらするようです」

と蘇竜眠は、まぶしそうに眼をほそめてながめいった。

妾たちは、息をころして、立っている。第二夫人の李《り》嬌児《きょうじ》は歌妓あがりで、みるからにたっぷりとして豊艶《ほうえん》だ。やや鼻がひくいが、厚目の唇が吸いつきたいほど肉感的だった。第三夫人の孟玉楼《もうぎょくろう》は、おぼろ月のように凄艶《せいえん》な美女で、片頬《かたほお》にかすかに浮かべたえくぼは、男殺しの魔の淵《ふち》といわれよう。それとならぶ第四夫人の孫雪娥は軽羅《けいら》のごとく透きとおって、その美をとらえかねる幻影のようだ。つづく第六夫人の李《り》瓶児《へいじ》は、小柄ながら淡雪の精のように可憐《かれん》で、気だてのよさが、そのものかなしげな瞳にやどっている。幸か不幸か、いまのところ妊娠《にんしん》しているので、おなかのふくれているのがむしろいじらしい。第七夫人の楊艶芳は、最近落籍《ひか》されたばかりの清河県で一、二を争った美妓で。……

「おや」

しんとした沈黙のなかに、そのとき、きゅっ、きゅっ、と妙な音がきこえた。みると第五夫人の潘金蓮《はんきんれん》だけは、長椅子《ながいす》に無造作に身をのばし、右足をかるく立膝《たてひざ》にして、左足をだらりとたれたまま、その爪《つま》さきで愛猫《あいびょう》の「雪獅子《ゆきじし》」をからかっている。きゅっ、きゅっという妙な音は、その口の中から鳴っている。鬼灯《ほおずき》を鳴らしているのである。

「金蓮、なぜならばない？」

と、西門慶が叱《しか》った。金蓮はなお猫《ねこ》を足でからかいながら、平気な、ものうげなながし眼で、

「あたしは、いちばんあとでかいていただいて結構ですわ」

と、つぶやいて、また、きゅっ、きゅっと鬼灯を鳴らした。

「相変らず、横着な奴《やつ》だ」

じゅんじゅんに妾たちをみていって、じっと楊艶芳の顔にとまっていた蘇竜眠の眼が、潘金蓮にうつって、またうごかなくなった。視線が交互にそのふたりの顔をゆきつもどりつし、竜眠の表情に困惑の色がただよいのぼった。

(先生、さすがにまよったな)

と、応伯爵は心中に考えて、急に興味津々たる眼になった。

(楊艶芳と潘金蓮、さて、どっちが美しかろう？……たんに、美しい、という点だけなら、いくらか若いだけに艶芳の方かもしれない。あいつのためにはいままで、三人の男が死に、二人の男が発狂している。あいつは、客に段階をつけて、最上の客には神鶏《しんけい》の枕《まくら》に鎖蓮《されん》の燭台、次の客には交紅《こうこう》の夜具に伝交《でんこう》の枕。……わしなんぞがゆくと、顔をみせないで、やっと一杯の吸物を出すだけ、やりて婆あに、夢の中で会いましょう、といわせやがったっけが、夢の中で会いましょうとは、ひどいことをいうやつだ。尤《もっと》も、会えなくって倖《しあわ》せだったかもしれん。あいつは、少々きちがいじみていて、客を馬にして、部屋じゅうのりまわしたり、くいついたり、ひっかいたりして、血をみると、この上もなくうれしがるというくせがあるそうだが、たしか誰か、進士の甲科を受験したとき、前夜艶芳にひっかかれた頬《ほ》っぺたの傷を試験官に見とがめられて、落第した奴があったっけ。……くわばら、く

わばら)

予期はしていたにちがいないが、画家の眼がじぶんに熱心にそそがれはじめたのを知って、楊艶芳は、ほこらかに顔をあげて、艶然と笑った。蓮糸《れんし》のうすものをまとい、白紗《はくしゃ》でふちどった裙子《クンツ》をつけ、裙子の下から鴛鴦《えんおう》のくちばしのようにとがった小さな紫の靴がのぞいている。

応伯爵は二、三度深呼吸をしてから、潘金蓮を見やった。

(艶芳の美しさは炎だ。……それからみると、金蓮は水だ。深淵《しんえん》だ。しかしわしは知っているぞ。放蕩《ほうとう》無頼十幾年、あの道にかけては蘊奥《うんおう》をきわめつくしたわしは見ぬいておるのだ。金蓮こそ、稀世《きせい》の大淫婦《だいいんぷ》、その色ごとの味のうまみ、深さ、面白さという点を勘定にいれれば、艶芳など酒と湯《タン》ほどのちがいがあることを。……おそらくあと三年もたてば、西門の兄貴は艶芳に飽きるだろう。しかし、金蓮の魔力からは地獄までのがれることはできまいて。……)

潘金蓮は、無心な顔で鬼灯を鳴らしつづけている。

「先生、どいつをおえらびになりましたかな?」

と、西門慶が白紗の扇であおぎながら催促《さいそく》した。

「さあて、まことに困却しましたな。どの方がどうと、ただ眼うつりがするばかりですが、また、こう迷っていてもきりがない、それでは……」

どの女ののどか、ごっくり生唾《なまつば》をのむ音がきこえた。蘇竜眠は指をあげた。

「とにかく、まず、あの方をかかせてもらいましょうかな」

指さしたのは、はたして楊艶芳だった。

重っ苦しい吐息の微風が女たちの唇からながれた。楊艶芳だけ、おさえかねた笑い声をたて、他の妾たちのとろけるような媚笑《びしょう》がみるみるかききえて水みたいに冷淡な表情にかわっていった。

「まあ、あたしだったら金蓮さんをえらぶのに」

と、さっき艶芳に嘲《あざけ》られた孫雪娥は露骨に憎悪をあらわしていった。応伯爵も心中に相《あい》槌《づち》をうっている。

（そうだ。わしもそうだ。蘇竜眠先生、案外目がきかないぞ。なるほど楊艶芳は甘い。舌がばかになるくらい甘い菓子のようだ。が、金蓮は酔わせる。先生、女の美しさについては下戸にちがいない。……）

孟玉楼は、つまらなそうな顔をして翡翠軒の軒下につりさげられた鳥籠《とりかご》の鸚鵡《おうむ》に指をさしいれて口ずさんでいた。

「助平女郎のながし眼は、蜂《はち》の蜜《みつ》より甘いけど、浪風《なみかぜ》のたつそのときは、はじめて心がわかります。ほら、うたってごらん」

潘金蓮はゆるゆると身をおこし、花園の方へあるき出した。足に雪獅子がもつれるようにしてついてゆく。

「では、早速、下絵をかきましょうかな」

と、蘇竜眠が、八仙卓の上の皿や盃をおしのけて、紙をのべはじめた。筆をとって、もういちどじっと楊艶芳を見つめてから、ふと李嬌児の豊かな耳たぶに燦爛《さんらん》とゆれている金に紫の石をはめた耳環《みみわ》に眼をとめて、

「おお、あの耳環はすばらしい。画竜点睛《がりようてんせい》というが、……あの耳飾りを楊夫人につけたら、この上もない趣向と存じますがな。もし、できれば……」

「あなた、その耳環かして頂戴《ちようだい》よ」

と、楊艶芳は無遠慮にいった。

「いやよ」

李嬌児は、きっぱりと首をふった。

「これは、母のかたみなんですからね。めったな人にはおかしできないわ」

「めったな人って……あなただって歌妓あがりじゃないの」

と、楊艶芳は平気な顔で笑っている。自分の美しさにうぬぼれて驕慢《きようまん》無比になっているというより、この女には先天的に他人の心に思いやりのない、わがままさがあるらしい。女の西門慶というところだろう。

「おい、いいから貸してやれ」

と、西門慶は命じた。李嬌児の顔があかくなり、またあおくなった。それから不承不承にその耳環を耳からはずしたが、楊艶芳にわたそうとして、急にとりおとしてしまった。石だたみに琳琅《りんろう》たるひびきと共に紫の石がくだけ散って、みんな、いっせいに鼻じろんで

立ちすくんだとき、

「艶芳さん、せっかくかいていただくのですもの、この牡丹の花を抱いてかいていただいたら、いかが？」

しゃなりしゃなりと花園の方からもどってきた金蓮がいった。片手に大輪の黒牡丹をぶらさげている。

「おお、それはよろしかろう。美人牡丹を抱くの図じゃて」

と、蘇竜眠がその場をとりなすような笑顔でいった。

「ありがとう、金蓮さん。……先生、これでいいかしら？」

と、楊艶芳が、その牡丹を抱いて、肩にあててにっこり小首をかしげたとき、いったいどうしたのか、急に彼女はその牡丹をなげうち、あっと悲鳴をあげて顔を覆った。

「まあ！　どうなすったの？」

金蓮があわてて艶芳にとりすがったとたん、ふたりの髪をかすめて、黄金色の虹《にじ》が、ぶうんと羽音をたてて蒼《あお》い空へきらめき消えた。応伯爵がさけんだ。

「蜂だ！　蜂が牡丹の花の中にいたんだ！」

「えっ？　そ、そんなこと、知らなかったわ。艶芳さん、かんにんして……」

とりすがる金蓮を楊艶芳ははねのけた。そして顔を両掌《りょうて》で覆ったまま、痛みに号泣しながら母屋の方へはしっていった。

蜂にしても、ずいぶん大きな蜂だったとみえる。その夜から楊艶芳の顔は恐ろしいことになってしまった。右眉《まゆ》の上を刺されたらしいのだが、顔ぜんたいが真っ赤にふくれあがり、水疱《すいほう》みたいなものができ、瞼《まぶた》などは腫《は》れふさがって、これがあの眼もさめるような美女だとは想像もつかないほどである。

これでは文字通り絵にもならないので、代りに肖像をかいてもらうことになったのは金蓮だが、金蓮だってそう他の妾たちに好かれているわけでもないから、ふつうなら当然何かと陰口《かげぐち》をたたかれる立場だが、べつにそれほどの嫉《ねた》みの声もなかったところをみると、よほど楊艶芳という女は世にはばかる憎まれっ子だったにちがいない。

痛みとくやしさに、楊艶芳はのたうちまわった。

「ひどい！　ひどい女、潘金蓮！　まず肖像をかいてもらうのがあたしだときまって、あの女がわざと牡丹に蜂をいれてよこしたのだわ！　畜生、いまにこの恨みはきっとはらすから！」

「まあ、まあ、艶芳さん、そうのぼせては、毒血がいっそう頭にのぼる」

と、看病しているのは応伯爵ひとりだ。あとの連中は、あばれ狂う楊艶芳に辟易《へきえき》して、いちど見舞いにきたあとは、よりつこうともしない。西門慶などは、平気で他の妾たちをあつめて、大房で酒をのんでいる。

「まさか金蓮さんだって、そこまでたくらみはできかねよう。わざと蜂を牡丹に入れたり、蜂が入っているとわかっている牡丹をはこんだりしては、あなたのまえに本人が刺されるおそれがありますからな。まったくあれは、偶然の不幸で――」

そうなぐさめながら、応伯爵は心中に、いやまったく金蓮ならやりかねないて、とかんがえている。

――と、その伯爵の足もとに、やわらかくまつわりつくものがあるので見下ろすと、額に黒ぶちのある真っ白な猫だ。眼ざとくそれを見とがめた楊艶芳が、寝台の傍の小盒《こばこ》をたたきつけてさけんだ。

「雪獅子《ゆきじし》！」

猫はおどろいて、扉の方へにげていった。応伯爵はふりむいた。いつのまにやら扉がほそめにひらいて、幻のように潘金蓮がたっている。

「おかげんいかが？　楊艶芳さん」

かなしげな顔だった。楊艶芳はむくりとはねおきた。

「ほんとうにひるまはすみませんでしたね。あたし、申しわけがなくって、申しわけがなくって――」

「金蓮さん、肖像はできまして？」

と、艶芳はいった。声帯もどうかなったのか、夜鴉《よがらす》のようにしゃがれた声だ。

「え、半分だけ。ほんとにあたし、あなたにすまないからって遠慮したんですけど、艶芳がなおるまで先生に待っていただくわけにはゆかないって、旦那《だんな》さまがおっしゃるんですの」

「あたし、あなたの肖像ができるまで泣寝入りはしていませんよ」

と、楊艶芳はさけぶと、いきなりぱっと寝台からとびおりた。片手に鋏《はさみ》がひかっているのに応伯爵が胆をつぶしてたちあがるよりはやく、艶芳は扉を蹴《け》はなして遊廊にとび出していた。

「切ってやる！　顔を——髪を——」

潘金蓮はあやうく身をのけぞらして鋏をそらした。とたんに楊艶芳は、うしろからどんと誰かにつきとばされて、うつぶせにつんのめった。

応伯爵が出てみると、李嬌児と孫雪娥がたっている。潘金蓮について、面白がってのぞきにきていたらしい。とっさに艶芳をつきとばした李嬌児は、にくにくしげに肩で息をしながら、

「このきちがい女！」

と、ののしった。大柄で、ゆったりした女だけに、怒りも壮麗だが、しかし応伯爵は李嬌児のこれほど憎悪をむき出しにした顔をみたことがない。よほどひるまの耳環の恨みがふかいのだろうが、やっぱり女はこわい、と、あらためて背すじがぞくっと冷たくなる思いである。

瘦せた孫雪娥がけらけらと笑った。

「まあ、ほんとに絶世の美人だこと、是非、先生に肖像をかいていただいて、いつまでものこしておきたいところだわ」

楊艶芳ははねおきて、雪娥にむしゃぶりついた。鋏はとんでいるから大事はないが、まるで軍鶏《しやも》の蹴合《けあい》をみるような猛烈さである。あきれはててたちすくんだまま、応伯爵はそれをとめる勇気もない。つくづくと、夜も昼も、この女たちにとりかこまれて、結構たのしんでいるらしい西門慶のたくましさに感服している。

——もともときちがいじみた女が、蜂の毒にすっかりいかれて乱心気味になっていることとは、この夜の騒動でよくわかり、応伯爵も心配しいしい家に帰ったのだが、そのあくる日の午後、また西門家をおとずれてみると、楊艶芳がまったく脳症状を呈しているのにびっくりした。

顔はいっそうふくれあがって、まるで腐った南瓜《かぼちゃ》のよう、それがとろんとした眼で、あらぬことを口ばしっているのである。

「ああ、みんな、あたしをいじめ殺す。……あたしが歌妓あがりだと思ってさげすんで……好きで歌妓になったわけじゃないのに！」

そして、部屋の一隅《いちぐう》を恐怖の眼でみて妙なことをいう。

「あっ、そこに蘇子虚《そしきよ》がいる！　蘇子虚があたしをにらんでいる！　蘇子虚があたしを殺しにきた！」

そしていきなり象牙《ぞうげ》の櫛《くし》をなげつけた。と螺鈿《らでん》をちりばめた大理石の衝立《ついたて》のかげから、のっそりと雪獅子があらわれて、悠々《ゆうゆう》と赤い口をひらいてあくびをした。

「おい、あにき、蘇子虚って誰だい？ どこかできいたような名だが」

と、暗然たる眼で応伯爵がふりかえると、西門慶は苦虫をかみつぶしたような顔で、

「こいつめ、頭にきたらしい、そいつは、まえに艶芳が色街にいたころ、艶芳に血道をあげて、ふられぬいて、首をつった青書生さ」

「あ、そうか。なるほど」

「毒がひくまで手のつけようがないよ。ほうっておけ。さあ伯爵、向うへいって酒をのもう」

涼風のたちはじめた翡翠軒にいって酒宴をはじめた。応伯爵がぐるりとみまわすと、李嬌児と潘金蓮の姿だけがみえないようである。

「おや、李夫人は？」

「さあ、さっき蘇竜眠先生を部屋に呼んでいたようだから、肖像をかいてもらっているのだろう」

「金蓮さんのぶんはできたのか」

「いや、金蓮のは半分できているのだが、なにしろきのうの艶芳のさわぎですっかりおびえて、やはり絵はあとまわしにしてくれといって部屋にとじこもったきりなんだ。どうも、きちがいに刃物というやつには手がつけられない」

そんなことをしゃべっていると、花園の向うから金蓮づきの小間使いの龐春梅《ほうしゅんばい》が息せききってはしってきた。

「たいへんです！　すぐきて下さい！」

この小間使いは、若いがきわめてしっかり者なのに、顔色まで変っているところをみると、ただごとではない。

「どうした、どうした」

「また艶芳奥さまがおあばれ出しになって、下男の来安《らいあん》がとめるのもふりきって、うちの奥さまの部屋にとびこんでいらしったんです。鋏をもって――」

「なにっ」

「そして、あっというまに金蓮奥さまの髪をばさばさに切ってしまって――」

「あっ、とうとうやったか！」

と、応伯爵はとびあがった。西門慶はすでに宙をとんではしり出している。

それを追って一同がかけつけてみると、金蓮の部屋の北廂房《ほくしょうぼう》の方から、下男の来安に抱きかかえられるようにして、楊艶芳が、けらけら笑いながら遊廊をもどってくるのにあった。

「おほほ、髪！　金蓮の髪、とうとう切ってやった！　さあ、これであいつの肖像は半分かけないよ。ひとをひどいめにあわせて、じぶんがうまいことをしようったって、そうは問屋がおろすものか。おほほほほほほほ、いい気味だ！　おほほほほほほ！」

片手に鋏、片手に大たばのみどりの黒髪をうちふりうちふり、狂笑する楊艶芳のふくれあがった形相はこの世のものならぬ魔女のようだった。龐春梅はころがるように北廂房へかけていった。

「ええい、執念ぶかい奴め！」

艶芳をもとの部屋にひきずってくると、西門慶はいきなり彼女を寝台の上になぐりたおした。ぱっと手の中の髪が床上にみだれ散る。

楊艶芳は、ぶったおれたまま、きょとんとして西門慶の顔を見つめていたが、急にまたあらぬ方をみつめて、しゃがれ声でさけびはじめた。

「ああ、みんなあたしをいじめ殺す。……蘇子虚の怨霊《おんりょう》までが……蘇子虚の眼が、それ、そこに！」

指さす床にばらばらに散っている金蓮の黒髪、そこにいつまた入ってきたのか白猫雪獅子が、女主人の香をしたってか、寂然《せきぜん》と坐っている。……

小車之章

あきれかえって楊艶芳《ようえんほう》の部屋を出た西門慶と応伯爵が、北廂房にいって扉をたたいてみると、春梅だけがそっと出てきた。

「旦那さま、ここしばらく金蓮奥さまを御覧になるのはかんにんしてあげて下さいまし、こんなあさましい姿をみせるのは恥ずかしいと、泣いておっしゃいます。お可哀《かわい》そうに。……」

「いや、金蓮さんなら、そういうきもちにもなるだろう」

と、応伯爵はうなずいた。自尊心の人いちばい強い潘金蓮が、さんばら髪の頭を男にみせるはずがない。

「それでは会うまい。ううむ、艶芳のあばずれめ、すこし腫れでもひいて正気になったら、きっとこのわしが折檻《せっかん》してやるからそれまでがまんしろと、金蓮にいっておけ」

西門慶はむしゃくしゃした顔つきで、応伯爵をつれて大房にもどると、蘇竜眠《そりゅうみん》先生をはじめ、女たちをあつめて、あらためて酒をのみ出した。

ところが彼の裁きをまたず、恐ろしい破局《カタストロフィ》はその夜のうちにおとずれてきたのである。

――

ちょうど、二更に入ってまもない時刻であった。蘇竜眠先生は、孟玉楼《もうぎょくろう》に月琴をひかせて、歌をうたい、西門慶と応伯爵はちかごろちかくの梁山泊《りょうざんぱく》という水郷に群盗があつまって、しきりに官兵をなやましているという話をしていた。

酒宴まさに酣《たけなわ》のころ、突然、入口ちかくに坐っていた孫雪娥《そんせつが》が悲鳴をあげた。白い猫を抱いてふらふらと大房に入ってきた楊艶芳をみとめたからである。

「艶芳！」

ぎょっとして西門慶もたちあがった。

黒髪をといて、ばさとながく背にたれ、真っ赤にはれあがった恐ろしい顔は、とうてい宴席にはべるべき顔ではない。……が、艶芳は、平気で雪娥の傍に腰をおろして、

「ねえ、あたしにもお酒をのましてちょうだいな」

といった。存外おちついた声である。

「艶芳さん、大丈夫ですか？」

と、応伯爵が声をかける。

「もう大丈夫、いたみもだいぶうすらぎましたわ。ほんとに心配かけてすみません。……金蓮さんにはわるいことをしちゃって、いまおわびにいったのだけれど、怒っていて出てきません。かわりに、この雪獅子、お部屋をしめ出されてうろうろしてるからつれてきましたわ。そこの肉かなんかやって下さいな」

「ふん、それでは、金蓮の髪をきったことはおぼえているのだな」

と、西門慶は吐きだすようにいう。

「ほんとに、あたし頭がへんになっていたんだわ。いたみと、くやしさと、それから、おかしな人の眼が空中にみえて、恐ろしさに気がおかしくなっていたにちがいないわ。……」

「蘇子虚《そしきょ》だろう？」

と、応伯爵がにやりとしたとき、愕然《がくぜん》として顔をあげたのは、楊艶芳よりも傍の蘇竜眠先生だった。

「蘇子虚！……それが、なんですと？」

「おや？　先生も御存じで？」

「あれは、私の甥《おい》です。去年色街で性悪の売女のために首をつって死んだ不孝者ですが」

みんな、どきっとして眼を見あわせたなかに、ややあって、西門慶が黄蘗《きわだ》をなめたような顔をむけていった。

「これは奇遇だ。……ところで先生、先生はその性悪の売女をご存知ですかな？」

「ばかなことを。私がどうしてそんなけがらわしいところに足をふみ入れますものか。顔は知らんが名はおぼえておる。たしか謝珊珊《しゃさんさん》という女で」

「なるほど、先生はご存知ありますまいが、歌妓というものは、姓は妓楼の養母の姓を名のりますし、名まえも変えます。曾《かつ》ての謝珊珊、すなわちいまの楊艶芳で」

蘇竜眠はのどのおくで蛙《かえる》が鳴いたような声を出した。楊艶芳はひしと掌《て》を顔におしあてている。その小きざみにふるえる膝《ひざ》の上で、しきりに肉をしゃぶっている猫の舌の音だけが大房のなかにながれた。

「因果はめぐる小車の……ですかな」

突然、応伯爵がわざとらしく、からからと笑い出した。

「蘇竜眠先生、昨日は先生も楊夫人を第一等の美人とおみとめになったようですが、なんと甥御さんの惚《ほ》れこみようがのみこめたでしょうな。……」

「………」

「しかしねえ。先生、色街で死ぬの殺すのというさわぎは、梁山泊のあばれ者たちの世界より少くはないんで、もとはもちろん女ですが、その女がいちいち恨まれたり責められたりしていちゃ身がもたない。おわかりでしょうな」

「わかっております」

「ま、昨日の牡丹の蜂さわぎも、もとは先生から肖像をかいていただくのがもとだといえばいえるので、どうか、あの蜂は甥御さんの生まれ変りだとお考えになって、それで艶芳さんへのお恨みが、よしおありになろうと、水にながしていただきたいもので」

「ああ、それでわかった。どこかで蘇子虚さんの眼がみているような気がしてならなかったのは、あれは、先生の眼におぼえがあったからだわ。……」

と、楊艶芳はつぶやいた。さすがに因縁の恐ろしさを感じたものか、めずらしく神妙に、

「先生、どうぞおゆるしあそばして」

「いや、なに、それはもちろん……どういっていいやら、馬鹿者《ばかもの》は子虚だけです」

「いえいえ、それではあたしの心が霽《は》れませんわ。おゆるしのしるしに……先生、お酒をいただかして下さいな」

蘇竜眼はうつろな眼で艶芳をぼんやりみていたが、急に狼狽《ろうばい》した風で、まえの金華酒《きんかしゅ》の壺《つぼ》をとった。楊艶芳が椅子《いす》からたとうとしてひょろりとよろめく。

「いや、そのまま、そのまま、すまんが孫夫人からついであげて下さい」

酒壺がとなりの応伯爵の手にわたる。応伯爵からつぎの李嬌児《りきょうじ》へ、李嬌児から孫雪娥へ。

――そして孫雪娥は盃《さかずき》についで楊艶芳につき出した。

「さあ」

「ありがとう」

楊艶芳は金華酒をのんだ。

なんとなく面白くない顔をしてつくねんとしている西門慶をちらっと横眼でみて、応伯爵が、

「いや、まず、これでめでたい。――」

と、手をうったときである。突然、楊艶芳が異様なうめきをあげた。何か胸を灼《や》かれでもしたように両手でかきむしって、たちあがる。

「苦しい！」

「あっ、どうした？」

みな、愕然と総立ちになる。楊艶芳はなんともいえない表情でじいっと一同を見まわした。ふくれあがった顔の奥から細い眼が、恐怖と恨みにぞっとするようなひかりをはなった。……とみるまに、その唇のはしから、たらたらと血の糸があふれはじめ、顎《あご》を真紅の網に彩った。

「殺す。……ああ、やっぱり……あたしは殺される！」

彼女は物凄《ものすご》いさけびをあげると、よろよろとよろめき、どっとたおれるかにみえたが、そのまま胸をおさえて恐ろしい嘔吐《おうと》の声をもらしながら、つんのめるように大房からはし

り出していった。びっくりして雪獅子も部屋をとび出す。とっさのことで、一座はしばらく金縛りにあったようである。たちまち、わけのわからぬ叫びをあげて、騒然と追っかけようとする一同を、

「まった、まった」

と、あやうく大手をひろげて応伯爵はたちふさがった。

「西大人、あにきだけゆけ。あとは、そのまま、そのまま。誰か――酒に毒を盛った奴がある。もとの金華酒には、毒はなかった。いまの、とっさのあいだに誰かがなげこんだのだ。身体《からだ》をあらためる必要がある！」

西門慶はかけ出していった。

応伯爵がいった。

「いま、皆さん御覧のように、艶芳さんののまされた毒酒は、失礼ながら、蘇竜眠先生、わたし、李嬌児夫人、孫雪娥夫人の手をへてわたされたもので、下手人はこの中よりほかにいるわけがない。わたしは蘇先生とおたがいに身体をあらためっこします。大奥さん、李瓶児《りへいじ》さんは、まことに恐縮ながらとなりの書房へいって、李嬌児さんと孫雪娥さんをしらべてあげてくれませんかね？」

夏というのに、みんなの肌《はだ》は、恐怖と疑惑に鳥肌になっていた。

やがて、夢遊病者のように西門慶がもどってきた。

「あ、兄貴、楊夫人は？」

「死んだ。いや、わしが追いついたときは、あれの部屋の入口にうつぶせになって、もうこときれていた。伯爵、下手人はどいつだ？」

応伯爵はぼんやりと首をふった。

「わからない。……誰も毒の残りらしいものなど持ってはいない。……」

無明之章

下手人は、どうみてもその四人のうちにちがいないのだが、さてそのうちの誰かということがわからない。応伯爵はさておき、ほかの三人にはそれぞれ楊艶芳に一服盛っても意外とは思われない恨みや憎しみや憎悪があるし、なかでも西門慶がいちばん疑ったのは、やはりあかの他人の蘇竜眠先生だが、さてその先生に、

「めっそうもない。あの席に楊夫人が入っておいでになるとは予想もつかないことでしたし、そもそも楊夫人が謝珊珊であるなど、その直前にはじめて承わったことで、毒など用意しているわけがないではありませんか？」

といわれると、まったくその通りで、これは大なり小なり、ほかの容疑者にも通じる弁明であるし、西門慶は役所の方には然《しか》るべく手をうって、とうとう楊艶芳は病死ということにしてしまった。もっともさすがの西門慶も艶芳にはいささかこのごろ手をやき気味であったし、第一最後の印象があの恐ろしい顔だから、そのまえの美貌《びぼう》はまったくかきけさ

れ、執念ぶかくさわぎたてるほどの未練もなかったせいもある。……女は美しい顔で死なければならない。……陰陽師《おんようじ》の徐《じょ》先生に占ってもらった結果、埋葬は三七二十一日めにとりおこなうことになった。それから連日、西門慶はその用意や弔問の客の接待にまるでいくさのようなさわぎである。

初七日の夕方だった。報恩寺から十六人の和尚《おしょう》たちがやってきて霊前でお経をあげる。大広間に安置された柩《ひつぎ》の向うの灯明壇《とうみょうだん》には、花をかざり、香を焚《た》き、豚や羊などの犠牲《いけにえ》がささげてある。応伯爵は、蘇竜眠先生とならんで神妙な顔でひかえていた。先生はすっかりこの家にいづらくなった様子だが、なまじ妙な因縁があるだけに、いますぐ辞去するというわけにもゆかないらしい。

「あっ」

ふいに孫雪娥のかるい悲鳴とともに、皆がざわざわしたので、伯爵が顔をあげると、白い猫が、祭壇の肉をめがけて、すうっとはしってゆくのがみえた。

「雪獅子！」

うしろでしかる声がした。ふりかえると、喪服をつけた潘金蓮が、いつのまにやらひそと坐っている。雪獅子はあわてて逃げもどって、金蓮のそばにおとなしくうずくまった。

ごたごたつづきで気がつかなかったが、かんがえてみると、楊艶芳が死んでから、応伯爵はじめて金蓮の姿をみることになる。この髪では、みんなのまえには出られないといって、死人を新衣でつつむ斂《れん》の礼のときも、納棺のときも彼女は顔をみせなかったのだが、さすがにいつまでもというわけにもゆかないので、やっときょうあらわれたのだろうが、なるほどみじかく切りとられた髪は、本人が美しいだけにいっそう無惨である。

と、鉦《かね》の音がたかまりはじめると、雪獅子はびっくりしたのか、またがさがさとさわぎはじめた。白いものの怪のように傍をはしりぬけようとする猫を、応伯爵はとらえようとして、いきなり手の甲をひっかかれた。

（この畜生め！）

手ににじむ血をおさえて、猫の行方をにらみつけると、雪獅子はもう金蓮の足もとにちょこなんと坐っている。金蓮がちょっと頭をさげて、わびるように、にっと笑った。どういう場所で、どういう姿でみせても、男を深酔いさせるような媚笑であった。

もっとも、本音をはくと、応伯爵は潘金蓮に惚《ほ》れているのである。西門慶のおかげで、酒ものめ、毎日面白おかしく暮せるのだから、ゆめゆめその愛妾たちにちょっかいを出す気はないが、ただこの金蓮だけには、一代の男冥利《みょうり》にと、大それたむほん気が、ともすればおこりそうなのに、じぶんでもこまっている。

応伯爵は、われながらだらしないと思われるような笑顔を金蓮にかえした。

（やっぱり、あの女はとびきりだ。楊艶芳などくらべものになるものか。そいつがわからないとは、あのへぼ画家《えかき》め、世の中の何を美しいとみて絵をかいているんだ？）

――と、心につぶやいたとたん、ふと、海底からゆらめきのぼるひとつぶの気泡《きほう》のような或る考えがうかんで、応伯爵はぎょっとしていた。

（はてな？）

金蓮は、やさしく雪獅子の頭をなでながら、鉦の音の中にうなだれている。

読経がおわって、席をたつ人々のなかに金蓮の姿をみて、応伯爵はあわててあとを追った。

「金蓮さん、金蓮さん」

「あら、応さん、しばらく。……」

「どこへ？」

「こんな恥ずかしい髪でしょ？　だから翡翠軒《ひすいけん》にでもいって、ひとりで休んでいようと思うの、あそこに半分かきかけの私の肖像もまだおいてあるはずですし。……ほんとに艶芳さんは、恐ろしい、お気の毒なことになりましたわね」

「いや、それじゃ私もそこまでおともしましょう。なあにあれは天罰ですよ」

「天罰？　何の天罰？」

応伯爵はとつおいつ思案にくれた顔で、だまってあるいている。ふたりはぶらぶらと後園の方へならんでゆく。

夕映のなかに、自然の豪奢な晩餐《ばんさん》のようにかがやいている牡丹の花園のところまできたとき、やっと意を決したように応伯爵がいった。

「金蓮さん、あなたもたいへんでしたねえ。顔はもうなおりましたか？」

「髪は、まだこれだけしかのびないわ」

「髪じゃなくて、顔ですよ」

「顔、あたしの顔が、どうかしまして？」

「蜂に刺されたでしょう？」

「あら、蜂に刺されたのは楊艶芳さんよ、あたしじゃないわ」

「いいや、楊艶芳の刺されたあと。――おそらく、その翌々日、あなたはここへきて、牡丹の中の蜂をさがし、じぶんですすんで顔を蜂に刺させたでしょう？」

潘金蓮はたちどまって、じっと瑞々《みずみず》しい瞳を見はって伯爵を凝視した。動揺はない。瞳のおくには、午睡のたのしい夢をやぶられた童女のような、ものういぶかしさが満ちているばかりである。

応伯爵の方が、へどもどしてしゃべりつづける。

「いちばんはじめ、楊艶芳さんが蜂にさされたのは、あなたのたくらみであったか、どうか、それはわかりません。しかし、それに刺された艶芳さんがひどくうらんで、あの翌日、あなたの髪をきるのきらぬのとあばれ狂ったときから、あなたの心に、はっきりとひとつのたくらみが生まれたことはたしかだ。その夜、楊夫人は入れ替った。おそらく、楊夫人はじぶんの部屋からさらわれて、猿ぐつわでもはめられて、あなたの部屋に監禁されていたのでしょう。見張りは龐春梅《ほうしゅんばい》です。したがって、三日目からの、あの蘇子虚だの何だの、妙なことをいい出した楊夫人は、その実楊夫人ではなく、みずから蜂に刺されてふくれあがった顔をしたあなた、潘金蓮さんだったのです」

金蓮は、白牡丹のひとくきを折って、鼻孔にあてていた。

「だから、あの夕方、北廂房《ほくしょうぼう》におしかけて、金蓮さんの髪をきったのは金蓮さんのひとり芝居で、おそらく髪をきる姿を来安《らいあん》にはみせなかったのでしょう。ほんとは髪をきったのじゃなく、あれはあらかじめ別に用意した髪ですよ。女の髪などは町でいくらでも売っていますからな」

「あたしの髪はごらんのようにきられていますわ」

「そいつは、それに筋書をあわせるように、あとで――昨日かおとといかにきられたのでしょうよ。あのときに髪をきる。それは一見、蘇竜眠先生に肖像をかいてもらうのを楊艶芳さんがじゃまをしたとみせかけて、実は、楊夫人がなくなってからきょうまで――あなたの顔の腫れがひくまで、部屋にとじこもっている理由をつけるため、どうしても必要なふるまいだったのですな」

「……あたしが、艶芳さんに化けていたという証拠が、どこにありまして？」

「そいつを、ほんのさっき私は発見したのです。……雪獅子」

「雪獅子？」

「あのあなたの愛猫が、あの日以後の楊夫人に、いつもくっついてあるいていましたよ」

潘金蓮の顔色がはじめてすっと変った。夕日がしずかにかげってきた。

「そして、あの夜、大房で酒をのんでいた私どものところへあらわれたのも、むろんあなたです。そして、あなたはわざと蘇竜眠先生から盃をもらわれた。先生の甥が蘇子虚という男だったということを、どこからかきいていて、なんなら疑いがあの先生に、――あなたをえらばず第一番に艶芳さんをえらんだあのへぼ画家にかかればいいくらいのお考えだったかもしれんが、おまけにその酒壺が、李嬌児さん、孫雪娥さんのみならず、私の手をもわたったものだから、いっそうわけがわからなくなり、おかげでこの私までが真っ裸になるというとんだ道化芝居でしたよ」

金蓮は牡丹の花で顔をかくすようにして、立っている。牡丹の白い花弁が宵闇《よいやみ》のなかにかすかにふるえている。

「さて、その酒をのんで、あなたはいかにも毒をのんだというような真似《まね》をなすった。……」

「…………」

「あの血は、いったいどうしたものか。ひょっとしたら、鬼灯《ほおずき》に血をいれて、そいつをかみつぶしたものではないか。……」

「血、どこからその血を手に入れたのです？　あたしのからだには、錐《きり》でついたほどの傷もなくってよ」

「へ、へ、なんならはだかになって、みせていただきますかな」

金蓮は顔から牡丹をはなした。蒼ざめた顔に、眼がうす青く、熱っぽくひかっている。

「え、いいわ」

「おっと、はだかになっていただくのはまだはやい。金蓮さん、女には、たしか、傷ひとつなくたって、あれくらいの血は手にいれる方法がありましたね。……」

「………」

「話をつづけましょうや。そしてあなたはよろめきながら部屋をとび出して北廂房にいっさん走り、あとを追っかけた西大人が発見したのは、あらかじめ、そのすこしまえに、こいつはほんとに鴆毒《ちんどく》で盛り殺し、楊夫人の部屋の入口にひきずりだしてあったあの屍骸《しがい》ばかり」

――刻々とふかまりゆく闇のなかに、潘金蓮は、だまって立ちつづけている。そこにいるとしらなかったら、牡丹の花のひとふさかともみえる仄白《ほのじろ》い顔だった。やがて、彼女はかすかに笑った。

「じぶんで蜂に刺されたり、髪をきったり、そうまでして、あたしが艶芳さんを殺す理由があるかしら。あたしを恨んでいたのは艶芳さんの方なのに」

「だから、あれは天罰だといっているのですよ」

「あたしにはわからないわ」

「私にはわかりますな。あの俗物のへぼ画家などは、第一番にかく肖像を艶芳さんにうばわれたあなたのやきもちだ、などいうかもしれませんが、ほんとうの女の美しさ、というものを解する私にはわかります。あれはほこり高い美の女神が贋物《にせもの》にそそいだいましめの血潮だということを。……」

金蓮の手から、はたと牡丹が地におちた。もう空にはまったくひかりがない。ただ夜の花園にむせぶような花の香が濃くたちこめてくる。

「応さん。……もうはだかになっても、はやくはない？」

「はやくはないが、金蓮さん、ひかりがないのが惜しいことで」

と、応伯爵は笑った。彼は潘金蓮が、自分の罪に眼をつむってもらうために必死の媚態《びたい》をこらしはじめたことを知っていた。そしてこの恐ろしい女が真に愛しているのは西門慶だけであることも知っていた。

「じゃあ」

あえぐような吐息が鼻孔にかかると、彼の唇に、夜露にぬれた牡丹の花弁のような唇がふれてきた。

（これで、おれの口は永遠にふさがれるわけか。そして、もしひらけば、二度めには同じ唇から、鴆毒がさしこまれてくるにちがいない。……）

そうかんがえながら、応伯爵は一刹那《せつな》の甘美な戦慄《せんりつ》のなかに沈んでいる。そして、追う者と追われる者は一体となって、深い無明の闇に沈んでしまった。……

銭鬼

煩悩《ぼんのう》之章

初伏《しょふく》とは、夏至《げし》の日から三度目の庚《かのえ》の日をいい、暑《あつ》のはじまりで、女たちは鳳仙花《ほうせんか》で指の爪を赤く染める。

西門家《せいもんけ》の花園につくられた翡翠軒《ひすいけん》の日除の下で、正夫人の呉月娘《ごげつじょう》をかこんで、五人の妾たちが、赤く染めた指で、それぞれ靴を縫ったり、汗巾《かんきん》に刺繍《ししゅう》したりしながら、笑いさざめいていた。

傍らで、冷たい茉莉花酒《まつりかしゅ》をのみつつ、主人の西門慶《せいもんけい》と談笑しているのは、友人の応伯《おうはく》爵《しゃく》である。

「西大人は、そうおっしゃるが、人間、いろいろと小うるさい理窟はのべるものの、つまるところ、色と金さ」

「そんなことはない。お前は英雄豪傑の心事を解さん。燕雀《えんじゃく》いずくんぞ鴻鵠《こうこく》の志《こころざし》を知らんやだ。そんなくだらん本をみないで、論語か史記でも読むがいい」

と、西門慶は、応伯爵が左手の指をはさんでいる本を顎でさす。六人も妻妾をもっているくせに、冗談でもなく、存外まじめな顔で、こんなえらそうなことをいうのが西門慶の癖で、その西門慶にたかる幇間《ほうかん》的生活をいとなんでいるのに、いつも、この富豪をからかうような口をきくのが応伯爵である。

「なに、その孔子様だって、我いまだ徳を好むこと色を好むがごとき者を見ざるなり、とおっしゃっている。英雄豪傑だって、一生のあいだに、天下国家に心を労した分量より、色と金のことで、数十倍も身心をつかっているにまちがいないさ」

と、応伯爵は笑って、また左手の書物をひらいて、愛妾たちの方によびかけた。

「奥さん方、ここにこんな面白い話がかいてあるんですがねえ。まあ、おききなさいよ」

軒の下の風鈴が鳴っている。遠く塀の外を、「青林《せいりん》のおたのしみはいかが」とながしてあるく蟬《せみ》売りの声がきこえる。ものうい夏のひるさがりであった。

「いいですか。大江のほとりに、儒者と坊主と道士の三人が同じ舟でいっしょに渡ろうとしていたというんです。まさにともづなを解こうとしているところへ、おそろしく肥《ふと》った若い女がやってきて、いっしょにのせていってくれとたのむ。波が荒いので、三人ともしぶったが、女がかさねて哀願するので、船頭が舟をまた岸にちかづけると、女は一躍してとびのってきました。挨拶して坐ったのをみると、褌子《こし》をはいていない。……まるで、金《きん》蓮《れん》さんとおなじで」

「いやな、応さん」

と、第五夫人の潘金蓮《はんきんれん》が、真っ赤な顔になって手をふりあげた。が、応伯爵がからかったとおり、この女は、夏のあいだはいつも褲子をはかず、裙子《クンツ》をたらしているだけなのである。

「ははははは、それは冗談だが、さてその次が野方図《のほうず》もない。……即ち、その陰《いん》を出す。大なること比すべきものなし。うちたたきて以て人にしめして曰《いわ》く、このもの大吉祥、何すれぞ不祥というや。……みんな閉口して坊さんがいいました。そんなもの、どこがいいんだ。女が答えるには、その濁穢《だくあい》の味をかげば、これ腐儒《ふじゅ》に似たり。その短髪蓬鬆《たんぱつほうしょう》をみれば、また道士に似たり。而して、それ、まことに和尚の穴籠《あなごも》りする窠《か》巣《そう》たり。……」

「応さん、およしなさいよ、そんなもの……」

と、気どりやの正夫人の呉月娘が顔をしかめる。第二夫人の李嬌児《りきょうじ》と第三夫人の孟玉楼《もうぎょくろう》は、からだをねじって笑っている。

「ははは、ははは、僧、怒りきわまり、その帽を脱し、頭を以てこれを撞《つ》く。女、腹をひき出して相迎う。豁然《かつぜん》として入る。項《うなじ》を没し、肩におよぶ。僧、仰天して全力をもちいて急にこれを抜く。……」

夫人たちの死にそうなほどの笑い声に、応伯爵はいよいよ調子にのって、芭蕉《ばしょう》の扇で八《はっ》仙卓《せんたく》をたたいて、

「すなわち頭面濡湿《とうめんじゅしつ》、熱汗淋漓《ねっかんりんり》、出籠《しゅつろう》の饅頭《まんとう》と二なし。女、大いに笑い、身をおどらせて水に入り、巨魚と化して去る。……どうです？」

「ほほほほほ、いったい、それ、なんですの？　ほほほほ！」

と、第六夫人の李瓶児《りへいじ》が手巾《しゅきん》に笑いをかみ殺してきいた。

「さあ、どういうことですかな。和尚は信心のおかげで、危いところで助かったが、俗人は、あんまり巣籠りが甚しいと、そのうち巨魚の餌食になってしまうぞという教訓でしょうな。……どうだい、西大人、論語なんかより、もっとためになる書物だろうが」

「何をぬかす。この極道《ごくどう》め」

と、西門慶は苦笑して、酒をがぶがぶのんでごまかした。

「けれど、その話の女。……なんだか、揺琴《ようきん》に似ているわね、その汚ならしいところ」

と、潘金蓮がつぶやいたので、みんなまたどっと笑った。

西門慶は、表の方で大きな生薬舗《せいやくほ》をいとなんでいるが、揺琴という女は、その手代をやっている韓道国《かんどうこく》の女房なのである。数年前この夫婦が西門家にやとわれたころは、まだちょいと色っぽい女だったようであるが、夫の韓道国が恐ろしいけちんぼで、女房に身づくろいさせるどころのさわぎでなく、半年ばかりまえ揺琴が簪《かんざし》を一本買ってくれとたのんだら天地がひっくりかえるほどの大喧嘩をはじめて、女房の髪の毛を刈ってしまったくらいだから、いつもつぎはぎだらけの着物をきて、肌《あか》も垢じみ、それが豚のように肥っているので傍を通りかかられると、なにかぷんと匂うような女である。元来、韓道国が以前につとめていた或る主人の細君だったのが、韓道国がためこんだ金に眼がくらんで姦通したというのだから、だいぶだらしがない。現場を家人に発見されて、半殺しの目にあわされて、危く逃げ出してきたとか、いや当の主人にゆるされて、いっしょになったとかいう噂もあるが、主人もあきれかえったのかもしれない。日本には、こういう二人を「お手討になるべかりしを衣更《ころもがえ》」と詠んだ美しい句があるが、なにしろ韓道国が、いまいったような大吝《だいりん》嗇漢《しょくかん》だから、衣更どころか、そんな小説的な恋物語は、ゆめにも想像にもつかないような夫婦である。子供は五人もある。

「ほんとうに、まあ、よくあんな女に子供を生ませられると思うわ。いやらしい」

と、金蓮は、ちらっと嫉妬の眼を第六夫人の李瓶児のだいぶふくらんだ腹になげて、吐き出すようにいう。李瓶児は妊娠しているのである。

「なに、あれは韓道国が悪いのさ。あれだって、もうすこし身なりをかまわせれば、そうすてたものでもない。……伯爵、伯爵、そうだ、世の中には、まったく色気のない珍らしい男の見本がいるぞ。韓道国が」

「なるほど。あいつがいたね。はは、そのかわり、金慾の方は常人の数倍だ。子供をごろごろ生むのも、あいつにとっては、老後の貯えとおなじ心柄からだろう。なにしろ出すものは、舌を出すのもいやという奴だからな。得にならんことなら、どんな女にむかったって小便も出すまい」

「あたしなら、出させるわ」

と、潘金蓮は、ふと口にして、みるみる真っ赤な顔になった。が、すぐまわりの妻妾たちの嘲笑の眼を見まわすと、昂然として、

「あら、これは冗談よ、でも、あたしなら、韓道国に百枚の馬蹄銀《ばていぎん》を出させても、ほほほ

ほ、あたしのまえに寝ころがらせてみせてよ！」

金蓮は、白紗《はくしゃ》の扇を口にあてて、ほこらかに嬌笑《きょうしょう》した。鬢《びん》のみえるまで銀糸でたくしあげた髪にかがやく黄金《きん》の簪、うす紅《くれない》の綾羅《りょうら》からくっきりと透いてみえる雪白の肉体のうねり、すっくと立った足にふんまえた新月のような赤い靴。……さすがの応伯爵も、息をのむような潘金蓮の美しさであった。

西門慶が不安そうな眼で見やった。

「こら、金蓮、ばかげた悪戯をしてはゆるさんぞ」

「まあ、冗談だといっているのに。いくらなんでもあたしがあの韓道国と」

と、金蓮が身をねじらせて笑ったとき紫紅《しこう》の灯をともす瑞香花《ずいこうか》や鳳仙花《ほうせんか》の花園のむこうから、当の韓道国が、見知らぬひとりの男をつれて急ぎ足でやってくる姿がみえた。

「旦那さま。お客さまでございます」

「ほう。どなたかな？」

韓道国の伴ってきた男は、馬のようにながい顔に髯をたらして、一見して長者の風をそなえた人物である。韓道国は木の実のような眼を異様にきらきらひからせて、

「このお方は、宋鉄棍《そうてつこん》と申されまして、手前の元主人、そして大恩人でございます」

「ほほう、それはそれは」

「はじめまして、宋鉄棍でございます。御尊名は、かねがね承っておりましたが、本日お目にかかって、まことに光栄に存じます」

と、その男は荘重にいった。学者とも仙人ともつかない威風に、西門慶が気をのまれて、お辞儀しかえしたとき、傍らから応伯爵が頓狂《とんきょう》な声をあげた。

「ははあ、韓道国、この方かい、お前が間男したという元の御主人は、……たしか煙花製《えんかせい》造業《ぞうぎょう》をやっていらした方ときいたが」

「左様で。まったく、お上に訴えられましたら、揺琴ともども百棒の罰でぶち殺されるところでございましたが、この旦那さまのお情けでお助け戴きました。……いや、その花火の御商売でございますが、いま承りますと、だいぶ以前からそれはおやめになったそうで……」

「花火の原料が家もろとも爆発しましてな。というのが、私の或る修行中の手はずがほんのちょっぴり狂ったのが原因でございます。しかし、家を失ったおかげで、とうとう錬金の秘法を完成いたしました」

と、宋鉄棍は悠揚《ゆうよう》せまらずにいった。西門慶は耳に手をあてがって、

「えっ、何とおっしゃいましたかな?」

「錬金術でございます。鉛を銀にする方法でございます」

「鉛を銀に? それはほんとうですか?」

西門慶はあっけにとられたような表情で相手の馬面を見つめていたが、急にあわてふためいて、

「いや、こんなところでお話を承わるのは失礼です。まずまず腰房《ようぼう》の広間の方へ、……奥

や、はやくそちらへ御案内して」

と、両腕をふりまわしながら、先にたって歩き出した。あんまり英雄豪傑の心事を解している方ではないようである。

西門慶と不思議な客と呉月娘が去ったあと、真昼の翡翠軒《ひすいけん》に茫然とあと見送っている愛妾たちのなかから、まず金蓮の唇がうごいた。

「ちっ。旦那さまだって、女が金に変るものなら、あたしたちを竈《かま》にでも、入れかねないわ。……韓道国、顔色がわるいわねえ」

「左様でございますか。あんまりびっくりしたもので」

「そうかしら。このごろずっとよ、食物がわるいんじゃない？　肉などあまり食べないのじゃない？」

「へ、へ、そうでもございませんが」

と、韓道国は痩せた四角な顎をなでた。頭にのっているのは、洗いざらしのつぎはぎだらけの頭巾であり、身にまとっているのは、地面にずり落ちそうなのをわずかに糸でくいとめた着物であり、足にうがっているのは、椅子のようにかたかた音をたてる靴である。

「可哀そうに、焼鴨でも食べないかしら」

「あっ、戴きます。戴きます」

潘金蓮は八仙卓《はっせんたく》の上の大皿から焼鴨をとって美しい口にくわえた。

「韓道国、ひざまずいて、手を前に出して口をあけるのよ」

小さな身体の手代が、きょときょとしながら、命じられたとおりの姿勢をしたのをみて、応伯爵はふき出した。まるでちんちんをした犬である。

「そうら」

金蓮は笑いながら、肉を嚙んで、うつむいて、韓道国の口に吐きおとした。肉と唾液と薫るような息が、手代の口に吸いこまれて、彼はぱくぱくと金魚のような口つきをした。

応伯爵はにやにや笑いながらいった。

「金蓮さん。私も焼鴨がほしい。犬になりたいものだねえ。……そら、ちんちん、ちんちん。……だめかねえ、私は」

錬金之章

鉄棍道人《てつこんどうじん》は、西門家《せいもんけ》に異常な昂奮の渦をまきおこした。はじめ半信半疑だった人々も、彼が竈《かまど》になげこんだ幾塊かの鉛を、銀と化してとり出したのを実際にみるにおよんで、眼を見はらないわけにはゆかなかった。

彼の説によると、すべて金属というものは、要するに水銀と硫黄の混合したものであって、金属の火に融《と》け、のび、ひかるのは、その水銀の性質のためであり、また燃えるのは硫黄の性質のためであるという。そして金は黄色硫黄を多量にふくんでいるので黄金色を呈し、銀は白色硫黄を多分にふくんでいるので白銀色を呈するのだという。その水銀と硫黄を含有率をかえさえすれば、鉛が銀に変ることは容易なことであって、それには、彼のもっている九環丹《きゅうかんたん》という薬を作用させる必要がある。

宋鉄棍は、顎髯《あごひげ》をしごきながら、荘重にいうのだった。

「この九環丹は、もと、銀から精製したものでございましてな。量にして約十分の一となっております。が、この九環丹という銀の精をつかえば百倍の鉛を銀にかえることができますから、もし、一両のたね銀で十銭の九環丹をつくったとすれば、それから十吊《ちょう》の銀がとれるわけでございますな」

さて、それから数日のうちに、翡翠軒《ひすいけん》の傍らに巨大な竈がきずかれ、それに大きな檜《ひのき》製の風匣《ふいご》がとりつけられた。風匣はその隙間をぴっちりと鶏の羽根でふさがれ、前に踏台があって、直角にたてた棒をまんなかに、両側から二人の人間が交互にふむと、棒が風匣の把手《とって》をうごかせて、強力な風を送るしかけになっている。鉄棍の持っている九環丹はもう残りすくないので、まずたね銀から九環丹を精製する設備だった。西門慶は、そのためには二千両や五千両のたね銀を投じてもかまわないという意気込みである。

宋鉄棍は一場の注意をあたえた。

「風匣をうごかす二人は、かならず男と女にかぎります。二人はまず、私の調合した仙薬をいれた酒をのんでから、踏台に上っていただく。ただし……ここが大事なところでありますが、万が一、この二人のあいだに淫心がおこるようなことがありますと、九環丹の効験が去って、竈にいれたたね銀はかえって鉛と変じますから、そのおつもりで」

こうして連日、花園に風匣をうごかす音が、ながれはじめた。門番の平安《へいあん》と下女の小玉《しょうぎょく》。下男の王顕《おうけん》と小間使の恵秀《けいしゅう》、小者の玳安《たいあん》と下女の一丈青《いちじょうせい》。……そしてある日、西門慶がはじめて五百両の大枚の銀を入れて、その不安と好奇心のまじりあった心から、韓道国の妻の揺琴《ようきん》と風匣の踏台にのぼったことから、鉄棍道人の不幸な予言が的中した。

金もないくせに、どうもこういうことに西門慶ほどまじめに熱中できないで、はじめから眉唾気分のぬぐえない応伯爵《おうはくしゃく》が、翡翠軒の書房の寝台に寝そべって、そっと窓からみていると、西門慶と揺琴におごそかに仙薬の酒をのませてから、鉄棍道人は立ち去った。

「揺琴。……おまえ、このごろ、ばかにきれいになったじゃないか」

と、踏台をふみながら、西門慶がいった。応伯爵がみると西門慶の顔が朱色にそまって、眼がとろんとひかっている。はてな、と応伯爵は思った。それは西門慶が春情を起したときの表情だが、むろん彼は道人のいましめを知っているはずである。

「まあ、旦那さま。……うまいことおっしゃって」

と、揺琴は大きな腰をうごかせながら、手を唇にやった。

まえだと、そんなとき、ぷんと異様な匂いがしたものだが、たしかに揺琴はこのごろ、奇妙に色っぽくなった。なんでも宋鉄棍が、この曾て妻であった女のいまの哀れな姿をみるにみかねて、そこばくの化粧代をあたえたらしいが、それだけで、揺琴は見ちがえるように美しく——美しくはない、依然として、でぶでぶとふとって、だらしがなくって、いくら洗ってもきえない不潔感があるが、そのくせ男の或る種の心をかきむしって、どろどろにしてしまうようななまめかしさが浮かび出してきた。痴呆的《ちほうてき》にうるんだ眼、いつも半びらきにしてるやや厚目の真っ赤な唇、くびれの入ったまるい頸、白い脂のべっとりくっつきそうな腕は、男のふとももくらいあって、もりあがった乳房は小丘のようである。応伯爵は辟易《へきえき》気味だが、稀代の大好色漢西門慶が、ふいと変な眼つきをそそぎはじめたのもむりはないけれど、しかし、妙な気を出して、五百両の銀が鉛に変えられるおそれを忘れはてたのかしらん。

（鉄棍道人の錬金術はともかく、あの揺琴の変りぐあいは、こっちの方がたしかな錬金術といえるかもしれんぞ。……）

踏板の音がはたりとやんだ。西門慶は、じっと揺琴を見つめている。揺琴の頬にもぽっと紅がみなぎって、うずうずするような眼で西門慶をみて、そしてしだいに息があらくなってきた。

突然、西門慶は踏台からとびおりて、揺琴にかけよって、花園の中に二匹の獣のようにもつれあってたおれた。鳳仙花《ほうせんか》が波濤《はとう》のようにうねりはじめ、あっけにとられている応伯爵の耳に、臼をつくような地ひびきがきこえてきた。

応伯爵は、急に芭蕉《ばしょう》の扇をあげて、はげしく軒の風鈴を煽《あお》った。向うの竹林をまわってくる人影をみたからである。

けたたましい風鈴の音に、おどろいて西門慶がはねあがり、人影をみて、いよいよ狼狽して身づくろいした。揺琴も大あわてで褌子《こし》をずりあげ、風匣の方へはしり寄る。真っ赤な顔になって、肩で大息をつきながら、踏板をふんでいる二人をながめて、応伯爵はふき出しそうになった。

ちかづいてきたのは、鉄棍道人と、潘金蓮《はんきんれん》と、韓道国《かんどうこく》である。

「御苦労さまでございます。おくたびれでございましょう。このおふたりにかわっていただいて結構でございます」

と、鉄棍道人はいって、金蓮と韓道国をつれて、翡翠軒の穿廊《せんろう》に出ている八仙卓《はっせんたく》にちかより、また仙薬を調合しはじめた。

「いや、なかなかつかれるものですな」

と、西門慶はまだふうふういっている。

金蓮と韓道国が酒をのんで、交替して踏台に上ってから、馬面の道人は、しずしずと去った。西門慶はなおとろんとした眼で揺琴をみていたが、しばらくたってから、汗をぬぐって、ふいにこんなことをいい出した。

「韓道国。……これは金蓮にもきいてもらいたいのだが」

「なんでしょう」

と、こたえた金蓮の頰が酒の気にぽっと染まっている。西門慶はちょっと照れて、

「実はな、韓道国、どうだ、揺琴をわしにくれんか？」

「揺琴を……。とおっしゃると？」

「左様。七番目の女房にしたいのだが」

木の実のような眼で、ちらっと見下ろした韓道国を、西門慶は威嚇《いかく》するようににらみあげて、

「その代り、お前に三十両やる。……番頭にしてやる」

韓道国は口をぽかんとあけて、揺琴をみた。犬のようにかなしそうな眼だった。彼はだまってしばらく足をうごかせていた。金蓮がいった。

「まあ、何をいい出すことやら。……韓道国、おことわりよ」

韓道国は指を出して、三本折りながら、また女房とみくらべた。それからかわいた声でいった。

「よろしゅうございます」

なるほど、こいつは錬金術そのものだ、と応伯爵はあきれてしまった。が、韓道国は、店にいるときのようにしさいらしく、

「が、旦那さま。……いままでこいつの食扶持《くいぶち》がだいぶかかっておりますので、もう一声、三十五両ではいかがでございましょう？」

「三十五両？……うむ、まあ、それで手を打とう」

と、西門慶もへんに厳粛な声でいって、揺琴をつれて、母屋《おもや》の方へ去っていった。

さすがの金蓮もおどろきのあまりか、二の句もつげない様子で、だまって踏板をふんでいたが、やがて風が頭上の合歓花《ねむのはな》をゆすって、そのうす紅色の花がふたりのあいだに散りみだれたとき、変にしみじみとした声でいった。

「韓道国、おまえは、一匹の平鰶《ひらこのしろ》をもらうと、甕《かめ》の中の粕に漬けて、十五日のあいだもたべるんだってねえ。……揺琴にやらないで、ひとりで」

「そんなもったいない。……金蓮さま、二十日は食べられますよ」

「ほんとうに、よくまあ、それで、揺琴を女房にしたこと。たいへんなさわぎだったというじゃないの」

「若気のいたりで……世の中に、何がいちばん大切か、わからなかったのでございます」

「お金？」

「おお、金蓮奥さま。手前はいま、銀をつくっておるのでございますね。こうして足をうごかすたびに、ざくざく銀子ができているのでございますね。それを思うと、手前は、もう胸がどきどきして、息がつまりそうになって、心が天へとんでしまいそうでございます」

「まるで、お金に恋をしているようなせりふだわ」

金蓮は息をあらくした。気をわるくしたようだが、眼のひかりがただごとではない。ちょうどさっきの西門慶とおなじような表情である。

「おまえ。……揺琴にみれんはないの？」

「とんでもない。可愛い女房でございます。……が、三十五両と番頭にはかえられません」

「そうかもしれないわね。……あたしがおまえだったら、一両でも揺琴を売るわ。けれど、あたしが揺琴なら？」

「──と、おっしゃいますと？」

「たとえ百両だって、あたしを売る？」

韓道国は、判断にくるしむ顔で、金蓮をみた。彼もまたとろんとした眼をしている。金蓮は熱しきったように上衣をかなぐりすてた。むっちりと、紅い胸当だけつけた真っ白な胸があらわれた。

「なんだか、へんな気持になってきたわ。いつか、旦那さまに、顫声嬌《せんせいきょう》という薬をのまされたときみたい。……どうしよう。か、韓道国、おまえは何ともない？」

「──と、おっしゃいますと？」

「旦那さまに、女房をとられて、くやしくはないの？」

潘金蓮が身もだえすると、茉莉花《まつりか》の花の蕋《しべ》を乳にまぜてすりこんだ雪白の肌にとまっていた合歓花《ねむのはな》のいくひらかが、妖虫のように舞った。盗み見している応伯爵でさえ、息がつまりそうなほど挑発的なポーズである。

韓道国は、やせたのどぼとけを、ごくりごくりとうごかせた。

「──と、おっしゃいますと？」

「かんのわるい男だわねえ。いま、おまえ、旦那さまと揺琴の顔をみたろう？おまえに女房をくれといったのは、あれは事後承諾というやつにきまっているわ。あたしには、ちゃんとわかってよ。おまえ……そのしかえしをしたいとは思わないの」

「——と、おっしゃいますと？」

「このふたりで、あのふたりに、おなじことをやってしっぺがえしをしてやろうじゃないのということ」

金蓮は、ついに踏台のうえを、身体をくねらせて、ちかぢかともえるような薄桃色の顔を韓道国にちかづけた。その息のかんばしさは、韓道国も知っているはずである。……が韓道国はしりごみした。

「とんでもない。金蓮奥さま、竈の銀が鉛になります」

「けちんぼ！　その銀はおまえのものじゃないじゃないの？　それに、色事をして鉛に変るなら、もう鉛に変ってるわ」

潘金蓮は、白い蛇のように韓道国にからみついた。木の瘤《こぶ》みたいな手代は、苦痛にみちた眼で金蓮を見あげて、三度、大きな深呼吸をした。それから、嗄れた声でいった。

「あの……金蓮奥さま……そういたしますと、手前に何両下さるのでございましょうか」

淫心蕩漾《いんしんとうよう》といった金蓮の眼から、ひかりが失せた。彼女は身をはなして、茫然と口をあけたまま、この稀代の大守銭奴の姿を見まもった。

投壺之章

その夜、ひらかれた竈《かまど》から、おびただしい鉛が出てきたのをみて、鉄棍道人《てっこんどうじん》は激怒した。

「術がやぶれた！　だれか、竈の前でふとどきなふるまいをしましたな」

西門慶《せいもんけい》は苦汁をのんだような、そのくせおちつかない顔をしたし、金蓮《きんれん》はそっぽをむいたし、応伯爵《おうはくしゃく》だけこみあげる笑いをおさえるのに苦労した。いままで、悠揚《ゆうよう》迫らない風格の人物であった道人は地団駄をふみ、口から白い泡をふいた。だけに、それは恐ろしいくらいだった。

「たね銀がすっかり滓《かす》になってしまった！　私があれほどかたく戒めておいたことを破った人は誰です？　そんなけがらわしい不徳人に、九環丹《きゅうかんたん》がつくれるなんてとんでもないことだ！」

西門慶はにがい顔をして、ぶらぶら竈の前をはなれていった。あわてて揺琴《ようきん》が大きな尻をふりふり追っかける。つづいて、ぞろぞろと母家の方へあるき出す愛妾たちにまじって、潘金蓮もゆきかけたが、あとにのこった応伯爵が、片眼をつむってみせたので、ふとたちどまった。

「なあに？　応さん」

「金蓮さん、ひるまは、どうも……」

「ひるま……どうしたの？」

「さすがのあなたも、韓道国《かんどうこく》には歯がたちませんでしたな」

金蓮は上眼づかいに、にやにやしている応伯爵をじっとみて、それからぱっと顔をあかくした。

「あなた……知ってらっしゃるの？」

「ごらんなさい、韓道国を。あいつは、銀が鉛に変ったのはそのせいだと思って、慚愧《ざんき》悔《かい》恨《こん》、身のおきどころもないといった風情ですよ」

人間がひとり入れそうなほど大きな、煉瓦の竈のまえで、宋鉄棍のさしずにしたがって火のあと始末をしている韓道国の痩せた横顔がほの赤くみえた。

「ふ、ふ、知られていちゃしかたがないわね。でも、銀が鉛に変ったのは、あたしのせいじゃなくって、旦那さまと揺琴のせいよ。——旦那さまのいかもの食いには、ほんとにあきれちまう。じゃ、あなた御存知ね？　旦那さまは、揺琴を韓道国からゆずり受けて、妾にするつもりだってことを」

「へ、へ、韓道国を食おうってのは、いかもの食いじゃないんで？」

「にくらしい。あれは、あたし、旦那さまがあんまりだから。そのしかえしをしてやろうと思っただけの悪戯だわ。だれが本気で、あんな、かますの干物みたいな男と——」

「へ、へ、しかし、拝見したところによると、なかなか悪戯どころか、胸まで出して、私でさえ、ふるいつきたいようでしたぜ」

「……あなた、あのとき翡翠軒《ひすいけん》にいらしたの？」

「しかしねえ、金蓮さん、あなたが変な気を出したのもむりはない。私の推量では、あの風匣《ふいご》にのぼるまえ、道人のませた酒のなかには、どうやら……媚薬《びやく》——惚れ薬が入っていたようですな」

「えっ？……媚薬？」

「左様、それ、あなた自身、顫声嬌《せんせいきょう》をのまされたときのようだといってたじゃありませんか。そうだとすると、それは韓道国ものんだわけだから、それにもこたえなかったところをみると、よほど銀が鉛に変るのが恐ろしかったわけで、あいつはつくづく傑物ですよ。下地の好きな西門大人など、むろん、ひとたまりもなかったが」

「なんのために媚薬を？」

「さあ、それは道人にきかれた方がよろしかろう」

と、応伯爵は、ちょうどそのとき憤懣《ふんまん》やるかたない手つきで、髯をしごきながら竈からこちらにあるいてきた宋鉄棍をふりかえった。

「道人さま。ところで、私にゃ、ふしぎなことがあるんですがねえ」

「はて、なんでしょうかな」

鉄棍はけげんそうな顔で寄ってくる。伯爵はにやにやして、

「西大人のいれたたね銀五百両――ちょうど五十両の馬蹄銀《ばていぎん》十錠《じょう》が、なるほど十の鉛のかたまりになっていましたね」

「左様。残念ながら御覧のとおり」

「ところがねえ、道人さま。実は、あのほかに私が、十両の銀のかたまりをもうひとつ、そっと竈にいれておいたので」

「えっ、な、なんですと？……」

「そのぶんの鉛のかたまりは、どうやらみえなかったようですな」

「いや、そ、それは、……それはでございますな、それは、その銀のかたまりが小さすぎたのです。馬蹄銀が鉛になるまでに、それはとけてなくなったものでしょうて。おお、そういえば、たしかにそのような痕がのこっていましたな」

「やはり、ありましたか？」

「ありましたとも、ほんの炭粉のようであったが、先刻、私はこれはなんであろうと怪訝《けげん》の念にたえなかったものです。……しかし、これは甚だけしからぬ。私のゆるしもなく、左様な小細工をなさるとは！　九環丹をつくるには、錬金の秘法以上にきびしい戒めが要るものを、さては、たね銀が鉛に変じたのは、誰かが邪淫をほしいままにしただけではなく――」

「というのは、みんな嘘で」

「なにが？」

「はは、私が十両のかたまりをいれたというのも嘘なら、したがって、その痕が炭粉のようにのこっていたとおっしゃるあなたの長広舌《ちょうこうぜつ》もみんな嘘。……」

「…………」

「道人さま、いいかげんになさったらいかがでしょうな」

「…………」

「いやいや、そう顎をがくがくなさることはない。なにも西門の兄貴にばらそうというのじゃありませんさ。ただ五百両まるどりはひどすぎる。どうです、ここに金蓮さんもいらっしゃることだから、そのうち三百両をおかえしになっては？」

「三百両！」

「これ、お声をお出しになると、韓道国にきこえます。なに西大人は、清河《せいか》県《けん》きってのお金持だから、あっちに御遠慮なさるには及ぶまい。そこで、ものは相談だが、どうです、もういちどこんどは一千両くらい大人からまきあげては？私の方は、そのうちからほんのちょっぴり色をつけて下されば、だまってますがねえ。いや半額もよこすとおっしゃればいよいよ結構」

うわばみが棒をのんだように、眼を白黒させている馬面の鉄棍道人に、潘金蓮はこみあげる笑いをおさえかねて、身体をくねらせていた。

応伯爵はことさらまじめくさって、

「ただし、西大人といえども、そう間抜けではない。間抜けどころか慾にかけては人一倍利口な方で、こんどのことは、いわゆる、利口馬鹿、才人才におぼれたといったところでしょうから、そのうちきっと眼がさめます。長居は無用、もういちどためしてみたらすぐに尻に帆かけて次のかもさがしに出られた方が御賢明でしょうて」

そこへ韓道国がきょときょとやってきた。

「旦那さま。竈の火をおとしましたが」

「韓道国、お名残おしいことに、道人さまはおちかいうちにまた旅におでかけになるそうよ」

と、潘金蓮が意地悪そうな笑顔をむけて、

「もとの御主人、しかも命の大恩人とのおわかれだもの、お前も白絹の三匹ぐらいは御餞《ごせん》別《べつ》をさしあげなくっちゃお義理がわるいわねえ」

「し、白絹、三匹！」

脳天をぶちのめされたように口あんぐりとなった韓道国をあとに、潘金蓮は、さもいい気味だ、といわんばかりの顔でさきにすたすたと歩き出した。……

——三日ほどたった、また蒼く晴れた午後のことである。呉月娘《ごげつじょう》に五人の妾、それにあたらしく妾に昇格したばかりの揺琴が翡翠軒の傍の葡萄棚の下で投壺《なげや》をしてあそんでいた。

いままで西門慶もここにいたのだが、さきほど、鉄棍道人がしずしずとやってきて向うへつれ出していったあとである。道人が、急に所用があっておいとまを告げなければならないといい出して、ついては、こんどこそ九環丹を大々的につくって置土産にしてゆこう。出来た九環丹で鉛を銀に変ずる秘法を教えて進ぜると申し出たのはけさのことだから、きっとあの竈のところにでもつれていって説明しているのだろう。

ひるすぎ、いちど沛然《はいぜん》たる驟雨《しゅうう》がとおりすぎたので、空はまるで眼がさめるほど蒼くて、花の紅も葉の緑も、洗ったように鮮やかだが、葡萄棚の下を吹きぬける風はさわやかに涼しい。

投壺というのは、頸のながい壺をおいて、遠くから矢を投げいれる遊びで、壺の頸には、口とならんで、耳のように、左右に小さな筒がくっついている。投げた矢がこの口に入るか耳の筒をつらぬくか、或は垂直か斜めか、それによって色々の点がつくのである。

「あっ、貫耳《かんじ》！」

「ほら、こんどは竜首《りゅうしゅ》！」

壺や耳に入った矢の姿をかぞえる、女たちの興にのった声が蒼空にはねあがってゆく。

いちばんうまいのは、七人の妻妾のなかで、いちばん小またがきれあがって、おきゃんな孟玉楼《もうぎょくろう》である。正夫人の呉月娘をのぞいては、第六夫人の李瓶児《りへいじ》とならんで、もっとも育ちのいい女だけにこういう遊戯に熟練しているのだろう。

高慢で、そのくせ投壺《なげや》はあまり上手でない潘金蓮だけは、涼席《しきもの》の上にじだらくに寝そべって白紗《しらさ》の扇であおぎながら、横着そうに見物しているだけだが、成りあがりもので、すこし足りない揺琴は、みんなに翾躚《ひんしゅく》されているのも気づくどころか、ひとりで大きな口をあけてぎゃあぎゃあと鵞鳥《がちょう》みたいにさわぎたてている。

「やらせて下さいよ。ねえ、あたしにもやらせて下さいよ、ねえってば」

「うるさいわね、へたくそなくせに」

と、投壺の名人だけに孟玉楼《もうぎょくろう》はいらいらする。いちばん意気で、いうこともはきはきした女だから、この白豚みたいな新しい朋輩への嫌悪を露骨に眉のあいだにあらわしている。

それでもへこたれずに、揺琴は夢中になって矢をなげはじめた。みるみる汗だらけになって、ちょうどそこへ第二夫人の李嬌児《りきょうじ》の小間使いの元宵《げんしょう》がくると、

「元宵、なにか冷たいもの持ってきてよ」

と、いいつけた。大得意である。

「そんなことしなくっていいわよ、元宵」

と、李嬌児が憤然としていった。

「元宵は、あたしつきの小間使いですからね」

「ああ、もうこの矢はつかえやしない。汗でべとべとになって、いやな匂いのすること」

と、孟玉楼が、一本の矢をひろいあげて、すぐにぽんとなげ出した。

金竜之章

さすがににぶい揺琴《ようきん》も、この日盛りに寒風のような六人の女たちの冷たい眼につつまれて、きょとんと鼻白んでいるところへ、ぶらぶらと西門慶《せいもんけい》がもどってきた。ちょうど応伯《おうはく》爵《しゃく》も遊びにきたとみえて、ふたりでしきりに話している。

「そりゃ兄貴、いまのまま道人にゆかれちゃ虻蜂《あぶはち》とらずの五百両丸損だ。もういちど、是非道人のいうとおり、千両竈にいれてみるべきだね。このあいださるところできいたのだが、あの道人の錬金術は、作法どおりにやれば、それはたしかなものだそうだ」

「そうかな」

と、うなずきながら、葡萄棚の下に入ってきた西門慶に、いきなりわっと揺琴がむしゃぶりついた。

「ど、どうした、どうした」

「みんな……あたしをいじめるぅ。……旦那さま、あたしゃ死にたいですよう……」

「えい、また女同志の喧嘩か、これ、そうわめきたてなくたってよろしい。いやはやどうもわずらわしいことだ。おい、わしたちはちょいと相談があるんだ。みんなあっちへゆけ」

と、西門慶は石の椅子に腰をおろしながら手をふって、

「揺琴、お前だけのこって酌をしろ、いま韓道国《かんどうこく》が酒をはこんでくる」

みるからに暑っ苦しい女だが、妾にしたてだけに、西門慶はいまのところこの揺琴がいちばん気にいっているらしい。

ほかの妻妾たちが、ぷいとふくれっ面をして、ぞろぞろと去りかかったところへ、韓道国がやってきた。酒を石の卓においても、なぜかもじもじしている。

「なんだお前は」

と、西門慶は、けげんそうな顔をあげる。韓道国はがたがたふるえ出した。

「旦那さま。……宋鉄棍《そうてっこん》の旦那がおいとまをおつげになるとききましたが……それはてっきりこのあいだのことで気をわるくなすったせいでございましょうね。それについては、私がよくよくおわびいたしますから、どうぞ、いますこしおとまりになってゆくように、宋の旦那におすすめになって下さいまし。……」

「このあいだのことで、お前がわびをするとはなんのことだい？」

「銀が鉛になったのは、私どものせいでございます。……ああ、なんたる恐ろしい、罰あたりなことをしたものか、実はあの日、竈のまえで、金蓮奥《きんれんおく》さまと私めが……」

みなまできかず、西門慶の眼がきらっとひかって、

「待て。……金蓮だけのこれ」

といって、たちあがって、韓道国の腕をつかんだ。

「おい、金蓮とお前がどうしたのだ。はやくいえ」

血相がかわっている。じぶんのやることは勝手放題のくせに、この道にかけては恐ろしく嫉妬ぶかい西門慶だった。この冬などは、やはりやきもちのために、寵愛している美童の琴童《きんどう》の陰茎をきりとってしまった事件があるくらいだ。

物凄い力で片腕をねじあげられながらしかし韓道国をうちのめしているのは、主人の怒りよりただ銀が鉛に変ったというあの大怪事であるらしい。たしかに彼のような守銭奴にとっては、じぶんが殺されるよりも恐ろしい、悲嘆絶望すべきことだったかもしれない。

……応伯爵はこまったことになったと思った。

「金蓮さまが……風匣《ふいご》をふみながら……私と色をしようと抱きついていらっしゃいまして、……それはもう……」

ねじあげられていた韓道国の左腕が、ぐきん、というような変な音をたて、彼の口から、あっと悲鳴があがった。つきとばされて、きりきり舞いする韓道国の腕は、だらんと垂れ

てゆれている。

応伯爵が何かいおうと口をもがもがさせながら金蓮の方をふりかえったとき、金蓮が蒼白い嘲笑を西門慶にはしらせていった。

「ふん、銀が鉛に変ったのは、あたしたちのせいじゃありません。あたしたちのまえに、誰かさんと揺琴のしたことのせいでしょうよ。ほんとにいい気味だわ、ほ、ほ、ほ」

実は金蓮は韓道国を誘惑しようとしてしくじったのだが、彼女はそれはいわない。潘金蓮のような女にとっては、韓道国にふられたなどと白状することは、これまたじぶんが殺されるよりも恐ろしい恥ずかしいことだったかもしれない。

「なに。ううむ。なまいきな！　さては金蓮、やきもちをやいたのだな。よし、よし、そうならば、もっとやきもちをやかせてやる。揺琴ここへこい」

西門慶は、揺琴をそばへひきよせると、いきなり一同をふりむいて、きちがいじみた形相でどなりつけた。

「みんなあっちへゆけえ。とっととききえてしまえ。おい、伯爵もだ！」

こうなっては、西門慶にさからうことは竜車《りゅうしゃ》にはむかうようなものである。女たちといっしょに、ほうほうのていで退散したあとで――応伯爵は急に花園のなかに身をしずめて花のあいだから葡萄棚の方をうかがった。

西門慶は仁王立ちになったまま、いったいどうしてくれようか、といったていで、潘金蓮をにらみつけたまま、風匣のようにあらい息をしていたが、急に気味わるくにやりとすると、ずかずかと歩みよって、金蓮をまるはだかにし、その真紅の靴もむしりとり、纏足《てんそく》にまいた布をといてその両脚をしばると、ゆらりと「金竜探爪《きんりようたんそう》」の恰好《かっこう》に葡萄棚につるしあげた。

「まあ、とっくりおれの投壺《なげや》でも見物しろ」

と、西門慶はあおむいて笑うと、石の卓の上の鉢に盛られている李《すもも》を二つ三つつかんで、向うの壺にはっしとなげつけた。李はみごとに壺の口に命中する。

「つぎは、金弾《きんだん》の銀鵝《ぎんが》うちだ！」

葡萄棚の下に、潘金蓮の簪もたれ、翡翠《ひすい》の耳飾りもさかしまにたれた。その真っ白なからだが、しだいに苦痛のために紅潮してくる。葡萄の葉が微風にざわめく、緑の斑《ふ》にいろどられて、うねりのたうつ五彩の女人の瓔珞《ようらく》。……

西門慶は李をなげなげ、一方では、揺琴の大きな乳房をひきずり出して、餅のようにこねたり、白桃のようにしゃぶったりしていたが、急に何かを思いついたらしく、にったりして、李を手にとった。

「金蓮、お前の大好物だ。干棗《ほしなつめ》みたいな韓道国でさえ食うお前だから、李だってくえるだろう？」

というと、その李をさしあげて、頭上に、腹を下に、弓のようにたわんで吊られている潘金蓮の女の谷間に、くりっとねじこんだ。

「あっ、あっ」

はじめて金蓮はたえがたいような悲鳴をあげた。

西門慶は哄笑して、その下で大っぴらに揺琴の両足をひっかついで、これみよがしに、気喘吁々《きぜんああ》、鶯々軟声《おうおうなんせい》をきかせはじめた。無恥な揺琴は、さっきの妾一同への憤懣をはらすによい機会だとうれしがって、ふだんの百倍もさわぎたてる。その濃艶と醜怪のもつれあう秘図のうえに、空から雨のようにふりかかる露は金蓮の涙か熟れた李の果汁かわからない。……

「あなた……こんなことをして……」

視覚と聴覚と肉の感覚の恐ろしい刺戟に、淫婦潘金蓮の春心はちぢにみだれ、眼はかすみ、ちかちかと火華がちるようで、四肢はぐったりとしてきた様子である。

「こんなことをして、あたしを殺すつもりなの？」

「旦那さま。金蓮さん、大丈夫？」

と、揺琴は不安と会心のまじりあった顔をふりあげる。

「ふん、それでは気つけに酒でものませてやろうか。……おお、それよりいいことがある。あれをくわせてやろう」

と、西門慶はたちあがると、金蓮の谷間から、ぬれた李をくじり出してぐいと彼女の唇のなかへおしこんでしまった。

「あははははははは」

げらげらと笑いながら、また揺琴に抱きついて、汗と欲情の香を奔騰《ほんとう》させながら大あばれにあばれている二人のところへ、ひょっくりとあらわれたものがある。

　ひょいと何気なくひとめのぞきこんで、

「あっ」

　胆をつぶしてたちすくんだのは錬金道人宋鉄棍だった。

花火之章

　数日たって、西門慶《せいもんけい》はとうとう一千両の馬蹄銀《ばていぎん》を竈《かまど》のなかにいれた。その日は一日じゅう花園に風匣《ふいご》の音がひびいていたが、日がおちるとともに、西門家のひとびとは、みんな翡翠軒《ひすいけん》にあつまった。明朝になると、鉄棍道人《てっこんどうじん》が竈をあけて、精製された九環丹《きゅうかんたん》をとり出す。そして、すぐに旅立ってゆく予定だが、最後の夜のなごりに、もともと相当大きく煙花商をやっていた宋鉄棍に、花火をあげてみせてもらおうではないかと孟玉楼《もうぎょくろう》がいい出し、西門慶も大乗気になってたのんだので、花園の向うで、道人がいろいろとその秘芸を披露《ひろう》することになったからである。

　おそい夏の日も、一更の時刻に入ると、さすがにとっぷりとくれて、ただ花園の中に翡翠軒のともしびが、簾《れん》を通してあかあかと涼しげだった。夾竹桃《きょうちくとう》の盆栽や筆硯琴書《ひっけんきんしょ》などを風雅にかざった部屋のなかに、八仙卓《はっせんたく》をかこんでゆれている、主人と妾たちの談笑の声をぬって、翡翠軒のすぐ裏から風匣の音がながれてくる。

大人の男女が風匣にのぼることにこりた西門慶が、韓道国の子供たち――二人の男の子と三人の女の子の組に、徹宵《てっしょう》ふませているのである。

「なかなか、手数がかかるらしいな」

と、まちかねて、西門慶が花園の向うをすかしてみたとき、庭から穿廊《せんろう》に、足もとに愛猫「雪獅子《ゆきじし》」をもつれさせながら金蓮があがってきた。

「道人さま、たいへんなこと。あんな大きな花火仕掛みたことないわ。空にあがればきれいでしょうけれど、黒い筒や、西瓜みたいな玉や、火縄や、みても恐ろしいくらいだわ」

といいながら、西門慶とならんで坐っている揺琴《ようきん》の傍の椅子に腰をおろす。ほかの妾たちがみんな揺琴をきらっているので、そこだけ椅子があいているからだが、先日の騒動もけろりと忘れた顔で、卓の上の冷たい金華酒《きんかしゅ》を口にはこびはじめる。もっとも妾同志のやきもち騒ぎや折檻は、この家ではめずらしいことでもない。

「ああ、あの丸い玉のなかに、いろいろな火薬や、炭の粉や詰物が入っているのよ。ほんとうに、うちのひとの花火をみるのは、何年ぶりかしら」

と、揺琴はものしり顔をひけらかす。三代まえの夫をうちのひとと呼んで気がつかないほどうっとりと遅鈍《ちどん》な表情であった。

「ふ、ふ、そういえば、道人さまも、そのころを思い出す、揺琴は驢馬《ろば》の花火がいちばん好きだったとおっしゃったわ」

と、金蓮は、西門慶がにがい顔をしているのにそらっとぼけていった。

「道人さま、揺琴さんとおわかれになったのを、くやんでいらっしゃるんじゃないかしら。……ほんとにあなたは男好きがするんだもの」

「あら、そう」

と、にたつく揺琴に、卓の向う側から孟玉楼《もうぎょくろう》が吐き出すように、

「それに、あの道人さまがいらしてから、揺琴さんは、みちがえるようにおきれいになったわ」

「ほんとにふしぎなこと」

「道人さま、案外すみに置けないわねえ！」

応伯爵は舌をまいた。こういうあてこすりには、女というものは恐ろしく頭がよくまわる。ここぞとばかり、妾たちがどっと悪意のこもった笑い声をあげるのに、西門慶がかんしゃくをおこして、

「やかましいっ」

と、どなりつけたとき、暗い花園の向うに、ぼーん、という爆音がして、しゅるしゅると、空に青い火がのぼった。とみるまに黄色い火の虹が、みるみる驢馬の姿をえがいて、ぱっときえた。

「や、はじまった、はじまった」

と、たちあがる応伯爵につづいて、西門慶も妾たちも、簾《すだれ》をかかげてぞろぞろと穿廊へ歩み出る。

——と、にぶい顔で、いまの女たちの皮肉をいっしんに考えつめていたような揺琴が急にこのとき血相かえて、

「金蓮さん、玉楼さん」

と、よびとめた。金蓮は花火の方に顔をむけたままたちどまって、

「なあに？」

「いま孟玉楼さんも、へんなことおっしゃったけど、あれはどういう意味？」

「どういう意味って何が？」

と、孟玉楼がきりっとした声でふりむいた。

「宋さんがきてから、あたしがふしぎなくらいにきれいになったとか、何とか……」

「あら、せっかくほめてあげたのに、だって、ほんとのことをいっただけじゃありませんか？」

「まるで、あたしが、あの……宋さんと……何かあるみたいに」

「それはあなたの疑心暗鬼《ぎしんあんき》というものよ。どうして、そんな風にとれたのかしら、その方がよっぽどへんだわ。よっぽど淫らな女でもないと、そんな邪推は浮かばないはずなんだけど」

孟玉楼は、またもとの椅子に腰をおろした。すすんで喧嘩を買うつもりとみえる。火をつけた金蓮も、これまたもとの椅子に坐って、にこにこしてふたりをみくらべている。花園でつづいて花火があがった。ざざっという音をたてながら、暗天に五彩の星と花がちる。

が、部屋のなかにのこった三人の女は、煙花どころではないらしい。

孟玉楼は、大きな八仙卓《はっせんたく》をへだてて、揺琴を鼻で笑った。

「もっとも、どこかの手代の女房みたいに、主人を色仕掛でたぶらかすような女はしりませんけれどね」

「くやしい！」

金切声を覆って、穿廊ではまたどっと嘆賞のどよめきがあがる。夜空に金獅子と紅孔雀が幻のように描かれたからである。ぱあっと庭があかるくなると、その瞬間、簾を通して穿廊の人々の姿が浮かびあがる。

「面白そうだわ、出てみましょうよ」

と、潘金蓮がたちあがったとき、ぱぱぱあん、竹をわるような音が耳をつんざいて、穿廊の女たちの悲鳴がきこえた。空に絢爛《けんらん》たる巨大な竜が一匹うねりのぼってゆく。

が、その一瞬、西門慶と応伯爵は愕然《がくぜん》としてとびあがっていた。爆音と同時に、ひゅん、というようなうなりがかすめて、ばらばらと簾にあたったものがあったからである。ふりむいて、簾に刺さった二、三本の矢をみる。花火の竜がかききえて、その簾ごしに部屋の中が浮かび上ってみえた。

金蓮は、こちらへ半ば歩みよったところで、茫然とたちすくんでいる。向うの八仙卓には、じっと揺琴と孟玉楼が坐っている。ひと息――ふた息――三つ息をするまで、それは三つの美しい塑像のようにみえた。

と、眼をぐるりとむき出し、あんぐりと口をあけていた揺琴が、急に胸をかきむしるような手つきをした。恐ろしい苦悶の形相に変った。

「あっ」

応伯爵が簾を蹴とばしてとびこむよりはやく、ころがるように金蓮がはしっていった。重いひびきをあげて揺琴が椅子とともに床にころげおちた。

「揺琴さん！」

金蓮がとびついて抱きあげた。とたんに、もう眼を白くつりあげている揺琴のからだが、びくんと鞭《むち》みたいに痙攣《けいれん》し、ぐたりと床にのびてしまった。

「ど、どうしたんでしょう！」

「だれか、矢を射た奴がある！」

と、かけつけてきた西門慶《せいもんけい》が舌を上顎にくっつけて口走り、応伯爵といっしょに庭をふりかえって、もういちど恐怖の眼で揺琴の死骸に眼をおとしたとき、金蓮は箸で死人のあんぐりとあけた口のなかをつついていた。

「なにか、へんなものが――」

とつぶやいて、屍体をうつぶせにころがすと、口からぼろぼろと白味と黄味のまじったものがこぼれ出した。

「なんだ、茹で卵か。――」

しかし、西門慶と応伯爵は、じっと揺琴の背を見つめている。

そのむちむちしただだっ広い背に、ぐさりとつっ立っているのは、一本の矢であった。花園の向うに、もう花火のあがる気配はない。ただ暗々たる闇がたちこめているばかりである。……いつのまにやら、ふっと裏の風匣《ふいご》の音もたえて、翡翠軒《ひすいけん》に深沈たる死の静寂がおちた。

やっと、潘金蓮が蒼白い顔をあげて、

「この茹で卵に何か入っていたのかしら？……毒？」

「矢だ。背なかの矢をみろ」

と西門慶。はじめて背の矢に気がついた風で、金蓮は悲鳴をあげてたちあがり、

「誰？」

「庭からとんできたが——」

卓の向うにすっくとたっていた孟玉楼の顔に、清麗な微笑の翳がそよいですぎた。彼女は、昂然と西門慶を見つめて、はっきりといった。

「そんなあばずれは、あたし、どうせろくな死にかたはしないと思っていましたよ」

銭鬼之章

——どういうものか、揺琴《ようきん》の顔は、はじめ紫いろにふくれあがり、眼の球もとび出しているようにみえたが、いつしか水死人みたいに白ちゃけてきていた。

ぐるりととりまいた顔は、恐怖のあまり声もない。応伯爵《おうはくしゃく》は、その顔のなかに、裏のかまどのところにいたはずの韓道国《かんどうこく》の五人の子供たちの顔もみえるのに気がついた。道理で風匣の音も消えているわけだ。

突然、西門慶《せいもんけい》は身をひるがえして、簾《すだれ》をはねのけて穿廊《せんろう》へとび出し、さらに庭へかけ出していった。矢を射た人間をつかまえにいったのである。

つづいて応伯爵もあとを追おうとしたとき、

「ああ」

と、潘金蓮《はんきんれん》がうろたえたさけびをもらした。

「これ、雪獅子《ゆきじし》！」

みると、金蓮の愛猫雪獅子が、しきりに揺琴の口からこぼれ出した茹で卵のくずを、ぺちゃぺちゃと、ぶきみな舌なめずりの音をたてながらたべているのである。こぼれていたやつはもうみんな食いつくして、猫は屍骸の口をペロペロとなめていた。――潘金蓮に蹴とばされて雪獅子はおどろいて庭へにげていった。

応伯爵は短檠《たんけい》に火をとって、翡翠軒《ひすいけん》を出た。花園をつっきってゆくと、さっき花火をうちあげていた場所に、ぼんやり西門慶がたっている。

「あにき、どうした？」

「ここには誰もいないよ。鉄棍道人《てっこんどうじん》はどうしたろう？」

その声に恐ろしい疑惑があった。その手を見ると、小さな弓をぶらさげている。

「それはどうしたんだ？」

「うむ、あの太湖石《たいこせき》のくぼみと梅の木の股とのあいだに、横なりにかけてあったんだ。さっきの矢はむろんこいつから射たにちがいない」

その太湖石と梅の木のあたりに短檠をさしよせてみると、地上は焦げた花火の筒や玉の殻、もえつきた火縄の灰などが散乱している。さっき矢がとんできたのは、たしかに花火のあがったところであったから、下手人が道人でなければ、道人は下手人の姿をみたにちがいない。……けれど、道人以外の誰か揺琴を射殺そうなど企てるだろうか？

「おい、道人はみえないか？」

と、西門慶はかみつくようにいって、血ばしった眼を四方へなげる。応伯爵は小首をひねって、

「しかし、下手人が道人だか誰だかわからないじゃないか。道人が、なんのために揺琴さんを射たのだろう？」

「あんな、いかさま師ですもの、何をするかわかったものですか」

ふいに花園のなかから声がきこえた。ふりむくと金蓮がたっている。胸に雪獅子を抱いていた。

「ほんとうにこわいこと、応さん、あなたも、あの道人さまがきてから、めっきり揺琴さんが小ぎれいになったことはみて知っているでしょ？　きっとよりがもどったにちがいないわ。それに、こないだ……あの葡萄棚の下で旦那さまと揺琴が恥しらずな真似をしてい

らっしゃるところを見たばかりなんですもの。つい、かっとして……」

「しかし、それなら何もいま、みんなの集まってるところへ矢を射かけなくったって、いつかそっと揺琴さんをとっちめるなり何なりすれば……」

「揺琴さんを射たのだか、旦那さまを射たのか、わかるものですか。それに、道人は、あのいかさまがばれて、花火にまぎれて今夜この家をにげ出すつもりでいたことは、応さんも御存知だったじゃありませんか？」

「おい、道人のいかさまとは、いったい何だ？」

と、西門慶はけげんな声でいった。応伯爵はへどもどして金蓮をふりむいて、こりゃいけない、と思った。金蓮は何もかもばらしてしまうつもりらしい。

「いや、兄貴、実はこうだ。あの道人の錬金術とはとんだ食わせものでね。九環丹《きゅうかんたん》をつかって、十両か二十両ぶんくらい鉛を銀にかえて信用させ――むろん、別のほんものの銀子とすりかえるのだが――そして、相手の慾につけこんで、こんどは、九環丹をつくると称して大量のたね銀を竈《かまど》に入れさせ、そいつを鉛にすりかえるのさ。このあいだの兄貴が入れた五百両もそのでんで、ちょろまかされたのだし、今夜の一千両も、やっぱりその手で失敬されて、道人は明朝をまたずそのまま逐電《ちくでん》するはずだったのさ」

「なにっ……それを、お前たち、知っていてなぜわしにだまっていたのだ？」

と西門慶はびっくり仰天して、それから疑わしそうにじろじろと二人を見まわした。応伯爵は閉口して、むやみに頭や頬をかきまわしている。

「畜生、それでは、あの竈《かまど》の中はどうなっているか！」

突然、西門慶はたと弓を投げすてると、血相かえてはしり出した。愛妾のひとりが殺されたという一大事など、いっぺんにどこかへけしとんでしまったような見幕であった。

翡翠軒の簾をとおして煮えこぼれるようにたちさわぐ人影と叫び声をぬって、いつしかまた、あの風匣《ふいご》の音がきこえはじめていた。

「竈の中はどうなっているかといったって、もちろん入っているのは鉛さ。一千両の馬蹄《ばてい》銀《ぎん》は、けさ、竈に火をいれるまえに、私と道人と半分ずつわけて頂戴してあるわけですからな。……金蓮さんにも、むろんおすそわけするつもりだったのに、あのいかさまをばらしてしまわれたのは、まことに以て残念至極」

と応伯爵はしょっぱい顔をして、弓をひろうと、のそのそと歩き出す。ふと、

「はてな」

と、つぶやいて、じっと手の弓にながめいった。弓の弦には、その中央あたりにもう一本弦がむすびつけられて、だらりとたれさがったそのさきは、ふっと焼けてきれている。

金蓮はそれには気がつかない風で、

「だって、人殺し騒ぎまで起っているのに、それどころじゃないじゃあないの？」

「とにかく、なんとかうまくきりぬけなくちゃなるまいて。……それにしても鉄棍《てっこん》め、いったいなんであんなばかな真似をして、どこへ消えてしまったものやら」

「ほんとうに、いないの？」

金蓮は恐怖と不安にみちた眼できょろきょろ見まわした。

「それじゃもう逃げてしまったのかもしれないわ。大門の番人にきけばわかるけど……まだ、そこらにいるとすると、あたし、こわい。……」

れいの竈のちかくまでやってきたとき、応伯爵はふっと妙な顔をした。しきりに鼻をひくひくさせる。

「はてな」

「なんか……肉のやけるような匂いがするわね」

と潘金蓮もたちどまった。肉のやけるような匂い――なるほどそうだが、それは決してあのおいしそうな、香ばしい匂いではない。なんともいえない、いやな、吐気をもよおすような臭気であった。

竈のまえにいってみると、西門慶は、風匣《ふいご》にかかっていた韓道国の五人の子供たちを追いのけ、火をけす水をはこばせるやら、道人をさがすよう家人たちのところへはしらせるやら、破鐘のごとくさわいでいる。

「おい、伯爵、灯をかしてくれ」

応伯爵は弱っている。ふりかえると、金蓮は首をふって、

「みんなしゃべっちまった方がいいんじゃないの、道人がみんな持ち逃げしてしまったことにしてさ」

「といって、道人がまだうろうろしていて、つかまって白状されるとこまります」

「何をしゃべっている。はやく灯をみせろ」

西門慶のどなり声に応伯爵はしかたなく短檠《たんけい》をかかげて竈のなかをのぞきこみながら、

「西大人。……」

といいかけて、急にはたと短檠をとりおとしてしまった。一瞬に塗りつぶされた闇の中に、西門慶は地団駄ふんで舌うちした。

「まぬけ、どうした?」

「実は兄貴、竈の中はもう鉛ばかりにきまっているんだ。あの千両の銀子は、けさ道人がすりかえているはずだから。……」

「……伯爵、なんだかお前変だぞ。よし、くわしいわけはあとできこう。それより、道人をにがしちゃならん。みんな、手わけして鉄棍をさがすんだ!」

西門慶は、狼狽してすっとんでいってしまった。しかし応伯爵はうごこうともしない。じっと竈の方を見つめていたがそのとき、そこにもうひとりのこっていた韓道国《かんどうこく》の子供があわててかけ去ろうとするのを、手をあげてよびとめた。

「おい、韓二《かんじ》、ちょっと待て。お前たち、けさからずっとここで風匣をふみつづけていたね?」

「はい。道人さまが、よろしいとおっしゃってから、ずっと」

「一刻の休みもなく? 誰か、そのあいだにきやしなかったかい?」

「誰か?……さっき、翡翠軒《ひすいけん》で何やらさわぎが起ってから、父がきて、何かみてこいといいましたが、それよりほかには……」

「ああ、なるほど、あのとき風匣の音がやんで、お前たちがのぞきにきていたっけ」

「お母さんが、矢で殺された、と告げにもどると、父さんはびっくり仰天して、とにかくお前たちは、風匣をふんでおれ、といってそっちへとんでゆきました」

応伯爵は、いきなり金蓮の手をつかんで、ぐいぐいとひきながら翡翠軒の方へはしりはじめた。

「ど、どうしたの？　応さん……」

「大変だ。金蓮さん、さっきの変な匂いの正体がわかった」

「あれ、なあに？」

「いま、竈《かまど》の中をちらとみたのだが、竈の中に――鉛が置いてある鉄の網と火のあいだ――出来るという九環丹をうける下の段に、真っ黒焦げの人間がおしこんであった。風匣をもうちょっと押しつづけていれば、あれは灰になってしまうところだったでしょう」

「えっ？　黒焦げの人間？……だあれ？」

「おそらく、あのかたちからみて、鉄棍道人」

「まあ！」

それでなくてさえふるえている応伯爵が、ぎょっとしたくらいの潘金蓮の驚愕の声であった。翡翠軒の穿廊《せんろう》の下に愕としてたちどまったまま、

「道人が？……いったい誰がそんなことを……」

「さあ、まだわからないが、あれが宋鉄棍だとすれば道人が夜、花火をあげに花園の向うにいった姿は私たちがみているのですし、それ以後、竈のところにちかよったというただひとりの人間は韓道国だけだそうですから、下手人もあいつでしょうな。子供の韓二が、来たのは親父だけだというのだから、うそじゃありますまい」

「すると、花火をあげ終ってから、韓道国が道人を殺したとおっしゃるの？　揺琴を射殺された恨みで――？」

「さて、どうですかな。それで昔の恩人を殺すほどなら、もともと女房を売りますまいて。いや、さっきの矢のさわぎの直後に韓道国の子供たちが翡翠軒にかけつけていたが、それは、父にみてこいといわれたからだといったようですな。すると、矢を射てから、そのときまでに、道人を殺して、花園の向うから竈のところまではこぶには、すこし時間がみじかすぎる。第一、道人が揺琴を殺したのなら、なにも韓道国がしかえしをして、わざわざ竈で灰にしなくたって、お上のさばきを待てばよろしかろう。――あっ、こりゃ、ひょっとすると、……道人は花火をあげるまえに殺されていたのかもしれませんよ」

「それじゃ、花火をあげたのは誰なんですの？」

「そうすると、それは韓道国ですよ。あいつはもともと宋鉄棍が煙花商のころ、その弟子だったのですから、それはできないことではない。……そうだ、そうにちがいない。翡翠軒にさわぎが起ったからみてこいといって、子供たちを竈の前から追っぱらったそうだが、それなら自分が翡翠軒にかけつければいいはずだ。おそらくそのすきに、前に殺してちかくのものかげにはこんであった道人の屍骸を、竈におしこんだにちがいないが、このあたり、変に手がこんでいる。こりゃよほどまえから考えたことで、花火くらいじぶんであげかねませんよ。……」

「ではやっぱり、揺琴へのみれんが憎さに変って？」

「いやいや、あなたはさすがにそんな人情の方へこだわりなさるが、さっき揺琴が射殺されたと知って、韓道国は大いにおどろいたようだという話でしたが、それは因果応報《いんがおうほう》というもので、あいつにも思いがけないことではなかったでしょうか。思えば、あの矢も誰かを狙ったというより、ばらばらとでたらめだったようです。これはあとで簾《すだれ》をつらぬいた矢の痕をしらべればわかりますが――あいつはただ翡翠軒にさわぎをおこさせて、道人の奇妙な失踪の理由らしいものをつくればよかったので、目的は……」

応伯爵がそこまでいったとき、ばたばたと西門慶が二三人の小者といっしょにはしってきた。

「おい、道人はこの家を出た形跡はないぞ！　どの門の番人にきいても、出たのは、ついいましがた韓道国がひとりだけだったという。道人の部屋をしらべたら、見おぼえのある馬蹄銀《ばていぎん》がぞくぞく出てきたが、これでも道人がまだこの家にいることがわかる！」

「兄貴、道人は、竈のなかに黒焦げになっているよ」

と応伯爵がいった。西門慶はきょとんと伯爵をみて、息をのんでいる。

「なに？……わしには、何が何だかさっぱりわからん。道人が竈の中に、黒焦げになっているって、それはどういう意味だ？」

「意味は、いま出ていったという韓道国をつかまえてからきくがいい」

「韓道国が……どうしたというのだ？　あいつが道人を焼き殺したとでもいうのか？」

「焼き殺したというより、殺しておいて、焼こうとしたらしい」

「どうして？」

「あの守銭奴は、道人の、兄貴からまきあげた金が欲しくなったのさ」

「金はのこっているよ」

「あっ……そうか。それじゃ、その金を失敬しようとしたが思わぬ意外事で計画に齟齬《そご》をきたして、とるものもとりあえず、雲をかすみと逐電《ちくでん》したのさ」

伯爵は穿廊《せんろう》にあがって簾をはねて部屋に入った。部屋には依然として、揺琴の屍骸がある。その屍骸にとりついて泣きわめいている彼女の子供たちのまわりを、一足さきに入った雪獅子がかけまわっているのを手で追って、応伯爵はさすがに暗然としてつぶやいた。

「おまけに、この子供たちまでのこしてね。……兄貴、韓道国はもくろみちがいであわてて逃げだしたのだ。放っておいてもきっといちどはまたもどってくるよ。あいつのことだ。のこした子供はともかく、いままで食うや食わずにためこんだ財物にひきもどされないでいるものか、……」

金蓮が、その子供たちの傍へうずくまって、そっとささやいた。

「ね、お前たち、お父さんが帰ってきたら、夜でもそっとあたしに知らせるんだよ。お金とお菓子をあげるからね。……」

ほかの妾たちは、蒼い顔でぼんやり八仙卓《はっせんたく》のまわりに坐っている。なかでひときわ嫌悪に蒼白く沈んだ眼を揺琴の屍骸にそそいで、ひとりでぐいぐいと茉莉花酒《まつりかしゅ》をあおっているのは、第三夫人の孟玉楼《もうぎょくろう》であった。

碧落之章

満天もえるような蒼空の下に蜘蛛のように手足をちぢめて韓道国《かんどうこく》は死んでいた。木の実のはじけたような眼をむいて、じっと懐から地上に溢れ出した馬蹄銀《ばていぎん》をにらみつけたまま。……恐ろしい銭鬼《せんき》の断末魔《だんまつま》の顔だった。

あの夜から五日目の朝——西門家の花園、翡翠軒《ひすいけん》のすぐちかくである。

「私はいつもどってきたのかしらないのだが、子供たちにきくと、真夜中——三更すぎに、どこからともなくあらわれて有金をふところへねじこんだり、のこりの目ぼしいものは、きょう手わけして子供たちにそっとこの家からもち出させ、城外の玉皇廟《ぎょくこうびょう》にあつまるようにといいつけて、四更のころにわかれたそうだが」

と、西門慶《せいもんけい》は、やってきた検死役人の何九叔《かきゅうしゅく》に説明していた。うずくまっていた応伯爵《おうはくしゃく》はそのとき、屍骸の額にはいのぼってきた黄金虫をぽんと指ではじきとばした。

「それが、ここに死んでいる」

と、何九はむずかしい顔をする。

「誰に殺されたのだろう?」

「自殺でしょう」

と応伯爵が顔をあげていった。が、何九ではなく、どこか宙をみているような眼つきであった。

「こんな男を殺して、三文の徳にもなる人間がここの家にいるわけがない。……殺された人間が、なにしろ、どう気がふれたか、じぶんの女房を殺し、恩人を殺した奴ですからな。誰に殺されたって、文句のつけようもない応報ですが、真相は前の罪を犯した場所にちかいここまできて、さすがに本心に天魔が魅入《みい》ってみずから毒をあおいだものでしょうて」

伯爵の眼くばせに、西門慶はあわてて、懐から馬蹄銀を一枚出して、何九叔の袖にくぐりこませた。事件は何が何やらさっぱりわからないが、とにかく家のなかから、こうつづけさまに死人が出て、面倒なことになるのが何より恐ろしいのである。

くすぐったいような顔をして、もじもじしている何九叔を応伯爵はまじめくさった眼で見つめて、

「何はともあれ、この死人は、その持金を冥土《めいど》までもってゆく値打のない奴で、そこの懐からみえている馬蹄銀も、当然お上のものでしょうな」

それからぶらぶら葡萄棚の方へあるいてきながら、にやりと笑った。

葡萄棚の下では、さっきまでこわごわと死骸をのぞいていた愛妾たちが、好奇心から遠

くにも去りかね、恐いことも恐く、黙々として、傀儡《かいらい》人形みたいに投壺《なげや》をしている。例によって潘金蓮《はんきんれん》だけが、石の長椅子の上に、右腕でものうげに頭をささえ、たらりとたれた左足のつまさきで、愛猫雪獅子をなぶっていた。息づまるほどエロチックなポーズであった。

応伯爵がその傍にそっと坐って投壺をみていると、金蓮が顔をあげて、

「応さん。……韓道国がなんで死んだかわかりまして？」

「さあ、私のみるところでは、あの死に様は、おそらく鴆毒《ちんどく》でしょうな」

「鴆毒だったら……口から血をはいているでしょう？」

「そんなものは、あとで誰か、ふきとるなり、なめるなりすれば……」

「まさか。あら、応さん、じゃあ応さんは、韓道国は誰かに殺されたのだとおっしゃいますの？」

「まあ、そうです。げんに韓道国の口のはたに、真っ白な猫の髯が一本くっついているのを私は見出しましたがね。白い猫でも血をなめたのかしらん。……もっとも私は、そんなことは何九さんにはいわない。てっきり女房と道人を殺したむくいで自殺したにちがいないといっておきましたがね。……可哀そうに、道人はともかく、女房の方は殺しもしないのに」

ひとりごとのような声だが、金蓮はむっくりと頭をもちあげて伯爵を見つめた。

「応さん、揺琴を殺したのは韓道国じゃないんですって？」

「左様。道人を殺したのは韓道国でしょうが、揺琴さんの方はあいつにとっても思いがけないことだったのではありますまいか。そうでなくては、道人を竈《かまど》に入れて灰にする企みをあれほど考えたあいつが、そのあとで、あんなにあわてふためいて逐電《ちくでん》するはずがない。……それからこのあいだ私は、韓道国は竈の千両がほしくて、道人を殺したといいましたがねえ。あれはすこしまちがっていたようです。あの千両は朝のうちに道人が鉛にすりかえていたのだし、よしそのことを知らなくっても、同時に錬金術がいかさまだということを韓道国は知らないはずですから、夜になって道人を殺し、屍骸を竈にいれるついでに馬《ば》蹄銀《ていぎん》をとり出すつもりであったとしても、もうその時刻にはその馬蹄銀は、銀とも九環丹ともつかない中途半端なものになりかかりつつある途中だということは知っているのだから、それをねらって、勘定高い韓道国があんな大それた人殺しをするわけがない。……」

「それじゃ、なぜ韓道国は道人を殺したのですの？」

「それが、まことに滑稽といってよろしいか、恐ろしいといってよろしいか。……」

応伯爵はじっと白い外光を見つめている。あくまであかるい空の外に女たちの投壺《なげや》に興ずる姿が、まるで幻影のようだった。伯爵の片頰にぴくぴくと苦笑とも痙攣《けいれん》ともつかぬ妙な表情がはしって、

「死人に口なし、むろんこれは私の想像ですが、……原因はいつかあなたがふとおっしゃった――もとの御主人、しかも命の大恩人とのおわかれだもの、お前も白絹の三匹くらいは御《ご》餞別《せんべつ》をあげなくっちゃ義理がわるい――という言葉、あれじゃなかったのかと私は思

うんですが……」

「えっ？」

「そこへ、宋鉄棍《そうてつこん》がいよいよ明朝旅立つことになった。白絹三匹！　そのお義理が韓道国の心腸を九廻させたのです。白絹三匹の餞別を出すのにたえられなくなって、あいつは、その夜のうちに、元の主人、命の大恩人を灰にしてしまう気になったのです。……まさに稀代の守銭奴、大吝嗇漢、いやいやそれより銭鬼とでもいった方がよろしかろう」

さすがの潘金蓮も啞然《あぜん》として声もない。しかし、あの、やせた四角な顔をした韓道国のおもかげには、決して応伯爵の想像を笑い出させないものがあった。

伯爵は、ささやくようにしゃべりつづける。

「韓道国は、鉄棍道人を灰にして、そしらぬ顔をしているつもりだった。ところがあの翡《ひ》翠軒《すいけん》のさわぎです。ちょうどよい機会だと、子供たちを見にゆかせたところだが、花火をあげたあたりから矢を射たものがあって、揺琴さんが殺されたというので、びっくり仰天。ひょっとしたら、そこらをうろつきまわって、西大人や私やあなたの問答を盗みぎきしたかもしれません。揺琴のことはともかく、道人を殺したことがばれそうになったとみて、あわてふためいて、遁走《とんそう》したものではありますまいか？」

「応さん」

と金蓮はようやく半身をおこした。眼が黒ぐろとひかって、

「それじゃ、いったい誰が矢で揺琴を……」

「それです。あの夜花園の向うでひろった弓——あの弦《つる》のまんなかあたりにもう一本むすびつけてあった弦はそもそも何だろう？　とあのとき私もふしぎでたまらなかったのですが、あの意味がわかりました。あれははじめから自動的に矢をはなつ仕掛だったのですね。弓を太湖《たいこ》石《せき》と梅の木でささえ、弦をひっぱって五六本の矢をつがえておく。弦をひっぱっている弦をきると矢がいちどにとんでいく。……」

「……なんのために、そんな仕掛を？」

「韓道国は、右腕をいつか西大人に折られて弓を射ることができません」

「ああ、なるほどねえ！」

「——と、いちじは思いましたが、右のしだいで下手人は韓道国ではなさそうです、第一、もし下手人が韓道国なら、あんな弓はどこかへかくしてしまっているでしょう。それより、あの弦をひっぱった弦がやけ切れていたところを見ると、それは花火の玉を爆発させる火縄にふれるようになっていて、夜のことではあるし、花火をあげた当人も、あそこから矢が発射されたことに気がつかなかったのではないか。……」

金蓮はついに全身を椅子からおこして地に立った。

伯爵は依然として投壺《なげや》の方をみている。

「だからあの矢がばらばらとでたらめであったのも道理です。簾《すだれ》をしらべてみましたが、いったい誰を狙ったのやらわからない。のみならず簾をしらべてみると、……簾をつらぬいた穴はたった二つだけ、しかもその二つは、揺琴の方へとんでゆくには、およそ方角ちがいの場所にあいてましたよ」

「……それは、どういう意味なの？」

「だから、あの矢は……揺琴さんを射た矢は、花園からとんできた、とみせかけるためだけの目的で、……実際はあの背なかにつき刺さっていた矢は、簾の向う側、部屋のなかから出たもので」

「まあ。……」

ひくいさけびだったが、その異様なひびきは、投壺をあそぶ女たちの耳を打ったのだろう、矢をつかんだまま孟玉楼《もうぎょくろう》がふりかえった。

「金蓮さん、どうかなすって？」

「いやいや、なんでもありません。あなたが、あまり投壺がうまいので。……いまのはたしか竜首《りゅうしゅ》でしたな」

と応伯爵が笑う。孟玉楼はにっこりして、またさっと矢をなげた。矢は向うの壺の耳にはっしと入った。金蓮はそれをみて、また伯爵をみた。恐怖に満ちた眼だ。

「それじゃ応さん。……あのとき、翡翠軒の簾の内側にいたのは、あの孟玉楼さんだったけれど……」

「それから、あなたと」

と、応伯爵はつけ加える。

「あたしは投壺は下手ですわ」

「しかし、あなたは揺琴さんの傍にいた」

「応さん」

潘金蓮はきっとなった。両眼が黒い炎となった。

「では、あなたは、あたしが揺琴さんの背なかに矢をつきたてたとでもおっしゃるの？」

「左様」

応伯爵はかすかにうなずく。じっと見つめている潘金蓮の片頬に微笑の翳《かげ》がそよいだ。

「応さん、あなたは簾の外側にいらしたから、御覧になったかどうかわかりませんけれど、きっとみていた人もあると思いますわ。いいえ、孟玉楼さんがみていたはずです。外からとんできた矢が簾にあたったとき、あたしは椅子から五歩か六歩か、あるき出していました。ふりかえって、はじめて揺琴さんが、なんともいえない妙な顔をしてこちらをみているのに気がついたのですわ。もしあたしが椅子をたつとき揺琴さんの背に矢をつきたてたのなら、あのひとがその瞬間に、あっとか、きゃっとか悲鳴をあげたはずですわ。たおれるまで相当時間があったのですから、何かきっと叫んだにちがいありませんわ。……」

「いやいや、金蓮さん。……部屋のなかで矢に刺し殺されたとみるのも、実はそうじゃないのでね。……ほんとの原因はあの茹で卵にあったのですよ」

「茹で卵……ああ、あの揺琴さんが口から出した卵。あれにあたしが毒でもしこんでいたとおっしゃるの？」

潘金蓮はついに声をたてて笑った。

「雪獅子がたべていましたわね。その卵をたべて、この猫はそののち平気でかけまわっていましたわね。……」

「卵の毒は、その質のなかにではなく、その形にあったのです。どこで、このような恐ろしい、すばらしい着想を得られたのか、おそらく……いつか、あなたが葡萄棚につるされて西大人に途方もない悪戯をされたときではありませんかな」

「なにをおっしゃってるの？」

「つまり、簾《すだれ》の外の花火に、孟玉楼さんと揺琴さんが気をとられて、口をあけた一瞬に……あっというまに揺琴さんの口のなかにまるの茹で卵をおしこんで、そのまま、つ、つと歩き出したわけでしょうな。穿廊《せんろう》には十人ちかくの人間がいたが、これもむろん花園の方をみていたろうし、よし二人や三人、部屋の方をみていた人間があっても、花火のあがった瞬間は、外の方があかるくて、内の方が暗くなるから、簾ごしにそれをみたものはひとりもなかった。……」

金蓮はだまりこんだ。真夏の碧落《へきらく》の下に、うなだれたその顔が薄暮のように蒼味をおびていった。

「揺琴さんが声も出なかったのもむべなるかな、白い、まるい、なめらかな茹で卵がつるりとすべりこんで、のどにつまっている。声どころか息も出ない。なんという美しい、物凄い人殺しでしょう。あとであなたは、その茹で卵をぼろぼろにつきくだいてしまわれたが、揺琴さんが死んだのは、のどがつまって死んだのです。……あの矢は、かけつけたあなたが、八仙卓《はっせんたく》のかげにでもしのばせてあった矢をいきなり背につきたてて、とどめをさしたものにすぎないのです」

「………」

「あなたは、むろん道人を下手人にみせかけるつもりであった。道人が、うしろ暗いかさま師だということを私とあなたに知られていて、そんなさわぎが起れば、一目散に遁走《とんそう》するか、或はつかまっても、堂々といいのがれができない弱味があることを御存知だった。……ところが、その道人が殺されて、韓道国がその役をつとめていたと知って、そのおどろきはいかばかりであったか」

「………」

「だから、舞いもどってきた韓道国がまたつかまって妙なことを白状などしないうちに、けさ暗い庭のあそこでひきとめて、もっともらしい口実で、はやいところ一服盛ってしまったのでしょう。口から出た血は雪獅子《ゆきじし》になめさせた。あの白い猫のひげはそのなごりです」

潘金蓮は顔をあげた。片頬に彫られた、とろりと甘い、凄絶なえくぼをみて、かえって伯爵の方がまばたきした。

「……よくわかったわねえ、応さん」

「しかし、金蓮さん、弱味のあるのは道人以上に韓道国なのだから、放っておいてもよかったのに、なぜ韓道国を殺してしまったのです？……いまいったような私の推量は、実をいうと、あの猫のひげ一本から、逆にできたものなのに、どうしてそんなことを……」

「応さん、韓道国はさっきあなたのおっしゃったように、弓がひけませんわ。そのことをいつか誰か気がつくにちがいありませんわ。しかも、そのとき、あたしが、あの弓の弦と火縄のからくりを、口にするわけにはゆかないじゃありませんか？」

「あっ、それは、そうですねえ！」

「だから、めんどうなことになると、うるさいから」

潘金蓮はにっと笑った。童女のようにあどけない笑顔である。これが李一個のうらみで心《しん》あれほど七面倒な犯罪をたくらみぬいた女の笑いであった。そして、さすがの応伯爵の猿《えん》の舌をふるわせ、しびれさせる、稀代の大淫婦の媚笑《びしょう》であった。

「それで応さん、なにもかも、旦那さまに、おっしゃるつもり？」

「……とんでもない。それくらいだったら、さっき何九さんにしらばっくれたりしますものか。兄貴にばらせば、道人から半分まきあげた銀子を、吐き出さなきゃなりませんしねえ」

といったが応伯爵は、それだけの理由で黙っているのではないことを自分で知っている。彼はどんなことがあっても、この金蓮だけは、しばることができなかった。それにつけても。……

「韓道国はえらい。……さすがのあなたも結局、あいつだけには敗けたということになったような気がしますな」

「ほんとに、にくらしい。……あれは人間じゃないわ」

と潘金蓮は、花園の向うの韓道国の死骸のある方をふりむいて、けらけらと美しい鐘のなりひびくような声で笑った。ほかからみれば、どんな面白い話をしているかと思われたろう。

蒼い蒼い空の下で、投壺をめぐる女たちの舞踏を、ぼんやりみつめながら、

「私は、また人間すぎて……」

と応伯爵はつぶやいた。

その手を、春の葱《ねぎ》のようにしっとりと潤《うるお》った金蓮の手が——つい先日、美しい、恐しい死の卵をつかんだ手が——やんわりととらえにきた。

麝香姫

霹靂《へきれき》之章

或《あ》る初秋《しょしゅう》の午後、日のひかりに白金《はっきん》のようにかがやいている西門家《せいもんけ》の門を、あんまり縁起のよくないものが二つ、とぼとぼと入っていった。

一つは新しい柩《ひつぎ》だが、もう一つは人間で、西門慶《せいもんけい》の親友の応伯爵《おうはくしゃく》、この男を縁起のよくないというのは、きょうも、ほとほと債鬼《さいき》にせめはたかれて、なんとか西門慶から百両あまり借り出したいという目的でやってきたからだ。

「はてな」

と、応伯爵は、数人の人夫にかつがれて、さきに入っていった柩を見送って眉をひそめた。

「もう棺桶《かんおけ》の用意をするとは、李瓶児《りへいじ》さんよほど悪いらしい。可哀そうに。……それにしても、あの柩は、どうみたところでも、三百五十両から四百両はするな。ああ、もったいないことだ」

李瓶児というのは、西門慶の第六夫人で、この夏の終りごろから重病の枕もあがらない女である。支那では、まだ病人が生きているうちに、立派な棺桶をつくってみせてやり、安心させてやる風習であるが、その紅い絨毯《じゅうたん》につつまれた柩も、幅三尺、長さ七尺五寸の、みごとな楸材《ひさぎざい》のものであった。

「ああ、わしも死にたい。首でもくくりたい。わしが死んでも……しかし、あんな立派な棺桶は要らん。もっとも、どこのどいつも、あんな棺桶をつくってはくれまいが……毛無し野郎の糞《くそ》坊主へのお布施《ふせ》も要らん。ただ、生きているうちに、香奠《こうでん》をくれないかな。たった百両でいいのだがな。……」

応伯爵は憮然《ぶぜん》としてつぶやく。西門慶は伯爵が大好きで、また太ッ腹な男であるが、一方で、大金持だけあって、なかなか金にうるさいところがあって、いままで借金の上にも借金をかさねてきた応伯爵もさすがにまたねだるのが気がひける。気がひけるどころか、図々しい半面、存外はにかみ屋でもある応伯爵は、考えるだけでも口が膠《にかわ》のようにひらきにくい。

鬱陶《うっとう》しい顔で大広間に通ると、ここはまた、棺桶をはこびこまれた家ともみえないくらい、例によって例のごとく陽気でにぎやかである。尤《もっと》も、主の西門慶には、李瓶児のほかに第一夫人の呉月娘《ごげつじょう》、第二夫人の李嬌児《りきょうじ》、第三夫人の孟玉楼《もうぎょくろう》、第四夫人の孫雪娥《そんせつが》、第五夫人の潘金蓮《はんきんれん》という百花撩乱《りょうらん》ぶりだから、それもむりはないかもしれない。

「いよう、伯爵か、いやにふさいでいるが、お金の話はごめんだぜ」

と、それらの夫人にかこまれた西門慶は、赤い顔でにやにや笑いながら、盃をさし出す。

「李瓶児が思わしくなくなってな。気鬱《きうつ》ばらしに、時ならぬ花見の宴としゃれている。まあ坐《すわ》ってつきあってくれ」

「花見？」

と、ぬけめなく先手をうたれた応伯爵は苦笑して、

「みたところ庭に花らしい花もみえないようだが、花は奥さん方か」

「ばかをいえ。この匂《にお》いがわからないか」

「あ、なるほど」

そういわれて、鼻をぴくつかせるまでもなく、あたりの空気を、色なく染めて、むせかえるような甘い薫《かお》り。——眼をもういちど庭になげると、窓のすぐ外に枝をさしかわす金《きん》木犀《もくせい》と銀木犀《ぎんもくせい》の細かい花が、それこそ黄金と白銀の粒を盛ったようにひかりつつ秋風にしずもっている。

「しかし、ながく嗅《か》いでいると、胸がわるくなるような匂いだな。わたしには、やっぱり、御婦人方の匂いの方がいいね」

と、応伯爵はわざと鼻をくんくん鳴らして傍の孟玉楼の袖《そで》に顔をこすりつける。

「はははは、伯爵、お前に女の匂いがわかるか」

「わかるともさ、いつかもいったように、李嬌児さんには芙蓉《ふよう》の匂いがし、いま御病気の李瓶児さんには百合《ゆり》の香がし、この玉楼さんには……さて、なにかな、もういちどよく嗅がせて——」

「いけすかない、応さん」

と、孟玉楼は袖で伯爵の顔をはらりとたたいて、つんと向うへにげた。

「こいつ、まるで犬のような奴《やつ》だな」

「左様、犬は一里もさきから牝犬の匂いを嗅ぎつけるし、虫は花の薫りをしたって、十里の向うからとんでくる。まず女の香をかぎわけるぐらいの能がなくって、どうして色の道を語れるものか。わたしなんぞ、好きな女の匂いに似た匂いなら、かいだだけでもうむらむらしてくるて」

「おや、伯爵、きょうはいやに鼻息があらいな。しかし、これはなるほど語るに足りる。わしもな、女の肌の匂いについては、いろいろ好ききらいもあり、またそれを嗅ぎわける能にかけては、また人後におちん方だとうぬぼれているが……」

と、こういう話になると稀代《きたい》の大好色漢だけに、西門慶は大恐悦で、舌なめずりして膝《ひざ》をのり出し、

「それで、伯爵、芙蓉の香りとか、百合の匂いとかいったが、おまえ、女のどんな匂いが好きだね？」

「わたし？……わたしは……さあ」

と、応伯爵はちょっと考えて、にやりと一方にながし眼をやって、

「わたしは、麝香《じゃこう》の匂い。麝香の体臭をもつ御婦人」

西門慶はすぐ傍の第五夫人潘金蓮をちらりとみる。鬢《びん》のみえるまで銀糸で黒髪をたくし

あげた金蓮は、さっきからだまって、頬杖《ほおづえ》をついたまま、舌の上に蓮《はす》の実をのせて、嚙《か》むでもなく、吐くでもなく、もてあそんでいた。深沈たるあどけなさ、清純なる妖艶《ようえん》さとでも形容すべき絶世の美女である。道楽者の応伯爵が、少なからずいかれているのもむりはない。

「金蓮か」

と、西門慶は不安と会心の笑みのいりまじった表情で応伯爵をながめたが、ふとなにやら遠くを見つめるような眼つきになって、

「なるほど、麝香の匂いをもつ女――」

「あにきもそうかい？」

「伯爵」

西門慶の両眼はみるみる生き生きとかがやいてきて、

「おまえは、麝香の体臭をもつ女といえば金蓮しか知らないのか」

「ほほう、ほかにもどなたかござるかね？」

「あるともあるとも、おまえも知ってる女でな、金蓮はいかにも麝香の体臭をもっているようだが弱い、弱い。まず麝香鼠《じゃこうねずみ》くらいなものだ。そこへゆくと、あの女はすばらしい。正真正銘、雲南の麝香鹿《じか》の香嚢《こうぶくろ》を子宮の奥にもっているのじゃないかと思われるくらいだ。むわしはあの香をかぐと、息がはずんで、下腹のあたりが充血してくるような気がする。むかし楊貴妃《ようきひ》の汗は、この世のものならぬふくいくたる香気をもっていたそうだが、あの女

も、たしかにその点魔性だね。……」

「おい、ひとりで、うれしがっているが、その女はいったい誰だい？　え、西大人」

「李桂姐《りけいそ》だ」

「李桂姐、李姐《ねえ》さんなら知っているが、はてな」

李桂姐とは、清河県《せいかけん》の花街随一の名花で精力絶倫の西門慶の寵妓《ちょうぎ》である。西門慶はにたにた思い出し笑いをして、

「それは、おまえなんぞ知るまい。李桂姐が麝香の匂いを放つのは、ただあれが月のもの前後の数日にかぎるんだ。そのとき、あいつは、いつも奥ふかくひきこもって、ふつうの客のまえに姿をあらわさないからな」

そのとき、大広間の扉《とびら》がひらいて、ひとりの女が入ってきた。五色の肩かけに金雀色《ひわいろ》の裙子《クンツ》をつけ、蓮歩楚々《れんぽそそ》というより、泳ぐようによろめきつつ歩んでくる。七尺の距離で、みんな鼻孔にむせぶような麝香の香がからまってきた。息がつまるばかり仇《あだ》っぽい、熟《う》れきった、瓜《うり》ざね顔の美人であった。

「噂《うわさ》をすれば影とやらだが、これは珍客だな」

と、応伯爵が眼を皿《さら》のようにしてつぶやく、西門慶もめんくらって、犀《さい》の皮椅子《かわいす》から立ちあがった。

「李桂姐！……ど、どうして、ここへ？」

李桂姐の色を失った唇《くちびる》はわなないて、しばらく声にならなかった。やっと胸の動悸《どうき》をお

さえていった。

「旦那《だんな》さま、武松《ぶしょう》が町にかえってきました」

香合之章

一同の顔色がさっと変った。青天霹靂《せいてんへきれき》とはこのことである。なかでも総身水をあびたようになったのは、主の西門慶で、

「な、なにい？　武松がかえってきたと？　いつ、どこでみた？」

「おひるすぎ、紫石街《しせきがい》で王婆《おうば》がみかけたそうです。なんでも武松さんは墨染の衣に数珠《じゅず》を首にかけ、大きな戒刀を二本腰に吊《つ》った行者の装いに化けていたそうですけれど、身の丈八尺のあのひとをみまちがえるはずがないと、王婆が蒼《あお》くなってとんできましたわ」

「ううむ、それで、保甲《ほこう》には知らせたのか」

「早速人をやって、知らせましたけれど、相手が武松さんですから、おじけをふるって知らない顔をしています。それにこのまえの騒動の罰は、一百の刑杖《けいじょう》とその後の恩赦ですんでいるから、また新しい罪を犯したのならともかく、何もしないものをとらえることはできないと。――」

「武松め、なにしにこの清河県にまいもどってきたのだろう？」

保甲とは、自治警察官のことである。

さて武松という男が町に帰ってきたときいて、たちまち西門慶がふるえあがったのもむりはない。それにはつぎのようなわけがある。

第五夫人の潘金蓮は、数年前しがない町の餅売《もちう》りの武大《ぶだい》という男の女房だった。春の或《あ》る日、彼女が竿《さお》で戸口の簾《れん》を下ろそうとしていると、ふと竿が、手からはなれて、たまたま往来を通りかかった貴公子の頭にたおれかかった。これが西門慶で、ふたりの縁がむすびついたはじまりである。なにしろ稀代の妖婦《ようふ》と色男、となりの茶店の王婆の手びきで、たちまちただならぬ仲となったが、ここまでは町の人々の面白おかしい話題となった。ところが、十数日ののち、金蓮の夫の武大が、一夜のうちに九穴から血をながして悶死《もんし》してしまったわけは誰も知らない。ただ西門慶が検屍《けんし》役人の何九叔《かきゅうしゅく》に少なからぬ銀子をひそかに贈ったという噂《うわさ》はながれている。

武松はこの武大の弟である。しかも、三寸丁《ずんおとこ》とあだ名をつけられた兄とはうってかわった八尺の大男、身軀《しんく》凜々《りんりん》、相貌堂々《そうぼうどうどう》、眼は寒夜の星のごとく、眉は漆《うるし》のごとく、斗酒なお辞せず、荒獅子《あらじし》のごときあばれん坊である。曾《かつ》てちかくの景陽岡《けいようこう》で、額の白い大虎《おおとら》を素手でなぐり殺したその豪勇を買われて清河県のとなりの陽穀県《ようこくけん》で巡捕《じゅんぽ》の都頭《ととう》となった。

兄が変死をとげたとき、彼は官命で都の開封《かいほう》へ出張していて留守だったが、やがて帰ってきて、兄の死と町の噂をきくや、果して怒髪天をついて、たまたま獅子街の橋畔の酒楼で、役人の李外伝《りがいでん》と一ぱいやっていた西門慶のところへおどりこんだ。西門慶は窓からにげ出して、あやうく難をのがれたが、そのときの恐怖は生涯《しょうがい》夢魔となってつきまといそうなくらいである。とばっちりをうけて李外伝がなぐり殺され、酒楼は暴風のふきすぎたように荒らされ、そして武松は保甲の群にとらえられた。

このときも、西門慶は知県に莫大《ばくだい》な贈物をしたといわれているが、とにかく、武松が訴える嫂《あによめ》の密通や兄の毒殺は根も葉もないことだという判決が下され、武松は一百の棒を背に加えられたのち、頸《くび》に七斤半の鉄枷《てつかせ》をはめられ、遠く孟州《もうしゅう》の牢城《ろうじょう》に送られた。

その豪傑が、最近、徽宗《きそう》皇帝が東宮をたてたので恩赦になったときいて、びくびくしていたが、さていよいよ町へもどってきたとなると、西門慶たるもの震駭《しんがい》せざるを得ない。お上の方では「武松がもういちど罪を犯したのならともかく」といっているそうだが、その新しい罪というのが、西門慶の殺されることであるかもしれないのだ。そして、李桂姐《りけいそ》があたふたととんできたのもこれまたむりからぬことで、このいまは西門慶の寵妓である彼女は、武松が都頭をしていたころ、彼の愛人だったのである。

「ううむ。これは当分、わしは町へ出られないな」

「あたしは……旦那さま、あたしはどうしたらいいのでしょう？」

おろおろしている二人に、横からおちついた声がかかった。

「李姐さんもこの屋敷にいらしたらいいじゃありませんか。この屋敷なら奉公人も多いし、乱暴者が奥へ入ってくるまでには、いくつか門があるし、大丈夫だと思いますわ」

潘金蓮である。応伯爵はふりむいて、舌をまいた。ひとごとのようなせりふであり、顔色である。しかし、武松がいちばん狙《ねら》っているのは、李桂姐よりも西門慶よりも、潘金蓮かもしれない——どころか、感情としてはそれにきまっているのだ。

金蓮は、ものうげに卓に頰杖をついたまま、

「武松は嵐《あらし》のような男です。嵐は、空と風次第。こちらが屋根と壁をせいぜい丈夫に守った以上は、どうすることもできやしません。それに、人間、死ぬときはどうしたって死ぬのです」

にこりとして、

「それより、いつ死のうと心のこりのないように、この世をたのしみぬいた方が賢いんじゃありません？……だから、旦那さま、いま旦那さまは、あたしたち女にとってききずてならないことをおっしゃった。それがほんとか、どうか、ちょうど李姐さんもいらしたことだし、香合せでもして遊んでごらんにならない？」

「な、なんのことだ？」

「さっきからきいていれば、やれどの女の匂いがいちばん好きだの、やれ百合の香だの、芙蓉の香だの、みんな嗅ぎわけることができるだの、ばかなことおっしゃって、ほんとにいい気なものだと思うわ。ねえ、みなさん？」

この女には、生命の危険よりも、おのれの魅力の問題の方が気にかかるとみえる。しかし、これはなにも金蓮にかぎったことではなく、女というものぜんぶがそうらしく、まして、肌の匂いについてはまったく無視されたほかの愛妾《あいしょう》たちも心おだやかでなかったとみえて、金蓮にふりむかれて、たちまち、がやがやと私語し、うなずき合いはじめる。

「そうよ、そうよ、肌の香りなんて、どの女だってそんなに変りはないわ」

「だから、旦那さま、ほんとに女の肌の匂いだけ嗅いで、それが誰かわかるかどうか、お部屋をまっ暗にして、いちど嗅ぎわけてごらんなさいな」

「それは、面白いな」

と、応伯爵が手をうち、西門慶もちょっと眼をかがやかせたが、すぐ、がっくりと首をたれ、溜息《ためいき》をついて、

「待て待て、武松の方をなんとか手をうたなければ、とても、それどころではないわい。……」

——その西門慶が、金蓮のいい出した奇怪な遊戯を実演してみようという気になったのは、それから二日目の夜のことである。

それには、もともと彼が、そんな破格な遊びが大好きな下地があるのに加えて、ひるま役人の何九が、人骨を百八ッの玉とした数珠を頸にかけた行者武松はけさはやく町の門を出て、東北の済州梁山泊《さいしゆうりようざんぱく》の方角へあるいていったという報告をきいて、ほっと胸をなでおろしたからである。それに、月経のあいだだけ麝香の匂いを放つといわれる例の李桂姐が、いまちょうどその時期で、それをにがすと、また一ト月待たなくてはならないからだ。

中秋名月とは約一ト月おくれたが、やはり美しい満月の夜だった。それときいて、もとより応伯爵は、舌なめずりしてとんできたが、かんじんの部屋からはしめ出されてしまった。場所は、花園の中にたてられた玩花楼《がんかろう》の広間だが、もとより女の香合せは、あたら月

光を扉でさえぎった闇中で行われるのに、とくに金蓮の提案で、女たちは香を焚《た》きしめた衣服をぬぎ去り、肌を洗って全裸体になるのだから、いかに眼にみえないとはいえ、道楽者の応伯爵など、危なくってとうてい入れさせることなどできるものではない。で、彼は不平満々として、母屋の一室で、酒をのんで待っている。

「……旦那さま、もうよくってよ」

玩花楼の二階は、質草のうちで、とくに高価な書画や骨董《こっとう》や、南京《ナンキン》の五色緞子《どんす》などを入れた部屋になっていて、豪華なそれらの財宝をみまわしながら、これまたにやにやと盃をかたむけていた西門慶は、女のひとりが下からそう呼んだ声に、酔歩《すいほ》蹣跚《まんさん》として階段を下りていった。

「玉楼……雪娥……李嬌児」

呼んでみたが、もとより返事はない。

「李桂姐……潘金蓮！」

どこやらで、誰か、くすっと忍び笑いをしたが、あとはそれっきり、しーんとなった。階段をおりたところで、西門慶はしたたか足を何かにぶっつけた。それが先日運びこませて、一応ここへ置いてある李瓶児のための柩だとはすぐわかったが、それもちらっと頭の一隅をかすめただけである。

広間はもとより闇黒である。そのうばたまの闇《やみ》のなかに、正夫人の呉月娘をのぞいた五人の美女が雪白の裸身を、或《あ》いはたたずませ、或いはうずくまり、とくに金蓮などは闇中をいことに、どんないたずらっぽい、淫《みだ》らな姿態をしているかもしれたものではないと思うと、すべて、それらの肉体のすみずみまで知っているはずの妾《めかけ》たちながら、西門慶にも、それは胸がどきどきしてくるような、一種異様な魅力であった。

芳夢之章

漆をぬりこめたような闇のなかを、鼻をぴくつかせながら、西門慶はさまよいあるく。香《こう》ばしい肌の匂いと甘い女の息の薫りを求めて。——

彼は絶対に女の身体に手をふれることはできないことになっている。もちろん彼には何にもみえないけれど、彼の跫音《あしおと》をきいて、女たちが身をひくわけだが、ただそのまえに主がやってきたとき、女たちは、はあっと彼に息をはきかけるのだ。すると西門慶は「青い小盒《こばこ》は潘金蓮に」といった風に指摘してから、右手の小盒をその女にわたすのである。

彼はあらかじめ右手に青い盒、左手に赤い盒、右の袖に黒い盒、左の袖に白い盒、懐に紫の盒をもっている。それぞれの中に、紅玉《こうぎょく》、真珠、瑪瑙《めのう》、猫睛石《びょうせいせき》、孔雀石《くじゃくいし》が入っているが、妾たちはどれがどの色の盒に入っているかは知らない。とにかく、そのときわたされた宝石は彼女らにくれることになっている。宝石のねうちにそれぞれ差があるわけだが、それがわからないから、人情として、誰もがじぶんに手渡された小盒の中に、いちばん高価な宝石が入っているような気がするだろうから、盒をとりかえるおそれはない。

「うむ……なるほど芙蓉の香がする。おまえは李嬌児だな。それ、赤い小盒は李嬌児に」

と、西門慶は、闇のなかに左手の盒をわたした。むれるような、ゆたかに甘い香りがもやもやと彼の顔をつつみ、やがてその女はしりぞいてゆく。

「はて、これは誰だろう？……丁子《ちょうじ》の匂い。……ふうむ、さて……ああ、わかったぞ、これは孟玉楼だろう？」

あいた左手を思わずつき出すと、掌《てのひら》がくりっと隆起した乳房にふれた。右手の青い小盒をその女にわたして、笑いながら西門慶はなお歩きまわる。

次に彼は、かすかに肉桂《にっけい》のような匂いをはなっている孫雪娥とおぼしき女に、左の袖からとり出した白い盒をあたえた。あとにのこったのは、潘金蓮と、李桂姐である。

麝香のかおりを求めて、西門慶は歩いた。ときどきたちどまって、鼻をぴくぴくさせる。

——とそのとき、花園の彼方で、遠く鏘然《しょうぜん》とまるで鉄の棒が石甃《いしだたみ》に鳴るような音がした。

はっとして西門慶は顔をあげたが、音はそれっきりきこえない。

ぷーんと、すぐちかくで濃い麝香の匂いがした。西門慶は歩みよった。

「李桂姐」

そう呼んだとき、また石甃にあの物音がした。だいぶちかくなっている。

「旦那さま。……」

と、不安そうにすぐ傍で声がきこえた。いかにも李桂姐の声である。しかし今夜は女の誰もが声をたててはならないことになっているのに。……

「あたし……ちょっと、ここを出てはいけませんでしょうか？」

「どこへ？」

「あの、……おなかが痛いんです。さっきから、しぶるような気がして、一生懸命がまんしていたんですけれど。……」

「待て。――あの音はなんだ？」

すぐ玩花楼のちかくで、また鉄と石の相搏《あいう》つひびきがきこえる。のみならず、こんどはあきらかに何者かの跫音《あしおと》がまじってきこえた。

「旦那さま！ひょっとすると……」

扉の方で、恐怖にしめつけられるような声をなげたのは潘金蓮だ。

「――武松かもしれません。……」

「なんだと？ 武松が！」

傭人の注進も犬の吠《ほ》え声もなかったが、あの鬼神のような武松なら、ひとにらみで犬も人も気死させてしまうかもしれない。西門慶は恐怖のために麻痺《まひ》したようになってしまった。

扉が鳴った。誰かが外側から押しているようである。

「だ、旦那さま……はやく、李姐さんもはやくかくれて！」

「金蓮。――ど、どこへ？」

「どこかへ――はやく、あの柩の中へでも！」

そのとき、気絶したように、腕のなかへ李桂姐がたおれてきた。それをひっさらうように、西門慶は、それこそ闇雲《やみくも》に階段の下へよろめきはしる。

扉の内側にかけた閂《かんぬき》がはじけとんだ。凄《すさま》じい怪力である。その一瞬、柩のなかに李桂姐とともに身をなげこんだ西門慶は、はたと蓋《ふた》をとじてしまった。危急のさいには、人間は不可思議な能力を発揮するものといわれるが、よくそれだけのことができたものと、のちのちまでも西門慶は、それをふりかえってわれながらぞっとしたことである。

だから、それ以後のことは、柩の中の西門慶にはみえなかったが、ほかの妾たちは、扉が八双にひらいて、ぱっとながれ入る月光のなかに、いったい何をみてどうしたのか。まるで妖光《ようこう》に吸いよせられる黒い蛾《が》のようにすぐ内側からおよぎ出していった潘金蓮の姿をみた。

「ああっ……ゆるして――武松！」

凄じい金蓮の悲鳴と鉄杖の音がきこえた。光はこちらまでとどかなかったが、恐ろしさのあまり三人の女はひしと両掌《りょうて》で顔を覆った。

金蓮の悲鳴がはたと絶えたので、おそるおそる顔をあげたとたん、妾たちは、ひらかれた扉の青い炎のような月を背に、ぬッくとつっ立った凄じい姿を見たのである。何やら頭《ず》巾《きん》か衣のようなものを頭からかぶっているが、たしかに片手に巨大な鉄棒をもった、身の丈八尺にあまる巨漢の姿を。

「西門慶……にげるなよ！」

おし殺した牡牛のような声がきこえた。くらんだ妾たちの眼に、一瞬に青い光とその姿はきえた。扉がふたたびとじられ、広間が闇黒にもどったのだ。

しかし、その人間は入ってきた。闇のなかに、世のつねならぬ重量感のある跫音と、あの物凄い鉄棒の床をうつひびきが、どっし、どっしと歩いてくる。

彼はときどき立ちどまった。妾たちの姿はまだ発見しないようである。だから棺桶の存在もみえなかったのか、わかってもまさかそのなかに生きている人間が二人も入っているとは気がつかなかったのか、やがて鉄杖をひきずりつつ、階段を上っていった。

妾たちは石の像みたいに立ちすくんだまま、その隙《すき》に逃げ出すことも忘れている。いや、忘れているわけではないが、物音をきいて、すぐに武松が飆風《ひょうふう》のように二階からかけおりてきそうなのと、だいいち、腰がぬけたようになって、身体が恐怖に金縛りになっていたのだ。

武松は二階で何をしているのだろう？……一瞬が一刻にも思われる。髪の毛の逆立つ思いとはこのことである。が、三人の妾たちより、その数十倍も、言語に絶する苦悶《くもん》を味わっているのは、もとより柩中の西門慶と李桂姐であった。

苦悶は、いまにこの蓋をあけられはしないかという、骨から脂のにじみ出るような生命の恐怖からばかりではない。なんといっても屍体ひとつを入れるに足りる柩の中である。そこへ、西門慶は、李桂姐を抱きかかえたまま、仰むけにころがりこんでいたのだ。上と下と、ぴったり重なったまま、それっきりふたりは身うごきひとつできなくなってしまったのだ。文字通り、息のつまる苦悶であった。

四本の足は縄《なわ》のようによじれ合い、大きく起伏する美妓の乳房が西門慶の胸毛をおしつぶし、つき出した彼の顎《あご》は、ひらいた女の口にくいいって、はっはっとはげしい息が、濃い霧のように彼の鼻孔をつつむ。まさに窒息しそうな麝香《じゃこう》の芳香であった。——ふっと恐怖に麻痺した西門慶の脳髄を、苦痛の快感、ともいうべき異様な陶酔がひたした。

が、それもほんのしばらくのことである。まもなく、李桂姐は、汗ばんだはだかの体を、こすりつけるようにして、奇妙に蠕動《ぜんどう》させ波うたせはじめた。

「旦那さま。……」

「——しっ」

「あたし、……切なくって……切なくって……」

「——しっ」

死物狂いの西門慶の叱咤《しった》に、彼女は歯をくいしばった。けれど、喘《あえ》ぎが舌を吐かせた。涙をこぼした。全身が汗をにじみ出させた。そして、ついに、口ではないところから、声が——いや、異様な音があふれはじめた。

「——しっ」

西門慶は必死だ。が、あふれ出すのは、音ばかりではない。熱い、粘稠《ねんちゅう》な液体のようなものだ。それは上の女から下の彼へ、したたり、ながれ、ひたしてゆく。そして、柩の中には麝香と、それからもうひとつの濃厚な薫りがとけあい、密雲のように満ちていった。

「ああ……あああ！」

ほとんど女は、法悦にちかいうめきをあげた。瀉泄《しゃせつ》の快感はいずれの個所もおなじであるが、とくにこの場合は、生命《いのち》にかかわるものだけに、李桂姐がわれをわすれて、欲望放出のさけびをもらしたのもむりはない。

しかし、西門慶は、もはや叱責の声すらでない。悲鳴もでなければ、嘔吐《おうと》もできない、膠《にかわ》のように抱きあったまま、李桂姐は、あとからあとから、かぎりなく排泄《はいせつ》しつづける。そして、せまい柩の中の空間を、芳烈な麝香と糞汁《ふんじゅう》の悪臭が、濃厚微妙にまじりあいつつ、しだいにふたりを、まるで花氷のようにつつみ、凝固してゆくのだった。……

満月之章

それだから西門慶は、いつ武松が二階にのぼり、広間に降りてきたのか知らず、まして、いつ玩花楼を去ったのか、半失神状態のうちに知る由もなかった。いや、ほかの妾たちにも、恐怖のあまり、武松がとどまっていた時間がどれほどであったか、はっきりとわからなかったくらいである。

彼女らには、ほとんど数更のあいだと思われたが、あとできいてみると、西門慶が李桂姐の前にたったころから、なんとなく胸さわぎをかんじたといって母屋から応伯爵がかけつけてきてくれたときまでにも、一点（約半時間）足らずであったらしい。

ともかく、ふしぎにも魔人武松は、何事もなすことなく立ち去った。かんじんの西門慶と李桂姐をさがしあぐねたくらいだから、他の妾たちもついに眼中に入らなかったものと思われる。さらに奇蹟《きせき》的に倖《しあわ》せだったのは、玩花楼の扉の外にたたきつけられた妖婦潘金蓮が、ただたたきつけられて二、三箇所打身とかすり傷をつくったくらいで、生命がたすかったことで、武松は或いは西門慶退治ののち、ゆっくりと金蓮を料理するつもりであったのが、かけつけてきた応伯爵の跫音《あしおと》でもきいて、いちはやく退散したのかもしれない。

もっと不思議千万だったのは、金蓮はもとより、ほかの三人の妾たちも、はっきりとあの八尺にあまる巨大な黒影を目撃し、あの凄じい鉄杖のひびきと、「西門慶。……にげるなよ！」という牡牛みたいな咆《ほ》え声をきいたことはたしかだというのに、宏大な西門家の幾重もの門の番人や奉公人のなかに、誰ひとりとしてその姿をみたものがないということであったが、なにしろ素手で虎をなぐり殺すくらいの男だから、どんな魔力を心得ているか知れたものではない。

そして二日後、何九叔《かきゅうしゅく》の知らせによれば、やはりいくら探しても、清河県に武松の姿はみあたらないという。

危難はひとまず去ったけれど、全然被害者がないというわけでもなかった。三日めの日暮れ方、泣く泣く李桂姐が花街へ追いかえされたことである。

門のところで、暗い恐ろしい町をながめ、またうしろに冷淡無情な西門慶の眼をふりかえり、哀れな歌妓は悄然《しょうぜん》と歩み去っていった。

西門慶はすぐに家のなかにとってかえす。今宵《こよい》から、第六夫人の李瓶児の病態がとみにあらたまったからでもある。

あとにふたりの男女がのこった。応伯爵と潘金蓮である。

「暗香浮動《あんこうふどう》して月黄昏《つきこうこん》、か。……」

と、ひくく吟ずるようにつぶやいて、応伯爵が東の空をみあげる。その東の空から、垂《すい》死《し》の病人を抱いた西門家の甍《いらか》の上にかけて、陰暗《いんあん》たる黒雲がながれ、その雲のふちが玲瓏《れいろう》たる銀いろにかがやきはじめている。

「金蓮さん、おかげさまで」

と、応伯爵がにやにやとお辞儀して、懐からとり出した五十両の馬蹄銀《ばていぎん》二錠《じょう》を、掌のうえでちゃらつかせた。

「西大人、命びろいのうれしさに、玩花楼の二階の手文庫から、これだけ紛失していることに気づくどころではないらしい。これひとえに、金蓮さんのかしてくれた智慧《ちえ》のおかげで」

「どういたしまして」

潘金蓮は、つんと会釈してあるき出す。一味同類のつもりで尾をふったら、急によそよそしくされた犬みたいに、応伯爵は哀れっぽい、うろたえた顔つきになって、あわててそのあとを追う。

「破天荒の詭計《きけい》まンまと図にあたったり。へへ、誰も、まさかあの武松が、肩かけを頭にまき、肩からかぶったあなたを肩車にしたこの応伯爵であったとも、門がはじめから折ってあったとも、あの大鉄杖が鉄片を竹竿のさきにくっつけたものであったとも、恐怖に逆上した眼ではわからなかったのもむりはない。……」

まんまるい月が、乱れとぶ雲間から、凄艶《せいえん》な顔をのぞかせた。応伯爵はくすくす笑って、

「はははは、化けの皮がはがれちゃこまるから、たった一度だけ、西門慶、にげるなよ！とおどしてみたが、いやその可笑《おか》しかったこと、棺桶の中で西大人、生きながら半分死ぬ思いだったことでしょうて」

金蓮はにこりともしない。なにか憂わしげに、うなだれて、石橋をわたっている。

「おや、金蓮さん、なにをそんなに思案にしずんでいるのです？」

「うるさいわね、応さん。……お金を手に入れる算段をしてあげたのだから、もうあたしにはかまわないで下さらない？　お礼はもうたくさん。――」

「これはまた薄情なおことばで、おなさけない。そうおいでになるなら、いいたくないが、わたしだってだいぶあなたのお役にたったつもりで」

「なにが？　あの騒動であたしが何を得しました？　わざわざ、じぶんで打身やかすり傷こしらえて」

「へへ、金蓮さんともあろう方が、わたしにお金をつくって下さるお心根だけで、わざわざ打身やすり傷をこしらえなさろうとは思われない。わたしにお金をつくってやるからというあの御相談は、実は世をいつわる――いいや、このわたしをつかって、西大人と李姐

さんを棺桶においこみ、そこで兄貴を姐さんの肌の香りの大魔力からときはなそうという、太公望《たいこうぼう》、黄石公《こうせきこう》も鼻をつまんで三舎《しゃ》をさける六韜三略《りくとうさんりゃく》の計」

「え？」

「おそらく、あの夕、あなたは食物にまぜて、そっと李姐さんに牽牛子《けんごし》をのませましたね。朝顔の種子を粉末にした奴を。あれは峻下剤《しゅんげざい》として恐ろしいききめがあります」

「……………」

「とかなんとか、見てきたようにえらそうな口をききますが、実は、あなたが、西大人とわたしの、女の匂いの品定めをした直後からこの大計画にのり出されたことを知ったのは、ほんのさっき、李姐さんの門を出てゆくあわれなうしろ姿をみた刹那《せつな》からで。……御安心なさい。兄貴はもはや二度と李姐さんの匂いなんかにひかれやせんでしょう」

「……………」

「艱難《かんなん》をともにするは易く、倖せをともにするのは難い。が、おなじ共犯者が、事がうまくはこんだのちに仲間われしちゃばかげていますな。さあさあ、金蓮さん、にっこり笑顔をみせて下さいよ。……とはいうものの、未だひらかぬ美女の顰《ひそ》みをながめては、伯爵さらに思うらく」

「……………」

「金蓮さん、あなたの愁いは、麝香追放のはかりごとが、逆に転じて、あなたまでが西大人にうとましがられやしないかということではないのですかな」

潘金蓮は、じっと応伯爵をみつめた。やがて、青い涙の珠《たま》が月影に浮かびでて、幼女のようにこっくりとうなずく。虫がいいといえば虫がいいが、可憐といえば可憐でもある。とうていこれがあの驚天の詭計をたくらんだ女とは思われない。

「李姐さんの肌の香も麝香なら、あなたの肌の香も麝香。——なるほど、こいつは相討ちになるおそれがある。ちいっと考えが足りませんでしたなあ」

「あたしは、たとえ恋するお方ににくまれようと、ほかの女があたしより可愛がられることにはがまんがならない女なの。愛しさよりも憎しみが先にたつ女なの」

と、潘金蓮はしみ入るようにつぶやく。

「あたしは、ひょっとすると、悪い妖婦のたちかもしれませんわねえ。……」

応伯爵は口をぽかんとあけた。

あれだけのことをやってのけて、いまほろほろと泣きながら、ひょっとすると私は妖婦のたちかもしれない、などとつぶやく女の姿を凝視《ぎょうし》したまま、彼はなんともいえない、ぞーっとするような奇妙な戦慄におそわれた。

「いいえ！　いいえ！」

突然、潘金蓮は顔をふりあげた。拳《こぶし》をにぎりしめて、

「とにかく、李桂姐は追いはらったわ。あたしはあたし、あたしは勝った。あたしは負けやしない。きっと、きっと——」

その麝香の香に匂いたつ顔とならんだ青い満月が、すっと、ひかりを失って銅盤みたい

に錆《さ》びたのを、茫然《ぼうぜん》として応伯爵はながめている。自信と誇りにみちた、稀代の大妖婦のつぶやきであった。

「あたしは、いつまでも旦那さまをつかまえて、はなさない。……」

漆絵の美女

死恋之章

西門慶《せいもんけい》は、椅子《いす》にしずみこんだままじっと李瓶児《りへいじ》の肖像を見つめている。絵の中の第六夫人李瓶児は、頭に金の冠をいただき、双鳳珠子《そうほうじゅし》の飾をつけ、身には真紅の花袍《かほう》をまとい、片頬《かたほお》に、もちまえの歯痛をこらえているような可憐なもの哀しい微笑をたたえていた。いつか西門家に逗留《とうりゅう》していた画家の蘇竜眠《そりゅうみん》がかいていってくれたもので、まるで生けるがごとき五彩の漆絵《うるしえ》であった。

李瓶児が死んだのは、もう一ト月まえの九月十七日のことだった。いままで、どの妾が死んだときだって、いや、ずっとまえ、正夫人の陳恵秀《ちんけいしゅう》が亡くなったときだって、こんな盛大ではなかったと思われるほどの葬式をやったのは、まだ五日ばかりまえだが、それまでも、その後も、西門慶はずっとこの霊前に寝起きして、あけくれ嘆きかなしんでいる。

「可哀そうな女だった。……」

李瓶児はもともと、西門慶の隣家にすむ親友花子虚《かしきょ》の妻だったのを、その花子虚を悶死《もんし》させてまでうばいとった女である。小づくりで、さびしくって、おとなしい女だった。いまの正夫人呉月娘《ごげつじょう》はもとより、ほかの妾たちには誰も子ができないのに、彼女は去年の六月に子を生んだ。稀代の好色漢ながら、それだけ多血質の西門慶が、どれほどその官哥《かんが》と名づけた赤ん坊を熱愛したろう。ひところは、まったく女などには一向に関心がないほどだった。……

「あいつは、これっぽっちも悪いことなどしなかったのに、どうして死んでしまったんだ？　ほかに死んでもいい女どもはいっぱいいるのに！」

可愛がっていた官哥が変死をとげたのは、この八月末のことである。第五夫人の潘金蓮《はんきんれん》が飼っている雪獅子《ゆきじし》という白猫が、赤い着物をきた官哥を、なんとかんちがいしたのか、いきなりとびかかってその顔をかきむしり、おどろきのあまり赤ん坊はひきつけて、とうとう死んでしまったのである。急をきいてかけつけた西門慶は、鬼神のように雪獅子をつかみあげ、穿廊《せんろう》の石だたみめがけてたたきつけ、血へどを吐かせて殺してしまったが、愛児の生命はかえらない。

「坊や！　坊や！　あたしをのこして死んじゃいや！　いいえ、あたしもゆく、あの世できっとお乳をあげる！」

李瓶児はそう泣きさけびつづけたが、病気はきっと、そのかなしみのせいにちがいない。……

李瓶児はそれからめっきり弱ってしまった。いつも経血がひたひたとながれてとまらない死病にとりつかれてしまったのである。それでも、この重陽《ちょうよう》の佳宴《かえん》には病軀《びょうく》をおして、風にもたえぬ夕顔の花のような姿をみせていたが、途中、いつしか座からきえていたのを、まもなく、じぶんの房で浄桶《おまる》の傍に下半身を鮮血にそめて失神している姿を部屋つきの小間使い迎春《げいしゅん》が発見して、そして、それから約十日ばかりの苦しみのはてに、ついに亡くなってしまったのだった。……

「旦那さま。……」

扉をあけて、第二夫人の李嬌児《りきょうじ》と第四夫人の孫雪娥《そんせつが》が顔をのぞかせた。

「大広間で、お食事の用意ができましてよ。湯《スープ》もたべごろで、お酒もあたたまりました。すぐいらして。――」

「勝手にたべろ」

と西門慶はふりむきもしないで、弱々しい声でいった。わがままで、粗暴で陽気なこの主人が、こういうあの世の亡者みたいな声を出すようになってから、もう幾日たつことだろう。……ふたりの妾は、顔を見合せ、肩をすくめて出ていった。

「情のふかい女だった。……」

と、西門慶はなおも李瓶児のまぼろしを追う。あいつが、おれの熱情と手管《てくだ》で、はじめかなしげな顔をし、うっとりとなり、ついに天性のつつしみぶかさを失って、快美のあえぎをあげてくるさまは、あの白楽天のうたった琵琶《びわ》の音いろの変化を女体のうえにみるようで、おとなしい女だけに、ほかのあばずれなどとは雲泥の差のある、たえがたい魅惑《みわく》だった。……

「旦那さま。何をなすっていらっしゃいますの？　酒がさめると、応さんが気をもんで、そりゃうるさくってしかたがないんですのよ」

と、こんどは第三夫人の孟玉楼《もうぎょくろう》がよびにきた。

「おまえこそ、うるさいぞ！」

西門慶はかみつくようにどなった。

孟玉楼がきもをつぶして去ってから、彼は首をふった。

「いやいや、李瓶児は、おれにあんまり怒っちゃあいけないとよくいったっけ。……それから、酒をのむな。それから、あんまり、女道楽をするなと。……養生して長生きをして下さいと。……ああ、やさしい女だった！　かわりにおれが死ねばよかった！」

みあげると漆絵の李瓶児は、かなしげな笑いを浮かべながら、彼に何やら話しかけそうである。西門慶はぽろぽろと涙をこぼした。

「また、泣いていらっしゃるの？」

李瓶児がいったのかと思った。西門慶はぎょっとした。が、ふりかえると、いつのまにか、こんどは呉月娘が、心配そうに、また不快そうな顔でたっている。

「おきもちはわかるけど、死んだ人は死んだ人でしょう？　いくら泣いたって、生きてかえりゃしませんよ。この一ト月、まるで髪もとかさず、顔もあらわず、それじゃ鉄の人だってたまりませんわよ。それどころか、李瓶児さんが死んだとき、毒気のある死人の顔に顔をこすりつけたりして……まるで正気の沙汰《さた》じゃないわ」

同情が、しだいに正夫人らしい愚痴になる。

「男なら、すこしは心におさえておけないものかしら？　李瓶児がきてから三年ものあいだ、一日としてたのしい思いをさせなかったのが不憫《ふびん》だなんて……まるであたしがあのひとに水を汲《く》ませたり、粉をひかせたりしたみたいじゃないの？」

西門慶は一言も発しないで、しずかにふりむいた。その顔が、呉月娘のおしゃべりをいっぺんに封じてしまった。およそ悲哀を忘れたような造作が、涙にぬれながらわなないて、腸《はらわた》もちぎれんばかりの表情をかたちづくっている。――呉月娘は溜息をつき、首をたれて、そっと去っていった。

「李瓶児、どうしておれをすてていってしまったのだ？……おれももうながくはない。生きていても生き甲斐《がい》がない。……」

西門慶は、がばと頭をかかえこんで哀哭《あいこく》した。

「李瓶児！　李瓶児！」

「あにき。……おい、あにき」

と応伯爵《おうはくしゃく》が入ってきた。いい男で、どこか剽軽《ひょうきん》な脱俗のおもむきがあるが、さすがに心配そうだ。ついにたまりかねてやってきたらしい。もっとも、おさきに一杯やっていたとみえて、いささかあかい顔をしている。

「尤《もっと》もだ。尤もだが、すこし水気を入れなきゃ、涙も涸《か》れるよ。……酒と盃をもってきた。ここでふたりでのみながら、しみじみと泣こう。……」

西門慶が、赤ん坊のようにこの友人の肩にしがみつこうとしたとき、扉のあたりで、ひくい、やさしい、ふくみ笑いの声がきこえた。

「……人間というものは、死んでからも、倖せと不倖せがあるものなのねえ。……」

「なに」

扉にもたれかかっているのは、第五夫人の潘金蓮である。金糸で胡麻《ごま》の花を刺繍《ししゅう》した汗巾《かんきん》で、これもほんのり桃色になった頰をあおぎながら、うっとりとした眼で、李瓶児の肖像をながめている姿は、この世のものとも思えない美しさだった。彼女はほのぼのと笑いながら、西門慶と、うしろにつれてきた小間使いの春燕《しゅんえん》をみくらべた。

「ねえ、春燕、おまえの兄の琴童《きんどう》も、そりゃあ旦那さまに可愛がられたものだったよ。でも、李奥さまとちがって、おまえの兄は、死んだらそれっきり、旦那さまのお口から、琴童の琴の字も出たことはない。……」

春燕はぽかんとしている。ただ西門慶と応伯爵の顔色が蒼《あお》ざめた。

春燕之章

「どうも、あにきの愁嘆《しゅうたん》ぶりにはこまったな。……ほうっておくと、ほんとにあれじゃ李瓶児のあとを追いかねませんぜ」

底なしの蒼空を、雁《がん》が鳴いて通る。めっきりさむくなって、朝夕人の唇がむらさきにかわるほどになったが、日中は碧落《へきらく》に黄金色のひかりがみちて、草も樹《き》も生命の最後の祭典のように、錦繍《きんしゅう》に身をかざってしずかにかがやくのだった。宏大な西門家の、裏山にちかい林のなかである。

「金蓮さん、なんとかあなたの美しさで、西大人をもとの陽気な人にさそいもどせませんかな」

ぶらぶらとあるきながら、応伯爵は、ちょっと潘金蓮の方をみる。すこしはなれて、虫《むし》籠《かご》をもった小間使いの春燕があるいている。……潘金蓮はだまって、美しい舌を出した。

応伯爵も首をすくめて、

「いや、……こんどこそは、さすがのあなたの美貌《びぼう》も歯がたたんかもしれん。もし、西大人の恋したう相手がこの世に生きている女であったなら、それは金蓮さんにかなうものじゃない。が、こんどの相手は死人です。肖像画です。……生きている李夫人は、あなたの恋敵のうちにも入らなかった。しかし、あの漆絵となった李夫人は恐るべし。失った小さな翡翠《ひすい》は、もっている大きな真珠より惜しいものだ。ふたたびかえらないものへの無限の哀惜、追憶と幻想が、あの漆絵をまさにこの世のものならぬ夢幻の魅惑あるものに化粧させてしまった。……」

「ほんとに、しゃくだわ」

と、金蓮がつぶやく。だだッ子みたいにあどけないその口調が、応伯爵を微笑させる。

――と、同時に、ふと先日のことを思い出して、ちょっと不安になり、

「しかし、金蓮さん、しゃくにさわるかもしれませんが、こないだは少々ぎょっとしましたよ」

「こないだ？」

「……左様。琴童のこと」

「ふ、ふ、だって、しゃくですもの」

と、金蓮は平気な顔で笑った。ゆらゆらとはこぶ蓮歩《れんぽ》の下から、八方に青い虫がとぶ。

……美しいうすら笑いをうかべた横顔に、応伯爵がいよいよ胸さわぎをかんじたとき、

「春燕、春燕」

と、金蓮がふりかえってよんだ。秋の蝶《ちょう》を追っていた春燕は、あわててはしってきて、七歩のところでたちどまる。まだ女になりきっていない年ごろだが、兄の琴童が珠を彫ったようにりりしい美童だったのによく似て、清純な、勝気な、少年じみた美少女だ。

ところで、応伯爵には、琴童の死後、潘金蓮がこの妹をつれてきて、じぶんの小間使いにした心理がわからない。ましてや、彼女が春燕のいるまえで、「あの秘密」をともすれば口ばしりそうにする気持がわからない。……もっとも、この金蓮という女は、しゃくにさわると、なにをするか捕捉《ほそく》しがたい無鉄砲なところがある。

「あのねえ、春燕。……」

「はい、なんでございましょう？　奥さま」

「おまえの兄のことなんだがねえ。……悲しいだろう？」

「それは、もう……奥さま。毎夜、兄の夢をみない夜とてはないくらいでございます。母も、兄が死んでから、急にがっくりして亡くなったくらいですもの」

「琴童は、ほんとに旦那さまに可愛がられていたわ。あたしがねたましいくらいきれいな子だったからねえ。……」

「金蓮さん。……」

応伯爵は思わず声をあげた。いったい金蓮は何をいいだそうとするのだろう？

「その琴童がなぜ死んだか？」

と、潘金蓮は平然として、ひとりごとのようにつづける。応伯爵は両腕をまえにさしだしたまま、金魚みたいに口をぱくぱくさせている。

「ほほ、春燕、実はおまえの兄は、西門家から知らせたように病気で死んだのじゃあなかったのよ。……春燕、もっとこっちにおより、なぜ、そんなにはなれてたっているのさ？」

「いいえ、金蓮奥さま。奥さまのお傍に漆の樹がございます。あたし漆に弱いものですから」

といったが、春燕の顔も、金蓮の言葉にびっくりして、真っ蒼《さお》だ。

「おい、金蓮さん。……」

「いいの、いいのよ、応さん。あたし春燕に懺悔《ざんげ》しなくっちゃ苦しくって。いつかいおうと思っていたんだわ。琴童はねえ、実は旦那さまの御成敗をうけたのがもとで死んだのよ。

男のものをきられたのがもとなのよ」

とうとういってしまった。応伯爵は硬直している。

「あの秘密」を知っているのは、西門慶と金蓮と応伯爵の三人だけだ。西門慶が、小間使いの春燕をみるたびになんとなく具合のわるい顔になり、そのくせ彼女を放逐しろと金蓮にいいつけることができないのはその弱味のためだ。

「……というとおまえは旦那さまを恨むかもしれないけれど、それはたいへんなお門ちがい」

と、金蓮は応伯爵をかえりみて、にやにや笑った。

「なぜかというと、おまえの兄が宦者《かんじゃ》にされたのは、実をいうと、……ついもののはずみで、このあたしと色をしたのがまちがいのもとで。……旦那さまが御立腹なさるのはあたりまえでしょ？」

「……はい」

と、春燕はうなだれて、ふるえている。

「侍童と妾との色事。……世間さまのどこに出しても、旦那さまのおはらだちはむりもないと思うわ。だからあたしも罰をうけたのよ。はだかにされて、おへそのうえに蠟燭《ろうそく》をともされたわ。……そして琴童は、男のものをきられた。しかも、それは旦那さまの御発意じゃない。おまえの兄の朋輩《ほうばい》だった画童《がどう》が、そんなむごたらしい智慧《ちえ》を出したの。だから琴童が怒って、のちに画童を殺し、そしてじぶんも死んでしまったの。……ゆめにも、旦那さまを逆うらみしちゃいけませんよ」

「……はい！」

「うらむなら、あたしをお恨み、わるいのは、このあたしだからね。おまえを小間使いにしたのは、その罪ほろぼしのためなの。……だまっていようと思っていたわ。けれど、こんど李瓶児さんが亡くなって、あの旦那さまのおなげきぶりをみるにつけ、つい死んだ琴童のことが思い出されて、可哀そうで可哀そうで、ついしゃべっちまったの。……」

春燕の手から、いつしか虫籠が地におちている。大きな澄んだ眼に、涙がいっぱいにたまって、きらきらとかがやいている。……いまの女主人の恐ろしい告白が、その淡雪《あわゆき》のような魂にどれほどの衝撃をあたえたろうか。

それにも思いおよばないのか、潘金蓮はけろりとして、蒼穹《そうきゅう》をながれる雲母《きらら》のような白い鱗雲《うろこぐも》をあおいで、

「おかげさまで、胸がせいせいしてよ」

と、快さそうな息をついて、それから名状しがたいほどの妖艶《ようえん》きわまる媚笑《びしょう》を浮かべた。

「応さん、応さん。なんだか気持がかるくなって、元気がでてきたわ。そう、これなら、きっと旦那さまを墓場の入口からひきもどせそうな気がしてきたわ。……」

この稀代《きたい》の淫婦《いんぷ》の天衣無縫ともいうべき心の変転には、酸いも甘いもかみわけたつもりの応伯爵も、ただぽかんと口をあけたっきり、声もない。

石榴《ざくろ》之章

さて、女ごころの酸いも甘いもかみわけたつもりの粋人応伯爵に、しばしば狐《きつね》につままれたような思いをさせるほど不可解な妖婦潘金蓮は、いったいどこをどうしたのか、それから十日もたたない或《あ》る夜のこと、まんまと西門慶といっしょに寝ていた。

「ちょいとそこの茉莉《まつり》花酒《かしゅ》とって。……ああ！　ほんとうに、しみじみと味の濃い季節になったわねえ！……お酒も、そして、色事も」

金蓮は白いのどくびをあげて盃をほしながら、そんなことをいった。秋ふかい夜だというのに、真っ裸で寝台に腰をかけている。ちょいとよじった腰はなよなよとくびれているのに、乳房はつんとつき出して、象牙《ぞうげ》の椀《わん》をふせたようだった。……唇《くちびる》をぬらした酒のしずくが、琥珀《こはく》色《いろ》にかがやきながら、まるい顎《あご》からのどくびをつたって、その隆起のあいだをすべっていった。

「ほんとに何か月ぶりかしら？……死人ばかり恋い慕って、くやしいったらありゃしない」

きゅっとつねった。

「あいたたたた」

西門慶は甚《はなは》だだらしがない。もともとたえず七、八人の妾をもって、その上、花街の歌《か》妓《ぎ》やら手代番頭の女房やら、ところきらわず手を出す大好色漢である。ひとたび妙な禁制《タブー》をといて、白旗をかかげたとなると、もう矢も楯《たて》もたまらばこそ。

「おい、はやく、ねろ」

「待ってよ、秋の夜はながいわよ。……旦那さま、まだ李瓶児さんへのみれんがおのこり？……なにさ、あんないつも泣いてるような女」

「これ、仏の悪口をいうな」

「ほら、すぐにそうむきになる。ああくやしい！　いっそ、あの肖像画をひきさいてやろうかしら？」

「と、とんでもない！　そんなことをするとかんべんしないぞ」

「まあ、こわい顔、ほ、ほ。――と、いちじはかんがえたくらいですけどね。やめました。あの肖像画はやぶっても、旦那さまの心に李瓶児さんの幻がのこっているならなんにもなりゃしない。いっそ漆絵ならば、いつか年とともに剝《は》げるでしょう。色褪《いろあ》せるでしょう。……それをいま破ってしまえば、いまの美しい漆絵が、永遠に褪せず、剝げることのない胸のうちにのこることになるのですもの。……」

「なにを、愚図愚図ひとりごとをいっているんだ。おい、はやく横になれといったら」

「あっ、待って！　御馳走は、ゆっくりたべるもの。――」

「じ、じらすのもいいかげんにするがいい。金蓮！」

手をとってひかれると、花のような身体《からだ》がくずれて、真紅の唇がぴったりと西門慶の唇にかさなる。金蓮はたえだえの息の雲をはきかけながら、むせぶようにいった。

「旦那さま。……あの、梵僧《ぼんそう》からもらったお薬は？」

――梵僧の薬とは、いつか西門慶が城外永福寺に出かけたさい、そこの大禅堂で逢《あ》った、西域天竺国《せいいきてんじくこく》は密松林、斉腰峯寒庭寺《せいようほうかんていじ》からやってきたという羅漢《らかん》みたいな古怪な老雲水からもらった秘薬で、

「形は、卵《らん》、色は鵞黄《がこう》、外見は糞《ふん》のごとく、内は玉より貴し。掌上のこの丸薬、用うれば飄然《ひょうぜん》として身は極楽に入る。一戦して精神さわやか、再戦して血気つよし。夜を徹しておとろえざること槍《やり》のごとく、ひさしく用うれば腎《じん》をうるおし、百日にして髭《ひげ》くろく、千朝にして体おのずから強し。一夜に十女を御するもその精とこしえに損われず、老婦は眉《まゆ》をひそめ、淫娼《いんしょう》は三舎を避く。……」

――という、いやはやたいへんな薬だが、能書きほどではないにしても、ききめはたしかにあるようだ。

金蓮が、それをいい出したのは、いわゆる御馳走に、にんにく、脂肪、香味料をふりかけて、いよいよ濃厚絶妙の珍味たらしめようという下ごころからだろうし、西門慶ももとよりそれに否やはないが、さて、まえにもいったように、だいぶまえから李瓶児の肖像画のまえで精進潔斎《しょうじんけっさい》していたこととて、その場にその媚薬《びやく》があるわけもない。

「誰か、呼べ。……はやく、もってこさせろ」

「いいわ、あたしがとってきます」

る。

潘金蓮は、寝台からするりとぬけ出して、枕頭《ちんとう》の燭台をうごかせて蠟燭に灯《ひ》をとると、西門慶のながい袍《パオ》をふんわりとひっかけて、房を出ていった。

……風がでてきたとみえて、家をとりまく林が、夜の潮騒《しおさい》のようにどよめくのがきこえる。

じじっと鳴る銀燈に、眼をあげると、漆絵の李瓶児は、もの哀しそうに、なまめかしい寝台を見下ろしている。

金蓮があんまりその肖像に燭台をちかづけていったので、あぶないと手を出そうとしたが、そのとき、ふと肖像の眼に、ちらっと白くひかるものがみえたような錯覚がして、西門慶はあわてて蒲団《ふとん》を頭からかぶってしまった。

金蓮はなかなか帰ってこない。

（ちくしょう。どうしたというんだ、薬のある場所は知っているはずなのに。……）

閨《ねや》のなかは、たまりにたまった西門慶の慾情のために、むれるようである。火のようなものが、下半身からもえあがり、血がごっと風匣《ふいご》みたいな音をたてて全身をかけめぐる。おあずけをくった餓狼《がろう》そっくりの苦悶《くもん》と激怒が、彼の口をあえがせた。

――と、そこへ、音もなく入ってきた女の影がある。

「旦那さま。……」

「金蓮か！」

「いいえ。……春燕《しゅんえん》でございます」

西門慶はぱっと蒲団をはねのけた。おどおどとたっているのは、まさに金蓮の小間使い春燕のういういしい姿である。

「あのお薬をもっていってくれといいつかりましたので、ここに……」

「金蓮はどうした？」

「奥さまは、もういちどお化粧をなおしてからおいでになりますそうで……」

「ばかな！　な、なにをのんきなことをしているんだ。よし、そこの茉莉花酒をとってくれ」

西門慶は、春燕からうけとった金の小匣《こばこ》から二粒の丸薬をとり出して、盃にあけると、ぐっとのんだ。

春燕は、おじぎして、出てゆこうとする。その腰がくねるように左右にうごく。西門慶は血ばしった眼でそれを追った。……媚薬がきいて、眼が肉慾《にくよく》にもえたぎってきたせいにちがいない。あのまだほんの小娘だと思っていた春燕の臀《しり》が、今夜なんと男の胸をかきむしるような、熟れきった、なまめかしいうごきをみせることか。……

「ま、待て！　春燕！」

西門慶はばねのようにはねあがって、春燕の肩をひっつかみ、声もあげさせず寝台の上にその小さな身体をほうった。たちまち娘の紐《ひも》がきれてとぶ。裙子《クンツ》がひきちぎられて宙に舞う。慾情の嵐《あらし》が、春燕のうえを覆った。

——一瞬、二瞬、三瞬。……

突如として、西門慶の悲鳴に似たさけびがながれた。

「あっ……、こ、これは！」

寝台からころがりおちた彼の眼が、驚愕《きょうがく》と恐怖にかっととび出している。春燕は、身をねじらせて、ばたりと横たわったまま、笛のような泣き声をたてていた。

石榴《ざくろ》──むきだしになった美少女の下腹部には、石榴の花が咲いていた。真っ赤に腫《は》れあがって、外がわにめくれ出した巨大な貝のような肉のうえに糜爛《びらん》した水疱《すいほう》やら膿疱《のうほう》やらが無数につき、上半身が清麗きわまる雪白の肌《はだ》だけに、この世のものとは思えない、悪夢のような景観である。さっき、臀をくねらせてあるいていたのもむりはない。……

「しゅっ……しゅっ……」

西門慶は、奇声を発した。

「春燕。こりゃ、なんだ？」

慾望の爆発寸前に、それがねじ伏せられたときほど男を怒らせることはない。男は気の狂った野獣にかわる。まして、天性、ひとたび怒れば、ひとなみはずれて残忍になる西門慶である。仁王のごとくおどりあがったが、突然、その眼に、恐ろしい追憶の膜《まく》がかかった。

寝台の上に横たわった春燕に琴童の亡霊が重なった。曾《かつ》て西門慶のために宮刑《きゅうけい》をほどこされて、下半身血と腐臭にただれた美少年の姿が彼の眼によみがえった。……眼が恐怖にくらんだ。

「琴童！」

夢中になって、その白い細い頸《くび》をおさえつける。

「いや、春燕。きさま、病気をわしにうつして、わしを腐らせて、兄の敵討をしようとしたな。……ううむ、恐ろしい奴《やつ》！」

西門慶は狂乱したかのごとくしめつけた。ぐゎうと風がわたって、ぱたりとおちる。……急に異様な沈黙が部屋にみちた。

――まるで、その一陣の魔風がえがいていったように、そこに吹きおとされた惨麗な血《ち》曼陀羅《まんだら》から、ふらりと西門慶が身をおこしたとき、風のなごりか、すうっと銀燈がゆらめいた。

はたと、なにやら肖像が音をたてた。はっとしてふりかえると、その下におちた一匹の玉虫が、ぶうんと舞いあがって、妖《あや》しい金緑色の虹《にじ》をえがいた。

が、西門慶はそれをみていない。西門慶は凝然と壁の肖像をみつめている。

「……おお……」

しぼり出すようなうめきが、その唇からもれた。

李瓶児が泣いている。すでにぐったりとうごかなくなった春燕と、彼女を殺してしまった西門慶をしずかに見おろして、漆絵の美女の眼から、ふたすじの涙がひかりつつながれておちている。……

微笑之章

――その朝、あけがたから債鬼にせめたてられた応伯爵が、れいによって西門家ににげこむと蒼《あお》い顔をした潘金蓮に手をとられて、だまってその部屋にひきこまれた。

「………?」

西門慶はいつものように、李瓶児の画像のまえの椅子に、ぐったりとしずみこんだまま、頭をかかえこんでいる。が――ふと、寝台のうえをみて、応伯爵は腰をぬかしかけた。

「あにき。……」

「……金蓮がわるいんだ」

と、西門慶はほそい息をついてうめいた。

「金蓮の奴め、おれをさんざんじらしておいて、途中ですっぽかしおった。そこへあの梵僧の薬をもってきた春燕に、おれが手を出したのは、当然のなりゆきだ。……」

「あの……恐ろしいありさまは、あんたのしたことかい?」

と、応伯爵は、わざと春燕の下腹部から眼をそらして溜息をつく。

「いいや、はじめからだ。まるで、鯉《こい》のつもりで手をつっこんだら蝮《まむし》をつかんだような気持だった。琴童の幽霊かと思ったよ。……さっき金蓮にきいてみると、金蓮め、十日ばかりまえ、やっぱり琴童のことを春燕にしゃべったそうだ、春燕のやつ、おれに病気をうつして、兄のしかえしをしようとしたのかもしれん。……」

「病気？……なんの病気だろう。金蓮さん、御存知ありませんかな？」

潘金蓮は、横をむいて舌を出した。

「まさか、応さんたら、ひどいことを」

「いや、これは失礼、ただ御婦人だからたずねたまでで。……あたしゃ、こうみえて、玉茎玉門の疾病についちゃなかなか蘊蓄《うんちく》がふかいのですがな」

「なにをいばっていらっしゃるの？」

「陳自明《ちんじめい》の婦人大全良方に曰《いわ》く、便毒の生ずる、欲心甚だしき人、昼の思うところ、夢寐《むび》の間に発してうごかずといえども精気ただちにながれずして滞《とどこお》り、或《あるい》は交合の数合を欲して強いて精液をとどめ、或は女子陰戸《いんこ》中に瘀留《おりゆう》の精湿《せいしつ》をたくわえ、男子これに交わりてその湿熱穢濁《しつねつわいだく》の気をうけていたすものあり。……そんなら、春燕より、西大人の方がおさきにかかりそうなもんだ。淋疾《りんしつ》でもなければ、下疳《げかん》でもないらしい、浸淫瘡《しんいんそう》ともちがうし、熱沸瘡《ねっふっそう》ともちがうようだ。……」

応伯爵は、ふと壁の肖像画に眼をあげた。

「おいっ……西大人、なんか、李瓶児夫人が、涙をながしているじゃないか」

「あれか。実はわしもあれには胆をつぶしたんだ。屍骸《しがい》を見下ろしてぼんやりしていると、ふとあの絵が音をたてて、よく見ると、李瓶児が泣いていた。……」

「絵が、音をたてた？」

「いや、すぐ傍に燭台がおいてあったものだから、一匹の玉虫がとびこんできて、ぶつかった音らしい。あの涙は蠟《ろう》だ」

「ほう。……蠟涙《ろうるい》」

「きくと、金蓮めが、絵にやきもちをやいて、いたずらをしておいたという。その蠟が燭台の熱さにとけてながれおちたものらしいが、いやそのときわしは、ぞーとして、心《しん》ノ臓《ぞう》を、氷《こおり》の手につかまれたような気がしたよ。……わるいいたずらをする奴だ」

「だって……しゃくですもの」

と、金蓮は、あどけなく微笑した。

応伯爵は眼をかたくつむったまま、合掌して、

「しかし、なんにしても可哀そうなことをしたな……南無《なむ》頓証仏果《とんしょうぶつか》」

「おい、伯爵、おれは、ど、どうしよう？」

「まさかあにきをどうするわけにもゆかん。しかしなんだ、事の収拾《しゅうしゅう》には、まだ百両の銀子は要るな。検屍役人の何九《かきゅう》に五十両はやってよろしくたのまなくちゃならんし、あとの五十両は……春燕の供養料としてわたしがあずかっておこう」

やれやれ、これで借金の責苦《せめく》がひとまずしのげる、と考えて、応伯爵はもういちど神《しん》妙《みょう》に合掌する。

「そもそも、あにき、あんたがいつまでも仏の画像などにこがれているからこんな始末になったのだよ」

「おっ、そ、そうだ、伯爵、あの漆絵をどこかへもっていってやき捨ててくれ」

「なに？　それはまた恐ろしく豹変《ひょうへん》したね」

「あの肖像は恐ろしい！」

西門慶は、またじっと壁の漆絵をあおいで、わなわなとふるえた。

「たとえ、蠟の涙だったにしても、わしはあのとき、李瓶児がわしをみていると思った。あの瞬間の恐ろしさが忘れられんのだ。わしは、あの漆絵をみるたびに、これからいつまでも、昨夜の、地獄のような思い出になやまされるだろう。それはたまらん。……がまんができない。……」

西門慶は、急にまた両手で頭をかかえこみ、上半身をゆすってしぼり出すようにわめきはじめた。

「おいっ、伯爵。とにかく屍骸をなんとかしてくれ。それから、漆絵をもっていってくれ！　はやくはやく！」

「おっと、合点」

応伯爵はめんくらって、あわてて壁から漆絵をはずし、小わきに抱いて部屋を出た。

朱塗の勾欄《こうらん》をめぐらした長い廻廊《かいろう》に、黄色い落葉が、からからと鳴りつつ舞ってゆく。

――ふと、しとしととうしろにつづく跫音《あしおと》に応伯爵はふりかえった。

潘金蓮があるいてくる。かなしげな、まじめな表情で、楚々《そそ》と歩をはこんでくる。

「おや、金蓮さん、なにをそんなにうれしそうな顔をしているのです？」

と、応伯爵がたちどまると、金蓮はびっくりしたように憂愁にみちた眼をあげて、

「まあ、あたしがうれしそうな顔。……うそおっしゃい」

「うそじゃありませんよ。ほんとにうれしくってたまらない顔だ。鏡をもってきてあげましょうか？」

金蓮は不安そうに頬をなでた。

「小間使いの春燕が殺されたのに、あたしがうれしがるわけがないじゃありませんか？」

応伯爵は、もちまえの片えくぼを彫った。

「いいや、それはそうにしても、あなたはまんまと目的をとげたのですからねえ」

「目的？……あたしにはなんの目的が」

「これですよ、このわたしが小わきに抱いた李夫人の画像」

「それが、どうしましたの？」

「あなたの恐ろしい恋敵を、みごとに放逐しましたねえ」

「放逐したのは、あたしじゃありません。旦那さまのお勝手ですわ」

「と、みえて、そうではない。なみの手段ではとうてい及びもつかない漆絵の魅惑を、西大人の頭のなかでまんまと世にも恐ろしい事件とつないでしまいましたねえ、そこにいたるまでの方法も、まるでほころび放題のようで、実によくあにきの気性をのみこんだみごとな策謀だ。画像の眼に蠟をつけたのもあなた、扉の外から玉虫を画像めがけてなげつけて、西大人の注意を絵にむけたのもおそらくあなた。……」

「知りません、そんなことは、あたし」

「まさか、あにきが春燕を殺すとまでは見究めはつかなかったろうが、最も不快なものをみて一騒動おこすことまでは、心のうえのからくりで、ちゃんと事ははこんである。……」

「不快なもの？　春燕の病気まであたしのせいだとおっしゃるの？」

「左様」

「あたしが移したとおっしゃるの？」

「左様」

「ほ、ほ、なんなら、あたしの……あれをみせてあげましょうか？」

「是非」

潘金蓮はついに沈黙した。頰に紅の色がのぼって、怒りに匂《にお》うその顔を、応伯爵はにやにやとながめいって、

「もっともあなたの……からだは、しみひとつない白玉にちがいない。春燕に病気をうつしたのはあなただが、それはあなたのからだからじゃない。おそらく、馬桶《マトオン》――浄桶《おまる》からですよ」

「…………」

「あなたは、春燕のつかう浄桶の底に、漆の樹液をいれておきましたね」

「…………」

「春燕の病気は、ありゃ漆かぶれですよ。女は漆に弱いもの、まして身体のなかでいちばん柔らかな場所へ、むき出しに下から毒気を、真っ向にふきあげられてはたまらない。……」

蕭条《しょうじょう》と、甍《いらか》に軒に、雨のごとくふる落葉の音のなかに、ふたりはしばらくだまってたっていた。……やがて、潘金蓮が、しみ入るような声でいった。

「それから？」

「それからは、何もない」

と、応伯爵は微笑した。

「どうしたくっても、あなたは直接手を下したわけでなし……それに、あにきの金と同様に、この幇間《ほうかん》の口をとじさせるものがあなたにありますよ。すなわち、これ、絶世の美貌」

潘金蓮は笑った。傲然《ごうぜん》たる向日葵《ひまわり》のような笑顔だった。

「金蓮さん、西大人はこの肖像をやき捨てろといったが、わたしはやき捨てません。家にもってかえって、あにきに代り、この薄倖《はっこう》の佳人を弔《とむら》ってあげるつもりなんですがね。……わたしにゃ、ちっとも嫉《や》けませんかねえ？」

「おきのどくですわ、応さん。……」

金蓮は冷やかにまた笑った。秋の日が、氷のようにその笑顔に照る。まわりに落葉が霏々《ひひ》とふり、旋飄《せんぴょう》としてめぐる。あたかも黄金の渦《うず》のように。――

……応伯爵は、まるで拈華《ねんげ》微笑《みしよう》の仏像でも仰ぐように、法悦にみちた顔でたちすくんでいた。

妖瞳記

蝙蝠《こうもり》之章

山東清河県《せいかけん》きっての豪商西門家《せいもんけ》の、ながいながい煉瓦塀《れんがべい》にそって歩いてきた応伯爵《おうはくしゃく》は、その曲り角で、ふいに暗がりからばさと飛び立った黒いものにおどろかされた。

「なんだ、蝙蝠か」

舌打ちをして、思わず眼で追う妖しい翼のきえていったうす暗い雲母摺《きららずり》の空には、もう糸のような弦月が朦朧《もうろう》とかかっている。——そこから、眼をもとにもどして、もういちど足をふみ出そうとした応伯爵は、ふたたび、ひえっというような奇妙な叫びをあげた。

思いがけず、そこにひとりの男が立っているのである。暮れなずんだ晩夏の夕も、この時刻になっては、何者ともさだかには見分けられないが、ひょろりと背のたかい、そして、応伯爵よりももっとおちぶれた身なりの男だった。

応伯爵とむかい合っても、その男はひとこともいわなかった。のみならず、まるで彼の姿がみえないかのように、ふらふらと歩いてきて、あわてて身をよける伯爵の傍を、すうっとすれちがって去ってゆく。

「……はてな」

すれちがうはずみに、薄明りにちらとみえたその男の痩《や》せ衰えた横顔に、応伯爵は小首をひねった。その気味のわるい男は、たしかに片目――左の目が糸のように細く白いのを見とめたからである。まるであの弦月そっくりに。

「そうだ、あの男は、たしか……」

はたと手をうってふりかえると、いくら暗いとはいえ、空にその月もあるのに、ほんのいますれちがった男の影は、まぼろしのように溶けている。応伯爵はきょろきょろして、それからぞっと冷水をあびせられたようになり、急にばたばたと大門めざしてかけ出した。

……

応伯爵は、この邸《やしき》の当主西門慶《せいもんけい》の竹馬の友だが、いまはすっかり尾羽うちからし、ただ天性の気転と軽口を利用して、西門慶の遊蕩のたいこもちをして生計をたてている男である。

大広間にいってみると、正夫人の呉月娘《ごげつじよう》と第二夫人の李嬌児《りきようじ》と第三夫人の孟玉楼《もうぎよくろう》と第四夫人の孫雪娥《そんせつが》があつまって連花餅をたべながらお茶をのんでいた。「今晩は。――西大人は、いませんかね」ときいてみると、みんな面白くなさそうな顔をして、「さあ後園《こうえん》にいらっしゃるんじゃあない？」とよそよそしい。

「後園？」

後園にいま住んでいるのは、ここにいる孫雪娥をのぞいては、第五夫人の潘金蓮《はんきんれん》と、それから半年ばかりまえ、新しく第六夫人となった劉麗華《りゅうれいか》である。西門慶はそのどちらのところにいっているのだろう？　と応伯爵は思ったが、このやきもちやきの女たちにはとりつくしまがない。

それでも愛想のいい応伯爵のことだから、ひとことふたこと、他愛もない諧謔《かいぎゃく》で女たちを吹き出させてから、大広間を出て、まもなく後園に入っていった。

ながい東側の遊廊を歩いてゆくと、まんなかあたりに東廂房《とうしようぼう》がある。ずっと以前、鳳素秋《ほうそしゅう》という妾《めかけ》が住んでいたが、彼女が不慮の死をとげてから、いまは、劉麗華が入っている。

「劉奥さん」

と、伯爵は呼んだ。きょうは西門慶に金をかりる目的でやってきたのだが、急に麗華にも会う用ができた。

なかではしばらく返事がなかったが、五、六度呼んでいると、朱塗りの扉《とびら》がひらいて、白い顔がのぞいた。

「おや、春梅《しゅんばい》じゃあないか」

伯爵が眼をまるくしたというのは、その龐《ほう》春梅が、潘金蓮の小間使いだったからである。どの妾の小間使いも、女特有の露骨な主人びいきなことはむろんだが、なかんずく、この金蓮、春梅ほど親密な主従はない。

「あら、応さん？」

「おまえさん、ここにいるのか」

「うちのお部屋には、旦那《だんな》さまがきていらっしゃいますもの」

「あ、なるほど、じゃあいま金蓮さんのところへ顔を出すと、お尻《しり》を蹴《け》っとばされるかな」

「ほ、ほ。まさか。まだ日がくれたばかりなのに。大丈夫よ。きっといまお酒をのんでいらっしゃるわ、いってごらんなさいな」

「麗華さんは？」

「いま、ちょいとそこらをそぞろ歩きしてくるといってお出《で》になりましたけれど」

てきぱきした口調だ。みるからに理智的《りちてき》な美しい女だった。この春梅にも、実はすでに西門慶の手がついていると応伯爵は見ぬいているが、それでも嫉妬《しっと》ぶかい金蓮が、この小間使いと意気投合しているところをみても、この春梅の利口さがわかるだろう。その女ばなれした賢さが、女の中の女ともいうべき、淫《みだ》らでだらしのない金蓮に気に入られるのにちがいない。

応伯爵がぶらぶらと奥へ進んでゆくと、廻廊のまがり角ではたと劉麗華にあった。

「お、麗華さん。いまあなたの部屋をのぞいたところが、春梅だけいて――」

「ああ、そう。旦那さまは金蓮さんのお部屋よ、双陸《すごろく》をしていらっしゃるわ」

「いや、わたしはあなたに用があるので――」

「あたしに？　なんの御用？」

劉麗華は眼を大きくして、応伯爵を見つめた。軒にかかるほそい新月のひかりにもあざやかにみえるほどの明眸《めいぼう》である。

元来、西門家にもおとらぬ富豪の夫人であった女だけに、この麗華ほど気品たかく、憂わしげで、ろうたけた容貌《ようぼう》はちょっとほかにいない。しいて難をいえば色気が淡いくらいだが、それをせめるのは心がいたむほどの、深い、美しい湖のような瞳《ひとみ》の持主だった。

「実はねえ、いま、この邸の外で――」

と応伯爵は声をひそめて、

「背のひょろりとたかい、片目の男にあったのだが、あれはたしかに葉頭陀《ようとうだ》――あなたのまえの旦那さま」

ぱっとそのとき遊廊の下から一匹の蝙蝠が三日月に舞いあがって、ふたりをとびあがらせた。

「劉奥さん、御用心なさいよ。――」

玻璃《はり》之章

「頭陀――さんが？」

劉麗華の顔色がかわった。

顔色がかわったのは、いまも応伯爵がいったように、その男が彼女の前の夫だったからばかりではない。そもそも麗華がこの西門家の第六夫人になるについては、次のようないきさつがある。

葉家はとなりの陽穀県《ようこくけん》屈指の富豪だったが、その若い新妻の麗華を、ふとしたことで西門慶が見染めた。なにしろ稀代の好色漢である。

いろいろ思案をめぐらしたあげく、都に葉頭陀の異母弟が貧乏しているのをさがし出して、遺産争いの訴訟を起させた。ところで西門慶は、要路の大官楊提督《ようていとく》とは親戚《しんせき》なので、それを通じて宰相蔡太師《さいしょうさいたいし》に賄賂《わいろ》をおくり、葉頭陀をまんまと敗訴させてしまった。

葉頭陀はびっくり仰天して、陽穀県と都とのあいだをかけずりまわっているうちに、心労と困憊《こんぱい》のため、気がへんになり、一年ばかりまえ、都の旅館からふらふらとどこかへ出かけていったきり、行方も知れずになったが、その後噂《うわさ》にきくと孟州道《もうしゅうどう》の方で野たれ死をとげたとか。

こうして西門慶はまンまと葉家を破産させ、その後あらためていろいろ手をつくして、その家財を買いとり、ついでに劉麗華を手に入れたのだが、その死んだと思った葉頭陀がまだ生きていて、西門家の界隈《かいわい》をうらめしげにうろつきまわっているとあっては、麗華の顔色がかわるのもむりはない。

「――といって、なにしろ、あの暗がりのなかだから、はっきり葉さんだと見きわめたわけじゃないが」

応伯爵は、ちょっと気の毒になって、

「ま、とにかく用心にしくはない、一応、お知らせしておかなくっちゃと思ってやってきたんですが、これから西大人にも告げて、その善後策を講じてもらうことにしましょうや」

茫然たる劉麗華をはげましてから応伯爵は北廂房《ほくしょうぼう》の方へ歩み去る。北廂房は三室にわかれていて、手前はいま麗華の道具をのぞいたもと葉家の財宝をしまいこんだままの庫《くら》に使用され、いつも鍵《かぎ》がかけてある。

隣の金蓮の部屋の扉をあけると、西門慶と金蓮は西側の寝台にならんで腰かけたまま、酒をのんでいるところだった。

「なんだ伯爵か。だまって扉をあける奴があるか」

ふたりの顔がさっとはなれ、西門慶はぐいと唇の滴をぬぐうし、金蓮はあわてて胸からあふれ出した乳房を着物でつつんだところをみると、どうやら西門慶は金蓮の乳房をいじりながら、口うつしに酒をのませてもらっていたらしい。

「へ、へ、あにき。そうわたしに気をつかいなさんな。それよりも、御注進御注進だ」

「なんだい」

「どうやら、葉頭陀さんはまだ死んじゃいないようだぜ。ほんのいま、塀《へい》のところで、じっとなかをうかがっていた影がそれらしいと見たが」

「なに、うそをつけ」

「うそならいいんだが、わたしの眼に狂いはないよ。どうするね？」

応伯爵はにやにやしている。剽軽者《ひょうきんもの》の伯爵だが、存外しんのとおったところがあって、そうたちのわるいでたらめをいう男ではないことを知っているだけに、西門慶は伏目になってかんがえこんだ。

「こりゃ気にかかるあね。西大人、なんならここ当分、あたしがたえず、邸のまわりを見張っていようか。……ついては、その番人代を前払いでもらいたいんだがねえ」

手を出した。西門慶はその手をはらいのけ、盃《さかずき》をとりあげて、

「葉頭陀がなんだ。あれが生きていようと、うろうろしようと、わしになんの関係がある？　訴訟の判決はお上のなさったこと、家を買ったのはわしのはたらき、麗華がきたのはあれの勝手さ」

ぐいとのんで気焔《きえん》をあげる。

「そうかね、しかし麗華さんがきたのは勝手だとはすこし可哀そうな言い分だろう」

「なあに、頭陀に未練《みれん》がありゃあ、あんな女なんぞくれてやる」

「ほほっ、恐ろしく情ないことをいうな。そりゃ金蓮さんへのお愛想じゃないか」

「ばかな、なにをいまさら」

応伯爵は、ちらっと向いの壁の鏡をみた。そこにうつった潘金蓮は、べつににこりともしないで、うつむいて、つつましやかに赤い盃をいじっている。これが、ちょっと機会さえあれば、さっきのように西門慶に乳房をいじらせたりする女とは思われない。

「いま、ここに麗華さんがきていたろうが」

「いや、きていないよ。――どうして？」

「しかし、そこの廻廊の曲り角であったぜ。麗華さんはたしかにこっちからやってきたようだったが」

「はてな、この部屋の前を通る跫音もきかなかったから、それじゃ隣の房に入っていたのかな。しかし鍵は金蓮にあずけてあるはずだが」

鏡と背中合わせの壁の向うは、例の葉家の財宝をおいた庫である。なにかの用で麗華が入ることはあり得よう。が、金蓮は傍の七宝の花瓶《かびん》ののった青貝《あおがい》の小卓のひき出しをちょいとのぞいてみて、

「鍵なら、ここにあってよ」

「おかしいな。じゃ、はじめからあそこに立っていたのかな」

小首をかしげる応伯爵に、西門慶はとりあわず、

「おい、なにをでくのぼうみたいに立っているんだ。まあ、坐《すわ》って、いっぱい飲め」

酒をのみながら、応伯爵は、西門慶がさして麗華に未練がなさそうな口ぶりをもらしたのも、べつに金蓮へのお愛想じゃなかろうと思う。一年前、葉家をほろぼしてまで手に入れたがった劉麗華だが、その西門慶の熱がさめたのはいつごろからだろう。とにかく伯爵が、それらしい言葉を西門慶の口からきいたのは、あれはたしかに二タ月ほどまえ、あの大きな鏡がこの部屋へはこびこまれるときのことだった。

その鏡は、扶南《シャム》渡来の、透明光潔の碧玻璃《へきはり》からできていて、青銅の二匹の竜にふちどられた、横五尺、縦六尺の大きなものだが、もともと葉家の道具のひとつだったもので、こ

の家にきてからはしばらく大広間においてあったのを、なにかの都合でそこからとりのけなくてはならないことになったとき、六人の妻妾《さいしょう》のあいだでうばい合いになった。みんなそれぞれの理屈《りくつ》をつけてじぶんの房に置きたがる。なかでも所有権の正当性を主張したのは、もちろん劉麗華だ。

しばらく妾たちの争いをきいていた西門慶が、おしまいにその結着をつけた。

「おい、鏡というものはな、鏡の精というものがあって、あんまり美しい眼でみられると、鏡がやきもちをやいてわれるそうだ。だから、麗華はあきらめろ、一応金蓮の部屋に置いておくがいい」

強引に、こうしてその碧玻璃が、ここにきたのだが、応伯爵はそのとき西門慶の心中にえがかれていたものを想像することができる。西門慶は潘金蓮とのいちゃつきを、あの鏡にうつしてたのしみたかったのにちがいない。

それだけに、あの虫もころさぬ玲瓏《れいろう》たる金蓮の夜の痴態が、どれほど蠱惑《こわく》的で凄《すさま》じいものか、思いやられるというものだ。放蕩無頼《ほうとうぶらい》の応伯爵は、ほかの愛妾たちにはさほど妙な気をおこしたことはないけれど、金蓮だけには、その空想をえがいただけでも、頭がぼっと深い酔いににごったようになる。

「美しい眼でみられるだけで、鏡の精がやきもちをやくのなら」

と、伯爵はうっかりつぶやいた。

「え、なんだって伯爵？」

問いかえす西門慶に、応伯爵はあわてて盃をぐいとほして、むにゃむにゃとごまかした。

しかし、彼はこういいたかったのだ。

銀燭にもだえぬく潘金蓮の妖艶《ようえん》の姿をうつして、あの鏡が割れなかったらふしぎだろうと。――

（ちくしょう。せめて鏡になりてえや。……）

聖女之章

劉麗華《りゅうれいか》の瞳は、ほんとうに美しかった。

大きくって、真っ黒で、眼のなかに黒い花が咲いているようだ。西門慶を悪魔にしたのも、この眼の力にちがいない。黒い花というより、ひかりの具合によっては碧潭《へきたん》にたとえた方がいいときもある。色っぽいというより、神々しいくらいだが、そこがほかの色気満々たる愛妾たちと趣きを異にして、西門慶の憧憬《どうけい》をさそったのであろうが、その神聖美に澄んだ眼が、やはりすぐに稀代の好色漢たる西門慶の熱をさましてしまったものに相違ない。

そこが、女の美に対する男と女とのちがいで、女はあんまり色っぽい同性に対しては反感をもつようである。女が好くのは、たいてい色気を感じさせない清純さか神聖美にみちた女にきまっている。

そのいい例が、潘金蓮の小間使いの春梅で、彼女はひどく劉麗華を恋したっている。先日、応伯爵もけげんな顔をしたが、春梅が金蓮の眼をぬすんで、ちょいとひまさえあれば東廂房にいりびたっているのはしょっちゅうのことである。

その夕《ゆうべ》も、椅子《いす》にしずんで、ひっそりと香炉のけぶりを見つめている劉麗華の足もとにひざまずいて、龐春梅《ほうしゅんばい》はほとんど同性愛にちかい頌歌《しょうか》をその憂愁の麗人にささげていた。

「さっき、旦那さま、また金蓮さんのお部屋におこしになったようね。……」

劉麗華はしみ入るようにつぶやく。

「春梅、御用があるんじゃない？」

「いいえ、あたしは邪魔者ですわ」

と、春梅は微笑して、それからかなしそうな眼をあげて、

「お可哀そうに、奥さま。……」

「どうして？」

「旦那さまは、奥さまのほんとうのお美しさがおわかりにならないのですわ。そりゃ、金蓮さまもお美しい。小間使いのあたしでさえ、ふるいつきたいようです。けれど奥さまのお美しさは、女を超え、人間ばなれをしていますわ。あたしからみれば、まるで神女のよう。……」

「いいえ、あたしはだめ、あたしのようじゃ、とても旦那さまのお気に入らないの、あたし、なんにも知らないから……」

「その尊さが旦那さまにはわからないのです。このお邸の淫らな風は、劉奥さまには場ちがいすぎます。なれているあたしでさえ、一日になんどかは耳にふたをし、眼に掌《て》をあてたいような気持になるのですもの。……はきだめの鶴《つる》と申しますか、泥中《でいちゅう》の白蓮《びゃくれん》と申しますか、このお邸に奥さまは、ほんとにもったいないお方なのですわ。……」

春梅は、渇仰《かつごう》にたえかねたように、劉麗華の黒い靴を額におしいただいた。劉麗華は、やさしくその髪をなでている。

「いいの、いいの、春梅、心配しておくれでない」

「旦那さまのお勝手には、ほんとにあたしでもはらがたちます。あんなに、きちがいのように御執心だったくせに。……奥さま、きっとまえの葉家の旦那さまが恋しゅうございましょうね。……」

麗華の手がふっとうごかなくなった。その眼に、恐怖のひかりがうかぶ。やがてうなだれて、ききとれないほどの声で、

「春梅、そのことはどうぞいってくれないで。……あたしは、もう過ぎたことは思い出さないようにしています」

「はい、はい、奥さま。悪うございました。もう申しますまいね」

春梅は涙をふきながらたちあがって、さも以心伝心といった風なのみこみ顔に、にっこりと微笑の花をひらいて、

「奥さま、ではあたし、表の方に参ります。それじゃ鍵をどうぞ」

といって、黒い鍵を劉麗華の手にわたし、ていねいにおじぎをして房を出ていった。

劉麗華はじっとその鍵に見入った。これは、北廂房の一つ、葉家の道具をいれてある庫の鍵である。

葉家からはほとんど捨値にちかい金で入手した家財は、あの碧玻璃《へきはり》をはじめとして、使えるものは使ってあるが、むろんまだしまったままの品物も相当あり、とくに葉頭陀手沢《しゅたく》の酒器とか冠とか椅子とか筆硯《ひっけん》琴書などの道具類は、麗華の眼にふれさせないようにとの配慮からか、ひとつも外へ出してない。——おそらく麗華にとっては、過ぎた日のなつかしい夢として、じっとながめたり、撫《な》でさすったりしたい品々も、その中にあるであろう。春梅はこう気をきかしたらしい、彼女はすきを盗んでは金蓮のところからその鍵をもち出して、麗華にかしてくれるのだった。

劉麗華は、しずしずと遊廊に出た。蕭条《しょうじょう》たる雨の夜だ。あたりに誰《だれ》もいないのを見すませると、跫音をしのばせながらあるいて、北廂房とならびの例の部屋に入る。

なかは黴《かび》くさく、真っ暗だった。いろいろな道具が乱雑においてあるはずだが、なれているとみえて、彼女は物音ひとつたてない。いや、手をふれようとすらしない。彼女は、蛇《へび》のように身をくねらせて、西側の壁にちかづいた。

そこに、まるで錐《きり》でつらぬいたほどの穴があるのを、いつどうして麗華は知ったのだろう？　それは或《あ》る夜、そこにぽつりと灯の色が、黄金のしずくのようにみえたから、気がついたのだ。彼女がかがみこんで、その穴にぴったりと左の眼をおしつけた。

ああ、春梅よ、よもやおまえはゆめにも知るまい、麗華がこの部屋に入るのは、はじめは知らず、いまは決して頭陀の品など愛撫《あいぶ》するためではなかったことを。その目的はまったくその小さな穴から、となりの金蓮と西門慶の秘戯をのぞき見るためであったことを。

麗華は葉頭陀など愛してはいなかった。もともと隻眼《せきがん》の富豪に、お人形のように買われただけだ。しかし、そのことに気がついたのは、この邸にきて、西門慶の愛撫をうけてからである。この稀代の好色漢の体臭のまえには、前夫の面影など香炉のけむりよりもなおあわく、消えてしまった。いや、当人の彼女も、あれよあれよとすすり泣くだけで、西門慶におしひしがれて、なすすべもなかった。

それが、たちまち、あのわがまま者をつまらながらせたことを、彼女は知っている。西門慶は、不平も怒りも露骨にあらわすからだ。ああ、あたしはどうすればいいのだろう？どうしたら旦那さまによろこんでいただけるのだろう？

その解決は、はからずもこの穴の向うに発見した。彼女は潘金蓮の痴態をみた。

寝台は向うの壁の下にあった。こちらの壁の厚さと穴の小ささのために、もちろん全景はみえなかったが、対象がよくうごくので、ほとんど完全にみることができた。

のけぞりかえって笑う金蓮を。——身をよじらせてもだえぬく金蓮を、——馬のように四つン這《ば》いになった裸の金蓮を。——また逆に西門慶を馬にしてのりまわす金蓮を、——或いは西門慶の背なかに両手と両足をからませてしがみついたまま、西門慶を歩かせたり、踊らせたりする金蓮を。

夜の潘金蓮は、ひるま女同士のつきあいでみる金蓮とはまったく別の女であった。西門慶にからみついた白い手足は、奇怪に四本とみえず、無数の蛇のもつれとみえた。さしもの西門慶が全身の体液をしぼりつくしてからからになったようなのに、なお執拗《しつよう》に金蓮の唇と舌が這いまわって彼をのたうちまわらせた。

この極彩色の色曼陀羅《まんだら》を照らす銀燈も、なぜかふだんのひかりを変じて、まるで霧のような妖しい乳色にけぶる。……みているうちに劉麗華はまるで蒸風呂《むしぶろ》にでも身をひたしたように、血が熱くなり、手足の指がかがまって、はあはあと喘《あえ》ぎはじめ、全身がぬれてきて、はては眼がくぼむまでに身体じゅうがからからに疲労してくるのだった。

あさましいとも思う。恐ろしいとも思う。けれど麗華はいまやどうしても夜な夜なこの凄愴《せいそう》の鬼気をすらおびた色地獄を盗み見にこずにはいられなかった。この神女の瞳にも似た美しい眼は、のぞきの快楽のためにこそ生きていたのだ。

――で、その夜のこと。彼女はいつものように、ひたと例の穴に眼をあてた。

金蓮は例によって向うの寝台に横坐りになって、背を壁にもたせかけている。寝台の傍の青貝の小卓やその上にのった七宝の花瓶、竜頭瓶《りゅうとうへい》、青銅《からかね》の香炉などはいつものとおりだが、西門慶の姿はみえない。

ふと、金蓮が顔をあげて、唇をうごかした。

声はきこえなかった。というより何かあえいだようである。その表情に恐怖の色をみて、劉麗華は、おや、と思った。――どうやら、姿はみえないけれど、部屋にいるのは西門慶ではないらしい。ということに気づいたのはまもなくである。

旦那さまはどこにいらしたのだろう？金蓮は誰をみてあんなにおののいているのだろう？

金蓮の両腕のみえないのが奇妙だ。まるで、うしろ手にくくられでもしているようである。――と、また金蓮の唇が苦しげにひらいた。いまにも失神しそうな顔つきになった。

劉麗華の眼のまえが真っ暗になったのは、次の瞬間だった。灯がきえたのではなく、壁の穴のすぐ向うに誰かが立ったと知って、麗華は顔をはなそうとした。

その刹那《せつな》、彼女は左眼に熱鉄の痛みをかんじて、恐ろしい苦鳴をあげていた。

死眼之章

応伯爵が雨の廻廊をあるいてきた。

例によって借金の用で、ぶらりとやってきたのだが、西門慶は後園にいるときいて、後園に入る垂花門《すいかもん》のところまでくると、そこに門番の平安と春梅がよりそってひそひそささやきかわしているので、なんだときくと、春梅が、さっき廻廊のかこむ夜の中庭に怪しい影がみえたようだというし、平安は、後園には旦那さまと、金蓮奥さま、孫雪娥さま、劉麗華さまの四人以外誰も入っているわけがないという。そこで応伯爵は春梅をしたがえて、じろじろあたりを見まわしながらあるいてきたのである。

東廂房をのぞいてみたが、劉麗華はいない。

北廂房の方へまがる角まできたとき、突然、ばさ！　と庇《ひさし》で羽根の音が鳴って、ふたりの額に冷たいしずくが散った。きゃっと春梅が悲鳴をあげた。

「おどろくことはない。蝙蝠《こうもり》だ」

と、伯爵は燭を軒下にかざしながら、

「どうもいやに蝙蝠が多いようだが、どこかの庇に巣でもつくったのかな」

「ちがいます。ちがいます。応さん、あれ、あれ。……」

春梅のゆびさす方向に眼をやって、応伯爵はぎょっとした。いつのまにか、あの庫の扉がひらいて、そこにぼんやりと人影がたっている。

その影は音もなく、よろめくようにちかづいてきた。それにばたばたと凄じい羽根の音をたててまつわるのは、さっきの蝙蝠であろうか。——あとずさりして逃げ腰になりながら、燭をさしのばした伯爵は、こんどは思わずあっとさけんだ。

「劉夫人！」

劉麗華だ。腕をあげて左眼をおさえ、麗華は幽霊のように歩いてくる。その白蠟《はくろう》にたた頰《ほお》に、すうっとほそい血の糸がひいている。そしてぶきみな蝙蝠は、その血の香をしたってか、なお颯々《さつさつ》と執拗に、とびめぐっているのであった。

「ど、どうしたんです？」

「眼を……眼を……」

麗華は、かすかな、悲痛な息を吐いた。その手から、一つの鍵が石だたみにおちて、美しいひびきを、発した。

「誰かに、眼をやられたんですか？　誰に？　誰かが、あの中にいるんですか？」

劉麗華は答えない。急にのめるようにじぶんの部屋の方にはしり出した。わっと泣き声をあげながら、春梅がそのあとを追う。

応伯爵はかがみこんで、鍵をひろいあげ、遠くからひらいたままの扉をみた。庫の中に誰かがいるのだろうか。北廂房のなかも気にかかるが、恐ろしくって、その手前の扉のまえを通ることができない。

「おうい。あにき、西大人——」

彼は大声で呼んだ。三度、四度、声をはりあげると、意外にも西門慶は、北廂房のなかからではなく、西廂房の方から、孫雪娥をつれて、廻廊の角をまわってきた。

「なんだ、伯爵、騒々しいぞ」

「おや、あにき、そっちにいたのか」

「うむ、金蓮め、いやにきょうはぷりぷりして御機嫌《ごきげん》ななめでな、つまらないから、おれはすぐに雪娥の方にいっていたのさ。ところで、なんだ、いまの声は？」

「なんだかわからんが、麗華さんが、その庫のなかで眼を刺されてにげ出してきたが」

「眼？」

西門慶はぎょっとして応伯爵をみた。その頭に、ひとつの不吉な、まがまがしい影が、

かすめたことはたしかだった。蒼い顎《あご》をねばるように、ひらいた扉にしゃくって、

「……いるのか？」

「わからん！」

「おうい、平安！　平安児！」

平安がとんできた。これをさきにたてて、その部屋に入ってみたが、なかはただ暗いばかりで、道具の蔭《かげ》になんの怪しい影もひそんではいない。伯爵のもった燭のほかは、一点の灯もみえなかった。が、彼は西側の壁の傍に、じっと立って見下ろしている。燭のなげる円光の中に、小さな血のあとが落ちているのを。……

「金蓮はどうした？」

突然、西門慶が気がついてとびあがり、すぐに隣の房にまわっていった。なるほど、これだけの騒動を外できいていた北廂房にいるはずの金蓮が、いやにしずかなのはふしぎである。

すぐに西門慶のけたたましい呼び声がきこえた。

「伯爵、たいへんだ、はやくきてくれえ」

仰天して応伯爵が北廂房にかけつけてみると、西門慶は寝台の上の潘金蓮を抱きかかえ、口うつしに酒をのませていた。

「どうしたんだ、金蓮さんもか？」

「いや、息はある。みたところ、傷もないようだが、気を失っているんだ」

金蓮の胸が大きくうごき、薄眼《うすめ》がひらいた。ぼんやりと西門慶の顔をみると、急にひしとしがみついて、わっと泣き出した。

「こわい、こわい！　あの男は、どうして？」

「あの男——とは誰だ？」

「片眼の、ひょろりとした男」

「なに、それではやっぱり葉頭陀がきたのか。それで、どうした？」

「ふいに入ってきて、東廂房に麗華の姿がみえないが、どこにいるか知らないかというんです。ああ、あの片眼の恐ろしかったこと！　知らない、知らないといっているうち恐ろしさのあまり気が遠くなって……」

ぐるぐると部屋をあるきまわっていた応伯爵は、そのときふいと風のように外へ出ていった。

東廂房へやってくると、ここももちろん一騒動である。両掌で顔を覆ったまま虫のようにのたうつ劉麗華を、泣きながら春梅が介抱している。

「お可哀そうに、奥さま……お眼……お美しいお眼を……」

「おい、春梅、おまえの御主人は金蓮さんだろう。あっちもひと騒ぎらしいぜ。ここはわたしがひき受けるから、はやくいってみてあげな」

春梅があわてて部屋を立ち去ると、伯爵は麗華のむせぶ肩に手をおいた。暗然としたまなざしで、

「いったい、どうしたんです。麗華さん？」

「いいんです。……ほっといて！　あたしが悪いんですから！」

麗華は激痛にうめきながら、必死に首をふる。応伯爵はその耳に口をつけて、

「いや、あなたのいい悪いの話ではない。あなたの眼をさした下手人のことですが……下手人はあの庫のなかにいたんじゃあありませんね？」

「いました。……いました」

「葉頭陀さんが？」

「それはわかりません。真っ暗だったんですもの」

「真っ暗ななかで、よくあなたの眼が刺せましたねえ」

劉麗華はだまりこんだ。伯爵はなおささやくように、

「麗華さん。……あなたの刺された眼からおちた血が、西側の壁の下におちていました。その壁の下の方に……錐でつらぬいたほどの穴がある。わたしがみたときは、灯をとおさないように、向う側からその穴はふさいであったが、あなたの刺されたときは、きっとひらいていたにちがいない。……あなたはそれをのぞいていて、向う側から刺されたのじゃありませんかね？……いつかもわたしは、あなたがあの庫に入っていたのをみたおぼえがあるが……いったい、その穴から何をのぞいていたんです？」

突然、麗華は奇怪にも簪《かんざし》をぬいて、われとのどぶえにつき立てようとしていた。

照魔之章

応伯爵は狼狽《ろうばい》して女の手をつかんだが、それをとめるには恐ろしい死力を要した。やっと簪をもぎとって、はあはあ息をつきながら波うつ劉麗華《りゅうれいか》の背を見下ろしている。

(はて、あの問いが、どうしてこの女にそれほどの困惑を起させたのだろう?)

と、めんくらった顔つきだ。

突然、彼の顔に、さっと或る表情がながれ、その頬にみるみる彼らしくもない血潮がのぼった。やがて唇がまがって、にんまりとした淡い笑顔となる。

——麗華は死にたかった。あのことをいうぐらいなら死んだ方がましだった。人間というものは奇妙なもので、どんな罪よりも、恨みよりも、死よりもたえがたいものがある。それは恥である。人間は小さな恥をかくのにたえかねて、はるかに大きな犠牲をしのぶものだ。——ほんとうにほかの女たちに、なかんずくあの春梅に他人の秘戯を夜な夜なのぞいていた、あさましい、醜い、滑稽《こっけい》なじぶんの姿を想像させることは、おのれの痴態をみられるよりもはるかにたまらないものであった。この気高い、神女にまでたとえられた女には。

「劉夫人。……あの庫の鍵は……金蓮さんがあずかっていたはずだが」

と、応伯爵は、やっと、かすれた声でいう。かすかな嗚咽《おえつ》が、

「春梅が貸してくれました」

「春梅がねえ。──春梅は、金蓮さん付きの小間使いだが──ほんとうにあのとき金蓮さんの部屋に、ほかに誰かいましたか？」

「そうとしか思われません。……そうでなくっちゃ……」

「といって、西大人は孫夫人といっしょに西廂房にいたらしいし、春梅は垂花門のところに、平安と立っていたという。ほかにかんがえられるのは、あなたの前の旦那の葉頭陀さんが忍びこんでいたということだが、さて、その頭陀さんが」

といいかけて、応伯爵は、じっと首をひねり、突然、妙なことをいい出した。

「あなたが刺されたとき、金蓮さんはどこにいたか、御存じありませんでしたか？」

「金蓮さんはいつもの……青貝の小卓の傍の寝台に」

「というと、庫と境の壁とは、反対の西側の壁沿いにですね。どんな恰好《かっこう》で？」

「寝台の上に坐って、うしろ手にでもくくられたような姿で、恐ろしそうな顔で部屋のなかの誰かを見ていらっしゃいましたわ。……」

そのとき、どたどたと西門慶が入ってきた。下手人は誰だとか、医者を呼べとか例によって例のごとく騒々しくさわぎたて、それによよと泣きもだえる麗華の声がまじる交響楽を、しばらく無心な表情できいていた伯爵は、急に、

「……その誰かが見えなかったわけですな」

と、ひとりのみこみ顔でうなずいて、また飄然《ひょうぜん》と部屋を出ていった。

北廂房にとってかえす。なんの用か、あわただしくかけ出してくる春梅を呼びとめようとして応伯爵はちょいと思案にくれ、そのまま見送ってぶらりと部屋に入った。

潘金蓮は蒼《あお》い顔でまだ寝台に腰をかけていたが、じろじろとあたりを見まわしている応伯爵にけげんな眼をむけて、

「応さん、葉頭陀はまだ見つかりません？」

「見つかりませんな。……あなたは、さっきほんとうに見ましたか？」

「見ましたとも。そういったじゃありませんか。うす気味のわるい片眼をひからせてひょろりと背のたかい——」

「というようなことを、いわなきゃあいいのに。そのつまらない一言《ひとこと》が、惜しや千丈の堤《つつみ》をこわす」

「えっ？」

「蟻《あり》の一穴はみごと美しい眼をもつ敵を葬り去ったのに」

潘金蓮はちらちらと応伯爵をみる。ながい睫《まつげ》のまたたくたびに、青い火花がひらめくようにみえた。応伯爵はのろのろとちかよって、金蓮とならんで寝台に腰を下ろしたが、彼女はからだをずらせるのも忘れた風であった。

「応さん、それ、なんのこと？」

「きょうねえ、金蓮さん、わたしがここへくるために、扁食巷《こう》までできかかると、そこの辻《つじ》にゆきだおれがあって、何九《かきゅう》さんたち検屍《けんし》役人がさわいでいたっけが、その行路病者が、

たしかに片眼の葉頭陀。――」

金蓮の額を愕然《がくぜん》としたものがかすめた。みるみる怒りにちかい暗い翳《かげ》が満面を覆ったのは、いったい誰にむかっての怒りであろうか。

「応さん、あなたはまるでわたしが麗華さんの眼を刺したようなことをおっしゃいますが、あたしはこの部屋を一歩も出ませんでしたよ」

「左様、あなたはこの部屋にいて、あの壁の穴をとおして隣からのぞきこんでいる劉夫人の眼を、針か何かで刺したのですな。その機会をつかむために、春梅をつかって、麗華さんに鍵を自由にさせ、毎夜麗華さんをその穴からのぞかせる癖をつくり出したところまではみごとだが……ひょいと葉頭陀を利用する気になったのが、千慮の一失」

「劉……麗華さんが、あたしに刺されたと、おっしゃって？」

「いや、あなたはここに坐っていたといっていましたが」

「ここに坐ってて、どうしてあたしが遠いあの壁ごしに麗華さんの眼を刺すことができるの？」

「碧玻璃《へきはり》」

「えっ？」

「あなたはねえ、この西側の壁の下じゃなくって、あの東側の壁の下に坐っていたのですよ。こっちの壁にはあの大鏡をおき、向うに寝台と、あの穴からみえる範囲の手廻《てまわ》り道具――青貝の小卓や花瓶をうつし、うしろ手に、劉夫人の眼を、ぷッつりと――」

潘金蓮は大きな瞳をいっぱいに見ひらいて、応伯爵を見つめている。胸が大きく起伏し、甘酸っぱい、なやましい息が、もやもやと彼の鼻孔にからまった。

「ああ、なんて黒い、ベットリぬれつくような眼だ。そんな美しい眼をもちながら、あなたは麗華さんをゆるすことができなかったんですな。西大人が、眼は麗華の方がきれいだが、しかし金蓮の方が魅力があるといった言葉のただし書きでさえ、あなたは……あなたは、なにひとつ、じぶんよりもすぐれたものをもつ女にはがまんがならないんですな。……」

金蓮の白い腕が、伯爵のくびにまきついた。熱い、ふるえる息が、必死にいう。

「証拠がない。応さん、証拠がないわ。あの片眼の男は、葉頭陀だとはかぎらなくってよ。麗華さんさえも知らないことだわ。見ていたものは、誰もいないんだもの。……」

「左様。見ていたのは、あの鏡だけ」

「だけど、鏡はしゃべらない」

金蓮の唇が、応伯爵の頬からあごにかけて、やわらかく這いくすぐる。応伯爵はあらゆるものを忘却の果てにおしながす。

「応さん。鏡は、みているだけでしゃべらないわ。……」

その稀代の妖婦の恐ろしいささやきは、もう応伯爵の唇からのどのおくへ、じいんとしみこみ、そして脳髄を魔酒のようにひたしてゆくのであった。

邪淫の烙印

舌獄之章

茉莉花《まつりか》の花のしべをうかせた乳風呂からあがってきた西門慶《せいもんけい》は、まっ裸《ぱだか》のまま、螺鈿《らでん》の寝台にあおむけにねころんだ。

すると、それを待っていた幾人かの女が、まるで五色の雲のように彼をとりまき、おおいかぶさる。彼の腕を、胸を、顔を、腹を、足を——からだをぬらす乳のしずくを、それぞれ美しい、やわらかい舌をだして、ぺろぺろと猫みたいに、すみずみまで、しゃぶり、ぬぐいとるのであった。

ちかごろ、この稀代《きたい》の暴君で好色漢の富豪がおもいついた浴後の手入法である。ときどき、きもちよさそうなうなり声をたてたり、「こら金蓮、あまりいたずらをするな」と、くすぐったそうに腰をよじらせたりしていた西門慶は、ふと唇のうえをすべってすぎたひとつの肌《はだ》の感触に、とじていた眼をふっとひらいた。

「これは、ゾオラ姫——」

白蛇のうねるように女たちのあいだをすりぬけて西門慶の足もとのほうへうずくまった

女は——これは衣裳《いしょう》、髪かたちこそこの国の女とおなじだが、あきらかに異国の娘だった。

西門慶は恐悦したように、にやにや笑った。

「ほほう、あなたもここにいられたのか？」

「あらいやだ、旦那さま、いままで御存じなかったの？」

と、第三夫人の孟玉楼《もうぎょくろう》が腰のあたりでいった。

「うむ。……湯気にあたりすぎたのか、すこしぼんやりしておった」

「それが、いまどうしておわかりになりましたの？」

と、いったのは第四夫人の孫雪娥《そんせつが》である。

「うむ。……顔のうえをなでた肌ざわりからな」

「肌ざわり？」

「されば、肌ざわり。ほかの女どもとは、まるきりちがうわい。だいいち、こうして眼をとじていても、ゾオラ姫がまえにあると、雪の精が立ったようにまぶたがあかるくなる。

……」

「いよう、これは西大人、相かわらず、玄宗《げんそう》皇帝もおよばぬ御法楽だな」

と、扉《とびら》のほうで声がして、友人の応伯爵《おうはくしゃく》が舌なめずりしながら入ってきた。西門慶はものうげにそっちへ顔をむけたが、おきあがりもせず、

「伯爵か。なに、これは仕置きをしているのだ」

「なんの仕置き？」

「されば さ、犂舌獄《りぜつごく》——舌で、畑のかわりに、わしのからだをたがやさせておる」

と、西門慶は愛妾《あいしょう》たちをあごでさして、

「こいつらが、うそか悪口以外に口をきいたのを、おまえ耳にいれたことがあるかい？」

「まあひどい」

と、第七夫人の憑金宝《ひょうきんぽう》がつぶやいた。

「ひどくはないさ。伯爵、まあきくがいい。先にもこのゾオラ姫からいただいた大食《タージ》の国はファルスの海からとれたみごとな二顆《か》の真珠のうち、一顆がなくなった。盗んだ奴《やつ》は、どうかんがえてもここにおる女どものほかにはいない——」

「ほほう。……というと？」

「その真珠をみていたときに、その部屋にいたのは、わしと家内の月娘《げつじょう》のほかにこいつらだけだったからな。あとで、どいつをしらべてみても、おたがいの悪口をいうばかり——」

「あたりまえだわ。そんなうたがいを受けちゃあ」

と憑金宝が、またむきになった。

「あたしなんか、ここへ輿入《こしい》れしてきたとき、どの奥さまにも御挨拶《ごあいさつ》に、ひとつずつ真珠をさしあげたくらいなんですもの」

彼女は、もと南門外の布問屋の未亡人で、そのたわわな大輪の花のような豊艶《ほうえん》さにも似げなく、後家になってもまだ金貸しをして、ここにくるときは、上等の平織布を五百箱、現銀子《げんなま》を四千両ももってきたほどの女だった。

「だって、あんなちっぽけな真珠とちがって、盗まれたのはそりゃすばらしい真珠よ」

と、ぬけぬけといったのは第五夫人の潘金蓮《はんきんれん》である。凄艶なうすら笑いをうかべて、

「世にも名だかい末羅《バスラ》真珠というんですって。——まだ、だいじょうぶ、ひとつぶのこっているから、あとで応さん、みせてもらいなさいよ」

「このとおりだ。伯爵、みんなしゃあしゃあとしたものだ。とにかくこいつらのなかには、ふとい嘘つき女めがまじっておる。嘘やでたらめのうまい奴は、死んでから舌で畑をたがやさせる犂舌獄という地獄におちるそうだが、わしはわしで生きながら、こいつらに、その罰をあたえてやろうと思っている。——」

「なに、——へ、へ、それならわたしも畑になりたいね」

といいながらも、応伯爵はふしんそうにゾオラ姫のほうをながめている。この娘は三月ほどまえから、アル・ムタッツという異教の僧といっしょに西門家に逗留《とうりゅう》している娘だが、言語服飾はすっかりこの国のものになりながら、もとは遠い大食《タージ》の国の或る王の姫君だったということだ。

髪は黄金色で、鼻はほそくたかく、眼は高貴な翡翠《ひすい》のように碧《あお》い。そして、なんという情熱にもえる赤い唇だろう。……しかし、いつ西門慶はこの王女をものにしたのだろうか、なにしろ、手あたりしだいの好色漢だから、あぶないとはまえから思っていたが、こうして、この姫君がほかの妾にまじって、おなじように嬉々《きき》として、ばかげた快楽《けらく》にたわむれ

ている姿をみると、いまさらのごとく西門慶の凄腕《すごうで》におどろかざるを得ない。

応伯爵の視線に気がついて、西門慶は子供みたいに舌を出した。

「あれか。……達沙《たつしゃ》はいま留守だよ」

達沙とは、アル・ムタッツという異教僧のことである。

「なんだ、すると、あの坊さまにはないしょか」

「うむ。あの坊さまは大きににが手だ。……実は夜毎《よごと》に、姫から大食《タージ》の国の千一夜物語とか、縛達《バグダット》城という町の話などきいているうち、ついおかしなことになってしまった……」

と西門慶はおどけてくびすじをかいたが、だまってかんがえこんでいる応伯爵の顔いろに、いささか不安になってきたらしい。もと姫の家来だったといわれるアル・ムタッツ師は、ふだんから西門慶の荒淫《こういん》をせめてやまないうえに、さまざまな不可思議な術をつかうのをその眼でみているからである——その不安をふりはらうように、西門慶は、急にいきおいよく寝台のうえにおきあがると、紅綾《べにあや》の下着を羽織って、

「伯爵、まあ、よくみてくれ、姫の肌の白さ、なめらかさを——」

といって、のそのそと、ゾオラ姫の傍へあゆみよった。

「この肌にすりよられたら、孔子《こうし》さまでもひとたまりもあるまいぜ。文字どおり、雪の肌とはこのことだろう。わしも、東夏、西夏、高麗《こうらい》、蒙古《もうこ》、吐蕃《とばん》の女までさまざまとためしてみたが、実はもう肌の黄色い女にはあきあきしたよ……」

「黄色い？——そうかな、たとえば李嬌児《りきょうじ》夫人でも金蓮さんでも、そうその姫君におとら

ぬとわしにはみえるが」

「なに、そりゃ、壁みたいに白粉《おしろい》をぬりたくっているからだ……うそだと思うなら、みろ素肌の胸を……」

といって、片腕をのばして第二夫人李嬌児をひっつかまえると、ぐいっとその胸をかきひらいた。あっとおさえるいとまもなく、みごとなふたつの乳房があふれ出る。

「姫、胸を……」

西門慶にいわれるよりはやく、この異国の王女は、昂然《こうぜん》としてみずから胸をあらわした……応伯爵は思わずうなった。それはまさに雪花石膏《せっかせっこう》の彫刻のような、神々しいまでの胸だった。こうならんでくらべれば、あきらかに李嬌児のほうは陽灼《ひや》けした布のように黄ばんでいる。

「どうだ、伯爵、わしの国の女の肌など、みられたものではあるまい。……こちらは、ふれるのももったいない、おがみたいようじゃないか」

といいながら西門慶は、われをわすれたように半円球をなでまわし、その紅い乳くびをいじっている。

「だから、わしはおがむよ。アル・ムタッツの神はおがまないが」

「わかった、兄貴のまいったわけはわかったよ」

と、伯爵はゴクリと唾《つば》をのみこんで、眼をそらしながら、

「しかし、姫は――」

といいかけた。王女は、西門慶の愛妾のひとりに加えられることに異存はないのか。あのアル・ムタッツが承知するのか、といおうとしたのである。が、それよりはやく、ゾオラ姫は急にけらけら笑い出して、

「あたしは――」

いきなり、ひしと西門慶のくびにそのまっしろな腕をまわして、ピッタリ唇をおしつけた。……支那へきたのはものごころもつかぬ幼女のころだったというが、この大胆さは、恋の表現には、率直な異国の女の血潮のなせるわざであろうか。なみいる愛妾たちも顔色のない鮮烈なポーズであった。

唇をはなすと、粘っこい糸がひいて、西門慶のあごによだれとなって垂れた。ゾオラ姫は青い炎のような眼で女たちに笑みかけて、

「あたしは大食《タージ》の国の娘です。大食《タージ》では、身分のたかい男はみんなハレムにたくさんの妻をもっていますわ……」

「けがれたる彼らは、邪神アラーを、信じているからですじゃ」

突然、扉のほうで、もうひとつの声がそれをたちきった。ふりかえって、みんな顔いろをかえた。ここはオンドルで春のようなのに、外は雪か――いや、その雪をかぶったようにまっしろな髪と髯《ひげ》、あとは全身鴉《からす》みたいに黒い影がたっていた。影のなかで、眼と、胸の十字架だけが氷のようにひかっている。達沙アル・ムタッツは陰鬱《いんうつ》な怒りにしゃがれた声でいった。

「姫、あなたさまの神は――邪淫者を罰したもう天帝御《エホバ》一人のはずではございませぬか？」

魔僧之章

おもしろがってなんべんもきいているくせに、なんべんきいても、西門慶はむろん、存外物知りな応伯爵にも、この異人の故郷大食《タージ》の国や、彼らが支那へ漂泊してきたいきさつがよくわからないが、それもむりはない。

大食《タージ》の国とは、いまのアラビアである。ゾオラはそこのルムの海（地中海）に面する小さな王国の姫君だった。当時アラビア一帯はいうまでもなく回教の支配下にあったが、この王様はめずらしくも、熱烈な耶蘇《ヤソ》教の信者だった。片手に剣、片手にコーランをとなえる回教国の包囲のなかにあって、この王国の運命のあやうさは、つとに予想されたところであるが、はたせるかな、悲劇は十五年ばかりまえにおこった。回教徒にうばわれた聖地イェルサレムを回復せんとして、羅馬《ローマ》法皇が大遠征軍を派遣したのである。すなわち、世に有名な十字軍の第一回はこれである。ゾオラの父王はこれに呼応して起《た》った。――そして聖地は回復されたが、数年にしてまた失われた。ゾオラの国はほろんだ。そして、幼いゾオラは、司教アル・ムタッツにいだかれて、沙漠《さばく》を東へはしり、たまたま末羅《バスラ》のみなとにきていた宋船にたすけられて、ファルス海（ペルシヤ湾）をのがれいで、はるばるとこの支那へながれてきたものだった。

アル・ムタッツは、支那を伝道してあるいていた。どうじに、そのころ魔法とも思われたアラビア医学を駆使して、ひとびとを救った。彼と姫が、西門家に滞在するようになったのも、この山東清河《せいか》県の町へやってきて、たまたま酒色喪耗《そうもう》のきみで病臥《びょうが》していた西門慶を治療してやったのが機縁なのだから、この白髪の老達沙は、毫《ごう》も西門慶に遠慮するところがない。達沙とは、もと大食《タージ》語、タルサー、すなわち、「おそれる人」つまり神を畏《おそ》れる耶蘇教信徒をさす呼称である。もっとも、このころ支那では耶蘇教のことを、景教《けいきょう》とよんでいた。

――たちすくんでいるゾオラ姫のそばへ、老いたる景教僧は、不吉な影のようにちかづいてきた。

「姫、いまのたわけたお姿はなんでございます？」

「………」

「ああ、この家の神をおそれぬ淫靡《いんび》の風を知りながら、なお足をとどめていたのがわしの不覚であった。もはや一日もはやくこの家をたち去らなければなりませぬ」

「お待ちなさい、達沙。……外はいま、恐ろしい寒さの季節ですのに」

と西門慶が、おどおどと口を出した。アル・ムタッツはふりむいて、西門慶のまるはだかにちかい滑稽《こっけい》な姿を、笑いもせず、きびしい眼でみあげ、みおろした。西門慶はいよいよ赤面せざるを得ない。

「雪が、なんであろう。わが主、基督《キリスト》は海の上さえおわたりになられたですじゃ。――たとえ、外が氷寒地獄であろうと、この家の腐爛《ふらん》の色地獄にくらべれば、これにまさることいくばくか。姫、旅の用意をいたしましょう」

大食《タージ》の王女はうなだれて、小さな声でいった。

「あたしは、ここを出たくはない……」

アル・ムタッツは肩をビクリとうごかせた。まだいちどもじぶんに反抗したことのない姫のこの拒否のことばにおどろいたようである。

「なんと仰せられます？……末羅《バスラ》国から烏刺《ウボラ》国へ、提羅蘆《ジエルラ》和《ハル》国から獅子《セイロン》国へ、そしてこの支那の杭洲《こうしゅう》のみなとから四百四州をめぐってきた春秋十幾星霜、そのあいだ、星に、太陽に、天帝《エホバ》の恩寵《おんちょう》をおいのりなされぬ日も夜もなかった姫君が……」

「あたしは、その旅にもうつかれはてたわ。アル・ムタッツ」

ゾオラはくりかえした。アル・ムタッツの驚愕《きょうがく》の眼が、だんだん痛烈ななげきと怒りのかがやきをおびてきた。

「ふむ、それでは姫は、とうとうこの家の悪臭にしみておしまいになられたな。ああ！ わしはかえりみるべきであった。姫のおからだのなかに、あの淫蕩《いんとう》な母上さまのおん血潮がながれていることを……」

ゾオラは顔をあげた。アル・ムタッツは怒りにふるえる声でいう。

「あなたのおん父上は、後宮に多くの妻をたくわえる、あのけがらわしい回教徒の国々のなかにあって、厳としてただひとりの王妃のみをまもられる清操《せいそう》の国王であらせられた。

ところが、それにくらべておん母の王妃さまは、しょせんあの淫《みだ》らなアラビアの女性でありましたのじゃ。家臣のひとりとの密通があきらかとなって、その家臣は殺され、しかも寛仁なお父上は、王妃を城外に放逐なされただけであった。それが悲運のはじまり、城がおち、国王が戦死なされたのは、それから七日めのことでありました。……が、姫よ、よくきかれい、母上の密通がなぜわかったかというと、それはおごそかな天帝《エホバ》の神意で、母上が罪の臥床《ふしど》によこたわられた翌朝、その背に、恐ろしい、まっかに灼《や》きただれた十字架の烙印《らくいん》があらわれたからですのじゃ。姫、なにとぞ天帝《エホバ》にそむかれるな……」

「アル・ムタッツ」

とゾオラ姫は眼を大きくひろげて、

「そのお話は、あたしはじめてきいてよ……」

「なにをいわれる。母御さまのおん罪は、ことあるごとにわしがおきかせしたではございませぬか」

「いいえ、母さまの背なかに十字架の烙印があらわれたなどということを……」

景教僧はまばたきをして、髯をしごいて、それからくもった声でつぶやいた。

「はて、左様でございましたかな？……いや、それはあまりに恐ろしい奇蹟《きせき》でございましたから、口に出すのをはばかったのですじゃ。じゃが、ただいま、姫のあまりといえばあまりなおふるまいをみて、思わず知らず、いわずには――」

「ちょっとまって――」

と、ゾオラは顔を空にあげた。その眉《まゆ》が、なにかを想《おも》い出そうとする努力に、きゅうっとひそめられた。

「なにか……あたし……想い出せそうだわ。……」

「想い出す？　なにを？　はははは、姫、それは御記憶にはございますまい。母御さまのことは、姫が三つのおとしに起ったことでございますから」

「いいえ、想い出しました」

ゾオラの顔が白い紙のようになった。唇までが透きとおり眼が恐怖のために義眼みたいにかわいて、アル・ムタッツのほうへむけられた。

「あたしは、おぼえている。……二つだったか三つだったかしらないけれど、あたしのこの眼は、たしかにその恐ろしい光景をみていたわ。……子供にはわけがわからない。けれど、眼はおとなとおなじようにものを映して、その記憶はあたまのどこかにしみのこっているのね。……それが、いまのあなたの告白で、まぶたに浮いてきました。幕屋《まくや》のなかでうつぶせにねじふせられている女のひとの白い背を……その背にあがった恐ろしい白いけむりを、そして真っ赤に灼けた十字架をさげていた男の顔を……」

「ばかな！　三歳の幼児になんの記憶が——それは姫の悪夢ですじゃ」

「その男の顔を……」

ゾオラはくりかえして、突然顔をおおってよろめいた。

「アル・ムタッツ、母上の背に烙印をおしたのは、あなただったわ……」

恐ろしい景教僧は、棒みたいに硬直した。くずおれたのは姫のほうだった。アル・ムタッツはくろい下唇をつき出して放心したようにその姫の姿を見おろしていたが、やがてきしり出すように、

「あれは、王の御命令でありましたのじゃ」

その眼に、つよいひかりがもどった。

「いいや、あれは天帝《エホバ》の命ぜられた罰でありましたのじゃ」

彼は、胸に十字をきって、呪文《じゅもん》のようにいった。

「姫、おたちなさい」

ゾオラはふらりと顔をあげた。

「姫、わしの眼をみなさい」

景教僧のおちくぼんだ眼窩《がんか》のおくに、妖《あや》しい灯《ひ》がともった。姫の眼がこれにとらえられると、暗い、眼窩は、深淵《しんえん》のようにふしぎな吸引力をあらわした。ゾオラはあやつり人形みたいにたちあがった。……催眠術《さいみんじゅつ》というものを知らない人間たちには、それはたしかに魔術のような光景だった。

「姫、わたしたちは旅立たねばなりませぬ」

「……はい、わたしたちは、旅立ちましょう……」

と、ゾオラ姫はほそぼそといった。

西門慶も応伯爵もほかの妾たちも、名状しがたい鬼気に身をしばられて、茫然《ぼうぜん》としてつ

ったっている。達沙アル・ムタッツは、依然として魔のような眼で姫の眼をとらえたまま、厳粛な声音でいった。

「これ以上、なおこの邪淫《じゃいん》の巣に身をおけば、天帝《エホバ》はかならず姫のおからだに、烙印の冥罰《みょうばつ》を下されましょうぞ」

珠盗之章

――それにしても、外は恐ろしい寒さだった。この十日あまり、かわいた雪が舞っては屋根につもり、ちょっと晴れてとけたかとおもうと、また身をきるような寒風がふきなぐって、房という房の軒さきからは、まるですだれのように氷柱《つらら》がさがっている。

そのなかを、明日、達沙《たつしゃ》アル・ムタッツとゾオラ姫は、またゆくえもしれぬ伝道の旅に出ようというのだ。

その夜、わかれの宴がひらかれた。卓のうえには、例によって、胡桃《くるみ》と葱《ねぎ》と肉の炊物《たきもの》から、羊の水炊きやら、鵞鳥《がちょう》のくびの塩漬《しおづけ》やら、ぜいたくな御馳走が銀燭に照らされているが、西門慶は悄然《しょうぜん》としている。ゾオラ姫をうしなうのが、気もたえいらんばかりにつらいのだ。つれてゆくのが恐ろしい魔力の所有者ともみえる景教僧でなかったら、非常手段をめぐらしてでも、なんとかしたいくらいだった。

愛妾たちは、はしゃいでいた。むろん彼女らは、大いなる恋敵ゾオラ姫の去るのが、うれしくてしようがないのである。この金髪碧眼《へきがん》に高貴と情熱をあふれさせた王女の魅力は、まったく異質でエキゾチックで、さすが艶をきそう彼女らにも対抗のしようもないものだからだった。

しかし、わかれの宴に、気もたえいらんばかりにかなしがっている人間と、うれしくってしようのない人間がまじりあっていては、その雰囲気《ふんいき》がなんとなくチグハグなのはやむを得ない。——だいいち、送られる当人の景教僧のむっつりと苦虫をかみつぶしたような顔が、こういう宴では、不吉な鴉のように目ざわりだ。唄《うた》もなく、ともすれば笑い声もとぎれた。

「応さん」

と、潘金蓮がよびかけた。

「ちょうどいい機会だから、あの末羅《バスラ》真珠をみせていただきなさいよ」

「お、そうだ。それは是非拝見したいものですな」

と、応伯爵は顔をあげた。それをみたいのはもちろんだが、それより、このばらばらな宴席に、なにか興味あるひとつの焦点をつくり出そうとするらしい金蓮の思いつきを察したからだった。

「西大人、あの姫からいただいたという真珠をわしにもみせてくれ」

西門慶は狼狽した。ゾオラがくれたのは、アル・ムタッツにもないしょだからである。

はたして、アル・ムタッツの眼がぎょろっとひかった。

「い、いや、伯爵、あれは、その、なんだ、出すと、またなくなるおそれがある。——」

「まさか、こんなにたくさんの人間がみていますのに」

と、金蓮が笑った。

かえって、ゾオラのほうがへいきだった。へいきというより、そんな問答をきいているのかいないのか、やけのように香荷酒《こうかしゅ》をあおっている。景教僧がうめくようにいった。

「御主人、わたしにもその末羅《バスラ》真珠とやらをおみせ下さい」

こうなってはもうしかたがない。西門慶は正夫人の月娘《げつじょう》をやって、その真珠をもってこさせた。

「おう、これは」

応伯爵は、おもわず嘆賞のさけびをあげた。——それは、ほんとうに弥蘭《ミラン》河に咲く蓮華《れんげ》におく大つぶの夜露のようなみごとな真珠だった。

「いや、これをみると、なるほどあとのひとつぶがなくなったのが惜しいねえ……」

「あとのひとつぶが、なくなった？」

と、景教僧が、うわ眼づかいにじろりとみる。西門慶がへどもどしているのに、さすがに呉月娘がそれを受けて、

「ほんとうなんですよ。盗られたのは、その真珠ばかりではありませんの。こないだは、わたくしの白銅の鏡がなくなりましたし、そのまえは金の腕環《うでわ》と銀の壺《つぼ》が——それから沫《まつ》金鏤《きんる》の太刀、象牙《ぞうげ》の櫛《くし》——このごろ、ふしぎに、ちょくちょく物がなくなるんですよ」

「その真珠は……もと三粒ぞろいのもので、姫のおん母上のおもちものでありましたのじゃ」

と、景教僧がしゃがれた声でいい出した。

「母后の御密通があらわれたのは、そのひとつぶを姦夫《かんぷ》めにおあたえになったことが、わかったからでありました。……その真珠をもらった人間、盗んだ人間に呪《のろ》いあれ！」

みなが、なんともいえない恐怖に身をかたくして、大きくひらいた眼で、卓上の大真珠に視線をあつめている。……応伯爵は、そのなかで潘金蓮だけが不敵なうす笑いをうかべているのに気がついた。

金蓮はとなりのゾオラにささやいた。

「ゾオラさま、ごらんなさい、あの女たちのとびつきそうな眼を」

「…………」

「あの真珠は、女という女の眼を、みんな盗人の眼にしますわ。ほほほほ。……なかでも、ほら、泥棒猫《どろぼうねこ》みたいな孫雪娥さんの眼。……」

と、すこし身をひいたのは、ゾオラとははんたいに金蓮のとなりにすわっているのが、孫雪娥だったからである。いくらなんでも、これは雪娥もききとがめたとみえて、

「なんですって？　金蓮さん、あたしが泥棒ですって？」

「あら、きこえた？　ほほほほ」

「笑いごとじゃないわ。失礼な！　泥棒とはなによ？」

「泥棒なんていやしなくってよ。泥棒猫みたいな眼といったのよ。——」

「くやしいっ」

すこしヒステリィ気味のある孫雪娥が、いきなり金蓮のどこかをひっかくと、金蓮がまけないでピシャリと雪娥のほっぺたをひっぱたく。たちまち、ふたりの女のとっくみあいの大喧嘩《おおげんか》となった。皿《さら》がおち、壺がたおれ、金蓮の袖《そで》がひるがえったかと思うと、燭台がひっくりかえって、あっというまに部屋がまっくらになってしまった。

「ばかめ、なにをさわぐ」

西門慶の怒号する声がきこえた。ぽっと赤いひかりがいくつか床のほうからあがってみえるのは、ところどころにおかれた銅の火鉢《ひばち》からだったが、それだけに部屋はいっそう闇《あん》黒《こく》を感じさせた。

「灯を——」

と呉月娘がさけんだとき、応伯爵の手もとで、かちっと青い火花がちった。こういう場合にはすこぶる機転がきいて敏速な伯爵が、腰の皮袋からとり出した燧石《ひうちいし》をうって、取燈に火をつけたのだ。取燈とは麻幹《おがら》のあたまに硫黄をぬったものである。

このあいだ、わずか五つか六つ呼吸するほどの時間で、灯はふたたび燭台にあかあかと点じられた。

突然、西門慶が、はっとして顔をふりむけていた。

「月娘、——真珠はあるか？」

呉月娘はからだをのばして、小盒《こばこ》をのぞきこんで、首をふった。

「ないわ」

「くそ……また、やりおったな？」

と、西門慶が歯ぎしりしてうめいたとき、いまのさわぎをききつけた寵童の棋童《きどう》や小間使いの玉簫《ぎょくしょう》や小鸞《しょうらん》がかけこんできた。

「ううむ、なんたる不敵な奴か。伯爵、盗人はその女どものなかにいるということは、たしかに嘘ではなかったろう。おい、棋童、小鸞！　もっと燭台をもってくるんだ。もう容赦はならん。きっとここで盗人をさがし出さずにはおかぬ。みんなそこをうごくな！」

「あにき、いったい、どうするんだ？」

「みんな、はだかにしてしらべる。髪から着物、耳のあなから、それにこいつらのなかには、まだまだ妙なところにかくしかねない奴もいる。しらみつぶしにさがし出すんだ」

応伯爵はなにかいいかけたが、急ににやにやしてだまってしまった。美しい愛妾たちのみるみるはだかにされてゆく眼の法楽をおもって、悦に入ったのだ。

が、このとき、隅《すみ》のほうで、

「おお――罪ふかきこの家に呪いあれ！」

とつぶやいて、くるっと壁のほうをむいた景教僧の影に気がつくと、西門慶はさすがにすこし正気をとりもどしたとみえて、

「やい、みんなとなりの部屋にゆけ！」

と、女たちにあごをふった。孟玉楼《もうぎょくろう》がヒシと胸をだいて、

「いやよ、となりは火の気もないのに」

「だまれ、なにを悠長《ゆうちょう》なことを」

こんどは金蓮が、にくらしそうに、

「あんなまっくらななかで、よくみえたものね。いっぱいならんでいる御馳走のなかの小盒から、音もたてないで。——猫みたいな眼をもったひとをさがしたらいいんだわ。……」

「うるさい、はやく、ゆかないか！」

西門慶は、ざわつく女たちを、まるで檻《おり》に鶏をおいこむように、こづきまわし、けとばした。蒼白《あおじろ》い顔に、女特有の底意地わるさをひめて、呉月娘がつづく。

まもなく、となりの部屋で、あらあらしいきぬずれの音がしはじめた。「うう、さむい。——」

「とんだ宴会だわ——」などいう声にまじって「あっ……あっ、いやあ」と、抵抗とも嬌《きょう》態《たい》ともつかないはしたないさけび声をあげたのは、金蓮だろう。しかし、まもなくざわめきはしんとやんだ。

扉がひらいて、西門慶が苦汁《くじゅう》をのんだような顔つきであらわれた。

「あにき、真珠はあったか？」

「ない！」

と、西門慶は、重っ苦しい声でいった。

そのとき、いままでだまって香荷酒《こうかしゅ》をなめていたゾオラ姫が、うす桃いろにそまった顔をあげてふといった。

「もしかしたら……真珠を盗ったひとは、あのひとかもしれませんわ。……」

烙印之章

「な、なんですと？」

西門慶をはじめ、ぞろぞろ出てきた女たちも、棒立ちになる。ゾオラの眼も頬も、異様なくらい、かがやきをおびていた。香荷酒がきいてきたらしい。

「姫、あのひとって？」

「あのひと。……金蓮さんのことばで思いつきました。猫みたいに、闇でもものの見えるひと。……」

「へえ、そんな人間が、このなかにいるのか？」

「いいえ、明るいところが、急に暗くなっても、ものがみえるように眼をならしていたひと。……」

「だれだ。それは？」

「灯がきえるまえに、ずっと眼をつむっていたひと。……それも、金蓮さんが、みんなの眼をごらんなさい、といってくれたから、いま思い出したのです。……ずっと眼をつむっていたひとは、あの憑金宝《ひょうきんぽう》夫人でしたわ。……」

一同がぎょっとしたのは、そのことばより、つぎにゾオラがけたたましく、ケラケラと笑い出したことだ。なぜか、ゾオラの様子はへんだった。急にひどい昂奮《こうふん》状態にゆりうごかされているようだった。

しかし、次の瞬間、部屋は名状しがたい混乱におちいった。それは、あわてて鳥のとびたつようににげかけた憑金宝の袖を、いきなりむずと西門慶がとらえたからだ。

「きさまか!」

「あっ旦那さま。……」

身をもみねじっているその姿をみても、ほかのものにはまだ夢をみているようである。このおびただしい持参金をもち愛妾中随一の財産家でもある憑金宝が盗人とは!

顔をおおったまま足もとにくずおれた彼女を見おろして、西門慶自身茫然たる顔いろだった。

「き、金宝、ど、どうしたというのだ?……まえまえから物のなくなるのも、みんなおまえのせいだったのか?」

「旦那さま、ゆるして。あ、あたしの病気なんです。……」

「病気?」

「え、月のものがはじまると……どうしても、ものが盗みたくなるんです。……手が……

手がひとりでにうごいて、盗人をするんです……」

「ばかな！」

西門慶には、そんな病気の思いやりはない。おどろきがしずまると、急に激怒がその眼を爛々《らんらん》とかがやかせた。

「それで金宝、末羅《バスラ》真珠を、どこにかくしたのだ」

「あの……のみこんでしまいました。……」

ものもいわず、西門慶は憑金宝の口に手をかけて、

「吐け、出さないか？」

彼は金宝の背なかをたたき、舌をつかみ出そうとした。のたうちまわる金宝の無惨な姿に、みんなオロオロしているが、だれも手も出せない。

その騒動に水をうったのは、そのとき突然ながれた景教僧の声だった。

「姫、どうなされた？」

ゾオラ姫のようすは、すこしへんだった。さっき妙に昂奮していたのに、いまは蠟《ろう》のような顔いろになって、上半身をぐらりぐらりとさせている。夢中になって憑金宝をさいなんでいた西門慶も、これにはめんくらって、あわてて席にかけもどった。

「姫、気分がわるくおなりなすったか？」

ゾオラは顔をあげた。その眼はうっとりとかがやき、唇にはなまめかしい微笑がうかんでいる。

「やっぱり、あたし、旅には出ないわ。ここにいさせてもらうわ。……」

「なにをいわれる。姫！」

アル・ムタッツは狼狽《ろうばい》してたちあがった。ゾオラはへいきで見かえして、

「あたし、気分がおかしいの。……なんだか病気になったみたい。……だから、アル・ムタッツ、あんただけ、さきへいって――」

「姫、わしの眼をみなさい」

景教僧のおちくぼんだ眼窩のおくから、また例の妖しいひかりがほとばしった。

「……わたしたちは、姫、旅立たねばなりませぬ。……」

ところが、ゾオラは、こんどはあやつり人形みたいにたちあがらなかった。依然として、うっとりとかすんだような眼で魔僧をみながら、

「ゆきません。……あたしは、ここで、この方とこうしているんです。いつまでも……」

つぶやくようにそういうと、不敵にも、白い腕をあげて、西門慶のくびにまきつけ、ぐったりともたれかかった。西門慶は恐悦するより眼をパチクリさせているし、アル・ムタッツにいたっては、口をアングリとあけている。ゾオラはまるで幻想の船にでものっているように、肌を西門慶にすりつけて、ゆらゆらと身をゆすっていた。

「お……姫」

西門慶はのぞきこんだ。姫はいつしかそのままの姿勢ですやすやと睡《ねむ》っていたのである。

「これは……ひどく酔われたようだ」

「その手にはのらぬ」

と、アル・ムタッツは、歯ぎしりして、姫の姿をにらみつけた。

「仮病をつかって、わしをたぶらかそうなど……そうまでして、このけがらわしい淫楽《いんらく》の家にとどまろうとは……天帝《エホバ》をおそれぬ大それた方。……」

西門慶は、その呪いの息吹で、ゾオラがそのまま冷たくなってしまいそうな恐怖におそわれた。

「おい、だれか、姫をとなりへはこんで、寝台に寝かせてあげてくれ。……」

棋童や小間使いたちが、睡りこけているゾオラ姫を抱きかかえて、隣室へはこび去った。心細げに、月娘と金蓮があとについてゆく。

まもなく、月娘や小間使いたちがもどってきた。西門慶は不安そうに、

「姫はだいじょうぶか？」

「だいじょうぶ。べつに熱もないし、きっとお酒ののみすぎですわ。金蓮さんがみていますし」

西門慶はうなずいて、すぐまた憑金宝に恐ろしい眼をそそいだ。

「ううぬ、どうしてくれよう？　腹をたちわってやろうか」

「まさか。……のんだものが、いつまでもおなかにとどまっていやしまいし」

と、隣から出てきた金蓮が、扉のところでいった。その言葉の意味をさとって、西門慶がむっと顔をしかめた。アル・ムタッツのほとんど苦しいまでの怒りのうめきがきこえた。

「おう、あの由緒ある王家の真珠を！」

　潘金蓮は笑った。

「まさか、汚れた真珠を旦那さまのお手許《てもと》においてもしようがないでしょう。……いっそ、あたしに下さらないかしら」

　妾たちはどよめいた。汚物につつまれたすばらしい大真珠、これほど女たちを惑乱《わくらん》させるものはなかろう。西門慶は、最初よりいっそう腹がたってきた。

「こいつ、腹をたちわってもあきたりない奴だ」

「お病気なんだから、かんべんしてあげなさいよ。……旦那さま、女には、月のものがはじまると、いろんな魔物がとりつくものですわ」

「そんなたわけた病気があるか」

「あの大食《タージ》の坊さまに、おまじないをしていただくといいわ」

　と、金蓮はけろりとしていった。

「たとえば、むかしあの坊さまは、ゾオラさまのお母さまに罪のつぐないとして、背なかを十字の烙印でやかれたとか。……」

　アル・ムタッツはとびあがった。くびをふろうとしたが、金蓮はしゃあしゃあとしてつづける。

「またそのおまじないでもしていただけば、いくらなんだって金宝さんの魔物でもおちるでしょう。……」

「ひどい、金蓮さん！」

身もだえして、憑金宝がさけび出した。

「あなた、よくそんなひどいことがいえたものね。……どうも、さっきからおかしいおかしいと思ってたけど、やっとあなたにだまされたことがわかったわ。……こうなったら、みんなばらしてあげるから、かくごしておいで。……盗んだのはあたしです。けれど、盗んだものは、まえからあなたと山分けしてたじゃありませんか？」

「なんだと？」

と、西門慶は眼をむき出す。金宝は涙をふきながら、

「あたしの病気を知って、それにつけこんで、むしろあたしをそそのかしていたじゃありませんか？　今夜だって、そうだわ。もうひとつのこった末羅《バスラ》真珠を盗む最後の機会だからといって、灯をけしてもなお眼のみえるように、あんな智慧《ちえ》をかしてくれたのはあなたじゃありませんか？……ふたりとも、同罪だわ！」

金蓮はそれをききながら、うす笑いをうかべている。

「あなた、みんなあたしをこんな目にあわせるようにしくんだのね？　あたしをこの家から放逐しようと思って？」

「そうなの。この家に、泥棒が病気というひとなんかにいられちゃあやりきれませんもの」

と、金蓮はぬけぬけといった。西門慶の、この女に怒っていいのかわるいのか判断に苦

しんでいる表情を、金蓮はへいきでふりかえって、

「なんにしても、あの泥棒女のからだから出てきた末羅《バスラ》真珠は、あたしに下さいね？」

「やっちゃいけない！　それが、狙《ねら》いだったんだわ。その手にのっちゃいけませんよ、旦那さま！」

と、憑金宝はきちがいのようにさけんだ。

「やかましい！」

と、西門慶はどなりつけた。

「ふたりとも、狐《きつね》か狸《たぬき》か、とんでもない奴らだ。とくに金宝、泥棒狐のくせに、指図がましい顔のできた義理か、えい、きさまのような奴は、ほんとうに……」

「病気なんだから、坊さまにおまじないをおねがいしなさいよ」

と、金蓮がまたそそのかす。西門慶はちらっとアル・ムタッツのほうを見た。景教僧が、なんともいえない陰惨な顔でおよぎ出た。

「おお、わしは耳をふさぎ、目をおおいたいようだ、悪臭うずまく罪悪の家よ。いかにも、わしが浄《きよ》めて進ぜる」

憎悪と嫌悪《けんお》にブルブルとふるえる指で、胸の十字架をはずすと、傍の大火鉢にぐいとつっこんで、

「そこな夫人」

と、金宝をみた。金宝はにげようとして、その恐ろしい眼にしばりつけられた。

「わしの眼をみて……わしの眼をみて……おお、大食《タージ》の沙漠に知らぬ人もいない王家の秘珠を盗み、けがした女よ、そなたはその罪の罰をうけねばならぬ。……」

彼は、卓上の水壺に両手をつっこむと、そのぬれた手で、真っ赤にやけた十字架をとりあげて、しゅっとしごいた。憑金宝よりも西門慶への示威だが、掌と灼けた十字架のあいだの水蒸気の障壁《しょうへき》をしらぬ一同は、てきめんにその魔力に金しばりになってしまった。

「いいや、その罪は、聖なる十字架で浄めねばならぬ！」

たちまち、憑金宝のむき出しにされた白い背から、恐ろしい煙がたちのぼり、悲鳴とともに、彼女は悶絶《もんぜつ》した。

魔僧アル・ムタッツは、十字架を水にひたして冷やし、胸にかけると、暗い眼でまた一同を見まわし、

「天帝《エホバ》の御意にそむく罪人は、だれしもその冥罰をうけましょうぞ！」

と言うと、ぶきみな跫音《あしおと》をひびかせて出ていった。

みんな、うなされたように、床にうつぶせになった憑金宝の背を見つめて、たちすくんでいる。そのむっちりした肉にえがかれた十字の火ぶくれ！

「えい、見たくもないわ。そいつをとなりへほうりこんでおけ！」

と、西門慶が顔をそむけてどなった。

小間使いたちが、失神した金宝を隣室にはこびこんだあと、一同は夢遊病者みたいに席にもどった。宴はもはや沈みきっていた。だいいち、かんじんの送るべきゾオラ姫もア

ル・ムタッツも席から姿をけしているのだ。

「——おい、伯爵」

と鬱々《うつうつ》と盃を口にはこんでいた西門慶が呼びかけた。

こういう場合に、いつも気をとりなおして、一座をにぎやかにしてくれる幇間役《ほうかんやく》の応伯爵が、なにやらひどく思案にくれているのが気にかかる。西門慶がかんがえこんでいるのは、いまはもう憑金宝のことでも末羅《バスラ》真珠のことでもなく、あの景教僧の呪いのことだった。

「伯爵、どうしたものだろうな？……姫は旅には出ないといっているが……あの恐ろしい達沙のことをかんがえると、わしは……」

そのとき、隣室で異様なうめき声がきこえた。みんな、はっと顔をあげて耳をすませていたが、突然応伯爵がとびあがった。

「——姫だ！」

と、椅子《いす》をはねかえして、となりへはしりこんだ。

——しかし、ゾオラは相かわらず、寝台に横たわっていたが、気がついたとみえて、眼をあけているが、恐ろしい苦痛にねじれた顔で、両腕で空をかいている。

「姫！　ど、どうかなされたか？」

「いたい、いたい」

と、ゾオラはうめいた。

「あつい、背なかが――」

「えっ、背なかが？――」

つづいてかけこんできた西門慶たちは、ぞっとして棒立ちになる。部屋にはだれもいない。いや、寝台の下に、蒲団《ふとん》をかけられてひとり気を失ったままの憑金宝夫人をのぞいては。

「せ、背をみろ、背なかをみろ。――」

西門慶の声に、呉月娘と孟玉楼《もうぎょくろう》が、ふるえる手で、苦悶にうめいているゾオラのからだをうつぶせにして背をあらわにしながら、

「まあ、ひどい寝汗。――着物も蒲団もビッショリだわ――」

といいかけて、なにかさけんでとびすさった。

「ら、烙印だ！」

伯爵が、うめいて、よろめく。見よ、あの西門慶がたたえてやまなかった雪白の肌に、無惨にうかびあがった火ぶくれの十字架！

「いつ、いつ、いつ？――あいつは？」

西門慶は、恐怖に両腕をもみねじって、まわりを見まわした。

「扉はひとつだ」

と、応伯爵はいま入ってきた扉にあごをふって、それからただ北側だけにある窓のところへはしりよってひきあげた。灯に美しく軒から長くたれた氷柱がきらめくのがみえた。

「いや、ここからも、だれも入った形跡はない。庭をうずめる雪に、足跡なんかひとつもない！」

と、応伯爵は地上をすかしてみながらさけんだ。冷たい沈黙のおちた冬の部屋に、人々はそれこそ凍りついたようにたちすくんでいた。

飄風《ひょうふう》之章

「それは、知らぬ」

と、眼を大きくひろげたアル・ムタッツは応伯爵に、

「ほかにだれも人がいなかったというのがまことなら、あの罪の女性《にょしょう》憑《ひょう》金宝《きんぽう》夫人を糾明《きゅうめい》なされい。だいいち、あの女には、おのれの罪を王女にあばかれたうらみがあるではありませんか？」

「その憑夫人はずっと失神していたのです」

「失神したふりをしていたのではありませんか」

「いや、あの烙印をおすには、灼けた十字架ではなくとも、灼けた火箸《ひばし》か熱湯でももちこまなくてはなりません。しかしあの部屋に、そんなものをもちこんだ人間はだれもいないのは、みんな知っているのです。憑夫人はもちろん、そんなものを誰にもみつからないようにふところやたもとにいれてはこぶことはできっこないし、また思いあたる器具や容器

もない。それかといって、姫のねむっておられた部屋に、火の気もなかったのです」

「窓から出て、火箸を手に入れにいったのではありませんか」

「それが、庭に、人のとおった足跡などまったくないのです」

それで、だまりこんでしまったアル・ムタッツは、泣きもだえるゾオラを抱きしめて、

「姫……姫……」

と、いたましげな声をしぼったが、ふっと眼が宙にすわると、

「天帝《エホバ》の御意があらわれたのですじゃ！　人智《じんち》を以てはかるべからざる神の御手が、邪淫の臥床《ふしど》に下って、烙印の冥罰をおろされたのですじゃ！　姫、天帝《エホバ》を恐れなさい。わしの申す言葉をないがしろになさった罰は、このとおりでありますぞ……」

と、ほこらかに、おごそかにさけんだ。……

一夜あけると、雪ははれて、凄《すご》いほどの碧空だった。が、寒気はいよいよきびしかった。そのなかを、このストイックな老景教僧は、やはり旅に出るという。のみならず、王女もつれてゆくという。これに対してゾオラが苦痛をしのびつつ悄然《しょうぜん》としたがっているのは、天帝《エホバ》の神罰に懲りたからにちがいない。そしてまた西門慶もあえてそれをとどめようともしないのは、おなじ恐怖からであろうか。

旅立ってゆく異国の僧と王女を、一同が門まで送って出ていったとき、応伯爵が、なにやら思案にくれた顔でやってきた。

西門慶や呉月娘が、ふたりと別れの挨拶をかわしているあいだ、応伯爵は潘金蓮と小声

ではなしている。

「金蓮さん。……憑夫人のからだから出てきた末羅真珠《バスラ》はどうしました？」

「だめだめ、やっぱり旦那さまが、洗って、とりあげてしまったわ」

「そんなことだろうと思った。それくらいのことで辟易《へきえき》する西大人じゃない」

応伯爵はくすりと笑って、うつむいて、地べたの氷のかたまりを蹴《け》とばした。氷は冷たい美しい金属的なひびきをたてながら、ころがっていった。

「わたしは、昨夜、どうしてもわからないことがあった」

「――なにが？……あのゾオラさまの烙印のこと？」

「それもそうですが……あなたが、なぜ姫に、憑夫人の盗みをあばくような暗示をあたえられたか、ということが――」

「ああ、あれ？　だって、おうちのなかに、泥棒が病気というひとにいられちゃあかなわないもの。といって、朋輩《ほうばい》のことを、あたしの口からはあばきかねるじゃあないの？」

「そりゃそうですが、だまっていれば、あなたは憑夫人の盗んだものが半分手に入るじゃあありませんか。それを、いまさら。……」

「ほ、ほ、あたしはそんなわるい女じゃありませんよ。仲間になったのは、証拠をつかむためだったのです。いつか、おそかれはやかれ、旦那さまにはいおうとかんがえていましたわ。……だいいち、いつまでも金宝さんの盗みがばれないと思って？　あたしは、それほどばかな女でもありませんよ」

「そう、あなたは、ばかどころか、恐ろしいくらい利口なひとだ。……」

といったきり、応伯爵はまただまって潘金蓮の顔をみてにやにやと笑っている。

「そのりこうなあなたが、金宝さんの盗みをぶちまけるのに、なぜ昨夜をえらばれたか、わたしはそれをかんがえていたのです。……」

「応さん、あなた妙にあたしにからむのね？　そりゃなにも昨夜じゃなくてもよかったのですわ。けれど、もう悪いことにはしんぼうできなかったのです。……」

金蓮は応伯爵の眼をのぞいて、ふとはにかむように微笑した。

「あなた、笑っているわね？……ほ、ほ、笑うわねえ。応さん、あたしはたしかに金宝さんの盗んだものをはんぶんまきあげていたわ。けれど、よくかんがえてみたら、盗んだものは、まさか人前に出せないでしょ？　いつも、かくして——それじゃ、手に入らないもおなじことだわ。それどころか、かくすのにいつも気をつかって、とてもひきあわないと思ったの。だから、いっそみんなぶちまけてしまえば、御褒美《ごほうび》とまではゆかなくっても、あの汚された不浄の末羅真珠《バスラ》一つぶだけは堂々とお下げわたしになるだろうとかんがえたのよ。……それがあのよくばりおやじ、そうは問屋がおろさなくって、たいへんな勘定ちがい」

「金蓮さん、あなたはりこうなひとだ。それくらいのことがわからないひとじゃない」

「え、それは、どういう意味？」

「あなたは、いままで手に入ったものも、末羅真珠《バスラ》も、みんななげ出しても、なおやりたいことがあったのじゃありませんか？」

「え、だから、あの泥棒女の放逐。――」

「それも、ついでだ。あたしの思うには、あなたはただあの憑夫人の背なかに、達沙《たつしゃ》から烙印をおさせたい目的だったのじゃありませんか？　あなたは、しきりにそのことをそそのかしていられた」

「おや、なぜ？　金宝さんの肌なんか、ちっともきれいじゃないわ。……」

「おっと、金蓮さんらしくもない。はははは、思わず、語るにおちましたね。いや、憑夫人の肌にやけどをつくるよりも、達沙に烙印をおさせるのを、みんなの眼のまえで見させたいというのが、その目的だったのじゃありませんか？」

「どうして？　あなたのいうこと、わからないわ」

「達沙の恐ろしさを見せつけるため。――あとでゾオラ姫の背なかに十字架の烙印があらわれたとき、その烙印をおしたのがあの達沙だと、みんなに思いこませるため。――」

「え、あれ、坊さまのしわざでしょ？　坊さまでなくって、だれが？」

「いやいや、いかな達沙といえども、姫の傍にいなくって烙印のおせるわけがない。げんに、姫の母御にしろ、憑夫人にしろ、実際に達沙が灼けた十字架をおしあてたじゃありませんか？」

「それじゃ、あの金宝さんでしょう。金宝さんは傍にいたんだから」

「金宝さんは気絶していましたよ。すくなくとも、灼けた十字架などもって入るいとまはなかった」

「それなら、あの天帝《エホバ》という恐ろしい神さまが――」

「ははは、あの達沙もわけがわからないものだから、じぶんに都合のいいようにそんなことをいい出したが……しかし、あの坊さまは恐ろしい。いまに何もかも気づかねばいいが……はやく旅にいってしまってくれればいいが。……」

景教僧と王女は、もういちど西門慶夫妻におじぎして、しずかにあゆみ去ろうとしている。そのゆくての真《ま》っ蒼《さお》な空にポッンと一点の黒い雲がうかんでいた。

ボンヤリとそれをみていた潘金蓮が、眼を大きく見ひらいて、応伯爵をふりかえった。

「応さん、あなたはいったい、なんだといいたいの？」

「ゾオラ姫の背に十字の烙印をつけたものは、十字架でもやけ火箸でもなく、十文字にくみあわせた氷柱《つらら》だったといいたいのです。……」

「まっ、氷柱が、あんなやけどを――」

「なんなら、氷柱のうえにながいあいだねていてごらんなさい。姫のからだがひどくぬれていたのは、そのためだったのですよ。……」

「ゾオラさまが、そのうえに、へいきでねていらしたとでもおっしゃるの？」

「姫は、酒にいれられた鴉片《あへん》で半失神していました。そうなるまえのあの異様なはしゃぎぶり、あの活潑《かっぱつ》なうごき、達沙の眼の魔力もなんのききめもないあの肉慾的なふるまい。……あれはみんな鴉片のせいだったのではありませんか？　そして、酒宴ちゅう、姫の傍にいたのは、西大人とあなただった。……」

「あたしが、あの姫君に、なんのうらみがあって」

「肌へのやきもち」

「え？」

「さっき、あなたが語るにおちたというのは、そのことです。あなたは、西大人がほめちぎったあの大食《タージ》の姫の雪白の肌に、みにくい十字の傷のあとをつけたかったのでしょう。……」

景教僧と王女はすでに十歩遠ざかった。

「応さん」

潘金蓮は、応伯爵の耳たぶに芳醇《ほうじゅん》な息をふきかけながら、ふりむいた。その背後で、さっきの黒雲が、みるみる妖しいばかりにひろがりはじめた。飄々《ひょうひょう》と風が面《おもて》をふいてきた。

そのとき、二十歩遠ざかったアル・ムタッツが、くるりとふりかえった。

老景教僧は、つかつかとひきかえしてくる。地の果てから、ぶきみな物音が鳴りどよもしてきた。みんな、なにやら恐ろしい予感にしばられてたちすくんでいる。

「ちょっと、いま気がついたのじゃが」

と、アル・ムタッツは一同を見まわして、いった。

「昨夜、姫がおねむりになっていたとき、傍にひとりいられたのは、どなたじゃ」

「――それは、憑金宝と……」

と、西門慶がドギマギしてこたえる。

「そのほかには？」

「呉月娘、棋童、小間使いの小鸞《しょうらん》、玉簫《ぎょくしょう》、……」

「いいえ、あたしたちは、みんないっしょでした。ひとりというと、ああ、金蓮さん。……」

と、呉月娘がいぶかしげにふりむいたとき、アル・ムタッツは一歩ゆらりとふみ出して、潘金蓮の眼に見いった。刺しつらぬくような眼のひかりである。

「姫の烙印は、やけどではなかった。……発赤《ほっせき》、水疱《すいほう》、壊疽《えそ》……症状はよく似ておるが、あれはひどい凍傷であった。……考えたりな、氷の烙印とは、……姫に鴉片をあたえてねむらせた女、そこな夫人……ここへきなさい」

金蓮は、にげようとしたが、老景教僧の深淵のような眼にとらえられた。

「わしの眼をみて……わしの眼をみて。……」

金蓮は、フラフラとおよぎ出した。応伯爵は全身水をあびたような思いでなにかさけぼうとしたが、声も出ない。景教僧は、金蓮をにらんだまま、見えない糸でひくように、あとずさりにふたたび往来をあゆみ去ってゆく。ふしぎな轟《とどろ》きがたかまってきた。

「おう、雲が！」

西門慶がさけんで、空をあおいだ。暗澹《あんたん》とした雲は、いつしかするすると黒い紐《ひも》をたらしつつ、疾風《はやて》のようにちかづいてくる。と、みるまに、地上からもひとすじの雪けぶりがまきのぼって、天地をつなぐ柱となった。

「竜巻だ！」

と、応伯爵が絶叫した。

それは、町の甍《いらか》や鋪石《しきいし》や枯葉をまきあげつつ、右や左へ、それこそ竜のようにうねりながらちかづいてくる。にげようにも、みんな金しばりになったようだった。このときにははじめてアル・ムタッツはこれに気がついたらしい。ふりむいてなにかさけんだが、次の瞬間、彼も王女も潘金蓮も、まっくらな砂塵《さじん》のなかにみえなくなってしまった。

「金蓮さん」

応伯爵がさけんではしり出したとき、竜巻は、ぐうっと大きくむこうへそれながら、虚《こ》空《くう》から、どっときらびやかなひとりの女を吐きおとした。潘金蓮である。轟きと竜巻は、みるみる彼方へ去ってゆく。

「金蓮さん！　金蓮さん！」

応伯爵が半狂乱に抱きあげたとき、金蓮は嵐《あらし》にうたれた梨《なし》のような顔いろで、

「背なかが……」

といったきり、がっくり失神してしまった。

——あとでわかったことであるが、潘金蓮の背には、地におちたとき、そこの鋪石の紋様のとおり、クッキリと赤い十字の傷あとが浮いていた。けれど……あの一陣の冬の飄風《ひようふう》は、妖しい異国の僧と王女をいずこへはこび去ったのか、ついにそのゆくえもしらずとなん。

黒い乳房

触手之章

応伯爵《おうはくしゃく》は、もと大きな絹問屋の息子《むすこ》に生まれながら、道楽で家をつぶしてしまったくらいだから、賭博《とばく》にかけては天才だった。したがって、幇間《ほうかん》みたいに出入りしている山東清《せい》河県《かけん》随一の豪商西門慶《せいもんけい》など、彼にとってこのうえなしの鴨《かも》である。ところが、ふしぎなことに、麻雀《マージャン》をやると、このごろ彼はよく負ける。いや、かならずといっていいほど負ける。好きだが、ひどく勘がにぶくって、そのうえ多血質ですぐ逆上しやすいたちだから、勝負事には弱い西門慶だと思っているだけに、天才のはずの応伯爵がかえって血眼《ちまなこ》になった。

「よし、リーチだ！」

「おい、いいのか？」

と、北家《ペーチャ》の西門慶が、ニヤニヤ笑った。ひどく、自信まんまんたる表情である。

つづいて南家《ナンチャ》の呉月娘《ごげつじょう》夫人が、西門慶のまえに重ねてある牌《パイ》をとり、つぎに第五夫人の潘金蓮《はんきんれん》がとる。西門慶が万子《ワンツ》の清一色《チンイーソー》をやっていることはあきらかだから、だれも万子を出しはしない。が、西門慶がつぎの牌をとりこんでニタリとしたところをみると、また悪運つよくも、欲しい万子を手に入れたのだろう。

一巡して、牌をとった応伯爵の顔いろが変った。いちばんおそれていた九万がきたのだ。西門慶がゲラゲラ笑った。

「伯爵、リーチだろう」

「やむを得ん。そら！」

「栄《ロン》」

と、西門慶はまたあがってしまった。清一色の四暗刻《スーアンコー》の、むろん満款《マンガン》だった。

「伯爵、これでおまえにいくら貸したかな。ほかのこととちがって、この勘定ばかりはかんべんしてやるわけにはゆかないぞ」

「はらうよ。むろん、それはこの首を売ってもはらうが。……」

と、伯爵は泣き声でいって、しばらく思案にくれていたが、

「いや、まけたまけた、今夜は西大人をよろこばせて、もうよすとしよう」

と、さすがに見切りをいさぎよくして牌をなげ出し、ガチャガチャとかきまわしてしまった。

が、そのあとで酒宴となっても、やっぱりみれんがのこるとみえて、金華酒をひとくちのんではふっと考えこみ、

「しかし、どうも奇妙だな、あにきは、じぶんのまえにつんだ牌の順序を知っているのじ

やないか。……」

「あははは、そんなことを知るものか。わしは象牙の裏まで見透せるほど天眼通ではないわい」

「むろん、そうだ。ただ考えられるのは、はじめ積むときに、指の腹でおぼえているのじゃないかということだが、……あにきの指が、それほど芸のこまかいはずがないし。……」

「この指がか？」

と、西門慶は、じぶんの人さし指と中指を灯にかざして、また愉快そうに哄笑《こうしょう》した。いもむしみたいにみじかくて、さきのふくれた指だった。

「麻雀の話はさておいて、伯爵、そうこの指をばかにしたものではない。この指は、なかなか神変不可思議な妖術《ようじゅつ》を体得したのだぞ」

「と、いうと？」

と、応伯爵はふしんそうな顔をあげたが、西門慶の眼にぎらついている好色的な笑いに、あいまいな苦笑をうかべて、

「そいつが、毒々しい指だってことは、ようく知っているよ」

「まあさ、麻雀にまけたからって、そうにくまれ口をきくものではない。この指はな、伯爵、闇中《あんちゅう》にふれただけで、左様、ただ乳房のさきにふれただけで、どの女か見わけることができるのだ」

「へへえ。……」

こういう話になると、応伯爵も、勝負にまけたことは忘れて、好奇心に眼をひからせる。

西門慶はいよいよ得意になって、

「なあ、伯爵、女をたのしむのは、要するに五感のものだろう。眼、耳、鼻、舌、そして触感。――」

「あたりまえだ。もっともそのうえに、心、というものがあるが、あにきなどにはわかるまい」

「えらそうな口をきくな。おまえだって、ガラにもないよ。ところで、そのうち、何がいちばん大事だと思う？」

「そりゃ、何といって欠けてはならんものばかりだが、まあ、ふつうには眼だろう。いわゆる美女とは、眼にみえてきれいな女のことをいうのだから」

「だからおまえなんか、いつまでたっても色道の深奥をきわめつくせないのだ」

「それじゃ、あにきはどうだ」

「触覚だ」

「なるほど。……そうかもしれないが、しかしそれ一点ばりというのも、少々人間味がないようだね。なんだか、畜生の色恋にちかくなるよ」

「それだ。色道の醍醐味《だいごみ》は、そこまで墜《お》ちて、はじめて究めつくせるのだ。二兎《にと》を追わんと欲すれば一兎をも得ず、況《いわ》んや五兎をや。……五感で味わおうなんぞと思ったら、気がちっていかん。なかんずく、いまおまえのいった眼など、これがいちばん邪魔になる。何でも一芸とおなじでな、一芸に達すると、百芸万象の深奥に達する。……」

「これはおどろいた。西大人からいまさら禅坊主みたいな色道の講釈をきこうとは思わなかった」

「おれが、麻雀の達人となったのもそのおかげだといえば、おまえもちっとは腑《ふ》におちるだろう。わからなけりゃ、それでいい」

西門慶は、うれしそうにゲラゲラ笑った。

正夫人の呉月娘をはじめとして、第二夫人李嬌児《りきょうじ》、第三夫人孟玉楼《もうぎょくろう》、第四夫人孫雪娥《そんせつが》、第五夫人潘金蓮、それからこのごろ新しく西門家の後園に迎え入れられた葛翠屏《かっすいへい》と香楚雲《こうそうん》は、キョトンとして顔を見合わせている。ただ、見合わせようにも見合わせようのないのが、卓の隅に影のようにすわっている第六夫人の劉麗華《りゅうれいか》ばかりである。彼女は、盲目だった。

応伯爵も、わかったようなわからないような気持である。色道に触感の大事なことは知っているが、いまさら何をと思う。しかし、この稀代の大好色漢が、ちかごろその飽くことのない色欲世界での猟奇から、なにやら珍しい霊感を獲得してきたらしいことは想像できる。

たしかに、あのへたな麻雀に、別人のような魔力をそなえてきたほどに。

盲女之章

かったのだ。

声は、きこえなかった。ただ、廻廊のむこうに立っている葛翠屏の厚い唇《くちびる》のうごきでわかったのだ。

西門家の後園だった。正方形の中庭をかこんで、北廂房《ほくしょうぼう》に潘金蓮、西廂房に孫雪娥、南廂房に葛翠屏、東廂房に劉麗華が住んでいて、それを朱の廻廊がつらねている。北廂房から出て、東の廻廊にまがりかかった金蓮は、その南のはしに立っている葛翠屏に呼ばれたのである。

葛翠屏は、もと或る高官の妾《めかけ》だったのだが、その高官に西門慶が金を貸して、そのかたにもらいうけた女だが、色は白く、みごとなからだをしているが、鼻がひくく、唇があつく、ちょっと狆《ちん》に似た顔をしている。じぶんより美しいものに対しては、じっとしてはおれない性質をもつくせに、醜いものに対してはまた軽蔑《けいべつ》というより憎悪にちかい感情を抱かずにはいられない潘金蓮は、彼女がきらいだった。

ついと身をひるがえそうとした金蓮は、そのとき翠屏が、親指をつき出して東廂房をさし、それから両手で抱くまねをして腰をうごめかしたのに立ちどまった。

「金蓮さん」

「…………」

眼と眼で、ふたりの女は問答した。東廂房に西門慶がきているというのだ。

金蓮は、音もなくあるき出した。その東廂房のまえを、仮面のような無表情でとおりすぎて、翠屏のまえにくると、

「翠屏さん、のぞいてみてやらない？」

と、微笑した。

ほかの妾と西門慶とのいちゃつきを見たい、その慾望はないことはないが、そういう点はふだんでも西門慶は豪快なくらいあけっぴろげだから、いまさらという感もある。金蓮がいまそうもちかけたのは、ほかに理由がある。それは東廂房の劉麗華が、盲目の女だということだった。盲目の女を相手に、西門慶はどういう愛撫《あいぶ》のしかたをするのだろう？じぶんたちに対してと、おなじだろうか。それとも？……金蓮には、きょうひるまきいた西門慶の「……色道の醍醐味を、五感で味わおうなんぞと思ったら、その深奥をきわめつくせるものではない。なかんずく、眼などいちばんのじゃまになる。……」云々《うんぬん》といった仔細《しさい》ありげな言葉が、気にかかってならない。

ふたりの女は、眼をひからせて、外に出た。月のない、初秋の夜だった。

跫音《あしおと》しのばせて、東側の庭をあゆみ、櫺子《れんじ》の窓ごしに、そっと東廂房をのぞきこんで、ふたりは息をのんだ。

部屋に灯はともっている。花瓶《かびん》に黄金のような木犀《もくせい》の一枝がさしてあった。

「………」

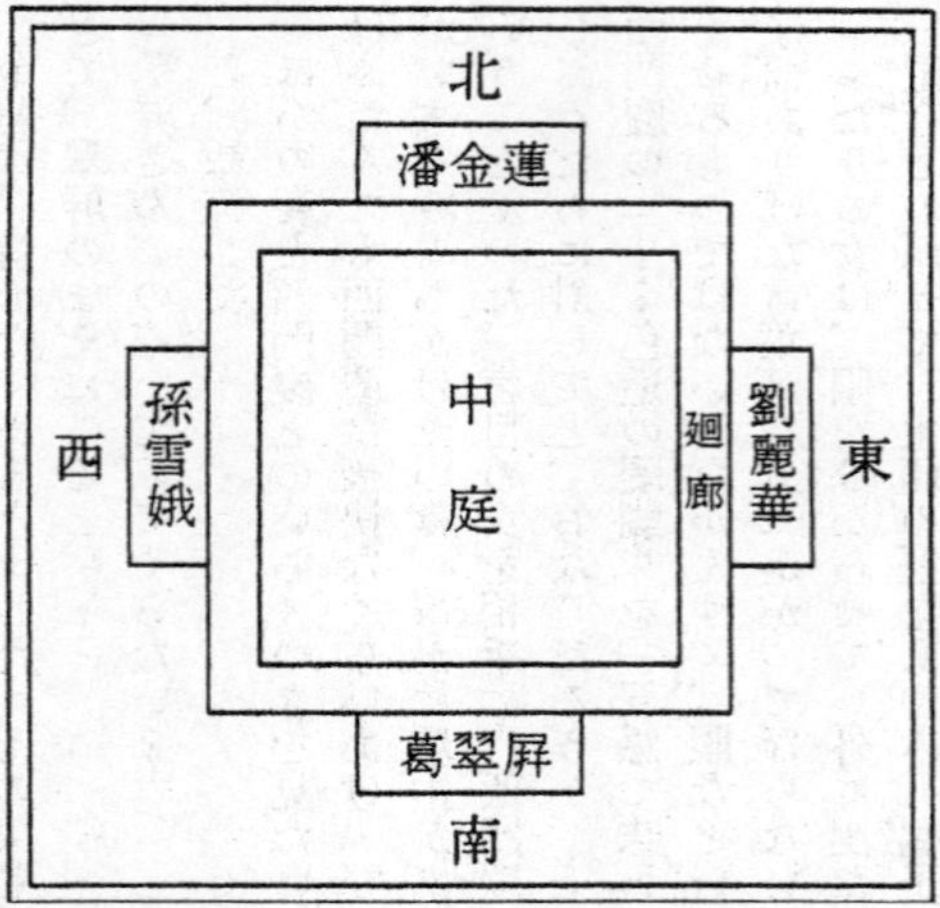

見るためでなく、そのむせかえるような薫《かお》りをかぐためであったろう。西門慶と劉麗華は、まっぱだかだった。それもおたがいに見るためではない。灯も、消す必要がないからともしているだけだ。麗華は盲目だし――そして西門慶も、どういうつもりか、黒い布で眼かくしをして、盲人みたいに手さぐりにあるいているのだった。

劉麗華も生まれながらの盲女ではない。この夏、ふとしたことで失明した女だ。両腕をまえに、おしりをうしろにつき出して、ソロソロとうごいている姿は、ふつうなら滑稽《こっけい》にみえるはずだった。

それが、可笑《おか》しくはないのだ。おたがいの息づかいと跫音をもとめ、その息づかいと跫音もひそめ、音もなくさぐりよろうとしているふたりの姿は、なにか真剣勝負か芸の苦行のような凄愴感《せいそうかん》があった。しかも、これだけのあいだに、ふたりがどんなに昂奮しているかは、全裸の肉体の変化をみればよくわかる。

「色道は、触覚だ」

と西門慶はいった。

しかし、触覚とは相手の肌にふれることでなく、ふたりはすでに空中をとおして、微妙な肉感を撫《な》でまわしているようだった。

潘金蓮の眼が哀しみに翳《かげ》った。

彼女は、西門慶がじぶんの知らない世界に、ふしぎな白馬にのって漂い去ったような悲哀と驚愕《きょうがく》をおぼえた。西門慶がじぶんから離れ去ったことを、彼女はこれほどふかく感じたことはなかった。

ついに、西門慶の指の尖端《せんたん》が、劉麗華の乳房にふれた。うすい赤い乳くびが眼にみえてピンと勃起《ぼっき》した。

「あああウ！」

劉麗華はあえいだ。

もとは西門家におとらぬ富豪の夫人だった女だ。盲目ながら、この女ほど気品たかく、憂わしげで、ろうたけた容貌《ようぼう》は、ほかの愛妾にも類をみないが、それだけに色気が淡く、失明以前には西門慶の寵《ちょう》もそれほどふかいとはいえなかったのに、いま、ひくいうめき声ながら、別人のように——なんという獣を思わせる声であろう。

「おおおウ！」

と、西門慶もうめいた。ふたりは立ったまま、からみあっている。八本の手足が、ウネウネと這《は》いまわり撫でまわし、摩擦しあい――異様な白炎が螺旋《らせん》のようにたちのぼり――ひとすじ透明な汗のようなものが、ふたりの足をつたっておちるのがみえた。

気がつくと、葛翠屏は、窓の下に大きな尻をペタンとすえて、肩で息をしている。唇をなかばひらき、十本の指がひきつけたようにおののいていた。

潘金蓮も、痙攣《けいれん》と嘔気《はきけ》をかんじた。彼女は、劉麗華に讃嘆《さんたん》をおぼえた。にくしみをかんじたのは、足もとのこの肉塊に対してだった。――まるで、じぶんじしんの秘戯を盗み見られたように。

鞦韆《しゅうせん》之章

さて、それから一ト月――西門家の後園に、どれほどとらえがたい愛情の波がたゆたい、まつわり、ながれ去ったであろうか。ひとりの男をめぐる七人の妻妾、かんがえただけでもわずらわしいかぎりだが、その西門慶がまた、移り気でわがままの権化《ごんげ》みたいな男だから、かえって、十年一日の風景だともいえる。

「……落つる葉に秋風の早し

八月に胡蝶《こちょう》の来り

ならびとぶ西園の草
これに感じて妾《しょう》の心をいたましめ
そぞろに紅顔の老いんことを愁う。……」

中庭の中央に、鞦韆《ぶらんこ》がある。ひとりそれに腰をおろして、ぶらぶらとかすかにゆすりながら、劉麗華はうたっていた。見えない眼を雲にあげ、かなしげな声であった。

すっと、ひたいを照らしていた日が翳った。夕ぐれがせまっていると気がついて、彼女は足で地をさがしながらおりようとして、

「おや、だあれ？」

と、さけんだ。だれか、うしろから鞦韆の綱をつかんだものがある。

「あっ、よして！」

劉麗華は悲鳴をあげながら、クルクルまわった。うしろのだれかが、綱をねじりはじめたのだ。麗華の泣き声を無視して、その手はなおキリキリと綱をよじると、いきなりつきはなした。恐ろしい勢いで、鞦韆は逆に回転し、それからまた反対にまわって――どうと、麗華は地上におちた。彼女はほんの数秒失神していたが、だれかに抱きあげられて、また恐怖のさけびをあげた。

「奥さま。――奥さま」

金蓮つきの小間使い龐春梅《ほうしゅんばい》の声だった。

「ああ、おまえ。……」

麗華は、安心するとともに、すがりついて、わっと泣き出した。

この春梅は、どういうものか、まえまえからひどく彼女を好いてくれて、失明後はいよいよ親切にしてくれる女だ。しっかり者の春梅は、淫蕩《いんとう》きわまりのないこの邸に、麗華を、泥中《でいちゅう》の蓮《はす》、はきだめの鶴《つる》、場ちがいの犠牲者のようにみて、同情してくれるらしいのだ。

「お可哀《かわい》そうに……奥さま、だれかまたいたずらをしましたね」

「春梅、みていたの？」

「はい、いま西の廻廊を通りすがりにひょいとのぞいたら、奥さまをのせたまま、鞦韆がひどくまわっているので……」

「まわしたのは、だれ？」

「それが……いたずら者がだれだったか、よくわかりませんでした。東の廻廊へ、ちらっとにげこむ裳《も》がみえたようでしたけれど――おや、あそこに靴《くつ》がひとつおちてるわ。廻廊にあがるとき、あわてておとしていったものですね」

春梅は、はしっていったが、どうしたのかなかなかかえってこない。

「春梅、春梅」

と、麗華は呼んだ。

「はあい。……」

「だれの靴？」

こんどは、返事がなかった。春梅はその靴をひろいあげて、ひどくこまったようすである。

「いいから、かえってきておくれ。……あたし、わかってるの」

もどってきた春梅に、麗華はさびしい笑顔をみせた。

「春梅。……金蓮さんの靴でしょ」

「…………」

「あたし、わかってるのよ。このあいだから、わたしにひどいいたずらをするのは、きっと金蓮さんか、翠屏《すいへい》さんにちがいないって――」

「翠屏奥さまも？……どうしてでしょう？」

「どうしてだか、わからないわ。一ト月ばかりまえから、そうなの。……でも、このごろ、翠屏さんはなにもしなくなったけれど」

庭に夕闇《ゆうやみ》が、たちこめはじめた。麗華の顔は、風にふかれる夕顔のようにわなないた。

「翠屏さまは、このごろ旦那《だんな》さまの御寵愛《ごちょうあい》だから」

春梅はしばらくだまっていたが、やがて溜息《ためいき》をついて、

「旦那さま、ほんとうに気まぐれな方ですね。あたしには、どうして急にこのごろ旦那さまが翠屏奥さまのところばかりお通いになるのか、それこそわかりませんわ。こういってはなんですけれど、奥さま方のうち、翠屏奥さまの御器量がいちばんお落ちになる、こう見えますのに。……そりゃあね、きのうも御酒席で、旦那さまが応さんに、伯爵、いちど眼かくしして女とあそんでみろ、盲目になったつもりで、女を抱いてみろ、この世の美女

が、眼でみたときとはまったくひっくりかえるから、なんて妙なことをおっしゃって、翠屏さまのほうをごらんになってニヤニヤお笑いになりましたけれど、それじゃ、盲になったつもりだと、翠屏奥さまがいちばん美人だとでもおっしゃるのでしょうか？　ホホ、まあ、眼かくしまでして、むりに美人に思おうとするなんて……正気の沙汰《さた》じゃあありませんね。あたしなら、いやでございますわ。ばかにされたようですわ。それなのに、翠屏奥さまといったら、とくいそうにみんなを見まわし、お笑いになって。……」

「翠屏さんのお話なら、もうきかせないで」

と、麗華ははげしくくびをふった。

麗華には、わかっている。西門慶は、あの微妙不可思議な触手の快楽を発見し、会得した。そして、対象をうつしたのだ。眼かくしさえすれば、かならずしも相手が盲女である必要はないということを知ったのだ。

「あのひとは、ほんとうにごりっぱなおからだをしていらっしゃるから。……でも、旦那さまはそうやって、いま翠屏さんを御寵愛なのに……あたしなんか、もうふりかえっても下さらないのに、なぜ、金蓮さんは――」

「奥さま、風がさむくなりました。もうお部屋にかえりましょう」

春梅はあわててさえぎったが、麗華はいいつづけた。

「なぜ金蓮さんは、いまでもわたしをにくむのかしら？」

彼女はひとりであるき出した。東廂房への方角は、いま春梅のはしってゆき、はしって

もどった跫音から、ほぼ見当がついていた。春梅は、あわててその手をとりながら、

「ゆるして下さいまし、奥さま。……金蓮奥さまは、御自分より美しい方をにくまずにはいられない、こまったおくせがおありなのですの。……」

「わかりません！　あたしにもわかりません！　なぜ、そう執念ぶかく金蓮奥さまがあたしは、金蓮さんほど美しくはないわ。それに盲目なのに。……」

「あたしは、金蓮さんほど美しくはないわ。それに盲目なのに。……」

「わかりません！　あたしにもわかりません！　なぜ、そう執念ぶかく金蓮奥さまがあなたをおにくみになるのか。――」

急にわれをわすれたように、春梅はさけび出していた。

「奥さまを盲にしたうえに！」

はっと気がついて、口をおさえたが、もうおそい。劉麗華は立ちどまった。

「春梅、なんといいました？」

「…………」

「あたしを盲にしたのは金蓮さんですか？」

「いいえ、ただ……奥さまの眼は、ほんとうにお美しかった。にくらしいほどお美しい……と、いつか金蓮さまがおっしゃったのをきいただけですわ。……」

春梅は、苦しそうだった。じぶんの失言に、顔いろも蒼《あお》ざめている。

しかし、劉麗華は、じぶんの眼のつぶれたときのことを思い出した。ひとにはいえないことである。この夏、彼女は、金蓮の住む北廂房の壁に小さな穴のあることを発見して、偶然、西門慶と金蓮の痴態をみた。そしていくどかその窃視欲《せつしよく》に誘惑されて、とうとう何

者かに壁の向う側から、のぞいているこちらの眼を刺されたのだった。刺されたのは片眼だけだったが、それがもとで両眼とも失明してしまったのだ。

彼女は、じぶんがひとの秘戯をのぞいていたとは、死んでも口外できなかった。それでその事件は、あいまいな結果になってしまったのだが、彼女自身は、じぶんを刺したものが金蓮だとはいままで思ってはいなかった。なぜなら、彼女がのぞいていたとき、金蓮はずっと向うの壁際にいたからだ。……しかし……しかし……いま春梅にささやかれてみると、そこに何か恐ろしいからくりがあるような気がする。

劉麗華は、春梅にみちびかれて部屋にもどってからも、いっしんに考えつめた。わからない。わからない。けれど、じぶんを盲にしたものは金蓮にちがいない。あの龐春梅がそういう以上は！

「奥さま、こちらのお手も」

春梅は、さっき鞦韆からおちたときについた麗華の泥《どろ》を、湯でていねいに洗ってやっていた。

「まあ、よく火のおこっていること。奥さま、このお湯はおろしておきましょうか？　お危のうございますから」

といったのは、銅の火鉢《ひばち》を気づかってのことであろう。

「いいえ、なれているから大丈夫」

と、麗華は寝台に腰かけたまま、かすれた声でいって、うなだれている。ふしぎなことに、春梅がもう金蓮のことを口にしないのは当然として、麗華もそれ以上何もきこうとはしない。

彼女は、ただ寝台の傍で強く匂《にお》っている例の木犀の花かげに顔をそむけて、いっしんに何かを思いつめている。夕闇が凝って、もののけの影をかたちづくったような姿だった。

黒炎之章

どれほどの時がたったか。——劉麗華は、依然として凝ったように身うごきもしなかった。彼女は、ただひとつの音をきいていた。沸々《ふつふつ》と何やら煮えるものの音を。——それはしだいに彼女のあたまを灼《や》き昏《くら》ますばかりの炎の音と変っていった。

もう行ってしまった春梅の声がきこえる。

「なぜ、そう執念ぶかく、金蓮奥さまがあなたをおにくみになっているのか——」

遠く母屋のほうで、月琴の音と笑い声がきこえた。だれもじぶんを呼びにくる者もない。金蓮もあのなかでたのしそうに笑っているだろう。——いや——

劉麗華は、さっき部屋のまえを、酔った声で南曲を口ずさみつつ通っていった金蓮の声を思い出した。金蓮は、北廂房にかえったのだ。

あの女が、あたしの眼をつぶした。

じぶんより、美しい眼をもつあたしがにくいばっかりに、あたしを生まれもつかぬ無明の地獄におとし、そのあげく、なお足りないで、なぶり、いじめ、苦しめぬこうとする。

劉麗華が思いつめていたのは、むろん、金蓮の眼をつぶしてやることだった。しかし彼女は、すぐにその考えを放擲《ほうてき》した。それは盲目のじぶんに出来ないことである。針も刃物も矢も毒も、もうじぶんの自由にはならない。

彼女は耳に沸々とたぎる音をきき、またひとつの声をきいた。

「まあ、よく火のおこっていること。奥さま、このお湯はおろしておきましょうか？　お危のうございますから」

わきたぎっているのは、銅の火鉢にかけてある銀の壺《つぼ》の湯であった。

すっくと劉麗華はたちあがった。わななく片手にその銀の壺の把手をにぎり、夢遊病者のように部屋を出た。

夢遊病者のように――いや、そうではない。盲ではあったが、彼女はよく知っていた。北廂房へゆく路《みち》を。もっとも、いかに盲でも、そうむずかしいわけはない。彼女のいる部屋は東廂房だから、そこを出ると、右にまわり、角を左に折れてすすむと、右側が北廂房になる。

片手で廻廊の朱塗の勾欄《こうらん》をさぐりながら、麗華は金蓮の部屋のまえに立った。

「金蓮さん」

はじめひそやかに呼んだ。むこうであけた扉《とびら》のかげから、いきなり熱湯を顔のあたりにあびせてやるつもりだったが、返事がない。――彼女は、もう二度ほど呼んで、そうっと扉をあけた。

寝息がきこえた。まだそれほどの時刻ではないが、きっと酔いつぶれたのであろう。麗華は耳をすませた。たしかに、金蓮の寝息だ。彼女はすすみよって、左手をそっとのばした。なまあたたかく起伏する着物にふれたが、なお寝息はやまない。

と、みるまに、麗華は右手の熱湯を、さかさまにしてザッとその上にあびせかけた。

「ぎゃっ」

悲鳴があがったのと、そのからだが鞭《むち》のようにはねあがったのと、どちらが早かったか。

——どうと寝台の向うにころがりおちて、凄《すさま》じい苦鳴ののたうつのをあとに、麗華は身をひるがえした。面《おもて》を吹く風をたよりに、もとの扉から廻廊にのがれ出る。

そのまま左に折れて、彼女はもときた路をかけ出した。が、たちまち、

「あっ」

と、さけぶ声がすると、彼女は何者かにつきあたってひっくりかえった。

銀の壺が床におちて、鏘然《しょうぜん》と鳴る。ぶつかったのは盲目のせいばかりではない。向うからやってきた人間も、角をまわって出合がしらの衝突に、もろに床に顚倒《てんとう》したようすだ。

「まあ劉奥さま!」

春梅の声だった。

「どうかなさいまして?」

「春梅」

そういったまま、麗華はうしろをふりかえった。金蓮が追っかけてくることは、なかばかくごのまえではあったが、ふしぎにそのようすはない。それでは、手さぐりながら、もくろみは予想以上にうまくいって、金蓮の眼も顔もやけただれたのだろうか。それとも、或《ある》いは死んでしまったのかもしれない。……

「まあ、奥さま、壺などおもちになって、お水ならだれかお呼びになればよろしいのに。——ああ、みんなあちらにあつまって、あんまり応さんが面白い話をなさるものだから、すっかり奥さまのことを忘れているんですわ、おきのどくに……」

春梅は、麗華をやさしく抱き起した。

「さ、かえりましょう」

彼女に手をひかれて、じぶんの部屋にもどりながら、麗華はワクワクした。春梅は、さきにひきあげた夫人の金蓮を気づかって、北廂房にゆこうとしていたにちがいないのだ。そうすると、万事休すである。いや、これはじぶんの破滅を承知しての復讐《ふくしゅう》にちがいないが、もし金蓮が悶死《もんし》し、じぶんの行動を知っているものがこの春梅だけだとすると、ひょっとしたら、うまくのがれられるかもしれない。あれほどじぶんの同情者である春梅なら。——そう思って、麗華はワクワクしたのだ。

「春梅、金蓮さんのところへゆく？」

東廂房にもどって、寝台のはしに坐《すわ》らせられると、彼女はかすれた声できいた。

「はい、なにか、御用でしょうか？」

「いいえ、そうじゃあない。それよりも……」

劉麗華は、必死だった。

「ひるま、おまえ、あたしの眼をつぶしたのは、金蓮さんだといったけれど、あれは、ほんとう？」

「まあ、奥さま、あたし、そんなこと申しましたでしょうか。そんな、途方もないことを！……あの、奥さま、お水をくんでまいりましょうか？」

「春梅、おにげでない」

麗華の声は、ねじれるようだった。

「おまえ、あたしを可哀そうと思ってくれる？」

「奥さま！　それは、もう……」

「それじゃあ……それじゃあ……もし、あたしが金蓮さんをうらんで仕返しをしたとしたら……それもむりはないと思っておくれか。それとも、やっぱりにくいとお思いか。……」

春梅は、だまりこんだ。何をいい出したのかと、マジマジと劉麗華の顔を見まもっているようすである。

ちかくの寺で、鉄牌子《てっぱいし》を打つ音がきこえた。

「まあ、もう二更になりますわ。奥さま。……なにかひどくたかぶっていらっしゃいますわ。お話はあしたにして、今夜はもうおねむりなさいませよ」

と、春梅はもてあましたらしく、麗華の肩を抱いて、寝台に横たえようとする。麗華は狂ったように身もだえしながら、

「いいえ、春梅、どうぞいっておくれ、おまえは金蓮さんを大事と思うか、あたしをいとしがってくれるか」

「ええ、ええ、なんにしても春梅は、奥さまが大好きでございますよ。……」

突然、春梅はそこでまた沈黙した。麗華をなでていた手が、じいっとうごかなくなってしまった。

「どうしたの？　春梅。……」

「奥さま、だれか、そこにいます。……」

「えっ、どこに？」

「この寝台と壁のあいだに、床に仰向けになって――」

劉麗華は水をあびたような思いではね起きたが、それよりもっと恐ろしい叫びが耳を打ったのは次の瞬間だった。

「あっ、胸がやけただれて――おお！　これは、す、す、翠屏奥さま！」

屍幻《しげん》之章

西門慶は、酔った足どりでフラフラと後園にやってきて、南廂房のまえに立った。

「おい、翠屏」

と、呼ぶ。夕方から、翠屏は酒席に顔もみせないのである。もっとも顔の点からいうと、それほど見たい顔でもない。ただ、あのすばらしい肌のなめらかさ、微妙な筋肉のうごめき、それ自身一個の動物のような乳房だけが、彼にとっての必要物だ。

「準備はいいな？」

そういうと、彼は黒い布をとり出して、眼かくしをした。なかで、ふくみ笑いがきこえたところをみると、このごろの慣習どおり、翠屏も眼かくしをしたようすだ。

西門慶は、扉をあけてなかに入った。

両うでをつき出し、ソロソロとあるき出す。このとき彼は、眼はむろんのこと、聴覚、嗅覚《きゅうかく》まで、いっさい自律的に禁断してしまう。それには一種の技術が必要であるが、彼はすでにそれを身につけた。それは盲女との愛慾ではからずも習得した、奇怪な遊戯のテクニックだった。そして、全身全霊、ただ触覚の化身となって、相手の肌にふれてゆくとき生ずる感覚は、それはまあ、なんという絶妙の快楽であったろう。

壁をぬるようなかたちの掌《てのひら》が、ワングリとまるい乳房にふれた。これだ、彼が葛翠屏を見なおしたのは！　豊麗、優雅、妖艶《ようえん》、さまざまの美をほこる愛妾の数にことは欠かないが、これほど吸いつくような蠱惑《こわく》に濡《ぬ》れた乳房が、またとこの世にあるであろうか。

「おおウ！」

と、それだけで西門慶は、法悦のうなり声をもらした。

夜のむこうで、なんともいえない絶叫がきこえたのは、その刹那《せつな》だ。いかに聴覚を禁断したとはいえ、それはふたりをぎょっとして立ちすくませるに充分だった。

たちまち、翠屏はバタバタと部屋をかけ出していった。西門慶はあわてて眼の布をとりながら、

「おい、待て」

と、扉の外へとび出したが、すでに南の廻廊には人影もない。ただ、東の廻廊を北へかけていく跫音がかすかにきこえた。

「はてな、いまの声は、どうやら東廂房の方からきこえてきたようだが。——おうい、翠屏」

と、キョロキョロしながら、東の廻廊にまわってゆくと、北側から、ひょっこり潘金蓮があらわれた。

「なあに、大きな声をして、翠屏翠屏って——」

ちかづいてきた金蓮は、ふきげんそうにいった。

「おい、翠屏はそっちにゆかなかったか」

「そんなこと、知りませんよ。それより、春梅はまだ母屋のほうにいるんですの？　二更になったら起してくれっていってあるのに——」

「春梅なんか知るものか。はてな、おかしいなあ」

西門慶が眼をこすっているところへ、南の方から応伯爵がフラフラとやってきた。

「なんだ、西大人。やっぱりここへ、もうしけこんでいるのか。馬鹿っ話にむちゅうになって、ヒョイとふりかえってみると、あにきはいないじゃないか。そう気がついてみると、金蓮さんも麗華さんも翠屏さんもいない。そりゃあにき、はやくこっちに籠《こも》りたかろうが、おれはあにきに是非今夜じゅうにきいてもらわなくちゃこまることがあるんだよ……」

すこし、伯爵は酔っている。西門慶は、にがい顔をした。また借金の相談にきまっている。

「それどころじゃない、葛翠屏がいないんだよ」

「翠屏さんが？　いつから？」

「なに、たったいま南廂房からとび出してこっちへきたはずなんだが、反対側からやってきた金蓮が知らないというんだ」

「そんなばかな話があるものか。それじゃこの東廂房にいるんだろう」

と、伯爵は、傍の扉をさした。

西門慶と金蓮は顔を見合わせた。ふたりとも、この部屋の住人には間のわるいことがあるらしい。

「……ウム、そういえば、いまこの部屋のあたりで妙な声がきこえて、それで翠屏がかけ出していったのだが……」

「それじゃ、呼んでみよう。おうい、劉夫人」

中は、しいんとしていた。扉をひっぱったが、鍵《かぎ》をかけてあるらしい。

「えい、ほうっておけ。それより、おかしいな、翠屏はどこにいったろう？」

「じゃあ、もういちど探してみましょうか」

と、西門慶と金蓮は、そそくさと北の方へいそぎ足でいってしまった。応伯爵はあわててそれを追おうとしたが、ふとまた傍の扉に視線をもどして、

「はてな、これもふしぎだな。いくら盲でも、このさわぎはきこえるはずだが——それに、いまこの部屋でへんな声がきこえたって？」

と、つぶやきながら、騒々しく扉を叩《たた》いた。

「劉奥さん、劉奥さん、なにも変ったことはありませんか？」

あやうく、応伯爵はつんのめりかけた。扉が急にひらいたからである。なかに蒼白い顔で立っているのは、春梅だった。

「おい、春梅さん、おまえ、ここにいたのか？」

「応さん、はやく入って下さい。御相談があるんです」

と、春梅はいそいで伯爵をひきずりこんで、また扉をしめた。伯爵はめんくらって、キョロキョロと部屋の中を見まわして、ふっと眉《まゆ》をひそめた。

「劉奥さんは、どうなすったんだ」

劉麗華は、寝台の上で両手で顔を覆っていた。

「それより応さん、寝台のむこうをのぞいてみて下さい」

応伯爵はのぞきこんで、しりもちをついた。

「わっ、こ、これは！　乳がやけただれて……死んでるのかい？　だ、だれ？」

「翠屏奥さまです」

「なにっ……翠屏さんは、いま西大人が追っかけてきたというじゃあないか」

「なんのことですか、それは？……翠屏奥さまは、だいぶまえから、そこにたおれていらしたらしいのですわ。あたしたちは、さっき気がついて悲鳴をあげたのですけれど」

「それじゃあ西大人がきいた変な声とは、その悲鳴なのか。……おかしいな、翠屏さんは、いつからあんなになって、ここにいたのだろう？　劉奥さん、あなたはずっとここにいらしたのでしょう。――」

「いいえ、あたし……さっきここを出ました」

麗華は、幽霊のような声でいった。あまりの驚愕《きょうがく》、あまりの恐怖のために、いつわる気力もおしひしがれたのだろう。

「どこへ？」

「金蓮さんの部屋に」

「なんで？」

「あたしの眼をつぶした金蓮さんに仕返しをするために」

「なんですって？　だ、だれが、あなたの眼をつぶしたのは金蓮さんだなんていったのです？」

「この春梅が」

「とんでもない！　奥さま、あたしはそんなこと申したことはありませんわ！」

「まあ、よろしい、それから？」

「あたし、北廂房にいって、そこの銀の壺の煮湯をねている金蓮さんにあびせかけてにげ出したのです。……そして、にげもどる途中、曲り角で春梅にぶつかって、いっしょにここにもどってきたのです」

「熱湯をかけた？　しかし金蓮さんは、いま見たが、相変らず腹のたつくらいきれいな顔をしていましたぜ。そして、翠屏夫人のほうが……熱湯をぶっかけられて、ここにいる」

「わかりません。あたし、なんだか、わけがわかりません。恐ろしいことです。……」

「あなた、北廂房へいったって――眼がみえないのだから、何かかんちがいしたのじゃありませんか？」

「いいえ、それくらいのことはわかりますわ。ここを出て、右にまわって、左に折れて、右に入ったところが北廂房ですもの。……」

「それに、あたしも、廻廊の東北の隅《すみ》で、劉奥さまにぶつかったんです」

と、春梅がいった。

「なるほど。……そして、たしかに金蓮さんに熱湯をかけたのですね？」

「それは、盲だから見たわけじゃありませんけれど、感じはたしかに金蓮さんでした。かけたときの悲鳴もそう。――たとえ、あれが翠屏さんだとしても、翠屏さんがなぜ北廂房にねていたのでしょう。またねていたとしても、それがどうしてこの東廂房にいるのでしょう？……恐ろしい！　あたし、恐ろしい！」

「応さん、御相談というのはそこなのです。あたしにもわけがわかりませんけれど、とにかく翠屏さんはここで死んでいらっしゃいます。なにか、おそろしいまちがいです。……あたし、劉奥さまがお可哀そうでならないんですよ。たすけてあげたいんですよ。熱湯をかけられたひとが、金蓮さまならともかく、翠屏奥さまであってみれば……あたしは、いま劉奥さまのおっしゃったことを、旦那さまや金蓮さまにはだまっているつもりなのですけど」

と、春梅は熱心にいった。

「応さん、なんかこの善後策を考えて下さいません？　あなたなら、きっと悪くはなさらないだろうと思って、急におすがりするつもりになったのですよ」

だらしがなくって、諧謔家《かいぎゃくか》で、素寒貧《すかんぴん》の応伯爵だが、妙に女たちに好かれる男でもあった。またそれをちゃんと知っていて、女にたのまれると、いやとはいえない性分をとくいに思っている応伯爵ではあったが、

「それは、心得たが……しかし、ふしぎですな。いったい奥さんは、いつからこの部屋にいらしたんですか？　ちっともここを留守にされたことはなかったのですか？」

「ですから、さっきほんのしばらく北廂房にいったほかは――そのまえは、夕方、中庭で鞦韆《ぶらんこ》にのっていて――そう、金蓮さんがふいにうしろから綱をよじってあたしを苦しめ、地面におちたところに春梅がやってきて、つれもどってくれたのですわ。それ以来、ずっ

とここにいます。……」

応伯爵はあたまをかかえこんでいたが、やがてくびをあげて、

「しかし、いつまでもこうしているわけにはゆかん。……ともかく、西大人に知らせてこなくっちゃ。……」

「応さん。おねがい。……」

伯爵は、春梅をみて、ニコリと笑った。

「御心配御無用。なんとかうまくとりつくろっておくよ。——何しろ、あたしはおまえさんの御主人にはベタ惚《ぼ》れなんだから」

それが、劉麗華のふしぎな犯罪をかばってやることと、どんな関係があるのか、応伯爵はえたいのしれない言葉をのこすと、ブラリと東廂房を出ていった。

乳房之章

そのまますぐ北廂房へゆくのかと思ったら、そうではなくて、いちど南廂房をのぞきにゆき、それからやっと応伯爵は、金蓮の部屋にひきかえしていった。

「あにき、西大人」

扉をあけてみると、翠屛《すいへい》夫人さがしはどうなったのか、ふたり、むかいあって、ケロリとして酒をのんでいる。

「これだからかなわない。翠屏さんがどこにいるか、見つかったのか」

「見つからないが、そのうちどこからか出てくるだろう」

「出てきたよ」

「どこから？」

「東廂房から」

「へえ？」

「おどろくのはまだ早い。鯉《こい》の丸揚げみたいになって、往生していなさる」

「なにっ？」

「なんでも、さっき劉夫人と春梅が、眼かくしして鬼ごっこをやって笑っていたら、いきなり翠屏さんがとびこんできて、急に怒り出し、春梅にとびかかろうとして、じぶんですべってころんで熱湯をあびてしまったそうだ。ふたりとも胆をつぶしてるが――あにき、あんまり指の妖術が堂に入って、翠屏さんをのぼせあがらせすぎたのじゃないか」

　みなまできかず、西門慶は部屋をとび出していった。

　あわてててたちあがる潘金蓮を、応伯爵は手でおさえた。

「ちょっと待った、金蓮さん、それよりあたしはあなたに見てもらいたいものがある」

　彼はふところから、一つの賽《さい》をとり出した。それを、卓の上にならんでいる二つの酒盃《しゆはい》をふせて、その一方ではたと覆った。

「さあ、どっちに入っていると思います？」

金蓮は、ジロリとその手もとをみて、

「そっちにきまってるじゃあないの」

「ところが、こっちなんで」

と、伯爵がもう一方の盃をあげると、賽はそちらに移っている。

「ばかばかしい。それどういう意味なの？　応さん、あっちでたいへんなことが起っているというのに、悠長《ゆうちょう》な手品なんか見せつけて」

「あなたの手品のまねですよ」

「あたし手品なんか知りませんわ」

「ところが、なかなかそうでない。しかし、手品にはからくりと同時に、手ぎわのはやいことも大事でしてね。煮湯の壺をふりかざす女に襲われながら、悲鳴だけあげてからだをかわす手ぎわは、千番に一番のかねあい、相手が盲であることだけがたよりのきわどい芸当でしたねえ」

「なんですって。あたしが何をしたというんです？」

「あなたが劉夫人に熱湯をかけられたときのこと」

「あたしが？　いま応さんは、翠屛さんが熱湯をかけられて死んでる――というようなことをいったじゃありませんか」

「御存じでしょう。あなたがかけたんだから。もっとも、そうおとなしく煮湯をかけられるひともあるまいから、そのときもう翠屛さんは、鴉片《あへん》か何かでねむらされていたかもしれないが」

「何のことだか、ちっともわかりゃしない。あたしが、翠屏さんに、どこで熱湯をかけたというの？」

「東厢房で」

「東厢房には、麗華さんがいたじゃありませんか？」

「いや、劉夫人はずっと南厢房にいたんですよ。その部屋の主はすでに東厢房でねむらされていて、留守だったが。——劉夫人は、鞦韆《ぶらんこ》の綱をまわされて、方角の見当が狂って、春梅にひかれるままに南厢房にかえってきたのです。いまのぞいてみたら劉夫人の大好きな木犀の花が、南厢房にありましたっけ……」

「……それから、どうして？」

「だから劉夫人は、東厢房から出て北厢房にきたつもりで、実は南厢房から東厢房にきたのです。そしてあなたに熱湯をあびせた。……」

「あたしはここにいるじゃありませんか」

「まあ、ききなさい。そして劉夫人がにげ出したすきに、あなたはあらためて翠屏さんに煮湯をかけて、こっちにぬけ出してきたのでしょう。……」

「おかしなことをいうわね。麗華さんは東厢房をにげ出したって——まああのひと、東厢房にいるじゃありませんか」

「左様、劉夫人は、東厢房をにげ出して、春梅と曲り角で、——本人は廻廊の東北の隅で衝突したと思ってるらしいが、実は東南の隅で衝突して、そのはずみにまた方角が不明となり、春梅に手をひかれて、まンまともとの東廂房へかえっていったのですよ。……」

「………」

「……哀れ、劉夫人は、春梅を無二の親切者だと信じているようだが、なんぞしらん、春梅こそあなたの命にただこれしたがう忠実無比の小間使いだとは」

「………」

「ただし、あなたは、こんどのことは劉夫人は道具であって、目的ではない。そのために劉夫人を罪におとすことは、いささか仏ごころにたえかねるものがあったでしょう。東廂房をぬけ出すや否や、あなたは北から西の廻廊をまわり、たまたま西大人が母屋のほうからやってくる跫音をきくや、翠屏さんに化けて、あにきをからかった。おかげで、劉夫人はたすかったようです。もし夕方から翠屏さんが東廂房にいたとなると、翠屏さんに寵をうばわれた麗華さんへのうたがいは、ちっとやそっとで解けようとは思われない」

「あたしが……翠屏さんに化けた？　ホホホホ、あたし、あんな醜い女には化けられないわ」

妖婦潘金蓮は、傲然《ごうぜん》として応伯爵を見すえた。

「いったりな、金蓮夫人！　ですな。ただ、あたしが、このごろの西大人の珍妙な鬼ごっこあそびを知らないならば。……ふむ、あれを、あにきは、てっきり翠屏さんだと思っているらしい。あははは、それだから、あにきの触覚の妙術もあてにならん。ひょっとすると、金蓮さん、それは劉夫人をたすけようなんて殊勝な心からじゃあなく、西大人の小《こ》癪《しゃく》な指を、内々笑殺するあなたのいたずら心からだったかもしれませんな、……」

金蓮は、ただ沈黙して、古沼のような眼で、応伯爵を見まもっている。応伯爵の全霊を吸いこむような魔のひとみで。

そのからだが、徐々にくずれて、彼の胸にのめずりこんできたとき、伯爵は、ついにすべてを忘却した。胸をひたひたとつつみ、ながれ、灼きこがす乳房の感覚に、彼はふいにまた酔いがもどってきたようなきもちで、はあはあとあえいだ。

「そうだ。あなたが西大人を嘲笑《ちょうしょう》したのは当然だ。笑いなさい、笑いなさい、笑ってやりなさい。……しかし、ほんとうをいえば、翠屏夫人の乳房など爛《ただ》らす必要はなかったのだ。あなたの方が、千倍も美しい肌とゆたかな乳房をもっているのに！」

凍る歓喜仏

凶兆之章

山東清河県の豪商西門慶《せいもんけい》が、ときどき妙に不安げに深刻そうな顔をして、思案にくれているようすを見せはじめたのは、この秋のころからだった。

他人からみれば、年はまだ三十なかばの美丈夫だし、宏壮《こうそう》な大邸宅には金銀財宝があふれているし、莫大《ばくだい》な賄賂《わいろ》のおかげで、正千戸《せいせんこ》という官職にもついたし、おまけに十本の指でかぞえるくらい絶世の美女が妾《めかけ》として侍《はべ》っている。まさにこの世で欠けざるものは望月と已ればかりという身分である。なんの不足があって、彼のひたいに、そんな憂鬱《ゆううつ》な翳《かげ》りがさすのか、見当もつかない。

ふだん、ひどい気分屋だから、だれもまじめにきいてやる者もなかったが、ただ親友の応伯爵《おうはくしゃく》だけが、何かのはずみにたずねた。

「西大人、このごろ、何かふさいでいるね」

「うむ、どうも身体《からだ》のようすがおかしい」

伯爵は笑った。いつかもこの精力絶倫の男はそんなことをいってこぼしたが、その舌の根もかわかぬうちに、町の花街へくりこんで、一晩じゅうさわいで、ケロリとしていたものだ。またあの伝だろう。——そうであってくれなくては、西門慶にたかって、面白可笑しい日をくらさせてもらっているじぶんがこまる。

「はははは、しかし兄貴の顔いろときたら、まるで花が咲いたようだぜ」

「顔いろはどうかしらんが、ときどき頭がいたい。眼がチカチカして、眼まいがする。耳鳴りがすることがあるし、夜眠れない。——」

妾を十人ちかくもって、そのあげく町の美妓《びぎ》だろうが、家の小間使いだろうが、傭人《ようにん》の女房だろうが、手あたりしだいにくいちらしていては、ときにはそれくらいのことにならなくては人間ではない。

と、一応は思ったが、伯爵はだまってニヤニヤしている。

忠告しても、いままでの凄《すさま》じいまでの漁色がやむ男ではないことを知りつくしているからだ。また肉慾の権化《ごんげ》のようなこの男から、それをとり去ることは、雪達磨《ゆきだるま》から雪を除くようなものだ。だいいち、西門慶が急にからだをいたわったり、身をつつしんだりしたら、こっちが面白くない。——ひどい親友もあるものだが、

「おい、おまえ、笑っているが、おれのいうことをうそだと思っているのか」

「え、いや、笑いはしないぜ、とんでもない」

伯爵はあわてて、

「そりゃ兄貴、遊びの趣向がつきて、退屈のあまりのイライラだろうよ。何か面白いこと

を考えてみようか」

「まだ、そんなことをいっている。それどころじゃない。……」

西門慶は息をひそめ、声をふるわせて、

「このごろ、おれはよく幽霊をみるのだ。……」

「えっ？　幽霊？　だ、だれの？」

「いろんな奴《やつ》が出る。足の血だらけになった鳳素秋《ほうそしゅう》や宋恵蓮《そうけいれん》や、口から血を吐いた朱香蘭《しゅこうらん》や楊艶芳《ようえんほう》や、くびが糸のようにくびれた春燕《しゅんえん》や、顔のやけただれた葛翠屏《かっすいへい》や、さめざめと泣いている李瓶児《りへいじ》や——」

みんな、曾《かつ》て西門慶が愛し、いまはこの世にない女たちだ。

「へえ、でるのは、女ばかりかね？」

「男も出る。下腹部を血に染めた琴童《きんどう》や、紫いろの顔をした画童《がどう》や、それから——」

彼の愛した美童たちだ。

「それから？」

「うらめしそうな眼でにらんでいる花子虚《かしきょ》や、やせこけた葉頭陀《ようとうだ》や——」

西門慶にその妻や愛人を奪われた男たちだ。

応伯爵は、じっと西門慶の顔をみた。

「お化けの勢ぞろいだな」

と、ややあってつぶやいたが、西門慶はあたまをかかえこんでいて、怒る元気もないらしい。こういう諧謔《かいぎゃく》をとばすのは伯爵の口ぐせだが、その声はふるえていた。そういわれてみれば、美と富と権力そなえざるはないこの大好色漢の快楽の路《みち》すじに、なんという多くの犠牲者のしかばねが横たわっていることだろう。……応伯爵の眼は、彼らしくもなく、思わず惨とした。

「なかでも、いちばんよく出るのは、餅売《もちうり》の武大《ぶだい》だ」

これは、いま第五夫人の潘金蓮《はんきんれん》の前夫である。

潘金蓮は、放蕩学《ほうとうがく》を卒業したはずの応伯爵でさえ、いまなお妄執《もうしゅう》の霧につつむほどの、西門家の愛妾群をぬいた美女だが、もとは南門外の貧しい裁縫師の娘だった。はやくから父親が亡くなったが、幼女のころから町の人々の話題にのぼるほどの美貌《びぼう》で、十五のとしに或《あ》る小金持の老人の妾に売られた。ところが、その老妻のすさまじいやきもちのために、出入りの餅売の武大の女房におしつけられてしまったのである。

さてこの武大という男が、性質こそまじめだが、「三寸ちび」とあだ名がついているくらいの醜い小男で、一日、その家のまえを通りかかった西門慶が金蓮を見初《みそ》めて、わりない仲となったのは是非もないが、それからまもなく武大が九穴から血をながして死んでしまったのは、是非もないといえるかどうか。

事実は、武大は、女房と西門慶の密通している現場をおさえたのだが、かえって西門慶のために打ちたおされて、その夜ウンウンうなっているところを、金蓮に薬と称してむりやりに鴆毒《ちんどく》をのまされたのである。この毒は西門慶からわたされたものだが、七転八倒する武大に蒲団《ふとん》をかぶせ、それがうごかなくなるまで、金蓮が馬乗りになっていたものだった。

いかに西門慶や金蓮と親しい応伯爵も、そこまで打ちあけられたことはないが、欲しいとなったら手段をえらばぬ大駄々《おおだだ》ッ子の西門慶や、この世のものとは思われぬ美しさに妖艶《ようえん》のごとき物凄《ものすご》さをからみつかせた潘金蓮の性向から、それくらいのことは感づいている。

「……なるほど、もっともだ」

「なに？　何がなるほど、もっともだ？」

とび出すような西門慶の眼に、応伯爵はまた大狼狽《ろうばい》した。

「ああ、いや。それでは兄貴が鬱陶しいのももっともだ」

と、顔をあげて、

「どうだ、西大人、泰岳東峰《たいがくとうほう》におまいりして魔除けの祈禱《きとう》でもしてもらったら？」

「魔除けの祈禱？」

「そうだ。あそこに雪澗洞《せっかんどう》というふかい洞穴《ほらあな》がある。夏でも氷が張っているという大変な洞穴だ。そこに雪洞禅師という苦行僧が坐っている。このひとに祈禱してもらうと、たいていの悪魔は退散するそうだ」

「雪澗洞――」

「うむ、ここから西五十里、雪のふる季節にでも入ったら、もうゆけない。いま好天のつづいているあいだに、遊山がてらにでもいったら、それだけでも気がはれるだろう。私もいってやるよ」

それから、ニヤリとした。

「ついでに、金蓮さんの魔除けもしてもらうがいい。もっともあのひとは、とても幽霊なんかにうなされそうもないが。……」

羅刹之章

天下第一の名山といわれる泰山の前面には、歴代の天子を祀《まつ》った泰岳廟《たいがくびょう》がある。下から見あげると頂《いただき》は天に接し、雄々しいかぎりの山だが、泰岳東峰はそれをこえてさらに東にあった。

西門慶一行は、朝くらいうちに清河県の家を出て、轎子《かご》をいそがせ、その夕方、泰山のふもとの宿に泊った。四、五十里というと、わが国での八里ばかりにあたる。同行しているのは、正夫人の呉月娘《ごげつじょう》、第五夫人の潘金蓮、それに応伯爵と二十人ばかりの侍女や傭人たちだった。

翌朝はやく起き出でて、泰山をこえて、泰岳東峰にのぼった。ころは秋の末つ方、漠々《ばくばく》たる寒雲に雁《がん》とんで、まるで冥府《めいふ》にゆくような荒涼たる道程だ。

山の頂上は、路が断崖《だんがい》を左右にきりわけて、一方の崖に、なるほど人の背くらいの洞窟がぽっかりひらいている。これが雪澗洞というのだろう。その両側に金炉がおかれて、線香のけむりがのぼっていた。

中をのぞくと、それだけで氷のような冷風が、ふうっと面に吹きつける。ここに人がいるとは思われないが、遠く一点の燈明がみえて、そのむこうに朦朧《もうろう》と白い影が浮かんでいる。

奥底もしれぬ穴なのに、どこかうす白い、ふしぎなひかりの照りかえしている石洞だった。

「禅師さま――禅師さま！」

と、応伯爵が呼ぶと、やがて中から、鏘然《しょうぜん》と金属の鳴る音がもどってきて、木乃伊《ミイラ》のような老苦行僧があらわれた。

手に九環の錫杖《しゃくじょう》をつき、白い衣に紫の袈裟《けさ》をつけているが、恐ろしいことに、その錫杖や裾《すそ》から、薄い氷のかけらが散りおちた。――してみると、洞穴の中のあのふしぎな反光は、その名のごとく、氷のはりつめているせいとみえる。

これが、この雪澗洞にここ二、三十年間坐禅《ざぜん》をくんでいるといわれる雪洞禅師だった。

西門慶と応伯爵は、礼拝し、魔除けの読経を請うた。

「それらの亡霊が出るというのは……亡霊に出られる因縁があるからであろう。まず、その諸悪所業を懺悔《ざんげ》なされい」

と禅師はいった。

西門慶は、従者たちをふりかえって、ためらった。

「諸悪所業……いや、わたしからみると、あの世からもわたしにうれし涙をこぼしこそすれ、亡霊となってわたしを悩ますとは、実にふとどき千万な女どもで……」

「ほんとに、旦那さまの方に出るなんて、とんでもない眼のみえない亡霊どもだわ」

と、金蓮がうす笑いしていった。それからケロリとして、好奇心にみちた無邪気な声で、

「禅師さま……この洞穴には氷が張っているんですの？」

老苦行僧は、陰鬱《いんうつ》な、むっとしたような眼でふりかえったが、金蓮をみて、かすかにまばたきをした。渦《うず》まく灰いろの雲を背に、金蓮の全身は、うすいひかりにふちどられているようだった。

「女人……女人地獄使……女人大魔王……」

禅師は口の中で、ブツブツとつぶやいた。

応伯爵はぞっとしたが、金蓮はへいきで老僧の傍へナヨナヨとあるいていって、子供みたいに洞穴をのぞきこみ、それから、ふりかえって、

「まあ、燈明が壁にキラキラひかって、……きれいなこと！　禅師さま、いちどつれて入ってみて下さいな」

といった。

雪洞禅師は、口のあたりをぬぐった。えもいわれぬ芳香をはなつ美女の息の雲につつまれたのに、一瞬、混迷を起したようである。

「ほ、ほ、女は魔王ですって？　たいへんなこと。でも、きくところによると、どんな悪

魔でも退散させる御法力をおもちになるという禅師さま、もしそれがほんとなら、あたしといっしょにこの洞穴に入ったところで、何も恐ろしいことはないでしょ?」

うす笑いを浮かべたまま、ヤンワリと抱きついた。

老苦行僧は、死物狂いにそれをふりはらうと、怪鳥のような意味不明のさけびを発した。

そのとたんである。蕭殺《しょうさつ》たる山々に、地鳴りのようなどよめきがあった。

あっとさけんでひれ伏す西門慶一行のなかに、その禅師自身が愕然《がくぜん》としてふりかえるのをみた応伯爵は、はっとして麓《ふもと》の方を見下ろした。

麓の方から三人の人影が、とぶようにかけのぼってくる。三人——いや、その中の一人は、女を背にひッかついでいるらしい。

「や、あれはなんだ」

西門慶もたちあがった。その三人の下から、何十人何百人ともしれない兵卒たちが追っかけてくる。

「賊——賊——」

「待て——水滸《すいこ》の賊——」

そんな叫びがきこえて、兵卒の群が三人に追いすがったと見るまに、その中の墨染の衣をきた賊の腰から、しぶきのように豪刀がほとばしって、四、五人、たちまち屍《かばね》をつんだ。

「武松《ぶしょう》!」

こちらの金蓮の唇《くちびる》から、はじめて恐怖の一語がはしると同時に、西門慶は金しばりになってしまった。

武松！　武松！　行者武松！　それこそは、この二人にとって夢魔よりも恐ろしい男の名だ。なぜなら、彼は二人が毒殺した武大の弟だからだ。

兄とちがって身の丈八尺、曾てちかくの景陽岡《けいようこう》で人喰《ひとく》い虎《とら》を拳骨《げんこつ》でなぐり殺したほどの豪傑で、豪傑らしく単純で気の短いあばれん坊ときているので、武大の死について、あらかじめ用意した西門慶や金蓮のいいのがれなど、全然役にたたないから始末にわるい。始末にわるいどころか、事実、いちど西門慶は襲われて、すんでのことに五体ひき裂かれかけたこともある。西門慶は戦慄《せんりつ》して、知県、奉行に手をまわし、武松を捕えさせて遠く孟《もう》州《しゅう》の牢城《ろうじょう》に送ったが、先年徽宗皇帝《きそうこうてい》が東宮をたてたので恩赦《おんしゃ》になり、獄をとかれた。爾来《じらい》彼はすっかりグレて、済州梁山泊《りょうざんぱく》にたてこもって猛威をふるう賊の群に身を投じたときいていたが、その梁山泊の官軍の包囲の中にあるにもかかわらず、その後いくたびか西門慶は、この恐るべき復讐鬼《ふくしゅうき》が身辺にうろつくのを感じたことがある。

はたせるかな、墨染の衣の袖《そで》をまくりあげて背をむすび、二本の鮫鞘《さめざや》を腰に吊《つ》るし、人骨の数珠《じゅず》をくびにかけた武松は、ハッタとばかりこちらを見あげて、

「そこにいるか、西門慶っ」

と咆哮《ほうこう》すると、魔風のごとくはせのぼってきた。

それよりはやく潘金蓮は、西門慶の手をとって雪澗洞の入口へまろび寄っている。そして老禅師の耳たぶに必死のあつい息を吐いた。

「禅師さま、どうぞお助け下さい。——」

返事もまたず、茫然《ぼうぜん》たる苦行僧をあとに、洞穴の中へにげこんでいった。さっき小馬鹿《こばか》にしたくせにいい気なものだが、この場合はなんともいたしかたがない。

半分死んだようになって立ちすくんでいる残りの人々のまえに、戒刀をひっさげたまま、武松はちかづいてきた。

「西門家の奴らだろう? 西門慶はどこにいる?」

「主人はいません」

やっと、正夫人の呉月娘がこたえた。

「主人は清河県の家にいるはずです」

「ばかめ、おれたちはけさその清河県の家へのりこんできたのだ。すると、きゃつはこの泰岳東峰に出かけて留守だという。かくしてもだめだぞ。お……金蓮もいないな。やい、西門慶と潘金蓮はどこにいる?」

そうわめく武松の戒刀のみならず、衣からも雨にぬれたように血がしたたる。そのうしろから、女を肩にかついだもう一人がやってきたが、ふりかえって、

「燕青《えんせい》、矢を大事にしろやい」

と銅鑼《どら》みたいな声で吼《ほ》えると、ドサリと女を投げ出した。

下の山路にのこった一人は、弓に紅《あか》い矢をつがえて射ているが、まさに一発必中の神技で、完全に追手を射すくめている。

「……李桂姐《りけいそ》！」

肩から投げ出されて、地に弱々しくうごめいた女をみて、応伯爵は口の中でうめいた。

これは清河県の花街随一の美妓で、西門慶がパトロンをしている女だが、それ以前は武松の恋人だったのである。

が、それより、人々のどよめきをきいて、応伯爵は顔をあげて、口をアングリとあけた。李桂姐をかるがると背負ってきた人間を、今までてっきり男だと思っていたが、よくみると、これはしたり、女ではないか。

身なりは男装束、ズングリとした腰、槌《つち》のような手足、凄じい眼光だが、双の頬《ほお》には血いろの頬紅《ほおべに》をぬりたくり、しどけない胸もとにあふれ出す臼のような乳房。――これぞ、曾て孟州道嶺十字坡《もうしゆうどうれいじゆうじは》に人肉を売り、いまは梁山泊にたてこもる百八人の侠盗《きようとう》中、その物凄さに於《おい》ては何人にもゆずらぬ母夜叉《ぼやしや》の孫二城《そんじじよう》。

「武松、どうしたえ？」

「西門慶と金蓮がいないのだ」

母夜叉はぎろっと一同を見まわして、雪澗洞のまえに坐っている禅師をみると、

「お坊さま、その穴の中でございますか？」

「いいや、この中には誰《だれ》もいぬ」

と、禅師はふるえながらいった。

母夜叉はニヤリと笑ったが、山路を見下ろして、

「ほ、こりゃウカウカとはしておれぬ。武松やい」

「なんだ姐御《あねご》」

「このおまえを裏切った尻軽女《しりがる》をはじめ、西門慶、潘金蓮を梁山泊へさらってゆくことは先《ま》ずあきらめな。どうせ同じだ。ここでみんな誅戮《ちゅうりく》を加えたらどうじゃい」

「では、そうするか」

と、武松がうなずくよりはやく、母夜叉は李桂姐の胸もとをつかんでグイと吊るしあげ、のけぞった雪のようなのどぶえにプスリと匕首《あいくち》をつきたてると、いっきに腹までひき裂いてしまった。

紅箭之章《こうせん》

この一刹那《せつな》、人間とも思われぬ声が山と谷にこだましたが、それは李桂姐であったか、ほかのものであったかはわからない。女たちの中で、二、三人、顔を覆って、失神したものがあったからである。

「武松よ」

母夜叉は切り裂いた美女の腹に手をつっこむと、

「おまえ、よくもこんな腸《はらわた》のくさった女に惚《ほ》れたものよの。お、くさい、くさいわ！」

ずるずるっと臓腑《ぞうふ》をひきずり出すと、屍骸《しがい》を犬のようにほうり出し、ツカツカと苦行僧

のまえにあるいていって、

「お坊さま、御布施《おふせ》」

ペタリと臓腑をそのあたまにのせて、

「この穴はゆきどまり？」

老僧はガクガクとうなずいた。さっき嘘《うそ》をいったのは、女人大魔王といえども法衣の袖ににげこめば救わざるを得ないという大慈悲心によるものか、それとも金蓮の哀訴が、さしもの苦行僧の心魂をとろかしたのかはわからないが、この殺人鬼たちの人間ばなれのした無茶苦茶ぶりには、魔除けの祈禱も氷中の苦行も、一切ケシとんでしまったのもむりはない。

「深さは？」

「い、一里」

一里はだいたい日本の六町だ。

「横穴などは？」

「ない、まっすぐじゃ」

「ようし！」

と、武松が洞穴に入りかけたとき、最後の一人が飛鳥のようにかけのぼってきた。

「武松、どこへゆく？」

「この穴の奥に、敵がにげこんだのだ。燕青、いましばらく追手を射すくめておいてくれ」

「待て、そのひまはない。残った矢はもう一本だ」

西門家の人々の中で、この男の姿をみたのは、応伯爵ひとりだろう。あとの女や下男たちは、みんな顔をかかえて這《は》いつくばったきりだ。

その姿、髪に花をさし、紅蜘蛛《べにぐも》の刺繍《ししゅう》をした腰当に扇をさし、雪白の頰、朱の唇に漆《うるし》の瞳《ひとみ》、これこそ水滸伝中随一の色男、浪子《ろうし》燕青《えんせい》。

女にも見まごう美男ながら、四川産の弓一張に、紅い矢羽根をつがえては、十万の禁軍《きんぐん》を震駭《しんがい》させる弓の名手だ。

しかし、その矢があと一本とあっては！——とみて、はやくも捕手たちは、どっと喚声をあげて追いのぼってくる。豪勇無比の武松がおればとにかく、彼が一里の穴に入ってしまっては、女の母夜叉、弓なき燕青だけでは、たしかに不安だ。

はじめて、武松は狼狽した。

「彼奴《きゃっ》！」

と、雪澗洞をのぞきこんで切歯した。ゆきどまりの穴の奥に敵がひそんでいるとわかりながら、それをとっちめるいとまがないのだ。

「兄貴、待て」

と、この場合にも、花の笑顔を失わぬ浪子燕青は、武松をおしのけてふりむいた。

「矢はまだ一本あるよ。ここから射こめば、手前にいる奴にあたる。まず、いまのところ一人だけでがまんせい！　西門慶か金蓮か、どっちが所望だ？」

武松は、眼を炎としてうなった。

「どっちも、所望だ！」

「むりなことをいってはいけない」

と、燕青は苦笑して、それから洞穴の奥へさけびかけた。

「やい、西門慶！　潘金蓮！　ただいまこの穴に矢を射こむものは、弓をとっては四百余州にかくれもない梁山泊の浪子燕青。女を殺したくなかったら、男が前に立て。男を死なせたくなかったら、女が前に出ろ。――三ッ数える。よいか。――」

応伯爵の耳に、追手の声が遠くなったが、むろんこれは錯覚だ。戦慄のために、脳味噌《のうみそ》がかたく小さくなって、からぁんとしたのである。その戦慄は、あの生命にも悪にも根づよい西門慶と潘金蓮のいずれが死の前に身をさらすか、洞窟の奥のふたりのあいだに、その一瞬もえあがったであろう青白い炎のような争いを想像して、身うちにはしったおののきだった。

「一ッ――」

はたして、洞穴の奥からかすかな物音がひびいてきた。

「二ッ」

跫音《あしおと》だった。だれかがはしり出てくるのだ。それでは、どっちかが、気でも狂ったのか。

「三ッ――」

キリキリとひきしぼった紅矢のまえに、すっくと一人があらわれた。潘金蓮だ。金雲の刺繍をした赤い靴《くつ》には氷がひかっているが、燃える牡丹のような凄じい美しさである。

「あたしをお殺し！」

「地獄へいったら、閻魔《えんま》さまにきいてやろう。あたしほどの美しい女が、三寸ちびの片輪男に売りとばされて、花も実もある殿御にいい寄られたとき心をうつしたのが何の罪、閻魔さまだってこまるだろうよ。それを姦婦《かんぷ》だ淫婦《いんぷ》だと、人を殺すことばかり知って女の心を知らない朴念仁《ぼくねんじん》ども、教えてやろう、女の心というものは、きらいな男なら毒を盛っても夢にもみないが、好いた殿御は、殺されたって殺させないよ！　さあ、その矢をお放しな！」

「待った！」

と、いまにも切ってはなされようとした矢のまえに、母夜叉が立ちふさがった。

「この女のいうことには一理あるよ」

「姐御、何をいう？」

と、武松が地団駄ふむのに、

「なるほど、この女のいうとおりだよ。いままで腹たち割ってもあきたりない毒婦だと思っていたが、武松、おまえのような男を裏切ったそこの李桂姐とは、ちっとわけがちがうようだ。女の心としちゃあ、むりもないやね。……」

と、たったいま鬼神も面をそむけるばかりの虐殺《ぎゃくさつ》をしてのけたこの臼《うす》のごとき魔女が、なんと「女ごころ」に大いに同情した。

「どけ、母夜叉！」

「どかぬ、それに、この女の、じぶんの生命を張って男を助けようとした性根が気に入った！　義を以て集まる水滸の石碑に女星の名をつらねたこの母夜叉、この女を殺しては山《さん》寨《さい》にひるがえる替天行道《たいてんぎょうどう》の旌旗《せいき》に相すまぬ。ゆるしてやれ、武松、燕青！」

とさけぶと、手にもった匕首を、ビューッとうしろざまに投げつけた。

たちまち、山上にあらわれた追手の隊長魚炎武《ぎょえんぶ》が、胸にその匕首をつき立てられてのけぞりおちる。どどっとひく兵卒たちの眼のまえから、

「ゆこう！　同志！」

と、母夜叉は、ふたりの侠盗をうながして、魔神のごとく地を蹴《け》った。

彼らがきえ、兵卒たちが追い――海嘯《つなみ》が去ったあとのように茫然と立っていた一行のうち、まずわれにかえったのは応伯爵である。

「西大人は？」

雪澗洞の奥に、西門慶は気絶していた。恐怖のためか、寒気のためか、原因はどちらかにちがいないが、その様子がいささか変だった。まっかな顔をして、大いびきをかき、ギョロリと眼球《めだま》をむき出して、しかも失神していることにまちがいはない。

応伯爵は、ぎょっとした。

「中風か？」

この男、ちょっと医学の心得もある。西門慶、まさに恐怖の突風に中《あ》てられた！

女獄之章

あとでわかったところによると、やはり西門家は、武松と燕青のなぐりこみにあってい
たのである。同じ時刻、花街の李桂姐は、母夜叉に襲われてさらわれたが、急をきいてかけあつまってきた奉行所の兵卒にかこまれ、逃走しつつも、西門慶のゆくさきを執拗《しつよう》に追ってきたとは、なんたる不敵な連中か。

ともかく、大難は去った。

もともと多血質の西門慶だから、中風の素質はあったわけだが、はたしてあの失神が脳《のう》溢血《いっけつ》であったかどうかは疑問として、たとえそうだったとしても、ごく軽度のものであったろう。それに年も若いし、また氷のなかに頭をつっこんで倒れていたのがかえってよかったのかもしれない。轎子《かご》でかつがれて泰岳廟へはこばれ、そこの方丈に一夜泊めてもらうと大分きぶんもなおり、翌日清河県にかえると、からだだけはまず平常にかえった。

さしも、華麗をきわめた大邸宅も、ふたりの兇盗《きょうとう》にあらされて、惨憺《さんたん》たるものだ。螺鈿《らでん》をちりばめた大理石の衝立《ついたて》は木ッ端みじんになり、銅の火鉢《ひばち》はひっくりかえり、花園の中の芙蓉亭《ふようてい》などななめにかしいでいる。

西門慶が茫然としているので、応伯爵が傭人を指揮して始末させているところへ、奉行陳文昭《ちんぶんしょう》がやってきて、

「三人のこそ泥めは、たしかに梁山泊へ追いこみました」

と、報告した。

何をいってやがる、それではぶじ敵のねじろに逃げこませたのじゃないか、と伯爵は心中に苦笑したが、二度とこんなことのないように、奉行所の方に愬ろな配慮をたのんでおかなければならないから、すぐに大枚の袖の下を用意させる一方、荒れていない玩花楼《がんかろう》に悪魔退散の大宴会を設けさせた。

むろん、陳奉行もそれが目当てでやってきたにちがいないし、応伯爵がその袖の下の一部をじぶんの袖の下にいれたこともいうまでもない。

朱泥《しゅでい》のような丸焼きの鶏や、酒漬《さけづ》けにしたうえ香油や蒜《にんにく》や胡椒《こしょう》で味つけした蟹《かに》など、西門家特有の豪華な食卓をまえに、いつもならいちばんよく食う主人役の西門慶は、まだボンヤリしている。

ほかの呉月娘をはじめとする愛妾《あいしょう》たちも、まだ恐怖のなごりに箸《はし》もとまりがちになるなかに、潘金蓮だけ依然として美食を満喫しているのを、応伯爵は舌をまいて横眼で見ながら、奉行に愛想よく応対していた。

「もう御心配は要らぬ。当分、きゃつらを一歩も山寨《さんさい》から出すことはない。——当分どころか、あれを包囲した官軍の勢いからみれば、おそらく永遠に！」

と、陳奉行が昂然《こうぜん》としていうのに大きくうなずきつつ、伯爵は別のことを考えている。あの三人の兇賊《きょうぞく》への恐怖ではなく、愕然とするのは、潘金蓮の西門慶への愛であった。応伯爵は、夫婦だって、つまるところは他人だと思っている。況《いわ》んや、徹頭徹尾女を快楽の道具としてみる西門慶と、快楽の道具たることに甘んじるどころか、それを無限の力とし、誇りとしているかにみえる潘金蓮のあいだにあるものは、要するに色と金の鉄鎖であって、もともとは自己、自我、自愛のかたまりのような二人だから、死の斧《おの》を以てすれば、そんな鎖はたちどころにきれて飛ぶだろうと思いこんでいたのに、あの稀代《きたい》の大淫婦が、あの好色漢に、あれほど純粋な愛を抱いていようとは！

応伯爵は、おどろきの念とともに、なぜか落莫《らくばく》たる失望感、敗北感にとらえられた。

「あ、あれは？」

と、傍で呉月娘が顔をあげていった。入口から胡弓《こきゅう》をかかえた美しい娘が、笑いながら入ってきたからだ。西門家では、客によってはよく芸人をよんでもてなすことがあるが、

「あれをお呼びになったのは、応さん？」

「いえ」

と伯爵はくびをふったが、その娘の顔になんだか見憶《みおぼ》えがあるような気がした。陳奉行はいよいよ恐悦して、

「いや、これは思わざるおもてなしにあずかって恐縮千万。——というようなわけで、これからはずっと兵卒を出して、厳重にお邸を護らせましょう。こうしている唯今《ただいま》も、門は

ことごとく護衛の兵が……」

「あっ」

と、突然、応伯爵はとびあがって、まえの大皿《おおざら》で西門慶を覆った。皿は乱離と散って、西門慶のくびすれすれに背後の壁に、発止と紅矢がつき刺さった。

娘は笑った。胡弓とみえたのが、いつのまにか弓と変っている。

「浪子燕青、ふたたび推参！」

これからまき起こった竜巻のような混乱は、叙するに言葉がない。

要するに、奉行の絶叫に殺到してきた兵卒のために、燕青は西門慶を射とめず、また彼の方でもいわゆる「一矢むくいる」という程度のつもりでのりこんできたものらしく、たちまち変化《へんげ》のように逃げ飛んでいってしまったが、陳奉行の面目を失墜させたことはおびただしいものがある。

西門慶が神経衰弱のようになったのは、まことにむりもない話で、彼が女を恐怖しはじめたのはこれからだった。

なにかのはずみで、どの女かが、ひょいと燕青にみえるらしいのである。廻廊などあるいていて、突然物凄い悲鳴をあげて棒立ちになることがある。

「夜は夢に幽霊があらわれて、昼は幻に殺人鬼が来る。これではいかな西大人だってたまるまい」

応伯爵はつくづく同情したが、そのうち西門慶の乱心ぶりに、だんだんおそれをなしてきた。

恐怖のあまりか、西門慶が、女たちにひどく残酷になってきたのだ。以前から、女を鞭《むち》でたたくくらいは平気でやる男ではあったが、それは陽性な癇癪《かんしゃく》か嫉妬《しっと》からで、本来は恐ろしく女に甘い男なのである。世界一、女が大好きな男なのである。また大好きでなければ、たえず妾を六人も七人も囲っておけるものではない。

それが、このごろの女たちに対する暴虐ぶりときたら、まさに血も涙もない悪質無残なものとなってきた。西門家の甍《いらか》にふる氷雨《ひさめ》がひびき、蕭条《しょうじょう》と散って庭園を埋めつくす落葉の音の中に、日毎《ひごと》、夜毎、女たちの悲叫がながれた。

「まったく、兄貴は変になってしまったぞ！」

応伯爵がついにうなってしまったのは、或る冬の晴れた朝だった。

金を借りる用があって、白い息を吐きながら出かけてゆくと、西門家のようすがすこし変である。門々を、奉行所の兵卒が警備しているが、中に入ってみると家人はだれもいない。

ただ、愛妾のひとり憑金宝《ひょうきんぽう》の小間使い小鸞《しょうらん》が泣きながらかけてきたのに、

「おい、小鸞、どうした？」

「奥さまが――奥さまが――」

「奥さまが、どうしたんだ？」

「玳安《たいあん》と――後園の池に――」

玳安は、西門慶のもっとも気に入りの小者である。西門慶がよその女に手を出すときは、いつもこの男を間にたてる。

ただならぬ気配に、応伯爵は後園にかけつけた。

後園をめぐる廻廊には、人々がいっぱいだった。それが、みんな一語も発せず、つくりつけの人形のようにうごかない。

中央の池をみて、応伯爵の全身に粟《あわ》が立った。

池は凍っていた。昨夜の寒さだから、それはふしぎではない。恐ろしかったのは、その氷盤のような池のまんなかに、腰から上だけあらわれたはだかの男女が、ピッタリ抱き合ったまま、凍りついていたことだ。凄いほど晴れた蒼空《あおぞら》の下に、髪にも眼にも唇にも氷滴をちりばめた屍体は、白いというより透きとおっているようだった。

「あ、あれは……」

「憑奥さまと、玳安児。……」

傍の下男の平安が、色のない唇をそよがせた。

「な、なぜ？」

「昨晩、密通しているのを旦那さまに見つけられて、……足に重りのついた鎖をからみつかせられて、あのように……」

応伯爵は、廻廊の向うをみた。

西門慶が小卓を出させて、盃《さかずき》を口にはこびながら、姦夫姦婦の屍体《したい》をみている。しかし、その眼は虚《うつ》ろに、顔もまた凍りついたような表情だった。

右の方をみると、そこの廻廊に、愛妾たちの一団が、じっと立ちすくんでいる。

応伯爵は、足をガクガクさせながら、その方にちかづいた。女たちはそれにも気がつかぬ風で、微風のようにささやき合っている。

「でも……憑金宝さん、かえって倖《しあわ》せだったかもしれないわね。……あんなにピッタリ抱き合ったまま死ぬなんて……」

「でも、昨晩は、池に沈められてから、ふたり恐ろしい声でお互いに罵《ののし》り合っていたじゃあないの？」

「凍え死ぬくらいですもの。抱き合わずにはいられないわね。……」

「それにしても、金宝さんともあろうひとが、どうしてまああんな男と——」

「わかるわ。きっと、さびしかったのよ。……」

「ねえ、このごろ、旦那さまがお泊りになった方ある？」

おたがいに顔見合わせて、だれもがくびをふった。

「女が、みんなあの燕青にみえるらしいから。……」

応伯爵のうしろに、だれか、ひとりそっと寄ってささやいた。

「応さん、御覧、旦那さまを。……」

潘金蓮だった。その顔は、いままで見せたことのないほど暗かった。

「あそこに、殺された人より、もっと可哀《かわい》そうな人がいます。……」

それはどういう意味なのか。

問いかえすより、西門慶をもういちどみて、応伯爵はうたれた。

ただひとり小卓によって盃をふくんでいる西門慶は、一見魔王にも似ているが、そのそそけ立った髪、白ちゃけた顔色には、名状しがたい惨澹《さんたん》たる孤独と恐怖と苦悩と悲哀が、もののけのように翳っているのだった。

遁走之章

浪子《ろうし》燕青《えんせい》は、西門慶をほとんど狂気におとしいれた。

あの美しい賊の神出鬼没ぶりは、陳奉行を饗応《きょうおう》したときにまざまざ思い知らされたことだが、その男が、また西門家に潜入したらしいのである。

「やっ、これは何だ？」

憑金宝《ひょうきんぽう》と玳安《たいあん》に仕置してから、三日ばかりのちの或る朝だった。大房の外の壁に大きく書きのこされた一行の墨のあとをみて、西門慶は驚倒した。

「天巧星《てんこうせい》、浪子燕青、三度来訊《みたびらいじん》」

西門家は、にえくりかえるような騒ぎになった。

警備していた兵卒たちもとんでくる。門から怪しい者は断じて入れなかったという。それにもかかわらず、この恐ろしい文字は、たしかにここにのこっているのである。

「だ、だれかの悪戯《いたずら》では？——」

と、兵卒のひとりが、いった。

しかし、それが決して悪戯ではなかった証拠に、それから三日たった夕方、庭園をあるいていた西門慶めがけて、びゅっとひとすじの矢が、竹林の奥からとんできたのである。矢は傍の楊柳《ようりゅう》につき刺さって、ぶきみな紅い羽根をふるわせていた。

邸《やしき》は、きちがいじみた大捜索を受けた。こうなると、途方もなく建物が大きく、庭がひろいだけに、かえって始末がわるい。燕青の姿は発見されなかったが、何しろ女に化ける男だけに、どこにどうして潜んでいるのか、端倪《たんげい》すべからざるものがある。

西門慶は、半病人になってしまった。彼は庭の玩花楼の二階にひとり籠《こも》って、あらゆる扉《とびら》をとじさせ、食事だけ運ばせて暮すようになった。その食事の運搬人には、わざわざ鈴をつけさせ、いちいち兵卒の誰何《すいか》をうけさせるという恐慌ぶりである。

あの豪快な笑い声はどこへきえたのだろう？　あの陽気な怒号はどこへいったのだろう？　ましてや、夜毎に愛妾たちの房をめぐるなどという沙汰《さた》は、とうのむかしに止《や》んでしまった。女たちは恐怖と不満に、鬱々《うつうつ》とたれこめてくらし、ときどきヒステリックな叫びをあげ、邸全体が、陰々たる妖気《ようき》のうちに、みるみる荒廃してゆくようだった。

「……年貢の納め時か？」

応伯爵は、ふっとつぶやいてみて、愕然とする。

そんなことがあっていいはずはない。西門慶はまだあの若さだし、財宝は無限だし、にくまれッ子世にはばかるどころか、女たちはあれほど彼を愛しているし、お上では彼を護るのに血道をあげている。だいいち、万一この家が変なことにでもなったら、じぶんも飯のくいあげだ。

それでも、思わずそうつぶやかざるを得ないほど、この邸の変貌《へんぼう》ぶりは異様だった。こんなことは、曾てない。それに、あの西門慶のやつれぶりをみるがいい。

歯ぎしりしても、幻の賊は、依然としてこの邸の中を徘徊《はいかい》しているらしかった。庭に紅矢のおちているのが、その後もなんどか発見されたからである。

応伯爵でさえ、ついには恐怖のさけびをあげたくなったくらいだから、当の西門慶がほとんど乱心状態におちいったのもむりはない。

暗い寒い冬の夕、一燈だけをともした玩花楼の二階にうずくまっていた西門慶は、ふいにしめきった窓の扉に、たん、と何やらあたった音に、三尺もとびあがった。

「なんだ？」

と、つぶやいて棒立ちになったが、ふいに狂的な眼になって、その窓のところにとんでゆき、がらりとひらいた。

「やい！　燕青！　いっそひと思いにさっさと殺してくれ！」

と、わめきかけて、ふと扉の外をみた。紅矢だ。それに一葉の紙がむすんである。

ふるえる手で、矢文をひらいた。

「西門慶門下。

義によって足下と淫婦潘金蓮を狙《ねら》うこと久し。両者の運命わが矢壺《しこ》にあるは、つとに足下の熟察せらるるところならん。然《しか》るに今に至るもなお紅箭《こうせん》を放たざるは如何《いかん》。他なし。金蓮の艶冶《えんや》に心蕩揺《とうよう》すればなり。

金蓮の朱唇《しゅしん》の綻《ほころ》びるところ、嬌《きょう》なること解語《かいご》の花に似、繊歩《せんぽ》を移すとき、軽きこと飛燕《ひえん》の如《ごと》し。眉《まゆ》は憂いなけれども常に蹙《ひそ》めたるはまことに西施《せいし》の顰《ひん》をよくし、眼は倦《う》まざれどもひらくに懶《ものう》きは、まさにこれ楊妃《ようひ》の睡《ねむ》りをよろこぶが如し。鉄石といえどもあに熔《と》けざるを得んや。金蓮、金蓮、金蓮を欲す。金蓮を与えられなば、われ紅箭をおさめて水滸に去らん。ねがわくば足下ひそかに金蓮を伴《ともの》うて、明朝泰岳東峰に来れ。


浪子燕青」


西門慶は、うなってしまった。

あの色男の兇賊は、邸にひそんでいるあいだに、ついに潘金蓮の絶世の美貌に降参してしまったらしい。金蓮の妖艶《ようえん》を以てすれば、あり得ることである。そして、彼女とひきかえに、こちらの生命をたすけるといっている。

この世にまたとなく愛した女だった。それが梁山泊へつれ去られて、はたして無事生きてゆけるだろうか。武松がいる。兇悪無残な百八人の剽盗《ひょうとう》がいる。しかし。……

「はてな、あいつ」

と、西門慶は、ふっとこのごろの金蓮の様子を思い出した。

ふしぎなことがある。彼が女たちの閨《ねや》をおとずれなくなってから久しく、どの女もが鬱々悶々《うつうつもんもん》としているのに、彼女ばかりはなぜかはればれとした顔つきなのがいぶかしい。三夜と男なしではいられない女のはずなのに！

「あいつ、この燕青と、もう出来ていやがるのかもしれんぞ」

まさかとも思う。しかし、西門慶はむりにもそう思おうとした。

これで良心の楯《たて》ができた。背に腹はかえられない。この恐ろしく自分本意な男は、生命とひきかえに、最愛の女を敵に売ろうとしているのだった。

その夜ふけて、西門慶は潘金蓮の扉をたたいた。

「金蓮、ちょっとおれといっしょにいってくれ」

「どこへ？」

「雪澗洞へだ。もういちど雪洞禅師に読経してもらおう」

金蓮はへんな顔をしたが、やつれはてて幽鬼のような西門慶の物凄いばかりに思いつめた表情をみると、いやも応もなくひきずり出されてしまった。

西門慶は金蓮を馬にのせると、うしろからピッタリ抱きついて、邸をとび出した。家人や警衛の兵卒たちが、あれよというまもない。

空に氷のかけらのような弦月のかかった寒夜のことであった。

――翌朝、応伯爵がやってきて、はじめて二人の失踪《しっそう》を知った。だれにきいても、その行方を知るものがない。

応伯爵は蒼《あお》くなってかけまわって、玩花楼の二階の隅《すみ》に、まるめられて捨てられた矢文を発見した。

応伯爵を先頭に、兵卒の騎馬の一隊が、泰岳東峰めがけて駈《か》け出していったのは間もなくだった。

——しかし、泰岳東峰に、西門慶と潘金蓮が、まだぶじに生きているであろうか？

氷華之章《ひょうげ》

正気の沙汰ではない。あの秋の好日、あれほどの人数で旅したときでさえ、満目荒涼とした道程だったのである。

そのおなじ路を、ただ一痕《いっこん》の月をたよりに、冬の深夜、馬をとばせてゆく西門慶の姿は、だれか見たら天空夜叉かとも思ったにちがいない。実際、彼の心は、すでにこの世のものならぬ魔界の声に呼ばれて、それによってうごかされていたのだ。

西門慶と潘金蓮が泰岳東峰の頂についたのは、もう暁《あかつき》だった。蒼白い冷たいひかりを面にあびて、彼はブルブルとふるえあがった。悪夢からさめたような気がしたのである。

じぶんはとんでもないことをしたのではなかろうか。賊の脅迫に乗って、まんまと罠《わな》におびき出されたのではあるまいか？

そこへ、金切声がふってきたのである。

「西門慶ではないか？」

雪洞禅師が、雪澗洞のまえに立っていた。くぼんだ眼窩《がんか》に恐怖のひかりがゆれて、

「そなたたち、そこらであの燕青とやらいう賊に逢《あ》いはせなんだかの？」

「あ、やはり燕青はきておりますか！」

「うむ、武松と燕青と母夜叉めが、さっきからここに待っておったわい」

「えっ、武松が！」

「ところが、母夜叉めが急に腹がいたむというてな、さっき泰岳廟の方へ運んでいったが、そのまえ、三人の相談していたには、やがてここに西門慶と潘金蓮がやってくる。きたら、このまえの女同様、腸をひきずり出してなぶり殺しにしてくれようと、それは恐ろしい声で笑っていたわ」

「あっ」

颶風《ぐふう》に吹きあげられたように、西門慶はキリキリ舞いをした。

いったんおりた馬に、またしがみついて這《は》い上ろうとするのに、金蓮が、

「旦那さま、引き返しては、そっちに賊たちが！」

――といって、泰岳東峰をこえれば、道はひとすじ梁山泊へ通じる。

「いかん、いかん、あの連中がやってくるわ」

と、禅師は急に狼狽してさわぎ出した。西門慶は仰天してその方を見下ろしたが、眼もくらむ思いで、何もみえない。しかし、金蓮もさけび出した。

「あれ、あれ、あの飛ぶような姿はたしかに武松。――」

それから、いきなり西門慶のもっていた鞭をひったくって、馬の尻《しり》をピシリとたたいた。

馬は、雪澗洞から東へ狂奔して去る。

「な、何をする！」

「あの馬がここにいては、あたしたちが来たことがわかるじゃあありませんか」

そして金蓮は、西門慶の腕をつかんで、グイグイと雪澗洞におしこんだ。

「禅師さま、御慈悲。——」

ふたりは洞穴にまろびこんだ。二度めの洞穴入りである。しかもそれが決して、万全を保証されないことは、このまえの恐ろしい経験でわかっているのだが、いまや絶体絶命、ほかにのがれる方途もない危急であった。

西門慶と潘金蓮は、いちばん奥に抱き合って、息をころした。いや、息をころそうとしても、おたがいの呼吸が、洞窟内にこがらしみたいな音をたてるのに身の毛をよだてた。

穴はほぼまっすぐだが、ここまで入るとひかりはとどいてこない。入ってきたときは、たしかに闇黒《あんこく》だった。しかしそのうち、抱き合ってふるえている二人を、しだいにうす白い微光がつつんできた。二人は、まわりの岩壁が氷でまったく張りつめられているのを知った。

「——ううっ」

と、西門慶はうなった。寒気が鉄の環《わ》のようにしめつけてきた。ころがりこんでくるときながした総身の汗が、たちまちパリパリと肌《はだ》に凍りつく感覚があった。

十分ほどたって、西門慶はたまりかねて、金蓮をおしのけて這《は》い出そうとした。

「危い――旦那さま――」

「いや、このままでは凍え死んでしまう。……それに、彼奴《きゃつ》ら、もういってしまったのじゃないか？」

熊のように四ツン這いに六、七歩出たとき、出口あたりで何やら叫び声がしたかと思うと、カラカラとその方から鋭いひびきをたてすべってきたものがある。あわててそれをつかんで西門慶は「ぐっ」というようなうめきをもらし、もとのどんづまりににげもどった。紅矢だったのである。

発見されたのか？　かっととび出すような眼で出口の方をみていたが、どうしたことか誰も入ってこない。息がつまるような数分がすぎたが、もはや西門慶はふたたび這い出す勇気を失った。

寒さのために、ふたりの肺は、錐《きり》でつき刺されるようにいたみ、皮膚がヒリヒリとしてきた。

「金蓮。……」

金蓮はふしぎなことをはじめた。からだをくねらせて、その衣服をぬぎはじめたのだ。気でも狂ったのかと思うと、彼女はいちばん下の冷えた汗で凍りついた肌着《はだぎ》をとってすて、その上に坐《すわ》った。そして、かわいた上衣《うわぎ》をゆるく身にまとって、肩かけはフンワリと西門慶にかけた。

「ばか」

といったが、西門慶の眼に涙が浮かんだ。

「旦那さま……肌と肌を合わせた方が、少しは暖かいのでは……」

そういわれて、西門慶もその気になった。ふたりは裸身《はだか》と裸身になってピッタリ抱き合い、そのまわりを衣服でヒシヒシとつつんだ。

なるほど、この方が——と思ったのはつかのまである。氷寒地獄はさらに凄じい歯をむき出して、ふたりをのみこんだ。金蓮はたえず身をゆすっていた。西門慶はしだいに懶《ものう》くなってきた。

「旦那さま、眠ってはだめ、眠ってはだめ!」

突然、西門慶は恐怖の叫びをあげて金蓮にしがみついた。うす暗い虚空《こくう》に、白蠟《はくろう》のような憑金宝《ひょうきんぽう》と玳安《たいあん》の幻影が哄笑《こうしょう》するのがみえたからだ。

「金蓮!」

「ここにいます。旦那さま、金蓮はここに……」

金蓮は乳房をこすりつけ、腹をこすりつけ、腿《もも》をこすりつけた。西門慶の胸と腹に、熱い飴《あめ》がとろとろと溶けかかるような快感がひろがった。

「旦那さま、眠っちゃあいや、眠らないで……」

金蓮の全身は一分のすきまもなく西門慶に密着して、ゆすぶりたてた。

西門慶は、水晶のような薄光にみちた白い洞窟の中に、天上の楽の音の鳴るのをきいた。

そして霏々《ひひ》としてふる牡丹雪《ぼたんゆき》の中に、蓮花燈《れんげとう》や芙蓉燈《ふようとう》や雪花燈が、波のようにうねるのを見た。燈籠《とうろう》は、彼の愛した無数の女たちの笑顔に変り、そして彼は鐘のように鳴りひびく美しい女の笑声をきいた。

誰かの声。誰かの声。……

涅槃之章

汗馬に鞭をふるって泰岳東峰をはせのぼってきた応伯爵は、雪澗洞のまえに異様なものをみた。弓をもった雪洞禅師が立って、洞穴の中をのぞきこんでいる。

「せ、西大人は？」

「あ、あの女人を助けてくれ！　ああ、あれは凍え死んでおるかもしれぬ。……」

苦行僧は、呪縛《じゆばく》からとかれたように弓をなげ出し、がばと大地に崩折《くずお》れた。

応伯爵たちが雪澗洞の奥からひきずり出したとき、はだかの西門慶と潘金蓮はもう息がなかった。

「おいっ、西大人のからだをこすってくれ！　わしは金蓮さんを――」

伯爵は発狂したようにさけびながら、金蓮にのしかかって、その氷の肌を摩擦しはじめた。

この場合、西門慶を他人にまかせて、金蓮の介抱にとりかかったのは、一見友達甲斐《がい》がないようだが、実は親友とはいうものの、西門家にたかって生活しているような応伯爵は、西門慶が死ぬとたちまち破滅におちいるのである。それすらも忘れ、彼の全霊は、ただ金蓮だけに満たされた。

応伯爵が、ほとんど全裸にちかい潘金蓮を抱いたのもそれがはじめてなら、その行為になんの色情も感じなかったのもはじめてである。彼は人の眼もわすれ、金蓮にしがみついて、雪白の肌をこすりつづけた。

うずまきながれる山上の冬雲のきれめから、黄金のひかりがおちてきたとき、金蓮の乳房のほとりとみぞおちに、ぽっとほのかなほてりが出てきた。

「金蓮！　金蓮さん！」

そのとき、金蓮は、夢みるように伯爵のうなじに腕をまきつけると、唇に唇をおしつけ、かすかに舌さきをうごかした。

「旦那さま！　とうとう。……」

「なに？」

「とうとう、あたしのものに……」

応伯爵は惑乱《わくらん》した。

そのとき、うしろで歯ぎしりとともにひくいうめき声がきこえた。

「女人大魔王。……」

ふりかえると、雪洞禅師がすっくと立って、くぼんだ眼窩のおくから、炎のような眼で、なまめかしい金蓮の姿をにらみつけていた。それは嫉妬の炎であった。

「ああ、わしは妖婦の甘言に堕《お》ちた！　わしは妄語《もうご》の戒めを犯した！　来もせぬ賊を来たと告げて、そこな西門慶を雪澗洞に追いこみ、あまつさえ紅矢で脅して凍え死させてしまったのじゃ！　わしともあろうものが天魔に魅入られて、淫婦の口車に乗せられたのじゃ！……いかなるつもりでかようなことを企てたかと思っていたら、さてはおまえは、そのように他の男との邪淫をのぞんで、主人を死なせたのだな？」

そして、金蓮の美にとろかされて一挙に殺人の共謀者に堕ちたこの三十年の氷の苦行僧は、ふたたびどうと地上にうち倒れた。

応伯爵は、西門慶の傍にかけよった。

「兄貴、おい、兄貴！　西大人」

西門慶は、完全に凍死していた。

応伯爵は大地も裂けるような恐怖と驚愕《きょうがく》と憤怒におそわれて潘金蓮をふりむいた。なんだと？　この大破局が、すべて金蓮のさしがねだと？

あたまは真っ黒な炎にあぶられるようだった。不可解、不可解だ！　金蓮が西門慶を殺してどうするのだ。西門慶あっての潘金蓮ではないか。そして彼女は、彼女自身の死をおそれぬほど彼を愛していたのではなかったか！

金蓮は半身を起して、無限の激情をたたえた眼で、じっと西門慶を見つめていた。

「ああ、あたしは生きかえったのね？……あたしもいっしょに死ぬつもりだったのに！」

「金蓮さん、こ、こ、これは、いったい――」

三度めからの燕青はあたしでした。……」

金蓮は顔を覆った。指のあいだからキラキラと涙があふれおちた。

「「それは、な、なぜですか！　なんのためですか！」

「旦那さまは、このまえこの雪澗洞ににげこんだときから、もう死んでいたのです。……」

「えっ、西大人が、もう死んでいたとは？」

「応さん、あれからのちの旦那さまの顔、姿を思い出して下さい。……旦那さまは、あれ以来……女とは縁のない病人になっちまっていたのです。女を抱いてもどうすることもできない男、女の閨《ねや》をこわがる男……それがあの旦那さまといえるでしょうか？」

応伯爵は息をのんで、凝然《ぎようぜん》として宙をみた。あの惨として鬼気にみちた西門慶の姿が甦《よみがえ》った。おお、不能の西門慶、それは想像もおよばぬ恐ろしい事実だった。

「可哀そうな旦那さま！　あたしはもういちどもとの旦那さまにかえしてあげたかったのです。地獄から天国へはこんであげたかったのです。……でも、旦那さまは、女を――あたしにさえ身ぶるいして、逃げられるようになりました。どうしても抱こうとはして下さらなかったのです。女をこわがる男が、女をにくむ男が、女を抱くためには……玳安《たいあん》と憑《ひよう》金宝《きんぽう》さんのあの美しい姿を思い出してごらんなさい。――」

金蓮はユラリとたちあがって、あるいてきた。全裸なのに、寒風の中にその白い肌には、ほとんど悪魔的な力を以て、美しい血潮がさしてきた。

この女は、まさに氷寒地獄も淡雪にひとしい女人大魔王なのであろうか。しかし、その姿は聖女のごとく美しく、乳房も唇も、全身が恐ろしい哀《かな》しみにわななきぬいているのだった。

「でも……旦那さまは、とうとうもとの旦那さまになりました！　あたしの腕の中で……あたしの胸の中で！　ごらん、応さん、旦那さまの顔を！」

しずかに抱きあげた潘金蓮の腕の中で、胸の中で、稀代の大好色漢西門慶の顔が、恍惚《こうこつ》たる歓喜と法悦に、にっと死微笑をうかべたようなのを、応伯爵は真空となった頭の奥に映している。

真空となった頭に、黒雲が渦まいて、やがて雪崩《なだれ》となって崩れおちる西門家の甍《いらか》となり、さらにすべてを圧して淫婦潘金蓮の白い裸形が、いっぱいに立ちひろがってくるのだった。

女人大魔王

喪家之章

山東清河県《せいかけん》きっての豪商、西門慶《せいもんけい》が死んだ。

「死んだのではない、殺されたのだ」

「だれに？」

「梁山泊《りょうざんぱく》にこもる百八人の兇盗《きょうとう》の一人、行者武松《ぶしょう》に」

「なぜ？」

「ほら、西大人の第五夫人潘金蓮《はんきんれん》は、もと武松の兄武大《ぶだい》の女房だったろ？ その金蓮と西大人が密通し、武大を毒殺したとかで、武松が兄の敵と狙《ねら》っていたのだそうだ」

「いいや、わしのきいたところでは、西大人と金蓮が、泰岳東峰で魔除けの苦行をしているうちに、西大人が凍え死をしたのだというぞ」

町の噂《うわさ》はとりどりであったが、この金と精力と男まえと欲望と、およそ欠けるもののない大快楽家が、清河県の西五十里、氷の業風吹きすさぶ荒涼たる泰岳東峰の頂で死んだことはたしかであった。

その証拠には、或《あ》る冬の夕、西門慶の死体をのせた轎子《かご》と、それをかこむ一行が、粛々として西の門から町にかえってきた。その中には、町の人々の話に出た愛妾潘金蓮や西門慶の親友兼幇間《ほうかん》の応伯爵《おうはくしゃく》の、首も胸にめりこまんばかりにうなだれた姿もみえた。

これを迎え入れた西門家の震駭《しんがい》ぶり、驚擾《きょうじょう》ぶりは筆舌につくしがたい。正夫人の呉月娘《ごげつじょう》は卒倒するし、第二夫人李嬌児《りきょうじ》、第三夫人孟玉楼《もうぎょくろう》、第四夫人孫雪娥《そんせつが》をはじめ、香楚雲《こうそうん》やら劉麗華《りゅうれいか》などいう妾《めかけ》たちが家じゅう鳴りかえるほど泣きたてるし、小間使い、番頭、手代、小者などは、逆上してかけまわる。

そのなかで、さすがに応伯爵だけが、必死にみなをとり鎮め、慰め、励まし、指揮していた。

番頭の貢四《こうし》に、馬蹄銀《ばていぎん》をたっぷりわたして棺《ひつぎ》をさがしに走らせる。陰陽師《おんようじ》の徐《じょ》先生を呼びにやる。遺骸《いがい》を安置する大広間の飾立てをさしずする。親戚《しんせき》知人にその旨を急報する。

――

なにしろ突然のことで、しかも清河県随一の富豪として官民のあいだに一大威力をふるっていた人間が死んだのだから大変だ。喪礼葬儀の規模も並大抵のことではすまない。

「応さん、よろしくお願いします。西門家の体面にかかわるようなお葬式を出しては、あたしがそしられますから、ほんとにお金は吝《おし》まないように」

と意識を回復した呉月娘が、気をとりなおして依頼する。

「ええ、どうぞ雑用その他お役に立つことがありましたら、遠慮なくこきつかって下さいよ。生前、あたしがどれほど西大人のお世話になったか、せめて兄貴のお葬《とむら》いくらいあたしが手伝わなきゃあ、閻魔《えんま》さまの前で兄貴に叱《しか》られますさあ」

応伯爵は、平生の諧謔《かいぎゃく》は忘れたように、神妙に、甲斐甲斐《かいがい》しく、

「ええと、徐先生の占いで、大人の納棺は三日目、二月十六日にお墓の穴を掘って、二十日に出棺をすれば、ほかの障《さわ》りはないそうです」

と、報告した。

哀哭《あいこく》と混乱のうちに二日目が来る。

西門慶の遺骸は、紅《あか》い絨毯《じゅうたん》につつまれた楸材《ひさぎざい》の棺に入れられ、大広間に安置された。報恩寺からは坊さんが来て経をあげる。呉月娘をはじめ愛妾たちは喪服をきて、つぎつぎに霊前にすすみ出て哭《な》く。陰陽師の徐先生がおごそかに棺に長命釘《くぎ》をうちこみ、傍に「武略《ぶりゃく》将軍西門慶公之棺《しょうぐんせいもんけいこうのひつぎ》」とかいた旗をたてた。

この日、検屍《けんし》役人の何九《かきゅう》が弔問にやってきて、応伯爵に耳打ちしていうには、

「ところで、どうだな、こちらと取引している商人などで、主人の亡くなったのを幸い、売上金をわたさぬ奴《やっ》、借金をかえさぬ奴がもし出てきたら、役所の方でとりたててやってもいいぞ」

「ありがとうございます。そんな節は、是非お力ぞえいただきたいもので」

何九はモジモジしている。応伯爵は急に気がついて、彼に金をにぎらせた。

「ああいや、こんなことは、そんな場合が起ったときでいいが——うむ、まあ。それでは

それは、役所の係り係りへわたしておくことにしよう」

何九が西門家の門を出てゆくと、土塀《どべい》の外で、ひたいをあつめてヒソヒソと相談をしている三人の男がある。みると、このごろ顔を見かけなかったが、西門家の手代の春鴻《しゅんこう》と来《らい》爵《しゃく》と来保《らいほ》だ。あきらかに旅からかえってきたばかりの風態だった。

三人は、ふりかえって何九をみると、急にとび立って、逃げ出そうとした。

「待て」

と何九は一喝《いっかつ》して三人を釘づけにし、ジロジロにらみつけた。

「なぜ逃げる。主人が亡くなったことを知らないのか」

「へえ、それは臨清《りんせい》の水門できました。それで、おどろいて急ぎ戻ってきたところなんで――」

「臨清の水門？　お前ら、どこへいってたんだ？」

「へえ、楊州《ようしゅう》へ、綿の買付けにいっておりましたんで――」

「綿は買ってきたのか」

三人はまた狼狽《ろうばい》の様子をみせた。

「へえ、波止場《はとば》の船につんで参りましたんで――」

「よし、それじゃ俺があとで見てやろう」

何九の第六感は、すでに三人の胡乱《うろん》くささをかぎつけている。

突然、春鴻が、がばと膝をついて、あたまをすりつけた。

「旦那《だんな》、どうぞお見のがしを――」

「何を見のがすのだ？」

「実は、この来保の申しますには、主人が死んでは綿をもってかえったところでしかたがない。丁度《ちょうど》船ではこんでいる間にも、二割は値があがっている。いっそこの波止場で売りはらっちまえと――」

「いいえ、あたしゃ、こうなりゃお金にしてもってかえった方が、お家のためになろうと思いましたんで――」

と、来保はあごをガクガクふるわせた。

「で、売り払った金はいくらあったんだ」

「へえ、四千両ばかり」

「うぬら、そいつを山分けにして、高飛びしようってつもりだったんだろ。そのまえに、こっちの様子をうかがいウロウロしていたんだろ？」

「旦那！」

と、来爵がすがりついて、何九の耳に必死にささやいた。

「あとで、半分、二千両、お宅へもってゆきますから、御慈悲を――」

何九は空をむいた。

「勝手にしろ」

と、彼はひくい声でいいすてて、スタスタあるいていってしまった。

三人の手代がほっとしたような顔を見合わせ、立ち去ろうとすると、

「待ちな」

門のかげから、応伯爵がニヤニヤしながらあらわれた。ぎょっとしている三人の前で、あごをなぜながらいう。

「あたしにも、黙り賃として、まあ千両くらいはもらいたいね」

雪崩之章

初七日になると、また坊さんがあつまって読経をあげる。

最初のうちの衝撃的な悲しみの潮が去ると、西門家には、いいしれぬ暗さと静けさと不安さと空虚がただよって、こんな日がくると、悲しみを新たにすると共に、ふしぎに救われたような陽気さがよみがえるのだった。

応伯爵は、この日、霊前で焼香をすませ、声もかなしく追悼文を読みあげた。

「重和元年正月二十七日、門下生応伯爵、謹《つつし》みて哀悼の意を、故錦衣西門大官人の霊に致す。

霊は生前硬直の人物にして、生をうけて剛健なりき。弱きをおそれず強きにあらがわず、友を慰むるに鉄拳《てっけん》を以てし、女を助くるに腎水《じんすい》を以てせり。嚢中《のうちゅう》ゆたかなれば、軒昂《けんこう》の気概は陽物に上り、陰門に下る。恩をこうむりたる二子を股間《こかん》にしたがえ、しばしば花に寝、

柳に臥《ふ》し、合戦するに敗れしことなし、しかるに今や永《と》えに立《こ》たざるとは。ああ悲しいかな、ここに残れる貧生、ふたたび亀頭《きとう》をならべて柳暗花明《りゅうあんかめい》の巷《ちまた》にすすみ、その術を競うを得ず。わが亀頭ただ涙を腰間にたれるのみ。

ここに白濁《はくだく》を供え、寸觴《すんしょう》を献ず。霊にして心あらば来りうけよ」

女たちは、追悼文がよくわからなかったとみえて、いっせいに泣いた。応伯爵も読んでいるうち、ほんとうに涙がながれてきた。

その夜、応伯爵が庭をあるいていると、石橋の上で、うなだれた潘金蓮に逢《あ》った。

「おや、金蓮さん」

と、伯爵はびっくりして、声をかけた。

泣いたり、怒ったり、或《ある》いはおたがいにヒソヒソ話をしたり、何やらざわめいている他の妾たちの中で、たったひとり、北廂房《ほくしょうぼう》にとじこもって、声もきかせない潘金蓮であった。おそらく、西門慶をいちばん愛していたのはこの女であったろうと、応伯爵は信じて疑わない。

「何をしているんです？」

「応さん。かなしいわ。……」

「わかっていますよ、それは――」

「そんなことじゃあないの、李嬌児さんのお部屋の前にいって、そっと様子をきいてごらんなさいな？」

「へ？」

金蓮はいってしまった。

応伯爵は、ポカンとあとを見送り、それから、くびをかしげながら、跫音《あしおと》をしのばせて李嬌児の部屋の外へ近づいていった。

話し声がきこえる。声は、きょう焼香にきた李家の婆さんである。李家は西門慶が生前に大いにひいきにしてやっていた妓楼《ぎろう》だった。李嬌児は第二夫人だが、もと李家の歌妓だった女である。

「そりゃお前、西門の旦那にゃ御恩は受けたろうけどさ、死んじまえば、恩の返しようもないじゃないか。あと、ここの家にいて、どうなるのさ？　大奥さんにいびられて、はては犬みたいに追ん出されるのがオチだよ。お前さんも、もう三十四じゃないか。せっかく張の旦那がお妾にもらいたいとおっしゃる。帆は風の吹くときにあげるもの、いまを逃したら、こんな運はまたとこないよ。……」

張の旦那とは、この清河県で西門慶につぐ富豪の張二官《ちょうじかん》のことらしい。初七日の夜がきたばかりなのに、もう鞍《くら》をのりかえる相談だからおどろかざるを得ない。

「これからは、この町も張の旦那の世さ。提刑院《ていけいいん》で、西門の旦那のあとがまに坐るつもりで、もう都の方のお役人がたに、うんとつけとどけを送んなすったそうだよ。その張旦那は、どうやらあの金蓮さんにも目をつけていなさるらしい。ウカウカしてると、お前、売れ残っちまうよ。……」

「でも、おかあさん、張の旦那はたしかまだ三十くらいでしょ?」

この分では、李嬌児はだいぶ軟化しているらしい。

「ああ、三十二さ。おまえ、二十八とごまかしなよ。まだそんなにきれいなんだもの、六つくらいサバをよんだって、誰がわかるもんかね」

「フ、フ、フ」

「それで、向うさまにゆくとなったら、なんといっても金と物はたんと持ってった方があとあと肩身がひろいからね。このドサクサの中だもの、手あたりしだいにつづらにとりこんだってわかるものか。せいぜい、うまくやっとくれ。……」

ひどい女たちもあるものだ。

と怒る資格は、応伯爵にはない。実は伯爵も、呉月娘から葬儀万端の指図をまかされたのを倖《さいわ》い、だいぶ懐をうるおしているからだ。

――二月三日は、西門慶のふた七日にあたる。この日は玉皇廟《ぎょくおうびょう》から呉道官をはじめ十六人の道士がよばれて、法事を行った。

「応さん」

と、何やら屈託顔の呉月娘が伯爵に話しかけたのは、その夕方だった。

「何だか、お客さまが少ないとは思わない?」

「そうでしょうか?」

「だって、李瓶児《りへいじ》さんのお葬式のときなど、もっと弔問客がおしかけてきたように思うんだけど。……」

　李瓶児はまえに亡くなった愛妾の一人である。

「あたしのやり方がわるいのでしょうか」

「そ、そんなことはありませんよ」

「あの王様のような旦那さまのお葬式なのです。どうか思いっきりはでに、にぎやかなお葬《とむら》いを出して下さいな。……」

　そのとき、うしろでひくい声がきこえた。

「大奥さま、奥さまのせいじゃありませんわ」

　潘金蓮がかなしげに立っていた。

「それは、世間の人がみんな恩知らずだからです。いままでこの家からお葬式の出たときは、まだ旦那さまがいらっしゃいました。お葬いにきたのは、欲をかくしたおベッかです。こんどはその旦那さまがいらっしゃいません。もうおベッかをつかう必要はないのですわ。……」

　応伯爵も、そんなことは知っている。ただ呉月娘に気の毒だから言わなかっただけだ。

　金蓮はつづける。

「西門家は雪崩《なだれ》のようにくずれつつあります。家の外にも内にも、いまのうちに喰《く》い荒そうとする白蟻《しろあり》がいっぱい。――応さん」

　応伯爵はドキンとした。

「それは、喪家《そうか》にとって、しかたのない運命でしょうね？」

「ああ、いや、それは……」

「あたしもそれは承知していますけれど、ただ……旦那さまが亡くなってまだお葬いも出ないのに、もう乳繰りあっている人間がいることにはがまんがなりません。……」

「金蓮さん」

と、呉月娘は、きっとして顔をふりむけた。

「だれが、そんなことを？」

「楚雲さんが、番頭の劉包《りゅうほう》と」

「えっ」

「いま、劉包が、キョロキョロしながら、楚雲さんのお部屋に入ってゆきましたわ」

呉月娘はこぶしをにぎりしめ、眼をすえた。やがて、ふるえる声で、

「なんという淫《みだ》らな恩知らず！　そればかりは許せません。応さん、下男を二、三人呼んで下さい。もしそれがほんとうだったら、きっとお仕置をしなくては、主人の亡くなった家のしめしがつきません」

香楚雲の部屋では、櫺子《れんじ》の窓の外に、血相かえた一団が忍びよってきたことを知らなかった。

灯《ひ》もともさず、まっくらな中で、たしかに楚雲と劉包のなまめかしいあえぎがきこえた。劉包は、よほどながいあいだ楚雲に想《おも》いをかけていたのだろう。香楚雲も、西門慶の死前

後からの禁欲にもだえぬいていたのだろう。それは、ふたりが無我夢中になって、ふた七日の夜の静寂も忘れたような、恥しらずの嬌声喃語《きょうせいなんご》をあげているのからわかった。

「淫婦《いんぷ》！」

「姦夫《かんぷ》！」

どっと、一団は部屋になだれこみ、たちまちふたりを一つに縛りあげて、ひきずり出した。

「どうしてくれよう」

と、呉月娘は怒りにもえる眼でふたりをにらみすえた。楚雲と劉包は全裸の胸と胸、腹と腹を合わせたまま、手足の八本ある白い妖怪《ようかい》のような姿でころがされている。

「まあ、旦那さまの御遺骸《ごいがい》は、まだ大広間にあるというのに……」

「大奥さま」

と、金蓮が沈んだ声でいった。

「あたしによい考えがあります」

「どんな？」

「さっき奥さまは、旦那さまを王様のように葬りたいとおっしゃっていましたわね。どうか、王様のように葬ってあげて下さい」

「それが、このことと、どんな関係があるの？」

「殉葬《じゅんそう》させるのです」

「え、殉葬?」

「しかも、こんな恩しらずは、あの殺頭葬《きっとうそう》に」

ふたりの姦夫姦婦は、全身を粟立《あわだ》ててもがき、応伯爵も真《ま》っ蒼《さお》になった。

「な、なに、殺頭葬?」

双珠之章

支那で、殉葬のことが、いつからはじまったのか明らかでない。

が、殷様式《いんようしき》およびその延長とみられる西周《せいしゅう》の遺跡によると、古代にはかなりひろく殉葬の行われたことが知られている。そして、文献によれば、東周から隋《ずい》、唐《とう》、さらに明、清にいたるまで、王侯、貴族階級にしばしば殉葬が行われたことは明らかである。

しかし、そうはいうものの、時代が下るにつれて、だんだん稀《まれ》になっていることはいうまでもなく、まして「殺頭葬」ときいて、一同が眼をまるくしたのもむりではない。

「殺頭葬」とは、頭と身体《からだ》を切断して、バラバラに埋葬する殉葬の一形式であって、ふつうの殉葬が死後なお主人に奉仕する意味のものとちがい、刑罰のこころをふくめた恐るべき一種の犠牲であった。

「しかし、それは、あまりといえば……」

「けれど、応さん、このことを表沙汰《ざた》にすれば、ふたりとも無事にはすみませんよ。主人の出棺前に、妾と手代が姦通《かんつう》するなんて、絞《こう》や斬《ざん》ですむものですか。……といって、大奥さまが御慈悲をかけられて、大目にみておやりになれば、こんな女や手代にも、やっぱりかたみは分けておやりにならなくちゃならない。……」

「まさか。……」

と、呉月娘はさけんだが、しかしまさしく潘金蓮のいうとおりだから、思わずキリキリと歯を鳴らした。

金蓮はそのとき声をひそめて、

「奥さま、応さん。ちょっと」

と、ふたりを廻廊の隅に呼んだ。

「奥さま、ほんとうに西門家には虫ケラがウヨウヨしています。主家の売上金を盗んで逐《ちく》電《でん》する傭人、手代と密通する妾……ほかにもまるで泥棒猫《どろぼうねこ》みたいな男や女がたんといることは御存じでしょう。そういう連中に、かたみや財産をわけてやるのは、まるで盗人に追銭だとはお考えになりませんの？」

「そりゃそうだけど、だれが何をしているか、何を考えてるか、わかりゃしないわ」

「だから、ちかいうち、奥さまから厳《おごそ》かに殉葬の話をもち出して下さい」

「ああ、それでみんなをためすのか！」

と、応伯爵は、ほっとしてさけんだ。

「そうなんです。それで、恩知らずどもは、みんなこの家をにげ去ってしまうでしょう。

まあ、ほんとうに殉葬になってもいいと申し出る人はないでしょうけれど、それでも奥さまの話をきいたときの様子で、人それぞれのまごころはさぐれましょう。そして、ほんとうに旦那さまを——西門家を大事に思っている人々がわかるでしょう」

「ふうん、それは面白いな」

金蓮のいい出した殉葬のことが、単なる方便だということを知った安心感と、それに生来こんな悪戯《いたずら》が大好きな応伯爵は、よろこんで手を打った。

「しかし、あの間男と淫奔女《いたずらおんな》はどうします？」

「それは、大奥さまのお心にまかせましょう。とにかく、出棺の日まで裏山の蔵春塢《ぞうしゅんう》にでも縛ったままとじこめて、殺頭葬の恐怖を骨の髄まで味わわせておやりになるがいいわ」

呉月娘は、もの凄《すさま》じい顔色でうなずいた。

まじめな呉月娘は、これを悪戯とは思わない。主人の死以後、雪崩のように西門家がゆらぎつつあることを感じてイライラせずにはいられないし、また口に出してはいわないが、たくさんの妾どもに財産を分けてやらなければならないことに対するくやしさが、煙のように心の底にある。ましてその中の幾人かが、獅子身中《しししんちゅう》の虫であるに於《お》いてをやだ。

——墓を掘るのは二月十六日の予定であったが、五日から城外五里原に、恐ろしく大規模に墓が作られはじめた。直径五十間余のひろさに円錐形《えんすいけい》に土を掘り、その中央に地下三間のふかさに棺室を設ける。南と北に、地上から入る石の扉をつくり、ここから石の階段からなる墓道を下りていって棺室に通じるというしくみである。

そして、西門家の内外に、もの恐ろしげな噂がたち出した。

「こんど、西門の旦那のお墓には、たいへんな宝物が埋められるそうだ」

「宝物どころではない、人間も埋められるってきいたぜ」

「えっ、生きている人間が？」

「うむ、あのお妾たちが」

「そりゃ惜しい！　あんな美人たちを、なんてまあ、むごたらしい――」

「それが、本人たちの望みなんだそうだ。あの旦那に死なれちゃあ、みんなこの世に生きてる甲斐がないってね」

「それはまた感心なものだな。みんな美人を鼻にかけた浮気女ばかりだと思っていたが、見なおしたぜ、案外――恐ろしいほどに貞女ばかりじゃないか」

「貞女――そういえば、そうかもしれん。西門の旦那以外に、この世に男はない――あの旦那ほどの道具をもっている男は、この世にない――といってる女もいるそうだから」

「あっ、そういう意味か。畜生、ひどく見下げられたものだな。しかし、残念だが、その通りかもしれないね。なにしろあの旦那はほんとうに驢馬《ろば》くらいあったそうだから」

――それから数日後、李嬌児が逐電した。

みなが、噂のまとの妾たちを注目していたので、ぬけぬけと大荷物を運び出すわけにもゆかなかったのだろう、あとで調べてみると、居室のつづらや箱には、せっせと取りこんだ財宝がいっぱいつめこまれていたが、それも、とるものもとりあえずといった逃走ぶりは笑止であった。

このことを知って、呉月娘の頬《ほお》に、怒りをおびた笑いが浮かんだことはいうまでもない。

——三日後はいよいよ出棺という十七日の夜のことである。

呉月娘は、はじめて妾たちをみな呼んで、おごそかにきり出した。

「みなさま、主人の生前は、ほんとうにお世話さまでございました。……本来なら、こんなにたくさんの女が一つの家にくらしていて、喧嘩《けんか》や嫉妬《しっと》さわぎのたねには困らないはずなのに、波風ひとつたてず、姉妹のようにむつまじく暮せましたのは、ひとえにみなさまのお人柄のよさと、それからただ一つ、主人への愛に、車輪のようにむすばれていたからでございましょう。……」

なに、波風のたたないどころか、夜毎日毎《よごとひごと》、ねたみとにくしみの炎の車のまわらないときはなかったのだが、みんな、神妙な表情でうなだれている。

「主人への愛——それはむしろわたしより、あなた方のほうが強かったかもしれません。そしてあなた方のどなたもが、そのことにかけては、決してほかのどなたにも負けようとは思っていらっしゃらないでしょう。……」

妾たちは、わざとらしくうなずいた。

「わたしはそれを信じています。亡くなった主人も、きっとあなた方を信じていたでしょう。……その主人が、いまわのきわに、いいのこしていったことがあるのです。わしはあの世にいって、ひとりで暮すのはいやだ。この世ほどにぎやかでなくったっていいが、せめて一人か二人、話し相手になってくれる女が欲しい。——こう遺言していったのです。お笑いになる？　わたしは、あのひとがどんなに寂しがり屋だったか、そしてどんなに女が好きだったか、それを思うと、なんてまあばかげた虫のいい望みだとは笑えないような気がするのです。……」

呉月娘は、刺すような冷たい眼で、妾たちを見まわした。それから、うなだれて、小さな声でいった。

「いかがでございましょう。どなたか……主人を……あの世でなお世話をみてやろうとお考えの方はいらっしゃらないでしょうか？」

みんな陶器のような顔色で、正夫人を見つめたきりであった。

実はこれまで、眼に巨大な墳墓《ふんぼ》を見、耳に町の恐ろしい風評をきいても、だれもがまさかと思っていたのである。手代と密通したという香楚雲は或いは殺頭葬の刑にあうかもしれない。しかし、罪のないじぶんたちを、やわか生きながら墓に埋めるような非常識な試みを実行に移そうとは思っていなかったのだ。

げんに、李嬌児が逐電したとき、孟玉楼など皮肉に笑ったものである。

「ばかな李嬌児さん、まんまと大奥さまの手にひッかかって！　殉葬の噂なんて、きっとあたしたちを恐がらせて、ただで追っぱらおうって計略だわ。財産を分けてやりたくなくって、ただで逃げ出す人があったら、もっけの倖《さいわ》いってわけね。だれがそんな手にのるものですか！」

それが、いまほんとうに呉月娘からきり出されて、彼女たちは鼻じろんだ。

どれだけ呉月娘がこのことをまともに考えているのか？　もしそれが試験であったら、ここで醜態をみせたらせせら笑われるだろう。といって、もし真剣な話なら、ゆめゆめそんな志望は口に出来たものではない。

恐ろしい静寂がはりつめた。

そのとき、だれかが顔をあげて、ひくい声でいった。

「あたしが、お供をさせていただきますわ」

呉月娘と潘金蓮は、愕然《がくぜん》としてふりむいた。

澄んだ笑顔をみせて、死の白羽の矢をみずからひたいにたてたのは、一人ではない。二人の女である。痩《や》せて、一番影のうすくって、西門慶の寵《ちょう》も最も淡いとみられていた孫雪娥と、盲目の愛妾劉麗華であった。

殺頭之章

十八日の夕方のことである。明後日の葬礼がどうかと思われるような雪となった。

「あの二人、どうしてるかしら？」

と、ふと潘金蓮がつぶやいたのをきいた応伯爵は、急に香楚雲と劉包の様子を見にゆく気になった。

蔵春塢《ぞうしゅんう》というのは、その名づけたところからもわかるように、裏山の洞穴《ほらあな》ながら、一時は寝台や火鉢《ひばち》などを置いて、西門慶が番頭の女房やら小間使いをひきずりこんではもてあそんだ場所だが、その後いつしか家の中で何か悪いことをした傭人たちを監禁する牢《ろう》となって、入口にはふとい格子がはめられ、大きな錠がかけてあった。

夜に入って雪がやんだのを機会に、応伯爵は、灯をかかげて裏山をのぞきにいった。

香楚雲と劉包はなおおたがいに縛りつけられたまま、ころがされていた。下男たちが腹を立て、且面白《かつ》がって縛ったので、女の両手くび、両足くびは男の背なかで括《くく》られ、男の両腕も女の背で、足もまたまっすぐにして括られている。食物だけは、だれかが皿に持っていってやるらしいので、おそらく一人一人が上になって、犬のようにするのであろうか、二人はまだ生きていることは生きていたが、恐ろしい悪臭がながれ出してくるのは、排泄物《はいせつぶつ》の匂《にお》いにちがいない。

「おい」

と、伯爵が呼ぶと、二人は弱々しくうごめいた。

「お助け……」

と、虫みたいな声で楚雲がいった。灯の影にすかしてみると、ボンヤリと蒼《あお》く二人の顔がみえる。どちらもやつれてはいたが、とくに劉包のやつれぶりは、凄いようだった。

応伯爵の心に、あわれみの念が起った。

「お助け……」

「うむ、そうだなあ、生命だけは何とか助けてもらうように、わしから大奥さまに話してはあげるが……」

と、いって、鼻をつまんだ。

「しかし、臭いね、じぶんたちのものとはいえ、これじゃ本人もたまらんだろう。もうしばらく辛抱していなさい。決して悪くはしないから」

といって、彼はふところから鶏の丸焼きをとり出して、格子のあいだから投げこむと、早々に退却した。

——これが応伯爵の——いや、この世の人間の、哀れな、生きている香楚雲と劉包の姿をみた最後であった。

十九日の朝になって、西門家には驚天動地の大変事が起っていることがわかったのである。

変事は、西門慶の遺骸の安置してある大広間に起っていた。その棺の両側に、首を切断された楚雲と劉包の死体がのめっていた。そして——あの徐先生が長命釘をうちこんだ棺のふたがはねあけられ、中の西門慶の屍体も、首と胴を切りはなされていたのである。

呉月娘はふたたび卒倒し、西門家はふたたびにえくりかえるような騒動におちいった。

真冬のことであったので、西門慶の死顔はまだ変色もしていなかった。この生前、世に比類もなかった大快楽児は、死してなおふしぎな力を血液にたたえているのだろうか、切りはなされた死顔は、依然としてウットリした好色的な微笑をきざんだままであった。

「鎮まれ、鎮まれっ……さわぐことはない。西大人は殺されたわけではない。前の通りだ。死人のままだ！　さわいで世間に恥をさらすことはない！」

急報をきいてかけつけた応伯爵は、妙な制止のさけびをはりあげながら、もとより当人も惑乱《わくらん》している。それはいうまでもなく、こんな大それた、無残な行為を誰がやったか？という疑いであった。

さわぎの最中に、何九が騎馬で泡《あわ》をふいて飛んできた。一枚の大きな紙片を鷲《わし》づかみにしている。

「深讐西門慶、屍といえども、殺頭の刑に処せずんばやまず。行者武松」

こうかいた紙きれが、西大門の傍の外壁に貼《は》りつけてあったというのだ。

ああ、それでは西門慶に兄を殺され、嫂を奪われ、いまは梁山泊の剽盗《ひょうとう》のむれに加わっている魔人武松が、西門慶の死んだのにもあきたらず、なお屍《かばね》の首に戒刀を加えて去ったのであろうか。

「けれど、武松が、いつ？」

潘金蓮が戦慄《せんりつ》して唇をわななかせ、呉月娘がかん高い声をあげて家人に、昨夜侵入した魔人の影を見た者はなかったかときいてまわっているあいだ——応伯爵は、腕をくんで、裏山のまえの雪の中に立っていた。

「——なぜ」

と、彼は心にさけんでいる。

「武松が、なんのために？」

屍を辱かしめるためといったら、一応意味が立つようだが、それにしても死体の身首を切断して、それだけでなんになるというのか。まして武松にとって何の恨みもない香楚雲と劉包を殺頭の刑に処して、それで何になるというのか？

ふしぎなのは、その楚雲と劉包であった。いうまでもなく、蔵春塢の格子はひらかれていた。しかし、武松は、彼らがそこに監禁されていることを知るはずはない。いや、げんにいま、蔵春塢にゆきかえりした雪の足跡を、念をいれてしらべてみたのだが、昨夜応伯爵自身がつけたもの以外は、たしかに楚雲と劉包がよろめきつつ洞から出ていったとみえる足跡しか残っていないのである。

とすると、楚雲と劉包は、じぶんたちの力で蔵春塢をのがれ出していったことになる。あのあさましいほどに縛りあげられた縄《なわ》をとく。外からかけられた錠をあける。この不可能事がよし可能であったとしても、さて彼らが何のために西門慶の遺骸のある大広間に入ってゆき、いかにして殺頭の刑にあうような目にあったのか？

母屋の方で、何九のさけぶ声がきこえた。

「何、だれも武松の姿を見たものがないと？　そんなばかなことがあるものか！」

応伯爵は、雪の寒さより、血の冷たさに凍りついて立っている。

万一――万一――この大変事に手を下したものが家人の中の誰かとする。悪戯《いたずら》にしては、あまりといえばあまりだろう。しかし、正気とすれば、目的がいよいよわからない。とくに、西門慶の首を切りはなして、何になるというのだ？

「狂人？」

応伯爵は、家の誰かれの顔を順々に思い浮かべている。戦慄は、そのことからにじみ出してくるのだった。

墳墓之章

こういう妖《あや》かしの手で切断された香楚雲と劉包を、「殺頭葬」にするわけにもゆくまい。

「姦夫姦婦を、おなじ墓に埋めちゃあ、西大人も腹をたてるでしょう」

と、応伯爵がいうのに、呉月娘もうなずいた。彼女にしても、ほんとうにこの二人を殺頭葬にしようとは考えていなかった風である。

さわぎが一応おさまってみると、さて始末にこまるのは、この二人の屍体である。明日、いよいよ主人の葬礼を出すというのに、きょう姦夫姦婦の弔旗で露ばらいさせるわけにはゆかない。そんなきもちにはなれないし、その準備もない。――香楚雲の屍体だけは、その夜のうちに親戚の者をよんでひそかにひきとらせたが、劉包という手代はまったく子飼いの男で縁辺の者もなかったから、呉月娘もその遺骸のやり場所に途方にくれた。

「こうなってみると、やはり可哀そうですね。殺頭葬でおどしただけに、あたしが一番この仏に恨まれているような気がしますわ。首を切った奴が武松だとしたら、なにしろ素手で大虎をなぐり殺すような男だけに、恨んでお化けになっていっても、鼻息で吹きとばされて、あたしのところに迷って出るかもしれないわ。そんなことになったらたいへんだから、あたしの手で葬ってやりましょう。旦那さまのお葬式のすむまで、あたしの部屋に置いてやって下さい」

こう言い出したのは、潘金蓮である。それを神妙だとか、不敵だとか、感心したり、呆《あき》れたりする余裕のある事態ではなかった。首の切りはなされた劉包の屍骸は、金蓮の住む北廂房にかつぎこまれた。

さて、翌日は、いよいよ西門慶の葬礼である。呉月娘が叱咤《しった》激励し、応伯爵が東奔西走した甲斐があって、それは一代の豪商らしい盛儀となった。

山河は雪に覆われていたが、空は冷たい壮麗な夕焼けだった。

柩車《きゅうしゃ》の綱を挽《ひ》く百人の会葬者、林立する翣《そう》、はためく紅絹《もみ》に金文字の名旗、つらなる琴、鏡、刀剣、机杖などの冥器《めいき》、そして真紅の緒幕《ちょまく》につつまれてすすむ柩車。——

それを見物する人々のなかに、ふみ殺された者が出たくらいの大葬礼であったが、しかし彼らのすべてがほんとうにこの大好色児の死を悼《いた》んであつまったものとは思われなかった。それよりむしろ、その死者が何者かに首を切断されたという奇怪な風評にうごかされたのと、それから、その死者に殉じて生きながら墓に入るという二人の妾への好奇心からであったろう。

孫雪娥と劉麗華。

「麗華さんは盲なんだもの、さきをはかなんでのことだし、雪娥さんも夢遊病という病気持ち、そのうえ、あれは旦那さまの生前、いちばん影がうすくって、みんなから見くびられていたものだから、いま破れかぶれの見栄を張ったのよ。生涯《しょうがい》たったいちど最後の花を咲かせてみんなを見返してやろうというつもりなんだろうけれど、それが死花とは、感心していいんだか、きのどくなんだかわからないわね」

そんなことを、口をゆがめていう妾もあったが、その心はしらず、純白の喪服に純白の靴をはいた二人の殉葬の女人は、白鷺《しらさぎ》のように浄《きよ》らかに美しかった。

重和元年二月二十日、中国四大奇書の二つ、「水許伝《すいこでん》」と「金瓶梅《きんぺいばい》」に今も大好色漢の名をのこす西門慶は、城外五里原の巨大な墳墓に送りこまれた。

そして、会葬者の行列が、石の墓道をひきかえしてきて、石の扉がとじられたとき、あの白い孫雪娥と劉麗華の姿は見えなかったのである。

――その翌日、西門家からそっと小さな棺がはこび出された。中には、あの哀れな劉包の死体が入っている。その棺は、金蓮が西門家へ輿入《こしい》れをするとき仮親となった群西街《ぐんせいがい》の王婆のところへ入り、その翌日、城外の淋《さび》しい或る墓地にひッそりと葬られた。それは、金蓮の父母の眠っている共同墓地だった。

――それから十日目の或る夕のことである。

五里原の墓寺に一つの轎子《かご》がついて、中から潘金蓮があらわれた。胸に紅いきれにつつんだ四角なものを抱いている。

彼女は墓番にいった。

「これを、旦那さまのところへお供えしたいのだけれど、扉をあけてくれる?」

地底に棺室まで設けるくらいの墓だから、むろんゆけないことはないが、墓番の宋万《そうまん》は眼をまるくした。あの殉葬された二人の女は、まだ生きているだろうか。いや、おそらくもう死んだろう。しかし、どちらにせよ、そのぶきみな墳墓の底へ入ってゆくとはおどろくべき女人である。

「い、いったい、何をお供えなさるのです? なんだか、ひどく重そうなものだが……」

「見せてあげましょうか?」

「い、いいえ、それには及びましねえが……」

「まあ、御覧なさいよ、びっくりするから」

と、金蓮は笑いながら、その包みをといた。

螺鈿《らでん》をちりばめた箱からとり出された品を見て、墓番は奇声を発した。それは銀托子《ぎんたくし》やら勉子鈴《べんしれい》やら、そのほか彼の見たこともない奇怪な器具もあるが、まごうかたなき催淫具《さいいんぐ》ばかりだったからだ。

「旦那さま、御遺愛の品なのよ。……こんなものがあたしの手許《てもと》に残っていると、いろいろとつまらないことを考えるから」

うす赤い顔をして、身をくねらせる潘金蓮の息もつまるようななまめかしさに、墓番の老爺はウットリと見とれて、何十年ぶりかで血のさわぐ思いをした。

「ああ、なるほど、それは……御奇特なことで」

宋万はヘドモドして、わかったような、わからないような嘆声をもらした。

金蓮は、石の扉をあけてもらい、墓道を下へおりていった。やがてまもなくあがってきて、

「どうも、ありがとう。やっとこれでせいせいしたわ」

金蓮はまだ胸に例の四角な包みを抱いていた。それでは中の品物だけを供えてきたのだろうか。それにしてはまだ妙に重そうにみえるが——しかし、ひとたびこの女の媚笑《びしよう》に魂をうばわれた老墓番は、もうそれに疑念をおこす余裕がなかった。そのうえ、もっと心にかかる或る問いがある。

「奥さま……それより……あのふたりの奥さまは？」

「御立派にお亡くなりでした。南無阿弥陀仏《なむあみだぶつ》」

と、彼女はふりかえり、首をたれて合掌し、涙をひとすじ頰にひいてから、また轎子にのって去っていった。

魔王之章

潘金蓮の轎子が、彼女の父母のねむる荒れはてた山の貧しい共同墓地についたのは、もう真夜中だった。

彼女はなぜか輌子をかえして、ひとりそこに残った。向うの山に、大きな、蒼白《あおじろ》い月がのぼった。この世のものとも思われない光であった。が、金蓮はおそれげもなく、例の包みをひらいて、中から黒い、まるい、重そうなものをとりあげて、胸に抱いた。

「あなた。……あなた」

金蓮はすすり泣いた。だれが、この女の、このほど哀しみと愛にみちた泣声をきいたものがあるだろう？

「やがて、あたしもここへ埋められるのですわ。それまで、寂しがらないで、安らかにお眠り」

彼女は、その黒いものを撫《な》で、口づけし、さもいとしげに抱きしめた。

やがて、金蓮は、それを置いて、輌子に入れてきた鍬《くわ》をとりあげた。そして繊手《せんしゅ》にたかくふりあげると、よろめきよろめき、土を掘りはじめた。

「金蓮さん」

と、そのとき近くの白楊《はくよう》の樹蔭《こかげ》から、沈んだ声で、黒い影が漂い出した。

「応さん」

と、金蓮はビクンとして立ちすくんだ。

「あなた……あたしを、つけてきたの？」

「左様、あの五里原の西大人の墓へゆかれたときから」

応伯爵は、恐ろしげに、地上の黒い物体をながめやった。

「それは……西大人の首ですね」

まるい月の下に、西門慶の生首は、依然としてウットリと微笑している。しかし、さすがに頰からあごにかけて、紫いろの濁りがあらわれて、ひたいのあたりからは、うすく、汁《しる》のようなものがながれ出していた。

「あなたは、それをあの五里原の墓からとってきたのですね。……ああ、それほどまで、西大人を――」

「あの墓は、立派ですわ。けれど、偽りにみちた墓ですわ、応さん」

と、金蓮は顔をふりあげていった。

「大奥さまの見栄からつくられた墓、そして、ちっとも悲しんではいない人々のお参りする墓、あたしはそんなところに旦那さまを眠らしておく気にはなれなかったのです。……」

「金蓮さん、あなたのその心もよくわかるが」

と、応伯爵は、暗然としていった。

「しかし、あそこには、世にもけなげな、貞節な二人の女が侍《はべ》っている。……」

「それが、いっそうあたしにはがまんならないのです」

「えっ？」

伯爵は愕然として、潘金蓮を見まもった。

金蓮は恍惚《こうこつ》とした表情で夜空をあおいだ。

「もし、二人が殉葬を申し出なければ、あたしがお供をしてもいいと思っていましたけれど……」

「金蓮さん、あの二人はもう死んでいましたか？」

伯爵はかすれた声できいた。

「劉麗華さんは、もう息がありませんでした。雪娥さんはまだかすかに生きていました。みれんがましく、扉の方へすがりついていました。あたしは……」

といいかけて、金蓮は急にだまりこんだ。応伯爵は声もない。が、やっと、しぼるように、

「だから、あの墓からこの首をとってきたというのですか！　しかし、ここの地面の底には、あの姦夫劉包の屍体が埋まっているはずではありませんか？　そこに並べて埋葬されて、西大人がよろこぶでしょうか？」

「劉包の首は、黄河へ捨てました」

潘金蓮の顔に、物凄《ものすご》い微笑がうかんできた。

「なんですと？……すると――」

ここには劉包の胴体だけが埋まっているというわけか、と叫ぼうとして応伯爵は、金蓮の妖《あや》しい笑顔に気づき、突如、全身に閃光《せんこう》のようないたみをおぼえた。

「ああ、も、もしかしたら……もしかしたら……ここに埋まっている胴は！」

「旦那さまのものでした。五里原の墓に埋まっていたのは、劉包の胴に旦那さまの首をつ

けたもの、あたしが群西街にはこばせたのは、旦那さまの胴に、劉包の首をつけたものだったのです。……」

応伯爵は立ちすくんでいる。

「なにしろ、旦那さまの死骸を、いちどに盗むことは、かよわい女一人の力ではできないことでしたもの。……」

いまや、あの夜、二人の密通者を殺頭の刑に処したものはあきらかであった。そしてまた、西門慶の首をきりはなした意味もあきらかであった。——すでに、あのときから、劉包と西門慶の胴は入れかえてあったのだ。

「わかったでしょ？」

この大魔王とも形容すべき女は、応伯爵の眼をじいっと見入って、ささやくようにいうのだった。

「劉包と楚《そ》雲《うん》を、蔵春塢《ぞうしゅんう》から救い出したのはあたしです。あたしは、応さん、あなたの残した雪の足跡をふんでいって、戻ってきたのです。救われた二人は、あたしのこころのままでした。弱りきった二人は、このあたしのほそい手でも、墓場で死にかけた雪娥さんを殺すより、まだたやすかったのです。……」

あごをガクガクさせて、棒をのんだようにつっ立っている応伯爵に、死してなお一人の愛する男を独占するために、三人の男女を犬のように殺戮《さつりく》し、その愛する男の屍体でさえ両断してのけたこの女は、いま真昼のように明るい満月をあびて、恐ろしいというより荘厳に、女王のごとく命じるのだった。

「さあ、あなた、あたしの旦那さまを想《おも》うこころがどんなものか、それが分ったら、この鍬で、はやく墓穴を掘って下さい」

蓮華往生

墓鬼之章

早春の夕方、西門家の小間使い龐春梅《ほうしゅんばい》は、城外五里原にある西門慶《せいもんけい》の墓に詣《もう》でて、恐ろしい目にあった。

まず墓番の小屋に寄ったのだが、どうしたのか、墓番の老爺がいない。「宋万《そうまん》さん！宋万さん！」と呼びつつ、さがしつつ、墓の入口までやってきて、彼女はあっと立ちすくんだ。

山東清河県きっての富豪といわれた西門慶の墓である。直径五十間余、ふかい地底にある棺室までながいながい石の墓道がつづく巨大な墓だが、その入口の厚い石の扉《とびら》が、まるで瓦《かわら》のようにくだけているのだ。のみならず、そのまえにたおれた宋万の首がなかった。いや、首は傍にころがっていたが、刃物できられたのではなく、凄じい力でねじきられたような酸鼻な屍骸《しがい》であった。

これは天魔の業か。

いや、天魔よりもっと恐ろしい男のしたことだ。とっさにそう気がついて身をひるがえそうとしたが、春梅はからだがうごかなかった。洞窟《どうくつ》みたいにひらいた墓の穴のむこうから、すぐに重々しい跫音《あしおと》がきこえてくるのを耳にしながら、彼女は凍りついたようになっていた。

入口に、真っ黒な影があらわれた。墨染の衣をつけているが、二本の鮫鞘《さめざや》を腰につるし、人骨の数珠《じゅず》をくびにかけた、身の丈八尺におよぶ行者の姿だ。

「何奴《なにやつ》だ」

と、まるでじぶんが墓番のようにこちらをとがめてきた。

武松《ぶしょう》である。済州梁山泊《さいしゅうりょうざんぱく》に巣くう百八人の大盗中、その剽悍《ひょうかん》さでは五指を下らぬ行者武松にまぎれもない。彼が、なんのために西門慶の墓に入りこんでいたかは問うまでもなかった。

いうまでもなく、西門慶が死んでもなおあき足りず、その墓に入って、屍《かばね》をはずかしめるためにあらわれたものに相違ない。

「お、うぬは――」

武松の眼が、頭巾《ずきん》のかげでぴかとひかった。

「金蓮《きんれん》の小間使いだな」

気丈な春梅だが、声も息も出なかった。

「金蓮はどこにいる？　やい、歯を鳴らさずに返事をしろ」

「おうちに」

「なに、金蓮は来なかったのか。お前ひとりだけを墓参によこしたのだな」

武松は舌うちをしたが、すぐになんの躊躇《ちゅうちょ》もなく、

「では、うぬは一足さきに地獄で待て」

戒刀の鞘がシューッと鳴ると宙に光芒《こうぼう》がはしった。

「待て、武松」

うしろで、声がかかった。

ふりかえると、いま春梅があるいてきた路《みち》に、ひとりの女が立っている。いや、身なりは男装束でズングリした腰、槌《つち》のような手足は男よりもたくましいが、頰《ほお》に血いろの紅《べに》を塗り、盛りあがったふたつの乳房はまさしく女、これは梁山泊百八人の群盗中の恐るべき花、母夜《ぼや》叉《しゃ》の孫二娘《そんじじょう》であった。

「姐御《あねご》、なんだ」

「待ちな、こんな女を殺したってしようがないよ。それより、敵は潘金蓮だ。潘金蓮のことをきこう」

母夜叉はずかずかと春梅の傍へ寄ってきた。鼻孔もつまるようなわきがの匂《にお》いがした。

「おい、金蓮はなぜお前といっしょにこなかったのだえ？」

「金蓮奥さまは……お嫁入りのおしたくでお忙しいものですから」

「なんだと、金蓮のお嫁入り？　西門慶が死んで百日たつかたたぬというのに、あきれた淫婦《いんぷ》め」

「いいえ、御本人のお望みというより、周守備《しゅうしゅび》さまの御執心と大奥さまのおとりはからいなんです」

「金蓮の嫁入り先は、周守備というのかい」

母夜叉はちょっと鼻白んで、武松をふりかえった。守備府の周秀《しゅうしゅう》は、山東のこの一帯を管轄する武官で、梁山泊の仲間も一目も二目もおいている豪勇の男だからだ。

「武松、こりゃ、いそがなくちゃいけないよ」

「何を、周守備ごとき、——たとえ、金蓮が天子の妾《めかけ》になろうと、敵をとらずにおくものか」

「そりゃお前の力も恨みもとっくに御存じだが、あれを周守備のところへ入らせちゃ、やっぱりちっと面倒だわな。やい、女、金蓮の嫁入りはいつのことだえ」

「な、七日のうち——」

「よし、それじゃあ今夜、西門家に乗りこもう」

「姐御、そうと話がきまれば、いよいよこの女を生かしてはかえせないね」

と、武松はまた戒刀をとりなおす。春梅は悲鳴をあげた。

「待って下さい。あたしがかえらなければ、おうちの方からさがしにきます。あたしが殺され、お墓があらされていることがわかれば、お屋敷の方でさてはと感づくにきまっています。それでなくても、こんど御婚礼の話がきまってから、おうちには守備府の官兵がウロウロしているんです」

「といって、お前を殺さなけりゃ、金蓮に知らせるだろう」

と、母夜叉はニヤリと笑って、武松をかえりみて、

「武松、どうしよう？」

武松は返事もせずに、ただ戒刀の柄にぷっと唾《つば》を吐いた。殺気に地だんだふんでいるようだ。春梅は、年に似ず怜悧《れいり》で気丈な娘だったから、この二人の脳の構造がひどく単純なことを看破したが、この場合、その単純さがいっそう全身の皮膚に粟《あわ》を波だてた。

「知らせません、知らせません」

と、必死にさけんだ。母夜叉は物凄い眼で春梅の顔をのぞきこんで、

「お前、手引をするかえ？」

「……します」

「どうやってな？」

「…………」

そのとき、遠くで「宋万！　宋万！」とよぶ声がきこえた。山の下に待たせてあった春梅の轎子《かご》の供のものか、それともちかくの寺の僧の声か。母夜叉はすこしあわてて、

「よし、一日待つ」

火のような眼で、春梅をにらみすえると、

「今夜のうちに手引の方法をかんがえて、それをかいた紙きれを竹筒にいれて、西大門の外へうめておけ。このことを金蓮や役人に知らせて、おれたちをつかまえようなどしたら、

断っておくが、うぬの細首は金蓮とともにとぶぞよ。よいか、この武松は、素手で景陽岡《けいようこう》の大虎《おおとら》をなぐり殺したほどの男だということを忘れるな。――」

そして、この二人の兇賊《きょうぞく》は、魔鳥のごとくかけ去っていった。

蠱術《こじゅつ》之章

うすづきはじめた夕日のなかに、西門家の石甃《いしだたみ》のあいだから萌《も》え出した青草が、いちめんにそよいでいた。西門慶の生前第一の親友だった応伯爵《おうはくしゃく》は、後園にいそぎながら、暗然としてそれを見わたした。

西門慶が死んだ冬から春へ、ほんのわずかのあいだにこの変化である。石甃の草ばかりではない。くずれおちた土塀《どべい》の壁ばかりではない。青みどろに覆われた池ばかりではない。手代の春鴻《しゅんこう》と来爵《らいしゃく》と来保《らいほ》は、売上金をつかんで逐電《ちくでん》した。都の親戚《しんせき》へ、番頭の傅銘《ふめい》に小間使いの玉簫《ぎょくしょう》と迎春をつけて知らせにやったら、傅銘は途中でこのふたりの娘を姦して、都の大官に売りとばしてしまった。愛妾《あいしょう》のひとり香楚雲《こうそうん》は番頭の劉包《りゅうほう》と密通したあげく怪死をとげてしまうし、またべつの愛妾李嬌児《りきょうじ》も、町の金持張二官《ちょうじかん》のところへにげていった。第三夫人の孟玉楼《もうぎょくろう》は知県の後妻にゆくことになっているし、第五夫人の潘金蓮は。――

いまも庭や建物のあちこちにチラチラする兵士の姿は、守備府の周秀の部下だが、それは七日のちにせまった、潘金蓮の輿入《こしい》れの準備のためという名目だった。しかし、実際は、金蓮を警戒していたのだ。のちに山東兵馬制置に進官し、梁山泊の草賊の討伐司令官を命ぜられたほどの勇将周秀は、むろん金蓮の絶世の美貌《びぼう》にぞッこん執心してのことだが、一方、彼女の底しれぬ淫蕩《いんとう》の噂《うわさ》にいよいよ興をそそられていた。が、それがじぶんのものとなるとすると、その点にちょっと不安をおぼえざるを得ない。とくに、主人死後の西門家の内情が紊乱《びんらん》をきわめているという評判だけに、一刻も眼をはなせないような気がするのだ。そのうえ、彼女の過去のいざこざから、命をねらっている男さえあるという。――それやこれやで、これは金蓮のからだのみならず、心をまもる番兵たちだった。

潘金蓮の心――金蓮は、何をかんがえているのか？

応伯爵はもの想《おも》いにくれる。彼は金蓮に惚《ほ》れていた。だから本音をはくと、西門慶が死んで、ちょいと大それた望みをいだいたこともある。しかし、金蓮と西門慶の愛慾のすさまじさを腹の底まで見せつけられて、彼は恐怖すらおぼえていた。金のないことはさておいて、とうていおれにはもちきれんだろうと思う。その点はあきらめているが、さて周守備のところへゆくとなると、ここと違って、もうおいそれと逢《あ》うこともできまいから、それを思うと応伯爵は気が遠くなりそうだった。あげくのはてに、金蓮がけしからんと思う。その実あんまり親友でもなかったくせに、金蓮の多情は百も承知のくせに、西門慶のために義憤を感じざるを得ない。

とはいうものの、こんどの話が、ほかの妾どもとちがって、金蓮が望んでうごいた形跡はまったく見られない。周守備から申しこまれ、正夫人の呉月娘がすすめ、金蓮がものうげに受けただけである。それは応伯爵も知っていた。

金蓮は、すべてにものうげだった。一見そうみえて、実は深淵《しんえん》のような生命力の妖光《ようこう》を発していたこの女が、西門慶の死後、ほんとうに影のようだった。

「金蓮さん」

後園の北廂房《ほくしょうぼう》に入った応伯爵は、それも気づかない風で、寝台に腰をかけたままうなだれて何やら思案にくれているのをみると、たったいままで抱いていたうらめしさなど忘れはてて、可哀《かわい》そうで胸がいっぱいになった。

「まだ西大人のことをかんがえているのですかい？」

「………」

「それで、お嫁入りができますかね。門の方じゃ、お嫁入りの支度の品をかかえた商人や、お祝いをもってくる連中がウヨウヨしてますぜ。さあ、笑って笑って」

心とは反対のことばが口からとび出す。

「そんな顔したって、あたしにゃよくわかりますさ。うれしくってしかたがないくせに」

「応さん、あたしは大奥さまがゆけとおっしゃるから、ゆくだけですわ」

と、金蓮はしずんだ声でいった。

「そりゃ知ってますよ。しかし、あなたがもしほんとにいやなら、いくら正夫人だって、あなたを追い出すなんて、そんなことは世間がゆるさない」

と、応伯爵はりきんだ。本音だ。金蓮をやりたくはないのである。

「でも、いまこのうちの御主人は、やっぱり大奥さまです。旦那《だんな》さまはもういらっしゃらないのです」

応伯爵は、正夫人の呉月娘が、相つぐ妾や傭人の泥棒猫のような逐電に怒りながら、その一方で、自分に不要な連中にはさっさと手ぶらで消えてもらいたく、自尊心と良心と欲望の責木にかけられてヒステリーみたいになっていることを知っている。なるほど、金蓮ほど誇りたかい女なら、この家にはさぞ居辛かろう。それにしても、曾《かつ》てはその呉月娘に一歩もゆずらなかった金蓮が、こんなに色あせた人形のように、なすがままになっているのは不安である。いくら周守備さまのところへゆくにしろ、もらうべきものはもらったのかと心配になる。

「あたしは何も要らないの」

応伯爵の遠まわしの問いに、金蓮はつまらなそうに微笑してこたえた。

「あたしはどうなったっていいの」

応伯爵は、ふとさっきから金蓮が手にしているものに気がついた。

「おや、金蓮さん、それはなんです」

「これは、お薬」

「なんてお薬」

「蠱死膠《こしこう》」

「蠱死膠？　なんの薬です」

「これはねえ、旦那さまが遺していらしたものなの。旦那さまのおつかいになったものは、銀托子《ぎんたくし》も牙触器《がしょっき》も相思套《そうし》も硫黄圏《とういおうけん》も勉子鈴《べんしれい》も懸玉環《けんぎょくかん》も、みんなお墓へお供させたけれど、これはおつかいにならなかったから」

いま金蓮が列挙したものは、みんな催淫具《さいいんぐ》だ。応伯爵は、やっと金蓮のいじっていたものが媚薬《びやく》であることがわかると、かなしげにこんなものをもてあそんでいる女にぞっとしたし、またさっきからの自分の同情がばかばかしくもなった。

「へえ、どうしてつかわなかったんです？」

「死ぬからです」

「死ぬ？」

「ええ、どっちかが」

「どっちかがというと、男か女かが？」

「ええ、これはねえ、まず女がつかうのだそうよ。でも、口からのんだのじゃあききめがないんですって。……で、薬が女のからだのなかで溶け、はじめてききめがあらわれるのだそうです。仇敵《きゅうてき》にでも……犯されたい……というきもちになるんだそうです」

ささやくようにいう金蓮の顔を、伯爵は茫然《ぼうぜん》としてみている。

「でも、三日以内に男と交わらないと、死んでしまいます」

「交わると？」

「こんどは薬が男に吸われて、男がその薬を受けた女に恋いこがれます。そしてもしその女と交わらないと、三日のうちに男がもだえ死んでしまうのですって」

「交わると？」

「こんどは女がその男に。……それをくりかえしているうちにおたがいの体液がまじりあい、薬のききめはいよいよつよくなってくるんですって」

金蓮は微笑した。

「応さん、あなたにあげましょうか？　これをくれた梵僧《ぼんぞう》がこの一服しかくれなかったそうだけど」

応伯爵はかんがえこんだ、放蕩のかぎりをつくしてきた応伯爵にとっては、そんな色慾のいたちごっこは、ぞっとする永遠の地獄だ。ただ、相手が金蓮ならば。――

「へ、へ、いただいてもよろしいが、あなた、その薬をつかってみてくれますかい？　まず、あたしのために――」

「ほ、ほ、そうしてあげようかしら？」

「わっ、そりゃほんとですか？」

「そして、薬をあなたに吸わせてから、お嫁にいってしまう」

「すると、あたしは？」

「三日以内に死にます」

笑いもせず、といっても辞退もせず、応伯爵が大まじめに思案していると、小間使いの春梅がヨロヨロと入ってきた。おや、あたしの代りに、旦那さまのお墓参りにゆかせたはずなのに。——

「春梅、なんて顔色なの？」

「奥さま、たいへんです」

「どうしたの？」

「あの、武松が」

春梅は、金蓮と主従というより姉妹のような仲であった。そのうえしっかり者だったから、武松と母夜叉《ぼやしゃ》の脅迫をそのまままつたえたのはさすがだが、頬のいろは蠟《ろう》のようだ。応伯爵も仰天した。やっとさけんだ。

「ううむ、大胆なしれものめ、しかし、それこそ飛んで火に入る夏の虫だ。これを機会に、周守備さまに武松をとらえていただけば、禍《わざわい》転じて福となるというもの。——」

かってなもので、こうなると守備府をたよりにするほかはない。さわぎたてる応伯爵をよそに、金蓮はじっと眼をふせて寝台にすわったままだ。うちのめされたようにもみえるし、無関心といった風にもみえる。

「よし、それじゃ、すぐに守備府の兵士に連絡してこよう」

あわててとび出そうとする応伯爵を、

「応さん、待って」

と、金蓮はしずかにとめた。

「守備府の兵士に武松を殺させたら、きっとあとの仲間が怒り狂うにちがいないわ。梁山泊のあばれ者たちは百八人もいるというじゃあありませんか。それがぜんぶ復讐《ふくしゅう》の鬼みたいになって、あたしや春梅を狙《ねら》いはじめたら、かえって手におえないことになるし、いつまでもそれをのがれられるとは思えないわ」

「そんなら、どうするんです？」

「春梅、竹筒にいれる紙に、こうかいておくれ。――明日の夕方、守備府の兵士に化けて西門家に忍びこむようにと。そしてその竹筒といっしょに、守備府の兵士の服をひとつ、西大門の外に埋めておいておくれ」

「そ、そんなことをして――金蓮奥さま！」

「そして、武松がこのうちに入ってきたら、日がくれるまでかくれているようにといって、お前が裏山の蔵春塢《ぞうしゅんう》に武松を案内するんです。そのとちゅう、ちょっと路をそれると、古井戸があることを知ってるでしょ？　水はないけれど、深さは一丈五尺前後はあります。草に覆われて、いままでなんども傭人たちがおちたことがある。そこに武松を――」

「落し穴におとして、やっつけるのですか――」

「いいえ、あとで、あたしもその中に入ります」

「あっ」

と応伯爵はさけんだ。なんということをいい出したのだ。金蓮は気がくるったのか。それは虎とおなじ檻《おり》に入るにひとしいではないか。いや。――

「武松は、虎さえも虐殺した男ですぜ、金蓮さん！　な、な、なんたる――」

「あたしは武松を飼いならしてみせるわ」

潘金蓮はすっくと立ちあがった。応伯爵は眼を見はった。いままで生気をうしない、色あせていた金蓮が、水を吸った花のように甦《よみがえ》ってきた感じなのだ。

「あたし、かくごをしたわ、武松をあたしの足もとにひれ伏させるよりほかに、あたしが一生涯たすかる法があると思って？」

「しかし、金蓮さん！ 武松を、か、か、飼いならすとは？ あれはあなたを不倶戴天《ふぐたいてん》の敵と狙ってる男なのですよ！」

金蓮はそれにはこたえなかった。真紅にぬれてきた唇が、ニンマリと笑んだ。

「あたしは……やっと生甲斐《いきがい》をみつけたわ」

その眼が、じっと手の中のあの秘薬にそそがれているのをみると、応伯爵はからだがふるえ出した。潘金蓮は何を思いついたのか。

奈落之章

——まっくらな、宙を墜《お》ちながら、武松は火の玉となった。やられた！ と思う。春梅に裏山へ案内されながら、もし女にふしんの挙動があればと充分注意していたのだが。——まんまと守備府の兵士に化けて西門家に入りこんだものの、武松の顔を見知っているものも少なくないはずだから、夜まで裏の洞穴《ほらあな》で待てという春梅の言葉にうかとひッかかった。そのうえ、前後左右に警戒するあまりに、思いきや、踏んでゆく大地の青草が、いきなりぽっかり口をあけようとは！

古井戸の底へ、どんとおちるや否や、武松は、

「おおおっ」

まるで猛虎《もうこ》のごとく宙にはねあがって、またおちた。井戸の深さは一丈五尺はたしかにあった。いかな武松といえども、これはむりだ。

「春梅っ、だましたなっ」

わあああん、とこだまし、つむじ風のように巻きのぼっていった声に、思いがけぬしずかな声がふってきた。

「いいえ、いま、金蓮さまをつれてきます」

「なに！」

それはどういう意味か。金蓮がくるとは、罠《わな》におちたじぶんを笑うためか。それとも、約束どおりやっぱり復讐の手引をするつもりか？　武松はそんなことはかんがえない。ただ、金蓮、という名をきいただけで、ぱっと反射的に戒刀をひきぬいた。

――草をふんで裏山の方へあるいてゆく潘金蓮の姿を、遠くから身の毛をよだてて見ていたのは春梅と応伯爵だけであった。

金蓮は立ちどまった。夕焼けの最後の一閃《いっせん》が、そのひたいを照らした。沈香色の上衣《うわぎ》に

五色の肩かけを、縁どりをした朱鷺色《ときいろ》の裙子《クンツ》をつけたその姿は、夕映とともにきえるかなしい妖精《ようせい》のようにみえた。そうだ、金蓮は、ほんとうにこの世からきえてしまうかもしれないのだ。応伯爵のこめかみには、あぶら汗がしたたった。

金蓮を敵と狙っているものは、ただの人間ではないのだ。大虎を素手でなぐり殺し、役人をたたきつぶし、裏切った女を引き裂き、いちどに八斤の肉と十五椀《わん》の酒をのみ、凶暴《きょうぼう》無惨《むざん》の水滸《すいこ》の群盗百八人のうちでも、もっともその猛勇ぶりをうたわれている男なのだ。その男が入っている井戸の底へ、われと身を投じようとする金蓮は、九死に一生の見込みもあろうとは思われない。なんたるむちゃな無謀な賭《かけ》だ！

よしまた千に一つの賭があたって、金蓮が武松をひれ伏させたとする。武松がひれ伏すとは、金蓮の色に屈服することであった。金蓮はおそらくあの秘薬をつかうにちがいない。やわらかくぬれた肉のひだに、男を恋の罠におとす毒がとけている。もし武松がそれにふれたら、こんどは金蓮の勝だ！

——金蓮は、なまめかしくほそい腰をひねって、井戸のなかをのぞきこんでいた。応伯爵はのどをヒクヒクさせて、もし金蓮がゆるしさえすれば、たとえ死のうと、おれがあの肉の罠におちたいと思った。金蓮対武松のたたかいには、千に一つの賭がある。しかしこでこあぶら汗をながして見ているだけのおれには、万に一つの賭もない。

「武松」

と、金蓮は笑顔で呼んでいた。

「金蓮よ」

穴の底で、かすかな、が、凄じいうなり声がきこえた。きらっとひかるものが浮きあがってきて、すぐに下で大きな地ひびきがした。白刃を抱いたまま武松がとびあがって、またころがりおちたのだ。

「武松、あわてることはないわ。あたし、いまそこにいってあげるから」

「なんだと？」

「ちょっと、ないしょでお話があるの。だから、すすんであたし来たのよ。お前が春梅にだまされたわけでもなければ、あたしが春梅にだまされてつれ出されたわけでもないのよ」

とまるであいびきをうちあわせるような甘美な鼻声だ。

「うぬと話などはない！」

「それじゃああっちへいってしまうわよ」

武松はうっとつまった。金蓮は笑った。

その笑顔を遠く応伯爵がみていた。いまだ！　いま兵士をよべば、武松は殺され、金蓮は助かる！　そう思ってさけび出そうとしたはずみに、この一見邪気のない笑顔をみたので、はっと応伯爵がとまどったとき、穴の底では、

「話をきく。おりてこい」

と、武松がうめいた。戒刀のきっさきを上に、垂直にたてた。金蓮はそれをのぞきこん

で、ひくい声でいった。

「その刀であたしをお突きか、それともあたしを抱きとめておくれか。どっちでも――そら！」

ひらいた朱鷺色の裳裾《もすそ》が井戸の空をふさいだ。あっと思った瞬間、武松は刀を投げすて、両腕をひろげて女のからだを受けとめていた。鉄のような胸と腕のなかに、匂いたかい柔軟きわまる一塊の肉がおちた。

一瞬、あたまが麻痺《まひ》したようになった武松は、つぎの刹那《せつな》、全身の血が沸騰した。宿怨《しゆくえん》のためより、いまの自分のわけのわからぬ行為に激怒したのだ。獣のような咆哮《ほうこう》をあげると、彼は金蓮のほそ首に手をかけようとした。その一瞬まえに、金蓮の唇《くちびる》から声が出た。

「武松、じぶんから身を投げこんできた女を、すぐにくびり殺して、お前、それで男といえて？」

武松はふいごみたいな息を吹いたが、手の力がゆるんだ。「男」という一語こそは、義をうたい俠《きよう》をとなえる梁山泊の魂の骨格だったからだ。

「いま、話をきくといったじゃあないの？」

金蓮のからだは、熱い汗にびッしょりぬれていた。まさに、はじめての虎の檻に入った調教師の恐怖である。

「殺すなら、話をきいてからにしてもいいじゃあないの？」

「うぬの話をきく耳はない！」

「そう、それじゃあ殺しなさい。けど、いっておくけれど、あたしを殺すと、お前はこの井戸からにげられないわよ。井戸の深さは一丈五尺、お前の背はその半分の八尺しかない。翼でもないかぎり、飛ぶことはできまいよ。そしてお前がここにおちていることは、春梅が知っている。もし春梅がそれを守備府の兵士につげたなら、どんなにお前が豪傑だって、それこそ袋の鼠《ねずみ》だわ。矢を射ちこむか、上からこのまま埋められるか——」

「うぬを殺せば、おれは死んでも本望だわえ」

と、武松は吼《ほ》えた。

しかし、それはうそだった。兄の横死を知ったときの怒りの熱度は毫《ごう》もうすれてはいないが、いまはそれにちがった色の炎がまじっている。その後彼は梁山泊の群盗の一人となった。その仲間の手前にも、兄の敵をみのがしてはいられないというみえがあったのだ。彼は乱雲に乗って駈《か》け、曠野《こうや》に血をまいてゆくいまの豪快な生活に陶酔しきっていた。べつに生命はおしまないが、正直なところ、兄の敵のこの女を殺すことなど、彼にとって一投足のスポーツにすぎない。

「そう、うれしいこと」

金蓮は武松に身をすりよせて笑った。

「それじゃあ、あたしと心中してくれる気なの？　この地の底に、ふたり折り重なって埋められていいの？」

闇《やみ》のなかに眼がひかり、息が匂っている。酔ったようにもつれた声であった。そうだ、金蓮は恐怖に酔っているのだ。あえぐような快感が、金蓮のからだをくねらせた。

「ばかな！」

かえって武松の方が身体《からだ》をひこうとした。しかしそこはせまい井戸の底だった。

「なら、あたしの話をきいてくれる？」

「きいたところで、うぬを殺すことに変りはない。うぬを殺せばおれも殺されることに変りはない。無用な舌をうごかすな、かくごしろ」

「待って！　そうとはきまってないわ、あたしの話をきいてくれればお前が助からないでもなくってよ」

「なに、どうして？」

「あたしがこの耳飾りをなげあげると、春梅が綱をもってきてくれることになってるの。上にあがってから、あたしを殺したっていいじゃあないの」

「うまいことをいって、おれをだまそうとしてもだめだ」

「お前をだますつもりなら、はじめからあたしがここに入ってくるわけはないわ」

武松はつまった。金蓮がここにみずから身をなげこんできた心は、まったく謎《なぞ》だ。

「ねえ、殺すのは一刻のちでも、夜中でも、夜明けでも、いつでもできることだわ。ゆっくりおかんがえな。でも、そのあいだ、あたしのいうことをきいてくれてもいいじゃない？」

「言え」

と、武松はついにうめいた。金蓮は空をあおいだ。

「まあ、きれいなお星さま」

小さな四角な空に、蜜蜂《みつばち》のむれているような春の星がみえた。大地の底にいるのは、その空をともにいただかないはずの男と女であった。

「抱いて、武松、さむいの」

と、金蓮はいった。武松は、金蓮が上衣と裙子《クンツ》の下に何もつけていないことを感じた。まんまるい乳房、なめらかな腹、ながれるようなふとももが、わななきつつ彼の皮膚にふれた。彼は巨大な心臓をわしづかみにされたような気がした。名状しがたい香りをもった息が、胸、あご、頰、鼻孔にからまる。

「武松、お前があたしをうらむのもむりはないけれど、お前の兄さんを殺したのはあたしじゃないのよ、この家の旦那さま、……もう死んじまった西門慶の旦那だわ、いいえ、べつに罪を死人になすりつけるわけじゃない、あたしをみて、いちどあたしを抱いて、その夫を殺してでもあたしをとりたくない男が、この世にいるでしょうか？」

金蓮は哀訴してはいなかった。弁解してもいなかった。それは絶世の美女の矜《ほこ》りにみちた高言だった。いまや恐怖するものは豪勇武松であった。

「兄上！」

と、彼は思わず悲鳴をあげた。彼をまもるものは、もはや怪力でもなければ戒刀でもない。おのれにからみついてくるものが曾ての嫂《あによめ》だという節義のこころだけである。

「武松……武松……まあこの瘤のような腕……この熊みたいな胸毛……ああ、あたし、お前に殺されたい！」

その声は、色仕掛で男をおとすというより、すでに肉の内部からうずき、もだえ、もえあがる女の官能の炎のたぎりとしかきこえなかった。

暗い天と地に、時間がすぎた。月が昇ってきた。

地底のたたかいより、もっと恐ろしいたたかいが、地上の応伯爵の心の中にあった。武松が勝って金蓮が虐殺されているとかんがえると、彼は気が狂い出しそうだった。金蓮が勝って、井戸の底で両人が交わりあっている姿を空想すると、彼は卒倒しそうであった。ついに気力が尽きかけたとき、

「あっ。……」

と春梅がさけんで、かけ出した。

月光の下で、春梅が井戸の傍から何かをひろいあげるのがみえた。下から投げあげられた耳飾りにちがいない。すると――？

春梅は綱を傍の立木にむすびつけ、井戸の中へなげおとした。やがてそれをつたって、巨大な影が草の上に立った。それから、生きている金蓮の影が。――

応伯爵はヘナヘナと膝《ひざ》をついてしまった。

武松も、金蓮も、一語ももらさない。不倶戴天のふたりが、このようにしずかに、黙々と相ならんで立つことを、いままで想像もできたろうか。わずかに金蓮が春梅にうなずい

てみせて、顔をそむけた。春梅があるき出すと、武松がそのあとに従う。西門家を去るつもりとみえる。

「賊だ！」

われを忘れて、応伯爵はとびあがり、さけび出した。嫉妬《しっと》のためにあたまが火みたいになって、金切声で、

「おおいっ、梁山泊の賊が入ったぞ！」

後園の廻廊のあたりから、三人の兵士があらわれた。土塀《どべい》の方へあるいてゆく大きな影をみると、ばらばらと追いすがる。武松は立ちどまって、ゆっくりとふりむいた。応伯爵は指さした。

「そいつだ！　守備府の兵服をきているが、そいつが賊だ！」

すさまじい絶叫があがった。武松の戒刀が横なぐりに一閃すると、もう首のない三人の胴が三方にあるき出していたのだ。しかし、このとき廻廊の方から、雪崩のように兵士たちがあふれ出して、どっと殺到してきた。

猛然と武松がこれに反撃の歩をふみ出したとき、ふいに先頭の兵士が悲鳴をあげてのけぞった。月光にさらしたその胸に、一本の矢がつき刺さっていた。

「武松、はやくこい！」

土塀の上に、ふたつの影が立っていた。ひとりは弓に次の矢をつがえている。応伯爵はそれが梁山泊の兇盗のひとり浪子《ろうし》燕青《えんせい》であることを見てとった。武松は身をひるがえし、

大地を蹴《け》って塀にとびあがった。

もうひとつの影が笑いながらいった。

「武松、首尾よく淫婦を殺したかえ？」

母夜叉《ぼやしゃ》だ。武松はこたえず、土塀からとんだ。つづいてあとのふたりも、巨《おお》きな蝙蝠《こうもり》のように月明の空へおどりあがって消えてしまった。

葬婚之章

三日後に、花嫁姿の潘金蓮をのせた轎子《かご》が西門家の門を出た。

日を早めたのは、周守備が、武松一味の闖入《ちんにゅう》に恐慌を来したからだ。金蓮を西門家においておくのはあぶない。一日もはやく守備府にひきとるにかぎるとあわてたのである。もっとも彼は、金蓮と武松が、あの夜おなじ井戸にひそんでいて何をしていたかは知る道理がない。

それを知っているのは、当の二人をのぞいてはおれだけだ。と応伯爵は、苦虫をかみつぶしたような表情でつぶやいた。……しかし、じぶんの心頭を滅却してかんがえれば、金蓮は、たしかに勝負に勝ったのだ。あれであの悪魔のような復讐鬼の追跡を、もののみごとに絶ったのだ。

みるがいい、媚薬蠱死膠《こしこう》は、いまや武松に受けつがれたではないか。三日のうちに金蓮と交わらなければ、彼は悶え死ぬ。むろん金蓮はそれをかんがえてあの必死の離れ業をやってのけたに相違ない。ああ、いかにも稀代《きたい》の大淫婦潘金蓮らしい、破天荒の戦法であり、勝利ではなかったか！

「金蓮さん、たしかに負けましたよ。あたしもね」

その翌日、嫁入りまえのごったがえすなか——守備府から続々とどけられる金糸冠や瑪《め》瑙《のう》の帯留め、飾り玉や胸環《むねわ》、衣服などの品々の整理をこまめに手つだいながら、すきをぬすんで金蓮の傍にゆき、応伯爵がこう笑いかけたときは、彼はもう感嘆とともに、金蓮のために心から祝福するきもちになっていた。

「…………」

金蓮はだまって、うなだれている。婚礼まえの歓《よろこ》びの色はまったくみられない。それは金蓮らしくもないはにかみにしろ、あの恐るべき敵からのがれ、やっつけた凱歌《がいか》の笑いはこみあげないのか。——ふしぎなことに金蓮は、ふたたび生気をうしなっていた。まえよりもっと色あせて、影のような女にもどっているのであった。

「どうしたんです？　ひょっとしたら、金蓮さん、あの薬は」

応伯爵はくびをひねった。あの蠱死膠は相手に触れさせると、こんどは相手の男が凄じい春情にもだえはじめるということだが、やはりいくぶんこちらにもよくない影響をのこすのではなかろうか。それとも金蓮は、望みどおりに武松をじぶんにひれ伏させて、安堵《あんど》の満足のあまり虚脱状態におちいったのであろうか。

「そうだ、あの薬は……」

伯爵は急に新しい不安にとらえられた。わかった。蠱死膠を吸った武松は、金蓮恋しさにふたたび野獣のごとく襲ってくるにちがいない。金蓮はそれを恐怖しているのではないか。

「武松がまたきますね、金蓮さん」

「来るでしょう」

金蓮の声は力ない。

「あたしを殺しに。――」

応伯爵はその意味がわからなかった。しかし、話にきいたあの薬のききめからかんがえると、肉慾のはげしさから、或《ある》いは武松が金蓮を殺してしまうこともあり得るかもしれない。

「それじゃ、一日もはやく守備府へにげこまなくっちゃあ。……あたしが、もっと日をいそぐように話をしてさしあげましょうか」

「そんなことはなりません。守備府の方でいそいで下さるのに、そのうえあたしからせかせるなんて――」

「それじゃあ……どうも不粋な話だが、婚礼の行列を、とくに厳重に警戒してもらうのですな」

「応さん、心配しなくっても、武松がくるにしてもべつにこの二、三日にかぎったことでないのだから」

「そう、あと、二日後に——」

と、金蓮はつぶやいて、ボンヤリと応伯爵の顔をみた。生気をうしなった顔色のなかに、金蓮の眼はふしぎなひかりをともしていた。心熱のチロチロともえる青い火のような眼であった。ふっと応伯爵は、魅入られたようにあたまがぼうっとするのを感じた。……のちに彼は、この一瞬のことを想い出して、名状しがたい身ぶるいをおぼえたものである。

「二日のちに、あたしは——」

と、金蓮はもういちどつぶやいて、がばと寝台に身を伏せた。その腰のうねりとふくらみのなまめかしさに、応伯爵がフラフラとちかづきかけると、思いがけない恐怖にちかい金蓮のさけびがとんできた。

「寄っちゃいけない、応さん！　あっちへいって！　あたしの傍へよると、あなた死ななくちゃならないことになってよ！」

——さて、その二日後の夜、花嫁姿の潘金蓮をのせた轎子《かご》が西門家の門を出た。門を出るまえ、正夫人の呉月娘は金蓮の手をとって「金蓮さん、あなたはひどいひとねえ、あたしをひとりぼッちにして」と泣いた。応伯爵は、女とはそらぞらしいものだと、いまさらのように感服した。これに対して以前の金蓮なら、皮肉な笑みをかえすか、もしくはおなじように泣いてみせるところだが、どうしたのか彼女は、呉月娘のことばもきこえない風で、奇妙な放心状態にただよっているようだった。

支那の婚礼では紅色を貴ぶ。真紅の衣服に真珠をちりばめた金糸冠をつけ、そのうえから薄紅の紗《しゃ》をかぶって、これまた四対の紅紗燈籠《とうろう》の飾られた四人かつぎの大轎子《だいきょうし》にのった花嫁金蓮。その美しさをいままで存分に思いしらされていたはずの人々も、まるで幻影でもみるようにいくども瞬きをした。

行列についてゆくつもりの応伯爵も、それをみて、思わず涙をながした。なぜだかじぶんでもわからない。守備府に入った金蓮を二度とみることができないというつらさからではない。それよりもっと運命的なふかい悲哀を、その夜の花嫁の妖《あや》しいまでの美しさから感じたのである。だから応伯爵は、金蓮についてゆく春梅までが、これまた涙をたれているふしぎさを、少しもふしぎには思わなかった。

門を出て、いちど轎子のうえの金蓮は、西門家の方をふりかえった。放心状態にみえるとはいうものの、さすがに愛憎悲喜の渦《うず》まいた春秋を、無限の感慨を以てかえりみたものであろうか。そのあいだにも、紅い灯《ひ》に彩られた行列は、夜の町へあゆみ出てゆく。

神のみぞ知る、これが死出の行列であったとは。

いや、神よりほかに、もうひとりそのことを知っていたものがある。のちに応伯爵は、花嫁の大轎子をかついでいた男のひとりからきいたのだ。――轎子のうえの潘金蓮が、西門家をふりかえったとき「旦那さま、やっぱりあたしは旦那さまのところへ参ります」とつぶやいたことを。

曠野之章

その婚礼の行列に、刀槍《とうそう》をたずさえた兵士が十数人ついているのはいささか異様であった。応伯爵までが、おっかなびっくり、刀術も知らないくせに、一本の青龍刀をかかえこんでいる。

武装兵をつけさせたのは、応伯爵の切なるねがいによるものだが、しかし周守備は、それは要らざる取越苦労だと思っていた。なぜなら、いちじはびっくりしたものの、きのうの午後、清河県を去る西五十里泰岳東峰《たいがくとうほう》を、たしか浪子燕青《えんせい》と母夜叉と思われる賊が、二騎相つらねて梁山泊の方へ、とぶように去っていったという情報を得ていたからだ。かんじんの行者武松の動静はわからないけれど、もし武松がなお金蓮を襲うつもりなら、燕青と母夜叉がそれを見すてて去ることはなかろうから、おそらく武松はさきに梁山泊へかえったのだろう。金蓮、守備府に入ると知って、さすがの兇賊たちもついにあきらめたものとみえる、と剛愎《ごうふく》な周秀はかんがえた。もとより彼は、あの蠱死膠《こしこう》のことなど知りようがない。

行列は運河にかかる石橋にかかった。月の明るい夜がつづいていて、行列の先頭にたった半数の兵士のまえには、たしかに橋上一匹の猫《ねこ》の影もみえなかった。それなのに、彼らがわたりきったとき、ふいにうしろに思いがけない絶叫をきいたのである。

「オおっ、武松っ」

「武松だっ」

橋の石の欄干《らんかん》のうえに、魔神のごとく忽然《こつぜん》と行者の姿が立っていた。

橋の下にやもりのように吸いついてひそんでいたのだと知ったのはあとのことだ。武松が欄干からとびおりると同時に、行列の人々は、たまぎるような悲鳴をあげてにげ出した。

橋の上になげ出された轎子《かご》に崩れ伏した潘金蓮の傍に、武松はちかよった。おちた紅紗燈籠が、メラメラと炎をあげはじめた。このときまで気死したように立ちすくんでいた前方の兵士が、やっと驚愕《きょうがく》からさめたとみえて、うなりをたてて数条の矢がとんだが、武松の戒刀が稲妻のごとく旋回すると、それはすべて二つにきれておちた。

「武松」

弱々しく金蓮のよぶ声がきこえた。

「やっぱりあたしを殺しにおいでか？」

「いや、さらいに来た、嫂上《あねうえ》」

「え、嫂上？」

「やっぱり、金蓮と呼ぼう。金蓮、おれはお前にまけた。おれはお前に惚れたらしい。あれから三日、おれはお前を想って、地獄に落ちた！」

この問答を行列のうしろの方にいた応伯爵は、それこそ地獄の思いできいていた。しかも、そのとき、ひとり矢をつがえた傍の兵士に、「射るな！」と思わずさけんだのは、金蓮が武松のまえにユラリと立ちあがったからだ。

「あたしを？　お前があたしを？」

金蓮は笑った。蒼い月光と、もえあがる燈籠の炎に彩られて、それはこの世のものならぬ妖しくも美しい笑顔であった。金蓮はふたたび甦った！

息をのんだのは応伯爵ばかりではない。橋上の、この花嫁と魔人との異様な問答からかもし出されるふしぎな鬼気のようなものに、刀槍をかまえた兵士たちも、なぜか魂をうばわれている。

「武松。……あの井戸の中で、あたしの誘いにとうとうのらなかったお前が」

「しかし、おれはあのとき、お前を殺せなかった」

「殺せば殺せるおれを殺さず、みずから身をなげこんできた女を殺すことはできない、あらためて、堂々と殺しにくるといって去ったお前が」

「そのあとで、お前のまぼろしに降伏したのだ」

「でも、あのときあたしは負けたと思った。あれほど恥しらずな姿をみせて、いいえ、いのちをかけての誘惑をこばまれたあたしは、殺されないでもお前に殺されたのもおなじことだったわ」

「金蓮、ゆこう。おれといっしょに生きよう。おれはそのために同志をさえすてた。いや、すてられた。燕青も母夜叉も、おれをあざ笑って、あきれはてて梁山泊へ去った。――」

「もうまにあわないかもしれない。武松、あたしはお前のいったあとで、毒をからだに入で、この行列が守備府までゆきつかないうちに死んでしまうところだったの」
「三日のちに死ぬ毒なの。あたし、だんだんからだじゅうに冷たい火がまわってゆくよう
「なに？　しかし、お前、生きているではないか」
れたの」

「金蓮！　金蓮！　たすかる法はないのか？」

「ただひとつ、三日以内に男に犯されたなら――」

「たすかるのか！」

くずれかかる金蓮を抱きとめ、ゆさぶって水牛のように武松は吼《ほ》えた。

応伯爵は茫然とした。彼にとって、驚倒すべき対話だった。あの夜井戸の底で何事もなかったこと、金蓮が毒をつかったのはその後であったこと、したがって恐ろしい蠱死膠の毒はいま金蓮の体内にあること。――ことごとく思いがけない問答だ。

猛然として、武松の手がうごいた。金蓮の紅服が裂かれて、彼女の裸身が月明に人魚のようにうかびあがった。世にも単純なこの豪傑は、敵のまッただなかの橋上で、ただちに金蓮を救う行動に出るつもりとみえる。

「いけない！」

応伯爵は火に吹かれたようにとびあがり、われをわすれて傍らの兵士から弓をひったくった。そこにくりひろげられようとする光景に眼もくらみ、夢中で矢をきってはなっていた。むろん、武松めがけてだ。

「わっ」

と、武松はさけんだ。さけんだのは武松だが、矢のつき立ったのは金蓮の背だ。それが応伯爵の網膜にぴしりと灼《や》きつけられた。矢羽根と、白い背と、それを抱いた行者の巨大な影と物凄い月と。――すべてが、そのまま静止した。

応伯爵の脳髄にはすべてが静止したまま刻印されたが、彼のからだは泳いでいた。眼まいを起したのである。よろめいて、欄干にぶつかると、彼は冷たい運河におちていった。

水音とともに、橋上では、フィルムがうごき出したように凄じい混乱と怒号が起りはじめていた。兵士たちがどっと殺到しようとし、それを相搏《あいう》つがごとく、片手にはだかの金蓮をひっかかえたまま、武松が獅子のように跳躍してきたのだ。戒刀が無数の青龍刀や槍をはね砕き、月明の運河にバシャバシャと血の雨をふらしてきた。……

応伯爵がドブ鼠みたいになって運河からはいあがってきたとき、橋の上は人影もなく、ただ折れた刀槍と、兵士たちの首と胴と手足が、血しおの中にちらばっているだけであった。そして町の西大門のあたりに、嵐《あらし》のような叫喚をきいた。――

はじめ武松の出現をみた町のものが、あわてて急を守備府につげたのがかえってわるかったのである。あわてふためき、もみにもんで押し出してきた二、三十騎が、魔風のごとくかけてきた武松とぶつかると、その先頭のひとりが簡単に斬《き》りおとされて、馬をうばわれた。

馬上、血みどろの戒刀を横ぐわえにし、金蓮を片手にひっかかえた武松が、飛天夜叉のごとく翔《か》け去ったあとを追って、守備府の騎馬兵が、潮のように西大門から町の外へあふれ出し、野と村落へちっていった。

大いなる山東の山河の上を、月はしずかにうごき、かたむきかかった。たったひとり、満目人影もない地上を、いまは恐怖もわすれて、応伯爵はさまよっていた。

「金蓮さあん。……」

泣き声はむなしく風にきえた。

「かんべんしてくれ、金蓮さあん。……」

——その声もとどかない遠い荒沙の中で、運命の敵同士であった二人の男女のあいだに、ふしぎな最後のたたかいがくりひろげられていた。

「金蓮、これしきの傷がなんだ、しっかりしろ」

「いいえ、あたしはもうだめ、じぶんでわかります。……」

「金蓮……金蓮！お前はいま蠱死膠のことをいっていたな。おれがお前と交わるとお前はたすかるといったな、よし。——」

「いけない、いけないわ、武松、あたしは死ぬんです。あたしからこの蠱死膠を吸って、あたしが死んじまうと、お前は三日のうちに死んでしまいます。……」

いまは全裸となった瀕死《ひんし》の金蓮のほそい手は、豪勇武松の鉄の胸をしりぞけた。

「あたしがはじめからあの媚薬をつかわないで、あたしだけのもって生まれた力でお前をこがれ死させてやろうとうぬぼれたのが、かえってよかったのだわ。いま、あたしはお前を死なせたくはない。……」

「金蓮！　お前が媚薬をつかおうとつかうまいと、おれにとってはおなじことだ。待て、おれがいまその毒を受けてやる。――」

「あたしが死んだあと、男がもだえて何になろう？　あたしは生きてこそ男をもだえさせたいの。あたしが死んだあと、男がもだえて何になろう？　あたしは生きてこそ男をもだえさせ
たいの。武松、あたしはお前が好きよ、薬のせいかしら。あたしはお前と交わりながら死にたい。でも、やっぱりいけない。……あたしはこうして、男にこがれつつ死んでゆくのが、あたしらしいかもしれない。……」

手はあらがいつつ、金蓮の足は、武松の胴にからみついた。もだえにもだえながらそのからだが冷たくなっていった。

「さようなら、武松。……」

「金蓮！」

武松は金蓮の唇を吸った。蠱死の毒を吸いとるように、息を吸い、舌を吸い――そして、生命を吸いとった。

ガックリとうしろにくびをたれた稀代の大淫婦潘金蓮は、美しい口をひらき、夢幻の瞳《ひとみ》はむなしくひろい天を見ていた。月は沈み、夜はまだ明けず、曠野の果ては模糊《もこ》と暗かった。

その野末から遠く呼び声がながれてくる。

「武松やあい」

「梁山泊へかえってこい、武松——」

しかし、潘金蓮の屍《しかばね》を両手で抱いたまま、銅像のようにつッ立った行者武松の耳に、その同志燕青と母夜叉のさまよいつつ呼ぶ声は、容易にきこえてはこなかった。

死せる潘金蓮

邂逅之章

「南風帰心を吹き
　飛びて墜《お》つ酒楼の前
　楼東《ろうとう》一株《しゅ》の桃
　枝葉青煙を払う。……」

だれか、のんきそうに微吟しているものがある。しぶい、いいのどだが、声が小さいのと、その男がひとり、ぽつんとはなれて盃《さかずき》をふくんでいるので、きいているものもなかった。杏花村《きょうかそん》でいちばん大きな酒楼である。

こちらにあつまって、酒をのんだり、飯をくったりしている群のなかには、旅人の姿もまじっていたが、大半は、いつものように、ちかくの清河県《せいかけん》の町の連中が多かった。ガヤガヤと交す話は、こういう店らしくとりとめもなかったが、そのうち北の街道からやってきたひとりの旅人の口から「遼《りょう》」という言葉がもれると、話はたちまちそれに集中した。

もっとも、このごろ、四、五人も人が寄れば、「遼」の話が出ないことはない。東蒙古《もうこ》を遊牧していたこの部族が、しだいに強大の度をくわえて、蒙古全土から満州一帯、さらに北支那の辺境を侵しはじめてからすでにひさしい。朝廷の方でも、宰相の蔡京《さいきょう》や大臣の高俅《こうきゅう》、楊戩《ようせん》らがかわるがわる討伐軍を出したが、いずれも大敗して、この春のころからは河北から黄河をこえて、この町を去ること五、六十里（日本の十里内外）の地にまでその異形の蛮兵が出没しはじめるというありさまだから、みなが戦々兢々《せんせんきょうきょう》としてこの脅威について語るのもむりはない。

「周守備さまが討伐にゆかれたらよかろう」

と、いったものがある。

周秀は清河県に駐屯する守備府の司令官だが、勇将の噂《うわさ》がたかい。

「周守備さまは、いま梁山泊《りょうざんぱく》の方へむかっておられるわ」

「あ、そうか。いやはや、国の内外、何やら騒がしゅうなって、末世のしるし歴然たるものがあるな」

「大きな声ではいえないが、宰相の蔡京さまや高大臣など、責任のなすりあい、勢力争いに血道をあげ、征遼の陣も梁山泊討伐の軍も、それぞれの派閥からくり出され、それも味方の点かせぎやら政敵の失策をねらうやら、筋も道もいりみだれてとんとわからず、将兵たちもうかとは出征しかねるありさまじゃというが」

「そういえば、梁山泊のひとたちにもひそかに皇帝の密使がいって、和睦を申しこんだという情報もある。罪をゆるすのみならず、そのままみなを官軍の将にするとか」

「おれもきいた。それをおだてて、そっくり征遼の戦いにむけようという算段らしいが、さて、うまくゆくかの」

話は、梁山泊——山東西北部の一大沼沢地帯を根じろとしてあばれまわっている百八人の兇盗《きょうとう》の噂《うわさ》となる。いや、いまでは誰《だれ》も盗とも賊ともよばず、叛乱軍《はんらんぐん》、いやいや民衆待望の英雄児の一群とすら見られてきた感のあるのも、いわゆる末世のしるしか。

周守備のこと、梁山泊一味のことから、潘金蓮《はんきんれん》の話になったのは、偶然だが、自然でもある。曾《かつ》て清河県第一の富豪西門慶《せいもんけい》の愛妾《あいしょう》のひとりとなり、西門慶が、泰岳東峰《たいがくとうほう》の、夏でも氷柱のたれるという雪澗洞《せっかんどう》で凍死してから、周守備にのぞまれてその花嫁となろうとし、婚礼の夜、途中の行列を梁山泊の賊武松《ぶしょう》に襲われて行方不明になった女だ。曠野《こうや》のはてにさらわれて、屍骸《しがい》はついに発見されなかったが、掠奪《りゃくだつ》される騒ぎのさい、矢をふかぶかと背に射られていたこともあり、また梁山泊の配下の鼠賊《そぞく》で、周守備の手に虜《とりこ》となった葉《よう》春《しゅん》という男が、武松がハッキリ金蓮が死んだといっていたとつたえたから、彼女の死んだことにまちがいはなかった。

生前、淫婦《いんぷ》だの妖婦《ようふ》だの、あまり評判はよくなかった女だが、永遠にこの地上からきえたとなれば、その絶世の美貌《びぼう》のみが、くだけた珠のまぼろしのように愛惜の嘆声を発しさせるのも、男たちすべてのおろかな天性か。

「いや、美しい女だったな」

「あの女のおかげで、おびただしい男や女が死んだというが、原因があの女の美しさにからんだことなら、おれも死人のひとりになりたかった。……」

真顔でいうひとりを笑う声もなく、誰かが、

「底なしの金と絶倫の精力、男っぷりがよくてひまがあって、そのうえ驢馬大《ろばだい》のしろものをもつ西門慶大人が、生涯手をつけた妾《めかけ》、女房、色女は何十人あったか——が、そのなかで潘金蓮ほどの美女はまずなかったろうな」

と、感にたえたようにつぶやいたが、これが、実に思いがけぬ騒ぎのもととなった。

だれしもそれを肯定するものとみえたのに、

「いや、潘金蓮より、うちの奥さまの方が美しい」

と、ひとり抵抗したものがある。

その男は、町で西門慶につぐ二番めの——したがっていまは一番の富豪張二官《ちょうじかん》の奉公人だった。彼のいったうちの奥さまとは、張家の愛妾李嬌児《りきょうじ》のことであった。

これだけなら、まだ酒楼の笑話ですむところだったのに、また別のところから、

「ばかぬかすな、西門家にいた女性連のなかで、うちの奥さまほどきれいな方があるものか」

といいかえした者があったので、ことが面倒になったのである。

その男は、知県李供璧《ちけんりこうへき》の従者だった。彼のいったうちの奥さまとは、この春知県のところへ後妻にいった孟玉楼《もうぎょくろう》のことであった。

話がからんできたのは、ふたりが酔っていたせいばかりではない。すぐみんな気がつい

たのだが、李嬌児は曾て西門慶の第二夫人であり、孟玉楼は、第三夫人であった女なのだ。実は、その李嬌児と孟玉楼は、この日たまたま城外玉皇廟《ぎよくおうびよう》の廟市《びようし》にやってきて、バッタリ出会い、西門家にいるころはあんまり仲がよくなかったのだが、それぞれ他家の人となってから、ひさしぶりの邂逅《かいこう》だから、内心はどう思ったか見当もつかないが、表面は女らしい大袈裟《おおげさ》なよろこびの顔を見せあって、ふたり手をたずさえ、さっきこの杏花酒楼の二階にのぼったばかりなのだ。

むろん、供の小間使いや小者もそれに同席したのだが、このふたりだけは窮屈なのをきらってか、この店先にすわりこんで酒をのんでいたとみえる。おそらくこの喧嘩《けんか》の口火をつけた男は、知らずして「潘金蓮がいちばん美しい」といったものと思われるが、ひょっとしたら、そのことをちゃんと勘定に入れていて、西門慶の死後いちばんはやく他家に嫁いだ李嬌児や孟玉楼にあてつけて言ったのかもしれない。

「へん、お前のところの孟夫人、ありゃなんだ、うすあばたがあるじゃないか」

「何を――李夫人がどうしたってんだ。あんな豚みたいにふとっちょ。――」

そして、ひとりが盃を投げると、ひとりがくみつき、たちまち傍の卓や椅子《いす》をひっくりかえして、とっくみ合いをはじめた。いよいよわるいことに、そのとき二階からおりてきた知県側と張家の小者が数人あって、これが事情もきかずにそれぞれ味方をたすけようとはしりより、これまたおたがいに格闘をはじめたので、はては収拾のつかない大乱闘となったのである。

往来は、黒山のような人だかりだった。双方の名と喧嘩の原因をきいて、いよいよ面白がる連中が大半で、とめるどころかゲラゲラ笑っての見物だ。

「名花二輪妍《けん》を競うか。こんな風流な喧嘩はまたとないて」

「あっ、こんどは小間使い同士、組打ちをはじめたぞ」

「風流どころか、まるで軍鶏《しゃも》の蹴《け》合《あ》いだな」

「こりゃいかん、あの女、お尻《しり》も何もまるだしだ」

「見ちゃおれん、おれ、ちょっと加勢してきてやろう」

「よしゃがれ、よせったら、手を出すと、こいつ、承知しねえぞ」

「何を、きさま張家の狗《いぬ》か。なら、おれが相手だ、さあきやがれ」

あっちこっちにとんだ飛火がうつって、往来はむろん通行止めだ。

――すると、その群衆にさえぎられて、立往生した二台の轎子《かご》があった。一つは清河県の町からきたもので、もう一つは逆に五里原の方から杏花村に入ってきたものだ。どっちも身分ある人とみえて、供が相当ついているが、とくに町から出てきた方は行装美々しく、兵士の姿さえまじっている。

その兵士のひとりが、ついにたまりかねて、抜刀してさけんだ。

「鎮まれ、鎮まれっ、周守備閣下の令夫人のお通りであるぞ。鎮まれっ。鎮まらぬと、撫《な》で斬《ぎ》りにするぞっ」

その声に、一帯の喧騒《けんそう》は、電撃をうけたようにおさまってしまった。

硬直した群衆の中を、長剣をぬいた兵士を先導に、町からきた轎子はしずしずと通りぬけたが、ふと反対側に道をよけてとまっている轎子の傍をゆきかけて、

「待って」

という、やさしい声がかかった。

「その轎子は、もしや西門家の——？」

その声に、そちら側の轎子からのぞいた顔が、おどろいたように眼を大きく見ひらき、あわてて轎子からおりてきた。

あわてながらも、挙措しとやかに、

「まあ、これはとんだところで——」

と、お辞儀をして、

「どうぞ、お通り下さいまし。守備府の奥さま。——」

こちら側の轎子からも、ひとりの女性が降り立った。冠をいただき、鳳の簪《おおとりかんざし》をさし、真紅の上衣に藍金の裙子《クンツ》、華麗な装いのなかに、いかにも名将の夫人らしい鷹揚《おうよう》さがみえる。

「いいえ、どうぞ、あなたこそおさきに」

と彼女はいった。

「もとの御主人の奥さまに道をよけさせて、どうして通行がなりましょうか」

西門家の第五夫人潘金蓮の、曾ての小間使い龐春梅《ほうしゅんばい》である。

屍鞭《しべん》之章

周守備が娶《めと》ろうとしたのは、潘金蓮であった。が、彼が迎え入れたのは、血に染まった空輴子だけであった。ただ、その空輴子についてきた春梅の名状しがたいかなしみにぬれた姿が、彼の眼をとらえたのである。

彼は春梅を捨て得なかった。そのまま家においておくうちに彼女は彼の心までとらえてしまった。生ける金蓮を抱いたことのない周秀は、いまや春梅にこのうえもなく満足している。

むろん、春梅は美しい。しかし、なによりその怜悧《れいり》さが、名将の心をとらえたのだ。彼が彼女を妻としたのは一か月まえのことである。

そのことは、西門家の正夫人呉月娘《ごげつじよう》もきいていた。しかし、そのわずか一か月のあいだに、なんたる春梅の変貌《へんぼう》ぶりだろう。顔はまるみを増して珠をきざんだよう、背丈までもたかくなったようで、これがほんのこのあいだまで、じぶんのうちの小間使いだったとは思われず、こうして相対しているだけでも、おのずとその気品に圧倒されそうである。

呉月娘は、ちょっと口もきけなかった。

春梅はゆたかに微笑《ほほえ》んだ。

「奥さま、きょうはどちらからのおかえりでございますか」

「あの、五里原の主人の墓所へ」

呉月娘は、やっといった。

「あなたは？」

「これからちょっと永福寺へ」

それは周守備の家の寺である。それも西門家の檀那寺《だんなでら》の報恩寺などよりもっと格のたかい寺で、最近周秀が数千両の銀子を喜捨して、実に壮麗な仏殿をたてたときいている。

春梅は、またほのかに笑った。

「そこに、金蓮さまのお墓があるものですから」

「え、金蓮さんの？」

「美女薄命と申しましょうか。ほんとうにお可哀《かわい》そうな方でした。亡くなっても、お葬式を出してくれる身内のひとりもないなんて、あんまり無惨で――」

呉月娘の顔が、うすあかく染まった。本来なら、西門家で葬式を出してやるべきではないか――と春梅に皮肉られたような気がしたからだ。あわてて、いった。

「でも、金蓮さんの屍体《したい》も見つからなかったのでしょう？」

「ええ、ですから、埋めてあるのは、金蓮さまの靴《くつ》なんです」

「靴？」

「でも、あたしにとっては、御遺骸《ごいがい》とおなじですわ」

「……ほんとうに、恩を忘れないなんて、いまどき珍しい方ね。金蓮さんが亡くなられたおかげで、あなたが周守備さまの奥さまにおなりになったとはいえ、その果報も当然かもしれませんわね」

ほめたようだが、言葉の裏に毒がある。さっきのしっぺ返しだ。

いったいに、西門家の正夫人たる呉月娘にとって、生前の潘金蓮はもっとも恐るべき強敵であった。金蓮の美貌と淫蕩は、呉月娘のとうていおよぶところではなかった。が、金蓮がただそれだけの女なら、聡明《そうめい》な呉月娘にとって、それほど恐ろしい存在ではないが、天衣無縫とみえて、金蓮にはなにか油断のならない智慧《ちえ》があったように思う。——が、その智慧のもとは、実はこの春梅ではなかったか。どういうわけかまるで姉妹のように金蓮と仲のよかったこの春梅が、その智慧袋ではなかったか。金蓮をして、正夫人たるじぶんにあつかましく張り合わせた策士は、利口なこの女だったのではないかとさえ、呉月娘はかんがえている。

丁々発止ともいうべきやりとりも、第三者からみると、世にも優雅なふたりの貴婦人の応対にみえる。まわりの群衆は、好奇にみちた眼で、これを見まもっていた。

呉月娘はそれに気がついた。いや、それより、いまのじぶんのしっぺ返しを春梅が察したのを知って、ここらで陣をひくのが、賢明だと判断した。

「まあ、とんだ見世物になって、恥ずかしい。それでは、守備府の奥さま。——」

「お待ち下さいまし」

と、春梅はおちつきはらっている。群衆など、眼中にないといった風情だ。

「奥さま、このさわぎの原因をおききになりましたか」

「え、さっきの喧嘩の——何も、存じませんけれど」

「いまちょっと轎子の中で耳にはさんだのですけれど、どうやら張本人は孟玉楼さまと李嬌児さまらしいですわ」

「まあ！　とおっしゃると？」

「おふたりが、この酒楼の中にいらっしゃるようなのです。喧嘩をしていたのは知県さまと張家のひとたちらしいのです。いまはそれぞれ他家の人ですけれど、もとはおふたりとも西門家の方、いってみれば西門家の恥ですわ。どうぞ奥さま、おふたりをなだめて、仲直りさせてあげて下さいましよ」

いうことはもっともだが、その態度はあきらかに命令であった。この春までは西門家の何十人かの小間使いのひとりとして、台所や廻廊をかけまわっていた小娘が、いまや西門家の妾たちの争いをとり鎮めろと正夫人に命ずる地位に立ったのである。

呉月娘は、感情をおさえて、杏花酒楼に入っていった。あとにしずしずと春梅がつづき、さらに剣をもった従兵たちがしたがう。

杯盤狼藉《はいばんろうぜき》といった態の酒楼のなかには、二階からおりてきた孟玉楼と李嬌児が、茫然として立っていた。むろんこの二人が直接喧嘩したわけではなく、大騒動にきもをつぶしていたのだが、それより、店のまえの呉月娘と春梅の立ち話をみて、出るに出られず、そこに棒をのんだように立ちすくんでいたのだ。

「おふたりとも、しばらくですわね」

と、呉月娘はいった。李嬌児と孟玉楼は、あわてて腰をかがめた。

「どうなさったんですの？　いま春梅さまからきくと、なにやらいさかいをなすったのですって？」

ふたりが返事もできないうちに、うしろから春梅が、

「なんでも、李嬌児さまと孟玉楼さまが、どっちがお美しいかということが喧嘩のもとですって？」

「いえ、あの……」

「それは、どちらもお美しい。西門家にいらした奥さま方のうちで、金蓮さまは特別として、あとは孟玉楼さまか李嬌児さまかって、よくあたしたち小間使いがいい争ったものですわ……」

春梅のとどめの一撃の巧妙さよ。「金蓮さまは特別として」という一言でふたりを笑殺したのみならず、同時に燕《つばめ》がえしに呉月娘を黙殺し去ったのである。

呉月娘はすうっと蒼《あお》ざめて、冷たい声でいった。

「孟玉楼さま、李嬌児さま、どうぞ仲よくして下さいね。他家へゆかれても、西門家にいらしたときとおなじように。……」

なに、西門家にいたころから、犬と猿である。しかし、呉月娘はふたりには眼もくれず、店のまえに雲集して聞き耳をたてている群衆の方にちらっと眼をはしらせて、

「西門家の妻として暮していた女……十何人か、みんな非業の死をとげたなかに、あたしたち三人だけ生きのこって、まあまあ平穏で幸福な日をおくっているのは、やはり天が見ていたのだ——と申した方もあるのですよ」

と、このしとやかな女にも似ないキンキンとした声でいった。

「ほんとうに、これが天の果報かどうかは、あたしたちには何ともいえませんけれど、少くともあたしたちが貞節な女だった、淫《みだ》らな女ではなかったということは申せましょう。淫らな女ほど、ひどい罰をうけて死んだ——と申したお方もございます」

この言葉が、いまの騒動となんの関係があるのか。——ない。

春梅だけにあきらかなのは、それが、金蓮のことをいっているのだということであった。

「徳もなく、貞節のこころをもたず、ひたすらに淫らに、身分たかい男の心をとらえようとする女には、いつかきっと相応の酬《むく》いがくるというみせしめだ——という声もございます。どうぞ李嬌児さま、孟玉楼さま、世間にうしろ指をさされないように、おたがいに町で、ほんとうの貴婦人はあのひとたちだといわれるようになりたいものでございますね」

これは、金蓮になぞらえて、一小間使いから守備府の司令官夫人に成り上った春梅のことを諷《ふう》したのである。それを知ってか知らずにか、可笑《おか》しいことに孟玉楼も李嬌児も、急に貴婦人らしく、おすましの顔でうなずいた。

「おっしゃるとおりでございます」

春梅は薄笑いした。

呉月娘は背をかえして、ツカツカと外へ出てゆこうとした。そのとき、酒楼の隅で、ひくくのどかに口ずさむ声がきこえた。

「両人対酌《たいしゃく》すれば山花ひらく

一杯一杯また一杯

われ酔うて眠らんと欲す、卿《きみ》しばらく去れ。……」

呉月娘はたちどまって、その声の方を見た。吐き出すようにつぶやいた。

「この世にふたりとない友達のような顔でとり入っても、死んでしまえばあとはよりつかず、ノホホンとしてさもたのしげに世をわたるおひともある。主人が死ねば、そのあとがまに坐《すわ》ってとくいになる女だってあるのだから、それを責めるほどのことはないけれど、ああ、人のこころはわからないもの。――」

そして、あともふりかえらず出ていったあとに、その男の傍にちかよって、龐春梅はくすっと笑った。

「応さん」

その男は、盃から顔をあげて、

「これは、一別以来」

と、ニヤリとした。西門慶の親友、応伯爵である。春梅はなつかしそうに、

「ほんとうにしばらくですのね。ときどき遊びにいらっしゃいな」

「守備府へですか？　ブルル、軍人さんはあたしの肌《はだ》にあわない」

「あら、応さんったら。——ホホ、そんなにきらったものではないわ。……でも、いまの呉奥さまのお言葉、のぼせあがったいやがらせだけど、あなたにはそう見当ちがいでもないわね」

「へえ、どうして？」

「あなたは、金蓮さまが好きでしたね。あたしは、金蓮さまをほんとうに愛していたのは西門慶の旦那さまより、むしろあなたではなかったかとさえ思っていました」

「龐夫人」

応伯爵は溜息《ためいき》をついていった。

「それは、たしかにそうでしたよ」

「それなのに、その金蓮さまがお亡くなりになっても、あなたはたしかにノホホンとして、町を飲みあるいていらっしゃる。いえ、お噂はきいています」

「するとあなたは、あたしに金蓮さんの後追心中でもしろとおっしゃる？……」

「いえ、それほどにまでは申しませんけれど、それにしても、ほんとに、たのしそうなお顔をしていらっしゃるわ」

応伯爵は、しばらくだまって宙を見ていた。春梅にとって、謎のような恍惚《こうこつ》たるまなざしであった。が、すぐに彼はおどけた眼つきになって、

「死ぬもの貧乏と申しましてな。生きていればこそ、仰せのとおりいろいろと愉《たの》しいこともあろうというもので、おたがいにまず倖《しあわ》せそうで、結構なことです」

春梅はじっと応伯爵を見つめた。ひくくひとりごとのようにいった。

「応さん、あなたまでが、あたしがいま幸福だとお思いになるの?」

「え、そりゃ、守備府の令夫人ともなれば、あたしなどの知らない気苦労もうんとおありになるでしょうが」

こんどは春梅が、応伯爵にとって謎《なぞ》のような妖しい微笑をうかべた。

「そんなことではないの。あたしにとって金蓮さまのいらっしゃらないこの世は、沙漠《さばく》とおなじなのです。おわかりになる?……あなたには、わからないでしょう?」

男狩之章

それが夏の初めの話であった。

この杏花村酒楼《きょうかそん》の事件以来、町には、遼や梁山泊の噂がいちじ下火になって、しばらくこの話題でもちきりになった。

なにしろ、偶然ゆき逢《あ》って火花をちらしたこの四人の女性が、いずれおとらぬ美女で、且《かつ》それぞれ清河県きっての名流夫人であるうえに、だれもが過去か現在、大好色鬼ともいうべき西門慶の未亡人、妾、或いは小間使いだったのだから、興味に不足のあろうはずはない。

彼女らの美しさ、彼女らの確執――しかし、話柄は現在の彼女たちより、死んだ西門慶と潘金蓮が、いかに淫蕩であったかということの方に多く費された。それは西門慶、或いは潘金蓮の死後、いくどもくりかえされた話題であるが、こんどはまた新しい話のたねが――西門家の怪奇なまでの淫猥《いんわい》な曝露《ばくろ》物語が提供されたのである。それはどうやら、人々の反感の火の粉をはらうために、あの四夫人のうちの誰かからながされたものらしかった。つまり、金蓮その他の妾はかくのごとく淫奔《いんぽん》であったけれども、あたしたちはちがうと力説するためにである。それは成功した。なぜなら、金蓮の好色はまえから有名なものであったし、それにくらべれば、この四人の女などははるかに「徳」のたかい方であることはあきらかだったからだ。

それで町の人々が金蓮をにくみ、彼女らいわゆる貴婦人に好意をもったかというと、そうではない。反対である。

しかし、そのことを彼女たちは知らなかった。前代未聞の一大悲喜劇はそこから起った。

――さて、その事件ののち、十日ばかりたって、梁山泊攻囲にしたがっていた周秀将軍が町にかえってきた。水滸《すいこ》の賊を討滅したからではない。百八人の大盗にひきいられた群盗はおそろしく剽悍《ひょうかん》であったから、官軍が攻めあぐんでいるのも年ひさしく、その一将たる周守備が、ときどき負傷兵の護送とともにひきあげて、一息入れるのはしばしばあったことだ。

しばらく町で休養して、兵を補充してまた出撃してゆくのは毎度のことだが、こんどはいままでとはまったく変った事態が起った。周秀将軍は、募兵ではなく、徴兵の挙に出たのである。しかもそれはおそろしく大々的で且強制的であった。

「どうしたというのだ、これは……」

清河県の町の男たちはびっくり仰天した。いままで、梁山泊の戦争を茶のみばなしにしていたが、それが直接じぶんたちに関わり合ってきたとは！

右往左往しているうちに、男たちは片っぱしから守備府にひきたてられていった。これでは徴兵ではなくて、まるで罪人の逮捕だ。それが必ずしも若いもの、丈夫なもの、貧乏なものばかりではないので、町の金持たちも愕然《がくぜん》とした。数人、兵役のがれの袖《そで》の下をもって、守備府へしのんでいったものもあったが、金品とともに放り出されてしまったという。——

「周守備はなぜこんな無茶をやるのだ」

「梁山泊の連中に痛い目にあわされて、のぼせあがったのではないか」

「それもあるが、大将、ここで一ついいところをみせて、征遼総司令官への格上げをねらっているらしい」

「軍人の野心に、巻きぞえをくってはたまらない」

そんな評判が騒然とながれる或る日、知県の李《り》供璧《こうへき》と町の豪商の張二官《ちょうじかん》が守備府をおとずれた。資力のあるものは、このさい、軍費の供出を以て、徴兵に代えることはできまいか——という陳情をするためである。

「資力あれば、むろん国はよろこんで受けよう」

と、周守備はいった。漆黒《しっこく》の長髯《ちょうぜん》、六尺ゆたかの巨軀《きょく》、そのむかしの関羽もかくやと思われる威風、あたりをはらうばかりである。

「それはそれは、私どもの誠意を快く御嘉納いただき、なんとお礼を申しあげてよいやら。――」

と、安堵《あんど》に顔をかがやかせつつ、はやくも心中に、そのお金をどれくらい値切ればよかろうか、と算段する張二官に、周秀は厳然と、

「しかし、神聖なる兵役の義務は別、こちらでそれに耐えるとみれば、その者はかならず従軍していただく。……見たところ、あなたなどはまだ若く、ほれぼれするような強壮な身体《からだ》をもっておられる。いずれ、守備府より呼び出しが参ると思うが――」

張二官はとびあがって、狼狽《ろうばい》のあまり金切声をたてた。

「そんな、ばかな！」

「たわけっ」

鼓膜もつんざくような声で、周秀は大喝《たいかつ》した。

「内憂外患こもごも起り、いまや国そのものがゆらいでおるのが眼に見えぬか。一日もはやく水滸の小賊を掃滅して北辺の大難にあたらねば、なんじらの財宝はねこそぎ蛮賊の足に蹂躪《じゅうりん》されることは、火をみるよりも明らかであるぞ。虫のいい世迷《よま》いごとをのべるひまに、家にはせかえって、いそぎ応召の用意でもしろ！」

「越権だ！　越権だ！　貴下はなんの職権をもって一般民衆を兵に狩りたてられるか！」

と、李知県は昂奮《こうふん》してさけび出した。

「この暴挙は、都へいって訴えますぞ！」

「あいや、都へゆかれる必要はない」

と、周守備はむっつりといった。

「明日にも布告を出そうと思っていたところだ。都の高大臣より、すでに軍使が当守備府に到着されておる」

扉《とびら》がひらいて、正装した武官と貴婦人が入ってきた。貴婦人はもとより春梅である。

「李知県さま」

と、春梅はいった。

「高大臣さまより御派遣になりました殿司《でんじ》大尉陳敬済《ちんけいさい》さまであります」

李供璧も張二官も、あっと眼をむいた。

おどろきは、二重であった。こんどの動員が政府の命令によるものであることを知ったおどろきもさることながら、いっそう胆をつぶしたのは、その軍使だ。陳敬済はもと西門慶の婿であったが、素行がわるくて家を追い出された男なのだ。もとは八十万禁軍提督楊《よう》戩《せん》の縁戚《えんせき》にあたる家柄のものだときいていたが、それでは都へ追いかえされたのち、つてをもとめて高大臣の使者となるまでに出世したものとみえる。

陳敬済は、じっと李供璧を見つめて、冷たく笑った。

「知県、貴下が町の富商の後楯《うしろたて》となって兵役忌避の陳情に参られたことは、大臣にしかと報告しますぞ。御心配あるな」

供璧と張二官はふるえあがって、ほうほうのていで逃げかえった。殿司大尉陳敬済はあとを見おくって呟《つぶや》いた。

「けしからん奴《やつ》だ。ただちに飛状《ひじょう》を高大臣におくり、知県左遷の命をいただかせましょう」

「陳大尉」

と周守備はいった。髯《ひげ》につつまれた顔が、勇将らしくもなく、卑屈にあからんでいた。

「もし、わしが全力をあげて梁山泊にあたり、首尾よくこれを討滅したら、征遼の軍命を受けることはあるまいな？」

町の噂とは反対に、周守備は、雲煙万里の北の沙漠へ出陣することをおそれているのであった。しかし皇帝の帷幄《いあく》では内々そのことが議せられているときいて狼狽したのである。ただ水滸の賊を滅ぼせば、その任を免ぜられると陳大尉が約した。すくなくとも梁山泊の作戦ならば、いままでのようにこの町へかえってこられる。――この町には愛する妻がいる！

驍将《ぎょうしょう》周秀は、いまやまったく、この美しく賢い妻の虜であった。

「それは必ず」

と、陳大尉は一礼した。

白皙《はくせき》の面に才気ばしった微笑をうかべて、

「閣下と令夫人を万里の遠きにひき裂くような無情なことはいたしませぬ。それにつけても、閣下が征遼総司令官に擬せられているという情報をいちはやくきいて、私に一臂《いっぴ》の力をかすように書面を下された春梅さまのお智慧《ちえ》が、閣下の運命をかえました。危いところでありました」

「まことにそうであった。清河県をあげて動員し、皇帝陛下に誠意を見せろといってくれたのもこの妻であったが」

陳大尉は、大きくうなずいた。

「まことに、よい奥さまであります」

――その翌日、張二官がひそかに町を逃走したことがわかった。いうまでもなく、守備府からの呼び出しを恐れたのである。そのあとで、妻の李嬌児が家財を整理してあとを追おうとしていたらしかったが、それは未然に発覚しておさえられた。

十日のちに、都からきた飛馬が、知県李供璧の追放命令をつたえた。

そのあいだにも、町の男たちの大半は召集され、やがて、炎天の下を周守備にひきいられ、重い足をひきずるように梁山泊の方へ出征していった。

女たちの号泣が、西大門をゆるがせた。

砂塵《さじん》のかなたに行軍は消え、あとに「男のいない町」が残された。

旱天之章

その夏ははやくきたが、暑いことも、例年をこえた。

柳も甍《いらか》も石甃《いしだたみ》も白くそりかえり、清河県はカラカラに煎《い》りあげられたようであった。ほんとうに、町は何もかも干あがり、乾ききってしまった。

人々は、死んだ魚みたいな眼をして、ノロノロとうごいた。人々——といっても、それは女ばかりであった。若い娘も、瑞々しかるべき女房もみんな老婆みたいな顔になっていた。

「こりゃ、妙なことになりおったぞ」

日ぐれがたの町を、応伯爵はブラブラとあるいていた。ふつうの年の夏なら、夕涼みの人々が、往来や軒下に、ひる以上にむらがっているのだが、ことしはひっそりと、幽冥《ゆうめい》の町のようだった。いや——暗い窓々のおくから、じっとじぶんを見ている眼を応伯爵は感じる。女の眼だ！

飛びついてこないのは、おたがいに牽制《けんせい》しているからだけのことだと応伯爵は知っている。こわい。ほんとうに、こわい！

からっけつで、のんだくれで、ひとにたかることで暮しをたてていて、そのため犬みたいにあしらわれていた応伯爵であった。それが、最近、なんだか形勢が変ってきた。彼の姿を遠くで見ただけで、いそいで戸をしめた金持の家々が、このごろは争ってその戸をあけて彼を迎えいれ、愚にもつかぬ彼の漫談をききたがるのである。むろん、きき手はその家の女あるじや小間使いたちばかりだが、そのあいだ彼は、じぶんの話より、じぶんの顔をウットリと見つめている女の眼を感じる。のみならず、お茶を出す、菓子を出す、そのはずみに、ともすれば彼女らはこちらのからだにさわりたがるようだ。ちょっとさわっただけで、彼女らの皮膚がさっと紅潮するほどはげしい反応を起すのがアリアリとわかる。

――それどころか、こんな光景を見たことさえある。――

応伯爵が、招かれた或る富家に入ってゆくと、ふたりの小間使いが扉に顔をよせて、からだをこすりつけ合っている。何をしているのか、伯爵がきたのも気づかない風で、夢中だ。

「………？」

ときどき、ふるえるような息を吐いて、身をよじらせるふたりの手が、おたがいの褌子《こし》のなかにしのびこんでいるのをみて、応伯爵はつかつかと傍へ寄った。おしのけられて、小間使いは声も出ず、ただ顔を火のようにした。

応伯爵は、だまって扉に眼をあてた。そこにほそい隙間《すきま》があった。

女主人が寝台に横たわっているのがみえた。むこうむきになっているので、その背と臀《しり》としかみえないが、あついせいか、ほとんど衣服をぬぎすてている。まるいふたつの小丘のような臀部《でんぶ》のなやましい曲線と、なだらかな白いふとものむこうに、一匹の獣の尾がうごいていた。それはどうやら狆《ちん》らしかった。彼女は何をしているのか。……あえぐ息と、ひきつるような発作が、波状的に汗ばんだその肉体を痙攣《けいれん》させた。——

　また彼は、べつの家で起った或る事件を知っている。——

　その家には、片腕のない下男がひとりいた。片腕がないので、兵隊にもとりかねたのだろうが、容貌《ようぼう》もあばただらけの醜い男だった。それが一ト月ばかりまえ、その家にいったとき、彼が嬌艶《きょうえん》な女主人をあごで使っているのをみて一驚したのだ。いつ、立場が逆転したのか、おどろいたのはそればかりではない。十日ばかりまえ訪ねたら、こんどはその女主人のふたりの姪《めい》——まるで睡蓮《すいれん》のように清純な美女が、白痴みたいに濡《ぬ》れた唇を半びらきにして、その下男のうしろを追っかけあるいているのを発見して、茫然としたものだ。

　この異変が、すべてただこの町に男がいなくなったせいであることを、すぐに応伯爵は看破した。ああ！　清河県に男性なし！　残っているのは、少数の兵士をのぞいては、子供か、老人か、病人か、不具者だけといってもよかった。けれど。——

「あれからたった五十日でこのありさまだ」

　——もしむかしの応伯爵なら、きっと大声で笑い出したろう。しかし、いまの応伯爵は、吐気と恐怖だけをおぼえた。彼は「ほかの女」には一切興味がなかった。それから、この町の変化の背後に、ボンヤリと或る恐ろしい意志を感じた。

　この町に男がいなくなったのは、周秀将軍が命令したからだ。が、その周秀にそうさせた、もう一つの意志がある。

周守備夫人、龐春梅。

応伯爵は、そう直感する。じぶんだけが、ピンピンしているのに徴兵をまぬかれている ことにも、彼女の特別のお目こぼしを感じざるを得ない。それは涙のこぼれるほどありが たいが、しかし、それでは彼女は、どうしてこんなことをやりはじめたのか？

町じゅうの女が、さかりのついた雌犬《めすいぬ》みたいになったことには、男ひでりという原因だ けでない事情もあった。

それに油をそそぐような春梅の傍若無人のふるまいだ。周守備の出征のあと、彼女はよ く寺詣《まい》りに出かけた。なんのための寺詣りか、彼女はいつもあの都からきた陳敬済を供に つれていた。しかも、その寺で、或いは往復の街頭で、衆人環視のなかに、彼との喋々《ちょうちょう》 喃々《なんなん》の痴態を見せつけてはばからないのだ。爛々《らんらん》たる白日の下に、頰《ほお》と頰をくっつけんば かりにしてあるいたり、綾羅《うすもの》を透してムッチリとひかる腰をくねらせて高笑いしたり、そ れを見る女たちのあたまをクラクラさせた。陳敬済はいい男だし、春梅もまたひとしお豊 艶になったようである。

「あのふたりだけじゃない。陳大尉の従兵たちも、みんな周家の小間使いといちゃついて いるそうよ」

「御主人が出征していらっしゃるというのに、なんという大胆な！」

「ほんとうに、天をおそれないのでしょうか？」

はじめ、そんな噂に歯ぎしりしてみたが、それにのしかかるように不敵な狎戯《こうぎ》の風景を見せびらかされては、圧倒されて、ただ悲鳴のような吐息にかわる。だいいち、町の門はすべてその陳大尉の指揮のもとにかためられているのだから、お手あげだ。

清河県は、乾ききった。死人の町になった。しかし、その奥で、急速に淫らな吐息にぬれ、女たちの乳房だけが息づきせわしく波をうっていた。

そして、このごろでは、夜ごとの周家の宴《うたげ》のことが話題のたねだ。周家の大広間では、毎夜美酒と山海の珍味をかこんで、春梅夫人と町の貴婦人や令嬢たちが、言語に絶する淫楽のときをすごしているというのであった。相手は陳大尉とその従兵たち、それから特別に美少年のむれが、彼女たちに奉仕しているという。——

それがべつに秘密にしているわけでもなんでもなく、まるで宣伝班でもいるように噂がひろがってくるのだが、周家の大広間では、美少年を馬にして貴婦人たちが乗りまわしているとか、円陣をつくって中央で一組ずつ秘戯の姿を見せ合うとか、女たちが眼かくしして、ただ触れる肉体の感触だけで相手の男をあてる遊びだとか。——きくだけで、そこに招かれない女たちの心をかきむしらずにはいないのであった。当然、町はみるみる悪性の伝染病が伝播《でんぱ》してゆくように、淫蕩きわまる瘴気《しょうき》に充満してしまった。

「ふしぎだ」

応伯爵は、しきりに小首をひねる。

ふしぎなのは、町の変りようではない。春梅だ。あの聡明《そうめい》な春梅が、そんなことをやり出したのが解せないのだ。

彼女は、女蕩《たら》しの陳敬済の術中におちたのか。いやいや、春梅は決してそんな愚かな女ではない！

「あの女だけは、将軍の令夫人として、これ以上の女はないくらいうまくやると思っていたんだがなあ」

ただ、ふっと伯爵の胸に、幽霊のように浮かびあがってくる言葉がある。それはいつか、杏花村酒楼できいた——

「そんなことではないの。あたしにとって、金蓮さまのいらっしゃらないこの世は、沙漠とおなじなのです。……」という春梅の述懐だ。

彼女は周秀を愛してはいないのか、かりに愛していないとしよう。が、それでも町の貴婦人をあつめて、こんな乱痴気さわぎをやる真意がわからない。春梅はそんなことで心が満ち足りるような女では、決してないのだ！

「ふしぎだ。なぜ？」

そしていま応伯爵は、その乱痴気さわぎの宴に招かれて、周家へいそぎつつある途中なのであった。

魔宴之章

「みなさま」

応伯爵がその大広間に入っていったとき、龐春梅《ほうしゅんばい》が立ちあがって、ひとびとに呼びかけていた。

「このまえのときに約束いたしましたように、今夜はあたしの新しい趣向を、思う存分たのしんでいただきたいと思います」

大広間にあつまっているのは、噂のとおり、何十人かの貴婦人や令嬢や、陳敬済をはじめとする兵士たちだった。男たちは、何者が入ってきたか、というようにぎらっと不穏な眼で応伯爵をみたし、女たちも新しい獲物《えもの》をみた獣みたいに眼をかがやかせたが、春梅だけはちらと視線をうごかしただけで、意にも介せぬ風で、

「まず、今夜のあたしたちの享楽の奉仕者を御紹介いたしましょう。いまあたしたちは、ほんものの処女を見ております。——でも、処女が恥ずかしがって、はげしく抵抗するさまを見るのは、実はもうあきあきしました。今夜はそうではないのです。ちょっと、この娘の素性をお知らせ申しあげましょう。これは契丹《きったん》の娘なのでございます」

一同は、ざわめいた。応伯爵は、ひとびとの円陣の中央に、うしろ手にくくられてガックリひざまずいたままの娘の姿を見た。彫りのふかい、凄《すご》いような美少女だ。が、彼女は泣くより歯をくいしばっていた。しかし、ひとびとがどよめいたのは、契丹族の国がすなわち遼だからだ。

「遼の娘が、なぜここに？」

と、眼をまるくして陳大尉がさけんだ。

「御存じのように、遼の蛮兵はこの町を去る五、六十里の土地にまで出没しておりますが、これはその一味の女兵《にょへい》だった娘でございます。たちまち虜《とりこ》となって、都へ送られるはずが、負傷しているためにこの清河の町へ送られて、いままで牢《ろう》の中で治療を加えておりましたのを、ふと思い出してひき出したわけなのです。たとえこの娘をどうしようと、牢死したといえば、それですむことでございます。でも、ごらんのように、まだ敵愾心《てきがいしん》を失っておりません。そのたけだけしい女豹《めひょう》を、可愛い雌犬にかえるのが、今夜の趣向なのですわ」

「おもしろい！」

「おれが馴《な》らしてやる！」

と、いっせいに兵士たちがさけんで、身をのり出した。

「待って下さい。この娘をおさえつけて、強引に犯したところで、それはほんとに殺風景な眺《なが》めだけですわ。それより、この酒風呂《ぶろ》で酔わせて、この娘自身からもえあがって炎となるのを見た方が、ずっと面白いとはお考えになりませんか？」

春梅は、契丹の娘の傍にすえつけられた棺様《ひつぎよう》の木箱を指さして笑った。

応伯爵は、さっきから彼ののどを鳴らすような芳香がただよっているし、それはいったい何だろうと思っていたが、棺になみなみとたたえられている液体が、琥珀《こはく》色の酒であることをはじめて知ったのである。

「さあ、だれか、この娘を酒風呂で浴《ゆあ》みさせてやって下さい」

声に応じて、三、四人の兵士が殺到した。春梅の言葉がよくわからなかったらしい契丹の娘は、おどろきあわて、夢中で逃げようと立ちあがったが、たちまち、たくましい鋼鉄のような腕にとらえられた。

彼女は怒りと恐ろしさに口もきけず、狂気のようにあばれまわり、必死の力で身をふりきろうとしたが、そのため着物が裂けて、はじけるように乳房がとび出した。兵士のひとりは、ゲラゲラ笑って、波うつ真っ白な乳房をなでまわした。

「こわがることはない。可愛がってやるのだよ」

娘はいきなりその手にかみついた。兵士は眼をほそめた。

「なかなか、やるわえ」

娘はくくられたまま、衣服をかき裂かれて、まるはだかみたいにされてしまった。それでもなお死物狂いにもがくのを、手とり足とり、ざぶうんと酒風呂のなかへ投げこまれ、髪の毛をつかんだままいくどもいくども頭から浸《ひた》された。

どれくらい彼女は酒をのんだことであろう、やがてひきあげられたとき、濡《ぬ》れひかる全身の肌はうすくれないに染まり、息は火のようであった。

「縄をといてやって」

と、春梅がいった。

縄がとかれて、娘はにげようとしたが、たちまち足がもつれて、ころがった。投げ出された二本の雄しべのあいだに酒にぬれたうすい桃色の雌しべがあらわれたが、彼女はそれを覆うのも忘れて、ただからだを左右にくねらせた。

「もう大丈夫よ、陳大尉」

春梅は平然としてふりかえった。

待つや久し——陳大尉は一息大きく吸いこむと、つかつかと傍により、娘を抱きあげた。娘はのけぞってあたまをふったが、大尉の片手が蛇《へび》のように這《は》いまわるのに腰をよじったすきに、ついに唇をとらえられた。

陳大尉は娘の肺臓まで吸いこむように、むさぼりつづけた。その頰がなんどもえくぼのようにくぼんだ。

唇がはなれると、彼女はうめいた。涙がこめかみにながれおちた。が、だんだん抵抗が弱くなり、グッタリと眼をつむり、はてはその両腕が大尉の背にくいこんでしまった。

しばらくののち、哀れな少女は、うなじに黒髪をふりみだしたまま、かすかにひらいた唇のあいだに白い歯なみをのぞかせて、骨がとろけたように横たわったままうごかなかった。それを見て、次の兵士が、満面を充血させてすすみ出てきた。……

「ごらん！　ごらん！　契丹の女は、じぶんから息はずませ、足をまきつけ、身もだえして快楽にこたえているではありませんか！」

淫らな毒草の香りのようににごった空気が室中にただよい、貴婦人たちは肩で息をしていたが、やがてひとりがこう叫んで傍の兵士にしがみつくと、大広間はたちまち血の匂いすらする肉慾の白泥と化してしまった。

うなされたように、応伯爵は立ちすくんでいる。実をいうと、これと大同小異の光景は曾て西門家でしばしばお目にかかっているから、腰をぬかすほどのことでもないが、茫然とせざるを得ないのは、そのウネウネとゆれる肉の万華鏡、乳房の波、唇をもれる息もれるような嬌声《きょうせい》のなかに、なんと、あの孟玉楼夫人の姿を見出したからだ。——

突然、ばねのようにはねあがって、大広間からかけ出していった影を、あの契丹の娘だと見て、彼ははっとわれにかえった。すぐ傍に、龐春梅がうす笑いして立っていた。

「どうお？　応さん」

「春梅さん。……」

「西門家が、なつかしくない？」

「ばかな——こりゃいったい、なんのまねですか？」

「女は——いいえ、人間は、だれでもおなじだということを知ってもらいたいためなの。ごらんなさい、あそこで自称貴婦人が、身も世もあらぬといったありさまで、愉しみごとに酔い痴れているではありませんか。……もし金蓮さまが淫らな女だったとしたら、女はみんな淫らです。……」

応伯爵は、顔をあげた。

「春梅さん、すると、これは——金蓮さんへの嘲《あざ》けりを嗤《わら》いかえすためですか？」

「金蓮さまを恥ずかしめたひとを、あたしはゆるすことができないのです」

春梅の声は、荘重ですらあった。応伯爵は、頭をふった。わからない。

「あなたは、それほどまでに死んだ金蓮さんを？——いま、あなたは、周守備という立派な夫があるというのに！」

「あたしは夫を愛しておりました。しかし、もっとふかく金蓮さまを愛しているのですわ。あのひとを、あたしは忘れることができません。……あのひとは、あたしにとって、どんな男よりも魅力のある方でした。……ふたりのあいだの愛と快楽のまえには、あらゆる男など、火のなかの雪のようなものです。……」

春梅はとぎれとぎれにいった。その恍惚とした表情が、いつかの杏花村酒楼での謎のような笑顔と重なった。

はじめて応伯爵は知ったのである、——潘金蓮と龐春梅の主従が、この世のものならぬ同性愛に結ばれていたことを。——

「あなたにはわからないでしょう」と、春梅が嘲けるようにいったのもむりはない。まさに、わからなかった。しかしこれこそ金蓮と春梅の関係をあきらかにする深刻重大な鍵であったのだ。

おお、それにしても、すべての男のみならず、才女春梅すらも蠱惑《こわく》の深淵に沈め去った稀世《きせい》の大淫婦潘金蓮よ！

龐春梅は暗い厳粛な眼にもどって、あたりを見まわした。

「もし金蓮さまが淫蕩の罪であのような死に方をされたというのなら、あたしはすべての女に罰を受けさせずにはおきません」

応伯爵も見まわした。まばたきをし、救われたようにつぶやいた。

「呉月娘夫人がいない。……」

「そうです。あの方だけは、どうしてもこの仲間に入っておいでにならない。歯をくいしばって、冷たい石仏みたいに、かたくなに家にとじこもっておいでです」

春梅は、身ぶるいするような微笑を片頰によどませた。

「でも、まもなく、きっとあの女たちとおなじようにおなりになるでしょう。あの女たち――いまの契丹の娘とおなじ運命をたどって」

「契丹の娘――あの娘が、さっきにげたのを、知っていますか？」

「知っています。今夜ここに呼んだ兵士は、西大門の番兵たちです。西大門は無人です。あの娘は、きっと町からにげ出していったでしょう。六十里はなれた仲間のところへ」

応伯爵は愕然として顔をふりあげた。

「龐夫人！」

「この町にはほとんど男がいないことは、あの娘は知っています。おそらく遼の蛮兵たちは復讐《ふくしゅう》にもえて襲来してくるでしょう。この町は、やがて凌辱《りょうじょく》の血しおにまみれつくすことでしょう。……」

恐怖にしびれて棒立ちになった応伯爵に、春梅は冷たくやさしく笑いかけた。

「いいおくれましたが、昨夜おそく、わたしはひそかに飛報を受けとりました。梁山泊でまた官軍が大敗し、夫は戦死しました。……援軍の見込みはありません。応さん、お逃げなさい。これがあなたへのせめてもの志です。そのために、あたしは今夜あなたを招いたのです。……」

滅亡之章

背徳の町に紅蓮《ぐれん》の炎があがっていた。

応伯爵は、杏花村で、野の果てに——清河県の町の方角に、碧空《へきくう》に立つ竜巻のような黒煙を見たのである。周家の夜宴のあった翌日の夕刻ちかいころであった。

「しまった！　おくれたか！」

応伯爵は眼を血ばしらせていた。鞭《むち》をふるって、うしろをふりかえり、

「いそげ、いそげ！」

と叱咤《しった》した。まなじりを決し、髪を逆立てている。この臆病《おくびょう》な道楽者が、こんな形相をしているのもめずらしい。

十数人の少年たちが、一つの棺《ひつぎ》を肩にかついで走っていった。少年たちはみな清河県のものだが、棺は昨夜周家の大広間に酒をたたえられていたものだ。いったいその中には、何が入っているのだろう？　ときどきすきまから、キラキラと滴のようなものが少年たちの頭や肩にふりかかるが、まだ酒が入っているのだろうか。それにしても、彼は昨夜深更、その棺を少年たちにかつがせて、嵐《あらし》のように西大門から西へかけ出していったのを、財宝

でも入れて逃走したのかと思っていたら、いま、やはりおなじ棺をかつがせて、炎上する町へ彼はかけもどってゆく。――

清河県の町の城壁の天を赤く爛《ただ》らしているのは、夕焼けか、炎かわからなかった。町の遠くで、わああんという物凄い叫喚がどよもしたが、それっきり物のやけるひびきにかき消された。

西大門はあけはなれたままであった。胸に矢を射ちこまれた番兵の屍体が折りかさなっていた。その怪奇な鷲《わし》の矢羽根の色を見て、応伯爵たちは恐怖の表情になった。

「やはり、来たな？」

「だれが？」

と、少年のひとりがふるえ声できいた。

「遼兵」

少年たちが立ちすくんだ。彼らは何も詳しいことはきかされていなかったのである。

応伯爵は祈るような眼を西の夕空になげて、

「まだ来ないか？」

「だれが？」

「救援軍」

彼は、何をいっているのだ。周守備は死に、救援軍のくるはずのないことは、昨夜春梅からきいたばかりではないか。第一、清河県から狩り出された兵たちは、この大異変を知らないはずではないか。

「しかし、やがてくる。きっとくる。来ないはずはない！」

やがて彼はうなずくと、決然として命令した。

「だれかさきに物見にはしれ。そして遼兵がいたら道をまわれ。大丈夫だ。襲来した遼兵は、小部隊にきまっている。きゃつらの眼にふれないように、守備府へたどりつけ！」

町は惨澹《さんたん》たるものだった。家々は炎上し、往来には、曲った刀や折れた剣とともに、首や手足や胴だけの男女が散らばり、きのうまでの女の香に満ちた町が想像もつかないほどである。あちこちに股《また》から血をながしたまっぱだかの女がころがっているのも、炎にあかあかと照らし出されつつここで演じられた光景が、いかに凄惨《せいさん》なものであったかを思わせる。――

応伯爵と少年たちは、裏通りをぬけて走って、守備府の裏門にたどりついた。

あとで考えれば、彼らが守備府の中に入れたということは、奇蹟《きせき》的であったのである。おそらく侵入した遼兵たちが地形不案内のせいもあったろうが、裏門はともかく、その前面の広場では、最後の地獄図絵が展開されていたのだ。

守備府に追いつめられた生残りの警備兵は、その塀《へい》や門を楯《たて》に、最後の防戦をつづけた。そしてもはや矢種もつきはてていたのだが、それを知らないで攻めあぐねての威嚇《いかく》か、それとも鏖殺《おうさつ》ちかしと見て勝利に酔ったのか、蛮兵たちは広場で恐るべき血の祭典をあげはじめたのである。

町のあちこちから狩りあつめてきた十数人の美しい女たちをまんなかに、彼らは銅鑼《どら》や羯鼓《かっこ》をうち鳴らし、梨花《りか》の鎗《やり》や丈八《じょうはち》の蛇矛《だほこ》をふりたて、円陣をつくって踊りまわった。吹き出したいような怪奇な舞踏だが、それがかえってぞっとするような物凄《ものすご》さをあたえている。そのなかに、旋風のように踊り狂っているのは、あの契丹の女兵であった。

彼女が隊長に何かささやいた。雉《きじ》の尾羽根をつけた三叉紫金《さんしゃしきん》のかぶとをかむり、連環鉄《れんかんてつ》の鎧《よろい》をつけたその隊長が何やら命令すると、蛮兵たちはかけ出して、あらあらしく女をひきずり出し、手真似《てまね》でおなじようにおどれと命じた。

女たちはおどり出した。手足のかたちと順序がちがうと、鎗や矛でたたきなぐられ、彼女たちは息をきりきり、珍奇な跳躍を強いられた。よろめき、つんのめり、足の爪をはがして血まみれになりながら、しかし次第に女たちは恍惚状態におちいった。野獣のような男たちの匂いが、彼女たちを酔っぱらわせたのだ。

ふいに、契丹の娘が中央を指さして、怪鳥のように何かさけんだ。

円陣の中央に、ひとり立ちすくんでいるのは呉月娘であった。日はすでにくれ、炎だけがその姿を照らし出した。が、その炎の朱にも染まらず、その影は白鷺《しらさぎ》のようであった。

彼女は眼をつむっていた。

隊長がすすみ出て、そのまえに立った。

「なぜ踊らぬ？」

奇怪な抑揚のかたことでそうわめいた。

呉月娘は冷たく誇りたかい無表情で答えた。

「いやです」

「殺すぞ」

「死ぬことは、かくごしています」

隊長は火のゆれる瞳で彼女を見すえた。

「よし、お前をはだかにして、臀に鞭をあててやる」

「何をいうのです。あたしはそこの契丹の娘が、この町の淫らな男や女のいけにえになったことをききました。でも、あたしはその仲間には入っていなかったのですよ。あたしは主人の死後、かたく清浄をまもって、愛にとじこもっていた女ですよ！　そのあたしを恥ずかしめるなんて、いくら未開の遼のひとでもあんまりだとは思いませんか？」

「言いたいことはそれだけか」

と、隊長は冷然といった。

「おい、この女を剝《む》け」

とびかかる蛮兵に呉月娘ははげしく抵抗しながら、

「けがらわしい、あたしに手などおふれでない！　貞節な女に、こんな乱暴をするなんて、この野蛮人！」

しかし、彼女は大地にうつ伏せにおさえつけられ、四肢《しし》を鷹《たか》の爪皮の靴で踏んまえられてしまった。裙子《クンツ》が無惨にひきまくられて、臀がまる出しになった。脂ののったなめらかなふたつの円球が、火光《かこう》に美しく映えた。

「よし、このきれいな皮膚を充分に鞣《なめ》してやれ」

だれよりはやく、あの契丹の娘が革の鞭をもってはしり出て、ぱしっと呉月娘の臀をうちすえた。

復讐と歓喜にもえ、つづけざまに乱打する鞭の下に、皮膚にみるみる赤いふといみみずばれが腫《は》れあがって、呉月娘は泣きさけび、鞭を避けようと腰をうねらせ、反転した。

それでも彼女は、両足をかたくしめあわせ、恥ずかしさに身をよじらせたが、つぎの鞭がうなり、はげしい打撃が加わるにつれて、思わず足をばたつかせたので、美しい内ももがすっかり露出してしまった。

蛮兵たちは、夜空も鳴りどよもすばかりにどっと哄笑《こうしょう》した。隊長がいった。

「やい、うぬはいまおれたちのことを、未開の野蛮人とぬかしたな。無礼な女めが！　それではおれがうぬに野蛮な未開の血をそそぎこんでやろう！」

「御慈悲です！　ゆるして下さい！」

たまりかねて、呉月娘はさけんだ。

「野蛮人に慈悲はない！」

隊長は、呉月娘に襲いかかった。

彼女は、恥辱と苦痛のほかは、何も感じなかった。ただ、身をふるわせてうめいているだけだった。しかし、この未開の野蛮人の、拷問《ごうもん》にちかい愛撫《あいぶ》にもみしだかれているうちに、ついに強烈な激情が彼女の全身を波のようにさらってしまった。

――応伯爵たちが、守備府の建物の二階にかけのぼってきたのは、そのときである。

そこに、石像のように龐春梅が立って、窓から下を見下ろしていた。あの陳大尉も傍に血まみれになって、辛うじて立っていたが、すでになかば喪神の眼つきである。

だまって、ふりかえって、春梅は広場を指さした。応伯爵は窓にとびついて、思わず息をのんだまま、声もなかった。

「あのとおりです」

春梅は笑った。地上には銅鑼と羯鼓の狂ったような交響と、天には炎のどよめきのみが満ちている。

「すべて終りました。町は滅びます。……」

「龐夫人……」

「もっとも、あたしにとっては、金蓮さまがお亡くなりになったときが、この世の滅んだときでした。あたし、たったいま、毒をのみましたわ、応さん。……最後の眼にうつるあの光景をみやげ話に、あたしはよろこんで金蓮さまのところへ……」

「春梅さん、金蓮さんは生きている」

応伯爵はひくい声でいって、うしろを指さした。春梅はふりかえって、そこに少年たちによって立てられた棺様の箱のなかに、すっくと立っているひとりの女の姿を見た。

不死之章

絶叫が、龐春梅ののどをほとばしった。

金蓮だ。潘金蓮だ。まさに、金蓮が生きてそこにいる！

そんなはずはない。そんなはずはない。しかし、この早春たしかに死んだ潘金蓮が、そこににっと妖しい微笑をきざんで立っている。かがやく黒瞳、雪白の肌、なかばひらいたなまめかしい唇、それは決して幻ではなかったが、ただその全身に、遠い火炎をうけて、無数の露か宝石をちりばめたようなふしぎなきらめきがあった。

「奥さま」

春梅はかけ寄ろうとして、バッタリたおれた。その口から、ぱっと鮮血が床にまかれた。背に大きな痙攣がはしった。二度、三度、手がのびて床にくいこみ、その方へ這いよろうとしたが、そのままの、女主人を恋う姿で、春梅はこときれた。

「そして、町は滅びない。……」

応伯爵はつぶやいて、窓の方をふりかえった。

半失神の状態にあった陳大尉は、このときふと遠く街路の向うをみて、電撃されたようにかっと眼をむき出した。

「おお、行者武松。——」

いちど梁山泊攻撃陣に加わったこともある陳大尉は、その摩利支天のような恐るべき兇盗の雄姿を見たことがあるのだ。窓にかけより、たしかめようとしたその顔の下へ、どこから飛んできたか、一本の紅矢がうなりをたてて射ちこまれ、声もあげず彼は地上へ顚落《てんらく》していった。

「金蓮！　金蓮！」

絶叫が夜空をわたった。

武松である。――彼はこの春、金蓮をさらったが、曠野《こうや》の果で死なせてしまった。号泣しつつ彼は去ったが、いまに金蓮のあで姿は脳裡《のうり》をしびれさせている。その金蓮が生きている。それはきょう、清河県守備府の牢獄の虜となっていた配下の葉春がにげもどってきての報告であった。葉春は昨夜牢から解きはなってくれた応伯爵という男が、武松にそう告げろといったというのだ。

笑いすてるには、武松はあまりにも金蓮の幻に魂をうばわれていた。さいわい攻囲の官軍は、勇将周秀を討たれて動揺している。敵中を突破して清河県へ、それをたしかめにゆこうと思いきった武松に、同行を申し出たのは、同志の浪子燕青《ろうしえんせい》、母夜叉《ぼやしゃ》の孫二娘《そんじじょう》、黒旋風の李逵《りき》、九紋竜の史進《ししん》、花和尚《かおしょう》の魯智深《ろちしん》の五人であった。

「金蓮！　金蓮はどこにいる？　金蓮！　生きているなら、姿をみせろ。――」

武松の叫び声に、応伯爵は少年たちに命じて、棺を窓の傍にすすめさせた。「生けるがごとき」絶世の美女潘金蓮は、火炎を受けて、天上から下界を見下ろした。

もとより金蓮の生命はなかった。曠野の果に捨てられたその屍骸《しがい》を見つけ出し、応伯爵は泰岳東峰の夏でも氷柱のたれる雪澗洞《せつかんどう》へはこんだのだ。氷につつまれて不死の美貌を保つ金蓮を伯爵は礼拝しつづけた。それが彼のただひとつの秘密であり、生命のもとであった。

その屍骸をいま彼は、氷漬《づ》けにしたまま五十里の路を清河県へはこびかえったのである。武松を町へ呼ぶために。それによって、全滅に瀕《ひん》する町を救うために――。

「おう金蓮！」

殺到する武松につづいて、五人の俠盗《きようとう》は疾駆してきた。狼狽しつつ、それにかけむかう遼の蛮兵たちは、血のつむじ風に吹きくるまれた。わずか六人と侮《あなど》るものの愚かさよ、これは水滸伝中、その武勇にかけては倫を絶する鬼神のごとき豪傑たちだ。

一瞬のまに凄まじい屠場の観を呈した広場から、雪崩をうって蛮兵たちは逃げ出したが、ふしぎなことに、そのあとを追ってかけ出した女が四、五人ある。そのなかに、発狂して色餓鬼となった呉月娘の姿があったが、だれもそれを見とめたものはなかった。

水滸伝の豪傑たちは去った。

死せる潘金蓮を不死の美女と信じて、その棺をささげて唄声たからかに、遠く梁山泊へ去った。――

焼け崩れた西大門の外に立って、応伯爵はそれを見送っていた。背後になお町は夜空を焦がして燃えつづけているが、それとたたかう人々の喚声には生色がある。しかし、応伯爵は泣いていた。

彼は町を救った。けれど、金蓮を喪《うしな》った。彼にとって、金蓮は「生きて」いたのだ。そのくせ彼は武松たちもまた彼女を「生きて」いるものとして奪い去ってゆこうとは思いもかけなかったのである。

「いや、やがてまた灼《や》けた日がのぼる」

と、彼はくびをふった。

「それが金蓮のからだを焦がすだろう。……溶かすだろう。そして彼らはきっと金蓮を捨てるだろう」

応伯爵ははしり出した。潘金蓮の骨をひろってやるのはおれしかないと思ったのである。とろとろに腐れはてようと真っ白な野晒《のざらし》になろうと、おれだけは、きっと、きっと抱きしめてやる！

「金蓮、潘金蓮——」

かなしげな叫びをあげながら、そのくせ、憑《つ》かれたように眼をかがやかせて、暗い、はてしない曠野を、応伯爵はどこまでもどこまでも駆けつづけていった。

人魚燈籠

人魚燈籠

舌獄之章

茉莉花《まつりか》の花の蕋《しべ》を浮かせた乳風呂からあがってきた西門慶《せいもんけい》は、まっぱだかのまま螺鈿《らでん》の寝台にあおむけに寝ころんだ。

すると、それを待っていた七人の愛妾が、まるで五色の雲のように彼をとりまき、覆いかぶさる。李嬌児《りきょうじ》は右腕を、孟玉楼《もうぎょくろう》は左腕を、孫雪娥《そんせつが》は右足を、香楚雪《こうそせつ》は左足を、何恵琳《かけいりん》は胸を、潘金蓮《はんきんれん》は腹を、そして葛翠屛《かっすいへい》は顔を――それぞれ、美しい柔らかい舌を出して、ぺろぺろと猫みたいに、西門慶のからだをぬらす乳のしずくを、すみずみまで、しゃぶりぬぐいとるのであった。

ちかごろ、この稀代の暴君で好色漢の富豪が思いついた浴後の手入法である。ときどき、気持のよさそうなうなり声をたてたり、「こら、金蓮、いたずらをするな」と、くすぐったそうに腰をよじらせたりしていた西門慶は、そのうち頰を這いまわっている葛翠屛の舌を口でとらえてもてあそび出す。

「いよう、これはまた、西大人。――」

扉をあけて顔をのぞかせた友人の応伯爵《おうはくしゃく》が、眼をまるくして、

「まさに、玄宗《げんそう》皇帝もおよばない御法楽だな」

「なに、これは仕置きしているのだ」

「仕置き」

「さればさ、犂舌獄《りぜつごく》――舌で、畑の代りに、わしの身体をたがやさせておる」

と、にやにやしながら西門慶は起きなおって、紅綾の下着を羽織りつつ、女たちを顎でさして、

「こいつらが、うそか悪口以外に口をきいたのを、お前耳に入れたことがあるかい。先日も、巡按使の宋御史から贈られた二顆の真珠のうち、一顆がなくなった。盗んだ奴は、この七人の女のほかにいない。――」

「えっ？」

「それを見ていたときに、その部屋にいたのは、わしと家内の月娘《げつじょう》のほかはこいつらだけだった。あとで、どいつを調べてみても、おたがいの悪口をいうばかり。そしてほんとに盗んだ奴はうそをついているわけだろう。でたらめをしゃべったり、人を罵ったりした人間は、死んで舌で畑をたがやさせる犂舌獄におちるというが、それはわしの関りあったことじゃない。わしはわしで、生きながら、こいつらにその罰をあたえてやろうと思ってな。

――」

「なに——へ、へ、それならわたしも畑になりたいね。それで、どの奥さんがいちばんたがやし方が上手だね」

西門慶は返事をしないで、衣服をつけながら、

「伯爵、なにか用か」

といったが、一瞬ちらっと、葛翠屏の唇に眼をやったのは、彼女の舌が最も魅力的だと感じているせいであろうか。

「うん、実は、或る方面からたのまれたのをとりつぐだけだが——」

と応伯爵は愛妾達を気にしながら、もじもじしている。

「あにき、もうひとりの奥さんをもらう気はないか」

「応さん、あなたいつから女衒《ぜげん》を開業したの？」

と、たちまち第三夫人の孟玉楼が皮肉った。

「ほんとに、何人奥さんが要ると思っているのさ」

と、吐き出すようにいってそっぽをむいたのは潘金蓮だ。葛翠屏と香楚雪と何恵琳の三人を新しく妾にむかえたのも、ごく最近のことだからである。が、西門慶は眼をぎろりとひからせて顔をつき出し、

「へへえ、どういう女だい？」

「いや、わたしゃよく知らないんだ。が、きいたところによると、南門外の布問屋の未亡人で、憑金宝《ひょうきんぽう》という名だそうだが、まだ年は二十五、嫁づくとなりゃ上等の平織布が二三

百箱、現銀子《げんなま》は千両以上もつくそうだ。……お針もできりゃ、双六もうまい、月琴が上手で、器量は――」

「よく知らない、よく知らないって、よく知ってるじゃあないの？」

と、孫雪娥がせせら笑う。西門慶は膝をのり出し、

「うむ、器量は――」

「それがさ、また奥さんたちにちくりとやられそうだが、わたしゃほんものをまだ見たことはないんだ。ただ、おっそろしく肌のきれいな人だそうだが……ま、わたしゃたのまれてあにきの意向をきくだけで、実はきょう来たのはその用じゃない」

と、応伯爵はへどもどしながら、

「いまのあにきの話、例の真珠をみせてもらいに来たんだが、なんだって？　なくなって、しまったって？」

「いや、一粒はまだのこっているが」

「ずいぶん大きな真珠だそうじゃないか」

「うむ、天竺《てんじく》渡来のものだそうな。大きさは――そうさな。翠屏、ここに来てごらん」

と、西門慶は、葛翠屏の白いまるい顎を片手でささえるともう一方の指で、彼女の口をひらいて、

「この歯くらいある」

伯爵はふとのぞきこんで、

「なるほど」

といったが一瞬、真珠のことをふと忘れた。なんという美しい口だろう、顔はむしろ白痴美にちかいが、やや厚めの、まんなかが柔かく、くぼんでいる真っ赤な唇、ぬれたうすぎぬにつつまれたような口腔に仄《ほの》かにうごめく舌――そして精巧な玩具みたいな歯。それは露にぬれた自然の花の神秘な構造をみせたように、彼の瞼に妖しい眼華となってのこった。

「ここに、すばらしい真珠が三十二個もある。天竺渡来の真珠なんかみんななくなったって構わんじゃないか、西大人」

「翠屏の歯のことか」

と、西門慶はもういちど、ちらっと彼女の口をみた。なるほどこの口に吸いつかれたら孔子さまでもひとたまりもあるまい、と応伯爵はかんがえる。

「ふむ、歯はたしかにきれいな歯をしているな」

と、西門慶はうなずいたが、すぐ寝台からたちあがって、

「それより、伯爵、広間へいって、酒でものみながら、いつもの話をきこう。うむ、真珠もそこでみせてやるよ」

珠取之章

虫が入ってこないために、窓に張った青い紗に、広間の中央に置かれた大きな八仙卓の上の銀燭の遠あかりが、ぼんやりと暈《かさ》をなげている、夏の日はとっぷり暮れた。

卓のまんなかには、金銀の鍍金《めっき》をした小盒《こばこ》が蓋をあけたままおいてある。応伯爵を嘆賞させたあと、あらためて愛妾たちが順々に拝見した例のみごとな大真珠が、そこにもどされたばかりなのだ。それは小さな耳環に夜露のようにくっついていた。

「いや、これをやると、なるほどあとの一粒が失くなったのが惜しいな」

と、応伯爵は、唇のはしについた香荷酒のしずくをぬぐいながら、憮然として小盒の方を見やる。

卓上には、胡桃《くるみ》と葱《ねぎ》と肉の炊物やら、羊の水炊きやら、鵞鳥の首の塩漬やらいつものとおり贅沢な御馳走がならんでいる。

「それがねえ、応さん、真珠ばかりじゃないんですよ。こないだは、わたしの白銅の鏡がなくなりましたし、そのまえは金の腕環と銀の壺が――それから末金鏤《まっきんる》の太刀、象牙の櫛、このごろ、ちょくちょく物が失くなるんですよ」

と、正夫人の呉月娘が溜息をついてじろりと西門慶を見つめた。

「提刑院正千戸の官職にある主人の家に、まあ盗人がいるなんて、――盗人ばかりならいいのですけれど、こうして毎夜佳人を侍らせ美酒に酔い、しかも朝になれば屍が残燈に横たわり、血は空房を染めているというようなことが、一度や二度ではないきょうこのごろ、――主人の身をつつしまない家は、きっと乱れるという諺《ことわざ》を地でいっています」

さすがの西門慶も、この身持ち正しく、信心ぶかく、説教好きな正夫人だけには辟易《へきえき》する。がぶがぶと酒をあおって、

「なに、心配することはない。盗人はいまにわしがつかまえてやる。つかまえたときの仕置のために、先日、狼の筋で鞭をつくらせたくらいだ」

とそのとき、向うで潘金蓮と何恵琳がなにやら口喧嘩をはじめた。

「だって春梅《しゅんばい》はあたしの小間使いですよ。あたしの用を足しているときは、ほかの方のいつけをきかれないことがあってもしかたがないじゃありませんか」

「いいえ、そうじゃないんです。あの娘は、あたしを新参者だと思ってばかにしているのよ」

どうやら、原因は金蓮の小間使いの春梅のことらしいが、しかしほんとうの原因はそんなことではあるまい。たった一人の西門慶に八人の妻妾では、西門慶といちゃついている時以外はおたがいに喧嘩でもしなければほかにすることがあるまい。

しかし、新参者に似合わず持参金が多かったほどあって、何恵琳はなかなか勝気な女らしいが、金蓮はめったに手を出すことのない女なのに、そのうち何が癪にさわったのか、いきなりぴしゃりと恵琳の頬をたたいたのをきっかけに、ふたりは、とっくみあいの大喧

喋をはじめた。皿がおち、壺がたおれ、金蓮の袖がひるがえったと思うと、燭台がひっくりかえって、あっというまに部屋が真っ暗になった。

「ばかめ、何をさわぐ」

立ち上って怒号する西門慶の背にぼっと蒼い光がさす。窓の紗の月光が浮かびあがってきたのだ。しかし、あたりはなお闇黒であった。

「灯を――」

と、呉月娘が叫んだ時応伯爵の手許で、かちっと青い火花が散った。こういう場合にはすこぶる機転がきいて敏速な伯爵が、腰の皮袋からとり出した燧石《ひうちいし》を打って取燈に火をつけたのだ。取燈とは麻幹《おがら》のあたまに硫黄を塗ったものである。

この間わずかに五つか六つ呼吸するほどの時間で、灯はふたたび燭台にあかあかと点じられた。

突然、西門慶が、はっとして顔をふりむけていた。

「伯爵――真珠はあるか?」

応伯爵は身をのばして小盒をのぞきこんで、首をふった。

「ないね」

「くそ!……また、やりおったな!」

と、西門慶が歯ぎしりをしてうめいたとき、いまのさわぎをききつけた寵童の棋童《きどう》や小間使いの玉簫《ぎょくしょう》や小鸞《しょうらん》がかけこんできた。

「ううむ。さっき話したばかりの今、わしの眼のまえで、なんたる不敵な奴か。伯爵、盗人はその七人の女どものなかにいるというわしの話は、たしかに嘘はなかったろう。おい、棋童、小鸞！　もっと燭台をもってくるんだ。もう容謝はならん、きっとここで盗人をさがし出さずにはおかぬ。玉蕭！　おまえはあの狼の鞭をとってこい！」

「あにき、いったいどうするんだ？」

「みんな、裸にして調べる。髪から着物、耳の穴から口の中それにこいつらの中には、まだまだ妙なところへかくしかねない奴もいる。虱《しらみ》つぶしにさがし出すんだ」

「わたしは？」

「なにおまえか」

西門慶は眼をぱちくりさせて、伯爵の顔をまじまじとみる。大の親友ではあるが、貧乏しているし、まかりまちがうと、ちょろまかしかねない奴だという考えが頭をかすめたらしい。やっと、苦笑いして、

「おまえは……まさか、盗りはしまい。いや盗れなかったろう。おまえの席では、とてもあの小盒に手はとどかなかったろうから」

「ありがたい、その理窟でいうと、小盒に手のとどいたのは、失礼だが卓のこちら側にすわっていた李嬌児、孫雪娥、香楚雪の三夫人、向う側の葛翠屏、潘金蓮、何恵琳の三夫人だけだろうね。西大人の両側にいた大奥さんと孟玉楼さんもまず嫌疑の外にある」

「そうだ。だからわしは、月娘と玉楼に、とことんまでほかの奴らをしらべあげさせてや

る。ど、どこにかくしていようと。――」

「……わたしも手伝おうか」

「うむ、いや。おまえはそこに坐って見ててくれ」

真珠紛失の狼狽と憤怒のために、西門慶は、応伯爵の身のおきどころなど念頭にかける余裕をうしなっている。それをいいことにして応伯爵は、にやにや悦にいって、六人の美女のみるみる裸にむかれてゆく姿を横眼でながめている。

呉月娘と孟玉楼の手は、女特有の底意地のわるさをこめて徹底的にさがしまわった。いちど、潘金蓮が「あっ……あっ……いやあ」と、抵抗とも嬌態ともつかないさけび声をあげたが、たちまちうしろでびゅっと鳴る西門慶の鞭の音に猫みたいにおとなしくなってしまった。

――しかし、あの大きな真珠は、耳環ごめに、ついに見つからなかったのである。

「……ないか？」

西門慶の、のどに痰のからまるような声が、重っ苦しくながれたとき、応伯爵が、芭蕉の扇をゆるやかにうごかしながら、へらへらと笑った。

「真珠がどこにあるか、わたしは知っているのだがな、西大人」

蜘蛛之章

口走ってしまってから、応伯爵は、軽はずみな子供みたいに、あわあわ、と口をおさえたが、もうおそかった。

「な、なんだと？　伯爵」

と、西門慶が、かみつくようにふりかえった。

「真珠がどこにあるか知っていると？　それはどこにあるんだ、伯爵」

応伯爵はこまったような顔をして、頰をかいている。

「いや、なに、これはただの想像にすぎないんだが……」

「やっぱり、この六人の中か？」

「そうだ。そうだろうと思うんだが……あにき、どうだろう、いまのうちにその人があっさり白状したら、その人をかんべんしてあげちゃくれまいか？」

「そんなことができるか。前々からのこともある」

「しかし、それにはいろいろと深い仔細もあることだろうし……ねえ、その……耳環を何とかなすった方、いまのうちなら、わたしの顔に免じて、あにきに大目にみてもらいますから……」

六人の女は、だまって、おたがいをじろじろ見合っている。息づまるような時が凝縮したなかに、きこえるのは銀燈の蠟の鳴る音ばかり。

「誰も出んじゃないか。そうれみろ」

と、西門慶が吐き出すようにいった。

「伯爵、言え!」

「しかたがないなあ。さて、結果がどうなることやらわからんが、それじゃ言ってみよう。ただ、あにき、これはあくまでわたしの当推量で、ちがっているのかもしれんぜ」

と、応伯爵はなおためらいつつ、やっと、

「真珠はおそらく、胃袋の中にある。ほかのどこをさがしても見当らなければ」

「なに、胃袋?……ど、どいつの胃袋だ」

「さっき、灯がきえた。わたしが灯をつけるまで、ほんのすこしのあいだ、窓に月影はあるが、いちじはみんなまったく盲にひとしかった。そのとっさのあいだに、すばやくあの小盒から耳環をとり出すことのできた人は、闇でもよく眼がみえた人にちがいない……。闇に眼を馴らしていた人にちがいない。……」

「それで?」

「わたしの記憶では、あの金蓮さんと恵琳さんの喧嘩のあいだも、なぜか眼をとじていた人。……」

「そ、それは?」

「葛翠屏夫人……」

みんなはどっとどよめいたなかに、きっと伯爵に顔をふりむけたのは当の翠屏と西門慶である。葛翠屏は血相をかえてなにかさけび出そうとしたが、そのとき、びゅっと鞭の鳴る音をきいてたちすくみがたがたとふるえ出した。恐怖にみちたその姿は、百万言をついやすよりも応伯爵の推量をうらがきするものであった。

「翠屏、きさまか！」

西門慶がとびかかるよりはやく、応伯爵があわてですがりついて、その手の鞭をむしりとる。盗人は妾たちのなかにいるとは知っていても、さすがにそれと名がわかってみれば——とくに葛翠屏という女は、ふだんから、どちらかといえば人がいいというより愚かしいたちだ、とみているだけに、西門慶は怒りよりもいぶかしさが先にたつらしく、両手で葛翠屏の肩をぐらぐらゆさぶりながら、

「なぜ盗んだ、翠屏、さあそれを言えっ」

それでも翠屏がだまって、ただあえいでいるのをみると、彼はみるみる顔を朱にそめて、いきなり美しい女の口に指をつっこんだ。

「えい、さあ、呑んだ真珠を出せ。はやく吐け！」

片手で髪の毛をひっつかみ、ぐりぐりと女の舌をつかんでこづきまわす。翠屏は異様なうめきをあげ、全身をのたうちまわらせた。無惨とも凄惨ともいいようのない光景である。

すると、潘金蓮がしゃなりしゃなりとすすみ出て、ひとりごとのようにいった。

「ああ、そんなことをして……胃袋をつかみ出してしまうおつもり？　いっそ釣糸で真珠を釣り出せばいいのに」

「そんなことができますか」

と、応伯爵があきれてさけんだ。

「だって、放っておけば殺されちまうわ。糸をのませて、そのさきに釣針をつけておけば耳環のところにひっかからなくって？」

「ひどい、ひどいひと、金蓮さん」

と葛翠屏は身もだえして、潘金蓮をにらんだ。

「じぶんであたしをそそのかしておきながら……」

「なに？　金蓮がそそのかしたと？」

「そ、そうなんですわ。さっき、この広間にくる途中……ここで真珠をみているあいだに、灯を消してあげるから、それまで眼をつむって暗闇になれて、すばやく盗んでしまいなさい、盗んだら呑みこんでしまいなさいって、そう教えてくれたのは、金蓮さんですわ」

西門慶は恐ろしい眼で潘金蓮をにらみつけた。しかし、これは愚かな葛翠屏にとって、とりかえしのつかない藪蛇だった。西門慶ににらみつけられて鼻じろんだ金蓮は、やぶれかぶれにいいかえしたからである。

「応さん、相変らず、ほんとにおせっかいなひとね。あなたがいなけりゃ、うまく翠屏さんをたすけてあげられたものを……。けれど、もうこうなっちゃしかたがないし、翠屏さんもそこまでぶちまけたなら、あたしも白状するわ。あたし翠屏さんの色事に同情したんです。……」

「翠屏の色事——とはなんだ」

葛翠屏は真っ蒼になった。その蠟のような横顔を、みるがごとく、みざるがごとく金蓮はつぶやく。

「翠屏さんはねえ。もうだいぶまえから手代の殷天錫《いんてんしゃく》とふかい仲なのよ。ふたりとも同じ陽穀県で幼な馴染だったんですって。……それで、そのうち手に手をとって駈落しようと、そのときの支度の費用をつくるために、前々から翠屏さんはいろいろと物を盗んでためていらしたこと、あたし知っていたからよ。……」

そして金蓮は西門慶にしなだれかかった。

「ねえ、旦那さま。……あたし色事には察しがいいこと、御存知でしょ？　大目にみて下さいな。こんなにたくさん奥さんがあって、ひとりぐらい欠けたっていいじゃありませんの……」

「それをきさまの知ったことか！」

破鐘のように西門慶はわめいて、金蓮をつきとばした。西門慶は肩で息をしながら、応伯爵の手から狼の鞭をうばいかえして、

「殷天錫をよべ！」

と、どなった。

「翠屏！　ところで、いままでおまえの盗んだ壺や太刀や、ばかにならん量だがそれをどこへかくした？」

「あの……裏の空井戸に」

もういけない、と応伯爵は心中手をあげた。このわがまま者がいちばん激怒するのが色

の恨みで、また腹をたてると、ほとんど常識はずれの残忍性をあらわすことは、いままで何度かの経験からよく見知っている。

「ううぬ。どうしてくれようか」

血ばしった眼で全身をなめまわされて、翠屏と金蓮はふるえあがった。そこへ、殷天錫がおどおどとひいてこられる。まだ若い、色白の、のっぺりした男である。恐怖にうわずった声で、

「旦那さま、……なにか御用で？」

「白ばっくれるな、天錫！」

いきなり西門慶は真っ向から鞭をたたきつけた。わっと叫んで、顔を掌で覆ってひっくりかえった殷天錫の腹へ、鞭の乱打が凄惨な肉の音をたてた。

「天錫、よくもわしを裏切ったな。望みどおり、翠屏とはいっしょにしてやるぞ。ただし、冥土の蓮《はす》の上でだ！」

豚のような悲鳴をあげてのたうちまわる天錫の額から顎へかけてみみずのような鞭のあとが浮き、真っ赤な血がにじみ出している。息もできず立ちすくんでいる女たちのなかからやっと伯爵がすすみ出た。

「まあ待て、あにき、まさか殺すわけにもゆくまい」

「なに、主人の妾と姦通した奴なら、死罪が当然だ」

「そ、それより、翠屏さんの呑んだ真珠はどうする？」

「腹をたちわってもとり出すさ」

「まさか。……」

といったが、応伯爵は戦慄した。やりかねない男だ。が、西門慶は急に何やら思い出した風で、にやっと妙な笑いを浮かべた。

「はてな、さっき、金蓮が、面白いことをいったな」

「なにを？」

「釣針で耳環を釣り出すと――」

みんな、まじまじと西門慶の顔を見ている。西門慶は狂ったように笑い出しながら、

「おい、釣針をつけた糸をもってこい」

「ま、待ってくれ、西大人、ほんとにやるつもりか。まさか胃袋のなかで、釣ができるか」

「できるかできないか、やってみるさ、耳環がひっかからんでもあるまい。伯爵、おまえは妾を寝とられたおぼえはなかろう」

「寝とられるような妾をもってみたいもんだ。わしは」

「だからおまえはだまっておれ。ほかの女どもへのみせしめもある」

――西門慶は、とうとうほんとうに葛翠屏に、釣針をのませてしまった。むろん耳環が釣り出せるわけはない。が、彼は、また卓にむかって酒をのみながら、片手で翠屏の口から出た釣糸をときどきひっぱってもてあそびつつぶきみな笑顔で、床の上に両腕両足をく

くられて、簑虫《みのむし》のようにころがされた殷天錫の姿を見下ろしていた。

それは鼠をいたぶる猫か、胡蝶を苦しめる蜘蛛のような光景であった。

「おい、西大人、もういいかげんにかんべんしてあげないかね」

と、伯爵は酒も美味くなさそうだ。

「まだ、真珠は釣れんよ」

「ばかな。釣れるものか。真珠はそのうち出てくるよ」

「どこから？」

「どこからって……その、お尻からさ」

「やっぱりそれよりしかたがないか、畜生せっかくの真珠を……ええい、こうなりゃ牽牛《けんご》子《し》でものませて、そうさな。みんなのみているまえで、金蓮に糞のなかから真珠をひろわせてやる。金蓮も罰は受けなくちゃならん」

奈落之章

さすがに、みんなのまえでそれは見せなかったけれど、隣室で、西門慶はほんとに翠屏に下剤の牽牛子をのませて、おまるの中から金蓮にひろい出させたらしかった。

隣室から、金蓮が手を手巾でふきながら、怒りと恥に紅潮した顔であらわれ、次に翠屏を羊のようにひっぱった西門慶があらわれた。さて、こまったことが起ったのはそれからである。すすり泣く葛翠屏の口から応伯爵が釣糸をぬきとってやろうとしたがぬきとれない。当然ではあるがどうやら釣針が胃袋の壁につき刺さってしまっているらしかった。糸をひっぱるたびに、彼女はのたうちまわった。

「おい、大変なことになった。あにき、どうしよう？」

「伯爵、なにをさわぐ、まだわしの仕置はすんでおらんぞ」

「えっ？　まだ何かするのか」

「ああ、やるさ、腹のいえる迄やる。どうすれば腹がいえるか、それを考えあぐねているくらいだ。が、今夜はもうやめる、とりあえず――」

「とりあえず、どうするんだ」

「裏庭の空井戸に入れておく」

「井戸に？」

「ふふ、心配するな、水はない。なければこそ、こいつらが盗んだ品々をかくしておいたわけだ。かけおち費用の財宝の上で、ふたり抱き合って一日一夜好き放題な夢でもみるがいい」

西門慶は怒ると紂王《ちゅうおう》にもおとらぬ暴虐をふるう男だが、しかしその乱暴ぶりはむしろ単純で子供じみているのをつねとする。ところがこの夜翠屏と天錫を窮命させたやり方は、彼らしくもなく、奇怪な、手のこんだものだった。

葛翠屏と殷天錫は向い合わせにぐるぐると一巻きにしばりつけられると、つるべ縄でその井戸に吊りおろされ、ばさりと縄を切り落されてしまったのであるが、さてふたりは横になることもできなかった。縄は切られたが、翠屛の口から出た釣糸はそのまま、ピーンと上の滑車にむすびつけられたままだったからである。

その井戸は、もう何年もまえから水がなかったが壁はやはりじっとりしめった苔が生えて、黴《かび》くさく夏というのに冷々としていた。ななめにふる月光が井戸の上の方を青く染めているが、ふたりの立つともなく、坐るともなく、重々しくもがいているあたりは真っ暗だった。

「痛い？」

と天錫がささやく。翠屛はかすかに首をふる。実際に痛くはないのだ。釣針は胃壁にぐさとくいこんでいるのだが、そのものに痛覚はないからである。しかし痛みよりも、もっとぶきみな、名状しがたい感覚があった。

「……」

翠屛は身体をくねらせた。天錫は白い泥にめりこんだような忘我感にしずむ。この身体をこう抱き、この頰にこう触れるのにいままで、どのようにおののいたことだろう。その柔かな乳房と美しい唇が、いまぎりぎりと自分にしばりつけられている。……もうわしは死んでもよい。……

死ぬ。そうだ。明日こそは旦那さまに殺される！　すうっと冷たい風が足もとから吹き起った。その足の下には苦心惨澹して盗み出した金銀の壺や太刀がある。畜生、あの金蓮がばらしたとやら、あいつのさもわしたちの恋にわけ知りのような口に乗せられなければ明日にもふたり手に手をとってかけおちできたんだ！

「その釣糸がかみきれませんか？」

と、天錫はいった。

「そしてなんとかして、この井戸をはいあがって、にげましょうや。……」

「だめ。……こうしばられていて……たとえ手足が自由になっても、このぬるぬるした井戸は這いあがれやしないわ。……」

翠屛はかぶりをふった。

「それより、この中に吊り落されるとき、金蓮さんがささやいたわ、きっとそのまま辛抱していらっしゃい。明日になれば、かならず、かならず旦那さまのお腹だちをといてあげますからって、……」

天錫は妙な顔をして、翠屛をみた。彼は、潘金蓮をそれほど親切な女だとは思っていない。むしろ、なぜか恐ろしい女だという気がしてならない。じぶんたちのことを曝露したのも金蓮ではないか。……だのに、翠屛は、まだあの女を信じているのだ。

「そんなことをいってあてになるでしょうか？」

「だって、金蓮さんがそういったんですもの。……」

この女の人のよさこそ愛すべきものであり、またそれあればこそ、手代の天錫のつけこむ余地があったのだが、彼はその愚かしさにふと焦立《いらだ》たしさを感じてだまりこんでしまった。

——半月が、物凄い蒼さで井戸をのぞきかけていた。そのとき、密着した翠屏の腹が蛇みたいに波うって、彼女は、げっと異様なうめきをあげた。

「痛みますか?」

「……吐きたい……。……」

そういったとたん、翠屏の口から、吐物があふれ出して殷天錫の頬から顎へべたべたとくっついた。

「糸をかみきりなさい!」

「いや。……金蓮さんが……」

天錫は、かっと癇癪がこみあげてきた。甘酸っぱい吐物の悪臭が、鼻孔につまって、彼も嘔吐《おうと》をもよおしたようだった。

——月は井戸の真上にさしかかっていた。それでも、ふたりは顔と顔を、胸と胸を、腹と腹をこすりつけ合って、もがいている。甘臭い吐物にまみれながら、いつしか天錫も苦痛と恐怖と怒りと嫌悪のためにへどをついていた。なんというばかな女だろう。そういえば、金蓮がばらしたというもとも、この女が軽はずみなことを口走ったからだと自分で悔いているではないか。何もかも、こいつの愚かさのためだ。その愚鈍な女のためにわたしは殺されるのだ。

「いやだ、いやだ、死ぬのはいやだ!」

突然彼は、獣のようにうめき出していた。折檻の小手だめしにさえ、これほど惨酷な事を考えつく旦那さまが、夜が明ければ、どんなにむごたらしいなぶり殺しを用意しているか……。

「いやだ、畜生、わしは死にたくない！」

「いたい、いたい、げぇっ！」

虫みたいにあばれる殷天錫の為に、釣糸がぴんぴんはね、そのために葛翠屏も虫みたいにあばれ出した。

——と、そのとき、上からげらげらと笑い声がふってきた。

人魚之章

「なに、金蓮、おまえはここから、あの翠屏の釣針をぬいてみせるというのか、糸を切らずにだな、そんなことができるものか。できたら面白いのだが。あははははは」

西門慶の、酔っぱらった笑い声である。いままで飲んでいたとみえる。

「あら、旦那さま、面白がってばかりいられちゃいけませんわ。さっきの賭は御承知でしょうね？」

「もしそれができたら翠屏と天錫のをゆるすということか。しかし、おまえは、そのまま、井戸に入らずに、あのふたりをこの上へひきあげてみせるといったじゃないか」

「ええ、そうしたら、きっとあのふたりをかんにんし、盗んだ宝物を引出物にしてやるとおっしゃいましたわね？」

「おいおい、金蓮さん、大丈夫かな。井戸の中のふたりは手も足もきかないのですぜ。もし出来ないと、あなたも針をのむという約束だったが」

という心配そうな声がきこえるところをみると、金蓮のほかに、どうやら応伯爵ものぞきにきているらしい。

「ええ、きっとのんでみせますよ。出来なければね。——出来なければ、旦那様のおっしゃる通り、この井戸へ、百匹の蝮《まむし》を投げこもうと、それはもうしかたがありません」

井戸の中のふたりはしーんとした。やはりお人好の葛翠屛の信じていたとおり、金蓮が助けにきてくれたのである。助けに？——しかし、いま耳にしたところによると、なんという賭をしたものだろう。糸をきらないで、翠屛の胃袋につき刺さった釣針をとる。金蓮は入らないでふたりを救い出す。そしてそれができなければ、この井戸へ百匹の蝮をなげこむって？

「春梅、春梅、あれを集めてきてくれたかえ？」

「はい、奥さま、ここにこれだけ。それから、いますぐ小鸞さんと、玉簫さんも持ってきてくれるはずですわ」

そういう金蓮と小間使いの春梅の問答がきこえると、すぐ、

「おっ、それは、数珠じゃありませんか？」

と、伯爵のおどろいたような声がし、金蓮のふくみ笑いが聞えた。

——ぽかんと口をあけて、おののいている葛翠屏の耳に、しゅっと妙な音がはしりおちてくると、かちっと冷たいものが歯にぶつかった。

「翠屏さん、のむのよ、その数珠の玉を！」

金蓮が上から叫ぶ。と、同時にまた数珠の玉が釣糸にとおされて、するするとすべりおちてきた。翠屏はわけもわからず、数珠をのむ、玉はあとからつづいて、やがて胃壁にくいこんだ釣針のねもとから、食道をとおって、翠屏の口の外までつらなった。

「そら、糸をひくわよ！」

金蓮のさけびとともに、ぴっと釣糸がひかれると、おそらく数珠の重みのために、いちばんさきの玉は、ほんの釣針のまっさきまで押されてとまっていたのであろう。糸はそのまま、のどから口へ、ほとんど剛い毛でひっかくような感覚をのこしつつ、ひき出され、ぞろりと数珠をつけたまま、口からはなれた。翠屏と天錫はよろよろと井戸の底へ崩折れる。

「ううむ、なるほど、考えたな、金蓮！」

と西門慶はあきれたようにうめいたが、やがて気をとりなおして、

「さて、それから、二人をどうつりあげる？」

——しばらくすると、翠屏と天錫の頭上にするすると棕梠《しゅろ》縄《なわ》がおりてきた。縄はひとすじだが、さきは二つにわかれている。

「おい、金蓮、あいつらは蓑虫みたいにしばりつけられているのだぞ」

二つにわかれた縄のさきには小さな瘤《こぶ》がつくってあった。潘金蓮はしばり出すように呼びかけた。

「天錫！　翠屏さん！　その瘤をくわえて、しっかりくわえていて！」

「なんだと？　金蓮。——口でくわえさせて、ふたりを吊りあげようというのか？　あはははははは、これはまたいまの数珠子釣とちがって、智慧のない——」

「だまって！　できるかできないか、やってみなくっちゃわからないわ。翠屏さん、天錫、むりだとお思いなら、およしなさい。けれど、それが命の最後ですよ。できなければ、百匹の蝮がなげこまれるのですよ！」

井戸の底のふたりは、ぱくっと縄の瘤をくわえた。くわえないわけにはゆかなかった。

「さあ、縄をひきあげるわよ、春梅、よくって？」

金蓮と春梅は力を合わせて縄をひきはじめたらしい。あっとふたりは口から縄をはなしかけて、あわてて、くわえとめた。

「恋が成るか……蛇責めか」

恐ろしい、金蓮の歌声のようなかけ声だった。

そのかけ声とともに、滑車がまわり、じりり、じりりと天錫と翠屏のからだは吊りあがってゆく。……人間というものは、必死の瀬戸際においつめられると、想像もつかない力をあらわすものであるけれど、それにしても、これはあまりにも凄惨な死力であった。唇が裂け、歯が折れ、顎がくだけ、頸がひきちぎれそうな。……一尺……二尺……三尺。みるみるふたりの口から血がにじみ、あふれはじめた。滝つ瀬のようにふりそそぐ月光の中に、ゆれる、恐るべき人間燈籠。

「恋が成るか！　蛇責めか！」

いまや、その金蓮の叫びのほかは、地上には声もない。

突然、応伯爵は井戸と西門慶をつかんで泣かんばかりにわめきはじめていた。

「もういい！　もういい！　あにき、西大人、もうあのふたりをゆるしてやってくれ！　ゆるさなければ、わしが下りる！　わしが下りて助けあげてくる！」

とたんに、がぼっというようなぶきみな音をたてて、ついに精根つきはてた翠屛と天錫の口が縄からはなれ、井戸の底に、どさっと落ちた。

瀕死の姿で応伯爵に救いあげられ、西門慶にゆるされて、半生の姿で葛翠屛と殷天錫が去り、存分たんのうしたようなどこか不満なような顔つきで、西門慶や小間使いたちが去ってから、月光のふる井戸の傍に、潘金蓮と応伯爵とがのこった。

「それでも、さすがの兄貴もやっとかんべんしてやる気になったらしい。助かってようござんしたねえ。……」

「ほんとうに。——ふたりも大痛事だったろうけれど、あれくらいの折檻を辛抱しなくっちゃ、とうてい旦那さまのお腹立ちはとけやしないわ」

「翠屏さんも、天錫も、血と涙をながして、あなたの手をおしいただいていたじゃあありませんか」

「ほ、ほ、実はねえ、応さん、この井戸にふたりを入れることも、あたしが旦那さまにいったのよ。むごいようだけれどここまで話をもってまわらなければ、昨日の夜のうちに、ふたりの命はなくなっているわ。……結局、ふたりは助かって、きょうにもあの宝物までつけてもらって、この邸を追い出される――ということは、思いかなって、うれしい恋の道行ができるということだわ。さあ、応さん、ゆきましょうよ。あたし、いいことしたおかげで今夜は安らかに眠れそうだわ。……」

金蓮は玲瓏たる笑顔を蒼い月明りにひらくと、そのまま楚々として母屋の方へ蓮歩をはこび去った。

あとを追おうとして、応伯爵はふとたちどまった。足もとに、小さな、仄白いものが二つころがっている。おやとひろいあげてみると、二顆の真珠――ではない、二枚の歯であった。あわててはらいおとすと、指に黒いベットリと血がついた。

歯、歯――美しい真珠のような二枚の歯。いうまでもなく落し主はあの葛翠屛のほかにはない。さっき、縄にかみついて吊り下がった死闘の犠牲にきまっている。地上に出てから金蓮にすがりついて泣きじゃくったとき、ぽろりとぬけおちたものにちがいない。――そして、犠牲は――この二枚だけですむであろうか？　三日とたたない内に、あの美しい歯はみなぬけおちて、老婆のような口になるのではあるまいか？

「……ああ」

と、応伯爵は思わず叫んだ。すべては、それこそ金蓮の目的だったのではあるまいか。はじめから、何もかも、あの妖艶たぐいない歯と口をもつ葛翠屏に——いかなる点でもじぶんよりすぐれたものをもつ女へ嫉妬せずにはおれない金蓮が悪魔のみぞ知る一撃を加えたたくらみではなかったろうか？

「……ああ、女というものは、なんという恐ろしい——」

応伯爵は、総身水をあびたような思いで、その稀代の妖婦のきえていった月明りに見入ったまま、茫然とそこに立ちつくしていた。……

解説

中島河太郎

山田風太郎氏の探偵作家クラブ賞受賞作「虚像淫楽」も、はじめての長篇「厨子家の悪霊」も、「旬刊ニュース」に発表された。この雑誌は京橋の東西出版社が発行元であった。昭和二十年代の探偵作家クラブの会合は、京橋の晩翠軒が使われていたので、その帰りにはここに立ち寄ったものだが、その際同社刊行の「金瓶梅《きんぺいばい》」の訳本を貰《もら》って読んだのが、金瓶梅シリーズを書く端緒《たんしょ》となったのである。

中国の小説の歴史はそれほど古くはない。倫理と史実とを重視して、空想力を馳《は》せることが遅かったので、ようやく唐《とう》代に超自然的な題材に傾いた伝奇が生まれ、宋《そう》代には歴史上の暗君《あんくん》や妓女《ぎじょ》の生活が対象にされるようになったにすぎない。

ただ宋代は一方、都市の盛り場で講釈が行われ、それらの筆記されたものが通俗小説の名で、元《げん》代以後刊行されるようになった。そのうち小説としての自覚をもち、相当な分量、筆力を具《そな》えたものとして、明《みん》代に「三国志演義」と「水滸伝《すいこでん》」が生まれた。

「水滸伝」の背景となっているのは、十二世紀のはじめ、北宋の徽宗《きそう》皇帝の代で、山東《さんとう》の梁山《りょうざん》の麓《ふもと》の湖水のほとりに山塞《さんさい》をかまえて梁山泊《りょうざんぱく》と称し、政府軍にはげしく反抗した百八人の遊侠《ゆうきょう》の活躍が描かれている。

その首領の宋江《そうこう》は実在の人物で、宋史の徽宗本紀などに載《の》っており、その徒党の主たるもの三十六人が山東河北《かほく》を横行したことも、同書の張叔夜《ちょうしゅくや》の伝にある。かれらの行動が民衆に伝えられるとともに、講釈の素材となり、南宋時代には語られ、元では一部が戯曲化されるに至った。

それらがさらに成長し、現在の長篇の形に集大成され、三十六人から百八人に豪傑の数も増えている。その最初の集成者は施耐庵《したいあん》、手を加えたのは羅貫中《らかんちゅう》といわれるが、つまりは数代にわたって伝承された話がふくらんだものといえよう。

その「水滸伝」に豪傑武松《ぶしょう》が、西門慶《せいもんけい》と密通し、兄を毒殺した兄の妻潘金蓮《はんきんれん》に仇《あだ》を報ずる一段があるが、それを敷衍《ふえん》して、西門慶を主人公に別な物語を構成したのが「金瓶梅」である。

書名は西門慶の愛妾である潘金蓮と李瓶児《りへいじ》、金蓮の腰元の春梅《しゅんばい》のそれぞれ一字ずつを採ったものである。原著には二系統があり、「金瓶梅詞話《しわ》」は語り物のスタイルを多く残しており、その後に章回《しょうかい》小説としての「金瓶梅」が現われた。前者は昭和七年に中国で発見され、その序文によって蘭陵《らんりょう》の笑笑生《しょうしょうせい》の著作だと分った。といっても蘭陵は今の山東省の嶧城《えきじょう》で、この物語に山東方言が頻繁《ひんぱん》に用いられている理由は肯《うなず》けるが、笑笑生は筆名であってその本名についてはまだ不明である。

製作は明の万暦《まんれき》中期といわれるが、物語の時代を宋代にしているのは、「水滸伝」にもとづいているせいでもあるが、当時の通俗小説の作者として時世を憚《はばか》ったのである。だが実際に描かれているのは著作された年代である。

山東清河《せいか》県の生薬商西門慶は、悪辣《あくらつ》な手段で財富を築き、役人にとりいって実力者となった。多くの側妾《そばめ》を抱えていながら、饅頭売《まんじゅう》りの武大《ぶだい》の妻金蓮と通じ、夫を毒殺させて妾にした。武大の弟武松は復讐《ふくしゅう》を計画したが、間違って別の人を殺して流刑《るけい》に処せられる。西門慶はまた友人の妻瓶児を妾にし、財物まで奪った。瓶児との間に生まれた子供は金蓮に虐《しいた》げられて死に、瓶児も死んだが、つぎに西門慶自身が淫蕩《いんとう》のあげく急死する。金蓮は追放されて武松に殺され、西門慶の妻呉月娘《ごげつじょう》は金軍の侵入のため身を匿《かく》した寺で、因果応報の道理を悟《さと》るというのがあら筋である。

明代の社会の暗黒と頽廃《たいはい》的な様相を克明に描き、人物は精彩を放っている。その徹底した写実的技法と精神は、後代の作品にも大きな影響を与えたほどの大作である。西門慶は通俗小説の主人公として型破りで、いわば物欲・名誉欲・性欲を追求する悪徳のヒーローであった。それだけに正義や道徳の権化《ごんげ》とちがって生き生きと描かれ、また女性たちもさまざまなタイプが登場して、見事に描きわけられている。ワキ役の中では幇間《ほうかん》の応伯爵《おうはくしゃく》の存在があざやかなことも定評があった。

著者がこの作品に惹《ひ》かれて登場人物を借り、事件とその推理を展開したのは、大胆な試みであった。第一話の「赤い靴」が発表されたのは、昭和二十八年八月、「講談倶楽部」の増刊号誌上である。

以後、発表順に並べれば、「美女と美童」（29・4、面白倶楽部）、「銭鬼」（29・4―6、宝石）、「変化牡丹」（29・6、キング増刊）、「閻魔天女」（29・8、小説倶楽部）、「漆絵の美女」（29・9、キング）、「麝香姫」（29・10、キング増刊）、「西門家の謝肉祭」（29・12、小説公園）であって、都合八篇が「妖異金瓶梅」として刊行されたが、本書では「銭鬼」が削られている。

さらに「妖瞳記」（29・11、別冊宝石）、「邪淫の烙印」（31・5、読切小説集）、「黒い乳房」（32・4、講談倶楽部）、「凍る歓喜仏」（32・8、同上）、「女人大魔王」（32・11、同上）、「蓮華往生」（34・1、同上）、「死せる潘金蓮」（34・4、同上）と書き継がれ、「秘鈔金瓶梅」に纏《まと》められたが、本書では一本になっている。

原書では取りまきの一人である応伯爵が、この一連の物語では探偵役を与えられた。大好色漢西門慶の竹馬《ちくば》の友で、もとは絹問屋《きぬどんや》の息子だが、今では絶えず借金に追いかけられて、西門慶から借りる算段ばかり考えている。色道遊芸に通ぜざるはない才人で、常人の七倍は賑《にぎ》やかだが、反面妾たちをかばってやるので、女性には好感をもたれている。

彼は西門家の八人の妻妾をはじめとする多勢の使用人たちの中で繰り拡げられる軋轢《あつれき》と葛藤《かっとう》、嫉視《しっし》から起こる陰険な犯罪を追及するには、まことに恰好《かっこう》の人物であった。この幇間探偵の起用が、シリーズを成功させた理由の一つである。

著者は潘金蓮を稀代《きたい》の淫婦として紹介しながら、悖徳《はいとく》と妖艶の権化の妬心《としん》と愛情と聡明《そうめい》さを、くり返し描いている。足の小ささを誇った宋恵蓮《そうけいれん》、臀《しり》の美しさを褒《ほ》められた琴童《きんどう》や画童《がどう》、声の美しさが随一と言われた香蘭《こうらん》など、すべて金蓮の妬心をかきたてぬものはなく、つぎつぎに残酷な不祥事《ふしょうじ》が起こる。応伯爵の理性と洞察力とが、彼女の施した術策を推理看破しながら、その心理の微妙な屈折まで捉《とら》えれば捉えるほど、先へは一歩も進めない。応伯爵の心底に潜んでいる彼女への讃嘆《さんたん》と憧憬《どうけい》が、真相を明るみに出すことを躊躇《ちゅうちょ》させるのである。

画家にまず肖像画を描いて貰った第七夫人、麝香《じゃこう》の香りを賞された歌妓《かぎ》李桂姐《りけいそ》、美瞳の持主劉麗華《りゅうれいか》など、金蓮の妬心を誘ったものへの残虐な仕打ちは、反面ひたすら西門慶の歓心を買おうとつとめる彼女の愛情の裏返しといえぬことはない。

「凍る歓喜仏」で金蓮は亡くなったが、著者はさらに「死せる潘金蓮」の章を加えて、春梅に讃美の辞を叫ばせ、水滸伝の豪傑たちに金蓮を不死の美女と信じさせるまでの栄光を与えているのである。

美しきものは強者だという「刺青」の一節さながらに、驕慢《きょうまん》な女性の誇り高き生涯を点綴《てんてい》することこそ、著者があえて中国小説の金字塔に、新解釈を挑《いど》んだゆえんであり、また新釈「金瓶梅」が独自の成果を誇ることができたのである。

この解説は昭和五十六年六月に刊行された『妖異金瓶梅』（角川文庫）に収録されたものの再録です。

編者解題

日下　三蔵

一九四七（昭和二十二）年にデビューした山田風太郎の作品リストをよくみると、高木彬光《あきみつ》との合作ミステリ『悪霊の群』（51〜52年）を除くと、五六年の書下し作品『十三角関係』まで、長篇がひとつもないことに気がつく。

本書にも資料として収録させていただいた角川文庫版の解説で、中島河太郎氏は「厨子家の悪霊」（49年）を著者の「初めての長篇」としているが、二百枚クラスのこの作品は、昭和二十年代なら長篇扱いでも、現在では中篇に分類されるだろう。

中篇ならば、ユーモア小説「天国荘奇譚」（50年）、本格ミステリ「帰去来殺人事件」（51年）、時代小説「盲僧秘帖」（54年）、サスペンス「誰も私を愛さない」（54年）などがある。おそらく長篇を企図して五篇で中絶した連作〈女探偵捕物帳〉シリーズ（52年）があり、惜しくも未完に終わった少年向けの伝奇長篇「神変不知火城」（51年）もある。

もちろん当時は小説の原稿料が高く、月に一、二本の短篇を書けばサラリーマンよりもはるかに多い収入を得られたから、無理に長篇を書く必要がなかった、という事情はあるだろうが、デビューから十年間の山田風太郎は、多くの中・短篇を発表しながら、長篇の書き方を慎重に模索していたのではないだろうか。

そうした試みの最初の成功例が、五三年から五九年にかけて発表された連作『妖異金瓶梅』シリーズであろう。全体を覆う妖美《ようび》な雰囲気、ミステリ史上に前例がないと思われる画期的な趣向、各話に凝らされたトリックの数々、日本ミステリのベスト級といっても決して過言ではない超傑作。それが、本書『妖異金瓶梅』なのである。


本書の原典となっている「金瓶梅」は、「西遊記」「水滸伝」「三国志演義」と並んで中国四大奇書の一つとされる長篇好色文学である。成立したのは、十六世紀末から十七世紀はじめにかけてといわれるが、詳しいことは不明。物語自体は、「水滸伝」の中のエピソード、豪傑の一人・武松と豪商・西門慶の挿話からのスピンアウトで、精力絶倫の西門慶とその情婦・潘金蓮の爛《ただ》れた生活を中心に、宋《そう》代の世相が活写されている。もっとも、風刺小説の常で、実際には作品が書かれた明代の風俗を、直接反映したものとなっているようだ。タイトルは登場する主要ヒロイン、潘金蓮、李瓶児、龐春梅の三人から、一字ずつを取ったもの。

山田風太郎が、この中国古典を推理小説化しようと思い立ったのは、出版社から原稿料代わりに同書の訳本をもらったのがきっかけだったという。

「これは昭和二十三、四年ごろであったか、銀座に東西出版社という出版社があって、ここから出ている「旬刊ニュース」という雑誌にちょっと長いものを書いたのだが、稿料をなかなかくれない。そのころ私はまだ医学生であったが、そのせいもあって当時京橋の東洋軒で開かれていた土曜会に出るたびにそこに立ち寄って、「原稿料をくれんですかなあ」とせっついた。向うではお愛想に、そのころ同社で出した四巻の金瓶梅の訳本をくれた。それを推理小説化したものだが、どうも誰も推理小説の仲間に入れてはくれないらしい。それはともかくこの作品は、そういう下らない事情で入手した原本を手品のたねとして、私が推理小説から忍法小説へ飛び移る重要な踏石の役を果たした」

（講談社版『山田風太郎全集6』月報「風眼帖13」より）

山田風太郎は、「別冊旬刊ニュース」に「虚像淫楽」（48年5月）と「厨子家の悪霊」（49年1月号）の二篇を発表している（現在は、いずれも角川文庫／山田風太郎ベストコレクション『虚像淫楽』に収録）。前者は新人コンクール企画の参加作品で、読者投票の結果、みごと第一等を獲得、さらに「眼中の悪魔」とともに四九年の第二回探偵作家クラブ賞を受賞している。ここでふれられている「ちょっと長いもの」は、後者の「厨子家の悪霊」のことであろう。また、土曜会というのは、探偵作家クラブの例会のことである。

本書で「金瓶梅」を手がけたことから、自然と次は「水滸伝」という流れになり、一〇八人の豪傑を一〇八人の忍者に置き換える、というアイデアから「忍法帖」が生まれた。「推理小説から忍法小説へ飛び移る踏石」というのは、そういう意味である。

それはともかく、「誰も推理小説の仲間に入れてくれない」とは誤解も甚だしい。現在、ミステリの書き手として活躍している作家たちの多くから、高い評価を受けているのは当然として、既に盟友・高木彬光が同じ『山田風太郎全集』の月報で、こんなことを述べている。実作者から見た『妖異金瓶梅』の分析として秀逸なので、長くなるが全文を引用しておこう。

「『妖異金瓶梅』のシリーズは、山田文学の系列としては、忍法帖の先駆をつとめた一つの見事な連峰である。

山田文学における「原典」という言葉は、ふつうの作家の作品における「原典」とはちょっと違っている。

たとえば中国古典の「三国志」は、古代中国における幾多の英雄の和戦興亡の波瀾を描いて、今日でも読者としてのわれわれを興奮させる名作だし、現代作家の中でも故吉川英治先生なり柴田錬三郎氏なりは、この名作を祖述した「三国志」「柴錬三国志」というような作品を発表しておられるが、この場合には本来の原作の本筋に忠実であるのが原則のはずなのだ。

こういう意味では「妖異金瓶梅」は「風太郎金瓶梅」とは呼びきれない。

いうまでもなく「金瓶梅」は中国四大奇書の一つに数えられる古典である。主人公西門慶、そのほか何人かの人物は「水滸伝」にも顔を出すくらいだし、西門慶という名前は、たとえばドン・ファンとか光源氏とかいう名前のように、歴史的好色漢の代名詞と考えてもよいだろうが、山田氏は彼と彼をとりまく何人かの人物、そして彼等の生き続けた環境だけを原作からとり出し、それを素材として、原作とはまったく違った一種異様な物語を創りあげたのだ。山田文学の「原典」とは実にそういう意味なのである。

そして、このシリーズは、いちおう推理小説という言葉以前の本格探偵小説の型式をふんでいるところに一つの興味がある。

こういう本格探偵小説の短篇連作では、一人の名探偵が主人公となるのが原則である。その好例は名探偵シャーロック・ホームズのシリーズで、これは彼の友人であり、少し頭脳指数の低いワトソン博士の記録という形をとっている。

この型式は探偵作家にとっては一つの模範的なお手本といったようなもので、その後も幾多の作家によってうけつがれた。そして時には、この型式の常套性を逆手にとって、読者を完全にあっといわせたクリスチーなどの例もあるが、それについては深くふれない。

ところがこの型式の場合には、犯人はたえず入れかわるのが原則なのだ。

それもとうぜんのことだろう。名探偵というのは必然的に、法と秩序の味方でなければならないという宿命を持っている。したがって彼の功績簿を書き続けなければいけない作者としては、その相手役の犯人には一話ごとに、名探偵に打ち負かされ、退場——という役柄を与えなければならないのだ。

ところが、ここで作者は一つの大きなジレンマに追いこまれざるを得ない。

こういう種類の作品はもともとロマン派の伝統をうけついでいる。だから事件にしたところで「奇想天外」とか「複雑怪奇」とかいった要素のほうが尊ばれる。殺人の動機が納得できるかどうかというようなリアリズム的要素はむしろ二の次三の次の問題なのだ。

したがって、そういう「奇々怪々」な事件のトリックを創案し、それを実行に移してくれる「冷酷無惨」な犯人がいてくれなければどのような名探偵でも「神のごとき」名推理を発揮する余地はない。したがって、本格探偵小説ではこの「憎むべき」犯人は、作者にとってはむしろ愛すべき主役であるという逆説も成り立つのである……

こういう議論は、作者の側のいわば舞台裏の問題で、読者諸君のほうでは関係ないことだといえばそれまでだが、この「妖異金瓶梅」の構想の卓抜さを解説するためにはこれだけの予備知識がどうしても必要なのだ。

もちろん作者山田氏にしたところで、これぐらいのことはとうぜん念頭にある。そして生来天邪鬼な彼としては——この天邪鬼という要素は推理小説の作家には絶対に欠くべからざる才能だが——このジレンマをぜんぜん逆の立場から征服しようと思いたったのだ。

このシリーズで探偵役をつとめるのは、応伯爵という愛すべきたいこもち的性格を持った人物である。この性格設定がまず面白いのだが、その犯人役にいたっては、よくもこういう性格を考え出したと私があきれたようなすばらしさなのだ。

探偵小説の批評には、犯人の名前を事前に明してはいけない——というタブーがある。このシリーズに関するかぎり、そんなことはどうでもよいと私は思うが、いちおうエチケットを守るとしよう。

しかし、このシリーズの全篇を読み終えられた読者諸君は、なるほどと私の言葉に共鳴されるだろう。旧来の探偵作家としてはある意味で古今無双の鬼才ではないかと私が驚歎した理由もおわかりになるだろう。

なお、このシリーズのほかの面白さをいうならば、この各作の一つ一つがそれぞれ異なる「変態性慾」のテーマをあつかっていることなのだ。

たとえば「西門家の謝肉祭」――この一篇は世界の短篇推理小説でも指折りの名作に数えられる「特別料理」の恐ろしさをはるかにしのいでいるというのが私の印象である。

巻頭の「赤い靴」は、故江戸川乱歩先生が発表当時の時点において、「山田君の最高の傑作」と評された作品だが、このシリーズのほかの作品も決してそれに劣るものではない。むしろこういう連作短篇に、これほど粒ぞろいの作がそろったということが、一つの驚異だとさえいえるだろう」

（講談社版『山田風太郎全集10』月報「風を視る2」より）

本書の内容について、この高木解説ほど行き届いた分析はないだろう。実作者による評を、もう一つご紹介しておくと、都筑道夫は、やはり講談社版『山田風太郎全集』の月報に寄稿した「論理の曲芸師」の中で、山田風太郎の推理小説には「論理の曲芸」がある、と指摘したうえで、こう述べている。

「もうひとつ、見のがすことのできないのは、わざわざ制約の多い枠のなかで、論理の曲芸をしている点だろう。たとえば、第十巻におさめられた「妖異金瓶梅」は、山田さんの推理小説のなかで、私のもっとも好きなオムニバス・ノヴェルだが、中国小説の「金瓶梅」にのっとって、各エピソードの探偵役がきまっているだけではない。犯人も一定の人物だし、被害者も特定のグループに限られている。

つまり、四重の制約のなかで、エピソードを展開させているわけで、ことに犯人がきまっているというパターンは、世界にも類がない。ちょっと考えると、怪盗物の鼻をあかされる警官が一定しているのを、逆にしただけのようでもあるが、比重がそうとう違っている。(中略)

こういう約束の多い小説、つまり、不自由を自由にしていく創作態度は、推理小説の伝統的なありかたにほかならない。現在の山田さんは、推理小説から離れてしまったように見えるが、やはりミステリ・ライターなのだ、と私は思っている。推理作家のほとんどが、いまはクライム・ライターと呼んだほうがふさわしいようになっているけれど、山田さんはミステリ・ライターだ」

本格ミステリの要点を「論理のアクロバット」と規定し、『七十五羽の烏』や『最長不倒距離』などの自作ではタイトルにまで「謎と論理のエンタテイメント」を標榜《ひょうぼう》した都筑道夫にとって、これは最大級の賛辞であるといっていい。

シリーズの第一作「赤い靴」は、発表の翌年の『探偵小説年鑑　1954年版』（岩谷書店／54年8月）に収録されたのを皮切りに、何度もアンソロジーに採られている名品である。その最新の収録例が『綾辻行人と有栖川有栖のミステリ・ジョッキー③』（講談社／12年4月）だ。毎回、あるテーマに沿った二つの短篇が選ばれ、その前後と合間に編者の両氏の対談が入る――。つまり、ラジオのディスク・ジョッキーのスタイルを模して、さまざまな角度からミステリの魅力を語るアンソロジーである。その第十回は、「首切りと足切り」というテーマで、G・K・チェスタトンのブラウン神父ものの傑作「秘密の庭」と『妖異金瓶梅』の「赤い靴」が並べられている。

中学生の頃には濃厚なエロティシズムに気を取られて「ミステリとして味わうどころじゃなかった」という綾辻氏は、後に再読して「爆笑しながらも、感嘆しっぱなし」だったという。

有栖川　こんなことまでやるんや、そんなアホなって言いながら、推理小説としての驚きは……。

綾辻　しっかりとあるんですよね、全作品に。

有栖川　グロテスクで、シュールでナンセンスな、でも、なるほどなあと、もう全部腑に落ちる。最後まで読むと、感動するでしょ。

綾辻　……します。
有栖川　最初の一作を読んでビックリして、二作目読んで爆笑だと言いながら、最後は感動します。全編読んでない人はわけがわからないのが残念ですが、これは究極の愛の物語ですから。
綾辻　おおっ、そこまで言いますかぁ。
有栖川　ここまで人は人を愛せるのかという話ですよ。かくも深い愛の物語はね、子どもにはわからないです。
綾辻　ごめんなさい。わかりませんでした、中一のときには。
有栖川　極端な形で描いてるけど、この小説からオレ、真実を感じるもん。愛を描いたふりをするだけの凡百の恋愛小説とはものが違う。
綾辻　でもこの連作、作者はくすくす笑いながら書いてたんでしょうねえ。
有栖川　それでもいいんです。真実はそういうところにかえって降ってきたりするんです。
綾辻　やっぱり天才だったんだなあ、と今さらながら感じ入りますね。文章も素晴らしいでしょ。ほんとにもう、惚れ惚れするような書きっぷり。現代のミステリ作家で、こんなふうに書ける人はなかなかいないよなあ。
現代を代表するふたりのミステリ作家が、そろって絶賛していることからも、この連作の完成度の高さが窺《うかが》い知れる。いったい著者は何をもって『妖異金瓶梅』のことを、「どうも誰も推理小説の仲間に入れてくれないらしい」と思ったのだろうか……。

ミステリの意外性の要素として、フーダニット（「Who done it?」＝意外な犯人）、ハウダニット（「How done it?」＝意外な犯行方法）、ホワイダニット（「Why done it?」＝意外な動機）の三つがよく挙げられるが、『妖異金瓶梅』の恐ろしい点は、途中からこのうちの二つを完全に捨て去って、それでもなおかつ意外性抜群の推理小説になっているところだ。

もちろん現代社会を舞台にしたら、どんな名人でも成功は覚束ないと思われる突飛な趣向だが、頽廃《たいはい》的な「金瓶梅」の世界を背景にしたときに限って、これはちゃんと成立するのである。山田風太郎が三十代で挑んで見事に完成させた、この濃密な連作ミステリを、ぜひじっくりと味わっていただきたいと思う。

最後に書誌的な情報を記しておこう。

赤い靴　「講談倶楽部《くらぶ》」五三年八月増刊号
美女と美童　「面白倶楽部」五四年四月号
銭鬼　「宝石」五四年四～六月号
変化牡丹　「キング」五四年六月増刊号
閻魔天女　「小説倶楽部」五四年八月号

漆絵の美女　「キング」五四年九月号
麝香姫　「キング」五四年十月増刊号
妖瞳記　「別冊宝石」五四年十一月号
西門家の謝肉祭　「小説公園」五四年十二月号
邪淫の烙印　「読切小説集」五六年五月号
黒い乳房　「講談倶楽部」五七年四月号
凍る歓喜仏　「講談倶楽部」五七年八月号
女人大魔王　「講談倶楽部」五七年十一月号
蓮華往生　「講談倶楽部」五九年一月号
死せる潘金蓮　「講談倶楽部」五九年四月号

まず、五四年十二月、「赤い靴」「美女と美童」「閻魔天女」「西門家の謝肉祭」「変化牡丹」「銭鬼」「麝香姫」「漆絵の美女」の八篇が、『妖異金瓶梅』（大日本雄弁会講談社）としてまとめられた。後に、そのままの形で、講談社の新書判ロマン・ブックス（55年12月）、さらに、東都書房が時代小説をまとめた全六巻のシリーズ「山田風太郎の妖異小説」第3巻（64年9月）としても刊行されている。

つづいて、五九年四月、「妖瞳記」「邪淫の烙印」「黒い乳房」「凍る歓喜仏」「女人大魔王」「蓮華往生」「死せる潘金蓮」の七篇が、『秘鈔金瓶梅』（講談社）としてまとめられた。

こちらの再刊本は、「山田風太郎の妖異小説」第4巻（64年9月）のみ。

六七年十月、この二冊を合本にした『妖異金瓶梅（全）』が桃源社の新書判ポピュラー・ブックスで刊行され、以後の刊本は、これを元にした大部のものとなっている。ポピュラー・ブックスでは、七一年九月にも同じ体裁で本書を刊行しているが、その直後の『山田風太郎全集10』（講談社／71年11月）の収録分から「銭鬼」が割愛され、以後、ポピュラー・ブックス（桃源社／78年7月）、角川文庫（角川書店／81年6月）、廣済堂文庫・山田風太郎傑作大全1（廣済堂出版／96年5月）と、すべて十四篇で刊行されている。

「銭鬼」がカットされたのは、著者自身の「意に満たない作品」との意向によるものだが、一読者としては、どこが不出来なのか、まったく解らない。その他の作品と比べて、なんら遜色《そんしょく》のない一篇だと思うのだが……。初出時に三回分載となった、連作中でももっとも長い作品ゆえに、冗長と判断されたのだろうか。

二〇〇一年十月に扶桑社文庫の昭和ミステリ秘宝シリーズで、本書を再刊する機会を得た際には、初の文庫化となる「銭鬼」に加えて、「邪淫の烙印」の原型作品「人魚燈籠」をボーナストラックとして巻末に収めた。「読物娯楽版」五五年四月号に発表された一篇（目次では「人間燈籠」と表記されている）だが、後に全面改稿した「邪淫の烙印」が『秘鈔金瓶梅』に入ったため、従来の刊本には収められていない。お読みいただければお解りのように、発端部分こそ同じものの、後はまったく別の話であり、捨て去ってしまうのはあまりにもったいないと判断したためである。もちろん本書にも、全十五話に異稿版を加えた十六篇を、すべて収めた。

（本稿は扶桑社文庫版の解説を基に加筆いたしました）

本書は、平成十三年十月に刊行された『妖異金瓶梅』(扶桑社文庫)を底本としました。

本文中には、きちがい、盲、片輪、不具者など、今日の人権擁護の見地に照らして不当・不適切と思われる語句や表現がありますが、作品発表当時の時代的背景を考え合わせ、また著者が故人であるという事情に鑑み、底本のままとしました。

編集部

妖《よう》異《い》金《きん》瓶《ぺい》梅《ばい》

山田《やまだ》風《ふう》太郎《たろう》ベストコレクション

山田《やまだ》風《ふう》太郎《たろう》

平成24年 6月25日　初版発行
令和7年 6月20日　13版発行

発行者●山下直久

発行●株式会社KADOKAWA
〒102-8177　東京都千代田区富士見2-13-3
電話　0570-002-301（ナビダイヤル）

角川文庫 17457

印刷所●株式会社KADOKAWA
製本所●株式会社KADOKAWA

表紙画●和田三造

●お問い合わせ
https://www.kadokawa.co.jp/（「お問い合わせ」へお進みください）
※内容によっては、お答えできない場合があります。
※サポートは日本国内のみとさせていただきます。
※Japanese text only

ISBN978-4-04-100343-5　C0193

◆◆◆

角川文庫発刊に際して

角川源義

第二次世界大戦の敗北は、軍事力の敗北であった以上に、私たちの若い文化力の敗退であった。私たちの文化が戦争に対して如何に無力であり、単なるあだ花に過ぎなかったかを、私たちは身を以て体験し痛感した。西洋近代文化の摂取にとって、明治以後八十年の歳月は決して短かすぎたとは言えない。にもかかわらず、近代文化の伝統を確立し、自由な批判と柔軟な良識に富む文化層として自らを形成することに私たちは失敗して来た。そしてこれは、各層への文化の普及滲透を任務とする出版人の責任でもあった。

一九四五年以来、私たちは再び振出しに戻り、第一歩から踏み出すことを余儀なくされた。これは大きな不幸ではあるが、反面、これまでの混沌・未熟・歪曲の中にあった我が国の文化に秩序と確たる基礎を齎らすためには絶好の機会でもある。角川書店は、このような祖国の文化的危機にあたり、微力をも顧みず再建の礎石たるべき抱負と決意とをもって出発したが、ここに創立以来の念願を果すべく角川文庫を発刊する。これまで刊行されたあらゆる全集叢書文庫類の長所と短所とを検討し、古今東西の不朽の典籍を、良心的編集のもとに、廉価に、そして書架にふさわしい美本として、多くのひとびとに提供しようとする。しかし私たちは徒らに百科全書的な知識のジレッタントを作ることを目的とせず、あくまで祖国の文化に秩序と再建への道を示し、この文庫を角川書店の栄ある事業として、今後永久に継続発展せしめ、学芸と教養との殿堂として大成せんことを期したい。多くの読書子の愛情ある忠言と支持とによって、この希望と抱負とを完遂せしめられんことを願う。

一九四九年五月三日

角川文庫ベストセラー

山田風太郎ベストコレクション
忍びの卍
山田風太郎

三代家光の時代。大老の密命を受けた近習・椎ノ葉刀馬は伊賀、甲賀、根来の3派を査察し、御公儀忍び組を選抜する。全ては滞りなく決まったかに見えたが…
…それは深謀遠大なる隠密合戦の幕開けだった！

山田風太郎ベストコレクション
妖説太閤記 (上)(下)
山田風太郎

藤吉郎は惨憺たる人生に絶望していたが、信長の妹・お市に出会い、出世の野望を燃やす。巧みな弁舌と憎めぬ面相に正体を隠し、天下とお市を手に入れようとするが……人間・秀吉を描く新太閤記。

山田風太郎ベストコレクション
地の果ての獄 (上)(下)
山田風太郎

明治19年、薩摩出身の有馬四郎助が看守として赴任した北海道・樺戸集治監は、12年以上の受刑者ばかりを集めた、まさに地の果ての獄だった。薩長閥政府の功罪と北海道開拓史の一幕を描く圧巻の明治小説。

山田風太郎ベストコレクション
魔界転生 (上)(下)
山田風太郎

島原の乱に敗れ、幕府へ復讐を誓う森宗意軒は忍法「魔界転生」を編み出し、名だたる剣豪らを魔人として現世に蘇らせていく。最強の魔人たちに挑むは柳生十兵衛！　手に汗握る死闘の連続。忍法帖の最大傑作。

山田風太郎ベストコレクション
誰にも出来る殺人／棺の中の悦楽
山田風太郎

アパート「人間荘」に引っ越してきた私は、押し入れの奥から1冊の厚いノートを見つけた。歴代の部屋の住人が書き残していった内容には恐ろしい秘密が……ノワール・ミステリ2編を収録。

角川文庫ベストセラー

山田風太郎ベストコレクション
夜よりほかに聴くものもなし
山田風太郎

五十過ぎまで東京で刑事生活一筋に生きてきた八坂刑事。そんな人生に一抹の虚しさを感じ、それぞれの犯罪に同情や共感を認めながらも、それでも今日もまた新たな手錠を掛けてゆく。哀愁漂う刑事ミステリ。

山田風太郎ベストコレクション
風来忍法帖
山田風太郎

豊臣秀吉の小田原攻めに対し忍城を守るは美貌の麻也姫。彼女に惚れ込んだ七人の香具師が姫を裏切った風摩党を敵に死闘を挑む。機知と詐術で、圧倒的強敵に打ち勝つことは出来るのか。痛快奇抜な忍法帖！

山田風太郎ベストコレクション
あと千回の晩飯
山田風太郎

「いろいろな徴候から、晩飯を食うのもあと千回くらいなものだろうと思う」。飄々とした一文から始まり、老いること、生きること、死ぬことを独創的に、かつユーモラスにつづる。風太郎節全開のエッセイ集！

山田風太郎ベストコレクション
柳生忍法帖 (上)(下)
山田風太郎

淫逆の魔王たる大名加藤明成を見限った家老堀主水は、明成の手下の会津七本槍に一族と女たちを江戸に連れ去られる。七本槍と戦う女達を陰ながら援護するは柳生十兵衛。忍法対幻法の闘いを描く忍法帖代表作！

山田風太郎ベストコレクション
明治断頭台
山田風太郎

役人の汚職を糾弾する役所の大巡察、香月経四郎と川路利良が遭遇する謎めいた事件の数々。解決の鍵を握るのは、フランス人美女エスメラルダの口寄せの力!?意外なコンビの活躍がクセになる異色の明治小説。

角川文庫ベストセラー

山田風太郎ベストコレクション
おんな牢秘抄
山田風太郎

小伝馬町の女牢に入ってきた風変わりな新入り、竜君お竜。彼女は女囚たちから身の上話を聞き出し始め……心ならずも犯罪に巻き込まれ、入牢した女囚たちの冤罪を晴らすお竜の活躍が痛快な時代小説！

山田風太郎ベストコレクション
くノ一忍法帖
山田風太郎

大坂城落城により天下を握ったはずの家康。だが、信濃忍法を駆使した5人のくノ一が秀頼の子を身ごもっていると知り、伊賀忍者を使って千姫の侍女に紛れたくノ一を葬ろうとする。妖艶凄絶な忍法帖。

山田風太郎ベストコレクション
人間臨終図巻 (上)(中)(下)
山田風太郎

英雄、武将、政治家、犯罪者、芸術家、文豪、芸能人など下は15歳から上は121歳まで、歴史上のあらゆる著名人の臨終の様子を蒐集した空前絶後のノンフィクション！　天下の奇書、ここに極まる！

忍法双頭の鷲
山田風太郎

将軍家綱の死去と同時に劇的な政変が起きた。それに伴い、公儀隠密の要職にあった伊賀組は解任。替って根来衆が登用された。主命を受けた根来忍者、秦漣四郎と吹矢城助は隠密として初仕事に勇躍するが……。

山田風太郎全仕事
編／角川書店編集部

忍法帖、明治もの、時代物、推理、エッセイ、日記。多彩な作風を誇った奇才・山田風太郎。その膨大な作品と仕事を一冊にまとめたファン必携のガイドブック。

角川文庫ベストセラー

八つ墓村
金田一耕助ファイル1
横溝正史

鳥取と岡山の県境の村、かつて戦国の頃、三千両を携えた八人の武士がこの村に落ちのびた。欲に目が眩んだ村人たちは八人を惨殺。以来この村は八つ墓村と呼ばれ、怪異があいついだ……。

本陣殺人事件
金田一耕助ファイル2
横溝正史

一柳家の当主賢蔵の婚礼を終えた深夜、人々は悲鳴と琴の音を聞いた。新床に血まみれの新郎新婦。枕元には、家宝の名琴〝おしどり〟が……。密室トリックに挑み、第一回探偵作家クラブ賞を受賞した名作。

獄門島
金田一耕助ファイル3
横溝正史

瀬戸内海に浮かぶ獄門島。南北朝の時代、海賊が基地としていたこの島に、悪夢のような連続殺人事件が起こった。金田一耕助に託された遺言が及ぼす波紋とは？　芭蕉の俳句が殺人を暗示する⁉

悪魔が来りて笛を吹く
金田一耕助ファイル4
横溝正史

毒殺事件の容疑者椿元子爵が失踪して以来、椿家に次々と惨劇が起こる。自殺他殺を交え七人の命が奪われた。悪魔の吹く嫋々たるフルートの音色を背景に、妖異な雰囲気とサスペンス！

犬神家の一族
金田一耕助ファイル5
横溝正史

信州財界一の巨頭、犬神財閥の創始者犬神佐兵衛は、血で血を洗う葛藤を予期したかのような条件を課した遺言状を残して他界した。血の系譜をめぐるスリルとサスペンスにみちた長編推理。